JN137000

AMERICA FANTASTICA

BY TIM O'BRIEN

虚言の国

アメリカ・ファンタスティカ

ティム・オブライエン
村上春樹訳

ハーパーコリンズ・ジャパン

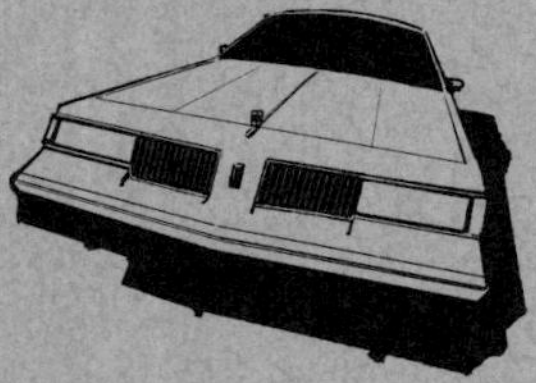

AMERICA FANTASTICA

BY TIM O'BRIEN

Copyright © 2023 by Tim O'Brien.
All rights reserved including the right of reproduction in whole
or in part in any form. This edition is published by arrangement
with HarperCollins Publishers LLC, New York, U.S.A.

"Liars in public places" is from *Hugh Selwyn Mauberley*
by Ezra Pound(1920).

Without limiting the author's and publisher's exclusive rights,
any unauthorized use of this publication to train
generative artificial intelligence (AI) technologies is expressly prohibited.

All characters in this book are fictitious.
Any resemblance to actual persons, living or dead, is purely coincidental.

Published by K.K. HarperCollins Japan, 2025

メレディス、ティミー、タッドに

我らは心に幻想という餌を与え、心はそれを食して凶暴に育った

――ウィリアム・バトラー・イェーツ

この国は真実を愛するものたちの国ではない

――ハンター・S・トンプソン

虚言の国

アメリカ・ファンタスティカ

PART 1

自動車、銃、犯罪
賭博場、金、映画、スキンケア、神
モノポリー、リクリエーショナル・ヴィークル
トーク・ラジオ、野球
公共の場における嘘つきたち

1

その感染症はアフリカと同じくらい古いものだった。バビロンよりもまだ古く、それは陽光や、月の光や、よく動く舌の震えに乗って、世紀から世紀へと運ばれてきた。二〇一〇年代において、その感染症はカリフォルニア州フルダに着地した。マックブック・エアのバイトに乗ってやってきたのだ。暴走族〈フルダ・ホリー・ローラーズ〉の首領であるディンク・オニールは、町長である兄のチャブにそれを伝染《うつ》し、チャブはそれを商工会議所の会頭であるアール・フェンスターマッカーに伝染し、フェンスターマッカーはその夕刻、彼の週刊ブログで、サウス・ビーチの一人の可憐な少女が、「フォーム1040〔所得税申告書類〕が不倫と不妊と精巣癌を引き起こしている」と暴露したが故に、合衆国上院の院内控え室に拘禁されていることを冒頭記事とした。そのニュースはあっという間に広がった。モントピーリアからブラウンズヴィルに至るまで、イーストポートからバーストウに至るまで、ぱっとしない現実は馬鹿げた妄想に置き換えられたのだ。度重なる反復によって再び活気づけられ、怒りによって養分を与えられ、ミソメイニア（虚言症）はその最も初期の犠牲者を、チャットルームの常連の中に見いだした。失望し、打ち負かされ、誰にも相手にされず、遺伝的に疑り深い連中だ。フルダにおいては、免疫機能が損なわれたキワニス・クラブ〔実業家が中心となった民間奉仕団体〕の会員たちがその感染をシュライン会〔フリーメイソンの外郭団体〕と在郷軍人会にもたらし、彼らはそれを自分たちの子供にもたらし、子供たちはそれを日曜学校に持ち込んだ。マスクは何の役にも立たなかった。この病気は北に向かってオレゴンに達し、東に向かってアイダホに達し、二〇一七年の一月にはペンシルヴェニア・アヴェニュー〔ホワイトハウスがある〕に達した。それから間もなく、告発をおこなったサウス・ビーチの純情無垢な少女（十七歳のローラーブレーダー）は秘密裏に、ウィスコンシン州北部にある連邦刑務所に移送された。ＩＲＳ〔米国内国歳入庁〕の電話交換手はトカゲたちによって占められた。イナゴたちが真実を貪った。リオ・グランデ河に沿って壁が構築された。オルタナ右翼団体のメンバーたちは、女性をも含めて、合衆国大統領のいかがわしい嘘をずっと前に既に許していた。時が過ぎた。二〇一九年の夏までには、氷河が溶けるにつれて、国家から節度という塊がどんどん離れていき、ミソメイニアック（虚言症者）たちが、彼ら自身の構築した世界に避難場所を求めたのだ。ミズーリ州セント・ジョゼフでは、ウィラード・スイフトという四十七歳の家長が、妻と七人の子供たちに向かって、自分は人で賑わうウォルマートの冷凍食品売場で、アメリカの国王に戴冠したと告げた。その夜スイフト王は家族の遺体を八個の、ラバーメイド社製五十ガロンのリサイクル容器に入れ、てっぺんを猫のトイレ砂で塞いだ。ほとんど時を同じくして、千マイルも離れたボルティモアの郊外で、人種差別主義者であり、政治的活動家である整形外科医は、発掘された奴隷の骨は「健康的で、楽しみと恩恵に満ちた生活スタイル」を示していると報告した。憲法修正第十三条〔南北戦争後に制定された奴隷制度を禁止する条項〕は「言葉の無駄」と彼は言った。ニュー・メキシコにおいては、高速道路における速度制限は根本的自由の侵害であると異議を申し立てられている。ワシントン特別区においては、資金潤沢なロビーストたちが、拳銃は「生きた人間的生物」であると宣言した。深夜のトーク・ラジオにおいては、アルカセルツァー〔アスピリン系の鎮痛薬〕が「中国の最重要兵器」と化しており、毎日ブリルクリーム〔英国製のヘアクリーム〕をつけていると風邪が治り、リー・ハーヴェイ・オズワルドは「それほど悪くなかった(war nicht so schlecht)」ことが明らかにされた。

2

二〇一九年八月後半のある午後、サウス・スプルース通りにあるJCペニー・ストアの戸締まりをしたあと、ボイド・ハルヴァーソンは自分の車まで大股で歩きエンジンをスタートさせ、数分のあいだそこにじっと身動きせずに座っていた。それから目をぱちくりさせ、手でこすり、人生を変えようと決心をした。彼は化学繊維に、とりわけレーヨンにすっかりうんざりしていたのだ。

その夜、彼はスーツケースに荷物を詰めた。最後に思い直して二冊のパスポートと、『イーリアス』と、期限切れのトリビューン紙の身分証と、水泳パンツをそこに加えた。夕食をとり、ウインストン・チャーチルの伝記を手にベッドに入った。

翌朝遅く——土曜日の朝だ——ボイドは二ヶ月に一度催されるキワニス・クラブのブランチに出席した。その催しの半ばで彼は席を立ち、通りを横切ってコミュニティー・ナショナル銀行に向かった。時刻は十一時三十四分。銀行は土曜日には正午で閉まってしまう。そして働いているのは一人の行員だけだった。小柄で赤毛のアンジー・ビングという女性だ。ボイドは預金引き出し請求書類に書き込みをし、名前をサインし、窓口に行った。

アンジーはくすくす笑った。

「これって、大した額よね」と彼女は言った。「もしこれからヴェガスに行くつもりなら、私も連れていってよ、ボイド」

それから彼女はまた笑った。彼女はもう二年近く、ボイドに馴れなれしい冗談を言っていた。

彼女は請求書類をぴりぴりと引き裂いた。

「ここには三十万ドルものお金は置いてないの。他にご用は？」

「いくらならあるんだい？」

「手持ちで？」

「あるだけ欲しいんだ」

「私から奪い取るってこと？」

「きみからじゃない」とボイドは言った。

彼は拳銃を取りだして彼女に見せた。それは玩具ではない。テンプテーション38口径スペシャルだった。

アンジー・ビングは八万一千ドルに少しだけ足りない額の現金をかき集めた。カリフォルニア州フルダのような小さな町の小さな銀行にしてはかなりの額だ。

ボイドはそれを食料品の紙袋に詰めた。

「悪いとは思うんだが」とボイドは言った。「車に乗って同行してもらわなくちゃならない」

町を出て南に向かうとき、五十マイル以上先には進めないだろうとアンジー・ビングは予言した。しかし日曜日の朝、彼らはベイカーズフィールド近辺のモーテルに泊まっていたし、月曜日の午後までにはメキシコに入っていた。二冊のパスポートを持ってきたことは、ぎりぎりの思いつきにしては賢明だった。アンジーは写真の人物に似ていなくもないという程度だったのだが。いらいらさせられる、欲丸出しの交渉の末に、手持ちの八万一千ドルをほとんど減らすことなく税関を越えられたのはまずまず幸運だったとボイドは思った。

足がつきそうな、運転してきた車は処分した。九年間乗っていた一九九三年型ビュイック・ルセーバーだ。そのあと早めの夕食の席で、彼はアンジーに尋ねた。警察に連絡をする前に、いくらか逃げる時間を稼がせてくれるだろうかと。二人はサン・フェリペという町の海辺のレストランにいた。アンジーはグリルド・ツナを食べ、ボイドはチキン・ウィングの皿に取りかかっていた。外には、格子入りのピクチャー・ウィンドウに枠をはめられた形で、カリフォルニア湾の黄昏《たそがれ》の色合いがうっとりと広がっていた。

「どれくらいの時間を稼ぎたいわけ？」とアンジーは尋ねた。「面倒に巻き込まれたくないんだけど」

「三日か、四日か」

「そのあいだ、私は何をしてればいいの？」

「泳いでもいいし、スペイン語に磨きをかけていてもいい。休暇だと思えばいいんだ。現金はいくらか置いていくから」

「どれくらい？」

「さあ、どれくらいかな？　千ドル？」

「それ、からかっているのよね。八万一千ドルからたったそれっぽっち？」

「二千にしよう」

「四万二千にしてよ」

ボイドは肩をすくめた。「強欲には発癌性があるんだぜ、アンジー。一晩じっくり考えた方がいい」

「そうさせてもらうわ」

朝になって彼女は言った。「私は犯罪者じゃない。取引はしない」

二人は南行きのバスに乗った。バスは時々引きつけを起こしたが、それでも支障なく一日走り続けた。つい最近銀行強盗をしでかしていなかったなら、フルダ・カントリークラブで気持ちよくゴルフの九ホールを回り、そのあと石造りのテラスでぐっと辛口のマティーニを二杯ほど飲んでいるところを、ボイド・ハルヴァーソンは思い描いたはずだ。メキシコの風景の、そして彼の下でがたがたと揺れながら進んでいくおんぼろの古いグレイハウンド・バスの、強烈にして否定しがたいリアリティーには、何かしらくらくらさせられるものがあると、彼は省察した。オレンジと人の排泄物の混じった匂いがした。通路を隔てた隣の席には、黒いステットソン帽に赤いボウタイを結んだ、しょぼくれた高齢の紳士が、大きな雄鶏《おんどり》を抱えてじっと律儀に座っていた。雄鶏は不機嫌そうに羽をばたつかせていた。ほんの数日前には、こんな何もかもがとてつもないことに思えたに違いないと、ボイドは思った。キワニス会員にとっては素晴らしいスライド・ショーになることだろう――ほら、私が銀行強盗をおこなっているところだ！――ほら、これがメキシコ！――ほら、雄鶏もいる！

サンタ・ロサリアに向かう道半ばで、アンジーは彼に正直な意見を求めた。八万一千ドルでいったいどこまで行けると、あなたは思っているの？

ボイドは肩をすくめただけで、何も言わなかった。

「よくよく考えてやったことなんでしょうね」と彼女は言った。「というのはあなたはとんでもない苦境に陥っているからよ。あなたは銀行強盗を働いたのよ、ボイド。そして私を誘拐した」

「いずれにせよぼくは苦境に陥っていたんだ」とボイドは言った。

「私たちはたぶんお祈りでもするべきなんでしょうね。あなたと私とで」

「ひとつの考え方だ」

「真剣に言っているのよ、まずあなたから」と彼女は言った。「『我が尊き神よ』ってあなたが言うの。そこで言葉に詰まったら、私が割って入るから。私が困ったことになったときには——たとえば何かを盗むとか、誰かの亭主が欲しくなったときとか——いつも迷わずにすべてをイエス様に委ねることにしてるの。それが唯一の道なのよ、ボイド」彼女は短く目をつぶり、それから指で鼻を示した。「ここに小さな穴が開いているでしょう。仕事をしていないときにはここに十字架のピアスをしているの。小さな銀の鼻ピアス。でも銀行の人たちはそれが気に入らないの。そういうのは、なんていうか、ほら、あまりに型破りだし、あまりに都会的だと思っているわけ。でも私はペンテコステ派の信者だし、それも本物の信者なの。そのことはよく覚えておいて」

「強固な生き方だ」とボイドは言った。

「まさに、強固なというのが正しい表現よ。そして私たちは銀行強盗なんてしない。それは厳格な宗教なんだから」アンジーは両手の指を組み合わせ、しばしじっと黙って考え込んでいた。

「言いたいのはね、たとえイエス様が私をお救いくださったとしても、それで私が狂信者になったり、処女になったり、そんなことにはならないってことなの。イエス様は戻ってこられるって、ただそれだけのこと。あなたが考えているよりずっと早くね」

「戻ってくる？」

「あなたの贖《あがな》い主が」

「ああ、それなら」とボイドは目を閉じて言った。漠然とした脅威を身に感じながら。「彼が夜行急行バスに乗ってくることを望もうじゃないか」

アンジーは咎《とが》めるように顔をしかめて彼を見た。「神の子羊たるイエス様がそれを聞いておかしがるとあなたは思う？」

「どうだろうね」

「面白がったりはしない」

「ああ、わかったよ。キリスト教会にぼくの謝意を伝えておいてくれ」

「そういうのもおかしくない。あなたは準備しておくべきなのよ、ボイド。とりわけ今はね。銀行強盗をしたあととかは」アンジーは通路を隔てて雄鶏をちらりと見た。雄鶏は今ではおとなしくなっていた。それから彼女はくすくすと笑った。「ひとつ質問させて。あなたはコミュニティー・ナショナル銀行にいくらお金を預けていたのかしら？」

「いくらだろう。ええと、おおよそ――」

「七万二千ドル、プラス小銭。間違いないでしょう？」

「間違いない」とボイドは言った。

「そうよね。そしてあなたは八万一千ドルを盗んだ。だからあなたがもう一度あそこに帰って銀行強盗をやるつもりがない限り——まあ、それは世界でいちばん素晴らしい考えとは言えないけれど——あなたの得た総額は九千ドルに少し足りないくらいのものよね」彼女は口をつぐんだ。「お金のためにやったわけじゃないんでしょう?」

「違う」

「じゃあ、何のために?」

ボイドはそれについて少し考えてみた。その質問は、バスと雄鶏と同様、不穏なまでに非現実的なものに思えた。

「そうだな」と彼は言った。「娯楽のためかもしれない」

「なるほどね。スクエア・ダンスのかわりにやったってわけね。そういうこと?」

「ただちょっと突飛なことだからさ、アンジー」

「いいわ、オーケー」

「オーケー?」

アンジーは苛《いら》ついたように顎をくいと上げた。「私は穏健な言葉遣いをしているのよ、ボイド。オーケーというのは要するに、あなたには精神的障害があるってこと」

バスは埃っぽい村をひとつ通り抜け、カリフォルニア湾の縁を形成している紫がかった赤色の台地を登っていった。植物も動物も多かれ少なかれ排除されたような土地だ。そしてその変哲もない数マイルの間、ボイドは彼自身の人生がとった空虚な転換に驚嘆することになった。まったく不毛じゃないか、と彼は思った。普通なら不安を予想するところだろう。でも実際にはぜんぜんそうじゃない。

それから何マイルか進んだところで、アンジーがため息をついた。「ねえ、私に言わせてもらえれば、娯楽っていうのは良い答えじゃない。もし私がそんなことをしたら、どう思う？　たとえば、そうね、たった今、もし私がただ面白いからってあの雄鶏を絞め殺したとしたら？」

「いいじゃないか」とボイドは言った。「なんだって魂が求めることをすればいいのさ」

「ほう、魂ね。少なくともあなたはその言葉を知っている。そこが出発点よね。あなたに何か先の計画があるといいと思うけど」

「ぼくはそれを計画とは呼ばない。おそらくはアイデアだ」

アンジーは厳しい顔で彼を値踏みした。「要するに妄想ってことね。そんなものが良い結果を生まないことは、私たちよくわかっているはずよ」

「おそらく生まないな」

「生むわけがない」と彼女は言った。彼女は間を置いて、カリフォルニア湾が過ぎ去って行くのを見ていた。土地は太陽に激しく焼かれ、荒廃していた。「ねえ、ボイド。私は最初のうちあなたのことが怖かったんだけど、今はもう怖くない。まったく、ぜんぜん。今この瞬間、もしそうしたいと思えば、私は跳び上がって、この人は人殺しよと叫び出すこともできる。そうしたらどうする？　拳銃を取りだして私を撃つ？」

「撃たないんじゃないかな」

「確実なことは言えないのね」

「ほぼ確実だ」

「どれくらい確実なの？」

「八十パーセントくらい」

「八十？」

「おおよそ」

「あなたは私に好意を持っていると思っていたけど」

「持っているよ。きみは素敵だ、アンジー。しかししゃべりすぎる」

サンタ・ロサリアで二人はバスを降り、四ブロック歩いてまずまずまともな海岸沿いのホテルに入った。階下の食堂で夕食をとった。トロントから来た、口論ばかりする高齢の夫婦が一緒だった。そのあと眠りにつく前に、二人は海岸を短くそぞろ歩いた。土曜日以来習慣となっているように、アンジーがまず最初にトイレとシャワーを使い、それから服をすべて身に纏《まと》ったままベッドに潜り込んだ。

そのあとがボイドの番だった。

二人がベッドに落ち着くとアンジーが言った。「明日、新しい服が必要よ。下着とジーンズとシャツとソックス。そして電動歯ブラシ。新しい鼻ピアスとカメラ。まともな腕時計」

ボイドは唸って目を閉じた。アンジー・ビングは彼を消耗させた。

「靴も必要ね」と彼女は言った。「カジュアルなやつ。たぶんサンダルかな。そしてちゃんとしたヒールのついたもの。ぎゅっと尖ったヒールのやつが私は好きなの。それからこんな風にしょっちゅう外食するのなら――つまりレストランなんかでね――ドレスとかスカートとか、そういう格好も必要になる。夜が冷え込んだときのためにショールもね。そしてマニキュア・セット。

それからお小遣いなんかも」

不快な味のするものがボイドの喉にせり上がってきた。「うちに帰るってのはどうだい？」

「なんでまた？」

「うちに帰る」と彼は言った。「帰りたいとは思わないのか？」

「もちろん帰りたいわよ。でもそれまでは——それがいつまでかはわからないけど——私はいろんなものを必要としている、足首のブレスレットも必要だわ」

「アンジー……」

「あなたは八万一千ドルをベッドの下に持っているのよ、ボイド。そして私は誘拐してくれってあなたに頼んだわけじゃない。それはあなたの思いつきだったのよ。だからそんなにけちけちしなさんな」

「ぼくはけちけちなんかしてないよ、アンジー」

「けちけちしてるように聞こえたわよ。守銭奴みたいに」

「わかった。ぼくは守銭奴だ」とボイドは言った。「うちに帰ればどうだい？　逃げる時間の余裕さえ与えてくれれば、きみは自由に帰れる」

「そんなに簡単なものなの？」

「ぼくに必要なのは約束だけだ」

アンジーは詰め物の多すぎるベッドの上で横向きになり、憐れみと興趣の入り混じった顔で彼を見おろした。

「それってナイーブすぎやしない、ボイド。約束だけしておいて、すぐに警察に駆け込むことだって私にはできるのよ。常識ってものを少しは学んだらどう」彼女は暗闇の中で手を振った。

「とにかく、私たちはここにいる――あろうことか、メキシコに。同じベッドに」

「きみは約束を破るっていうのかい？」

「破るとは言ってない。私が言ったのは『駆け込むことだってできるのよ』ってこと。私が言いたいのは、あなたは今じゃ犯罪者なんだし、もうナイーブではいられないってことよ。強盗は誰もかもを信用してはやっていけない」

「一日だけ余裕をくれ。二十四時間だけでいい」

「正直言って約束はできないわ、ボイド。私はときどき小さな嘘をつくの」

「今回一度だけでも？」

「うん、悪いけどできない」彼女はすこしだけ考えてから首を振った。「前にも言ったように私は主の僕《しもべ》ではあるけど、だからといって、私が裸になったりしないそのへんの良い子ちゃんだということにはならない。クリスチャンだって悪いことはするもの」

「そういう話は耳にしている」

しばらく二人は黙っていた。それからアンジーはため息をつき、シーツを蹴って押しやり、もぞもぞとスカートを脱いだ。部屋の年代物のエアコンが暗闇の中でゴリゴリと唸りを上げた。

「ボイド、あなたはいくつなの、正直なところ？」

「四十九歳だ」

「そう？　私はもうすぐ三十になる」

「まずいな」とボイドは言った。

「何が？」

「逃げるための時間をきみがくれると約束してくれないことがさ」

「私たちはそんなことを話してはいない。私たちは人生の話をしていたのよ。もし友好的になれないのなら――」

「アンジー、ぼくはきみを逃そうとしているんだ。それは友好的だろう」

「そうじゃない」

「でもそうなんだよ」

「そうじゃないと思う」

ボイドは起きあがり、自分の寝床を床の上にこしらえた。

「友好的というのはね」とアンジーは黴《かび》臭い空気の奥から言った。「パーソナルな物事について語るときのことなのよ」


朝になって二人はサムソナイトのブルーのスーツケースを買った。アンジー・ビングはそれを衣服と装身具と化粧用具と、そして玉蜀黍《とうもろこし》の皮でできたバハの土産物でいっぱいにした。

それから死んだような時間があった。二人はそのサンタ・ロサリアのホテルに八日間滞在した。ほとんどの時間をコミュニティー・ナショナル銀行の金を費やすことにあて、ときどきはヴェランダの錬鉄製のテーブルの前に座って、太陽が沈んでいくのを眺めた。夜遅くなると、サンディエゴから届く英語のラジオ放送を聴いた。銀行強盗のニュースはなかった。ただのひとことも。しかし国境の北側では多くの騒動が起こっていた。合衆国大統領は弾劾への道を歩んでいた。ロシア人たちはフェイスブックに攻撃を仕掛けていた。フィラデルフィアとツーソンとテキサス西部とビロクシでは銃撃事件があった。「銃火とは」とある熱血的な上院のメンバーは言い切った。「アメリカの自由にとってのダンス音楽なのだ」

トロントから来た好戦的な高齢の夫婦を除けば、そのホテルには他に宿泊客がいなかった。夜は長くて真っ暗で、古くさく、無味乾燥だった。昼間は焼けつくように暑かった。アンジーは隙間なくしゃべりまくった。ボイドはそれを聞かないように努めていた。彼女はハイスクールでは体操選手だった。彼女は黄色を好まなかった。母親は一度、アンジーが全能の神の名をみだりに口にしたとき、その目をホッチキスで強打した。彼女にはステディーなボーイフレンドがいる。ランディーなんとかという電気工だ。「もしあなたがしっかり注意を払えば」と彼女はある午後言った。「現代世界や、現代の女性についていろいろ学ぶことがあるかもしれないわよ。たとえば、蕪《かぶ》でおいしい、栄養たっぷりのキャセロールを作れるかとか、チック《ねえちゃん》という言葉がいかに不躾《ぶしつけ》であるかとか、今そうしてあなたが眠ったふりをしているのは賢いこととはいえない、とか」

九月十二日の正午頃、二人はロサンジェルス行きの急行バスに乗った。

ボイドに関して言えば、彼は少なくともひとつの計画を持っていた。彼の目論見は、いったんメキシコに行って足取りをくらまし、現金を使って来た道を引き返し、いくつかの個人的な案件を処理するための時間を稼ぐことだった。彼は幻想を抱いてはいなかった。これがひどい終わり方をすることは承知していた。しかし今現在、そんなことを気にかけてはいられない。十年近くJCペニーの店長を務め、ボイドはおそろしく長いロープの先端に達していた。彼は自分の仕事のみならず（十分に退屈な仕事だった）、冗長な交友関係にもうんざりしていた。つつましく、服装やマナーにも目立つところがないようにして、自分自身の姿だってよく見えないくらいだ。ゴルフのハンディー14であることが大嫌いだったし、所属するキワニス・クラブも、売っている婦人用靴下も大嫌いだった。ウィンストン・チャーチルの伝記を持ってベッドに入るのも大嫌いだった。

これといった具体的将来もなく、思い出したくもない過去を抱えて、ボイドには失うべきものはほとんどなかった。あるいはより正確に言うなら、もう何ひとつ残されてはいなかった。世界から身を隠すのはもうやめた。不名誉は問題だ――痛ましい問題だ――しかし彼は離婚と、地に落ちたキャリアと、将来への関心を失ったことでその支払いは終えていた。罰はもうそれくらいで十分ではないか。

細部の出し入れはさておき、彼が銀行を襲ったのは、何をすればいいか他にもっと良い考えが浮かばなかったから、というのが実のところだ。そしてたぶん、もしものごとがうまく運べば、ジム・ドウーニーに一泡も二泡もくわせられるかもしれない。

そんなことやら、それに関連したことやらで頭をいっぱいにしていると、アンジー・ビングが彼をひょいとつついた。「ヘイ、強盗さん」と彼女は言った。「独りごとを言ってるよ」

「すまない」とボイドは言った。

「大丈夫なの?」

「大丈夫だと思うけど」

彼女はしばらく彼を観察してから言った。「私は思うんだけど、しゃべるのって健康的な行為だよ。たとえそれが独りごとであったとしてもね。それは言うなれば圧力弁のようなものなの。

非健康的な蒸気を外に追い出すわけ。あるいは宝くじが当たりますようにって、膝をついてお祈りをするときのようなものね。人はそのようにしてものごとを割り出していくのよ」アンジーはそこに込められた叡智《えいち》について考えた。彼女は自己祝福というご馳走を味わっていた。「で、ドウーニーっていったい誰なの？」

「大した問題じゃない」

「嘘でしょ」

「本当に」

アンジーは肩をすくめた。

五分か十分が過ぎた。

道沿いには豚や鶏がたくさんいた。自転車に乗った男が一人いた。でもそのあと何マイルかは何ひとつなかった。

それからアンジーが言った。「ねえ、私はごり押しするタイプじゃない――だからこんなこと言いたくはないんだけど――でもあなたは遅かれ早かれいつか、これがいったいどういうことなのか、私にすべてを説明してくれなくちゃならないわよ。私がかつて知っていたボイド・ハルヴァーソンは、銀行強盗なんかじゃなかったし、誰かを誘拐してまわったりもしなかった」

「その部分はその場の思いつきだった」とボイドは言った。

「思いつきですって？」

「おおむね。ぼくとしてはきみに警報ボタンを押して欲しくはなかったんだ」

「それであなたは私を誘拐したわけ？」

「銃で撃つこともできたんだが」

「は、は」

「笑いごとじゃないぜ、アンジー」

「笑いごとじゃないことはわかっている。だから『は、は』て言ったんじゃないの」

彼女はボイドの上着のポケットをちらりと見おろした。そこにピストルが入っているのだ。それから彼女は膝の上で両手を組み直した。

「おっかない人」と彼女は呟いた。

この若い女は問題だ、とボイドは判断を下した。身長は四フィート十インチ（百五十センチ）もないし、体重はやっとこ百ポンド（四十五キロ）というところだろう。しかしそれでも、新しい銀の鼻ピアスとトルコ石のアンクル・ブレスレットをつけた彼女はひどく手強く見えた。そのきゅっと締まった上向きの鼻は、エメラルド島の浅黒い、どことなくたちの悪いちびの住民たちを思わせた。

数分の後に彼女は言った。「もうひとつあるのよ、ボイド。こんなこと言いにくいんだけど、思うに、あなたは私になんていうか、お熱を上げていたと私は思っていた。あなたは私になんだかしょっちゅうちょっかいをだしていたから」

「それは違う」

「じゃあどうして、私はそんなこと思ったんだろう？」

「さあ、わからないな」

「私にもわからない。あるいは私は良くない女なのかも」

「きみは十分ちゃんとした女性だよ、アンジー」

「それに頭も切れる。私は自前の脳味噌を持っている」

「そのとおり」

「それで？」

「それだけさ」とボイドは言った。「なにしろホールドアップだったんだから」

「それだけのこと？」

「そういうこと」

彼女はそのことについてしばし考えを巡らせていた。彼女の唇は侮辱的な言辞を発するべく態勢を整えたが、やがて肩をすくめて言った。「おそらく私はあなたを怯えさせているのね。年取った男ってだいたい、キュートでスピリチュアルな女性に脅威を感じるものだから」

「ああ」と彼は言った。「そういうことだろうな」

何マイルか進むあいだアンジーはうたた寝をしていた。サン・フェリペを出て、空の色が青から砂漠特有のラヴェンダーに変化していくにつれ、ボイドは自分の内側に滑り込んでいった。厄災の最初の軋《きし》みが始まっていた——金属疲労、進行する壊滅。自分がしでかしたことの重大さに彼は驚愕を感じた。銀行強盗という目新しさは、彼の中でもうすっかり薄らいでいた。

彼はエヴリンとテディーのスナップ写真を取り出し、短いあいだ二人を眺めた。それからまたしまい込んだ。そしてジム・ドゥーニーについてしばらく考えた。

夕方にバスはガソリン給油所で停車した。そこで包装済みのサンドイッチとチップスとキャンディー・バーを売っていたので、ボイドとアンジーは外の縁石に腰を下ろして、それぞれのサンドイッチを食べた。有望と思えるタイミングで、ボイドは彼女に尋ねた。時間の猶予という問題について今はどう思っているのかと。

アンジーは息を吐いた。「まだ決めていないわ。すべてが今では変わってしまったから」

「何が変わったのかな？」

「すべてよ」

「ひとつ例を示してくれないかな」

「ええ、ひとつにはね」と彼女は言った。「あなたは私に熱を上げているんだと確信していたのに、そうじゃなかった。それでものごとは一変してしまう」

「どんな風に変わるんだろう？」

「ただ変わってしまうのよ」

ボイドは肯《うなず》いた。「ぼくがきみに夢中になっていると仮定しよう。それでどうなる？」

「そうじゃないとあなたは言ったばかりよ」

「あくまで仮定としてだよ。そうすればきみは逃げるための時間の猶予をぼくに与えてくれるのかな？」

アンジーは彼を、まるでこれ以上の間抜けを見たことがないというような顔で見た。

「もしもあなたが私に夢中なら、あなたは時間の猶予なんて求めないでしょう。そんなにひっきりなしに私を放り出す算段なんてしていなかったでしょう」彼女はチョコバーの包装紙をはがし、一口かじり、思慮深げにそれをもぐもぐと噛んでいた。「私は頭が切れるんだって言ったでしょう。そしてついでに言わせてもらえれば、もうひとつあなたが考えてないことがある。警察はきっと私があなたを手伝ったと思うことでしょうね。彼らは監視カメラの映像を見て、私が共犯者だったと考えるわ」

「かもしれない」

「かもしれないじゃない。間違いなくそう思うでしょうね。よくわからないけど、おそらくそれがあなたの目論見だったんじゃないかしら」

「もちろんそうじゃないよ、アンジー。なんでぼくがそんなことを目論む?」

「なんでなんて誰にもわからないわ。それに答えるべきはあなたなんだから。問題はね、うちになんてもう帰れないってことよ。これからの人生、毎日、一日も欠かさず、人々は私を見てこう思うでしょうね。ほら、あそこを銀行強盗が行くよって。私はどうやって自分の無実を証明できる?」

「ぼくが手紙を書こう」

「手紙を」

「ちゃんと書く」

アンジー・ビングは立ち上がった。

そしてずいぶん長いあいだ、彼をまじまじと見つめていた。それから首を振ると後ろを向いて、バスの方に歩いていった。

午前二時頃に彼らは国境を越えて合衆国側に戻った。ロサンジェルスに着いたのは夜明けだった。

それから二人はタクシーで、サンタモニカにあるスタッコ造りの小さな住宅に行った。

アンジーは言った。「これって、なんなの?」

3

ふたつのサンタモニカがある。ひとつはお伽話の世界だ。きらきら眩《まぶ》しいガウンと、タブロイド紙から抜け出してきた、ありえない乳房と顔、多額の金、整形された鼻、麻薬常用の発声トレーナーたち、スケートボードに乗った金持ちの跡取り娘たち。そしてそんなものとは比べものにならないほど、さらに多額の金の世界がある。既に死んだと思っていた、そして既に死んでいるように見える映画スターたち、海に向けて危なっかしく下降する黄色い断崖に沿って建てられたテラス付きのアパートメント・ビルディング、オリンピック水泳選手たち、ヒップホップの一発屋たち、救済イヴェントの仕掛け人たち、〈シャッターズ・ホテル〉のラウンジ・バーで取引から抜けようとしている二十六歳のエージェントたち、そういう世界がある。ヨーガの指導者たちと、ストリート・マジシャンたちと、ポルノ王と、高速車と、小粒ずつ与える予言者たちと、大言壮語する福音伝導者たちと、タトゥーを入れた大君《タイクーン》たち、さらにでかい額の金の世界だ。歯冠を被せ、後ろのポケットに8×10の光沢写真を入れたスーダン人の下級ウェイターたちと、アイヴィー・リーグ出身の物乞いたちと、十代で既に過去の人となった連中と、ダイアモンドと毛皮のコートに包まれたホームラン・キングたちと、サルタンの娘たちと、銀幕の未亡人たちと、重罪犯の息子たちと、そして金が何であるかを忘れてしまうくらい意味を持たない大金。

そういう世界がある。

しかし桟橋《ピア》から南東に向かうと、スタッコ造りの、多かれ少なかれ似たような小さな家屋が並んだ住宅地に達する。家と家とは十四フィートほどの幅の、熱で焼かれた芝生によって隔てられている。それらの家の多くには、一九四〇年代半ばから後半にかけてここに住み着いた家族が、あるいはそんな家族の後裔が住み続けている。彼らにとっての高級品といえば、家の前に駐めたシヴォレーくらいのものだ。ママはクールエイドを水に混ぜて一ガロンにつき十セント貰っているし、パパはウィルシャー大通りの販売店で中古車を販売し、ジュニアは新聞配達をして、妹《シス》はときどきの週末にベビーシッターのアルバイトをしている。今日では、パパが三万七千ドルで買った家は、不況のマーケットにあっても二百万ドルに僅かに欠けるくらいの値段で売れるだろう。でもパパが密かな誇りを込めて好んで言うように、「その手にした金でどんな家が買えるっていうんだ？　小型テントか？　ラグーナの資材小屋か？」

シスは一九九五年に溺死した。パパの心臓は、二十一世紀に入って十五分経過するまで、不安定ながらも鼓動を続けた——あるいはジュニアは後日そのように主張していた。ママはあはあ言いながらも生き続けた。太ってはいたが、その身体はミルクシェイクと、シド・チャリスの出る深夜映画と、老いかけたシーザー・ロメロより容姿は優る、上品な物腰の求婚者によって強化され、頑丈だった。

ジュニアについていえば——名前はまだボイド・ハルヴァーソンにはなっていないが、間もなくそうなる——彼はうまく身を処していた。子供ながらも野心的なウィンドウ・ショッパーとして、魔法の王国をこっそり覗き見るものとして、ジュニアは少年特有の豪華壮麗な夢を見ていた。

飢えたように本を読みあさり、でっち上げるべきものは片端からでっち上げて。彼はUSC（南カリフォルニア大学）ではハッタリで三学期は何とかなったが、ドロップアウトして、それから二年ばかり姿を消していた。名誉負傷章《パープルハート》と銀星章《シルヴァースター》をつけて再びサンタモニカに姿を見せ、一ヶ月間ぐっすり眠り続けた。そして目を覚ますと、かつて十二歳のときに配達をしていた新聞の、都市圏デスクに席を得ていた。そう、未だにウィンドウ・ショッパーではあったけれど、ジャーナリズムの世界で――このときにはもうボイドに改名していた――彼は天職を見つけたのだ。結局のところ、彼は子供の頃から、他人の生活を舐めるように観察する訓練を積んできたのだ。そしてこのようにして、時間をかけて物事は推移していった。パサデナ、サクラメント、失敗した結婚、メキシコ・シティー、マニラ、もう少しでピュリッツァー賞、エヴリン、今ひとたびのウエディング・ベル、香港の一年間、ジャカルタでは二年近く、テディーの誕生、それから結局ロサンジェルスに戻り、そこで彼はついに挫折する。突然の痛烈な、そして自業自得のカタストロフだ。彼はもう何十年もの間、それをじっと我慢強く予期し続けてきたのだ。ある日の午後、たった一日でジュニアの命運はでんぐり返ってしまったのだ。「なあ、あんたは嘘つきで、性根の腐った人間だよ」とポニーテイルの使い走りに言われた。それに対して彼は返す言葉もなく、ただ肩をすくめ、下りのエレベーターに乗り込むしかなかった。嘘つき？　そのとおりだ。性根の腐った人間？　かなり明白な事実だ。外に出て失業の身で、目も眩《くら》むようなカリフォルニアの白い歩道に立ちすくみながら、ジュニアは自分は何かを落としてしまったのではないかという危惧に駆られた――たとえば小さな西瓜《すいか》とか、あるいは自らの人生とか。それは彼の足元でぐしゃぐしゃになり、腐敗している――そのあとに過度の飲酒がやってきた。無気力、暗礁《あんしょう》に乗り上げた輝かしいロマンス。ある蒸し蒸しした夜、これまで二度寝たことのある女性バーテンダーの疲れた目をじっと覗き込んでいて、自分が三十九年目の年の苦々しいメランコリーにすっぽりはまり込んでいたことに気づいて、ジュニアは驚きに打たれた。「あなたは私を落ち込ませる」と女バーテンダーは言った。それでもなお彼女はそれから一ヶ月ばかり、彼に酒のお代わりを注ぎ続けてくれたのだが。

北に向けてふらふらと漂流し、オレゴンとの州境まで十二マイルというところにある、フルダという小さな町に打ち上げられた。

そしてJCペニーに就職した。

彼は何も求めず、世界はそれにしっかり応えた。朝食にウィスキーを一杯、昼食に一杯、一日の終わりにダブルを一杯。

自分の人生を、息を呑むような大失敗であると認めることは、ジュニアが万人に推奨したいと思う体験だ。幻想から解放されることで、失望からも解放された。そこには実際のところ、これまで自分がやってきたよりもまずいことなどできっこないという認識に伴う、厳しい洗浄効果があった。衣料品は彼にほとんど何も求めなかったし、十年近くもの歳月、ジュニアは返品されたセーターの山や、四時のゴルフ・リーグの間に自分を消し去ることに満足してきた。年月はそれほど早く過ぎ去ってはくれなかったが、それでも間違いなく過ぎ去っていった。幸福ではなかったが、かといって不幸でもなかった。豪華絢爛《けんらん》に動き回る世界の冴えない側で育ったものとして、彼は特徴のない無風凡庸な世界に身を任せたのだ。かつてオーシャン・アヴェニューのアイスクリーム・パーラーの外で、ロバート・スタックの犬のために棒きれを投げて遊んでやった男としては、ひとつの勝利だ。彼は三分半で卵を茹でた。人々に微笑みかけ、乱れない服装をした。折に触れて詩作もした。その詩のいくつかはものを落とすことについての詩であり、いくつかは偽りの地雷工兵と有刺鉄線についての詩であり、いくつかはエヴリンについての詩であり、かなり多くのものはテンプテーション・スペシャル38口径についての詩だった。彼はその拳銃を寝室クローゼットの棚の最上段、クリネックスの箱の中に入れていた。

彼の過去についてほんのいくつか質問がなされたが、彼が手際よくにこやかにかわせないようなものではなかった。

彼は芝生を刈り、請求書を支払い、食事の用意をし、大特売の日には道化師の格好をした。そして折に触れてふと思うのだった。自らの無謀な創造のもたらす災厄に、もう一度飛び込みたいという欲望に駆られることが、この先いつかあるのだろうかと。そしてフルダに来て九年目の七月、ジュニアは夜に眠れないというトラブルに見舞われるようになった。彼は家の中をうろうろと歩き回り、独りごとを言った。自殺することを考えた。絶え間なく、真剣に考え続けた。コミュニティー・ナショナル銀行を襲うことを思い描いた。母親はようやく亡くなった。それも要素の一部だった。しかしまた彼は、たとえＪＣペニー・ストアの店長だって犯罪を心に思い描くことくらいあるだろうという認識に達した。

彼はとくに計画は立てなかった——基本形があるだけだ。

ボイドは土曜日に銀行を襲う。そして足跡をくらまし、メキシコに逃げたように見せかけるのだ。それから故郷に向かい、ものごとの始末に取りかかる。ずっと以前に片付けておくべきであったことに。

4

「これってなんなの？」とアンジーは言った。ボイドは錆《さ》びついた鍵を玄関ドアに無理矢理差し込んだ。ドアを揺すり、膝で蹴った。そして言った。「豚小屋みたいだが、ぼくの持ちものだ」家の前にパトカーは停まっていなかった。それはボイドにとっては願ってもないことだった。しかし彼は既に時計の重圧を感じていた。彼は消耗し、びくついていた。今にもパトカーのサイレンが聞こえるかもしれない。他人の金を八万一千ドル持って逃亡しているときに人が耳にするものを、それが何であれ、耳にするかもしれない。メキシコでの寄り道は彼に何日かの猶予を与えてくれたかもしれない。おそらくは一週間ばかり。しかし事実を洗っていけば、このオーシャン・パーク・ブールヴァードの、見かけはぱっとしないが今では価格だけは高騰している住宅と、彼との繋がりはすぐにわかってしまうはずだ。

母親が亡くなったあと、家は二ヶ月近くずっと空き家になっていた。前庭にはわびしく「売り家」の札が立っていたが、まわりの雑草が高く繁ってそこに呑み込まれ、不動産業者の名前と電話番号もよく見えない。購入希望者が内見するときのために電気と水道は切られていなかった。しかしいつか富を生み出すかもしれないのはうらぶれた家屋ではなく、土地なのだ。ボイドは知っていた。そのときにはもう、資本利得《キャピタル・ゲイン》には意味なんてないのだと。

彼は窓を開け、天井扇風機のスイッチを入れ、そこに立って自分が若き日を過ごした見栄えの悪い環境を見渡した。三十年前の調理の匂いがした。台所の床には腹を上に向けたゴキブリの死体が散らかっている。これこそが野心溢れる若き日のジュニアが逃走を図った場所なのだ、とボイドは思った。もし寛大になろうと望めば、それを上昇と呼ぶこともできようが、結局はラミネートの家具と、ビニールのテーブルクロスからの、誤魔化しだらけの無情な逃亡だった。哀れなパパとママ、と彼は思った。哀れな野心家のジュニア。

「さてさて」とアンジーは言った。

「わかってる」とボイドは言った。「実に冴えないところだ」

アンジーはスーツケースを床に置き、詰め物をされた埃だらけの椅子に腰を下ろし、疲れ果てたように両手脚をだらんと伸ばした。それはジュニアの父親が夜遅くまで自己啓発本を読み耽っていた椅子だった。

「もっと窓を開けて」とアンジーは言った。「やれやれここの匂いは……いったい何の匂いかしら。焦げたソーセージか、それともウエッソン調理油か、なんかそういったものの匂いね」彼女は新しいサンダルを蹴って脱いだ。「とはいえ、十六年ものトレイラー暮らしを味わってみなさいよ。文句なんて言えないわ。空気を入れ換えて、大掃除をすれば大丈夫よ」

ボイドは肩をすくめた。「ここに長居はしない。一日か二日か、それくらい。成り行き次第だ」

「成り行きって？」

「数人の行方を調べる必要がある」

「それから？」

「その先はわからない」とボイドは認めた。

「ああ、そうだったわ、あなたが計画を立てるのが大好きな人だっていうことをすっかり忘れていた」アンジーはうんざりしたという音を立て、目を閉じた。彼女は「HE RETURNS（主は戻られる）」という派手な銀色のステンシル文字が胸に横書きされた、黒いタンクトップを着ていた。髪はお下げに結われている。「いずれにせよ、何が持ち上がっているにせよ、それはきっと良くないことよね」

「そのとおりだ」と彼は言った。

「そしてあなたは説明をしたくない」

僅かな間だが、ジム・ドゥーニーの、にやにや笑いを浮かべたような青い眼の毒々しいイメージを伴って、事情を明らかにする一覧が彼の前に現れた。事情を明らかにしても物事は混乱するだけだ、とボイドは思った。

「きみの言うとおりだ」と彼は言った。「ここをきれいにしなくちゃ」

「あなた、大丈夫なの、ボイド？」

「大丈夫さ」

「ねえ、ひとつ言っておくけど、あなたは大丈夫そうにはとても見えない。芽キャベツを食べる用意のできた人のように見える」

彼は彼女から目を背け、その視線は廊下の先にある小さな寝室の方に滑っていった。彼が十四年間妹と同居した部屋だった。なんていう無駄だ、と彼は思った。

彼の神経はくたくたになっていた。十八時間にわたってグレイハウンド・バスに乗っていたせいだ。

「とんでもなくひどいことになっているにしちゃ、最高の気分だよ」と彼は言った。

「少し昼寝《ファックアップ》した方がいいわ」

「たしかに」

「人々の手足を切り刻む前に、一休みしなくては」彼女は彼の腕を取って、寝室に運んでいった。

「それから汚い言葉はもう口にしないでね、ボイド。私はそういうのが大嫌いなの」


やっとしばらく眠ることができた。不安定な、ドアを誰かがしょっちゅうノックしているような眠りだった。それから起きて携帯電話を開き、ベルエアのエヴリンの番号にかけた。返事はなかったので、ショート・メッセージを残した。銀行を襲い、メキシコに逃げた。話をしたい、ドゥーニーはどこにいる?


そしてシャワーを浴び、髭を剃り、モップをかけ、拭き掃除を始めた。

アンジーは彼より少し長く眠った。

しばらくしてから彼女は見るからにさっぱりとして、ミネラルウォーターのボトルを手に、彼女のこれまでの人生のあれこれを、その忙しい頭に浮かぶまま、次々に取り留めなくしゃべりながら、彼が働く姿を眺めていた。この息継ぐ暇もない二週間というもの、彼女は間断なくしゃべり続けていたみたいだった。

ボイドは洗面所の流し台から母親の髪をひとかたまり除去した。アンジーはサクラメント東部で、ペンテコステ派として育つことについて語った。週に四晩教会に通ったが、おかげさまで公正に見て、今あるような品性ある道徳的な人に成長することができた。彼女は四度目のキスについて語った。彼女は自分がとびっきり小柄であることについて語った。服を見つけるのがひどくむずかしいこととか、みんなのリスペクトを得るためにはものすごく頑張らなくてはならなかったこと。姉のルースについて彼女は語った。ルースは美容用品の家庭訪問販売の仕事をしているが、それ以前にはロデオで鍛冶屋の助手をしていた。そこでアンジーは現在のボーイフレンドであるランディーと出会ったのだ。彼は電気技師だが、ロデオをすることもある、と彼女は言った。少なくとも家宅侵入や車の窃盗で忙しくしていないときにはということだけど。

「あるいは私はそういうタイプを惹きつけるのかもね。犯罪的要素のある人を」とアンジーは言った。その声にはあきらめと気まぐれがうかがえた。まるでそういう自分を誇りに思っているみたいな。「でも少なくとも彼は六フィート三インチ〔百九十センチ〕あって、太ってもいないし、退屈でもないし、年取ってもいないし、まあそんなところ。あなたの身長は？」

「五フィート十一インチ〔百八十センチ〕」とボイドは言った。「それに太ってはいない」

「よしてよ」とアンジーは言った。「そんなこと言ったら、私だって誘拐の犠牲者アンジー・ビングじゃない。いずれにせよ、私あなたについてしゃべっちゃいないでしょ。いいこと、なんといっても話の主語は私《アイ》だった」

「確かにそのとおりだった」

ボイドは振り向いて、スーツケースを開け、清潔なシャツとネクタイを身につけた。

アンジーはそのことには気がつかないようだった。

自分が大学に通った二年間、ずっとウェイトレスとして働いて生計を立てていたことについて、ワクチン接種が悪魔の企みであることについて、彼女の銀行のボスがどれほど長除法〈長い数字の割り算〉を苦手としているかについて、ランディーがある日の午後少しばかり取り乱し、ある男のHPジェット・プロ・プリンターをひっつかんで外に持ち出し、それを水泳プールに放り込んだことについて（その男の冷凍庫についても彼は同じことをした）、延々しゃべりまくった。この娘の声帯は宇宙時代のチタニウムでできているに違いないと、ボイドは思わざるを得なかった。

アンジーは彼をきっと睨み、言った。「チタニウム？」

「独りごとだよ」とボイドは言った。「きみのその電気技師は、なかなか傑出した人のようだね」

アンジーは眉をひそめた。「それがチタニウムとどう関係しているわけ？」

「よくわからない」とボイドは言った。

「ねえ、いいこと、もしそれが何かの批判であったとしても、私はべつに気にしない。というのは、ランディーは私にもうぞっこんだし、私たちは婚約しているの。それに彼は三十一歳よ。あなたはいくつだって言ったっけ？」

「四十九歳だ」

「じゃあ、なぜあなたは私が相手を取り替えるだろうとか考えるわけ？」

「そんなこと思ってもいない」

「あなたはそう言うけど」

「ぼくはそう言う」

「それはあくまであなたの言い分に過ぎない」

ボイドの頭は痛んできた。彼は台所に行って母親のウォッカの瓶を探し出し、きれいなグラスを探したがどうしても見つからず、瓶からじかにくいくいと飲んだ。ネクタイをまっすぐ締め直し、腕時計を見た。

「何よりもまずあなたに言っておくべきはね」とアンジーはしゃべっていた。「ランディーはものすごくかっとしやすいたちだっていうこと。ちょっと信じがたいくらい。ある時なんて、バーにいたんだけど、火のついた葉巻をひとりの男に押しつけたわけ。じゅうって、まっすぐ耳に。その男は何も私にちょっかいを出していたわけじゃないのよ。そんなことぜんぜんなかったのに」彼女は愉しげに眉をきゅっと上げた。「いずれにせよ、今回のこの誘拐騒ぎでランディーが相当頭にきていることについては、八万二千ドル賭けてもいいわ。メキシコに逃げて、私に装身具を買い与え、同じベッドで寝て、そしてその他いろいろ」

「アンジー、それ以外には何もなかったぜ」

「ええ、そうね。ランディーにそう言ってちょうだい」

「彼にどうしてそこまでわかるんだ?」

「さあ、どうしてかしら。彼は読むことができるし」

ボイドは彼女の顔を見た。「読むって、何を読むんだ?」

「なんだって読むわ。カタログとか、漫画本とか。彼はまるっきりの馬鹿じゃないのよ、ボイド。サンタ・ロサリアのホテルのロビーに置いてあった絵葉書のことを覚えているかな?」

「彼に絵葉書を送ったのか?」

「だって彼は私のフィアンセなんだもの」

ボイドはもう一口ウォッカをくいと飲んだ。そしてそのあとで彼女の携帯電話を没収し、台所の椅子に縛りつけた。
「きっと猿ぐつわもかませるのね」とアンジーは言った。
「そうした方が良さそうだ」とボイドは言った。

彼は二度バスを乗り換え、ハンバーガーをひとつ食べた。そしてエヴリンの家まで最後の四分の一マイルを歩いた。ベルエアの最高級の地域にある白亜の豪邸だ。彼の元妻は賢明な再婚をしたのだ。そしてもちろんそれは良きことだった。ドライブウェイに置かれたベントレーを見ても、さして羨ましいとも思えなかった。

ドアベルを押してもまったく返事がないことにはがっかりさせられた。四十分近く、彼はエヴリンの家の白い大理石の階段に腰を下ろしていた。それ以外に何をすればいいのかわからなかったのだ。明らかに彼は前もって考えておくべきだったのだが——もしこれが駄目ならあれをするというように——ただそういう先見の明が具わっていたなら、彼はあと十年はJCペニーで働きつづけていたことだろう。彼はそのとき既に、一生をカバーできるくらいの考え事を済ませてしまっていた。次々に巡り来る惨めな夜に、自分のしでかした派手な悪しき行いにちくちくとせっつかれながら。この今もふと気がつくと、エヴリンの高価な大理石が眩しく跳ね返す陽光に目を細めながら、彼は自分の為した許しがたいものごとに、妻と我が身に対して自分がもたらした不面目に、あらためて驚きを感じていた。ついた嘘だけでも、エヴリンが彼の元から逃げ出すには十分だったはずだ。しかしそうはならなかった——少なくとも即座には。というのは、彼が何週間も酒浸りの謝罪を続けているあいだ(それはまったくの謝罪というのでもなかったのだが)、彼女はなんとか頑張り抜いたからだった。彼自身のみを責めるのはやりすぎであるように思えた。同じような行為が容易《たやす》く、環境のせいとか、全国的な嘘つき感染症のせいとか、周囲の同胞のせいにされているこのご時世にあっては。彼はジム・ドゥーニーのせいにした。サンタモニカの小さな家屋のせいにした。なによりも――それは否定しがたい真実なのだが――今の自分（借り物のシュウィン自転車のペダルを漕いで新聞配達をしているぱっとしない子供）以外ならなんでもいい、とにかく何ものかになりたいと必死で望んでいた十二歳の少年のせいにした。彼はそういうことをそっくりエヴリンに説明した。そして数週間のあいだ、自分は赦《ゆる》されたのかもしれないという気分になっていた。しかし事態は好転する前に、既に悪い方向に進んでいたのだ。なぜなら事態は決して好転なんてしなかったのだから。

結局、歴史を閉じるべくボイドは立ち上がり、曲がりくねった散歩道を辿り、熟練した手で美しく整えられたエヴリンの裏庭に行った。

その庭の芝生はどこのよその芝生より緑色だった。

屋敷はよく手入れされた地中海の地所のように見えた。レモンの木、ナツメヤシ、オリンピック・サイズよりもまだ広々とした巨大プールは、威嚇《いかく》的なギリシャ人の彫刻によって護られている。一対の噴水が陽光の中で泡立ち、それぞれがブーゲンビリアの花壇を背景にしている。その花はエヴリンの完璧な芝生の緑を、凶暴なまでにより鮮烈なものにしていた。

これだけ富があれば、ロデオ・ドライブで過ごしたタフな一日の汚れもあっさり落とせることだろうとボイドは思った。エヴリンの再婚相手が何を職業としていたのか思い出そうと彼は努めた。何か旅行に関係することだったな。ヨット、救命ボート？　いや、救命ボートじゃない、でもその手のものだ。シートベルト、たぶん。あるいはパラシュート。

ボイドは玄関の階段に戻り、最後にもう一度ドアベルを押してみた。それから振り返り、長い十五ブロックをとぼとぼと歩き、セプルヴェダ通りで悪くない見かけのバーを見つけた。それからの二時間で彼は九十四ドルを持ち金から軽減し、サウス・ダコタ出身の映画脚本家志望者とおしゃべりし、最後にはふらふらになって、幽体離脱状態にあるとことん切羽詰まった救いがたい男として店を出た。サンタモニカに戻るのろのろしたバスの中で、ボイドは思わず泣きそうになった。自分がいかに哀れむべき人間であり、実に理不尽なまでに抑制を失っているか、それが明白になっていた。

ある時点で彼はピストルを取り出し、隣に座ったスマートな着こなしの若いパキスタン人の紳士にそれを見せた。「もしこれが欲しいのなら、きみのものだ」と彼は言った。「たぶんまともに動くはずだ」

男は首を振り、窓の外を見た。

「言い値でいい」とボイドは言った。「でもこれは信頼できるまっとうな銃だよ」

胃の中で何かがごろんと振れた。彼はピストルの撃鉄を上げ、発射し、プラスチックで縁取られたバスの屋根に穴をひとつ開けた。「文句のつけようのない拳銃だ」

5

メキシコ、サンタ・ロサリアの陽光眩しい純白のビーチを見下ろす、ホテルのヴェランダをあしらった絵葉書。ヴェランダには錬鉄製のテーブルが置かれ、テーブルの上には二つの縦溝入りグラスと、オレンジを盛ったボウル、一輪挿し、汗をかいたシャンパンの瓶が置かれている。一輪挿しには赤いカーネーションがきりっと挿されている。テーブルを前にして、白い籐椅子に座って寛いでいるのは――これが何より、実に何よりも心を傷つけたのだが――恋人たちだった。海を見つめる二人の目は陶然と愛に浸っている。お互いにぞっこん、夢中になっている。まるで牡蠣《かき》を一樽そっくり呑み込んでしまったみたいに。たぶん新婚夫婦なのだろうが、何だってかまうものか。ランディー・ザフにとってはなんだって同じようなものだ。彼は今その同じ錬鉄製のテーブルの前に座り、苦い顔つきでその同じ海を見つめている。

その数日、ランディーはほとんど眠っていなかった。労働者ではあったが――強盗歴のある電気技師――千二百マイルにわたって高速ドライブを続けてきたせいで、ぐったり疲労していた。彼の前には生温かいコカ・コーラが置かれていた。前の錬鉄製のテーブルの上にはまた、怒りをかきたてるアンジーの絵葉書が置かれていた。

ランディーはほんの数時間前にサンタ・ロサリアに着いたばかりだった。それでも既にホテルの主人と、小賢しいメイドと、トロントから来た高齢の夫婦（揺るぎない意見と、生涯にわたる苦い収穫を身につけている）に聞き込みを終えていた。トロントの夫婦はとりわけ憤然とした明瞭さをもってアンジーを記憶していた。「きゃあきゃあ喚《わめ》き立てるちび女」と一人が言った（女の方だ）。「ノンストップで」と彼女の夫が言った――「ラリッてるチワワだ」アンジーの連れの男について尋ねられると、夫婦は細部を巡って言い争ったが、年齢は中年、体格も中くらい、マナーはとてもまともだったことについてだけは同意がなされた。「彼がどうしてあの女に我慢できたのか、さっぱりわからんね」と二人のうちでより虚弱な方が言った。頼りなく、力なく肩の垂れた夫だ。それからその乳白色の両眼が眼窩の中で落ち着かなげにぐるりと動き、妻に向けられた。「たぶん、耳栓かもな」

太陽が傾いていくあいだ、ランディー・ザフはヴェランダでかなり長い時間ぼんやり時間を送り、ボイド・ハルヴァーソンをどんなひどい目に遭わせてやろうかと、気ままな想像に時折身を委ねた。

ドライバーを鼻の穴に突き立ててやるとか。

悪かない、とランディーは思った。そしてアンジーもだ。銀行を襲う、それはそれだ――ひとつの決まりごとだ――しかしこの絵葉書は挑発じゃないか。彼はアンジーと六年くらいデートしていた。それほど長い年月じゃないかもしれない。しかし彼女の送る信号を解読できるほどには長いつきあいだ。「私たちは銀行を襲った。ボイドは私にカメラを買ってくれた！」ランディーにはその意味を解読することができた。さっさと南に来た方がいいわよ、ということだ。

先の尖ったプライヤー。画鋲を一箱、そして粘着テープ。

ランディーはそういうものの使い方を心得ていた。一度フレズノでランディーは、ロデオの仲間が四分の三トンもある暴れる牡牛の目にバールを突き刺したのを見たことがあった。一匹の豚が自ら飛び込んで感電死するのを目にしたこともある。いろんなクールで素敵なものごとを目にしてきた。ボイド・ハルヴァーソンをどんな目に遭わせてやるか、それはまだ未定だ。でも朝になれば、誰かが言っていた急行バスを追っていくことができる。そのあとのことはまだ決まってはいない。しかしそのときはしっかり覚悟していろよ。

ランディーはブーツを蹴って脱いだ。まったくもう、とランディーは考え込んだ。いったいどんな女が銀行を襲い、キワニス・クラブの堅物としけこんで、おれに絵葉書を送りつけたりするんだ？　まったくもう、と彼は思った。彼はコーラを飲み干し、お代わりを注文した。氷はなし。なにしろここはメキシコだものな。

電話のベルが鳴ったとき、テキサス南東部の最南端のどんよりした倦怠の中で、ジム・ドゥーニーは温かい風呂につかっていた。彼が電話に出るべきだったのだが、かわりにパートナーであるカルヴィンに声をかけた。「無視しろよ、私たちは忙しいんだから」そして彼が娘からのメッセージを耳にして、エヴリンに電話をかけ直したのは夜遅くなってからだった。

「銀行だと？」と彼は言った。

彼はしばらく耳を澄ませ、それから言った。「ああ、私もそれは信じないな。あり得ないことだ。でもいずれにせよ、やつには私の居所は突き止めようがない。そうだろう？」

それから彼は言った。「おまえは私を憎んで当然だ」

そしてもっとあとで、電話を切る直前になって彼は言った。「ああ、すまないね。でもそれが私という人間なんだよ、ハニー」

ドゥーニーは窓とドアの戸締まりを点検し、それからベッドに入った。

「いったい何ごとがあったんだ？」とカルヴィンが尋ね、ドゥーニーは言った。「明日になったら、ミネソタの私の家に移ろう」

「何か問題でも？」

「問題になるかもな」ドゥーニーはベッドサイドの明かりを消し、横になってしばらく考えていたが、やがて言った。「ここのところ言っていなかったとしたら、あらためて言っておくよ。君は実に素晴らしい、カル」

「そう思うの？」

「イエス・サー。君は本当に美しい男だ」

「そう言ってもらえるのは嬉しいよ」とカルヴィンは言った。「僕もファンタジーは好きだ。もちろん。でもね、ほら、僕はもう七十三歳だし、美しいというのはいささか言い過ぎじゃないかな」彼は少し躊躇《ちゅうちょ》した。「ジミー、ひとつ真剣な質問をしていいかな？」

「いいとも、ぜんぜん」とドゥーニーは言った。

「我々は安全なのか？」

「誰か安全な人間っているか？」

カルヴィンは短く黙っていたが、それからため息をついた。「細部を聞かせてくれ。そっくり耳を傾けているから」

「そっくり、ねえ」とドゥーニー。

歩道をやって来るボイドの姿をエヴリンが目にとめたのは幸運だった。そしてほとんど一時間近く、彼女は二階の自室の化粧室に息を潜めて閉じこもり、彼が玄関の階段から立ち上がって去って行くのを待っていた。二人の間で交わされるべき言葉はなかった。ボイドはひとつかふたつの観点において興味深い人間だったし、彼女もかつては彼を愛した。しかし歴史は彼女にとってあまりに重いものだった。こんな風に隠れているのは確かに卑怯なことだ。馬鹿げたことでもある。しかしなんといっても、彼女は今ジュニアスとの新しい生活を築こうと懸命に努めているところなのだ——何もかも完璧に素晴らしい生活とは言えないまでも、良き生活を。そしてこの今、全員にとっての（ボイドをも含めて）最良の策は騒ぎを回避することだ。

エヴリンが今必要としているのは、この丘の上の屋敷の、氷のごとき静謐《せいひつ》だった。嘆きもなければ、涙ながらの言い訳もない。あと十分待ってからエヴリンが窓際に行ったとき、もうボイドの姿はなかった。微かな疚《やま》しさの念が彼女の心をちくりと刺した。

エヴリンはため息をつき、ランバンのズボンをはき、白い絹のブラウスを着て、鏡の前に立ち、それからイヤリングをつけ加えた。それは彼女の四十五の誕生日のために、ジュニアスが——あるいは彼のアシスタントの一人が——選んでくれたものだった。その二時間後には彼女は、一ダースばかりの数のジュニアスの友人連中のために、女主人役を義務的にこなしていることだろう。お酒はほどほどに口にする。「嘆き」なんていう言葉は口にもしないだろう。彼女は紛れなく真性の笑みを口元に浮かべ、場を間違いなく巡回していることだろう。巡回、それがこのような集まりでは重要になる。なぜなら巡回を怠れば、そこには親密さが生じる危険があるからだ。そして言うまでもなく、誰も親密さなどに興味は持たない。ボイド・ハルヴァーソンのことなんて口にもされないだろう。ドゥーニーのことも口にされないだろう。それは心穏やかなパーティーになるはずだ。飲み物と軽くつまめる食べ物。気取ったところはない。しかしながら彼女も他の誰も、カクテルを飲みながらの打ち明け話なんて求めてはいない——それが了解事項だ。ネット詐欺はその日の会話の話題にはなるまい。ステロイドや、ボトックス〔皺取りの薬剤〕や、批評でこき下ろされた映画のことも。人々は笑い、巡回し、新しいニュースにひととおり通じているふりをする。そしてそれぞれの高級車に乗って帰宅する。早く引き上げてくれるといいんだけど、と彼女は思う。

きびきびとした動作で、自らの太腿をぴしゃりと叩き、エヴリンは化粧テーブルの前に行って淡く口紅を塗った。

やるべきことは、と彼女は自分に言い聞かせた、ボイドを彼が属するところに追い返すことだ。私の思考のいちばん底辺に。私は私で楽しもう。

その前にザナックスを一錠飲んでおいた方がいいかもしれない。一錠半くらい。

ボイドが彼女に関し何か権利があるわけでもあるまいに。

彼女はもう一度鏡の間に立って姿を点検した。「さあ、やらなくちゃ」と彼女はつぶやき、飲み物の支度ができているかを見るために階下に降りていった。

七百マイル北方の、カリフォルニア州フルダという小さな町では、コミュニティー・ナショナル銀行の頭取であるダグラス・カッタビーが妻であるロイス・カッタビーに、込み入った状況の説明をおこなっていた。彼女は銀行の執行役員でもあった。「現時点において」とダグラスは語った。「我々は実際のところ、あまり多くを知らない。だから安易に結論に飛びつかないようにしよう。冷静でいるんだよ、君。冷静さっていうのが秘訣だ」

ダグラスの口調は愉しげで、いくらか見下したようなところがあった。彼は長身で白髪、飾り気のない顔をした男で、銀行家風の黒のスーツが隙なく板についていた。しかし浴槽に入っているときの彼の見かけはそれほど隙のないものではない。今、彼は妻の様子をうかがいながら、隙のない微笑みを浮かべていた。

ロイスは浴槽の中にいるときの彼の姿を知っていた。

「八万一千ドルが消えてしまったことはわかっているわよね？」

「消えたんじゃないよ、ダーリン。不明になっているだけだ」

「現金箱も空っぽ。金庫も空っぽなのよ」

「そのようだね」

「じゃあ、私の目は見えてないのかしら？」

「そんなことはないさ」とダグラスは優しく言った。「しかしいくらか近視眼的ではある。覚えておきなさい。まずいことがよりまずくなるってことは、しばしば起こる」

「それはあなたの経験したことなの？」

「そのとおりだ」

二人は無言のまましばし互いを見つめ合った。それからロイスはローズウッドの机をばしっと叩いた。その机の前には彼女の夫が、腹立たしいばかりのそつのない自己満足に浸りながら座っていた。

「私たちの銀行が強盗に襲われたのよ」と彼女は鋭い声で叫んだ。「なのにあなたは、自分は警察に連絡もしないくらい愚かだと言うわけ？」

ダグラスはにこやかに彼女に微笑みかけた。「ぜんぜんそうじゃない。愚かなのは、警察を呼び入れることだ。愚かなのは、利益を生んでいる我々のささやかな企業を、言うなれば、全面的な会計監査を受ける危険にさらすことだ――銀行監査官やら、不正経済行為監視組織やら、ＦＤＩＣ〔連邦預金保険公社〕の覗き屋どもの前にね。そういうことを君は望むのか？」彼は眉毛をぎゅっと上げた。「私たちはそれを望まない。とりわけ君は望まない」

「でもだからといって、これをなかったことにするなんて――」

「もちろんできるさ」とダグラスは言った。「いつもどおりに仕事をするんだ。犯罪なければ被害もなし。短い間、だいたい一ヶ月か二ヶ月、我々は少しばかり節約をしなくちゃならない。たとえば、君が目をつけていた南アフリカのダイアモンド鉱山の手付金は少し遅らせるとか」

「ただのヘアピンじゃない。石が二個ついた」

「それにお揃いのシガレット・ケースも」

「シガレット・ケース、ブラックジャックのテーブルに置くと最高に素敵なのよ」とロイスは言った。

「君の島の別荘はどうだい？」

ロイスは顔をしかめた。「まったくもう、ダグラス。あんなの安い買い物じゃないの。一エーカーあたりわずか七百ドル、ちゃんとした家までついているのよ」

「だから君としては、それは手放したくないということかな?」

「ええ、そういうことね。で、どうすればいい?」

「もちろん待つんだよ」とダグラスは言った。「そのときが来れば、紛失した預金を回収する方策をとることになるだろう」

ロイスは消化の問題を抱えている女性のような、苦々しい表情を顔に浮かべて夫を見た。

「預金は紛失したんじゃないわ、ダギー。カメラのヴィデオ映像を見たでしょう――ボイド・ハルヴァーソンは八万一千ドルを手に、意気揚々とここを出ていったのよ。私のお金、あなたのお金を持って」

「ああ、そのとおりだ。でも正確に言えば、それは組織の金っていうことになると思うよ」

「正確に言えば? ねえ、私たちは何年にもわたって、私たちの銀行のお金を盗んできたのよ」

「借り入れていた」とダグラス。

「どっちでもいいけど」

ダグラスは机の前から立ち上がり、スーツの上着のボタンをとめ、妻に向かって大きく微笑みかけた。「いずれにせよ、僕の小鳩ちゃん、とりあえずの予防措置はとっておいたよ。ヴィデオ画像は消した。カメラは故障中。現金は貸付扱いになっている」彼は机からぐるりと輪を描くように出てきて、そつないしぐさで彼女を抱きしめた。「そうだ、それから一時的なことだが、十万ドルを君の当座預金からコミュニティー・ナショナル銀行に移しておいたよ。当初の困難を乗り切るためにね。わかるだろう——金融資産とかそういうことがある。君ならそのへんはわかってくれるだろう」

ロイスはぎこちなく肯いた。「ええ、わかるわ。私のような近視眼のものにもね。私たちは八万一千ドルを犠牲にする。私たちがこれまでに苦労して盗んだ四百万ドルをＦＢＩの財務担当者にかっさらわれないために」

「四百八十万ドルだ」とダグラスは愛想良く言った。「でもこれは我々の銀行だ。そうだよね？」

「隅々までそっくり」とロイスは言った。「私は島を持ち続けられるの？」

「ヘアピンもね」とダグラスは言った。「警官を入れなければ、連邦準備制度理事会からの儀礼訪問がなければ。我々の知る限り銀行強盗なぞなかった。ピリオド」

「了解」とロイスは言った。

二人は腕を組んで銀行を出て、昼食をとるために通りを渡った。ロイスは言った。「来週〈ベラージョ〉〔ラス・ヴェガスの高級ホテル〕に行こうと思うんだけど」

「たぶん私も同行できると思う」とダグラスは言った。

錦織のキルトとフランネルのシーツに包まれていながら、カルヴィンは寒気を感じていた。この十分間というもの、彼はドゥーニーのノンストップの話に耳を澄ませていた。ミネソタへの旅が賢明なことかもしれないと理解できるのに十分なほど長い話だった。「君はとてもとても幸運だったかもしれない」とカルヴィンは言った。「彼がチェーンソーを持ってあとを追いかけてこないだけでもな」

「過ちだった」とドゥーニーは言った。「そしてそれは私のせいじゃない」

「でも彼はそれを君のせいだと思っている」

「どうやら」

「話を聞いていると、なんだか凶暴なやつみたいだな」カルヴィンは、いくぶん演技的ではあるにせよ、ぶるっと身震いして言った。

「長くは続かない」

「どうだろう。銀行強盗だって？」

「いいかい、たぶんそんなのは出鱈目《でたらめ》だ」とドゥーニーは言った。「予想される最悪の筋書きを考えたって、銀行強盗をしたにしろしないにしろ、ボイドはとことんドジなやつっていうだけのことだ。二、三日のうちにやつは自分のちんぽこを銃で吹き飛ばしているだろうよ」ドゥーニーは身を曲げてカルヴィンを見た。「震え上がったわけじゃないよな」

カルヴィンは首を振った。「その男が殺そうとしているのはあんただ」

「彼は十年前にそれを求めていた」

「しかし赤ん坊のことがある」

「幼児だ。そしてさっきも言ったように、それは私のせいじゃない」

「そうじゃないことを望むばかりだ」

「ほんとにそうじゃない」とドゥーニーは言った。そして確証を与えるようにカルヴィンの腕をぎゅっと握った。「間違いなく、我々が相手にしているのは二流の人間なんだ。私は実際にエヴリンに向かって言ったことがある。『あの男は二級品だよ、ハニー』ってな」

「彼女はなんて言った？」

「ありとあらゆる種類の戯言さ。彼はもう少しでピュリッツァー賞を取るところだったのよって言った。だから当然私はこう言ったよ。『ほら所詮は、もう少しのところってやつさ』って」

「ドアの鍵はかかっているのか？」

「もちろん、かかっている」


ランディーは親指一本だけをハンドルにかけて運転するのが好きだった。大きな馬力を軽い手綱で操作するのだ。根性の悪い野生馬を跳ね回らせるみたいに。馬を人の力で動かそうとするのではなく、そんなことはちらりとも考えず、ただ八十二秒のライドを乗り切るのだ。ガタゴト道を行く八年にも感じられる八十二秒を。そうして足指をぎゅっと外に向けて、拍車を食い込ませ続ける。外に向けられた足指はポイントをもたらす。それが乗り手は臆病者ではないことを証明してくれる――力ずくで馬を押し込むのではなく、両脚でぐいぐい締めつけるのでもなく、純粋な均衡状態となり、純粋に馬そのものとなる。そうすれば野生馬は乗り手を振るい落とすことができなくなる。自らの皮革を振るい落とせないのと同じように。

それがランディー方式の運転だった――ロデオ・プロのように。

そのとき彼は愛車八七年型カトラスを、安全速度の時速七十八マイルで飛ばしていた。まず文句のつけようのない車だ――スペア・パーツが必要になった場合を別にすればだが。彼は四十五分前にアメリカ合衆国に再入国したばかりだった。

今ではサンディエゴを通り過ぎ、まっすぐＬＡに向かっていた。そしてランディーの思いは、来るべきアンジー・ビングとボイド・ハルヴァーソンの追跡の楽しみへと既に向かっていた。親指だけ使って運転することのメリットは、復讐のような行為に向けてエネルギーを蓄えておけることだ。

ニューポート・ビーチの郊外に向かうあたりで、どのような可能性があるか、ランディーは個人的カタログのページを繰ってみた。たとえばあのとき、いつだったか忘れたがサクラメントで、彼は一人の男と賭けをした。一枚のベニヤ板に一匹の山羊を釘付けできるかどうかで。彼は市役所の正面で、山羊の四本の足をバンバンと釘で打ち付けた。よくあるボルトでとめられた彫像みたいに。言うまでもなく山羊には気の毒なことをしたが、それでがっぽり金をいただいたものだ。ハンマーと釘、それも選択肢のひとつだ。

数秒の間、ランディーは山羊のノスタルジアに浸った。思い出してくすくす笑い、頭はさらに斬新な方法の考案へと移ろっていった。

ゆっくり時間をかける方法がいいかもしれない。

ソフトボールとサランラップを使ってどんなことができるか、実に驚くばかりだ。あるいは昔ながらのポテトマッシャーで。あるいは――そうだなあ――鋮《はり》なんてどうだろう。そいつでゆっくりじわじわと責める。ただし鋮は湿った新しい場所に入っていく。

彼はそんなことを考えながら笑みを浮かべた。ランディーはその手のことをあれこれ学んでいた。有用な知識を持たずして人生を汲々と生きる人々のことを彼は憐れんだ。

カトラスをジグザグ運転してニューポート・ビーチを回り込ませながら、彼はぐいとスピードを上げ、六車体前にいる銀色のコーヴェットに狙いを定めた。アクセルを無駄なく、スムーズに確実に踏み込んだ。やがてコーヴェットは縮み上がり、彼のバックミラーの中ではあはあと息を切らせる、ちっぽけな惨めな点となった。日が暮れてから三時間後に、ランディーはLAに到着した。

〈スーパー8〉モーテルにチェックインし、シャワーを浴びた。それからフルダにいる友だちの警官に電話をかけた。相手は電話に出なかった。ついていない。よく冷えたドクターペッパーを二本飲んでから、彼は再びカトラスに乗り込み、東七丁目にあるグレイハウンド・バスの停留所に行った。最後に耳にしたのは、ハルヴァーソンとアンジーはサンタ・ロサリアからLA行きの急行バスに乗ったという情報だった。見込みは薄いが、大きな成果をもたらしてくれるのは見込み薄の賭けなのだ。

コツはものごとをポジティブに考えることだ。

ランディーは荷物係の男たちにあたってみた。切符係に、そして強壮剤を飲んで目をしばたかせている、三人か四人のくたびれ顔のグレイハウンドの運転手たちに。しかし四フィート十インチの元気いっぱいのちびの赤毛の女の子と、これという特徴も将来も持たない中肉中背の中年男について、記憶しているものは一人もいなかった。

グレイハウンドはあてにならない。誰かが昔そう言っていた。でも、まあいいだろう。というのも、ランディーには考えがあったからだ。たまたま彼はある人物を知っていた。相手が誰であろうが見つけ出すことのできる人物を。そしてその誰でも見つけ出せるスーパー探偵とは、誰あろう彼自身のことだった。

外に出て彼は煙草に火をつけ、思案した。それから通りを横切ってまずまず悪くない見かけのダイナーに入った。カウンターに座ってレバーと玉葱の料理を注文したが、リブアイに変更し、それからまたレバーに再変更した。

どう振る舞うか、いくつか方法があった。

正攻法は、公共図書館を見つけ、そこで調査を開始し、「クソったれ銀行強盗誰それ氏」という項目で何かを掘り出すことだった。

もうひとつはフルダにいる友だちの警官から情報が入るのを、じっと待つことだった。

最も簡単な方法はゆっくりレバー料理を味わい、それをアイスティーで流し込み、立ち上がって、壁から鎖で大きな昔ながらの電話帳が吊してあるところに行くことだ。そして指を舐めてHの項までページを繰る。次に舐めた指ともう一本の指をクロスさせ、考える。おれはついているんだ、と。そしてハルヴァーソンという名前に、ひとつかふたつに行き当たることを望む。もしうまく見つかれば、ボールペンを持ち出してその住所を書き留める。

ランディーは警官になるべきだったのだ。警官たちはお楽しみをすべて独占している。テイザー銃を持ち歩き、人々を痛めつける。

わかったのは、電話帳が大昔のものだったということで（一九九四年）、その薄汚れた公衆電話も少なくともそれと同じくらい前から故障中になっていた。まったくついていない。しかしそれでもランディーは十四人のハルヴァーソン（Halverson）を見つけた。それからOがEになったハルヴァーセン（Halversen）を四人と、Lがふたつのホールヴァーソン（Hallverson）を一人。とにかく追い求めるスウェーデン人を、しかるべきサイズにまで絞り込むことができたわけだ、とランディーは思った。彼はカウンターの奥にいる娘からボールペンを借り、住所を書き留めた。

それから座り直し、ココナッツ・クリーム・パイを一切れ注文した。

来世では俺は警官になるだろう。俺には本能が具わっているんだから。


エヴリンは数多くの素晴らしい理由のために再婚した。愛を除いてほとんどすべての素晴らしい理由がそこにはあった。もちろん彼女はジュニアスに対して絶対的な好意を抱いていた。彼女は彼の決意と堅実さが好きだった。丘の上の大理石造りの、彼の屋敷が好きだった。夫として不干渉主義を貫いているところが好きだった。彼が愚痴も言わず、過ぎたことを後悔したりもせず、非情な収益マシーンという本来の姿をとって、着々と歩み続けることに、ただただ感謝を捧げないわけにはいかなかった。たとえジュニアスに、栄養不良のブルドッグみたいに痩せこけてやつれる傾向があったにせよだ。それでもなお、彼はどこまでも信頼できて、感情に動かされることのない、とんでもなく裕福な種類のブルドッグだった。

たとえばほんの少し前、ジュニアスが「何かまずいことでもあったのかい」と尋ねたとき、彼はそこに「生きるか死ぬか」というようなスピンをかけたりはしなかった。彼は彼女の顔を見もしなかった。かわりに、いまもそうしているように、プールにいる若くて美しい一人の女性をじっと見つめていた。彼女は二件の為替詐欺の嫌疑をかけられていたのだが、先週無罪の判決を言い渡されたばかりだった。そのパーティーは彼女の名誉を讃えるためのものだった。

「何もまずいことはない」とエヴリンは言った。「すべて順調よ」

「心ここにあらずという感じに見えるが」とジュニアスは言った。

「そんなことない」

彼は肩をすくめ、呟いた。「じゃあ、いいんだが」と彼は言ってどこかにふらりと去って行った。

僅かの間だが、エヴリンは二階の寝室に逃げこんでドアにチェーンをかけ、パーティーのあいだ身を隠すことを考えた。最後の二時間ほどは彼女にとってかなり過酷なものだった。ときとして耐えがたいほどに。でも、それは完璧に洗練されたささやかなパーティーだった。トーチが燃え、噴水は明るく煌《きら》めいていた。紛《まが》い物の白い彫像が、プールの周りに置かれたデッキチェアに座って歓談している人々を見おろしていた。そこには二人の俳優と、一人の引退したラインバッカーと、いかつい顔つきのCFO（最高財務責任者）と、庭園設計家と、選挙に負けたばかりのカリフォルニア州副知事の二人目の妻が含まれていた。美しい宵であり、美しい場であり、裏庭にはエスター・ウィリアムズの水泳映画顔負けのテクニカラー的な輝きがあった。実際のところ、俳優の一人はこんな発言をしていた。「エスターなんて意味ないさ」と彼は曰《いわ》くありげに言った。「バロック的とまでは言わないが」それに対してジュニアスのCFOは肯いて答えた。「どういう意味かぜんぜんわかりませんね」

エヴリンは周回した。適度に酒を飲んだ。ザナックスが助けになった。

時刻は午後十一時に近くなり、エヴリンは最後のひとつ前の主人役巡回にとりかかった。彼女はミネラルウォーターを配り、知らない男を魅了し、CFOと軽く水に浸かり、ローブを羽織り、プールサイドに腰を下ろしてほほ笑み、それから苦痛に満ちた十分間を耐え、夫に何ごとかを囁き、トーチの灯の届かない陰になったところへと引っ込んだ。裸足で、まだローブを纏ったまま、彼女はすさまじいまでの緑色をしたジュニアスの芝生の上に寝転び、パーティーのざわめきをぼんやり耳にしながら、スモッグの晴れたクリアな夜空を見渡し、ボイド・ハルヴァーソンのことは忘れなさいと自らに言い聞かせた。義務は果たされ、私の手を離れたのだし、私は私で自分の問題を抱えているのだから。

たとえばエスター・ウィリアムズ風プールの水面下で、慣れた手つきで彼女のお尻を撫でたCFOをどのように扱えばいいのだろう？

バロック的に処理すればいいのだ、と彼女は思った。おそらくは感謝を持って。

そしてまた、もうひとつ例を挙げれば、もう自分が母親ではないことをどのように処理すればいいのか？

そんなことできない。何故ならそれは処理不可能な問題なのだから。

できることといえば、トラックを一台と運転手を雇い、トラックがやって来たら、ベビーサークルと赤ん坊用寝台とおむつ交換台と、誰かをぶち殺したくなるまで『きらきら星』のメロディーをしつこく流し続ける電池式の玩具をそこに詰め込むくらいだ。玩具とモニターとベビーカーを積み上げていく。それをそっくり全部運び出し、トラックに放り込む。そのあと運転手は、これらをグッドウィル〔古物を引き取る施設〕に持っていけばいいかと尋ねる。答えはノーだ。これらのガラクタはみんなこの惑星の外に持っていってほしい。ロケットで木星まで吹き飛ばしてほしい。そして運転手の肩にすがってすすり泣く。ボイドは頼りにならないし、ほかにすがって泣くべき相手もいないからだ。

エヴリンは立ち上がり、すこしふらりとしてからバランスを取り戻す。そして今はもう死んだも同然のパーティーに再び加わる。

「私は大丈夫よ」と彼女は夫に向かって答える。少しばかり不機嫌な声で。「だからもう尋ねないでちょうだい」

妻は大丈夫じゃないとジュニアスは考えている。彼はまた疑ってもいる。そこにはボイド・ハルヴァーソンが噛んでいるのではあるまいかと。

プール・パーティーが解散すると、ジュニアスはCFOをそばに呼んで、事情を調べ上げてくれと頼んだ。「私としてはこの件を、誰か不愉快な人間の手で扱ってもらいたいんだ」

「そういう人間を私は知っています」とCFOは言った。彼の名前はヘンリー・スペック。

「君なら知っているはずだ」とジュニアスは言った。

6

私の名前はボイド・ハルヴァーソン、とボイドは愉しげに思った。私は嘘つきで、銀行強盗で、不定期的アルコール中毒。私は語られざる悲嘆の根源。そして病原体だ。私は小麦畑を渡り、谷間を抜け、森や眠りこけた村々を抜け、インターネットのチャットルームを通過する。嘘つき中の嘘つき、虚言症の権化。バーサー〔米国大統領は米国本土生まれのものに限られると主張する一派〕やルビー・リッジャー〔一九九二年にアイダホ州ルビー・リッジで、極右派に属する一家が連邦捜査局に包囲され、銃撃戦となった〕の澱《よど》んではいるが侮れない息吹であり、フェイクではないと称するフェイクニュースの羽ばたきが立てる風であり、誰にも相手にされることのない、失意を抱えたものたち、あるいは単なる落ちこぼれの最後の紛い物の希望だ。

時刻は午前二時を少し過ぎたところ。ボイドは母親のキッチンテーブルの椅子に心地よく寝そべっていた。その前には、自らをそっくり飲み干してしまったように見える、ポテト酒の大瓶が置かれていた。

アンジー・ビングがその向かいに腰を下ろしていた。

「飲むのはよしなさい」と彼女は言っていた。でも不思議なことに彼女の声は、ほとんど空になった瓶の口からこぼれ出てきた。「私はあくまで丁寧にお願いしているのよ、ボイド。今すぐ、それを捨てちゃいなさい」

彼は縁の欠けたコーヒーカップに半インチばかり残ったポテト酒を点検した。

「ぼくはバスを撃った」と彼は言った。「大きなブルーのバスだ」

「ええ、その話はもうしっかり聞いたわ」とアンジーは言った。「たぶん百億回くらい。逮捕されなくて幸運だったわ。そして私がまだこうしてあなたと話をしているというのは、更に幸運なことなのよ」

「ああ、それについて頭をひねっていたところだ」

「何について？」

「わかるだろう。どうやってきみが瓶の口から声をだせるのか。どうして空気を吸いに上にあがってこないのか。ただただしゃべりまくっているだけでさ」

アンジーは彼を睨みつけた。彼女はまだ台所の椅子に頑丈に縛りつけられていた。「あのね、ひとつ確かに言えることがある」と彼女は言った。「私は今ここで真のボイド・ハルヴァーソンを目にしているってこと」そして少し間を置いた。「紐を解いてくれるつもりはあるの？」

「ないと思う。悪く思わないでくれ。猿ぐつわは外しただろう」

「紐を解いてよ、ボイド」

「ぼくが撃ったバス、それにはちゃんと名前がついていたんだ――ビッグ・ブルー・バス。けっこう変だろう。そう思わないか？　今では連中は『ビッグ・ブルー・バス穴付き』って呼んでるかもな」

「ボイド、私はそろそろ堪忍袋の緒が切れかけている。もしあなたが――」

「どうしてぼくがバスを撃ったか、知りたくないか？」

「知りたくない」と彼女は言ったが、それから眉をひそめた。「どうしてなの？」
「そうだな」と彼は言ったが、満足のいく答えは出てこなかった。

彼の胃はぐらぐらしていた。

コーヒーカップを置いて立ち上がり、ふらつく笑みを浮かべ、それから立ち上がってもたつく足どりで、洗面所があると期待される方にむけて歩き出した。

まず膀胱《ぼうこう》をからっぽにし、それから胃の中をからっぽにした。そして汚れを拭った。

どれくらい時間が経過したか――秒単位ではなく分単位だと思われるが――気がつくとボイドは洗面所の上の鏡を覗き込んでいた。哀しげな、腫れぼったい肌の人物が彼の前にぼんやりと浮かんでいた。目は赤く血走り、姿勢はうなだれて、魅力的とは言いがたい黒と灰色の無精髭が、その獣の顎から頰にかけてを覆っていた。ひょっとしてこれが自分なのか、と彼はいぶかった。その瞬間、彼は自分の文法が正確無比であったことを自ら祝福した〔彼はmeではなくIを使っている〕。いまだにジャーナリストなのだ。いまだに文明化されてもいる。だってもし文法が文明でないとしたら、あるいは文明の代行者でないとしたら、あるいはその最後の崩れつつある砦《とりで》でないとしたら。いったいどうなるんだ？　この鏡に映っているのは確かに私《アイ》だ、とボイドは推量した。冷たい水で顔を洗っているとき、黒くてぺらっとした何かが、かなりはっきり上唇と思われるところにくっついていることに気がついた。それは疑いの余地なく食品と思われたが、この二十時間から三十時間にわたって、何かを口にした覚えはなかった。それでも彼はエヴリンの家の白い大理石の階段を覚えていた。サウス・ダコタから出てきた脚本家と、目の玉が飛び出るほど高価な、とびっきりきつい飲み物のことを思い出した。また何よりも、ビッグ・ブルー・バスに乗ったことを思い出した。そしてテンプテーション38口径のショッキングなまでに大きな銃声を。パキスタン人の紳士のうろたえた叫びのことを。

「ぼくはバスを撃った」と彼は鏡に向かって言った。それはくたびれた笑みを彼に返した。「嘘じゃない。バスだよ」

ボイドは自分自身に向かって、まっすぐにやりと笑いかけ、得体の知れないものを唇から取り去った。もう一度膀胱をからっぽにし、鏡の前にみじろぎせずに立った。そして自分は今や、もう一杯ナイトキャップを必要としているお尋ね者なのだという結論に達した。お尋ね者——ボイドはその言葉が気に入った。彼をまともに求めてくれる人間がいたのは、ずいぶん昔の話だ。

すっきりして、彼はなんとか無事に台所に戻ってきた。アンジーは言った。「洗面所のヴァケーションは楽しめた？」

「悪くない」と彼は言って、食品棚を漁り、母親のバーボンのミニボトルを二本見つけた。そしてその中身を大事にコーヒーカップに空けた。「一杯やるかい？」

「いらない。紐を解いて」

「そうするための良い理由はあるのかな？」

「なぜなら私は正気だからよ」とアンジーは言った。「そしてあなたは正気じゃない。なぜなら私はこの地上における唯一のあなたの友だちだからよ。なぜなら私にはこれまで逃げ出す機会が百万回もありながら、そうはしなかったからよ」彼女は彼に弱さの徴《しるし》が見えないか見定めた。

「もしあなたが私を信用してくれるなら——もし私に事情を説明してくれるつもりがあるなら——あなたを何かと助けてあげられるかもしれない」

「助けるって、どんな風に？」

「私を信用してくれる？」

「これっぽちも」とボイドは言った。

アンジーはユーモアのかけらもない小さな笑い声を絞り出した。「ねえ、私がランディーにまったく罪のない絵葉書を送ったからといって……大人になりなさいよ、ボイド。永遠に恨みを抱き続けるわけにはいかないのよ」

「恨みを抱くのは、まさにぼくの得意とするところだ」と彼は言った。そしてカップを持ち上げた。「さあ、一口飲めよ」

「この紐を解いてもらいたいの」

「ああ、そのことは理解している。それは正当な要望だ」

「これは要望なんかじゃない。お願い。解いてちょうだい」

ボイドはバーボンを飲み干した。

「ところで君は知っていたかな？」とボイドは言った。「昔、ここから一ブロックも行かないところにローズマリー・クルーニーが住んでいたんだ。まあ、その頃にはもう若くはなかったし、贅肉が付き始めていたけどね」

「誰が？」

「誰がって、それはローズマリー・クルーニーのことかい？」

「お願いよ、ボイド。紐を解いてちょうだい」

「冗談じゃないぜ。ぼくはローズマリーのところに毎朝新聞を届けていたんだ。素敵なレディーだった。まさに天使だよ」

「私はお願いって言ったのよ」

「お願いって、何を？」

「ほんとにお願い」

「そうするかもしれないし、しないかもしれない」とボイドは言った。「もし家に帰るって約束するなら、そうするかもしない。約束しないのなら、そうしないかもしれない」

「どうして私が家に帰るわけ？」と彼女は尋ねた。

「ぼくは病気なんだよ、アンジー」

「あなたはただの酔っ払い。うんざりさせられる年寄りよ」

「そうだ。でも本当に病んでもいる。ぼくは悪い方に……どうしようもなく向かっているんだと思う。『病気』というのは正しい言葉じゃない。『暗闇』が正しい言葉だ」

アンジーは肯いた。「ねえ、それこそがまさに我らの主がいらっしゃる意味なのよ。夜も昼も、暗闇に備えて主はそこにいらっしゃる」

「いかにも！　主は戸別訪問サービスをしてくださるのかな？」

「もちろん」と彼女は言った。「あなたが人々の束縛を解けばね」

上下する感覚が再び彼を襲った。胃に始まり、するすると下降し、それから口蓋までロケットのように吹き上がる。「ああ、これはもう」と彼は言った。「ぼくは酔っ払っている、アンジー」

「そのようね」と彼女は言った。

「ぼくはきみの束縛を解くべきだよね？」

「今すぐに」

彼はいくぶんもつれる手で、なんとか彼女を解放した。そして言った。「腹が減った。何か食べ物はあるかな？」

「ノー」と彼女は言った。「ベッドに入るのよ」

「言ったっけな？　ぼくは一度か二度結婚したことがあるんだ」

「二度という部分は言い忘れたみたいね」

「ぼくには小さな男の子がいた」

「そうなの」

「そうなんだ。ぼくには小さな男の子がいた。でも落っことしてしまった」

彼女は手を振って血液を循環させた。それから思いのほか優しく彼の腕をとって母親の寝室に運んでいた。キルトの上掛けをはがし、靴を脱がせ、彼をそこに寝かせた。

少しあとで彼女も彼の隣に横になった。

「ぼくはまずい状況に置かれているようだ」と彼は言った。

「その通りよ、ボイド」

「猿ぐつわをかませて悪かったね。きみはしゃべりすぎるんだ」

「ときどきそうなるの」

「まったく。よくしゃべる」

「眠りなさい」

「腹が減った。息子のことが恋しい」

7

ココナッツ・クリームは一級品だった。ランディーはもう一切れ注文し、満ち足りた考えに耽りながら、それをゆっくり食べた。彼はダイナーと、パイと、カウンターの向こうできびきびと働くウェイトレスについて考えた。ウェイトレスはきびきびとはしているが、あと十二ポンドは体重を減らした方がいいかもしれない。おそらくはココナッツとクリームを断つことによって。ダイナーというのはかなり特別なものだ、とランディーは結論づけた。とりわけバス停留所の向かいにあるダイナーの場合は。そこにはレバー料理を味わったあと、ココナッツ・クリーム・パイで締めるような客がいる。パイはちゃんとココナッツの味がする。鳩の内臓のシチューみたいな味じゃなく。そのへんのもったいぶったトラック・ストップ——彼はそういう店をいくつも知っていた——なんかとは違って。ダイナーではまた興味深い客に出会うこともできる——たとえばカウンターの三つ離れた席に座っている大柄の黒人だ。この男がそれなりにやばい履歴を背負っていることにかけては、大金を賭けてもいいとランディーは思う。入れ墨だけでもそれはわかる。上腕二頭筋についてはあえて語るべくもない。隣に座っているやせこけた白人男に向かって、一度チャーリー・マンソンを間近に見かけたことがあると話しているという事実についても。コーコラン州立刑務所以外のどこでチャーリー・マンソンが目撃できるというのだ？　それはけっこう見込みのありそうな会話だとランディーには思えたので、彼はカウンターの上の自分の皿をじりじりと横に押しやり、チャーリー・マンソンが聖書を逆方向から読むのが好きだというのは本当かと尋ねた。「そういう話を聞いたんだ」と彼は言った。「コーコランでじゃないけど」

　入れ墨の大男は連れの顔を見てから言った。「聖書なんて見たことなかったな。あんた聖書って見たか？」やせこけた男はただ黙って首を振った。

「ポプシクル〔棒のついたキャンディー〕を食べる」とランディーは更に話を進めた。「チャーリーはポプシクルを食べて、聖書を逆方向から読む。そうやって刑期を送っているんだって」

「そうかい」と大男は言った。

「そうだよ」とランディーは言った。

「よく知っているみたいだな、あんた」

「ああ、まあ、そのへんはね」

「ココナッツ・クリームはうまかったか？」

「ああ」とランディーは言った。「うまかったよ」

「糞《くそ》は食ったことあるか？」

　ランディーは面食らわなかった。そのへんの段取りはわかっている。「二度ばかりな。コーコランじゃないけど」それから彼は片手を差し出して言った。「ランディー・ザフ」二人は一秒ほど間を置き、それから握手した。入れ墨の黒人が言った。「ザフ、たいした名前だな」

「ドイツ系だ」とランディーは言った。

「どういうスペルだ？」

「発音通りさ。Zapf、間にpが入るけど」

「Zaff？」

「そんなものだ」

「たいした名前だ」

「まあ、悪くない名前だよ」とランディーは言った。それからしばらく彼らは黒人の入れ墨について話をした。どういう意味なのか、どこでそれを彫ったのか。そのあと彼らは勘定を払い、東九丁目にある店までぶらぶら歩いて行った。そこでTVのテニス試合を観て、ゴムのサンダルを履いて踊る、着飾り過ぎた娘たちを眺めた。入れ墨男はコーコラン刑務所に入っていなかったことが判明したが、そのことでランディーはとくにがっかりはしなかった。ランディーだってそこにいたわけではないのだから。その一方で、彼らは三人ともグレンデール刑務所で刑期を務めていた。なんて素敵な偶然なんだろう。そして入れ墨男のやせこけた友だちはジョニー・キャッシュを生で聴いたことがあると主張した。それはたぶん一九六八年のフォルサム刑務所での演奏だろう。つまりこの男は相当古株の犯罪者だということになる。

ランディーは自分を吹聴する必要を感じなかった。自分がオレゴンのスネーク・リヴァー刑務所に収監されていたことも話せたし、ロデオの経験談も話せた。でもそうするかわりに彼は言った。「あの子たちが履いてるサンダルだけどさ、どこかで買えるのかな？　高いものじゃないといいんだが」

「あんたがサンダルを履くの？」と白人男が言った。

「ああ。おれがサンダルを履くのさ」ランディーはその男をちらりと見た。そう、丁寧な警告みたいな感じで。「あの娘たちの一人に、たとえば髪を漂白したあそこのぴちぴちギャルに尋ねてみるってのはどうだろう？　ひょっとしたら自分のを譲ってくれるかもな」

「試してみるのは自由だ」と入れ墨男が言った。

「イエス・サー」とランディーは言った。「試してみるか」

彼は立ち上がり、そちらに行って娘に話しかけ、黄色いサンダルを手に戻ってきた。

「二十ドルだった」とランディーは誇らしげに言った。「彼女は今の方が素敵だろう？」

「ずっとな」と大きな入れ墨男が言った。「そのサンダルは誰のためのものなんだね？」

そこでランディーはアンジーのことを二人にぶちまけた。銀行強盗のこと、絵葉書とメキシコ行きのこと、ボイド・ハルヴァーソンの行方を懸命に捜し回っていること。何か良い考えはないかねと彼は二人に尋ねた。

二人の男は彼を見た。

「銀行を襲ったって？」大きな男が言った。

「フルダのコミュニティー・ナショナル銀行だ。州境のすぐ近くにある。大した銀行じゃないが、金はちゃんと使える」

「もしそれが本物の現金ならな」

「嘘じゃない」とランディーは言った。「それで、どうしておれが彼女の跡を追う必要があるかわかっただろう。このアマチュアの泥棒とトンズラして、絵葉書なんか出してきやがって」

「わかるよ」と大男が言った。

その頃になって、そろそろこの連中に別れを告げ、〈スーパー8〉に戻った方がいいのかなという考えがランディーの頭をよぎった。ゆっくり休息を取り、明日あちこち戸別訪問するための英気を養うのだ。しかしその一方で、この二人は話に興味を持ち始めたようだった。「おれに確かにわかるのは」とランディーは言った。「この絵葉書に書かれていることだけだ。なあ、銀行が襲われたとき、ときどきその犯行現場のカメラ映像がＴＶで流されるだろう。サイレント映画みたいな白黒の映像がさ。で、おれが手にしているのはこの絵葉書だけだ。そこには彼女は銀行を襲ったと書かれている。でもさ、そのヴィデオがおれの頭の中にあって、それがぐるぐると回り続けているみたいなんだよ」

「カールとおれは――おれはサイラスっていうんだが――そういうやつに主演したことがあるよ」と入れ墨の大男が言った。

「へえ、そうなんだ」

「そうとも。カールとおれと、小粋なストリッパーとでね」

それはたぶんジョークなのだろう。ランディーは笑った。「とにかくそれは、いかにもアンジーらしいやり口なんだ――アンジーってのはおれの女なんだが――つまりさ、おれに向けてあっかんベーをしているようなものさ。おれを怒らせようとしているのさ。そしてその銀行強盗の男は彼女にカメラを買ってやったんだ。信じられるかい?」

「そりゃ、おれだって頭にくらあな」と年上の白人男が言った。カールだ。

大男の黒人が言った。「それでどういう計画なんだ?　そのサンダルで女の首を絞めるとか?」

「いいや、まさか。あいつが強盗に絡んでいるとは思えない。アンジーに限っては」

「あんたはそう思う」

「あり得ないね」ランディーは躊躇した。「アンジーはつまりさ——なんて言えばいいんだろう——協力的な女なんだ。扱いやすい女だ。すぐに何かになびいちゃうんだよ」

「そいつらはどれだけせしめたんだ？」

「金のことか？」とランディーは言った。

「いや、サイラスが言ってるのはさ、とろりと甘いヌーキー〔セックスを意味する〕のことだよ」とやせた年寄りの白人が言った。「なあ、おまえヌーキーのことを言ってるんだろう、サイラス？」

「いいや」とサイラスは言った。「ランディーの言うとおりさ。おれが言っているのは金のことだ」

ランディーは落ち着かない気分で黄色いサンダルをポケットに入れた。

彼は立ち上がろうとしたが、サイラスが言った。「座れよ、ランディー・ジッパー。ビジネスの話になりそうだ」

そこに漂い浮かんでいる税金のかからない実入りについて、ランディーがほとんど考慮を払ってこなかったというわけではない。ちゃんと考慮は払ってきた。そしてまた、泥棒でもある彼のガールフレンドから現金を取り上げるのは、お楽しみの半分を占めるはずだ。それはいわば私人逮捕《シチズンズ・アレスト》のようなものだが、ただし彼には犯人を逮捕するつもりも、誰かに金を返すつもりもなかった。

ランディーはビジネス・パートナーを必要としなかった。

銀行強盗の金のことは黙っておくべきだったなと、今となって彼にはわかった。そしてハルヴアーソンの住所を書き付けたリストを、この元囚人たちに見せなければ良かった。それから〈スーパー8〉モーテルのことも。

そんなわけで、真夜中に彼は床の上に寝ている羽目になった。毛布すらない。カールとサイラスが、ランディーが現金で勘定を払ったキングサイズ・ベッドを横取りして寝ているからだ。ランディーがひとつ我慢できないのは、ルームメイトだ。とりわけ入れ墨を入れ、睾丸をぶらさげた、服役経験のある連中とくれば。ぶちまけた話、もしすべてを最初からやりなおせるとしたら、彼はもう二度と、レバーと玉葱の料理を食べるために通りを横切ったりはしないだろう。

背中が痛くて死にそうだ。

賢いやり方は午前四時頃まで待って、カトラスまで忍び足で行って、さっさと逃げ出すことだとランディーは思った。

ランディーは暗闇の中で笑みを浮かべた。イエス・サー、それがまさにおれのやろうとしていることさ、と考えながら。

ついでに財布でもかっぱらってやろうか。

彼が目を覚ましたとき夜は既にすっかり明けていて、やせこけた年寄りの白人男(カールだ)が二フィートばかり先に立って、シャワー上がりの身体をタオルで拭いていた、ランディーは目を閉じ、もう一度開けてみた。しかし見える光景に変わりはなかった。

サイラスは紛い物のウォールナットの机に座って、爪にヤスリをかけていた。視線を上げることなく、まるで肩甲骨に目が付いているみたいに、彼は言った。「床の寝心地はどうだった、ジッパー?」

「まずまずだ」とランディーは言った。「ベッドはどうだった?」

「おまえ、からかってるのか?」

「いや、そうじゃない。部屋の料金なんかを払ってるのはおれだからさ」

サイラスはそれについて考えた。そして言った、「おれがここのベッドを評価するなら、10点満点のスーパー8ってところだな」

年上の白人男が声を上げて笑った。それははじけるような笑いだった。エネルギーに満ちて、まるでシニア・オリンピックのハンマー投げみたいに、睾丸がびゅんびゅん振れている。ランディーはその動きを目にして、できるだけ早急にこいつらとおさらばしなくちゃと、あらためて思った。

朝食は部屋代に含まれていた。そのあと三人はカトラスに乗り込み、ランディーはサイラスが行けと指示するところに向かって運転した。カルヴァー・シティーに向かって西方向に。住所のリストはサイラスの膝の上に置かれていた。やせっぽちのカールは後部席に座っていたが、面白くないようだった。

「あんたのガールフレンドだが」とサイラスは言った。「問題にはならんだろうな? おれたち、面倒は望まないからな。なあ?」

ランディーは首を振った。「ただ一つの問題は」と彼は実際の気分は隠して明るく言った。「アンジーはサンダルで引っぱたかれた疵《きず》を隠すための、何か塗るものを〈ウォルグリーン〉〈全米展開のドラッグストア・チェーン〉であれこれ探すことになるだろうってことくらいさ」

「強盗男は？」

「取るに足らないやつさ」

「銀行を襲う根性のある取るに足らないやつ」

「ああ、でもおれに言わせりゃこういうことになる」とランディーは言った。それから彼は表現を絞り出すために間を置いた。少し間を置くことで、周りの人は話し手に敬意を抱くという文章をどこかで読んだことがあった。「要するにその野郎はジェシー・ジェームズなんかじゃないってことさ。ＪＣペニーの人間に過ぎない」

「じゃあ、あんたその男を知ってるのか？」

「個人的にってこと？」

「どんなかたちにせよだ、ジッパー」

ランディーはカルヴァー・シティー方面の出口を求めて、道路から目を離さなかった。九月半ばの月曜日の朝、太陽光発電に投資したくなるくらいの交通量だった。「知っているというほどでもないよ、サイラス。何度か見かけたことがあるっていうくらいだ。でもデパートの支配人なんてとくに目にとめないじゃないか。映画の切符売り場で切符を売っている女たちのようなものさ。いちいち目にとめないだろう」

「おれはその女性と結婚したんだ」と後部席からカールが言った。

「おまえのスウィートハート」とサイラスが言った。

「ああ、おれのスウィートハート」とカールが言った。

二人はひとしきり笑っていた。それからサイラスが言った。「それでだな、ランディー、おれたちの知りたいのはさ、もしあんたがそのボイドってやつにばったり会ったら、相手の顔がわかるかどうかってことなんだ。ドアをノックしてそいつが出てきたときに」

「なるほど」とランディーは言った。「そういう意味か」

「意味をわかってくれた」とカールが言った。

ランディーはサングラスをかけた。小馬鹿にされることは彼の神経に障った。この威張り屋二人がきちんと理解すべきなのは、自分たちが相手にしているのはただの市民じゃないということだ。二人のうちのどちらかが何か、たとえば葡萄《ぶどう》泥棒のような話題を持ち出してくれるといいのだがとランディーは思った。そうすれば彼も自分の持ち話で会話に加わることができる。ナパのとある葡萄農園主の話だ。女性の農園主だった。実際、おそろしくシャープな顔つきの女農園主だった。肌が透けて見える八十歳のばあさんが好みであればだが。ランディーはでかい葡萄倉庫の配線の修理のために彼女に雇われた。その倉庫にはどう考えても有り余るほど葡萄が貯蔵されていた。そしてランディーが借りたピックアップ・トラックに葡萄の四つめの樽を積み込んでいるとき、そのばあさんが現れて、大きな熊手を持って彼に向かってきたのだ。それで結局ランディーは彼女を力尽くで倉庫に押し込み、葡萄みたいにぐしゃぐしゃにしてしまうことになった。面白い話なのだが、ランディーがその話に取りかかる間もなく、サイラスが言った。「よう、ジッパー、そこが出口だ」

二度ばかりUターンする必要があったが、彼らはその家を見つけた。ランディーのリストにある最初の家だ。見るからにぼろ家だった。前庭で九歳か十歳の男の子が遊んでいた。

「あれがあんたの銀行強盗かい?」とやせこけたカールが尋ねた。「いちおうチェックしとこうや」とサイラスが言った。

「チェックしてこいよ、ランディー」とカールが言った。

ランディーは肩をすくめた。彼はサングラスを指で少し上げ、車を降り、子供の前を通り過ぎ、玄関のベルを押した。しばらく待って、もう一度強くベルを押した。頭の片隅で彼は考えていた。こうやってサングラスを額のところまで押し上げた自分はどんな風に見えるだろうと。映画でよくやっているみたいに、と彼は思った。ランディーが知っている最良のものごとのいくつかは、映画から得たものだった。

彼はもう一度ドアベルを強く押してみた。やはり駄目だ。そこで彼はポーチに沿って窓のところに行き、前屈みになり、眩しさを防ぐために両手をカップ状にして中をのぞき込んだ。でも自分の鼻の他にはほとんど何も見えなかった。サングラスをこんな風にちょっと上にあげればなかなかかっこよく見える、と彼は思った。

彼は庭にいる子供の方を向いて尋ねた。「ハルヴァーソンって人はここにいるかい？　お父さんかお母さんは？」

子供は遊んでいたスクーターから顔を上げなかった。

「おい」とランディーは言った。ポーチから降りて、子供の方に向かっていった。そして子供の腕をつねった。「おまえに訊いているんだぞ、坊主」

子供は後ろに身を引いた。

「何とか言えよ」とランディーは言った。

それでも男の子は何も言わなかった。それはランディーをかっとさせた。相手のことをまっすぐ見ようともせず、ほとんど口をきこうともしない子供たちに、彼は我慢ができなかった。「おい、おまえ耳が聞こえないのか？」と彼は言った。それからおそらくはそれが問題なのだろうと思い当たった。

そのろくでもない子供は今では泣き出していた。

ランディーは子供のスクーターを蹴飛ばし、カトラスに戻って乗りこんだ。なんで子供が耳に障害を持ってなくちゃならないんだ。ランディーにはそれが理解できなかった。まるで誰かが仕組んでいたみたいじゃないか。

「おまえ、性格悪いな」とサイラスが言った。

「かもな」とランディーは言った。

正午前までに彼らは三つのハルヴァーソン名義の住所を試してみた。あとの四つは昼食のあとで。しかし収穫はゼロだった。ランディーがドアベルを鳴らす作業に従事しているあいだ、サイラスとカールは車の中で待っていた。それはランディーには不公平なことに思えた。最後の訪問先はアナハイムだった。一人の老人が薔薇《ばら》に水をやっていた。しかしこの時点までにランディーは、警官の友だちにもう一度電話をかけてみなくちゃと思い始めていた。

〈スーパー8〉まで戻る道のり、一同は押し黙っていた。

駐車場でサイラスが言った。「ところで、ジッパー、おまえはどこでどうやってこのろくでもない住所を手に入れたんだ？」

「電話帳だ」とランディーは言った。

「電話帳？　電話帳なんてもう存在しないぞ。電話帳なんてキュロットと同じくらい昔に消えちまったよ」

「ああ、でもひとつ見つけたんだ。一九九四年版だったと思うな。それがいったいどうしたんだ？」

サイラスはちらっとカールに目をやった。「二十年前の電話帳で名前を追っているってか？　しかもおまえの言う銀行強盗は、ロサンジェルスの出身でさえない。じゃあ、なんでおまえは、その男が最新版の電話帳に載っているなんて思うんだよ？」

「わからないけど……家族はいるかも。やつにはここに来る理由があったはずだ」

サイラスは目を閉じ、息を大きく吐いた。そしてまたカールを見た。

カールは言った。「ロバ並みの頭だ」

ランディーは気の利いた一言が頭に浮かぶのを待ったが、何も浮かんでこなかった。だから言った。「今なんて言った？」

「ロバ並みの頭だ」とカールは言った。「それ、褒めすぎかもな」

しばらく三人は黙り込んでいた。それからサイラスはため息をつき、片手をランディーの肩に置いた。

「カールが言いたいのはだな」とほとんど優しい声で彼は言った。「もしその強盗野郎が、なんらかの他の理由でここに来るとしたらだな、その場合には電話帳なんて役には立たんってことさ。たとえその電話帳が中世伝来のものではなかったとしてもだ」

「ああ」とランディーは言った。

「ここまではわかったか？」

「わかったさ。しかしもしやつが家族を訪ねてきたとしたら？」

サイラスは頭を振った。「ジッパー、おまえにはまだよくわかってねえ。やつがもしそれ以外の理由でここに来たとしたら？」

「たとえばどんな？」

「ああ、そんなのなんだっていいんだよ。ハリウッド・ボウルで小便をしたかったとかさ」

「はあ？」

「あとで説明してやるよ。飯を食おう」

「頭の血の巡りが良くなる」とカールが言った。

彼らは駐車場を横切って〈アップルビー〉に行った。ランディーとしてはその話題はもう忘れてしまいたかった。しかしほとんど完璧な見かけをしたオニオン・リングを食べながら（それは全員で分け合われたわけではない）、サイラスとカールはボイド・ハルヴァーソンがＬＡに来たかもしれない種々の理由について、あまりに多くのディテイルを論じ合った。彼がここに来たのは、ここが大都市であり、自分の身や盗んだ金を隠すのに都合がよかったからかもしれない。あるいはここに仲間がいたのかもしれない。ボクシングの試合が見たかったのかもしれないし、また別の銀行を襲いたかったのかもしれないし、ハワイ行きのクルーズ船に乗りたかったのかもしれない。「言い換えればだな」とサイラスは言って、住所のリストをランディーの前にひょいと放った。「この電話帳のメモはぜんぜん役には立たねえってことさ。おわかり？」

「オーケー」とランディーは言った。

「問題が見えてきたかな?」

「ああ、見えてると思う」ランディーはオニオン・リングをじっと見た。「あんた、黒人であることは気に入っているかな、サイラス?」

「もう一度言ってみろ」

「あんたはそれが気に入っているかな?」

サイラスはカールを見て、それからランディーを見た。「黒人であることが、今の問題とどう関係があるんだ? おれがおまえに尋ねているのは、二十年前の電話帳に問題があることが見えてるかってことなんだぜ」

「もちろん見えてるさ。だからオーケーってちゃんと言ったじゃないか」

「でもほんとにちゃんと見えてるのか?」

「ああ、見えてるとも」とランディー言った。「ただハルヴァーソンの家族がここにいるとしたら、電話帳に載っているはずだ」

「ったく、もう」とカールが言った。

ランディーは肩をすくめ、住所のリストを見下ろした。次なる行き先はサンタモニカだった。オーシャン・パーク・ブールヴァードの外れだ。

彼はリストをポケットに仕舞った。「電話帳のことは忘れよう。おれにはべつの考えがある。フルダには警官の友だちが一人いるんだ。彼が助けてくれるかもしれない。正確には友だちってわけでもない。やつは一度おれを逮捕しやがったからな」

カールは眉毛をつり上げた。「これはこれは。あんた犯罪者なんだ」

「そう呼びたいのなら呼べばいい」とランディーは言った。「そのオニオン・リングちょっともらっていいかな？」

8

ミソメイニア、つまり嘘をつく病は、匂いとともにやってくる。硫黄と腐ったザリガニの混じった匂いだ。二〇一九年の晩夏までには、国家の首都において、ホワイトハウスのリムジンと、上院の聴聞室は不快な場所に成り果てていた。鼠《ねずみ》の匂いを嗅ぐこと、腐った魚のにおいを嗅ぐこと、それが高級、中級、低級それぞれのオフィスから吐き出される修辞的出鱈目の雪崩《なだれ》に対する文字通りの反応だった。国立衛生研究所の疫学者たちによれば、白々しい恥知らずな嘘の一斉攻撃は、嗅神経のダメージという独自の疫病を生み出すことになり、憲政民主主義のみならず人の命をさえ脅《おびや》かしかねない。大統領の二人の先遣補佐官は、漏れている自然ガスを嗅ぎ取ることができず、モンタナ州ビュートで命を落とした。男性六人、女性一人から成る〈ロッカー・ルーム・トークに関する大統領顧問コミッティー〉は、腐敗したチキン・タラゴンの晩餐をとったために(これも異臭に気づかなかった)、病院に収容された。

鼻の病気は犠牲者を増やしていった。便器の水は流されず、牛乳は腐敗し、子供たちはシチューにしたケールを食べた。

より恐ろしいのは、疫病としての嘘と、疫病としての嗅覚不全との間の因果関係が、ミソメイニアのもたらす数多くの結果のひとつにすぎなかったことだ。弱いもの虐めが急増し、結婚が破綻し、お祈りのグループが暴力化した。その年の七月の末日までには偽証が大きな手柄となり、ＥはもはやＭＣの自乗ではなくなり、真実と虚偽の互換性が精神科医の待合室を満たした。編集部のファクト・チェッカーたちはめまいや混乱や怒りや絶望や孤立化を訴えていた。全国七十八に及ぶ真実告知会にとってはまさに濡れ手に粟というところだ。

ケープコッドからパールハーバーに至るまで、真実告知会はサイバースペースを虚偽という糧《かて》で満たした。バーバンクの人気ある真実告知会支部は、「六歳児を対象としたＬＧＢＴＱの意識下プロパガンダ」がテレビの画面でちらつかされているというニュースを流していた。『スポンジ・ボブ』〔アメリカのテレビアニメ〕は鯨大好き、クリアな水大好きな民主党員によって思いつかれたものだと、その支部は主張していた。日本のアニメは第二次世界大戦の結果を逆転させることを目的としている。『アメリカン・ダッド！』〔アメリカのテレビアニメ〕は十戒の第五戒（汝《なんじ》の両親を敬え）に対する無神論的攻撃である。同じようにコロラド州ブラックホークでは真実告知会支部が、前副大統領候補が世界最初の完全ポータブル核爆弾を開発した十三歳のボーイスカウト、エドガー・ピッツに勲功記章をつけてやっているフェイクな非フェイク動画を上げていた。

アメリカ全国のおおよそ三分の一の成人市民――六千九百万人に及ぶ――がこれらの荒唐無稽な嘘っぱちのひとつか、あるいはいくつかを信じていた。

かくしてカリフォルニアの小さな町フルダは、全国でも有数の嘘供給支部（嘘中継支部に対するもの）として、少しでも目新しい、真実ならざる真実コンテンツを作り出さねばという圧力下にあった。

アール・フェンスターマッカーは頭を悩ませていた。

「ボーイスカウトの核爆弾を超えるようなネタがあるか？」とアールは同志にこぼした。「私はクリエイティブ・ディレクターだ。しかし私は……手品師じゃない。私はボイド・ハルヴァーソンではない。もう在庫は残っていない。反ワクチン、反おむつ――おいしいものはみんな使ってしまった。扁桃炎を銃が予防するという事実を、食品医薬品局が隠していることをボイドが証明したあと、いったい何が残っている？」

「ヒラリーは？」ディング・オニールが言った。

「すっからかんだ」

「内戦は？」とチャブ・オニールが言った。「弾薬を買い集める――おれたち対環境保護局の戦争だ」

「そんなもの古代史だ」とアールはうんざりしたように首を振った。「ざっくばらんに打ち明けよう。我々は今まで起こったこともないような、これから先も起こり得ないような、とびっきり新しい何かを必要としているんだ。さもなければ、リベラルの馬鹿どもにいいようにされてしまう。我々はセクシーなものを必要としている。我々はとんでもないものを必要としている。たとえば――そうだな――FBIがハミングバードの体内にスパイカメラを取り付けているとか」

「それは既にハルヴァーソンがツイートしていたんじゃないかな」とダグ・カッタビーが言った。

「あいつには才能があった」

アールは肯いた。「イエス・サー、そしてそこに我々の問題がある。誰がなんといおうとハルヴァーソンは――彼の舌先三寸に祝福あれ――あの男は合衆国大統領にひけを取らなかった」と彼は言った。「もちろんアメリカに神の祝福あれ」

「エーメン」とディンクが言った。

「ダブル・エーメン」と兄のチャブが言った。

四人は黙り込んだ。彼らは〈トワイライト・クラブ〉（LAのお洒落な高級バーのフルダ版だ）の奥のテーブルに座っていた。ディンクは手持ち無沙汰にクー・クラックス・クランの入れ墨の一つをつまみ、ダグ・カッタビーはテイラー・スウィフトの白日夢に耽り（一度ラス・ヴェガスの〈ベラージョ〉で見かけたことがあった）、そしてチャブは座ってウォッカ・トニックをかき回していたが、やがてひとつ咳払いし、アールに言った。「認めろよ。ディンクは正しい。ヒラリーで行こうじゃないか」

「仕掛けはなんだ？」

「なんだっていいさ。彼女が『ちびくろサンボ』を書いたって言えばいいんだ」

「時代遅れだ」とアールは言った。「四十歳以下の連中はそんなもの知らないよ」

「ああ、そのとおりだ」とチャブが言った。「こんなのはどうだ？　見出しは『ヒラリー、五つ子を出産予定。オバマは父親であることを否定』」

「それとも既に五つ子を産んでいるっていうのは！」とディンクが言った。「そしてみんな食べてしまった！」

アールは不快そうに口をすぼめた。「忘れろ。古くさい冴えない話だ。もっとクレイジーなことを思いつけ。不可能なことを思いつけ」

嘘供給支部は再び沈黙に沈んだ。それからアールが笑みを浮かべ、うなり声を上げ、椅子の中で飛び上がるように背中をまっすぐ伸ばした。

「なんだい？」とディンクが尋ねた。

「この前のキワニス・クラブのブランチのことを覚えているか？　銀行が閉店する前に用事があるからって言って、ボイドが途中でいなくなったやつだよ。出て行く前に彼はしゃべりまくっていた。新しいアイデアがあるってな。おおまかにいえば、十二人の合衆国大統領は実は存在しなかったっていうものだった。覚えているか？　ラザフォード・B・ヘイズ――無に等しいやつだ、文字通り。呼吸すらしなかった。ジョン・タイラー、純粋なフィクションだ。ミラード・フィルモア、ジェームズ・ポーク、ジャック・ケネディー、ウィリアム・ヘンリー・ハリソン――誰をとってもサンタクロースの半分ほどのリアリティーもない。詳しいところは忘れちまったが、それらすべての背後にいるのが誰だったか、覚えてないか？」アールはディンクを見て、チャブを見て、それからダグ・カッタビーを見た。「選挙人団だ、まさにそいつらだ！　選挙で勝った候補が気に入らないとき、やつらは大統領をでっち上げるんだ。履歴もすべてでっち上げるんだ。やつらは落ち目の俳優を雇って、大統領就任式を演じさせる。フェイクの大統領がフェイクの飛行機のタラップに立って敬礼するヴィデオを仰々しくこしらえる。不正選挙！　それがボイドの作った話だ。だからな、選挙人団がケネディーの暗殺をでっち上げたんだ。ケネディーなんて存在しなかったからな。ケネディーはぜんぜん存在しなかった。マッキンレーやリンカーンが存在しなかったのと同じようにな」

「リンカーンもいなかった？」とディンクが言った。

「ボイドの説によればな」

「じゃあ、奴隷解放宣言もなかった。やつらは今でも奴隷なのか？」

「結論は自分で出してくれ」とアールは明るく言った。彼はウィスキーサワーを飲み干し、時計にちらりと目をやり、言った。「誰かがもっと良い案を出さない限り、私はこれをインスタグラムに上げることを提案する。今すぐにな。選挙が迫っている。大きいのがな。そろそろ土地を耕し始めても害にはならんだろう。神に誓ってもいい。こいつはボイドが我々に残してくれた、最後のファンタスティックな贈り物のようなものだ」

ディンクは顔をしかめた。「どうだろう。リンカーンはいなかった？　そんなこと誰か真に受けるかな？」

「驚くべきことに」とアールは言った。「全国民の三分の一が信じる」

9

二人は〈ラルフの店〉で食料品の買い物をした。まだ朝の八時にもなっていなかった。カートにはボイドが「こんなものは食べられない」と思うしかない食品が積み上げられていた。「あなたくらいの年齢の人は」とアンジー・ビングは語り続けていた。「アルコールの問題を抱えている人は、心臓のことを真剣に考え始めなくちゃならない。フィッシュ・オイルはその役に立つ。フィッシュ・オイルとシロキクラゲとほうれん草と、たくさんの果物。そうすれば明日にでもばたんと倒れるなんてこともないでしょう。そうなっても私は気にしないけどね」

彼女は口をきかないという条件でそこにいた。ひとことも発してはいけないと。でもそれはもう半時間も前のことだった。

「ぼくはもう四十三歳だ」とボイドはくたびれた声で言った。「あるいは四十九歳だ。そして昨夜のことは例外だった。それにきみはひとことも口をきかないと約束した」

「私たちは食料品の買い出しをしているのよ」

「それで?」

「だから、それはまた別のことでしょう」

「別のことじゃない」

「ボイド」と彼女は言って、くるりと彼の方を向いた。「私は何か騒ぎを起こしている？　私は大声を上げている？」

「ノー」

「大声を上げてもらいたい？」

「ノー」

「もしそうしてほしいなら、大声を上げるわよ。そういうのってすごく得意なんだから」

「止めてくれ、アンジー」

「わかったわ。だから落ち着きなさい。私がやっているのはね、あなたを死なせないようにするっていうことだけなの。どうしてかは訊かないでね」

アンジーはカートの持ち手をぎゅっと握りしめた。それは彼女にとっては背伸びだった。それから警告を与えるようにきっと彼を見た。医薬品売り場で彼女は生姜エキスと、セント・ジョンズ・ワート〔抗うつ作用があるとされるハーブ〕と、粉末マッシュルームと便秘薬を買った。小間物の売り場では、ニンニク潰しと巻尺を買った。質問をしても無駄だろうとボイドは思った。彼は店から出たかった。通路をチェックしている三ダースもの監視カメラの視線から出て行きたかった。その外出は手短なものになる予定だった。さっと入って、さっと出る。そしてアンジーは沈黙を守ることを誓っていた。

自分の騙されやすさが彼を苛立たせた。

しばらくしてから彼は彼女の腕を摑んだ。「もうおしまいだ」と彼は言った。

「ボイド、それって痛いよ」

「痛いようにしているんだ。もう行くぞ」

「大声をあげてもいいのね？」

「ああ、いいとも。好きなだけ怒鳴ればいい」

「いいわよ。そして逮捕されるのね」彼女は彼の手をこじ開けるようにして離した。「さあ、牛肉を少し買いましょう。あなたの血管が破裂するのを見るのって、楽しいでしょうね」

彼女は牛肉とポット・ローストをぎゅっと摑むのに五分かけた。

ボイドはとうとう溜息をついて言った。「頼むよ。なあ、お願いだ。きみだってボーイフレンドのもととか、元の仕事とかに戻りたいだろうが？」

アンジーはポークチョップを三つ、カートに放り込んだ。「いいえ」と彼女は言った。「だって人生は生きるためにあるのよ。もしあなたがこんな素敵な大冒険を通り抜けているのなら、私だってお相伴にあずかりたいわ。それにあんな仕事、もううんざり。他人のお金を勘定することで、私が胸をときめかせていると思う？　それが面白いことだと思う？」

「監獄も面白いところじゃない」

彼女はカートを柿を並べた容器のところまで押していった。そして言った。「強盗はあなたなのよ、ボイド。私じゃない。それにね、そのことをあなたはまだ私に説明していない。昨夜あなたは説明するって約束したのに」

「スーパーマーケットじゃできない」と彼は言った。

「また言い訳」とアンジーは言った。

「わかった。ひとつ頼みを聞いてくれたなら、説明してもいい」

アンジーは振り向いて彼を子細に眺めた。ポーカー・プレイヤーが降りるか、勝負をかけるかを決断するときのように。

「どんな頼みよ？」と彼女は尋ねた。

「電話をふたつばかりかけてもらいたい」

「それだけ？　そうすれば話してくれるわけ？」

「今夜ならね。少し長い話になるが」

アンジーはしばらく身動きせずに立っていた。彼をじっと見ながら。

「オーケー、わかった」と彼女はようやく言った。「でもこれは覚えておいてね。大声を上げることに関しては私はプロなのよ」

勘定を払ってボイドが更なる三百ドルを使ったあと、アンジーは携帯電話を引っ張り出して、二度電話をかけた。それから彼に紙片を差し出した。そこに彼女は〈ＹＯＵ！〉と走り書きをしていた。

「グッド・ラック」と彼女は言った。「どれくらいかかりそう？」

「二時間か、三時間か」とボイドは言った。

「ありがとうと言ってもいいのよ」

「ありがとう、アンジー」

「どういたしまして。それから約束を忘れないでね――お酒は抜き。悪魔はそうやってあなたの良心を殺す」

「そんなものがあればね」とボイドは言った。

「最長で三時間よ」とアンジーは言った。「誰も撃たないでね」

ベヴァリー・ブールヴァードが北ラ・シエネガ通りと交差するあたりの外れに、黒い大理石のビルディングがあり、いかにも上等そうな見かけで、時間と資本をたっぷり手にしている人々の各種用命に応じている。奇妙なことに、ビッグ・ブルー・バスと同じように、この流線形の建築物は〈YOU!〉という名前をつけられている。しかしこの感嘆符付きの代名詞は、どう転んでも、フルダからバスに乗ってやってきたばかりの、すり切れた靴を履き、薄い財布を持った田舎者を歓迎してはくれない。YOU!はあなたのことを意味してはいないからだ。YOU!の意味するあなたとは、セレブのことであり、セレブに同伴する人々のことであり、あるいはそのエージェントであり、その配偶者であり、その疲労した出資者のことである。もしあなたが――べつに誰でもいい――たとえばJCペニーで売っているような服を身にまとい、このビルディングのロビーにふらりと迷い込んだなら、その歓迎ぶりはそれほど熱っぽいものではないだろう。愛想のかけらもない警備員の視線、凡庸さを見逃さない受付係の鋭い視線。

玄関の回転ドアの近く、堂々たるほとんど不透明なスモークド・グラスの背後に、何枚かの控えめに刻印された金属板があり、このビルに入っている企業の名を告知していた。その中にはヘルス・スパと、美容室と、瞼《まぶた》を専門とする美容外科医院が含まれていた。また見たところ、何軒かの馬鹿馬鹿しいほど高級化した高級小売店があり、この場所で堂々と窃盗行為を働いているようだった。香水店、アンティーク・ストア、宝飾店、キューバ煙草専門店、そして弁護士事務所のスイートがひとつ。ウィンドウの下側の白いサテンの上には、売り物なのか売り物ではないのか判然としない品物が並べられていた。立派なチェス・セット、きらきら光るティアラ、エメラルドだかそれに似たガラスのかけらだかが埋め込まれた金のスプーン、古びた能の仮面、一対の安全ピン、コンクリートでできているように見えるが、ほぼ間違いなくそうではない壺。値段は一切表示されていない。

このとびっきりお洒落なビルの最上階、六階分はパシフィック造船・海運の米国本社によって占められていた。こぎれいな銅製金属板が、ジュニアス・キラコシアンがこの会社のCEOであり、ジェームズ・R・ドゥーニーが名誉会長であることを告げていた。彼ら二人の似顔絵がそれぞれの金属板の上に刻まれていた。まるでオクタヴィアヌスとシーザーのように。

ボイド・ハルヴァーソンはスモークド・グラスの前をしばらくうろうろしていた。そのとき、九月半ばのよく晴れた朝、彼は富と特権の相対性について考えるともなく考えていた。少し前に彼は銀行を襲い、有り金をこそげて持ってきた。しかしここに立っている彼は、〈YOU!〉の基準からすれば貧乏だった。やっと安全ピンが買える程度の金しか持ち合わせていない。

永遠のウィンドウ・ショッパー。

気分転換にスモークド・グラス・ウィンドウを撃ってみるのも悪くないかも、とボイドは思った。心がそそられる。外しっこないのだから。でもアンジーが銃から弾丸を抜いてしまったことを思い出してがっかりした。銃は上着のポケットの中に入っている。「前の奥さんと話したあとで、弾丸は返してあげる。私は殺人に加担したくないから」

まだ一時間も経っていないが、ボイドはアンジーを母親の家の台所に残してきた。ボイドは酒を飲まないという誓いを新たに立ててきた。判断力と常識の欠如を彼は認めた。バスを撃つなんてもないことだ。

「あるいは他のどんなものでもね」とアンジーは言った。「違法なことは一切しない」

「そのとおりだ」

「そして今夜あなたはすべての事情を話してくれる。何もかもを。そういう取り引きね？」

「それが筋だ」

アンジーはコーヒーカップの縁からじっと彼の顔を見つめた。「正真正銘、これは信頼ってものなのよ、ボイド。さあ、私に銃弾を渡して」

それより前にかけたアンジーの二本の電話は二つの結果をもたらしていた。一本目の電話は、エヴリンがその朝、美顔処置を受けに行くということの発見だった。二本目の電話で、その場所が〈YOU！〉の三階にあるハイエンド美容室であることが判明した。十時数分後に、弾丸抜きのピストルを彼のポケットに入れて、二人は彼の母親の家の玄関で別れた。「私をだまくらかせたなんて思わないでね」とアンジーは言った。「実際、だまくらかせてないんだから。今からはとことん正直になるのよ」彼女はつま先立ちして彼の顎に素早くキスをした。「私はあなたの敵じゃないのよ」

スモークド・グラスのウィンドウに映った自分の姿を検分して、酒を口にしないなんていう大胆な誓約をしてしまったことをボイドは悔やんだ。

彼は一杯やることを必要としていた。

いや、三杯だな。

少しあとで彼はスモークド・グラスのウィンドウを一度弱々しく叩き、回転ドアを通り抜け、エレベーターに乗って三階まで行った。廊下の突き当たりに、心を落ち着かせるオーシャン・ブルーのライトに照らされて、〈ジ・インナー・ユー（内なるあなた）〉という店があった。熱意をそこに感じるにせよ、恵まれた女性たちの外側の皮膚に寄与することを目的とする施設にしては非論理的な社名だ。彼が一歩足を中に踏み入れると、メロディックなチャイムがショパンだかバッハだか、誰かしらのピアノ曲を奏でた。風と波の音が彼を包み込んだ。海の香りがカーペットやタペストリーから浸みだしてきた。

威風堂々たるものがボイドは苦手だった――昔からずっとそうだ――彼の胃は場違いなところに足を踏み入れたときの、お馴染みの不安感によって激しくかき回された。ここでは富がうまく機能していた。趣味の良い人間がどこかにいるのだ。

彼の真っ正面にはよく日焼けした、信じがたいほど美しい若い受付係の女性が、アンティークのウォールナット・デスクの後ろに、ふんわりと浮かんでいるみたいに見えた。百ポンドにほんの数ポンド加わっただけの、ロサンジェルスのスターレットだ。

ボイドの腹筋がぎゅっと縮まった。彼は姿勢をまっすぐ正した。

「ちょっとお待ちを」とそのスターレットは囁くように言った。

とはいえ、彼女が何かをしそうな気配はまったく見受けられなかった。彼女の視線は二人の間に存在する酸素にじっと注がれていた。

ボイドは微笑んだ。その娘に対する彼の嫌悪は即座に生まれ、それは強烈なものだった。

「どうぞ」と彼はやはり囁くように返事をかえした。

娘は口もきかなければ、正面の空間に向けた目の焦点をずらしもしなかった。何秒かが過ぎていった。彼女のガラスのような緑がかった青色の目は、その眼窩の中でじっと凍りついているようだった。彼女は息をしているのだろうか、とボイドはいぶかった。

更に多くの時間が通り過ぎていった。

「誰かいますか？」と彼は穏やかな声で言った。

娘は指を何本かもぞもぞと動かした――ほんの僅かに。ボイドの感じていた嫌悪は憎しみへと姿を変えた。同時に恥じ入りながらも、彼は背筋をいっぱいに伸ばした。こういう女たちといると――少し前のエヴリンがそうだったが――彼はどう考えても自分の手には入りそうにないものを前に、救いがたい状態に陥ってしまうのだ。ぼくは透明人間だ、と彼は思った。ジョージ・クルーニーの使いだと名のろうか、それともピストルで彼女の注意を惹いた方がいいだろうか？

「なあ、あんた」と彼は言った。「これは人形芝居なのか？」

娘はぱっちりと目を開け、彼を見て、素早く驚いた笑みを浮かべた。

「失礼？」と彼女は言った。

「念のために言っておくと」とボイドは言った。「ぼくは無名の人間じゃない。ちゃんとした人たちとつき合ってるんだ」

その若い女性は再び微笑んだ。彼女の歯は歯科技術によって白く燃え上がった。「ジョークを言ってらっしゃるのね」と彼女は言った。「そうでしょう？」

「ぼくはジョーカーだ。ポケットにピストルが入っている」

娘はとくに驚くでもなく肯いた。

彼女は机の抽斗を開けて、革張りの記録簿を取り出すとき、まるで魔法のようにさらに少しだけ高く空中に浮かび上がったように見えた。

「じゃあ、予約をなさっておられるのですね」と彼女は呟くように言った。とくに尋ねているという様子もなく。とくに何ごともなさそうに。「そしてあなた様のお名前は……」

「ミスタ・クランストン」とボイドは言った。「ブライアン〔ドラマ『ブレイキング・バッド』の主演で知られるブライアン・クランストンのこと〕」

彼女の目は焦点を結んだ。

「冗談だよ」とボイドは言った。「ユー、ミスタ・ユーだ。妻を迎えに来た」

「奥様はミセス・ユーでいらっしゃいますか？」

「いや、彼女はミセス・エヴリン・キラコシアンだ」

「ああ」と彼女は囁いた。「もう一度発音していただけますか？」

「エヴリン」

「じゃなくて、ラスト・ネームのほうを」

「キラコシアン」

「舌を嚙みそう」

「まったくね」とボイドは言った。「でも、いいかい、きみに尋ねたいことがひとつあるんだ。ついさっきチャイムの音を聞いた？」

「何を？」

「チャイムだよ。それがきみに告げるのは『あら、誰かが入ってきたわ。顔を上げて愛想良くしなきゃ』ってことだ」

「おかけください」と彼女は言った。

「真剣な話、きみはそれを耳にしたか?」

「ミスタ・ユー」と彼女は言った。「どうぞ」

ボイドは肩をすくめ、彼女の真向かいに腰を下ろした。驚くべきことだ、と彼は思った。一度銀行を襲えば、なんと舌先が滑らかになることか。そしてまたこうも思った。十年にわたって沈黙を強いられてきたあとで、おれは再び活力《モジョ》を取り戻しつつある、と。彼は漠然と頭を働かせた。ミスタ・ユーはいったいどんな人物なのだろう? 身なりだけは立派な下っ端だ、間違いなく——しかしとにかくこれで物事は思ったよりもうまく運んでいる。

娘は受話器に向かって何かを言い、電話を切り、彼の顔を見ることなく言った。「五分後にお見えになります」

「けっこうだ」とボイドは言った。

かなり長い時間が過ぎた。

それからボイドは言った。「どうやったらそんなことができるんだろう?」

「そんなことって?」

「そんな風に空中に浮かぶことだよ」

受付係は意味のない微笑みを浮かべていた。言われたことが聞こえているのは確かだった。

「正直に言って」と彼は言った。「きみは実にそこに浮かんでいるように見えるんだ。エア・クッションとかそういうものなのかな?」

「ミスタ・ユー、私はできれば——」

「実を言えば、ぼくはミスタ・ユーじゃない」とボイドは言った。「でもぼくはものを売ったり買ったりしている。ほとんどは不動産だがね。たとえばこのビルディングとか」

「これはあなたの持ち物なのですか？」

「そのとおりだ。このチャイムも、タペストリーも、エレベーターも――ぼくは〈ＹＯＵ！〉を所有している」

娘はきっと鋭く彼を見た。「もし何かの誘いかけだとしたら、それはお気の毒です」と彼女は言った。「誰も私を所有なんてしていませんから」

「きみのことじゃない。ぼくが所有しているのは〈ＹＯＵ！〉のことだ」

「あなたが〈ＹＯＵ！〉のオーナー？」

「そうだ」とボイドは言った。「そしてぼくは昨日バスを撃った」

こいつは気分がいい、とボイドは思った。そこには上出来の嘘の味わいがある。スモークしたソーセージみたいだ。脂肪たっぷりで健康的ではないが、それでも美味だ。もしそのときエヴリンが受付ロビーに足を踏み入れなかったら、彼はそんな話をずっと続けていたことだろう。彼女はまるでアフタヌーン・ティーに出るような格好をしていた。

「あら、申し訳ありませんでした」と娘は彼女に言った。「この方はミスタ・ユーだと思ったものですから、でも本当は――」

「彼が誰だかは知っています」とエヴリンは言った。

「彼は〈ＹＯＵ！〉を所有しているんです」

エヴリンの視線は脇にずれていった。

彼女は後戻りしかけたが、ボイドは立ち上がって彼女の腕を手に取り、ぼくが必要としているのは十分間だけだと言った。本当は前もって電話しておくべきだった。そのことは本当に悪いと思っている。でも過去のことは過去のこととして水に流し、軽く一杯飲んで、少しばかり昔話でもしないか。そのあときみはベントレーに乗り込んで、楽園だか涅槃《ねはん》だか、とにかくそんなところに帰っていけばいい。それでどうだろう？

「あなたは大したものよ」とエヴリンは言った。

「そのとおり。でもちょっと前まではぼくはゼロだった。それから銀行を襲ったんだ」

彼は彼女に銃を見せた。

「わかったわ」と彼女は言った。「十分間ね」

「嬉しいね、エヴリン」とボイドは言った。「きみの肌はつやつやして、実に新品みたいに見えるよ」

「銃を仕舞ってちょうだい」

10

ラ・シエネガ通りの二ブロック先に、二人は適当な店を見つけた。楽しげな黄色い天幕の下のサイドウォーク・カフェだ。エヴリンは防御的な姿勢を取った。両腕を組み、上半身は硬く前屈みになり、不安と疲労を半々に同居させながら彼をまっすぐ見ていた。九年の間に変化はほとんど見受けられなかった。ほっそりとして冷静沈着、物腰にぴったり隙がなく、彼とは何光年も格が違っている。ボイドは彼女に対して以前いつも感じていたのと同じ気持ちを抱いていた。大半は畏怖の念だ。

曖昧な時間がひとしきり経過し、エヴリンが口を開いた。「銃は冗談ごとじゃないわよ、ジュニア。人の後をつけ回すのもね。招待を受けるまでは、玄関のベルを押すのももうやめてちょうだい」彼女は彼を睨みつけた。「それで、何の用なの?」

「そうだな」と彼は言った。「ジントニック」

「ジュニア」

「再会を祝して。昔のよしみで、二人だけで」彼は間を置いた。「だからさ、ぼくは銀行を襲ったんだ。真っ昼間に」

「なるほどね」

「それは間違いだった。そう思い始めている」

「それで銃は?」

「見せるだけさ」と彼は言って、それから少し考えた。「でもないかな。それは人の注意を惹くからね。その経験全体が——銀行を襲うことが——パーソナリティーを形作るんだ。重要なものごとが顔をぴしゃりと打つんだ」

「どんなものごとが?」

「たとえばぼくがここにいること。かつて愛した人と飲み物を共にしようとしていること」

エヴリンは短く目を閉じた。それからため息をつき、椅子に深くもたれかかった。「あなたはまだそういうのをやめないのね。そういう出鱈目を」

「ぼくが銀行を襲ったことを信じないんだね?」

「もちろん信じない」

「十日だか、十二日だか、十六日だか、何日前だか思い出せない」

「あなたは何を求めているの?」

「ドゥーニー」とボイドは言った。

「ドゥーニー。何のために?」

ボイドは悦に入ったような笑みを浮かべた。「何のために? 何のためかはわかっているだろう」笑みが薄らいでいくのを彼は感じた。「あいつは今どこにいるんだろう?」

「まったく知らない」

「ふん」と彼は言った。「きみはきっと知っているはずだ。ほんの僅かにせよ、その糸口みたいなものをね」

石のように強ばった彼女の顔を、微かに不安の影がよぎった。「本当に知らないのよ。ドゥーニーは同性愛者であることを告白して、CEOを辞任し、後釜に私の夫を据えて、カルヴィンと二人で旅に出てしまった。どこにいるかはわからない。私たちもう話はしないから」

エヴリンはサングラスをかけ、すぐにそれを外した。「その大きな銃で彼を撃つつもりなの?」

「必ずしもそうとは限らない。しかし血はたっぷり流されるだろう」とボイドはウェイターを探しながら言った。「それはそれとして、ぼくがどうして銀行を襲ったか知りたくない?」

「あなたは銀行なんて襲っていない。あなたは嘘つきなのよ、そうでしょ?」

「そのとおりだ」

「あなたは決して、決して本当のことを言わない」

「決して、決して、ということはない」

「ほとんど決して」

ボイドは肩をすくめて、鷹揚なところを示した。「いいかい、聴いてくれ——こいつは実にうっとりさせられることなんだが——ぼくがすっかり行ないを改めたことを知ったら、きみはよろこんでくれるはずだ。レーヨンの専門家。ハンディは14、パターは悪くない。九年間にわたるキワニス・クラブの忠実な会員。それは知らなかっただろう」

「知らなかった」

「実にそのとおりなんだ。隔週の土曜日にキワニスの集まりがある。我々のモットーは『奉仕、誇り、慈善』だ」

「まさにあなたのことね」とエヴリンは言った。

「そう思う？」

「思わない」

ボイドは肯いて言った。「ほらね、そういうことだ。だったら銀行強盗をしたっていいじゃないか。ドゥーニーはどこにいる？」

「彼は私のどうしようもない《ファッキング》父親なのよ、ジュニア」

「実に言い得て妙だ……ちょっと待ってくれ」ボイドは手を伸ばして通りかかったウェイターを呼び止め、ジントニックを四杯注文した。

「四杯？」とウェイターは言った。

「じゃあ、六杯だ」とボイドは言った。「それから、全部ひとつにまとめて飲める大きなグラスを二つ。そしてもし可能であれば、到着予定時刻を折に触れて教えてくれ。きみがちゃんとここで仕事をしているってことがわかるようにね」

エヴリンが言った。「失礼な真似はよして。さもなければ私は行きますから」

「仰せのままに」とボイドは言った。

しばらくの間、二人は黙ってそこに座っていた。それからエヴリンは言った。「どうして私が今朝ここにいるってわかったの？」

「友だちの協力があった。電話をかけてくれてね。むずかしいことじゃなかったよ」

「友だちがいるのね？」

「正確には友だちってわけじゃない」とボイドは言った。「ぼくは彼女を誘拐したんだ」

「そしてあなたのその友だちは――」

「ちりん・ちりん。きみはどうやら執事だかなんだか、きみの電話を重量挙げする係に思慮の欠ける人物を雇っているようだね。ぼくのその友だちはアンジーっていうんだが、銀行の窓口係をやっていて、なにしろ口が達者で、いったん話し出したらもう止まらない。ロサンジェルスの送電網に舌が繋がっているみたい、だからその人物を過度に叱責するつもりはない」

エヴリンは肯いた。その使用人と交わすための言葉を頭に記しているのだ。ボイドにはそれがわかった。

「それでとにかく」と彼女は言った。「あなたは戻ってきた」

「そのとおり」とボイドは言った。「言うなれば復讐の念と共に」

「もっとほら話を広めるために?」

彼はそれを聞いてくすくす笑った。

「有り体に言って」と彼は言った。「ぼくのつく嘘なんて、ちゃっちいものに過ぎない。なんてったって、ドゥーニーのつく嘘に比べたらね」彼はそこで一息置いた。「ぼくを助けてくれ。やつはどこにいるんだ?」

「その話はもう済んだでしょう。私は何ひとつ――」

「きみは知っていると思う」

ボイドは財布からテディーのスナップ写真を取り出し、テーブルに置いて彼女の方にそれを差し出した。彼女の表情は変わらなかった。

「ヒントをくれるだけでいい」とボイドは言った。「ヒューストンか、ジャカルタか?」

「だから言ったでしょう。私はまったくなにひとつ知らないの。番号案内をあたってみたら？」

「もうあたったよ」

「だとしたら」と彼女は言った。「運が尽きたってことね」

たいしたものだとボイドは思った。彼女はスナップ写真にちらりと目をやっただけで、ウェイターが六杯のジントニックを持ってやってきたときにも、その写真を目につかないところに動かそうとはしなかった。ウェイターはライムと大きなグラスを忘れていた。

「乾杯」とボイドは言った。「で、ドゥーニーが退職したって？」

エヴリンは苛ついたように肯いた。「実際に引退したの。ジュニアスが今ではショーを牛耳っている。ドゥーニーとカルヴィンは――恋人同士だと思うんだけど――二人で世界漫遊をしている。家から家へと巡ってね。最後に聞いた話では、ドゥーニーは九軒の家を所有している」彼女はボイドがジントニックを一杯飲み干し、次にかかるのをじっと見ていた。「私たちはみんな一からやり直さなくちゃならなかった。そうじゃない？　ドゥーニーも含めてね」

「ぼくらのほとんどみんな」とボイドは言った。

「私に何を言ってもらいたいの？　それはあなたの過失だったのよ」

「かなり多くはね。それは認める。でも全部じゃない。そこには脅迫みたいなものもあった。もしきみが覚えていればだが」

「彼がやったのは、あなたにロープを渡しただけよ、ジュニア。あなたが落とし戸を開けた。好きなだけドゥーニーを責めればいい。でも歴史を書き換えるのはよしましょう」

「いいとも」と彼は言って微笑んだ。「それでいい。リッチであることは楽しいかい？」

エヴリンは唐突に頭をぐいと後ろにそらせた。この動作が示すのは「私は今そういう気分じゃない」ということだとボイドは思い出した。それはまた「私が噛みつかないなんて思わないでね」という意味でもある。彼女は顎をぎゅっと噛みしめ、まだ二人の間にある小さな子供の写真には目をやらなかった。首のまわりの腱《けん》が牢獄の格子のように固く強ばった。

「リッチであるのは悪くないわよ」と彼女は言った。「私はいつだってリッチだった。誰にも嘘をつかれないし」

「ただの好奇心だよ」

「お気の毒ね。あなたは好奇心を持つ権利を放棄したのよ」

「おそらくその通りだ。でもいいかい、ぼくはいささかナーヴァスになっている。ぼくが知りたいのはただドゥーニーが――」

エヴリンの携帯電話が唸り、彼女は顔をしかめて、彼に「口をきくな」という強烈な信号を送った。彼女はハンドバッグから電話をさっと取り出し、立ち上がって、会話が聞こえないところまで数フィート歩道を移動した。

あらためてボイドは驚嘆しないわけにはいかなかった。昔とまるで変わっていないじゃないかと。

細かい点はあちこち違っていても、基本はきっちり同じだ。彼女はいつだって厳密に、ほとんど気味が悪いくらい自分の感情を抑制していた。まるで脳幹にサーモスタットが埋め込まれているみたいに。それが彼にはどうしても理解できなかった。ジャカルタでの彼らの最初の日々にあっても、エヴリンはまるで巨大なジップロックの袋に入った女のようで、それが彼を驚かせた。

僅かしか中に入らないし、僅かしか外に出てこない。

少しして彼女は電話を切り、テーブルに戻ってきた。彼女は腰を下ろすのに懲罰かというくらいの量の時間をかけた。

「あと五分だけ」と彼女は言った。「タイマーをかけますから」

「運転手がこちらに向かっている？」

「そういうこと」

「糊のかかった制服、だろうね。ぴかぴかの黒いヴァイザーのついた灰色の帽子。きみのことをしょっちゅう奥様《マーム》って呼ぶのかな？」

「五分よ」

ボイドはスナップ写真を示した。「テーブルの上にいるのはきみの息子だ」

「そうよ。私に泣き出してほしいわけ？」

「そうしたいなら」

「したくない」

「じゃあ、それでいい」とボイドは言った。「ぼくにドゥーニーについてのヒントをくれ。彼が泣くかどうか見てみようじゃないか。ぼくが彼を泣かせられる方に、ぼくは賭けるけどね」

エヴリンはまたサングラスをかけたが、今度はとらなかった。椅子の中で僅かに身体の向きを変えた。

「こんなことをしていても」と彼女は言った。「退屈なだけよ」

「やつはモンスターだ」とボイドは言った。

「ええ、実にその通りよ。そうじゃない人がいる？」

ボイドは少し間を置いた。それから手を伸ばして写真を取った。そしてそれを財布に仕舞った。

「やれやれ、きみはまったく強い女だな、エヴリン」

「そうよ」

「でもキュートだ」

二人は顔を見合わせた。ボイドはふと思った。保存袋の中での生活が、彼女にとってものごとを耐えやすくしたのだと。

彼は二杯目のジントニックを飲み終え、三杯目にとりかかった。そして言った。「こういうのはどうだろう。ドゥーニーがどこにいるか教えてくれたら、ぼくらはここで静かに別れ、きみがぼくと関わり合うことはこの先もう二度とない」

「もう二度と？」彼女は尋ねた。

「決して、決して、もう二度と。それは長い時間に思えるかもしれないが、でもね、銀行を襲ったあとではそうじゃないんだ」

一瞬、嫌悪の情のようなものが彼女の目をよぎった。「もしそんな出鱈目を私が信じると思っていたら」と彼女は言った。「あなたは話す相手を間違えている。そんなニュースを、新聞でもテレビでも目にしたことがないのはどうしてかしら？」

「ぼくの言うことを疑っている？」

「疑っているんじゃない。ただ哀しいだけよ。あなたは嘘をつくことがやめられない。そうでしょ？　それって病気なのよ、ジュニア」

「ぼくの名前はジュニアじゃない」と彼は言った。「ただのボイドだ」

「あら、そうなの？　どこのボイドさんかしら？　ボイド・ハルヴァーソン？　ボイド・バードソング？　ボイド・何か新しい名前？　新しい変装の一部かしら？」

ボイドは肩をすくめて言った。「新規まき直しさ」

銀色のベントレーが、彼らのテーブルから四十フィートばかり離れた道路の縁に停まった。エヴリンは立ち上がり、ハンドバッグと携帯電話を集めた。

「言っておきますけど」と彼女は言った。「あなたから昨日わけのわからないメッセージを受け取ったあと、私はドゥーニーに警告を与えておいた。あなたの容赦ないインタビューを受けることに、彼が乗り気だとは思えなかったから。彼のことは放っておきなさい」

「つまり、きみは彼がどこにいるか知っているということになる」

「私は彼の携帯電話の番号を知っているだけ。彼は旅行しているの」

「そうだね。世界漫遊をしているときみは言った」

「世界中ってわけじゃない。でも漫遊ってのはそのとおりね。ドゥーニーとカルヴィン――彼らは無害な老人よ。牙もないし、三つ叉の尖った尻尾もつけていない。あなたはがっかりするんじゃないかしら」

「どうだろうね」とボイドは言った。「彼を泣かせることができると、ぼくはまだ思っている」

エヴリンは駐車した車の方に一歩踏み出したが、それからくるりと振り返った。その息を呑むような一瞬、ボイドは思った。彼女はこの腕の中に走って飛び込んでくるのではないかと。

「さよなら」と彼女は言った。

「ああ、じゃあね」と彼は言った。「最後に一つ質問していいかな？」

「やめて」

「きみはぼくのことをチクったのか？」

「あなたをチクった？」

「信頼を裏切った」

「ジュニア、あなたは冗談を言ってるんでしょう？」

「冗談なんて言っていない」と彼は言った。

エヴリンは作ったように笑った。「あなたは私に、私が誰かに真相をバラしたのかって尋ねているわけ？　あなたが三年半にわたって私に嘘をついていたことを。常習的、衝動的な嘘つきであったということを？　そういうことなの？」

「そうだ」とボイドは言った。

「トリビューン紙に嘘をついたことも？　五百万の読者が紙面を開くたびに、あなたは彼らに向かって嘘をついていた。エクセター校〔東部の名門プレップスクール〕ですって、まったくもう。プリンストン大学ですって？　ローズマリー・クルーニーが名付け親ですって？　あなたは自分の名前だって、自分の誕生日だって、私に嘘をついた。髭剃りの習慣から、便通のことまで嘘をついた……まだまだそれだけじゃない……あなたは交際費のことでも嘘をついた。喫煙のことでも、腕立て伏せの回数でもできないことを言っていた。母親のことでも嘘をついた。彼女は大撮影所を牛耳ってたのね。フォックスだっけ？　パラマウントだっけ？　そして素敵な優しいお父さんは戦闘機のパイロットだったけど、心臓麻痺で亡くなった——たしかそういう話だったわね。ところがある日、そのお父さんは戸口にふらりと姿を見せた。完全には死にきっていない姿でね。健忘症の患者だったのね。気の毒に、自分が火葬されたことも、自分がジェット戦闘機を飛ばしていたことも覚えていないんだから。歯の治療に関しても嘘をついた。牡蠣のことでも嘘をついた。空中ブランコを教えていたことでも、ボストン・マラソンのことでも、アルフレッド・ヒッチコックと夕食を共にしたことでも嘘をついた。戦争でもらったという山ほどの勲章のことでも嘘をついた——全部二束三文で買い取ったものでしょう。銃創だという触れ込みのその腕の傷のことでも。ポロのことでも、溺死した可哀想な妹のことでも、年金プランのことでも、滞在したこともないホテルのことでも、ありもしない脳腫瘍のことでも、抽斗の奥に突っ込んでいた未払いの請求書の山のことでも……私が何かその手のことで信頼を裏切ったかしら？」

「まったく言うとおりだ」とボイドは言った。

エヴリンは笑い出したが、すぐに言った。「ワオ！」そして待っているベントレーの方にまっすぐ歩いて行った。

11

半マイルばかりそこから離れた場所で、ジュニアスのＣＦＯは言った。「その仕事に最適の男を見つけました。資格をぴったりと満たしているはずです」

「その男はやばくなれるか？」

「なれます」

「私は今その男を前にしているのかな？」

「はい、前にしておられます」

「よろしい」とジュニアスは言った。

「他には何かご用は？」とＣＦＯは尋ねた。

「ああ、たぶん、少し考えさせてくれ」

ジュニアスはヴェグナーの回転椅子をくるりと回した。それは一万三千ドルを超える買い物だった——馬鹿げていると、彼はその椅子を回転させるたびに思う。その値段はいつも彼の心を迷わせた。おれは造船業なんてやめて、椅子を売る商売に鞍替えすべきではないのかと。

彼の背後でＣＦＯのヘンリー・スペックは紛い物の、どことなく卑しい忍耐をもって控えていた。

「やばくなると私が言うとき」とジュニアスはゆっくり説明した。「それはメタファーとして言っているわけじゃない。私がこのハルヴァーソンという下司野郎《げす》を再び目にするとき、私は病院のベッドを見たいんだ」

「おっしゃるまでもありません」

「よろしい。念のために言ったまでだ」

ジュニアスは窓の外のカタリーナ島をじっと見ていた。この風景もまた大金がかかったものだ。それから彼はまたぐるりと椅子を回転させ、彼の若々しい、いかつい顔つきのCFOをひととおり観察した。「ヘンリー、君は実際にはCFOじゃない。それはわかっているな？　それは我々の間のちょっとした個人的なニックネームに過ぎない。ほとんど何もせずに給料をもらっている、私の主席クソ側近（Chief Fuck Off）につけたニックネームだ。それはわかっているだろうな？」

「サー、『ほとんど何もせず』とは言えないと思います。申しつけられたことはなんでも、最上級にやってのけます」

「オーケー」とジュニアスは言った。「しかし財政的には最上級ではない。違うか？」

「厳密に申しあげまして、そのとおりです」

「ああ、厳密に言ってだな、ヘンリー、私は君の頭脳を買って給料を払っているわけじゃない。君は私の筋肉《マッスル》なんだ。わかるな？　君のその鍛《きた》えあげた見事な胸筋のために給料を払っている。そのための運動はしっかりしているんだろうな？」

「毎日ではありませんが、それでも――」

「二日に一度が最低限だ」とジュニアスは言った。「君の体型は最上クラスだ。昨夜うちのプールでそれは見せてもらった。エヴリンも同意見だ」

「自分の身体は健康だと思いたいです、サー」

「君がそう思いたがるというのはよくわかるよ」

「サー？」

ジュニアスは椅子をカタリーナの方に向けて回転させた。

「もうひとつ質問があるんだ、ヘンリー。我々は今、ロングビーチで何隻の船を建造しているんだっけ？　二隻だったかな？」

「三隻だと思います。注文は四隻あります」

「ジャカルタでは？」

「五隻です、サー。一隻につき千五百万から八千五百万ドル、ものによって違います。我々の造船ビジネスは、洒落を言うつもりではありませんが、かなり順風満帆です。これ以上は望みがたいというべきか」

「けっこうだ」とジュニアスは考え深げに爪を見下ろしながら唸った。「つまり言い換えれば、我々は造船所に多くの幸福な従業員を抱えているということだな？　鉄工職人、船大工、艤装工」

「そのとおりです、サー」

「オーケー、よろしい。こう書いておいてくれ。もし仮に君が、君自身の思うように肉体的に順風満帆ではないとしたらだが、一、二人の手伝いを雇ってもらいたい。いかつい連中を。つまり病院のベッドのことだよ」

「そうおっしゃるのであれば。他には何か？」

「ああ、だいたいそんなところだ」ジュニアスはしばらく黙り込んだ。「私がどんなことに対して頭に来ているかわかるか、ヘンリー？」

「いいえ、サー」

「最近の物価だよ。鉄工職人、船大工、チーリオス〔シリアルのブランド〕、女房たち、ウィンストン〔煙草のブランド〕。空気だってもう安くはない。アラミダのテキサコ給油所でタイヤひとつにつき一ドルかかる」ジュニアスは椅子を半分回転させた。「たとえば、そうだな、私は君にどれだけ給料を払っている？」

「サラリーのことですか？」

「ああ、サラリーだ」

「十分にいただいています。明細書をチェックしますよ、ジュニアス。そしてお知らせします」

「もういい」とジュニアスは哀しげな、吸い込むような音を立てた。「ただその男を痛めつけるんだ。しかし安上がりにな。何もかも一切、三、四日はかかるだろう。行き先を突き止めて、メッセージを送る。実に単純なことだ。余計なことは抜きでいい」

「イエス、サー。他には何か？」

「まだある」とジュニアスは言った。「私が昨夜催したパーティーだが、どれほど費用がかかったと思う？　当ててみろ」

「山ほど」とCFOは言った。

「ろくでもないフィンガー・フード、清涼飲料水が四百本、誰も手をつけない。みんな人参ダイエットをしているからさ」

「でも素敵なパーティーでした」

ジュニアスは肩をすくめた。「君は楽しんだのか?」

「ええ、おかげさまで」

「ひとつ言いたいんだがね、ヘンリー」

「なんでしょう?」

「私の女房のお尻に爪を立てないでくれ」

「でも、サー、私は何も――」

ジュニアスは椅子を逆に回した。「いいさ、何もしてないんだろう。そして君には私の望みがわかるかな? 私はキャンディー商売に戻りたいと思っているんだ。ずっと昔、私はそこから始めたんだよ。船なんてなし。キャンディーだ。砂糖を煮て、コーンシロップを煮て、そこに一ガロン十二セントの香味料を混ぜるんだ。それがそのまま現金になる。切断して、乾燥させて。わかるか? 誰も私のシャンパンをがぶ飲みしたりしない。どんなボディービルダーも私の妻を相手にエクササイズしたりはしない」

CFOは何も言わなかった。

「あの畜生めを痛めつけたあとで」とジュニアスは言った。「君の給料明細を見せてもらった方がいいだろう」

12

二十一世紀に入って十九年目になる年、ミソメイニア（虚言症）は州間ハイウェイを猛スピードで走り抜け、トラック・ストップに入り、橋を渡り、歩道橋をくぐり、イデオロギーを通り抜け、出口をするっと出て、ロードアイランドからアラスカに至るモーテルやレストランやＲＶパークで増殖し、他愛のないおしゃべりで実を結び、反復によって認証を受け、ケーブル・ニュースによって力を増し、市民ラジオの短波放送によってアメリカ中にばらまかれた。

二〇一九年九月の半ばまで、カリフォルニア州フルダの真実告知会支部はアメリカで四番目に強力な存在になっていた。それより上位にあるのはテネシー州モンティーグルと、アイオワ州ストームレイクと、テキサス州クリードムーアだけだった。全部で七十八の支部が四十九州にわたって存在し、フェイクな非フェイクニュースの発源地として君臨していた。フルダ支部はディンク・オニールによる、ティモシー・マクヴェイに関する一連の喜ばしいニュースのツイートによって、このリストを急速に駆け上っていった〔マクヴェイは白人至上主義のグループに属し、一九九五年にオクラホマ連邦政府ビルを爆破、百六十七名を死亡させ、二〇〇一年に死刑が執行された〕。そのニュースによれば、マクヴェイは死刑執行を生き延びて、オマハで無事に暮らしており、非有機栽培を謳う果物と野菜の販売業者の元で、偽名を使って仕事をしているということだった。ディンクによれば、この「カムバック」によって、マクヴェイは合衆国大統領の二期目の農務長官に任命されたということだった。荒唐無稽――しかし十四万人に及ぶ熱烈なリツイーターにとってはそうではなかった。

ミソメイニア――あるいは昔ながらのただの嘘つき――は教会に、学校に、美容室に、役員会議室に、法廷に、ナイトクラブに浸透していった。スミス&ウェッソン銃器会社はトピーカの市長選挙において、七百通の白紙投票用紙を受け取った。国会図書館はグーテンベルク聖書の公開を禁止するように圧力を受けている。そこには「姦淫」という言葉と、「ソドミー」という言葉の最初の二音節が見受けられるという理由で。スピーチライターたちがそこに便乗した。アリゾナ州プレスコットの乳母たちと市会議員たちは、合衆国憲法の「法の適正手続き《デュー・プロセス》」条項には悪魔の写本が埋め込まれていると糾弾した。NASAはアイダホの森林を焼き払っている。人口統計局は青い目の人を統計に加えることを拒否している。グローヴァー・クリーブランド〔第二十二代、二十四代合衆国大統領〕の頭蓋骨はウォーターゲート複合施設の地下に埋められている。ノース・ダコタ州ファーゴでは、自警団が民主党員とケニヤ人を求めて夜の通りを徘徊している。コロンバイン銃撃事件はCIAの仕組んだものだ。パールハーバー攻撃はでっち上げだ。会社は人々のことだ。アマゾンは傑出した一市民だ。フルダにおいては、ディンク・オニールと、彼の兄のチャブと、商工会議所の会頭であるアール・フェンスターマッカーに率いられる真実告知会が、二〇一九年の九月の暑い日々を通して、フェイクな非フェイクニュースを生み出さねばならぬ重荷に喘いでいた。ボイド・ハルヴァーソンの寄与の不在がひどく堪《こた》えていた。「ボイドはコツを心得ていたものな」と、二ケ月に一度のキワニス・ブランチのあとでチャブがアールに言った。「彼の後釜はおれたちには務まりそうもないよ」

「私があとを引き継いだんだ」とアールがいささかむっとした口調で言った。「私がクリエイティブ・ディレクターだ。そうだな？　存在しなかった大統領たちなんていうすごいネタを持ち出したのは誰だ？　このわたくしめだ。あっという間に拡散したじゃないか」

「それはボイドのアイデアだ。あんた自身がそう言ったじゃないか」

「オーケー、しかし私はあと二人のフェイク大統領を付け加えた。十二人から十四人に増やしたんだ。そしてちょっとイカした工夫も添えた。ジョン・クインシー・アダムズ〔第六代大統領〕はナポレオンの非嫡出の娘だったってな。これは私の思いつきだって、ちゃんと覚えておいてくれよ」

チャブは肩をすくめた。「わかったよ。ただあんたのツイートについてちょっとお願いがある――スペリングに気をつけてくれってことさ。ポーク大統領〔ジェームズ・ポーク第十一代大統領〕の綴りはＰＯＬＫであって、ＰＯＫＥじゃない。それからアンドルー・ジョンソン〔第十七代大統領〕がＬＢＪ〔リンドン・B・ジョンソン大統領〕のラヴ・パートナーだとはおれは思わないね」

「誰がそんなことを気にする？　だいたいアンドルーは実在もしなかったんだ。そうだろう？」

「そうだよ。でも彼が実在しなかったのは別の世紀なんだ」

「細かいことを言うな」とアールはぶつぶつ言った。「我々はフォックス・テレビで引用されてるんだ。いいから、もうよせ！」

13

十二回試してみたあとでやっと、ランディーの電話はフルダにいる友だちの警官であるトビー・ヴァン・ダー・ケレンに繋がった。正確に言えば彼らは友だちというのではなく、むしろその真逆だった。しかし車と犯罪が趣味であるという一点が、二人を結びつけていた。カールとサイラスはランディーの携帯電話にぴったりと顔をくっつけ、聞き耳を立てていた。フルダの警官は「銀行強盗っていったいなんのことだ？」と言い続けていた。

ランディーはほとんど注意を集中することができなかった。

サイラスの吐く息はまずまずひどいというところだったが、カールのそれときたら……表現する言葉がないくらいだ。市役所を吹き飛ばせる化学肥料並みの強烈さだ。そして〈スーパー8〉の部屋だって、決して花屋の店先というような類いのものでもない。

「コミュニティー・ナショナルだよ。そこに何軒の銀行があるっていうんだ？」とランディーは仲間の警官に向かって言った。「そこで八万ドル以上の金が盗まれたんだ。二週間くらい前のことだが」

「銀行破りってことか？」

「ああ、正真正銘の強盗だよ。警官のくせして、自分の町の銀行が襲われたことも知らないのか？」

　電話の向こうで沈黙があった。深すぎる、長すぎる沈黙だった。

「おい、聞いているのか？」とランディーが言った。

「やつは電話を切った」とサイラスが言った。

「やつは電話を切った」とカールが言った。「そしておれは思うんだが、実は八万一千ドルが手に入るなんて話もない」

　ランディーはそこに立って携帯電話をじっと見つめていた。これは故障しているのかもしれないと思いながら。言葉が変な風にもつれて出てくるのかもしれない。

「ジッパー、おまえ、作り話が商売なのか？」とサイラスが言った。

「犯罪ものとか？」とカールは言って、いたずらっぽくランディーの耳をぴしゃりと叩いた。

　ランディーは携帯電話のボタンを押し続け、半時間後にようやくフルダの友だちが電話に出た。しばらく何やかやのやりとりがあった。いくつかの名前が何度も口にされた。アンジー・ビング、ボイド・ハルヴァーソン。しかし最後にフルダの警官が言った。「いったい何度同じことを言わなくちゃならないんだ？　おれがおまえを逮捕した回数と同じくらいか？　しかしな、銀行強盗なんて起こっちゃいないんだよ。さっきそれは確認したばかりだ。本人の口から直接聞いた」

「誰の口から聞いた？」とランディーが尋ねた。

「ダグ・カッタビーだ。銀行の頭取のな。名前は聞いたことあるか？」

「ああ、聞いたことあると思う。たぶんアンジーからな」

「ダグがなんと言ったか知りたいか？」

「知りたいね」

「なんにも言わなかった」

「なんだって？」

「なんにも言わずに、ただ笑い飛ばしたよ。それから言った」

「なんて言った？」

「ダグは言った――一字一句まちがいなくこう言ったと思う――やつは言った。『警察に虚偽の報告をすると、どれくらい食らい込むものなのかな？』と。調べてみましょう、とおれは言った。彼は言った、『それがいいよ』と」

ランディーは可能な限り頭を素速く回転させた。しかしカールの息が顔のまわりを致死的な雲のように漂っているとき、頭を素速く回転させるのは容易なことではない。

「やつは嘘をついている」とランディーはトビーに言った。

「誰が嘘をついているって？」とトビーは言った。

「銀行の野郎だよ。なんて名前だっけ？」

「ダグが嘘をついているってか？」

「そうさ」

警官のトビーはしばし黙り込んだ。「おまえはこう言いたいのか？　自分の銀行が襲われて八万一千ドル盗まれて、それでもやつは『ああ、何ごともないよ』と言っていると」

「ああ、そうさ」

何の音かよくわからない音がフルダの方から聞こえた。

「おれの願望を言わせてもらえれば」と警官は言った。「おまえの頭がもう少しまともならと思うよ。おまえの脳味噌を、クッキーの練り粉と取り替えてみたらどうかな？　そうすりゃもう少し賢くなれるかもよ」

ランディーはこれに対して言い返す言葉を持っていた。何度も繰り返し練習してきた台詞だ。しかしそれを口にしようとしたとき、電話は既に切れていた。

サイラスが言った。「ランチ・タイムだ、ジッパー。おまえのおごりだぜ」

〈アップルビー〉まで歩いて行く途中でランディーは心を決めた。そろそろこの二人のど素人とおさらばする潮時だ。そしてサンタモニカの住所を訪ねて、アンジーをじっくりと問い詰めるのだ。おまえが銀行から金を盗んだというのに、どうしてそのことが世間に知れ渡らないんだ、と。

〈アップルビー〉のブース席に滑り込みながら、ランディーは顔に笑みを浮かべていた。好きに言っているがいいさ、と彼は思った。しかし完全犯罪というのは、起こってもいない犯罪のことだ。

「ジッパー、おまえは何にする？」とサイラスが尋ねた。

ランディーはその男をしっかりと正面から見つめ、言った。「ブラックンド・チキン、なんてどうかな」

ロイスは三番テーブルに座っていた。ダグラスがピットをはさんだ十六番テーブルに座っていた。そしてそのときロイスは信じられない思いで、15の札を見ていた。今回は9と6だ――昨日の朝からずっとやり続けて、これでもうたぶん一兆回めくらいの15だ。ディーラーはいつものように10を出している。オーケー、彼女はもう一枚引くしかない――それが基本的な戦略だ――ただし彼女はその人生において、15から勝てたことがない。とくに二千ドルがかかっている場合は。だから彼女はカードを引くのを見送り、ディーラーはカードを裏返して自分も15にし、それからクラブの6を引いてとどめを刺す。

「申し訳ありませんね」とディーラーは口ごもる。

「いいのよ」とロイスは言った。

彼女はピット越しにダグラスをちらりと見た。彼もやはり苦戦していた。時刻はもう正午に近い。トイレに行くのを別にすれば、もうしっかり二十四時間勝負を続けていた。脚をゆっくり伸ばしても損にはなるまい。またトイレに行ってもいい。それからホテルの無料サービス・ランチを食べる――それは今のところ三万二千ドル(プラス小銭)についてるのだが。そろそろ三万三千に近づいているかもしれない。

彼女はチョコレート・チップを二枚取り、ぽんという真空パックの小さな音を立てながら、身体をひねってスツールから降り、ピットを回り込んでダグラスが彼自身の15でしくじり続けているところに行った。

「それはコツがいるのよ、ダギー」と彼女は苦々しげに言った。「ランチにしましょうよ」

「あと一度だけ」とダグラスは言った。

ダグラスはいかにも銀行の頭取らしく、ディーラーに向かって友好的に笑顔を見せ、ジョークを口にした。私はこのホテルに来るときには九万二千ドルのメルセデスに乗ってきたが、帰りは五十万ドルのグレイハウンド・バスに乗って行くことになりそうだね、と。

アジア系の美しい女性ディーラーは礼儀正しくくすくす笑った。彼女はダグラスのために6と10のカードをめくり、自分のために赤のクイーンをめくった。

「ジーザス」とロイスはディーラーに向かって言った。「なんでそんなことができるのよ？」

ディーラーは意味をなさない音を発した。

「オーケー、行こうぜ」とダグラスは言った。

彼はぴしゃりとテーブルを叩き、4を引いた。奇跡と言うべきか、美人のディーラーは10を出して、総計を26とした。

「ランチだ！」とダグラスは歓声を上げた。

結局、ランチはオリーブだけにしようということになった。そしてブラディーマリーのダブル・ショットを飲みながら、ゲーム・フロアから少し離れたところに留まっていた。ロイスは三万二千負けており、ダグラスは二万六千負けていた。そして二人ともブラックジャックのゲームに一刻も早く戻りたくて、そわそわしていた。

「掛け金は一勝負五百ドルにアップしよう。あっという間にとんとんまで回復するから」とダグラスは言った。「損失を埋めて、結構なお釣りが来るかもしれない」

「そしてもし私たちが負けても」とロイスは言った。「銀行は残る」

「そのとおり。でっち上げの帳簿で解決できない問題はない」彼は彼女ににこやかに微笑みかけた。「そして言うまでもなく、私は天才級の料理人と結婚した」

「まったくもってそのとおり」とロイスが言った。

少しの間ダグラスは義務的にオリーブを噛んでいた。

「ひとつ細かいことを言っておかなくちゃならない」と彼は言った。「一時間前に、一時間半前だったか、フルダから電話が一本かかってきた。トビー・ヴァン・ダー・ケレンだった」

「誰ですって？」

「トビーだよ、警官の」

「つまりそれって……」

「そうだよ。ハブキャップ・トビーのことさ」

ロイスはダグラスの顔色をうかがった。このところ四ヶ月ばかり、彼女は折を見てはハブキャップ・トビーを相手に、マットレスの強度を試していたのだ。

「何の用事だったの？」と彼女は用心深く尋ねた。

ダグラスは説明した。

彼が話し終えたとき、ロイスはリラックスして言った。「じゃあ、べつに問題はないわね」

「そう願いたいものだ」とダグラスは言った。「トビーから見る限り、被害なければ犯罪もなし、だ」

「銀行強盗も起こっていない」

「そのとおり、銀行強盗も起こっていない」とダグラスは言った。「しかし用心に越したことはない。トビーはなんだか必要以上に興味を抱いているようだった。そしてまた、この法執行官は私の妻とパコパコしているということも、心に留め置かなくてはならない」

「パコパコしている？」

「パコパコしている」

「あなたがそれを知っているとは思わなかった」

「いや、知らなかった。ただの当てずっぽうだよ」

ロイスはブラディーマリーをストローで吸った。

「悪くない当てずっぽうね」とようやく彼女はぼそっと言った。

「ありがとう、ペット」

「そういうのをカード・テーブルで発揮したらどうなの？　次にどんなカードが来るか推測するとか」

ダグラスは愉しそうに笑った。「銀行家としてベストを尽くそう。しかし今のところ、君はこれから数週間、トビーとの間に距離を置いた方がよさそうだ。つまり、我々の金を取り戻して帳簿をきれいにするまでの間はね」

「そうすることはできる」

「素晴らしい」とダグラスは言った。「カード・テーブルに戻ろうか？」

「戻りましょう」


ミネソタ州ベミジ〔避暑地として高名〕でのカルヴィンは、腕立て側転《カートホイール》をやりたいような気分ではなかった。ブヨも気に入らなかったし、いちばん近くのミニマートまで三マイルほどドライブして、牛乳を一クォートと冷凍のポットパイを買ってくるのも好きではなかった。小魚の水槽みたいな匂いのする家も、毎日夕暮れのすぐあとに入り込んでくるべっとりとした濃い霧も、ヘアドライヤーでしっかり乾かしたあとでも気味悪く湿っているベッドのシーツも、まったく気に入らなかった。蚊にもうんざりさせられた。彼は既に赤十字が喜びそうなほどの量の血を失っていた。

ポート・アランサスからここまで、ドア・ツー・ドアで十三時間の旅だった。荷造りする余裕もほとんどなく早朝に出発して、それから十時間に及ぶ惨めなローカル航空のジェット機の旅程があった。乗り換えがあり、遅延があった。

そのあげく、たどり着いたのがここだ、とカルヴィンは思った。

窓の外に広がる大きな青い湖にも、彼はまったく魅了されなかった。ドックにもボートハウスにも、屋敷の東棟にあるボウリング・レーンにも、湖畔をぎっしりと埋める針葉樹や樺《かば》の木立にも。この十一寝室あるヴァケーション用大邸宅はドゥーニーが、今はもう亡くなっている顧客からうまくだまし取ったものだった。それは堅牢に建てられ、網戸も抜かりなく備わっていたのだが、毎日夜になると、森一個ぶんの蚊たちが猛然と押し寄せてきて、カルヴィンというご馳走に群がるのだった。

「あんたのせいであって、私のせいじゃない」と彼はジム・ドゥーニーに泣き言を言った。「そして背中を掻いてくれと言うくらい大それた頼みじゃないだろう」

「掻いても、事態は悪化するだけだよ」とドゥーニーは言った。

「長期的なことなどどうでもいい」とカルヴィンは胸部をかきむしりながら言った。「今現在、とにかく痒いんだ」

「わかったから、落ち着きなさい」

「落ち着くなんてできない。とにかく掻いてくれ。じらさないで」

ドゥーニーはポットパイを二つオーヴンに入れ、サラダをテーブルに置き、カルヴィンの水着で両手を拭いた。「掻くのはなし――それは禁止事項だ――でもカーマイン・ローションをいくらか塗ってあげよう」そして首を振った。「まるで赤ん坊だな、カル。何カ所かちびっと刺されているだけじゃないか」

「何カ所か？　そこら中、水玉模様みたいになっているぞ」

「おとなしくしていてくれ」

ドゥーニーはローションを見つけ、カルヴィンをテーブルの上に屈み込ませ、背中に塗り込んだ。

「掻いてくれ！」とカルヴィンは言った。

「それはできない。いったん掻き始めたら、一晩中それをやらされることになる」

「ちょっと掻いてくれるだけでいいから」

「それはできない」

「ジミー！」

カルヴィンは食事の間じゅうもぞもぞし続けた。ブヨや蚊や、ピストルを手に復讐の念に燃え、荒野を抜けて追跡してくるデパートの店長などについて、あれこれ文句を並べながら。「我々はチームだと思っていたのに」とカルヴィンは言った。「あんたと私とは。秘密は残らず打ち明け合ったと思っていたのに」

「こいつのことはうっかり忘れていたんだ」

「自分を殺そうとしている男のことを、うっかり忘れちまえるのか？」

「殺しやしない。あいつはそこまで荒っぽくない。何か別のことだ」

「いずれにせよ、私に打ち明けてくれるべきだった。傷ついたよ」

「悪かったよ、カル。謝る」

「ひどいポットパイだ」

「まったくな。ピザでも食べに出ようか?」

カルは立ち上がってキッチンの壁の前に行って、そこに背中をこすりつけた。

「その男は我々がこの場所にいることを探り当てられるのか?」

ドゥーニーは肩をすくめた。「それは難しいだろう。ピザを平らげに行こうぜ。そのあとで背中を掻いてやるよ。お詫びのしるしに」

「他にもまだ何か秘密はあるのか?」

「ひとつかふたつ」とドゥーニーは言った。

「ひとつヒントをくれないか」とカルヴィンは弱々しい声で言った。聞こえるか聞こえないかくらいの声で。「どうして我々はここに——ここはまあとにかく素敵なところだ。丸太造り《ログ》の豪華なお屋敷なんてな、ぜんぜん普通じゃないよ。でもな、どうして我々はここにいるんだ? いったい全体、何が起こったんだ?」

少しの間ドゥーニーはいくつかのオプションを考えているようだった。何を言うべきか、何を言うべきではないか。「とても込み入った話なんだよ、カル——経済、鉄鋼のグレード、造船業。そういうのをそっくり理解してもらえるだろうか?」

「話を単純化してくれ。私はただの毛髪セラピストに過ぎないんだから」

「君は私の毛髪セラピストだ」とドゥーニーは言った。「そして私の生涯のパートナーだ。そのシャツを脱ぎなさい。背中を掻いてあげるから」ドゥーニーはひとつ息をついて、もう一度考えをまとめた。「オーケー、ここから始めよう。私はPS&Sの名誉会長であり、以前のCEOだった。それはわかるね?」

「おおよそは。もっと下の方を掻いてくれ」

「そしてPS&Sというのは何の略だ? それはパシフィック造船・海運(Pacific Ships & Shiping)の略。そう、それが我々の核となるビジネスだ」

「ボート?」とカルヴィンが言った。

「ボートじゃない。シップだ。そこには違いがある。シップは大きな船舶だよ。大洋を航海するような。モンスターさ。何万トンもある。大抵は貨物船だが、我々は――」

「もっと強く! ここはもう気が狂いそうだ」

「カル、お願いだからじっとしていてくれ。私は話を単純化しようと務めているんだ。我々は船舶を所有し、運航させ、貨物を運んでいる。これが中心ビジネスの半分だ。しかし我々はまたこいつを造ってもいる。船舶をな。でかくて堂々たる、おそろしく金のかかる代物だ。そいつを設計し、部品ひとつひとつからこしらえ上げていく。ほとんどはジャカルタでな。税金や、人件費や、面倒な規則を避けるためというのがその理由だ。三秒ごとに肩越しに覗き込まれるなんてことは、そこではないからな。そしてかくして――」

「そいつはけっこうな話だ、ジミー。しかし私のためにもう少し話をかいつまんでもらえないかな? 私が求めているのは――もっと強く掻いてくれ!――私が知りたいのは、どうして我々はここにいるのかということだ」

ドゥーニーはため息をついて言った。「センテンス三つにまとめてみよう。我々は船を建造しているだろう？　そのうちに二隻が沈んだ。七ヶ月の間を置いて、異なった大洋で」

「あんたの船が沈んだ？」

「二隻がな。そしてあと一隻は転覆している。沈んじゃいないが。いや、訂正する。最終的にはそいつも沈んだ。北太平洋で一ヶ月ばかりひょこひょこ浮かんでいたんだが、それから沈んだ」

カルヴィンは振り向いてドゥーニーを見た。そしてシャツを身に纏った。

「だから我々はここで蚊の餌になっているわけか。あんたの船が沈んだから？」

「部分的にはそうだ。おおむねはそうだ。鉄鋼の質の悪さ。安物――間違ったグレードだ。不幸なことに二カ所ほど、まったく鉄鋼の入っていない部分があった。溶接されていないジョイントも。検査はなしだった。あちこちで無邪気な買収があった。泳げもしない弱っちい船員たちも」

「おやおや」

「エヴリンがそれを洩らした。ハルヴァーソンに言ったんだ。やつは新聞記者だった」

「そしてあんたは犯罪者になった？」

「私はビジネスマンだ」とドゥーニーは言った。「私はそれに蓋をした。まあ、いささか過酷なこともやった。さあ、ピザを食べに行こう」

〈スーパー８〉ではランディーがとびっきり根性の悪い野生馬を、あるいは少なくともほどほどに根性の悪い野生馬を乗りこなす技術を説明していた。「馬《マウント》ってのはさ、そのへんのプードルみたいにちょこまか歩いたりはしない」とランディーは言った。「ちなみに、おれたちは馬のことをマウントって呼ぶんだが、とにかくこいつらは根性の曲がった連中じゃなくちゃならない。かんかんに怒った闘犬にまたがっているみたいに乗り手に感じさせるようなやつじゃなくちゃならない。さもなきゃ審判員たちは悪い評価を書き込んで、目一杯あちこち減点してしまう。たとえあんたが拍車をうまくのめり込ませたとしても、あるいはその馬にうまく腎臓移植手術をやってのけたとしてもだ。でもそれと同時に、あんたは〈殺し屋馬〉と呼ばれるようなやつと関わり合いたくはない。そいつはごめん被りたいね。なぜなら時としてあんたはひどい目に——」

サイラスが手を上げた。

「なんだい？」とランディーが言った。

「いったいなんで野生馬の話になんかなるんだ？」

それがどうしてかランディーにはわかっていた。そしてそれがどうしてなのかサイラスが知っていることも、またわかっていた。しかしこの今は、盗まれた、あるいは盗まれなかった八万一千ドルについて語るのに相応しいタイミングではなかった。その話題は微妙だった。

「ただ話していただけさ」とランディーは言った。「あんただってへなへなした馬は見たくないだろうが」

「そうかね？」とサイラスは言った。

「ああ、そういうことさ」とランディーは言った。「それが要するにおれの言わんとしていたことだよ」

アンダーショーツだけのかっこうで〈スーパー8〉のキングサイズ・ベッドに横になっていたカールは、身を起こしてアンダーショーツを脱ぎ、よたよた歩いて洗面所に行った。肩越しに彼は言った。「おれに乗っかってみなよ、ジッパー。おれはまずまず根性が悪いぜ」

サイラスは笑った。

シャワーの音が聞こえた。

「カールはきわめて穏やかなかたちで表現したが」とサイラスは、ほとんど優しく囁くような声で説明を加えた。「彼が言わんとするのは、おまえは話題を変えようとしているみたいだってことだ。なぜおまえが、おれたちを間違った方向に導いたのかが知りたいんだよ。おれたちをうまく操っていたのかな？　無料のボディーガードが欲しかったとか」

「誰がボディーガードなんか頼んだ？」

「正面切って頼んじゃいないがな」

「正面だろうがなんだろうが頼んじゃいない」とランディーは言ったとたん、断定的な言い方は避けるべきだったと悟った。ここはうまく切り抜けないと、自分が「へなへな馬」になってしまいかねない。「あのダイナーで、覚えているかな、あんたたちは金《かね》という言葉に飛びついてきた」

「カネ？」とサイラスは言った。「おまえは、おれとカールが八万一千ドルなんてものを気にかけると思っているのか？」

ランディーは頭を素早く働かせた。

「ノー」

「ノーが正しい答えだ」とサイラスは言った。「なぜなら八万一千ドルなんてものはそもそも存在しないからだ。そのことは今日はっきりしたわけだよな」

「まあな。でもおれはアンジーを信頼している。彼女は……あいつは信仰深いんだ。もし銀行強盗を働いていなかったら、自分は銀行強盗をしたなんて言うわけがないよ」

サイラスはため息をつき、部屋の中にある唯一の安楽椅子から腰を上げた。彼は大柄で人目を惹く男だった。

「おまえのカトラスはどれくらいの値段がつく、ジッパー？」

「おれのカトラス？」

「現金でいくらになるかってことだ。おれもカールも気にかけてない現金でさ」

洗面所のシャワーから歌声が聞こえてきた。

「大した値段はつかないと思うな」とランディーは言った。「車の趣味が良い相手なら話は別だが」

「じゃあ、明日あの車を処分しよう。売ったカネは三人で平等に分ける。話はフェアだろう？カールとおれは根こそぎいただいたりはしない。わかるか？」彼はくすくす笑った。「おれたちは三人組だよ、ジッパー。三人の盗人たちのようにみっちり仲良しなのさ」

「待ってくれよ、サイラス」とランディーは言った。「おれはあのカトラスが気に入っているんだ」

「なあ、いいか、おまえにひとつじっくり考えてもらいたいんだ」とサイラスは言った。「おまえのその広々とした心の中に何が見つかるかをな」

彼はTシャツを脱ぎ、ブリーフを脱ぎ、〈スーパー8〉の狭い洗面所に身体をなんとか潜り込ませた。

ランディーはそこにじっと立っていた——彼はそこにずっと突っ立っていたのだ。

あのカトラスを？　と彼は思った。

シャワーから聞こえてくるなかなか悪くないデュエットに合わせてハミングしながら素早く、ランディーはジーンズとTシャツとアンダーパンツと靴とソックスと、腕時計ひとつ、財布ふたつをかき集めた。一分後に彼は自動車の中にいて、東七丁目を運転し、お気に入りのダイナーの前を通り過ぎ、〈デイズ・イン〉に向かった。それはまさに、その日の朝に目をつけておいたモーテルだ。

彼の唇は微笑みすぎて痛みを覚えるほどだった。

なんでみんなは（おれ自身を除いて）おれのことをかくも過小評価するのだろうと、彼は首をひねった。

14

エヴリンのベントレーが去って行ったあと、ボイドはそのラ・シエネガ通りのサイドウォーク・カフェに二十分ばかり居残って、いろんなものごとを再検討していた。ほとんど何も目に入らなかった。この惑星に五十年も生きてきて、意味があるのはそのうちの二秒か三秒に過ぎない。一分が六十秒、一時間が六十分、三千六百秒、これまでに生きてきた全時間を掛けてみろ。驚くべきじゃないか、と彼は思った。

そこから三秒を差し引くんだ。するとおまえは違う人間になれる。おまえは銀行強盗じゃない。おまえはピストルを隠し持ったりはしていない。おまえはラ・シエネガ通りに一人でいたりはしない。おまえの元女房は偉そうな車でベルエアに向かっていたりはしない。彼は何度考えても納得できなかった。息を一度吸い込むだけの時間、そして、あ、しまった、小さな男の子を落としてしまう。ばしゃん。それでおしまいだ。いつだってそれでおしまいなのだ。

それから更に数分を経て、ボイドはため息をつき、椅子の上で身体をまっすぐにした。スナップショットをもう一度財布の中にしまい込み、テーブルの上の酒を飲み干し、罪悪感を感じながら若いウエイターを手招きし、帰りの道中に必要な鋭気を与えてくれる飲み物を注文した。

彼は思った。おい、ボイド、おまえが愛した相手は正真正銘の沈黙する受難者なのだ。元妻としては、エヴリンは最上級の輝く宝玉のようなものだった。人生の惨事を粛々《しゅくしゅく》とどこまでも上品に背負っている。彼女は苦境の乗り切り方を心得ていた。そして言うまでもなく、再婚のもたらした大いなる財産が、心の傷をいくらかは癒やしてくれた。豪華な邸宅はその魂に香油を塗り込んでくれた。銀色のベントレーは深夜の激しい身震いを追いやってくれた。

そいつは確かだ。

少し後で彼は思った。おまえもおまえ自身のひねくれたやり方で苦痛を背負い込んでいることもちろん否定はできない。

実にそのとおりなんだから。

新しい酒を手に、ボイドはベヴァリー・ヒルズの人混みがせわしなく通り過ぎていくのを眺めていた。その多くはばりっとした格好をしていた。一人ひとりが多かれ少なかれ目を惹いた。鑑賞に値する胸や、スーパーマン並みの上腕二頭筋が至るところで目に付いた。子供たちですらヒップでスタイリッシュだった。そんな素敵な見かけを手に入れるために、それらの人々はいったいどれほどの金を使ったのだろうと、彼は考えた。脂肪にむくんだ太腿や、ぽこんと突き出した太鼓腹はいったいどこに行ったのだろう？　肌の染みはどこに消えたのか？　ああ、と彼は思う、もう誰も四十九歳ではないのだ。もう誰も油で揚げた豚の脇腹肉と何クォートものビールなんて昼食を取ったりはしないのだ。

乾杯。

彼の背骨がこわばった。さて、最後の一杯といくか。様変わりする世界に油断なく向かわなくては。

ラ・シエネガの向かいの、呼べば聞こえるくらいの距離にある公園のベンチでは、〈YOU!〉のつんつんした若い受付嬢が小さな桃とおぼしきものを食べていた。その脇にはトポ・チコ〔メキシコの炭酸水メーカー〕の瓶が置かれていた。いったい何のためか本人にもわからなかったが、ボイドは一瞬彼女をテーブルに呼ぼうかと考えた。彼女はお昼時にジンを少し口にすることを喜ぶかもしれない。そしてまた、手持ちのカードを上手に使えば彼女は、その「宙に浮かぶ娘」トリックの背後にあるメカニカルな原理を、彼にそっと明かしてくれるかもしれない。

打ちひしがれたというのが彼の気分だったし、打ちひしがれたというのがものごとの実相だった。じゃあ、どうしてそんなことをくよくよ考える？　それに陽光に満ちた朝はもう、西方の縁が明らかに威嚇的になっていた。

荒れ模様になりつつあると彼は思った。

あとは野となれ山となれだ、まったく。作り話の洪水となれ！　間もなくロサンジェルス中の人々が片端から嘘をつきまくるようになるだろう、と彼は想像した。あの受付嬢、彼女は投票用紙を指で数えていることだろう。子供たちは公民の授業で『シンデレラ』を読んでいるだろう。そしてハリウッドの連中は『ルーシー・ショー』からの引用でツイートに脚注をつけていることだろう。それは雲の中に示されていた。カードの中に示されていた。伝染性の病がノアの致死的洪水のようにアメリカ中に広がりつつあるのだ。もし人々が、ボイドがそうしたように兎の穴の中に収まっていれば、兎の穴は愛しき我が家となる。それ故に、やつらの頭を刎《は》ねろ！　気象学者？　化学者？　こいつらの舌をちょん切ってしまえ！　『ヴェノム』〔マーベル・コミックに基づくスーパーヒーロー映画〕がついているなら、誰がリアリティーなんぞを必要とするだろう？　もし自前の歴史を作ってしまえるなら、誰が本当の歴史を必要とするだろう。エヴリンが並べた彼の嘘八百リストはなかなか大したものだったが、「洩れなく」というところからはほど遠い代物だ。彼女はほとんど何も知らないのだ。ボイドはその時代の人であり、先駆者であったのだ。彼はセイラムの首つり判事であり、ジョー・マッカーシー〔上院議員・「赤狩り」を指揮した右派〕の耳の中の虫であり、未だにフェイスブックで話題になっている大嘘の作者であった——広島はねつ造された事実、ホロコーストはサイエンス・フィクション、ジャッキー・ロビンソンは顔を黒く塗った白人、ＩＲＳのコールセンターにはトカゲが配置されている……などなど。

どっこいしょ、ボイドはなんとか立ち上がり、うしろに手を伸ばし、財布の中の死んだ息子をとんとんと手で叩いた。

それからもつれる足を用心深く動かし、通りをのろのろと渡り始めた。潮の流れがほどなく彼を、若い受付嬢から二フィートも離れていないところまで押し流した。彼女は桃の残りの最後の部分を味わいながら、ぼんやりと前方を見つめていた。彼女の輝く瞳には彼を認めた気配はうかがえなかった。警官がいまだに彼を留置場に放り込まないのも同じ理由によるものなのだろう。それは幽霊を逮捕するのと同じことなのだ。

突然の風に彼はよろめき、なんとかバランスを取り戻し、バス停留所までたどり着いた。このバスを撃っちゃ駄目だぞと彼は思った。

各駅停車しながらのサンタモニカまでのバスの道のりは、エヴリンの罪業目録の再現だった。牡蠣が彼を悩ませた。彼はこれまで牡蠣に関して嘘をついたことがなかった。六ダースの牡蠣のこと。ヒッチコックの家の芝を刈ったことがある男と共に。

母親の家から三ブロック離れたところでバスを降りた。

ああ、まったく、と彼は思った。どうして空はジンを歩道に注いだりするのか？

通りには警察車は停まっていなかった。ＳＷＡＴチームも見当たらない。こいつは幸運だったとボイドは思った。

家の中では、アンジーが居間に座って足指の爪を塗っていた。彼女は彼を睨みつけたが、彼は何も言わず、急いで台所に行った。コーヒーポットを水で満たし、シンクの上に前屈みになり、ポットの中身を頭にかけた。少しはましになったが、大した違いはない。数分後、通常のコーヒーをポットに作り、それを二つのカップに注ぎ、居間に持っていった。

予想した通り、アンジーは彼に対して腹を立てていた。

「私が頭に来るのはね」と彼女は苛立った声で言った。「あなたは神様に誓っていたっていうことなの。創造主にして全知全能の神様に対してね。もうお酒は飲まないとあなたは言った。誓いを破れば地獄で火に焼かれてもいいと」

「喉が渇いたんだ」とボイドは言った。

「それで許されると思っているわけ？」

「アンジー、窓際に行ってごらん。神様は我々の上にジンを降らせている。ぼくは疲れ切っていて、昼寝が必要だ。猿ぐつわを見つけてこなくちゃいけないのかな？」

「あなたは天上の救い主に約束をしたのよ、マイ・フレンド。私に対しては言うに及ばず」

「オーケー、ぼくは不適切な言い方をした」と彼は言った。「悪かったよ」

彼女はしかめっ面をした。「ねぇボイド、もし神様が『悪かったよ』なんて言い訳に耳を貸していたら、地獄は今頃空っぽになっているわ。悪かったなんて言っても無駄なの。それにこのコーヒーは濃すぎる」

「ぼくはきついのを必要としているんだ」

「そしてこの私はどうなのよ？　ここに足止めをくらって、あなたがこれから先いったい――」

「猿ぐつわをとってくる」とボイドは言った。

「幸運を祈るわ。あなたはエホヴァに猿ぐつわをかませることはできない」

短い間、ボイドはそこに立ったまま深く眠った。それからはっと目覚め、台所に行って黄色いスポンジとテープを一巻き持ってきた。

アンジーは彼を見上げた。

「それはちゃんと消毒してくれたかしら？」

「いいや。もしきみが黙ってくれたら、説明する」

彼女は数秒間、そのスポンジに目をやっていた。「オーケー、話を聞くわ。でも筋の通った話にしてちょうだいね」

最初のうちボイドは口ごもった。どこから話し始めればいいのか？　しかし本人が予想したであろうよりも滑らかに、彼はこの十年間の自分の人生を、みっともないディテイルは飛ばして要約した。

彼が話し終えるとアンジーは言った。「つまりあなたは強迫症的嘘つきってわけなのね。あらゆることについて」

「イエス」

「そしてあなたの名前はハルヴァーソンじゃない？　バードソングだって？」

「そのとおり。ハルヴァーソンは母方の姓だ。母の旧姓だよ。彼女はバードソングっていう名前が好きじゃなくて、父が亡くなったあと旧姓に戻したんだ。ぼくもそれに倣った」

「なるほど。でもバードソングのどこがいけないのかしら？」

「すべてだよ」とボイドは言った。「どこかに取り柄があるかい？」

「うん、詩的な名前だわ」

「そして馬鹿げてる。ぼくは笑いものにされないような名前が欲しかったんだ。バードソング、ぴーちくぱーちく……子供の頃どれくらいからかわれたか」

アンジーはネイル・ポリッシュの瓶の蓋を閉め、居心地悪そうに長いあいだ床をじっと見ていた。二度ばかり何かを言おうとして、二度ともそのまま口をつぐんでしまった。

「わかった」と彼女はようやく言った。「あなたは常習的な、ノンストップの、神をも恐れぬ嘘つきなのね。大きなことでも、小さなことでも。嘘。嘘、嘘。あなたの人生全体が嘘。そしてそのドゥーニーという男が――あなたの元妻のお父さんだったわね――そのことを探り出す。そしてそのあまたの嘘を明るみに出して、あなたの楽園的結婚生活をぶち壊してしまう。スキャンダル。人生を無茶苦茶にされる。アクソリアルな問題〔妻の問題〕。そしてあなたはフルダの町でブラジャーを売ることになる。だいたいそういうことでいいのかしら？」

「アクソリアル？」

「辞書を引きなさい」

「意味は知ってる。きみがそんな言葉を知っていることに驚いたんだ」

「どうして？　私はそんなに無知無学なわけ？」彼女はじっと彼を見つめた。相手が目をそらすまで。「とにかくアクソリアルな問題。そして後日、驚くなかれ、あなたの元妻は、ドゥーニーのかつての使い走りだったジュリアス・なんたらかんたらと一緒になる。そいつは今ではろくでもない金持ちのCEOになっているけどね。要約すればそういうこと？」

「ジュニアスだ。ジュリアスじゃなく」

「ええ、ジュニアスね」とアンジーは言った。「ポイントはそのドゥーニーが、あなたをきれいに吹き飛ばしてしまったってこと。バードソングは見事にお陀仏」

「そのとおり」とボイドは認めた。「ぼくは暗闇の中で燃えている」

「そして今やあなたは、ピストルを手にした怒りの神っていうところ」

ボイドはコーヒーカップの中を覗き込んだ。自分が何をうまくやり過ごせ、何をうまくやり過ごせないかを計算しながら。

「立派な梗概《こうがい》だ」と彼は言った。「一杯やらないか？」

「前にも言ったと思うけど、私をそのへんの落ちこぼれ女と一緒にしないで」アンジーは一息置いて、それからサンダルにもそもそと足を突っ込んだ。「ちょっと考え事をする必要がある」

彼女は玄関のドアのところに行った。

「散歩に出てくるわ、ボイド――たぶん長い散歩になると思う。スポンジは元に戻しておいてね。跪《ひざまず》いて聖デスピカブル〔聖卑劣漢、実在しない聖人〕に、私が戻ってきますようにとお祈りを捧げていなさい」

「わかった」と彼は言った。

一時間かそこら、コーヒーのおかげでボイドは目を覚ましていた。しかし結局、詰め物でむくむくした、けばけばしい母親のソファの上で眠りこんでしまった。目が覚めたとき、自分がいかに惨めで、情けない存在になり果てているか、告白というかたちにおいてさえ、ありのままの真実を隈無く述べることができなくなっているかということに思いあたり、啞然としてしまった。彼にとって嘘をつくのは自動的であるばかりではなく、生理的なことになっていたのだ。彼は他の人々がオーガズムを感じるのと同じように嘘をついた。

アンジーはまだ戻っていなかった。

彼はコーヒーポットを洗って乾かし、スーツケースからウィンストン・チャーチルの本を引っ張り出し、父親の安楽椅子に腰掛け、センテンスを半分読み、それから立ち上がって外に出て、玄関のステップに座った。昼間の暑さは、夜になってもっとひどくなっていた。空中にはジンの匂いがした。

しばらくあとでアンジーがきびきびと歩道を歩いてやってきた。

彼女はステップの彼の隣にどすんと腰を下ろし、たっぷり三十秒かけてから苛立たしげなため息をついた。

「私が今何を考えているのか、尋ねないの?」

「何を?」とボイドは言った。

「二、三の事柄」とアンジーは言った。そして汚染された、絹のような空にちらりと目をやった。「とくに順番のようなものはないんだけど、ここから始めるね。誰であれ他人の結婚生活を妨害することは、神の書物では罪になる。だから私には、あなたがなぜ仕返しをしたいか、その気持ちはわかる。復讐というのは、聖書と同じくらい古くからあるものよ。しかし聖書においても、復讐というのは決して良い結果は生まない。それが神の手による復讐じゃない限りね。私はあなたの味方よ、ボイド。でもあなたはいくらか常識を身につける必要がある」

「どんな?」

「そうね、たとえば」と彼女は言った。「これまでのところ、すべてがあまりにも簡単だったとあなたは思わない? 誰かが銀行を襲えば、これはちょっとした騒ぎになる。ところが警官の影も形も見えない。それから私をメキシコに入国させるのに、あなたは元妻のパスポートを使った。私は赤毛だけど、彼女は正真正銘の黒髪。その上私は彼女よりも、どうみても十歳は若い。それなのに税関をするりと抜けられた。そしてもうひとつ。あなたがここにいるのを見つけるのって、そんなに難しいことかしら? あなたの実の母親の家に。インターネットでそれを見つけるのに、たった六秒しかかからない。普通なら面倒なことになるはずよ」

「いずれそうなるよ」

彼女は首を振った。「私はそれほど確信が持てない。それが私がずっと考えていたことの一部よ。私が私のボスについて言ったことを覚えている? 長除法がおそろしく苦手だってこと」

「いいや」とボイドは言った。

「私の言うことを少しでも聞いたら?」

「アンジー。これまでぼくがやってきたことといえば――」

「ほら、やっぱり人の話を聞いていない。私のボスはロイスって名前で、コミュニティー・ナシヨナル銀行のナンバー・ツーなんだけど、基本的には彼女が銀行を動かしているようなものなの。五回か六回――いや、もっと数多くかな――私は窓口出納のプリントアウトを彼女のところに持っていって、入金と出金の計算が合わないことを指摘したの。なのにロイスの反応ときたら、ええ、あとで調べておくわと言って、小馬鹿にしたような笑みを浮かべるだけ。私のことを、これまで窓口業務についた中でも最も愚かな田舎者で、五十ドル札の両替もろくにできないやつ、みたいな目で見るの」

「それで？」

「それで、何よ？　それが何を意味するかわかるでしょうが？」

「だいたい。はっきりではないけど」

「だから、たくさんのことよ」とアンジーは言った。「たとえば彼女は個人セイフティー・ボックスの中に何冊かの帳簿を仕舞っている。あるいは私がときどき金庫室に入っていくと、以前そこにあった札束がごっそり見えなくなっている。どうしたのかとロイスに尋ねると、彼女は馬鹿にした顔をする。ああ、もう、本当に馬鹿な子なんだから、みたいな微笑みを浮かべて。そして、そういうことは自分が全部ちゃんと心得ているんだから、あなたがいちいち足りない頭で考えるようなことじゃないのよと言う。またフルダに住んでいるメキシコ人は、だいたい四百から五百人くらいだと思うけど、半分ほどは、おそらくはそれ以上は、不法移民に違いない。でも町には銀行はひとつしかない。コミュニティー・ナショナルだけ。言ってることはわかる？　だからすべてのメキシコ人は、ティファナにいるお祖母さんに電信送金することになる。そうよね？　ただしロイスは七パーセントの取り扱い手数料を取り、四パーセントの通貨両替手数料を取り、おまけに実際に送金することを忘れてしまったりもする。もしあなたが不法滞在のメキシコ人なら、それに対して何ができるかしら?」

「彼女は不正を働いているってことかい?」

「ノー」とアンジーは言った。「私が言わんとしているのは、銀行そのものが不正を働いているってこと。ええ、私はただの下っ端の窓口係よ、でもそれでも……私が目にすることのできない多額のお金にいったい何が起こっているかしら? 住宅ローンの支払いとか、車の割賦とか、抵当権喪失とか、個人投資とか。おそらくロイスは、連邦が内部調査に入ってくることを望んでいないはずよ」

ボイドはそれについて、いまやより注意深く考えを巡らせた。

「話にいささか飛躍がある」と彼はようやく言った。

「そうかもしれないわね。でももしあなたが自分の銀行からこっそり金を盗んでいるとしたら、あなたは『おーい、私の銀行が襲われたぞ!』と騒ぎ回ったりはしないでしょう」

「カメラは?」

「ボタンをひとつ押しさえすれば」と彼女は言った。「映像はすらっと消えてしまう」

二人は長い間じっと黙っていた。近所の人が犬を散歩させるのを眺めながら。それからボイドは笑い出した。

「何がおかしいの?」とアンジーは尋ねた。

「何も。せっかく銀行を襲ったっていうのに、それが強盗にもならないなんてことを別にすればね。おかしくもなんともないじゃないか」

「笑い事じゃない」と彼女は言った。「遅かれ早かれ誰かがやってくるわ。そのスーツケースの中のお金を求めて。それはたぶん警察じゃないでしょうね。でもロイスはダイアモンドが好きだし、ブラックジャック賭博にも目がない。ダグラスはもっとひどい」

「ダグラス？」

「あなたのキワニス・クラブのお仲間よ。ロイスの悪徳の相棒。普段は天使のようなふりをしているけど、突如牙を剝く」

「一杯やりたいよ、アンジー」

「だめよ、それは。あなたはね、頭に脳味噌をきちんと詰めた誰かさんを必要としているの」

二階で二人で寝る支度をしているときにアンジーが言った。「ちょっと思うんだけど——私たちそろそろセックスをしてもいい頃じゃないかしら。あなたは自分がろくでもない嘘つきだということを白状した。一歩前進よ。私たちの間に基礎的な信頼関係が打ち立てられた。しっかり産んで殖《ふ》やすには、そして私に一度か二度の震えをもたらすには、そういう信頼が必要なのよ」

「それは遠慮しておくよ」とボイドは言った。

彼は床に毛布を敷き、明かりを消し、横になった。

しばらくアンジーは彼の母親のベッドの端っこに座って、彼をじっと凝視していた。それからひとつ息をつき、言った。「私の秘密をひとつ打ち明ける。それであなたは私のことを信頼してくれるかもしれない。高校時代、私が体操の選手だったってことを覚えているかしら？」

「ああ、うっすらと」とボイドは言った。実はまったく覚えていなかったのだけれど。

「そして私はなかなか優秀だった。最高学年のときにレディングで州大会の決勝戦があり、私はなんと総合演技で二位につけていた。最後に演技がひとつ残っていたんだけど、でもそれが鞍馬で、それは私がいちばん不得意とするものだった。そして一位の子はオール・アメリカン級の鞍馬の名手だった。それは彼女の十八番《おはこ》種目だったわけ。だからこっちはまるっきり見込みなし。私はなんとか規定通りのことをこなした。華々しいことは何もなし。でもそれから私にできることといったら、ただ座って競技を眺めているだけだった。そしてその〈ミス鞍馬〉さんは当然ながら、文句のつけようのない完全な演技を見せてくれた。乗馬、降馬、その間にあらゆることをやって、失敗はひとつもなし。そのようにして私のトロフィーは露と消えていった。あとかたもなく。でも私は泣いたか？　まさか。私はひょこひょこそこに行って、相手にキスしまくって、にこやかに祝福した。ロシア人みたいに」

「うん」とボイドは言った。「しかしそれがいったい何の――」

「まだ話は終わってない」

「ああ」

「それでそのあと、みんなロッカールームに行った。トロフィーがベンチの上に置かれているのが目についた。つまりね、それはひとりぼっちでそこにいて、すごく淋しそうに見えたわけ。それで私は思ったの。さあ、いいから、取っちまいな。そして私はそれを自分のジムバッグに放り込んだ。そしてそのジッパーを閉め、外に出てさっさとバスに乗った。それでおしまい」

「オーケー」とボイドは言った。「今ではぼくはきみを信頼する」

アンジーは苛立たしげに首をくいくいと振った。「ボイド、あなたってもう、黙って人の話を聞くってことができないの?」

「きみはそれを返したのか?」

「ボイド、他の誰かに喋らせなさい」

闇の中で彼女が自分を激しく睨みつけていることが彼には感じられた。彼女は立ち上がって窓の前に立ち、それを開け、身を乗り出した。

「もしあなたが望むなら」と彼女は言った。「レイプだって大声で叫ぶこともできるのよ」

「オーケー、それからどうなる?」

彼女はベッドの上に戻った。

「それから二年が経った。私はチコの大学に在籍していた。経営学部。私はまだそのトロフィーを自分の部屋に飾っていたけど、だんだん罪悪感を覚えるようになっていた。大人になったせいかもしれない。成長したせいかもしれない。肉体的に成長したということじゃなくて、私は良心を持ち、道徳観を持つようになった。だから私は自分に言い聞かせた。アンジー、もしあの『ミス鞍馬』に会ったら――それには十億年かかったとしても――このアホらしいトロフィーを彼女に返さなくちゃ駄目よ、と。そして何が起こったと思う?」

彼女はボイドが口を開くまで、暗闇の中にじっと座っていた。ボイドは言った。「よくわからないけど、たぶん――」

「ねえ、ちょっと、私はあなたの話を遮っているかしら?」

「ぼくはてっきりきみが質問したものと――」

「お願い、お願い。黙ってて。そしてその一ヶ月くらいあとのことだけど、三週間くらいかな、私は最初の仕事としていくつかの銀行の面接を受けたの。そしてフルダまで面接のために車を運転してやってきた。私はコミュニティー・ナショナル銀行に入った。そしてその窓口のところに誰が立っていたと思う？」

ボイドは何も言わなかった。

「さあさあ、考えて」とアンダーは言った。

「わからないよ」とボイドは言った。

「だから考えなさいよ」

「オーケー、ミス鞍馬かな？」

アンジーは彼を見据えた。「あなたってナイーブなのねえ。そんな偶然の邂逅《かいこう》があるわけないでしょ。もう一回考えてみて」

「アンジー、ぼくには手がかりがない」

「あなたよ」

「ぼくがなんだって？」

「そこにあなたが立っていたのよ。その銀行に。そして小切手を現金化していた」

「それが体操競技とどう関係しているんだ？」

「関係なんかしてない。それがあなたとの初対面だったということ」

ボイドは肯いた。それが最初ではなかったが、彼の頭にふと浮かんだのは、アンジー・ビングは回り道をしながら世界に近接していく人なのだということだった。

「わかった」と彼は言った。「話を終わらせてくれ」

「それでおしまいよ。私はとても大事な秘密をあなたに打ち明けたんだから」

「どんな秘密を？」

「私がどのようにしてあなたと最初に出会ったか。私たちが最初に出会ったとき、それはどんな様子だったか、そういう一切合切を、私は細かいところまで記憶しているんだってこと」

「トロフィーはどうなったんだい？」

アンジーは肩をすくめた。「それは今では私のものよ。でも、あなたが私という人間のことを少しでも信じるようになってくれているといいと思う」

ボイドはしばらく時間を置いた。これくらい置けばちょうどいいかなと推し量りながら。

「アンジー」と彼は言った。ほとんど優しい声で。「今夜はそういう生産的な気持ちにはなれないんだ」

「損したわね」と彼女は言った。

15

トビー・ヴァン・ダー・ケレンがメキシコ人を逮捕するのは、まずは楽しみのためであり、収益はそれに次ぐものだった。しかしあちこちで彼らから十ドル、二十ドルを取り上げてポケットに収めることに、とくに抵抗は感じなかった。もしペドロが停車を命じられたあと、三角窓から現金をそっと差し出してきたような場合には。そう、トビーにとってメキシコ人は全員がペドロだった。たとえ女性であっても。そもそも相手は不法移民で、テールライトも修理できなくて名前がメイフラワー号の乗客リストに載ってもいないのだから、十ドル、二十ドルくらいなんだろう? それは鴨撃ちのようなものだとトビーは思っていた。鴨たちは入国管理窓口で立ち止まったりしない。その上をひょいと飛びこえてくる。だからもし鴨撃ちの許可証を手にしているなら(トビーは警官なのだから、間違いなくそれを手にしていた)、路上に羽毛がいくらか舞い散ったところで、どんな支障があるだろう? たかが鴨じゃないか。

むしっちまえ、彼はそう思った。

それから彼は声に出してそう言った。「むしっちまえ」、きっぱりと、揺らぎなく。今夜ツイートにそう書いてやろう。むしっちまえ! 見出しみたいに大きく。

サウス・スプルース通りのJCペニーの前を車で流しているとき、トビーはピックアップ・トラックの荷台に四人のペドロたちが乗っているのを目にした。シートベルトはなし。彼は一瞬ブレーキを踏みかけたが、それから自分が国際的な、いくぶん汎米的な気持ちになっていることに気づいた。またもちろん銀行に用事があったことにも。

彼はキワニス・クラブとエース金物店が入っているビルの前に車を停め、駐車メーターは無視し、サウス・スプルース通りを歩いて渡り、タイヤの空気圧違反をチェックしながら、コミュニティー・ナショナル銀行に向かった。

タフな仕事だと彼は思った。三千四百人もの潜在的犯罪者（そのたっぷり五分の一はペドロたちだ）を抱える町で、常勤の警官は自分一人だけなんてな。エルモがいる、たしかに。しかしエルモは時々手伝ってくれるパートタイムに過ぎない。ワンダ・ジェーンもいるが、彼女はコントロールデスクの前に座って、乳首にマニキュアを塗っているだけだ。彼は彼女に対してまったく敬意を抱いていないわけではない。彼女の乳首に対しても敬意は抱いていた。それらはなにしろ三十九インチ〔九十センチ〕か四十インチ〔百一センチ〕の一対の小山の上に鎮座しているのだ。

コミュニティー・ナショナル銀行の一軒手前でトビーは立ち止まり、〈クール〉に火をつけ、ロイスが朝のドーナッツを買うために外に出てくるのを待った。コミュニティー・ナショナルの問題点は――というか、かつては自由であったこの国の大方の場所における問題点は――もはや〈クール〉を自由に楽しめないということだ。人は外に出て吹雪の中に立たねばならず、おかげで肺炎にかかる羽目になる。問題は民主党員どもだ。民主党員さえいなければ、とトビーは熟考する、肺癌になりたければ好きなだけなれるし、バッジを光らせただけでセニョリータたちを好きにできる、そういう国をおれたちは手にできるのだ。

彼はそこに十五分ばかり立って、煙草を吸って時間を潰し、ワンダ・ジェーンへの敬意にまた少し耽った。

ロイスがようやく銀行の玄関から勢いよく出てきたとき、トビーは彼女の肘を摑んで言った。「ドーナッツのことは忘れな。あんたの間抜け亭主はおれに嘘をついた。銀行に強盗が入ったんだろう、なあ?」

ロイスは手を振りほどき、いますぐ手を放しなさいという目で彼を睨みつけた。

「黙りなさい」と彼女は小声で言った。「警察官らしく振る舞って」

彼女は彼を連れて道路を進み、ドーナッツ・ショップの前を通り過ぎ、モービルの給油所の前を過ぎ、サンライズ公園を斜めに抜ける遊歩道を進んだ。その公園は、キワニス・クラブがコミュニティーの美化のために同意協力して作られたものだった。半エーカーほどの広さがあり、故障したシーソーや、すっかり日に焼かれたエゾギクの花壇や、もともとは迷路として作られたが、今はぼうぼうに茂りすぎた垣根が配されている。二人はその迷路の中央にある錆びた鉄製のラブチェアに腰を下ろした。ロイスは相手が口を開く前にぴしゃりと言った。「あなたはいったい何を期待していたわけ?」と彼女は言った。「私たちはヴェガスにいて、まわりにはたくさんの人がいた。ダグに何が言えるというの?『ああ、そうなんだ。我々の銀行は襲われたよ』、そんなことが電話で話せると思う?」

「ああ」とトビーはもそもそと言った。もっと他のことを言おうと頭をひねってみたが、何ひとつ思いつかなかった。だから「ああ」ともう一度言った。真には受けられないということを示すうなり声は上げたけれど。少し間を置いて、彼は考えを巡らせ、付け加えた。「ということはつまり、銀行強盗はあったってわけか？」

「そうは言っていない。そうでしょ？」

「はっきりそうは言っていないけど、ただいかにも――」

「トビー、頭を冷やして」とロイスは言った。「私はメキシコ人じゃないし、これは交通違反の停止じゃないのよ」

「それで、実際にあったのか？」

「あったって、何が？」

「銀行だよ、まったく。強盗にあったのか？」

「盗まれたのかってこと？」

「ああ、もちろんそういうことさ」

「イエスであり、ノーでもある」とロイスは言った。

「強盗にあったのかどうか。答えはイエスでもあり、ノーでもある？」

「そういうことよ。わかってきたじゃない」

トビーは〈クール〉の箱を取り出し、一本振り出したが、自分以外の者が煙草を吸うことをロイスが好まないことを思い出し、その一本を耳に挟んだ。彼が好きな仕草のひとつだ。

「公式にはノー」とロイスは言った。「非公式にはイエス。これだけでもあなたに言うべきことではないんだけど」

「ハルヴァーソンか？」

「ええ、そうだけど。どうしてわかるの？」

トビーは肩をすくめた。「おれにはおれの情報源がある。ランディー・ザフって男がいてね、こいつは自分のことをアル・カポネみたいに思っているが、実際にはベッドから這い出ることもままならないような間抜けたやつなんだ」トビーは微笑んだ。ロイスも微笑み返してくれることを、そしてそのあとの何らかの可能性を押し開いてくれることを期待して。しかし見たところ、彼女の顔には笑みはまるでうかがえなかった。彼は少し間を置いてから尋ねた。「それからあのお喋りの窓口係の娘はどうなんだ？　どんな顔してたっけな？　彼女もそこに嚙んでいるのか？」

「アンジー」とロイスは言った。「彼女は今休暇をとっている」

「ああ、それは公式にかい、それとも非公式に？」

「公式に」

「そうか」とトビーは言った。「それが出産休暇じゃないことを望むよ。赤ん坊は彼女よりも大きそうだからな」

これもまたなかなか気の利いた一言だ、と彼は思ったが、ロイスはそれには食いつきもしなかった。この女が食いつくのはだいたいのところ、おれの一物、カネ、銀行の預金者たち（その四分の一はペドロたち）からカネをむしり取ることくらいだ。話をしなくてはならないときには、二人はそういうことについて話をして、面白がることができた。

「非公式的には」とロイスは、どこまで打ち明けていいものか確信が持てないまま、恐る恐る言った。「非公式的には、アンジーがそこに関わっているのかどうかはわからない。関わっているかもしれないし、そうじゃないかもしれない。今のところ私たちは、彼女は休暇を取っているということにしている。言うまでもなくダグラスは監視カメラを消去した。そうしたのは正解だけど、彼はまずそこで起こったことを細かく点検した。アンジーはこれという抵抗を見せなかった。驚いたような素振りを見せはしたけれど、そのあと私のお金をかき集める作業にはつき合った。銀行の入り口に鍵を掛けることさえしなかった」ロイスはそこで口をつぐみ、じっと彼を見た。「公式には、これらのことは公式ではない。つまりそれは起こってはいないのよ。わかった？」

「わかった」とトビーは言った。

「それがどうしてかあなたにはわかる。そうね？」

「だいたいのところは」と彼は言って、にやりと笑った。

二人はそのまま一分か二分静かにそこに座っていた。それからロイスはため息をついて、彼の肩に頭を乗せた。欲の深い一連の指先も、彼の膝の上に置かれた。トビーはそれを喜んだ。彼はラブチェアにゆっくりともたれた。

「その反面」とロイスは言った。「私たちはその八万一千ドルを取り戻したいの」

「そりゃそうだろうね」とトビーは言った。

「そしてそのランディーという人。彼は二人の行方について情報を持っているみたいじゃない？」

「どうやらそのようだ」とトビーは言った。「しかしどうだろう。そいつはカウボーイの格好をした、とことんとろいやつでね。おれとしちゃ、そんなやつにカネを賭けたいとは思わないね」

「私も賭けるつもりはない」とロイスは言った。「でもあなたになら賭けてもいいかもね」

「それがいい」

「ダグラスに話をさせてちょうだい。私たちにどんなことができるか検討してみましょう。そのランディーは今どこにいるわけ？」

「ロサンジェルス」とトビーは言った。そして少し間を置いた。「がっぽりいただこうぜ、ベイビー」

「そっくり全部？」とロイスは言った。

「できるだけ」

「私たち、あなたのために仕事を用意できるかも」

「おれもあんたのために仕事を用意できるかも」とトビーは言った。


ボイドとの結婚生活が初日から軋《きし》みを上げていたのは確かだ。愉しいときは愉しかった。ときにはこの上なく愉しかった。しかしひどいときは本当にひどかった。マニラとジャカルタの日々はよかった。概ねよかった。少なくとも見かけはよかった。何らかの約束はまだ果たされていないが、それはその先の角を曲がったところに待っているという幻想。

彼らはもちろん恋に落ちていた。それ以外の何もかもが嘘になったときでさえ、エヴリンはそのことを決して疑いはしなかった。

初めの頃、とりわけジャカルタ時代、ボイドが絶対的真実から逸脱していることは滑稽でかわいらしいことに思えた。小さな子供がポプシクルを自転車《バイシクル》と言い違えたり、もっと大きくなってUSCをプリンストンと言い違えたりするみたいに。部分的には、そういうのをただ単に「不器用なところ」として、彼女は頭から消し去ってしまった。この人は子供の頃、低速車線をずっと走ってきて、今はガゼルと駆けっこをしているのだ。またある意味では彼女は自らを責めてもいた。正確に言えば彼女自身をではなく、彼女の育った環境を。大君《タイクーン》の娘であり、従って彼女自身にも大君的なところはある。経済面においても、また他の面においても、二人の間にある恐ろしく広い純資産のギャップを埋めるには、ボイドの側にきっとすさまじいばかりのプレッシャーがかかったはずだ。

おそらくは切ないばかりの。

ジュニアは常にジュニアだった。いつも何かを勝ち取ろうともがいている。しかし彼が切望したものがいったい何であったのか、それはエヴリンにもわからなかった。一九五三年頃のハリウッド的幸福だったのか。それらの映画を彼は母親や父親や、死んでいない死んだ妹と一緒に、深夜テレビで観たものだった。グレース・ケリーやロバート・スタック——彼はまるで自分自身の時代を生き損なってしまい、違う世代の幻想を借用したみたいだった。カクテル・パーティーの夢、リヴィエラの夢。光輝と金銭と3D上流社会。

二人は互いを愛し合った。間違いなく。しかしエヴリンは時折いぶかったものだった。これはひょっとしてシネマスコープ的愛ではないのかと。「きみはぼくのプリンセスだ」とその夜ジャカルタで、ボイドは彼女に小声で呟いた。彼女にプロポーズした夜に。それはおそらく「きみはぼくのエヴァ・ガードナーだ」とか「きみはぼくのアイダ・ルピーノだ」とかいう意味だったかもしれない。あるいはそうじゃないかもしれない。ただ、大金持ちの大君の娘に向かって囁いていたことなのかもしれない。あるいはどれでもないのかもしれない。あるいはそれはただの愛であったのかもしれない。

エヴリンはしばしば考えたものだが、皮肉なことにボイドはその時点で既に、自分のやり方を作り上げてしまっていた。彼はプリンセスなど必要としていなかったのだ。数十万の目が、毎朝ベーコン・エッグを食しながら、彼の署名を目にしていたのだから。彼は大使たちと夕食を共にした。彼はトリビューン紙の輝かしき新星だった。同社のゴールデン・ボーイであり、三十歳にして東南アジアの特派員を任されていた。CNNにも出たし、『ミート・ザ・プレス』〔NBCテレビの日曜日朝の報道番組〕にも二度出演した。でもどれも彼を満足はさせなかった。彼が欲しいのはピュリッツァー賞だ。一ダースのピュリツァー賞だ。彼は次なるビッグ・スクープを、次なるシャンパンのグラスを求めていた。次なるゴシップの切れ端を求めていた——汚職・収賄だか人権の侵害のすっぱ抜き、その他何であれピュリッツァー賞の審査委員たちが受賞の価値ありと認めそうなネタを。ジャカルタが仕事となった。

今になって思い返せば、ボイドに対してアンフェアになるのが簡単であったことが、彼女にはわかる。環太平洋地域の取材は誰にとっても骨の折れる仕事だ——バリの台風、フィリピンでの政権奪取、際限がない。

ボイドが本国に呼び戻され、ロサンジェルスのオフィスに配属されてからは、短い間だがものごとは好転した。エヴリンはやっと旅装を解き、友だちをつくり、南国の疾病を恐れたり、目先の野心を追い回す面倒からも解放された。赤ん坊もまた役に立ってくれた——ボイドも少しは安定を見せた。毎朝仕事に出かけ、帰宅し、夕食を食べ、床に座ってテディーと遊んだ。自分の手にしているものに初めて満足を感じているように見えた。その二十一ヶ月と二週間と四日の間、ボイドは愛情溢れる父親になり、自らに安住していた。生涯を通して追求し続けた捉えどころのない幻想を、ようやく隅に追い詰めたようでもあった。

しかしもちろんのこと、それらはすべて舗装路の上で潰えてしまった。

九年が経過した。ほとんど十年に近い。今では彼女は回復した。お付きの運転手とも、ディナー・パーティーとも、ジュニアス・キラコシアンのような鼻息の荒い夫とも、問題なくうまくやっている。彼は請求書を支払ってくれるし、情熱面で彼女を煩わせたりしない。彼女を悩ませるのは、彼がときとして冷酷無比になれることだ。彼女は、昨日ボイドが再び姿を見せたことに、夫の注意を引くべきではなかったのだ。軽々しく涙ぐんだりするべきではなかったのだ。彫像はそんなことをしない。


テイラー・スウィート&ドゥーニー法律事務所の外にあるコンクリートのベンチの上で、ボイドとアンジーはいくつかの結節点を再検討した。PS&S（パシフィック造船・海運株式会社）の社長とCEOの座を辞し、義理の息子にバトンを手渡したあと、ジム・ドゥーニーはかつての弁護士稼業に戻った。その事務所の看板にはまだ彼の名前が残されていた。ドゥーニーはPS&Sの名誉会長の役に、都合良く留まっていた。そして更に都合の良いことには、彼の法律事務所とPS&Sとは同じモダンな黒いビルに居を構えていた。ビルの名前は〈YOU!〉だった。そのビルにはまた宝飾店も、キューバの葉巻店も、〈ジ・インナー・ユー〉という名前のヘルス・スパも入っていた。

これらの事実をアンジーは携帯電話でわずか五分のうちに調べ上げた。

「あなたは昨日ここにいた」と彼女はボイドを責めた。「なのにあのロビーの馬鹿でかい看板を見逃した。そこにはテイラー・スウィート&ドゥーニーとちゃんと記してあるのに」

「安全ピンに目が眩んでね」とボイドは言った。「そしてあなたが言っていた受付嬢にね」とアンジーは言った。「その空中浮遊していた女に」

「彼女にも」とボイドは認めた。「いったい何をするつもりなんだ?」

アンジーは携帯電話をチェックしてから立ち上がり、言った。「あなたはここで待っていて。私はもうフェイシャルの予約時刻に遅れているから。ねえ、四百ドルちょうだい」

「フェイシャルに?」

「マッサージと合わせて七百、文句はなしよ」

気は進まなかったが、ボイドは現金を引っ張り出した。

「ひとつ忠告しておきますけど」と彼女は鋭い声で言った。「身動きひとつしちゃだめよ。私は美容室の空気を吸い込むことにうんざりしているんだから」

両肩を気取ったかたちに調整してから、アンジーはガラスの回転ドアを抜けて、ゆっくりと〈YOU!〉の中に入っていった。

いつものロサンジェルスの朝だった。ガスマスク陽気、スモッグの上に日が差している。そして運が良ければ、アンジーはドゥーニーの居場所をめぐる情報を仕入れてくるだろう。サンタモニカからタクシーでそこに着くまでの間、アンジーは彼に説明してくれた。フェイシャルとマッサージの大事な点は、他人の体のあちこちに手を触れているとき、人は秘密を打ち明ける気持ちになるものなのだと。

望み薄の話のように思えたし、今でもそう思える。しかしその一方で、アンジー・ビングはあきらめというものを知らない女だった。

ボイドは腕組みをし、脚を交叉させ、昨日の放縦のせいで頭がまだぼんやりしていることに思い当たった。煙草はたまにしか吸わなかったが、今が吸いどきだなと彼は思った。少し後で彼はベンチから立ち上がり、〈YOU!〉ビルの外の歩道に参集している落ちこぼれの喫煙者たちの群れの方に近づいていった。そして四ドルのマールボロ・ライトを首尾良く手に入れ、屈み込んでマッチの火を借り、ベンチに戻った。数秒あとで「ニコチン嫌われ者」一組の一人が彼の隣に座り、言った。「あなたのことを知っています、サー」

「なんだって？」とボイドは言った。

「あなたのことを知っていると思うんですが」

ボイドは顔を上げた。それが、ビッグ・ブルー・バスの車内でピストルを発射したときに甲高い叫び声を上げたパキスタン人の紳士であることがわかるまでに、少しだけ時間がかかった。

「ああ、そうだったね」とボイドは言った。「で、きみには飲みもの一杯ぶんの借りがある」

必要以上に礼儀正しく、その男はくすくすと笑った。「いえ、いえ、いえ、一杯奢らなくてはならないのは私の方です」彼は躊躇した。「言うまでもなくそれは私の場合、決して決して許されておらないのですが、私はお酒の作用《ケミストリー》を学んだ方が良いのかもしれません……いや、これには定冠詞が必要ですね。ザ・ケミストリーです。お酒の作用《ザ・ケミストリー》を学んだ方が」彼は唇を軽く叩いた。「私は煙草を吸いますが、神はそれを許してくださいます。私はときどき完璧な英語を忘れてしまいます」

「問題ないよ」とボイドはいくらか混乱して言った。「きみがぼくに一杯奢るってか？」

「ええ、そうです。あなたのピストル——ばあん！——私は文字通り跳び上がりましたよ。うわあ！　でも今では妻に、友人たちに、バス銃撃の話を聞かせることができます」男はぱっと明るい微笑みを顔に浮かべた。「ワイルド・ウエスト、ジェシー・ジェームズ」

「楽しんでくれて何より」とボイドは言った。「ほんとに酒はいらないの？」

男は再び躊躇した。今回は更に時間がかかった。「私は十五分の休憩時間しかありません。しかしおそらく……」

「きみはここで働いているのか？　〈YOU！〉で？」

「その通りです、サー」

二人は一緒に通りを横切り、使い勝手はいいが値段の高そうなバーに入った。ボイドはウォッカ・トニックを二杯注文した。パキスタン人の紳士はトマト・ジュースを注文した。そして二人は店の奥の方の、薄暗い照明のこぢんまりとしたブース席に落ち着いた。

男の名前はフザイファだった。年齢は三十一。パシフィック造船・海運でIT技術の監督を務めていた。その微笑みは伝染しやすく、もやった九月の朝を共に過ごすにはうってつけの相手であることが判明した。彼はイスラマバードで育ったが、ロサンジェルスに三年住んでおり、高い収入を得ていた。

「イスラマバード？」とボイドは言った。愉しげな嘘が彼の舌先に浮かんだ。彼はそれを呑み込んだ。頭で思うことと、口に出すことの間には常に半秒ほどの覚束ない隙間があった。「イスラマバードか。あの街は知っている」

「イスラマバードを知っているのですか？」

「それほどよくは知らない。しかし何年か前、仕事で——以前の仕事で——そこに行った。チャーミングな街だ。蛇の巣でもあるけど」

その何がおかしかったのか、ボイドにはさっぱりわからないが、フザイファは笑った。

「そうかもしれませんね、サー。あなたはバスを撃つことをイスラマバードで覚えたのですか？」

「損はなかったよ」とボイドは肩をすくめて言った。「ワイルド・イーストってわけだ」

「ええ、実に」

二人の十五分は愉しく過ぎ去り、それは半時間へと延長された。そして更に延長された。ある時点でボイドはPS&Sについて質問した――フザイファはジュニアス・キラコシアンを知っているだろうか？

「ええ、ええ、知ってます」とフザイファは言った。「あなたはミスタ・ジュニアスとお知り合いなのですか？」

「妻が彼のことを知っている。元妻がね。彼のことをよく知っている」

「ほう」とフザイファは言った。

「『ほう』ってどういう意味かな？　良かったのか、悪かったのか、それともただの相づちなのか？」

「それが意味するのは」とフザイファは前屈みになり、ほとんど秘密を打ち明けるようなところまでぐっと声を落として言った。「それが意味するのは、私はときどき――神よ許し給え――ミスタ・ジュニアスを撃ちたくなるということです。あなたが青いバスを撃ったように。どけち――わかります？　複合大企業です。造船だけじゃない。野球、キャンディー、スティンガー。しかしミスタ・ジュニアスは小銭にいちいちこだわる。とにかくケチなのです」

「スティンガー」とボイドは言った。「それはミサイルのことかい？」

「そのとおり。私には友だちがいて……イスラマバードのことは知っていると言いましたね？」

「ああ、知っているよ」とボイドは言った。「トマト・ジュースのお代わりは？」

　お代わりの飲み物を飲みながら、二人の会話はずいぶん広い領域を踏破していった。ラム・シチューから、パキスタンの所有する核兵器から、オサマ・ビン・ラディンに至るまで。二人はビン・ラディンの妻の数を交代で数え、途中で数がわからなくなってしまった。そして話はリンカーンとオサマとどちらの方が長身かという議論へと発展し、それは何世紀にもわたる宗教上の死体勘定《ボディー・カウント》に関する、礼儀正しい意見交換へと導かれた。最後にフザイファは言った。「あっさりぶちまけた話、あなたは本当はイスラマバードを見たこともないのでしょう？」

「そうだ」とボイドは言った。「でも近くまでは行ったよ。一九九九年のカラチだ」

「当時はスパイ《スプーク》だったとか？」

　それはあまりに誘惑的だった。ボイドは酒に手を伸ばし、にっこりと微笑んだ。「ううむ」と彼は言った。それはおおむね正しい響きを持っていた。

「不気味な《スプーキー》スプーク！」とフザイファは言った。「バスを撃つ。スティンガー・ミサイル。話は通じている」

「ミサイルは違うね」とボイドは言った。「それはぼくの父親《ダッド》だ」

「ダッドとはなんですか？」とフザイファは言った。

「ぼくの父親だよ。開発チームの長だった。スティンガーのね。戦闘機パイロット、マサチューセッツ工科大学、レイセオン社〔航空機・防衛機器メーカー〕。それがぼくの親父《パップ》ってわけだ」

フザイファはそれについてしばし考えていた。「スプークの父親にしては実に立派なものですな。イエス・サー。パキスタンでは父親のことを〈ワアリッド〉と言います。正式にはね。でもときには〈アップ〉とかあるいは〈アッバ〉と言います」彼はまた唇を叩いた。「私の英語、ブロークンですよね？　ＵＳＡと同じように壊れている。そうですね？　あなたがバスを撃ったとき、私をぴょんと跳び上がらせたように。銃まみれ！　嘘まみれ！　いつかたぶんパキスタンは、この巨大なアメリカを跳び上がらせることができるかもしれませんよ。バン！　おそらく間抜けの駱駝《らくだ》乗りが、アメリカのでかいお尻に核爆弾を突っ込むかもね」

ボイドはうんざりした叡智をもって肯いた。

「興味深い」と彼は言った。

「見事な絨毯。もっと優れた爆弾」フザイファはじっと彼の顔を見た。彼の英語は上達していた。

「あなたはカラチにも行ったことないですね。違いますか？」

「一晩だけ。ほとんどはリヤドにいた。ダマスカスにも。時折イスタンブール」

「しかしパキスタンに行ったことはない？」

「まことに残念ながら」とボイドは言った。

男の眉毛はぎゅっと詰まって横一本になった。彼は腕時計をちらりと見た。

「困惑させられます」と彼は言った。「大物スパイ。何から何まで嘘だらけ。当然ながら」

「そういう病気なんだ」とボイドは言った。

フザイファはもう一度時計に目をやった。

その男は急ぎ足でよろめきながらブース席から抜け出した。一息置いてボイドは不承不承そのあとを戸口まで追った。彼はそれがどれくらいスリリングなことかを忘れてしまっていた。作り話がどれくらい歯をむずむずさせるかを。

外では汚染されたロサンジェルスの朝が、汚染されたロサンジェルスの午後へと移り変わっていた。〈YOU!〉の前のベンチでは、アンジーが座って彼を待っていた。ボイドが彼の新しい古い友人を紹介したとき、彼女が苛立っていたのも無理からぬことだった。

「あなたのスプーキーなお友だちが私のバスを撃ったのです」とフザイファは彼女に厳《おごそ》かな声で言った。「しかし彼はどこまでも赦されます。風変わりな良きスプークです」

「ええ、私のヒーローだから」とアンジーは言った。

フザイファはお辞儀をして、〈YOU!〉の回転ドアを抜けて中に入っていった。

「身動きしないでいてくれてありがとう」と彼女は呻《うめ》くように言った。

オーシャン・パーク・ブールヴァードのバンガローまでのウーバーの車内で、二人はほとんどしゃべらなかった。そのあとでさえ、午前三時までは言葉らしい言葉は交わされなかった。彼女が肘でつついて彼を起こし、跪いて救い主に慈悲の赦しを請うようにと命じたのだ。

朝食のときにようやく、彼女はメモを一枚寄越した。

「いったいどうやったんだ?」とボイドは言った。

彼女はすねたようにじっと紅茶のカップを見ていた。「私がひとつやらなかったのはね、テロリストと一緒に酔っ払ったりすることよ」

「おい、よしてくれよ。彼はテロリストなんかじゃない。すごくいいやつだよ。ユーモアのセンスもあるし。酔っ払ったという部分に関しては謝るけどさ」

「跪いてないじゃない。そうでしょ？」

「もう既に跪いたじゃないか、アンジー。そんなことしても役には立たないよ」

「両手を合わせるといいかもしれない。慈悲を請うのもいいかもしれない」

「いったいどうやったんだ？」

「どうやったとあなたは思うのよ？」と彼女は言った。「私のセラピストのピーターは、念のために言っておきますとバプティスト派で、何度か増殖することは問題にしないの」

「ピーターがいったい何を知っているというんだ？」

「すべてよ。それはあなたが持っている紙に書いてある」彼女は自分の紅茶カップを彼の方に押しやった。「それを飲みなさい。頭の細胞が戻ってくるから」

「セラピストがいったい何を――？」

「ボイド、まったくお願いよ。あなたはプロフェッショナル・マッサージを受けたことがないの？　人はお喋りをするものなの！　ピーターはべらべらお喋りをする――たとえそれが彼の仕事だとしても、私の身体から両手を離しておくことができない――そういう自然な流れなの」

「それで？」

「それで今では」とアンジーは言った。「あなたはドゥーニーの居場所を手にしている」

「マッサージ師から手に入れた？」

「ノー。ピーターがそんなことを知るわけがないでしょ。あれこれ繋がって最後に私はエレベーターでドゥーニーの法律事務所まで上がって、エディーっていう男に尋ねたの。全部で十秒もかからなかったわ」

「じゃあ、ぼくの七百ドルは何のためだったんだ？」

「私のセラピーのためよ。当たり前でしょう。それにあれはあなたの七百ドルじゃない。私たちの七百ドルよ。いずれにせよとにかく、あなたは欲しいものを手に入れたわけでしょ？」

彼女は紙片を指し示した。

「ポート・アランサスってどこにあるんだ？」とボイドは言った。


朝の八時までにボイドは家の戸締まりを終えた。母親の旧型のエルドラドの覆いを取り、エンジンをかけてテストしてからガソリン・タンクを満たし、オイルを一クォート流し込み、タイヤにしっかり空気を入れ、南東方向に車を走らせた。

二人はフィーニックスの郊外で一夜を過ごした。エルパソでの夜はもっと短かった。それから国道10号を疾走し、テキサス州カーヴィルというところで休みを取ることにした。

二人はクイーンサイズ・ベッドで十三時間も眠った。朝食のパンケーキを食べながらアンジーは言った。「あなたって、ほんとに私には気がないみたいね」

「悪く取らないでくれ」とボイドは言った。「そういう気分になる状況じゃないものでね」

「ひとつのベッドに寝ているっていうのは、そういう状況でしょうが」

「シロップを取ってくれないか」とボイドは言った。

少し後でアンジーは言った。「それで次に何をするの？」

「朝食を終える。我々は別れる。そしてきみはきみの道を行き、ぼくはぼくの道を行く」ボイドは自分のフォークを点検した。彼女の顔をまともに見ることはできなかった。「事態は今や醜い様相を呈している。ぼくはきみを護ろうとしているだけだ。オーケー？」

「それだけなの？　あっさりお別れ？」

「そうだ」

彼女はしばらく黙り込んでいた。「私は真実を求めている。私のどこがいけないの？　これまでずっと、あなたにできるだけ親切にしてきた。いちいち詮索もしなかったし、決してぶしつけな質問もしなかった。どうして銀行を襲ったのとか、どうしてポケットにそのアホみたいな拳銃を入れているのとか、それから……ねえ、だいたいどうして銀行を襲ったりしたのよ？」

「もう言ったじゃないか。ぼくは大きな変化を求めていたのさ」

「真実よ！　一度でもいいから真実を言いなさい。それで歯が痛くなったりすることもないから」

「でもぼくにはそれが――」

彼女はテーブル越しに手を伸ばし、彼のフォークをもぎ取った。

「私を見なさい、ボイド。まっすぐに目を。あなたはお金が欲しければ、売るべき一軒家も持っている。それもなんとサンタモニカにね。天文学的数字のお金になるわ。問題はお金じゃない。違う？」

「違わない」

「オーケー、じゃあ何のためなの？」

「ぼくにもそれはわからない。退路を断つってことかな？　自分自身を動かしていくための」

「そこにはドゥーニーって人のことも絡んでいる？」

「ああ」

「拳銃も？」

「それも絡んでいる。それから弾丸も返してもらいたい」

ほとんど優しげにアンジー・ビングは頭を動かした。まるで誘いかけるように。「それで彼はいったいあなたに何をしたわけ？　それが何であれ、きっと良くないことね？」

「その話はもうしただろう。スキャンダル。ぼくを破滅させた」

「でも問題はそれだけじゃないでしょう？　他にも何かあるはずよ。あなたが口にしようとしないことが」

くらくらする一瞬、ボイドは滑り降りていくような感覚を持った。落とし戸にはまったみたいだ。彼はそれを隠すために手を差し出して言った。「弾丸を、お願いだ」

「二階にある。私のバッグの中に」

ボイドは勘定を払い、アンジーの腕を取り、自分たちの部屋へと導いていった。彼女は六個のぱっとしない見かけの銃弾を手渡した。

「あなたは秘密をひとつ胸に抱えている」と彼女は確信を込めた平板な声で言った。「でもこれだけは言える。あなたは私をしょい込んでいる」彼女は息を吸い込んだ。「それで思い出したけど、私はあなたと寝ることについて意見を変えた。明日から新しいパジャマが要る」

「わかった」とボイドは言った。

「ピンクのやつ」とアンジーは言った。「鍵付きの」

彼女がシャワーを浴びるのを彼は待った。それから急いでエルドラドのところに行き、スーツケースを中に放り込み、モーテルの駐車場からバックで抜け出し、車を湾に向けて南に走らせた。二十マイルばかり道路を進んだところで、ほとんど引き返しそうになった。彼は彼女のことが気に入っていたから——しかしそうはせずに、アクセルを踏み込んだ。それがいちばんいいのだ。なぜなら彼は彼女のことが気に入っていたから。

16

サンタモニカのバンガローの正面にパトカーが三台停まっていた。黄色いテープが貼られていないことにランディーは気づいた。でもそのうちの一台のトランクには鑑識《フォレンジックス》というステンシル文字が見えた。すごく高級感がある。一群の子供たちが目をフリスビーのように丸くして家の前に立っていた。まるでこれまで警官というものを一度も目にしたことがなかったかのように。ランディーはとくに目を見張りもしなかった。警官たちとは一度か二度関わり合ったことがある。警官から制服を脱がせてみれば、ただの素っ裸のカスみたいな連中だ。ヴェルクロで足をしっかり固定したって野生馬に乗れないような連中だ。警官たちはまるっきり過大評価されている。いまそこにいる奴らだって、あの手帳を手にしたトンマ野郎、手元をやぶにらみの目で見ながら、おそらくは「留守（nobody home）」の綴りを考えているのだろう。あと二人の間抜けは、一人のよく日焼けしたばあさんに質問している。ばあさんは頭中にカーラーを巻き付けて、まるで自らを電気処刑した直後のように見える。

この手入れが失敗だったことは一目で丸わかりだ、とランディーは思った。容疑者は既にずらかった。お気の毒に。更なる税金の無駄遣い。もちろんランディーは税金なんぞ一セントたりとも払ってはいないが、それでも新聞に投書してやりたいような気持ちになった。彼はくすくす笑った。こんな投書だ。「このボイド・ハルヴァーソンなる唐変木は銀行強盗を働き、他人のフィアンセを誘拐したのですが、彼がサンタモニカ東部に潜んでいることを当地のボケ警察が探り当てるまでに、なんと千年もかかったのです。私の場合は一日半しかかかりませんでしたよ。たった一人で、大昔の電話帳と、ちょっとばかりのガソリンを使っただけで」

ランディーは車に戻り、その家から半ブロックほど離れたところで、これからどのような手を打つべきか、考えを巡らせた。どうすれば自分のためになんらかのマジックがうまく働いてくれるようにできるか。

良いニュースは、彼が正しい道筋を辿っているということだった。

悪いニュースは、来るのが御同様にちょっとだけ遅すぎたということだった。

おれがなすべきはおそらく、このまま後戻りすることだ。アンジーは常に良き情報を与えてくれる――あの気分が悪くなる、メキシコからの絵葉書のような。いっそ地図を描いてくれればいいのに。そこに大きな×印をつけて、「私はここよ。助けに来て」と言えば済む。キュートな娘だが、とことん頭がいかれている。劣等感のなせるわざなのだろう。身長四フィート十インチ〔百四十七センチ〕しかないのだ。誰に彼女が責められよう？　ただ他の四フィート十インチの女性たちとは違って、彼女の身体はすらりと流線形をしている。あるべきところに、ちゃんとあるべきものが具わっている。すべてミニチュア化されているだけだ。

今はこのカトラスの中でしっかり待つに限る。子供たちには彼の車に賛嘆の声を上げさせておけばいい。警官たちが引き上げたあと、ぶらぶらと歩いて行って、あとに何か残り物がないかちらりと覗けばいいのだ。

おおよそ一時間ばかりランディーは待った。でもとうとう我慢しきれなくなって、カトラスから飛び出て、指揮を執っているとおぼしき警官のところに歩いて行った。そして率直に、ここで何が起こっているのかと尋ねた。警官はプラスチックの身分証をネクタイにクリップで留めていた。歯科医会議での歯科医みたいに。かっこよくないとランディーは思った。身分証は、男が保安官補ボークであることを示していた。その名前も決してかっこよくない、とランディーは思った。

ボークは決してお喋りな男ではなかった。ガムを噛み、相手をじっとにらみ、見下したように振る舞った。警官たちが踏むであろうすべての手順を踏んだ。相手が二フィートの鉄筋を持ち出して行動を開始しない限りは、ということだが。

いずれにせよ、長身の警官にしては見事な姿勢だった。

どうしてそんなことに興味を持つのかと、彼はランディーに質問した。何かあんたに関わりでもあるのかと。ランディーは「理由はないけど」と言った。

警官は言った。「理由はない？」

「理由はない」

おれはこう答えるべきだったんだとランディーは後悔した。「パトカーが何台か停まっていたら、誰だって興味は持つでしょう」と。でも当然ながら、彼はそうは言わなかった。彼は縁石を足で蹴り、バンガローを見上げ、自分は近所に住んでいるものだと言った。一ブロック先の、一ブロック西側に。

「そうかい？」とボークは言った。

「そうだ」

「ナンバー・プレートは違うことを告げているようだが」

「は？」とランディーは言った。

そしてそう言ったことをすぐに悔やんだ。「は？」というのは田舎者の言いそうな台詞だ。リトル・ロックのバスから降りたばかりの抜け作が。

「あんたのナンバー・プレートだよ」と警官は繰り返した。「あそこに停めてあるポンコツ、八七年型カトラスのさ。あのナンバー・プレートはシスキユウ郡のものだ。ここから七百マイルは離れているし、それはちょっと近所とは呼べないだろう、お隣さん」

「新しくこっちに越してきたのさ、お隣さん」とランディーは言った。

「そうかい？　もう行ってくれ」

かなり素早くランディーは考えをまとめた。「つまり何も教えてはくれないってことかい？」

「そのとおり」とボークは言った。

「あんたの手助けをすることができるかもしれないよ。ちょっとした情報を与えることで」

「それができるのかね？」

「いいや」とランディーは言った。「でも、もしできるとしたら？」

「消えてくれ、あんた」

ランディーはにやりと笑った。すっかり態勢を立て直していた。「オーケー。悪かったね。おれは銀行強盗のヤマに首を突っ込むつもりはなかったんだ。お巡りさんたちの捜査の邪魔をする気もなかったし」

「銀行強盗のヤマってなんだね？」とボークは言った。一秒前よりは口調も柔らかく。

「は？」とランディーは言った。

「あんた今、銀行強盗って言った。そして私は銀行強盗ってなんだと尋ねている。我々はバスを銃撃した男の件でここに来てるんだ」

「何を銃撃したって？」とランディーは言った。

「バスだ」と警官は言った。「ろくでもないバスを撃ちやがったんだ」

「ああ、そうだ」とランディーは言った。「それがおれの言ったことだよ。そうだよな？」

ボークは少しの間彼を検分していたが、何かを決断したようだった。「私が消えろと言ったらそれは、とっとと失せてくれということだ。公衆の面前での愚行のかどで逮捕される前にな」

ランディーは肩をすくめた。

バス云々の話は彼を混乱させたが、それでも彼は笑みを浮かべたまま、カトラスの方に向けて何歩かのんびりと後ずさりした。それからひとつ間を置き、こう考えた。「思い切って試してみてもいいだろう」

彼は警官の方に向き直った。

「実を言うとね」と彼は言った。「昔おれの友だちで保安官補の仕事に就きたいってやつがいたんだ。あんたのようなさ。やつとおれとは一緒にロデオに出ていたんだ」

「またいつかな」と警官は言った。

「いや、こいつはいい話なんだ」とランディーは言った。「きっとあんたも興味を持ってくれるはずだ。これは、そうだな、たぶん六年くらい前の話だ。おれの友だちはロデオの道化師なんだが——それは危険な仕事なんだよ——とにかくタフな、向こう見ずなやつでさ。どこまでも信頼できる男だ。ただ問題は、たとえロデオであっても、道化師はある程度は面白くなくちゃならないってことでね。ところがそのおれの友だちときたら、ぜんぜん面白くないんだよ」

「ロデオの道化だって？」

「そのとおり」

「それで？」

「だからそれはまずい状況なんだ。その男の立場に立ってみなよ。道化師のくせして——赤いカツラとか、そんな格好でさ——誰も笑わせられないんだ。だから別の方面の仕事を探すんだが、保安官補の仕事に向いていると思うわけだ。鉄釘のようにタフで、散髪が好きで、眼光も鋭い。そして実に実に実に面白くないんだ。保安官の仕事に向いていると思って、テストを受けるんだ。あんたもやはり同じようなテストを受けたんだろう？」

ボークは目をすぼめて彼を見た。

「テストだよ」と言いながら、ランディーは後ずさりを始めた。「誰かがジョークを言って、あんたはそこに座って間抜け面をして座っていて、その角刈り頭をごしごしこすり、『なんのことだかわからんな』と言う。それが〈面白くないテスト〉だよ。ユーモアのセンスをぜんぜん持ち合わせていないという証明になる」

警官はしばらくじっと見つめていた。

それから言った。「あんた、私が何を考えているかわかるかね？」

「はっきりとはわからないが」とランディーは言った。「ボークが何と韻を踏むかくらいはわか

る」〔Bork は Dork と韻を踏む。dork はトンマ、イモ野郎の意味〕

通りのそこから一ブロック離れたところ、茶色くなった二本の椰子《やし》の木の下で、駐車中のひどく目立つＢＭＷ・Ｚ３に乗ったジュニアス・キラコシアンのＣＦＯが、ジュニアスに状況を説明していた。彼がハルヴァーソンを追って、東サンタモニカのあまりぱっとしないバンガローに行きついた次第を。携帯電話の接続は最悪で、切れたり繋がったりの繰り返しだったが、この行為がどれだけ彼に金銭的負担をかけているかという、ジュニアス恒例の文句たらたらの最後のセンテンスの後半部は、なんとか聞き取れた。

ヘンリー・スペックは黙することを学んでいた。顔を合わせているときなら彼はただ肯いていただろうが、今はフロント・グラスに向かって「やれやれ」という顔をしていた。

「よろしい。それで君は彼の居場所をつきとめた」とジュニアスは言った。「じゃあ、なんでやつはまだ脚にギプスをつけてないんだ？　私が君に時給で給料を払っていると思うのか？」

スペックはあきれたように目をむいた。

「サー」と彼は言った。「私は今三台のパトカーを目にしているのだということを、どうかご承知置きください。バッジをつけた警官が六人います。今ここで誰かの脚を折るのは適切ではありません」

「まったくもう、こんなに簡単なことなのに」

「いや、それほど簡単なことではないかもしれません」とスペックは言った。「私は警官の一人と話をしたのですが、彼は――」

「それは別会計になるのか？　警官と話をすることは？」

「いいえ、そんなことはありません。私はサラリーで働いていますから」

ふっと息を吐くような声が受話器から聞こえた。それからジュニアスが言った。「君とか、他のみんな——警官、組合員、私の無能な野球チーム。そんな無駄飯食い連中に私がいくら支払っているか知っているか？」

「承知しています、サー。多額です」

「そのとおり多額だ」とジュニアスは言った。「それぞれに七桁だ。それぞれにだぞ。なのにセントラル・ワッツでヒット・エンド・ランを成功させることもできない。それで警官はなんと言っていた？」

ヘンリーは「抜かしやがれ。あほたれ」という仕草をフロント・グラスに向かってして見せた。

「まずだいいちに、ここには誰もいないそうです。空っぽです」

「絞り上げるタマもないってことか？　そいつは私の妻とセックスしているんだぞ」

「文字通りというわけじゃありません」とスペックは言って、それから付け加えた。「と希望していますが」

「おまえがそう希望するってか？」とジュニアスが言った。

「イエス・サー」

背景にキイキイという音が聞こえた。それから静かになり、それからまた別のキイキイ音が聞こえた。金メッキの回転椅子だろうとスペックは思った。

「それだけじゃありません、サー。ハルヴァーソンはバスを撃ったのです。ここにパトカーが三台もいるのはそのためだと思われます」

「なんでバスを撃ったんだ？」

「お楽しみのためなんだそうです。彼がパキにそう言ったと」

「どのパキに？」

「話は複雑なんですが、私が思いますに――」

「複雑でなくしろ」とジュニアスは不機嫌な声で言った。「話を複雑でなくさせるために、おまえに法外な給料を支払っているんだよ」

スペックはドアを大きく開き、ばたんと閉めた。

「なんだいまのは、いったい？」とジュニアスは言った。

「よくわかりません、サー」スペックはプールの中のジュニアスの妻のことを思い出して微笑んだ。素敵な身体。何もかもが素敵だ。「いずれにせよですね、どこかのパキスタン人の女性が警察に通報したんだそうです。彼女の夫はあなたの問題にしている男と仲良くなったみたいです。その人物はハルヴァーソンにかなりぴったり合致します」

そこでまたキイキイ音が聞こえた。

「サー？」

「聞いている」とジュニアスは言った。

「もしよろしければ、私に考えがあります。どうやってハルヴァーソンを見つけるかについてですが」

「それは高くつくのか？」

うんとこさ、とヘンリー・スペックは思った。たぶんあんたの奥さんとか。

ここはコイン投げだなとランディーは思った。いったん〈デイズ・イン〉に戻るか、警官たちが引き上げるまでマクドナルドの店内で待って、それからバンガローの中に忍び込むか。ランディーは頭の中でコインを投げ、それは待てと出た。それからの何時間かを彼は赤いプラスチックの椅子に座って、一般市民たちが肥満を遂げていく様子を見物して過ごした。

閉店時刻になって、彼は車でバンガローに戻った。

もう真夜中少し過ぎになっており、パトカーは見当たらなかった。彼は道具セットを手に取り、玄関までのんびりと歩いて行った。「開けゴマ」と言おうとしたそのときに携帯電話が鳴りだした。ランディーは電話を無視し、中に入った。そして懐中電灯のスイッチを入れ、十分もかけずにざっと家捜しをした。

バスルームのいっぱいになったゴミ箱の中に彼は、ほとんど空になったそばかす消去剤や、鼻毛除去剤や、ビタミンAとE皮膚活性剤のチューブや瓶を見つけ、フルーツ芳香がついたよく知られた女性衛生用品を三種類見つけた。これは間違いなくアンジーだと彼は思った。そしてそう思うと、頭に血が上った。じじいの犯罪者と駆け落ちなんかしただけでも侮辱的なのに、秘密の部分に香りをつけるなんてあまりと言えばあまりだ。

ランディーはキッチンと寝室をさらった。そしてターコイズのアンクル・ブレスレットをひとつ発見した。そして壜に半分残った骨髄抽出のコラーゲン、乱れたままのベッド。

電話のベルが再び鳴りだしたとき、彼は「これは、これは」と考えていた。

ランディーは緑のボタンを押して言った。「うるさい。おれは今忙しいんだ」

アンジーが言った。「それほど忙しくはないはずよ」

「は？」とランディーは言った。

彼はこう言いかけた。「おお、これはなんという偶然だ。おれはつい今さっき、プッシー用香水の匂いを嗅いだばかりだ。それで、どうしていたのかなと思っていたところさ」と。しかしその台詞を半分ほど考えたところで、彼女が藪《やぶ》から棒に喋り始めた。

彼女はテキサス州カーヴィルで立ち往生していて、車でリフトしてもらうことを必要としていた。

「リフトする？」と彼は言った。

「今すぐによ、オーケー？」

「テキサス州カーヴィルってどこなんだ、いったい？」

「私が知るわけないでしょう」とアンジーは言った。「地図を手に入れなさいよ。あなたは私のボーイフレンドでしょ？　違うの？」

「それはむずかしいところだな。あなたは元気にしてるかとか、そういう挨拶もないのか？」

「今現在のところはね」と彼女は言った。「にっちもさっちもいかない状況にあるのは私なのよ。私は大丈夫かどうかそれを、尋ねるのはあなたの方でしょうが」

「オーケー、大丈夫か？」

「ひどい状態よ。そしてリフトを必要としている」

ランディーは携帯電話に向かってにやりと笑った。

「あのな、まずだいいちに」と彼は言った。「リフトってのは、おまえを医者の前で拾って、八ブロックほど走って、ウォルマートの前で下ろすみたいなことだ。テキサス州カーヴィルまで出かけるのはリフトとは言わない。ねえ、ちょっとモスクワまで乗っけてとか、ホノルルまで乗っけてというのは、リフトじゃない。リフトの範囲に入ってない。第二に、おれは今サンタモニカの乱れたベッドの上に座っている。第三におれは新品同様の黄色いサンダルをおまえのために用意している。ゴム製のやつだ。それをおれがどんなことに使うつもりか、おまえにはわかるだろう」

「何に使うの？」とアンジーは言った。

「この二週間、おまえがどこで何をしていたか、それを尋ねるときに使うんだよ。いったいいくつ銀行を襲ったのか、誰と一緒に襲ったのか。女性衛生的な質問だ」

「話は終わった？」とアンジーは言った。

「まだ始めてもいない。どうして？」

「私が求めているのは、ポート・アランサスに行くことだから」

「へえ、そうかい。ポート・アランサスってなんだ？」

「土地の名前よ」と彼女は言った。「そこにいけば八万一千ドルがある」

ランディーは乱れたベッドに仰向けに横になった。

「そうかい？」と彼は言った。

「そうなの」とアンジーは言った。

ランディーは懐中電灯をパチパチつけたり消したりして、天井をあちこち照らして花火を描いた。それが彼のトレードマークだった。他人のベッドに寝転んで花火を描くこと。

「知ってるか？」と彼は少し後で言った。「誰かがこのへんでバスを撃ったって話を耳にしたぜ」

「私もその話は聞いた。もう車は走らせている？」

「どこに向かって走らせるんだ？」

「どこかはわかっているでしょう」とアンジーは言った。「じゃあね」

ランディーは家の中をもうしばらく見て回った。盗むべきものもとくに見当たらなかったので、通りに向かい、カトラスに乗り込み、地図をチェックし、10号線に向けて東に車を走らせた。夜のドライブ。面倒抜きのセックスみたいなものだ。

二時間半ばかり車を走らせたところで、携帯電話がブルース・スプリングスティーンのメロディーを鳴らした。もう朝の四時だ。

またアンジー。今回はメッセージだった。「リフトはキャンセル。ボイドがさっきやってきた。気が変わったの。さあ、今ではあなたが取り残されたのよ、カウボーイ」

17

金儲けなんてちょろいものだとドゥーニーは考えていた。大したことじゃない。「垂直的」ポーカーをやったり、国際的コングロマリットを経営したりするのと同じことだ。あなたは顧客のことをカモと呼んだりはしない。カモのことを顧客と呼ぶだけのことだ。あなたはカードの山に細工をしたりはしないし、上着の袖にストレートのカードを仕込み過ぎたりもしない。ただただ堅実で昔ながらの、垂直的に組織化されたゲームをプレイすればいいだけだ。なぜならあなたがハウスであり、あなたがディーラーであり、あなたは三塁ベースにいるからだ。従業員たちがファーストで、セカンドで、四番目の塁にもいる。そしてもちろんあなたがゲームを仕切っている。だからもしあなたがそっくり注ぎ込んで敗れたとしても、垂直的に組織されたあなたの従業員たちの一人がたんまり勝ちを収める確率はとても高い。要するに、たとえあなたが負けたとしても、結局あなたは勝つのだ。そしてそのことはあなたのオッズに有利に働くことになろう。それに加えて、当たり前のことだが、あなたは他のみんな（あなたの顧客をも含む）と同じように、七パーセントの決まった場所代を自分に対して支払っている。顧客たちの主な仕事はカリカリしながら借用証を書き、高額の小切手を切り、カリカリ期間が終わると再び勝負の場に戻ってくることだ。顧客第一、それがドゥーニーのモットーだ。

難しい点は、と彼は自分に言い続ける。そのように苦労して勝ち得た金をどのように使うかというところにある。

たとえば彼の百万ドルのボートだ。基本的にそれは全長五十二フィートの、外洋にも出せるフィッシング・ヨットだ。フル装備の逸品だが、それはさして広くもないミネソタの湖に浮かんでいる。冷蔵庫が二つ、釣った魚を保管するための冷凍庫、宇宙船並みのコンソール、五六〇馬力のセブン・マリン社製船外エンジンが四基、最速で時速四十マイルを叩き出す。特別塗装の船体、カーボン・ファイバーの内装、エアコン付きの寝床、カルヴィン好みまで音量を上げれば、その強力きわまりないデシベルで、ベミジの町をそっくり吹き飛ばしてしまえそうなサウンド・システム。問題はそのボートがパシフィック造船・海運によって造られたという点にあった。それは彼の所有する会社であり、あるいはまたかつて所有していた会社であり（今では名誉会長になっている）、いまだに筆頭株主に収まっている。だから彼がその欲しくもない、必要ともしない、これっぽちも好きにもなれないボートのために支払った百万ドルは、また彼自身の懐に入ってくるわけだ。金を使おうとしても、それはまた金を増やすだけのこと。そして頭痛の種を増やすことになる。メインテナンス、修繕、燃料、保険、何やらかやら。そしてああ、防水布をボートから剝がし、全長五十二フィートもあるそのごわごわのキャンバスを畳むのは手作業になる。それは老人が扱うにはいささか重すぎる。防水布にはうんざりだ。水にもうんざり。釣りにもうんざり。それに加えて、ハエたちは耳を食いちぎりそうなくらい巨大で、蚊たちは採血を求めて列をなしている。

生涯を通してこつこつ勤勉に働き、貯め込んだ小金を使おうとしたら、何が起こるか？　人生が退屈なものになるか、惨めなものになるか、そのどちらかだ。そして今回の場合、同時に両方なのだ。

ドゥーニーは活動を求めていた。自分が嫌なやつであったことを懐かしんでいた。

ベミジに五日間滞在したあと、彼は五六〇馬力の凄まじいエンジンで子供たちを追い散らしてやろうかという気分になっていた。カルヴィンも不幸な気分は同じだった。燃料を使い果たして、岸まで曳航されていくのを待っている間、二人はミネソタを抜け出して、アルプスだか、南イタリアだか、あるいはまたフランスだか、とにかくハエたちのいない場所の、小さな趣あるホテルでドゥーニーの金を散財することを夢想した。他の宿泊客たちを叩き出し、エアコンを目一杯効かせ、まともな料理を食べるのだ。フライにしたウォールアイ〔パーチ科の魚〕や、生暖かいベイクト・ビーンズなんかじゃない料理を。

「私が知りたいのは」とカルヴィンが言った。「どうしてあんたのような頭の切れる男が、そもそもこんな窮地に我々を追い込んだかということだ。私が何か見落としているのかもしれないが」

「そのとおり」とドゥーニーが言った。「君は垂直性というものを見逃している」

カルヴィンは手でひさしを作り、青い水面を見渡して、やってくるはずの曳行船の姿を求めた。彼らはもう四十五分も波にゆらゆらと揺られていた。

「垂直性と言われてもねえ。私は髪を刈るし、髭も剃る。しかしそれは何のことだかわからないよ、ジム」

「オーケー、タコナイトというのがどういうものか、知っているかね?」

「いいや」とカルヴィンは言った。

「タコナイトはいくらか鉄を含んだ廃石だ。昔はただ捨てられていた。しかし今ではそこから鉄が抽出され、その鉄が鋼鉄に変えられる。その鋼鉄から自動車や船が造られ、高層ビルやらパイプラインやらペーパー・クリップやらが造られる。言い換えれば、タコナイトからカネが作れるということだ。そこまではわかるね?」

「なんとかね」

「だからもし君がたくさんの、たくさんのカネを作りたければ、トン単位のカネを作りたければ、君は垂直に進むことになる。君はタコナイトが含まれている土地を手に入れる。タコナイトを掘り出す機械を手に入れる。掘削機械を造る会社を所有する。鉱石を製鋼所まで運んでいくトラックと輸送船舶を所有する。製鋼所を所有する。その鋼鉄を購入する自動車会社を所有する。その車のタイヤを造るためのゴム林を所有する。そのゴムを輸送するための船会社を所有する。ペーパー・クリップの会社を所有し、パイプラインの会社を所有する。高層ビルに投資する銀行を所有する。そのろくでもない高層ビルを所有する」

カルヴィンは顔を拭った。「一つ質問していいかね?」

「いいとも」とドゥーニーは言った。

「暑くて仕方ない。曳き船はいつ来るんだ?」

「もうすぐだと思う」とドゥーニーは言った。「でも、そういう仕組みを君は知りたかったんじゃないのか?」

「ああ、それは知りたいさ」とカルヴィンは言った。「ただ私によくわからないのは……タコナイトのせいでどうして、誰かがあんたの顔に一発銃弾を撃ち込みたいと思ったりするかということだ」

「垂直性さ」とドゥーニーは言った。

「はあ」

「ピラミッドは垂直的だ。イラン＝コントラも垂直的だ」

「違法に垂直的？」

「アドレナリンの垂直性だ。欲しくもない百万ドルのボートを買えるような種類の垂直性だ。給油所を出て二十ヤードでガス欠してしまうようなボートをな」

「でも違法なんだよね？」

「それは弁護士に任せる問題だ。君は弁護士かい、カル？」

ドゥーニーは魚を入れるための冷凍庫のところに行って、とことん冷えた二〇〇七年産エノテークを引っぱり出した。彼はぽんとその栓を抜き、百ドル分ぐいと飲み、それをスピードの水着を着た、堂々たる体軀のカルヴィンに手渡した。明日七十四歳の誕生日を迎える男にしてはまさに堂々たる体軀だ。「なあ、君もＪＦＫは知っているだろう。知ってるよな？　彼の父親のジョーは私と同じようにビジネスマンで、ラムの密売をいささかやっていた。規則や法規にはあまり重きを置かなかった。そしてＪＦＫがついに大統領に上り詰めたとき、ジョー爺さんは息子に向かってよく言ったものだ。『なあ、ジャック、これだけは覚えておけ。ビジネスマンというのは一人残らずクソ野郎だ』って」

「いい話だ！」とカルヴィンは言った。

「私も実にそう思う」とドゥーニーが言った。

カルヴィンは顎を撫で、じっと考えを巡らせてから言った。「つまり、このハルヴァーソンという男は、名前がロイドだかなんだか忘れたけど、あんたがクソ野郎だから、あんたを撃とうとしているってことなのかな？」

「ボイドだよ。ロイドじゃなく」とドゥーニーは言った。「やつが私を撃とうとしているのは、私がやつの惨めな人生をぶち壊してやったからだ。さあ、曳き船がやってきたぞ」


ポート・アランサスの七マイル外側で、アンジー・ビングはボイドの抱える心理的障害について、徹底的な、高度に明晰な診断をまとめ上げた。要するにあなたは、と彼女は言った、三つか四つの人格障害を抱えていて、そのうちのひとつは病理学上のインフェリオリティー・コンプレックスで、それは妄想虚言症《スードロジア・ファンタスティカ》という形で現れる。それはあるときにはミソメイニアと呼ばれ、またあるときには「真っ赤な嘘」と呼ばれる。

「あなたは本当は四十九歳じゃないでしょう？」と彼女は言った。

「五十三歳だ」とボイドは言った。

「そして五フィート十一インチじゃない」

「ええと、この前に測ったときには——」

「嘘をつくのはよしなさい」と彼女はぴしりと言った。「私はあなたの身長を測ったんだから」

「ぼくの身長を測った？」

「ええ、ちゃんと測りました」彼女の目は満足感に輝いていた。「〈ラルフの店〉で巻尺を買ったことを覚えている？　あなたは眠っていた」

「ぼくが眠っている間に身長を測った？」

「しっかりとね、おちびさん。五フィート十インチに白髪二本分足りなかったわ」

ボイドは道路に視線を注ぎ続けていた。道路はさっきから平板になり、テキサス南東部の面白みのない、うんざりするような沿岸の島へと入っていった。州高速道路３６１の両側には砂浜と水が見渡す限り地平線まで続いていた。前方にはリクリエーショナル・ヴィークルが列をなしていた。

「あなたの問題の一部は」とアンジーは続けた。彼女の声はいたずら妖精のようで、疲れを知らず、終始苛立たしく耳に突き刺さった。これまでの二百四十マイルのドライブの間ずっとそうであったように。「自分自身にさえ嘘をつくということなの。たとえばあなたは私に惚れていないと言うみたいにね。でなきゃどうして後戻りして、私をわざわざ拾い上げたりするのよ。それだけでももう話ははっきり見えているじゃないの」

「あるいは、きみに利用価値があるかもしれないと思った」とボイドは言った。

「惚れている！」とアンジーは怒鳴った。「あなたはちゃんと聴いてもいないの？」

四十五分後、二人はポート・アランサス・ビーチロードの道路脇にある〈ナイトキャップ・カフェ〉のブース席に収まっていた。アンジーはクラブ・ケーキを注文し、ボイドはバドワイザーを二本とシュリンプ・バスケットをとった。その店は見たところもっぱら、老年から死にかけという年代の旅行客を顧客としているらしかった。

ボイドは一本目のバドワイザーを飲み干した。

「妄想虚言症《スードロジア・ファンタスティカ》だと？」と彼は言った。「なんだい、そりゃ？」

「だから言ったでしょう。それは病気なんだって。別名ミソメイニア」

「わかったよ。でも……そういうのって、なんだか大げさ名前だな」

アンジーは一秒間、彼をじっと見据えた。「もしそれが私の教育への言及なのだとしたら、気をつけた方がいいわ。あなたは自己修養っていう言葉を聞いたことがないの？　この国全体で今、それが大切なことになっているのよ。自己修養と神様」

ボイドはできる限り素早く肯いた。しかし彼女は既に説教モードに入ってしまっていた。注文した料理が運ばれ、汚れた皿が下げられ、ほとんど空になったバドワイザーのボトルが、じらすようにテーブルの上に立っていた。でもちょうどそのときアンジーは、二十九年以上にわたって拾い上げてきたカッコイイ言葉のアルファベット順メニューの、やっとJを通ってるところだった。

「ジャバウォッキー（無意味な言葉）、ジャシンス（風信小石）、ジャキュレイト（前方に投げる）」と彼女は言った。「ジェイルベイト（男を刑務所行きにしそうな女の子）――これはきっと知っているわよね？」

「ユクソリアル（妻らしい）」とボイドは言った。先手を取れればと期待して。

「ええ、それは私のいちばん最初のリストにあった言葉よ。ずっと、ずっと、遙か昔のね。私はそういうリストを郵便で受け取るの。毎月五十ずつね。それでよりエキサイティングで魅惑的な人物になれると保証されている」彼女は何かを期待するように彼を見た。「それで？」

「それで、何だい？」

「わかるでしょう? 魅惑的だってこと。何か言いなさいよ」
「ああ、そうだな。ドゥーニーを探しに行かなくては」

夜明けの少し前に、ランディーは〈デイズ・イン〉の駐車場に車を入れた。そこにチェックインしたのは、かれこれ五万年くらい昔のことに思える。10号線を東に向けて二時間半車を走らせ、それから10号線を西に向けてまた二時間半車を走らせ、もう人には煩わされたくない気分だった。誰にも、とりわけ赤毛のちび女には。だからカトラスをロックし、大枚を払いながらほとんど使ってもいない部屋に向かっていたとき、枕まであと三十秒というところで、肘を手でぎゅっと摑まれたりするのはまったく望まないことだった。そしてその肘が肩甲骨の上までぐいとねじ上げられるのも、あるいはまた「お帰り、ジッパー」とサイラスに声をかけられるのも。

そこから四十フィートも離れていないところで、フルダ警察署の白と黒のパトカーの中から、トビー・ヴァン・ダー・ケレンは駐車場での光景をじっくりと眺めていた。それは主に彼が同じ駐車場に車を駐めていたからであり、退屈で長々しい待機の末に、今こうしてまさにリングサイド席で興味深いアクション・シーンを見物できるのは、嬉しいことだったからだ。トビーにとってランディー・ザフは、メキシコ人に次いでおいしいカモであり、おそらくはメキシコ人に次いで最低の野郎だった。だからその男の肘が肩甲骨の上まで要領よく簡潔にねじ上げられるのを目にするのは愉快だった。そしてでかい黒人男が、ランディーの肘を居心地悪いというに留まらない位置まで更にそっと突き上げるのを見ているのは、更に愉快なことだった。

もう一人の痩せて、刑務所帰りらしい白い肌の爺さんは、黒人男の手助けをしていた。彼は投げ槍だか、庭仕事用の鍬《くわ》だか、暗闇の中ではうまく見定められないものの危険な側をランディーに向けていた。

そこで進行しているのは一方的な会話だった。まるで黒人が百科事典か何かのセールストークを繰り広げているようだったが、でもその百科事典はランディーを明らかに恐怖で縮み上がらせているようだった。彼はただでさえ、肘が上がらないはずのところまで持ち上げられていることで悲惨な思いをしていたのだが。

そろそろ警察の出番かなとトビーは思った。

いや、まだかもしれない。

フルダからの長いドライブでトビーの尻は痛んでいたし、それにプラスしてランディーの携帯電話の信号音をモニターしている長い無駄な時間があったし、またトビーは肘というものがどこまで持ち上げられたら、もう肘ではなくなってしまうのかということについて、いくぶんプロフェッショナルな関心を募らせてもいた。

「はてはて、さてさて」とトビーは思った。

それからトビーは、ロイスは何を求めるだろうと考えた。そしてそれは、彼がロイスに求めるであろういくつかの物事を思い出させた。

トビーは車のドアを開け、「やれやれ、またか」という警官特有の溜息をついた。

街のもっと安全な地域で、エヴリンは奇妙な夢と思えるものから目覚めた。でもあっという間にそれは、もっとずいぶん奇妙な回想——前日にジュニアスのCFOと会ったときのこと——へと溶解していった。

彼女の隣、ベッドのジュニアスの側は空っぽだった。ここのところそこはずっと空っぽだった。彼女はローブを羽織り、エレベーターのひとつでキッチンに降りた。コーヒーを作り、その湯気の立つ大きなマグを手にプールに出た。前日そこに横になって日光浴をしているとき、ヘンリー・スペックがまるで体裁の良いびっくり人形のようにぴょんと姿を見せた。満面に如才ない笑みを浮かべ、「さあ、僕の筋肉を見て」みたいな自信をみなぎらせて。彼女はその自信たっぷりさを、最初に会ったときから嫌悪していた。嫌悪はしたが、それでも……ああ、なんていうか。

彼女はコーヒーを急いで飲んだ。

嫌悪はしたが、それで何？ 彼女は膝の上で両手を組み、一分か二分そのままじっとそこに座っていた。それから一人笑いをした。

たしかに嫌悪はしている。しかし彼女を面白がらせたのは、そのとき自分が彼を即座に追い払うのではなく、ホルターのストラップをさっと上げ、どこかのお気楽女のようににっこり微笑んで、「あなたがこんな風に突然姿を見せるなんて、ほんとに驚きだわ」と口にしたことだった——素敵な驚きと言ったのだ、なんと。そしてなんたることか、彼がネクタイとシャツをむしり取り、隣のデッキチェアの上にゆったり寝そべったときにも、とっとと出て行ってちょうだいとは言わなかったのだ。

嫌悪している。でももちろん、彼と寝ることになるだろう。おそらくは近いうちに。

さて、そんな思いを払拭《ふっしょく》するべく、エヴリンは猥褻《わいせつ》な呻き声を発し、ローブを脱いで、プールを十往復ばかり泳いだ。それからすでに暑くなり始めていた木曜日の朝の光の中で、身体を乾かした。籐のラウンジ・チェアの上で、彼女は長い時間かけて横になり、ただぼんやりとしていた。

考えてはだめと彼女は思った。

昨日のことは忘れなさい。ヘンリー・スペックのことも忘れなさい。

それから彼女はまた考えた。二人でジュニアスのプール・パーティーについて語り合ったこと。それが成功を収めたことについて。やがてスペックは、自分がジュニアスから果たすべき小さな課題を与えられたことを、さりげなく持ち出した。彼はボイド・ハルヴァーソンの行く先を突き止める必要があった。何か思い当たることはありませんか？「わかっていただきたいのですが」とスペックは愉しげに囁いた。「前のご亭主がどうだろうが、現在のご亭主がどうだろうが、私はそんなことちっとも気にしません。ただジュニアスは、相当しっかり気にしているみたいです。どうやら彼は、ちょっかいを出してくる以前のご亭主を阻止しようと考えているようだ。彼を責めることはできませんが」

「阻止する？」とエヴリンは言った。

「そうです。阻止するのです」

「そしてその手助けを私にしろと？」

「そのように私は望んでいます」

「シャツを着なさい」とエヴリンは言った。「そして胸の筋肉を隠してちょうだい。そんなのちっとも感心しないわよ」

スペックはくすくす笑った。「ちょっとしたヒントだけでいいんです。その歓迎されざる以前のご主人をどこで見つければいいのか？　そうすれば世界はより良き場所になれます」

「ボイドは誰にとっても脅威じゃない」とエヴリンは言った。そして言ったそばから、それはまったくの真実ではないと思った。「彼が求めているのは私の父であって、私ではない。手出しをしないでとジュニアスに言ってちょうだい」

「あなたが自分で言えばいい。ジュニアスは命令し、私は給料をもらっています」

「プールの中でお尻をマッサージしろと、彼はあなたに命令したわけ？」

「いいえ、おそらくそうではありません。それは筋肉の為せるわざです」

「わかったわ。もう一度そんなことが起こったら、あなたの両耳を摑んで、その鼻をお尻の穴に突っ込んでやるからね」

ヘンリー・スペックは声を上げて笑い、シャツを身にまとい、デッキチェアから立ち上がって言った。「実際のところ、かわいい奥さん、あなたは少しばかり役に立ってくれました。私のやるべきは、ドゥーニーの居場所を見つけてそのそばにくっついて、ハルヴァーソンが現れるのを待つことだ」

「私は何も――」

「最後にひとつ質問があります。またここに立ち寄っていいですか？」

「あなたは本当のカス男ね」

「ええ。でもそれが何か気になりますか？」

ロイスとダグラス・カッタビーはコミュニティー・ナショナル銀行の役員用会議室――それは要するにカリフォルニア州フルダの自宅の屋外にあるパティオのことで、そこにはコンクリートのテーブルがひとつ、錆びた椅子が二脚置かれている――で会議を開いていた。ダグラスはその朝二つ目のクロワッサンを食べていた。ロイスは彼女が実行したいくつかの補修措置の報告をしていた。

「見事だ！」彼女が説明し終えたときに彼はそう言った。「ローン！　私はまさに天才と結婚したんだな」

「少なくとも帳簿上はこのように記入されたわけ」とロイスは言った。彼女は自分の前に置かれた分厚い元帳をちらりと見下ろした。「もちろんかなり利息の高いローンよ、ミスタ・ハルヴァーソンの返済支払期限がくれば」

「高い利息というと……？」

「めちゃ高い利息のことよ」

ダグラスはにっこりと大きな笑みを浮かべ、クロワッサンにバターを塗った。

「言い換えれば」と彼は言った。「強盗なんぞ行われず、行われたのはコミュニティーに対する公共的なサービスであると。それが今ここで述べられていることだね？　貸付金」

「実に」とロイスは言った。「それにまた、監査役の目から私たちの足跡を隠すこともできる。八万一千ドルのローン。文句のつけようがないでしょう？」

「それもあるね」とダグラスは言った。

「書類上の操作が少し残っているけど」

「ああ、そうだね。しかしそれも――」

「進行中よ」

ダグラスは形式的に肯いた。彼は三個目のクロワッサンにバターを塗り、一口かじった。

「契約文書はどうだい？」と彼は言った。「細則なんかをきっちり含んだやつは？」

「さしあたりは」とロイスは言った。「偽造の基本的な手順は踏んだ。ハルヴァーソンの筆跡を真似てサインをしてね。あとできれいに整える必要があると思うけれど」彼女は息をひとつ吸い込み、思い切って言った。「私は負債回収人を一人雇った。プロで、とても慎重な人間よ。彼は同時に二件の面倒を見てくれる。ペーパーワークと、元金の回収と」

「利息のことも忘れないように」

「忘れてはいない」

「素晴らしい。コーヒーは？」

「けっこうよ」とロイスは言った。「しかし私はクロワッサンの生まれ故郷への、二週間の旅行に出たいと思う」

「ウィーンだったか？」とダグラスは言った。

「パリよ」とロイスは言った。

「申し訳ないけれど、クロワッサンはウィーンで最初に作られたということについて、私はかなりの確信を持っている。もちろんパリで人気を博していることは間違いないが」

「ウィーンで？」

「そう信じている」

「オーケー。そこは引き分けにして、間をとってモンテカルロということでいかがかしら？」

「けっこうだ」とダグラスは言った。「もうひとつ質問があるんだが」

ロイスは帳簿を閉じて、ひとつため息をついた。どんな質問か彼女には前もってわかっていた。

「君の言うプロの負債回収者というのは」とダグラスは言った。穏やかな、ほとんど相手を気遣うような微笑みを浮かべつつ。「別名を〈女房寝取り男〉という人物じゃないだろうか？」


サイラスとカールとランディーとトビーの四人は、〈デイズ・イン〉の二〇四号室に集まった。それはかつてはランディーの部屋だったが、今では他の三人の部屋のようになっていた。サイラスとカールがツインベッドをとり、トビーが合成皮革のアームチェアをとり、ランディーはまったく不潔というわけでもないぴったりと敷き詰められたカーペットの上に座っていた。実際のところランディーは、カーペットというのはおそらくそれほど悪くない取り分だと思っていた。面積的にいえば、敷き詰められたカーペットはツインベッドの二倍の広さがある。いや、三倍はあるだろう。

四人は全員が湿ったクアーズの瓶を手にしていた。それらはランディーのカトラスの助手席にちんまりと心地よく置かれていたクーラーボックスから供されたものだった。いったいこれはどういうことなんだ、といったようなことをトビーが尋ねていた。そしてサイラスが言った。「まず最初にジッパーがおれのアンダーパンツを盗んだんだ」そしてカールが言った。「おれのものな。そして靴と靴下も」そしてサイラスが鼻を鳴らして言った。「そしておれの尊厳もな。言ってることわかるか？」

「そう、尊厳だ」とカールが言った。

「人間としての誇り」とサイラスが言った。

「なんといっても尊厳だ」とカールは言った。「これがきついんだよ」

トビーはランディーを見下ろして言った。「そういうことなのか？　おまえは下着泥棒なのか？」

「借りただけさ」とランディーは言った。

「おまえは下着を借りた？」

「ああ、そうさ。そんなに気になるのなら、すべては車のトランクに入っているよ。アンダーパンツを盗んで質に入れたわけじゃない」

「車のトランクを見てみようぜ」とサイラスは言った。

彼らはビールを置いて、ぞろぞろと外に出て、ランディーのカトラスのところに行った。その車はトビーの白と黒のパトカーの隣でよく目立った。ランディーはトランクを開け、後ろに下がった。「オーケー、そこにアンダーパンツがある」と彼は明るい声で言った。「靴もある。これで仲直りしようぜ」

サイラスは歩道に座って靴を履いた。カールは鼻をもぞもぞさせて言った。「おまえ、トランクをなんとかしろよ。いったいここには何が入っているんだ？」

「ロデオのがらくたさ」とサイラスは言った。

彼らはぞろぞろと部屋に戻った。

しばらくの間彼らは、ランディーが蓄えていたクアーズを飲んで時間を過ごした。刺々《とげとげ》しさが続いていた。ただでさえ狭く窮屈な部屋は、敵意に向けてますます縮こまっていくみたいだった。トビーがようやく状況に一石を投じた。「よろしい。みんな持ってるカードをテーブルに出せ」と唐突に彼は言った。その声はビールと鼻づまりのために不揃いになっていた。「はっきり言っておれはニグロがあまり好きじゃない。メキシコ人も共産主義者も民主党員も年寄りもランディー・ザフも好きじゃない。おれが欲しいのは八万一千ドルだ」

「失礼だが」とサイラスは言った、「あんた、本物の警官？」

トビーは椅子の中で姿勢を変えた。「ああ、間違いなくな。おまえさんは本物のニグロなのか？」

サイラスは自分の身体を見回してから言った。「そうさ」

「ああ、おれも本物さ。現役の警官だ。制服、バッジ、その他一揃い。それでおれが密かに夢見ているファンタジーがどういうものか、おまえさんにわかるかな？」

「わかると思う」とサイラスは言った。

「おれのファンタジーは」とトビーは言った。「汚染の規制だ」

ランディーは言った。「誰かテレビを見たい人いる？」

「おれが言わんとしているのは」とトビーは言った。「トランプのつくった壁は立派なもんだ──Aプラスをつけてやるよ──しかしこの国が必要としているのは特別居留区だ。すでに居着いている汚染連中をひとまとめに突っ込んでおく場所だ。お互いそれぞれに生きていけばいい。特別居留区の中に留まっていてくれる限りな」

「あんたこの前の選挙でどっちに入れた？」とカールが尋ねた。

トビーは彼に警官特有の目を向けた。「選挙だと？」

「あんた、リベラルかね？」

「口に気をつけろ」とトビーは言った。その声には鋼鉄が混じっていた。「八千万のクソ民主党員が選挙に行って、その半分がクロ野郎で、後の半分がペドロたちだ。そんな選挙があるか。そんなもの、まったくのインチキなんだよ、マイ・フレンド。それに加えてやつらは投票機械にDNAテストを仕掛けている。その話は聞いたことがあるだろう。そしてメキシコ人と黒人の投票は三倍に数えられる仕組みになっているのさ」

「その話は聞いたことがある」とカールは言った。「どっかの阿呆からな」

「ここで法律を仕切っているのは誰だ？」とトビーは言った。

「話がよく見えてこないんだが」とサイラスは言った。「あんたはいったい何を求めているんだね？」

「さっきも言っただろうが。八万一千ドルだ」とトビーは言った。

金の話が現実的に持ち出されると、しばらくのあいだ場は静まった。ランディーはほとんどわけのわからないまま、その話を聞いていた。夜中に五時間無駄なドライブをしたあとで、彼は疲労困憊していた。カーペットの上に仰向けになり、短いあいだ意識が遠のき、それから背骨が軋んで痛くなり始めると身を起こした。サイラスは言っていた。「つまり公式なことと、非公式なこととがある？　銀行強盗はあったことだが、同時にそれはなかったことでもある？」

「なかなか鋭いじゃねえか」とトビーは言った。「アフリカ系にしちゃな」

「それでロイスってのは誰なんだっけ？」

「まず第一にだな」とトビーは言った。「彼女は白人女だ。彼女はおれを雇い、負債回収者にした。そしておれが思ったのは、まずここにいるランディーと連絡を取ることだった。そしてこいつのガールフレンドと繋がる。で、この女がなかなかいけるんだよ。もしピグミーみたいなチビ女があんたの好みならな。彼女はその八万一千ドルにくっついているとロイスは考えている。あるいは銀行強盗そのものに関わってさえいるかもしれないと」

「黒人とやったことあるかね?」とカールが言った。

「おれに何か尋ねているのか?」とトビーが言った。

「そのロイスって女が白人だとあんたは言ったよな? おれが尋ねているのは、あんたは黒人とやったことがあるかってことさ」

トビーは警官のベルトをぎゅっと持ち上げた。「なあ、あんた、あんたはもう千歳くらいだろう。いくつまで生きるつもりなんだね?」

「まあ、落ち着けよ。みんな紳士らしく振る舞おうぜ」とサイラスは言った。顔は微笑んでいたが、声は違った。「掴むべき現金がある。クロんぼ、シロんぼ——そんなの関係ねえ。ここはUSAだ。チャンスがあれば掴むまでだ」

ランディーはまた意識が薄れ、使い途のないゴムのサンダルについての白日夢を見ていた。そしてしばらくして意識が戻ったとき、トビーはサイラスとカールに向かって、コミュニティー・ナショナル銀行の強盗事件は公式には記録されておらず、なかったこと、一切起こらなかったことになっていると説明していた。というのは主に、その銀行は二十数年前から自らを食い物にしており、ロイスとしては、ボイド・ハルヴァーソンの一件がうまく片付くまでは、当局にあれこれ探りを入れられたくなかったからだ。「そこでおれが入り込んできたわけだ」とトビーは言った。「やつに署名させるためのローン契約書類をおれは持っている。負債回収のための基礎的な手順だ」

サイラスは口笛を吹いて言った。「なあ、おれもカネをかっぱらえる自分の銀行をひとつ買わなくちゃな」

カールは言った。「なんでわざわざ買わなくちゃならん？　おれ、ぴったりの銀行知ってるんだぜ」

トビーは少しのあいだカールを見て、それからサイラスを見て、またカールを見た。「おまえら、屑野郎ども、まさか――」

サイラスはにやりと笑った。「なんでおれたち、その八万一千ドルをわざわざ追いかけなくちゃならないんだね？　強盗にあってもまったく通報しない銀行を知っているというのに」

「フルダってどこにあるって言ったっけ？」

ランディーはもううんざりだった。彼は立ち上がり、クーラーボックスのところに行って、寝酒とするためのクアーズを持ってきた。「あんた、恥ずかしくないのか」と彼はトビーに言った。

「何について」とトビーは言った。

「その二人のことをあんたは屑野郎と呼んだ――実に言い得て妙だ、屑野郎――そしてその屑野郎たちは銀行を襲おうとしている。それって、違法なことじゃないのか？」

「それで？」とトビーは言った。

「だってあんたは警官じゃないか」

「それで？」

「それでいながらあんたは……どうしてそんなにニコニコしていられるんだ？」

トビーとカールとサイラスは目でいくらかピンポンをしていた。それからカールが床に手を伸ばして庭仕事用の鍬を取った。

「おまえ、もっと他に言うことがあるのか？」とカールが言った。

「ああそう言うなら、言いたいことはあるさ」とランディーは言った。そしてサイラスの方を見た。「ちょっと前のことだが、三十分くらい前のことだが、自分がこう言ったのを覚えているか？『おれの言ってることわかるか？』って。覚えているか？　あんたはおれがあんたのアンダーパンツを盗んだって言った。それから『おれの言ってることわかるか？』って言った。おれは他人の気を悪くさせるつもりはないよ——それはたぶん黒人同士の親しい言い草なんだろう——でもあんたがた黒人は何かを言うと、すぐに『おれの言ってることわかるか？』ってくるんだ。そもそもそんなこと始めから言ってもいなかったみたいにさ。おれの言ってることわかるか？」

サイラスはカールの方を見て言った。「おれたち、このドアホをどうやって殺してやろうか？」

「どうしたものかな」とカールは言った。「口を縛り上げてやったら？」

「もうひとつ」とランディーは言った。「誰か朝食が欲しい人はいるかな？」

18

嘘つきの疫病はアメリカのハートランドを横切って伝播していった。ネブラスカの玉蜀黍畑を西に向けて突っ切り、ワイオミングに、南に向けてカンザス、コロラドに、東に向けてアイオワ、ダヴェンポートでミシシッピ川に繋がり、舌先と肺にまたがって旅をし、百の川の父〔ミシシッピ川のこと〕を下って、再起する南部連合の綿花畑へと達した。ミズーリ州ハンニバルでは、ミソメイニアは町の真実告知会の歴史家をして、「神を憎むサム・クレメンス〔マーク・トウェインの本名〕」は「ユダヤ人であり、隠れイスラム教徒」であると弾劾させた。非歴史的であり、反歴史的であるその歴史家は、ツーリストや学童に向けて、マーク・トウェインなる筆名は間違いなくユダヤ起源であり、間違いなく雑種であり、サムの書いた「いわゆる傑作なるもの」は「異種族混交の手引き書」以外の何ものでもない、という情報を振りまいた。

そのハンニバルの歴史家の精神分析医は、彼の患者の精神健康状態について嘘をついた。その精神分析医にかかっている真実告知会の下院議員は、精神分析医について嘘をついた。自分には分析医は必要ないと。

十九世紀末において人格障害と見なされたミソメイニアは、今では最新ポップヒット曲と同じくらいキャッチーなものとなった。音楽と同じく、その病は声帯の震えによって、ギター弦の響きによって、人の表現するリズムによって伝達されていった。おとぎ話のように、それは退屈なリアリティーを改良するものとして受け止められた。それは白日夢と同様、不可能なもの、ありそうにないもの、先送りされたもの、満たされざるもの、満たされるはずのないものを渇望する心に訴えかけた。ミソメイニアという言葉はもともとはmyth（神話）そのものへの情熱（あるいはオブセッション）について言及されたものである。それは英雄神話であり、旅の神話であり、贖いの神話であり、大いに誇張された、等身大以上の「末永く幸福に暮らしました」式の神話である。個人個人だけではなく、文化全体がそれに感染しようとしている。輝かしい話、ファンタスティックな話――荒っぽく奇怪な嘘――は知性から疑問を呈されることはあっても、心には全面的に吸い込まれていくものだ。ほとんど常にミソメイニア患者たちは、自らの脆弱なエゴを補強するべく嘘をつく。自分たちの人生を、正当に得てもいない光輝で彩って。

かくのごとくして、マサチューセッツ州コンコードで、民兵・真実告知会支部はそのウェブサイトを翻る星条旗で飾り、その下のヘッドラインで「オールド・ノース・ブリッジを今度はＡＲ15自動小銃で再占拠する」というその意図を告知していた〔一七七五年、コンコード川にかかるこの橋で、アメリカの民兵と英国兵との間で独立戦争最初の戦闘が行われた〕。「メキシコ人たちがやってくる！」とポール・リヴィア雑貨食料品店〔TVドラマに出てくる、コンコードの戦いにおける英雄的行為によって愛国者の象徴となったポール・リヴィアの名前を冠したミニマート〕の、「真実を告げる」先祖が叫んでいた。そしてまたそこから北に少しばかり上がったところ、コネチカット川沿いにあるニューハンプシャー州ウォルポールでは真実告知会支部が、ヴァーモント州パットニーに結集した「狂乱した民主党員」の差し迫った侵入を防ぐために土塁を築いた、というニュースをツイートしていた。そしてまたカリフォルニア州フルダでは、商工会議所会頭であるアール・フェンスターマッカーが、ソーントン・ワイルダーの戯曲

『我が町』を、勇敢な真実告知会のメンバーをキャストに配して、すっかり描き直したところだった。陽気な銀行の頭取、社会主義者の砂糖大根農家の男、心優しいネオナチのバイカー、アール・フェンスターマッカーによく似たナレーター。「ああ、ジーザス、よくわからんな」とチャブ・オニール町長は言った。「ポイントは何なんだ？」

「これは芸術なんだよ」とアールは少し傷ついたように防御的に言った。「最後でみんなはひとつになって、裁判所を爆破するんだ。ミドルスクール〔九歳から十二歳を対象とする公立学校〕のイースターのページェントに最適だと思わないか？」

「異論はない」とチャブは言った。それから少しそれについて考えた。

「『心優しいネオナチ（kindly neo-Nazi）』ってのは、問題あるな。編集者を雇ったほうがいいぞ」

19

ポート・アランサスは平らな土地で、一時間ごとにより平らになっていった。少なくともボイド・ハルヴァーソンにはそう思えた。見たところ真昼の凶暴な暑さが、町の歩道やドックや浜辺で見かけた数少ない人間を、すっかり麻痺させてしまっているみたいだ。今まっすぐ前方には、地平線の上に大量の雲がどっしりと腰を据えていた。それはどんよりとして動きもなく、ほとんど非現実的で、落胆した水彩画家が空の上に描いたもののように見えた。火炉から噴き出したような熱気に膨らまされたむっとする湿気が、このあたりにあるすべてのもの――水鳥やリクリエーショナル・ヴィークル（ＲＶ）や、麦わら帽にサンダルという身なりの、日に焼かれたツーリストなんか――の動きを、痛々しいまでのスローモーションに変えているかのようだった。

ボイドとアンジーはまずまずのモーテルにチェックインした。まずまずというのは、少なくとも窓に取り付けられたエアコンが、いやいやながらも塩の匂いのする冷えた湿気を含んだ空気をこほこほと噴き出し、それがあっという間もなく部屋の電気スタンドや壁やベッドの表面で結露した。

二人はそれぞれに二度ずつシャワーを浴び、二度服を着替え、彼の母親の骨董品級エルドラドに戻り、やはりＲＶのあとについて時速六マイルで道を進んだ。今度のＲＶは『ロスト・マリナー』によって操縦されていた。

「次を右に曲がるんだと思う」とアンジーは片手にメモを持ち、もう片方の手に地図を持って言った。「えーと、ちょっと待って、次を左に曲がって、その次を右に曲がるのかな。私はガールスカウトを落第したのよね」

「番地はわかるか？」とボイドは尋ねた。

「それが私を混乱させているのよ」

「なんで数字がきみを混乱させるんだ？　ただの数字じゃないか。ひとつひとつ違っている」

「そんなにかりかりしないでよ、ボイド。これを書いてくれたのはドゥーニーのオフィスで働いている男なんだけど、2が8に見えてしまうのよ。あるいはその逆かな。なんともわからない。それにだいたいね、私がこの住所を手に入れたことで、あなたは花とチョコレートをふんだんに振る舞って、私に感謝するべきなのよ。私はそのために肌だって見せなくちゃならなかったんだから。その男のデスクにぶつかったふりをして、脚の切断が必要みたいな様子で、足なんかひきずっちゃって。なのにその男ったら――」

「右なのか左なのか？」

「左を試してみましょう」とアンジーは言った。

前を走っていたRVは左折した。

「右を試してみよう」とボイドは言った。

彼らはサンセット・イアーズ・ドライブに出た。そしてアンジーは湿気の中で目を細めて番地を探していった。

「25388だと思うんだけど」とアンジーは言った。「あるいは85322かもしれない。ただね、5が3に見えたりもするの。だから3はつまり5かもしれない」

「通りの名前は合っているのか?」

「おそらくは」と彼女は言った。「YがFに見えたりもするけど」

「誰がサンセット・フィアー(恐怖)・ドライブなんて名前を通りにつけるんだ?」とボイドが言った。

「あり得るわよ」

「夕日が怖いって?」

「ふん、何を言ってんのよ。人はいろんなものを怖がるものなのよ。心理学の書物を漁れば、夕日を恐れることの病名だってきっとあるはずよ。あなたが患っている妄想虚言症《スードロジア・ファンタスティカ》みたいなのがね」

ボイドは縁石に車を寄せて停めた。

「ドアをノックしてまわろう」と彼は言った。

「歩いて? この暑さのなかを?」

「そうだ」

「無理な相談ね、トント。私は百十ポンドしか体重がないし、かつてその多くは水分だったのよ」

「そして口」とボイドは言った。

彼らは十三軒のドアをノックしてまわったが、成果はなかった。しかし十四軒めで二人は腹の突き出た中年男に出会った。その男はドゥーニーという名前には聞き覚えがあるかもしれない、ないかもしれないと言った。男は水泳パンツにサンダル、シャツはなし、「GULF VET〔湾岸戦争復員兵〕」という金の縫い取りのある帽子をかぶっていた。

「イエス・サー」と男は考え深げに言った。「ドゥーニー？　年取ったやつだね？　ほら、ここは小さな町だ。とくにシーズン・オフはな。しかし……もしゃもしゃの白髪頭？　自分のクソは匂わないとでも思っているようなやつ？」

「その男だ」とボイドは言った。

男は肯いた。「そりゃよかった。でもやつがこの通りに住んでいるかどうかはわからんよ。あるいは町の向こう側、ウェストサイドかもな。金持ち連中はそっちでちゃらちゃら暮らしているからな」彼はにやりと笑ってアンジーを見た。「あんたはおじいちゃんと一緒に素敵なお買い物かね？」

アンジーはボイドの腕に腕を絡め、身を寄せた。

「ボイドは私のフィアンセよ」と彼女は固い声で言った。「それに彼はあなたより若いわ」

「かもしれんね」と男は言った。

「ボイドは四十九歳よ。あなたは？」

「五十一になるよ。しかし元気そのものだぜ」彼は彼女をじろじろと見回していた。「中に入って、バーボン・レモネードを一杯やっていかないか？」

「ノー」とアンジーは言った。

「イエス」とボイドは言った。「お誘いありがとう」

男のコテージは見事なまでにこぎれいだった。まるで唾をかけて磨き上げたみたいだ。彼らはフォーマイカのテーブルの周りに座った。レモネードのピッチャーが真ん中にあり、ジャック・ダニエルズの瓶がその横に置かれていた。曇りひとつないグラスが三個、気をつけの姿勢できりっと立っていた。

「そのドゥーニーなるやつは」と男は言った。「もしおれが頭に描いているのと同じ人物であれば、アランサスにパートタイムで住んでいる。だいたいは一人で過ごして、一週間か二週間ここにいて、それからどこかより緑あふれる牧草地を求めて移っていく。話をしたことはないよ。町で何度か見かけたことはある。バーとかレストランとか、そんなところでな。もしおれがあんたの立場なら、郵便局をあたってみるね」彼は口を閉ざし、アンジーに向かってふたたびにやりと笑いかけた。「ああ、そうだ、おれの名前はジョン。hの入らないJonだ。それであんたの名前は……考えさせてくれよ、スパンキーじゃないか〔Spunkyとは威勢が良いの意味〕?」

「まさにそのとおりよ」と彼女は言った。「その帽子はなんなの?」

「どの帽子だよ?」

「あなたの頭に乗っかっているやつ」

「ああ、これね」と言って彼は帽子を取って眺め、また頭にかぶった。「ほら、言葉遊びみたいなものさ。おれたちは湾《ガルフ》にいる。メキシコ湾にさ。そしておれについて言えば、もう長いことこの土地に暮らしている。正確に言えば五十一年になる。つまりおれはガルフ・ヴェットってことだ」

まだ誰もレモネードに手を出さなかった。ボイドは何ごとかをもそもそと呟き、手を伸ばしてグラスに半分ほどそれを注ぎ、そこにバーボンを口までなみなみと加えた。

「うまいね」と彼に言った。「もう一度礼を言うよ、ジョン」

男はアンジーに向けた視線を逸らすことなく肯いた。湿り気のある笑みが相変わらず、彼のたっぷり肉厚の唇を行き来していた。

「背の高さはどれくらいあるんだね、ハニー？」と彼は尋ねた。

「あなたの訊いているのは、背の低さのことね？」とアンジーは言った。

「ダーリン、そういう風に言い換えたければそれでいいけどさ」

アンジーは「早くここを出ましょう」という表情を浮かべてボイドを見た。

ボイドは肩をすくめた。

「言い換えれば」と彼女は言った。その声には今ではいささかこわばった響きが聞き取れた。「あなたは見ず知らずの他人に、見ず知らずの女性に、プライヴェートな数字を教えろと言っているわけね？」

「そういうことさ」とジョンは言った。

「ここに私のフィアンセが同席しながら？」

アンジーはボイドの方を向いて言った。「あなたはまだポケットに銃を持っているのかしら？」

「話が面白くなる」

「持ってる。このレモネードは絶品だな」

場の主人は、あえてボイドの方に目をやることなく、椅子の中で身を引いた。そして言った。

「思うに、四フィート九インチか十インチってところかな？」

「ジョンに銃を見せてあげれば」とアンジーは言った。「今すぐに」

ボイドはほとんど空になったグラスを置き、テンプテーション拳銃を取り出し、それをちょっと見てから、赤と白のフォーマイカのテーブルの上に置いた。

「ほかに知りたいサイズは？」とアンジーは言った。

男は笑った。「自分で適当に見当つけるさ。グラスに飲み物を注がせてくれよ、スパンキー」

「ついでにこっちも頼む」とボイドが言った。

その瞬間、雷鳴が男のキッチンを摑み上げ、揺さぶったかのようだった。稲妻が窓の外に赤々と燃え上がり、消え、また明るく燃えた。メキシコ湾全体がポート・アランサスの上にのしかかり、復讐心に燃えて、その中身をどっと一度にぶちまけようとしていた。

キッチンの明かりが消えた。

「ここには雨が降らない」と男は言った。「しかし時々とんでもなく降ることがある」彼は少し口をつぐんだ。「おれのテーブルの上に置かれたその拳銃、本物なのか？」

「まあな」とボイドは言った。そして楽しそうに微笑んだ。「ちょっと話題を変えさせてもらっていいかな？」

男は舌で唇を舐めた。

「あんたの帽子だがな、ジョン」とボイドは言った。「そいつに興味があるんだ」

「おれの帽子のことかい？」

「ガルフ・ヴェットって書いてあるやつさ。あんたは耳にしたことがあるかな、『盗まれた武勇』っていう言葉を？」

耳をつんざくばかりの豪雨だった。ボイドは声を大きくした。

「なあ、こういうことなんだ」彼は言った。「あんたがおれのフィアンセにちょっかい出すのは気にしない。彼女にはそういうのがあってもいいのさ。そしてあんたのもてなしぶりは完璧だった。しかしその帽子はなあ。その帽子は問題になる」

ボイドはため息をついた。レモネードのグラスを飲み干し、お代わりの用意をし、前に置かれた銃を微笑みを浮かべて見下ろし、その家の主人に向かって再び微笑みかけた。それからシャツのボタンを外し、肩のぎざぎざになった傷を見せた。

「面白いのはいいもんだ」と彼は言った。「しかしヒンズークッシュは……あれは面白いなんてものじゃない。ファルージャは更にずっと面白みから遠くなる。その帽子がまずいってことはわかってくれるな」

「こいつはジョークなんだよ」と男は言った。「そのことは説明しただろう」

ボイドは微笑んで自分の額を指さした。

「この中に」と彼は言った。「鋼鉄の破片がひとつ入っている。長さは一インチもないし、口に頬張ったシリアルほどの重さもない」

「あんた湾岸《ガルフ》戦争の復員兵なのか？」

「第一次も第二次もな」とボイドは言った。

「ああ、そいつは、おれは何も——」

「だからこういうことなんだよ、ジョン。このちびっこい鋼鉄の破片のせいでな、『ガルフ・ヴェット』って書かれた帽子がおれは気に入らないわけだよ。少なくとも、『ガルフ・ヴェット』

って帽子をかぶった一般人が、まるでおれがそこにいないみたいに、おれは遠いクッシュの地にいて、今まさに鋼鉄を食らっているところだみたいな感じで、おれのフィアンセにちょっかい出していたりするのはさ」

　ボイドはとびっきり大きな笑みを浮かべて男を見た。

「あんた、おれたちが借りられそうなレインコートを二着持っていないかな？」

「ああ」と男は言った。「持ってるよ」

「それから、あんたのテーブルを撃ってかまわないかな？」

「そいつを撃ちたいのか？」

「もし差し支えなければ」

　一分か二分後、アンジーはボイドの手を取り、どしゃぶりの雨の中をエルドラドに向けて足早に歩いていた。

「フィアンセ！」と彼女は歓声を上げた。

「忘れてくれ」とボイドは言った。

20

雨は止み、夜空には星が眩しく光っていた。二人は波打ち際の高級レストランで散財した。白いリネン、キャンドルライト、ケイジャン料理を専門としている店だ。ボイドはフォーマイカのテーブルのせいでまだ浮き浮きしていた。アンジーは早くも、妻らしい気持ちになって浮き浮きしていた。

ポート・アランサスはなかなか悪くないところだと、二人は結論を出していた。

残された困難さは、ジム・ドゥーニーがもうここには住んでいないということだった。彼は北のミネソタ州に逃げていた。ミネソタ州ベミジに。どんなところであれそこは、ポート・アランサスの郵便局長に言わせれば、地獄のような場所であるらしかった。ウォルドーフ・サラダのレーズンの代わりに蠅がのっているのが好みであれば、話はまた別だが。アンジーが会話を引き受けた——トレイラー・パーク、体操、ペンテコステ派の救済論——そして親切な老人の郵便局長はついに白旗を揚げ、彼女に郵便転送先を教えることになった。ベミジの私書箱を。

さて、ピーマンとセロリ・シュリンプのシェア・コースを食べながら、ミネソタもジム・ドゥーニーも一時棚上げして、妊娠することについて考慮してみたらどうかとアンジーは提案した。

「そういうのが私たちペンテコステ派のやり方よ」と彼女は言った。「それは神様との一対一のじかの合意。ややこしい手続きは必要ない」

「きみのボーイフレンドはどうなる？」

「そっちはもっと手続きがややこしい」とアンジーは言った。

「どういう意味だ？」

「つまり、もし私がばっちり妊娠したら、彼に悪いニュースを知らせるってこと」

ボイドは助けを求めてレストランを見回した。店内はがらがらだった。テーブルのひとつに四人の客、バーに近いテーブルに男が一人、携帯電話を手に座っていた。

「いいかい」と彼は言った。「フィアンセとかなんとか言い始めたのはきみだ。ぼくはただその流れに乗って話を合わせただけだ」

「ああ、もう私ぞくっとしちゃったわ！」

アンジーは立ち上がり、彼の方に椅子を寄せ、彼の手を取ってキスした。

「あなたが立ち上がって、私のためにジョンと対決したとき」と彼女は言った。「それはほんとに特別なことだった。オーケー、アンジー、これは本物なんだ。これはまさに探し求めていた男だ。たとえもう退職して、車椅子が必要になりそうな年寄りであっても。テーブルを撃ったのは、なくてもいいことだったかもしれない。私は原則的には最初から銃器反対派《アンチ・ガン》なの。ただし自分の城を護るためとか、誰かの飼い犬が夜中じゅう吠えて寝られないときとか、ジョンがやったみたいに、どこかの阿呆が婚約者にちょっかいを出してくるときとかは、また話が別だけどね――だからまあ一度きりならオーケーよ――そう、テーブルをひとつ撃つのならね――でも子供のそばに銃は置いてほしくない。ただし変なやつがやってきて、私たちの子供たちにキャンディーを与えて、悪魔とか進化とか、そんなことを教え始めたりしたときは別だけどね。バン！　あなたは私のためにテーブルを撃ってくれた！　生まれてこの方、そんなことしてもらった覚えはない。ランディーでさえね。ただね、ランディーはけっこう気前よくもなれるのよ。お花やら、蹄鉄《ていてつ》やら、ある夜に持ってきてくれたレンシルヴァのステレオ・コンソールを二台とか。ただね私たちは、なんていうか……ほら、何も聖化（consecrate）はしなかった」

「床入り（consummate）はしなかった」とボイドは言った。

「それもある」とアンジーは言った。

彼女はウエイターを呼び止め、携帯電話を渡し、二人の写真を撮ってくれないかと言った。

「ボイドと私はさっき婚約したばかりなの」と彼女は言った。「だから写真を撮ってくれたあと、特別サービスのデザートをつけてもらいたいの。ほら、何かの記念日とかお葬式とか、そういう場合につけるやつを。みんなにアナウンスしてくれてもいいわよ。全員が拍手してくれるように」

ウエイターは二人にケイジャン・ライス・プディングと、ルイジアナ・ピノノワールのハーフ・ボトルを持ってきた。四人組と、一人客の男が立ち上がって拍手をしてくれた。

「最後にもうひとつ」とライス・プディングを片付けたあとでアンジーが言った。「あなたの頭の中に入っているという鋼鉄片のことだけど、嘘をつくのはもうよしたら」

「それはほとんど本当のことだ」とボイドは言った。「腫瘍だよ」

「肩の傷は？」

「ラケットボールでね。傷であることは間違いないけど」

「ボイド、私は真剣なのよ」

「ああ、うん、ぼくだって真剣さ」とボイドは言った。「あの分厚い唇のきみのお相手、あの男は自分の帽子のことで嘘をついていた。ぼくはそのことで彼を責めた。きみだって嘘をついた――フィアンセ云々のことだ。覚えているよね？　ドゥーニーも嘘をついた。エヴリンも嘘をついた。この国の半数は嘘をつくことしかできないモンスターを崇めている。きみの神様、彼だって嘘だ。妊娠する――それも嘘だ。末永く幸福に暮らしました――大嘘だ」

「言いたいことはそれだけ？」とアンジーは言った。

「まだだ」とボイドは言ったが、それ以上は何も言わなかった。

「そういうことなら、私にも言いたいことがふたつある」

「いいとも。ちゃんと数えているけどね」

「まず第一に、私たちの子供は良き手本を必要としている。第二に、そのボトルを今すぐ置きなさい。第三に――なんだっけ――とにかくあなたのことを愛している」


ヘンリー・スペックは立ち上がって、新たに婚約したカップルに拍手を送った。それからジュニアス・キラコシアンとの電話での会話に戻った。

「私が説明しようとしているのは」とヘンリーは言った。「まともに写った写真を三枚か四枚、eメールで送ってもらいたいということです。最近撮られたものを。そうしないと何を探せばいいのかわかりません。あるいはどうやって――イエス・サー、ちゃんとエコノミークラスに乗りました」

きれいに磨かれた黒塗りのタウンカー（もう製造されていないストレッチ・モデル）の最後部座席で、ジュニアスとエヴリンはそれぞれに反対側の窓の外をじっと眺めていた。窓の外、サンセット大通りでは、夕刻の富裕層のスライドショーが繰り広げられていた。ベルエアの芝生、ハリウッドの光り輝くけばけばしさ、マリブとパシフィック・パリセイズの浜辺の豪壮な屋敷。ジュニアスがぱちんと携帯を切ったとき、エヴリンは窓から目を離すことなく言った。「ヘンリーだったの？」

「そうだよ」とジュニアスは言った。「私は彼に給料を高く払いすぎている」

「疑いの余地なく。ただし彼には彼の長所がある。違う？」

「長所？　やつは私がやれと命じたことをやるだけさ。だいたいのところね」

ジュニアスは携帯電話の写真を次々に見ていた。

「ヘンリーの問題点は」と少しあとで彼は言った。「やつを雇い続けるより、クビにした方が金がかかるってことだ。最近ではそうなっているんだよ。誰かをひゅっとクビにする。すると自動的に年金とか、解雇手当とか、終身健康保険とか、そういうものが降りかかってくる。それも労働組合とか抜きでだ。まったく、信じられるか？　うちにも労働組合があるんだ。それも七つもな。そして世界中に一万二千三百人もの従業員がいる。問題は、労働組合のおかげで誰一人クビにできないってことだ。できないんだよ、実に。誰かをクビにするには、正当な理由みたいなものを振り回さなくちゃならんし、警察を丸ごと取り込まないことには、その正当性を証明するのは不可能だ。実際にそうはしてはいるが、するとまた百万、二百万の金が出て行くことになる」

彼は話すのを止め、携帯電話の写真のひとつをじっと見ていた。「私は野球チームをひとつ所有している――このことは言ったっけね？　少年野球にも勝てないような野球チームを所有しているんだ。それで私がそのドジな馬鹿どもをクビにできると思うか？　私が何をやりたいと思っているかわかるか？　あのどうしようもないチーム全員をベンチに下げることだ。もしあれをチームと呼べればだが、私は呼びたくないね。私はあれをアホ集団と呼ぶ。そして自分でユニフォームを着て、グラウンドに出て行って、一人対九人でプレーするんだ。私一人対フィリーズ〔MLBの野球チーム〕だ。そしてどっちが勝つか見届けてやる」

「そうすれば」とエヴリンは言った。

「そう思うか？」

「あなたのチームなんでしょ？　楽しめばいい」

ジュニアスはショート・メッセージを打ち込み、何枚かの写真を添付して送信した。

「私は罰金を払うことになる」と彼は気難しい声で言った。「お楽しみをやっても、それさえ高くつくことになる」

「私はあなたにとって高くついているかしら？」とエヴリンは言った。

「ああ、それはもう。しかしとてつもない額じゃない」

エヴリンはマリブを眺め、ヘンリー・スペックのことを思った。

「今日は誰のパーティーなの？」と彼女は言った。

「キム」

「参ったな」

「そっちじゃない。別の方のキムだよ」

「何の話をすればいいの？」

「金の話だよ」とジュニアスは言った。


ヘンリー・スペックは携帯電話の写真からはっと顔を上げ、素早く店内を見回し、ナプキンを投げ捨て、罰当たりな言葉を口にし、ボイドとアンジーの姿が消えたテーブルを足早に通り過ぎた。外には彼らの姿はなかった。

若いホステスがヘンリーの肩をとんとんと叩いた。

「何か忘れてないかしら？」と娘は言った。

「忘れてる？」

ホステスは笑った。「ここは無料キッチンじゃないのよ、ハンサムさん」

「ああ、そうだ。すまないね」

ヘンリーは百ドル札を取り出し、ぼんやりした頭でそれを彼女に渡した。そして人気《ひとけ》のない通りを行き来して見渡した。

ふり向くと、ホステスはそこに立って、にこやかに微笑んでいた。

「なんだい？」

彼女は百ドル札を彼に向けてひらひらと振った。

「これじゃ足りない」と彼女は言った。

「シュリンプとホットソースだけで？」

ホステスは満面の笑みを浮かべたまま、彼をレジの奥まで案内し、そこで勘定はすべて支払われた。

「もしお望みなら」と彼女は言った。「うちのソースは瓶で販売しているけど」

「いくらするのか、尋ねた方が良さそうだね」

「値段のこと？」

「そうだよ」とヘンリーは言った。「それに僕はそのホットソースで何をすればいいんだろう？」

「私に塗るのよ」と彼女は言った。


ランディーはカトラスを親指だけを使って運転していた。サイラスとカールは後部席に座っていた。カールは鍬を手にし、トビーは黒と白のパトカーで、その四分の一マイル後方を走っていた。フルダでコミュニティー・ナショナル銀行強盗をするまでは、逮捕されたりすることのないよう、ランディーのスピードを細かくチェックしながら。

彼らは今ではストックトンに近づいていた。時速はゆったりと七十マイルに抑えられている。ランディーはサイラスに質問していた。どうして〈デイズ・イン〉に自分がいるとわかったのだろう？　それはまるで魔法のトリックみたいに思えるんだが。読心術でも使ったみたいに。サイラスはまともには答えず、代わりにランディーに尋ねた。おまえ、携帯電話ってものが発明されたって話を耳にしたことあるか？「もちろんあるさ」とランディーは言った。

後部席にしばしの沈黙が降りた。

「その発明はだな」とカールが言った。「いくつかのボタンをひょいひょいと押して、それに向かって話をすればいいだけなんだ。ウォーキートーキーみたいにな。すると誰かが『はい、〈デイズ・イン〉でございます』って言う。それでこっちは『やあ、〈デイズ・イン〉さん』って言う。そしてほどなく、ランディー・ザフという名前のとんまなロデオ野郎がそこに投宿していることが判明する」

「なるほど」とランディーは言った。「そいつはうまい手だな」

さらに五マイルか十マイル道路を進んだところで、ランディーは言った。「それであんたたちは、おれが〈デイズ・イン〉に泊まるタイプだと思ったわけだ」

「おれたちが考えたのは」とサイラスが言った。「おまえがかなりトロいやつだということだ」

「そうかい?」とランディーは言った。

「ボケ野郎だ」カールが言った。「どこの誰が本名で宿泊する?」

「そうかい?」とランディーは繰り返した。ヴァル・キルマー並みにいかにもフレンドリーな感じで。彼ならどんな侮辱もいったんはさらりと聞き流し、それから軽く微笑みを浮かべて、相手の耳にビリヤードのキューを突き刺すのだ。事実を言えば、ランディーはこの後部席にいる二人組の寄生虫に、もううんざりしつつあった。敬意というものがまるでない。自分たちの方がずっと格上のワルだと思っている。つい半時間前まで、親指だけを使う彼の運転をさんざん悪く言っていた。カールはそれを女々しい運転だと言った。サイラスは喉の奥から出る独特の太い声で笑った。まるでリーマス爺さん〔黒人民話集に出てくる架空のキャラクター〕か何かみたいに。他の誰よりも頭が良く、タフで、すべてにそつのない手慣れた犯罪者みたいな顔をして。態度に問題があるとランディーは思った。誰かがこのランディー・ザフを犯罪で出し抜いたり、その親指運転を打ち負かしたりなんて、そんな簡単なことじゃない。「それで、カール、前から疑問に思っていたんだが」また一、二マイル進んだところでランディーは言った。「その鍬はどういうことなんだ？　何かそれにまつわる話でもあるのか？」

「話なんてねえよ」とカールは言った。

「庭仕事に関係した話とか、あるんだろう」

「ねえよ。〈スーパー8〉の外でたまたま見つけたんだ。そこに転がっていた。それで、こいつは運命だと思ったのさ」

「なるほどね。運命か。鍬を担いで銀行を襲うってわけか」

カールが横を向き、サイラスをちらりと見るのが、バックミラーでわかった。

「車をちょいとそのへんで停めてくれたら」とカールは言った。「これをどうやって使うか教えてやれるんだが」

「ちょっと言ってみただけさ」とランディーは言った。

「くだらんことは言うな」とサイラスが言った。「さもないと――」

「でもさ、そういうのってかっこいいかもな。すごくおっかない顔をして銀行に踏み込む。そして『手をあげろ』と言って、みんなにその鍬を見せるんだよ。そして怯えきったみんなの顔を見回す。おれの言ってることわかるよな」

「車を停めろ」とカールが言った。

ランディーは肩をすくめて言った。「あとで、たぶん」

ストックトンを過ぎて、速度計の針は七十五マイルまで上がった。ランディーは、どうやったら実際の銀行強盗から抜け出せるかについて頭を絞っていた。それは彼が得意とする分野ではなかったし、結果的に面倒なことになりかねない。なんとかカールとサイラスを吹っ切らなくてはならない。今度は永遠に。それが肝心なことだとランディーは思った。しかしそれについて考えれば考えるほど、それは不可能なことであるように見えてきた。考えてみれば、二人は彼にぴったりまとわりついていた……そう、下着みたいに。彼が移動すれば、二人も移動した。一時間前に給油のために停車したとき、カールは鍬を手に洗面所まで彼のあとをついてきた。それからレジにもついてきて、ランディーがガソリンと、ミニパックのチートスをいくつかと、悪くなさそうなビーフジャーキーの代金を支払っている間、そのまわりをヘリコプターのようにうろうろしていた。そしてカトラスに戻るまでの途中も彼から離れなかった。いったいなんだ、これは、とランディーは思った。プライバシーの侵害じゃないか。そして金を盗まれても気にかけない銀行を襲うのに、どうして手伝いが必要なんだ?

そこから二十マイル進んで、前方にサクラメントを臨んだあたりで、ランディーの思いつきは底をついた。フラストレーションが溜まり、「排出ボタン」を押したらこのムショ帰りの二人組を、車から空中にはじき出せる後部席を設置できないものかと想像を巡らせた。

彼はバックミラーをちらりと見た。

後ろにはトビーのパトカー以外には何も見えない。前方の道路は曲がりくねりながら、ぼうぼうに繁った、上下する荒れた野原を抜けていた。農地も見えず、すれ違う車の姿もない。ランディーの頭の中で鍵が音を立てて開いた。自分をぴしゃりと引っぱたきたい気分だ。あまりにもシンプルなことで、この二百マイルの間、それはずっと彼を見つめ続けていたのだ。

彼はアクセルをぐっと踏み込み、速度計の針を最大のところまで上げた。

後部席でサイラスが「おいおい」と言った。

カールが言った。「スピードを落とせ、アホたれ。さもないと、おまえをプレッツェルの袋にねじ込んぢまうぞ」

ランディーは猛スピードで下りのカーブに車を突っ込ませ——申し分ない速度だと彼は思った——それから急ブレーキをかけ、車を路肩に寄せた。それからギアをリバースに入れ、高く伸びた藪とまばらな松の茂みに突っ込んだ。トビーのパトカーが優に時速百マイルほどのスピードを出しながら通り過ぎていった。

「なんだ、いったい」とサイラスは言った。

ランディーは車から飛び出し、カールの側の後部ドアを開け、鍬を掴み、痩せこけた老人に最初の鋭い一撃を加えた。

ワン・ミシシッピ、ツー・ミシシッピ〔アメリカでは数を数えるときに「ミシシッピ」という言葉を入れて間を取る習慣がある〕。

軽くくすくす笑いながら、いくぶん自分でも驚きながら、ランディーは後部トランクを回り、サイラスの側のドアが開くのを待った。サイラスは大きくて強い。だからランディーは彼にミシシッピを十二回見舞わなくてはならなかった。そのほとんどを顔に。それ以外のところにもいくつか。

彼はカールのところにとって返した。カールはひどい状態だった。そしてその泣き叫びを止めるためには今少しの庭仕事が必要とされた。それからまたサイラスのところに駆け戻り、とどめを刺すためにあと五から十ミシシッピを食らわせた。彼はサイラスを茂みのところまで引きずっていき、カールを相棒の隣に放り込んだ。そして大きく息をついた。

気候は穏やかで、あたりは静かだった。風が心地よかった。奇妙なことだとランディーは思った。グッド・アイデアはいつも唐突に訪れる。

彼はカールを見おろし、言った。「おまえは死んでるよ、カール」

彼はサイラスを見て言った。「おまえはもっと死んでいるぜ」

参っちゃうね、と彼は考え続けていた。

彼は鋤を車のトランクに投げ込み、カトラスの車内に戻った。勢いよくハイウェイに戻り、北のフルダに向けて思い切りアクセルを踏み込んだ。

そしてチートスの袋を開けた。

オーケー、と彼は思った。あるいはおれはそれほど長い時間、野生馬に乗り続けられないかもしれない。あるいはおれの女はおれをないがしろにするかもしれない。しかし、どうだいほれ、おれは鍬を使って難局を乗り切れるんだ。イエス・サー。さあ、プレッツェルの袋に入っているのは誰だろうね？　ちょっと言ってみただけだけどさ。

21

「我々は企業の垂直性について語り合っていた」とジム・ドゥーニーはカルヴィンに言った。「しかしもし我々が目下直面している問題——我々はそれをハルヴァーソン問題と呼ぶことになるが——について理解したいということであれば、他のいくつかの要素を把握しておく必要がある」

カルヴィンはため息をついた。「ジミー、そういう経営学修士号っぽい話は抜きにしてもらえないかね？　私が気にしているのは、あんたを生き延びさせることだけなんだから」

「パシフィック造船・海運は」とドゥーニーはきびきびと続けた。「水平軸をも有している。つまり我々の所有しているのは造船と海運業だけではないということだ。たとえばキャンディーだ。我々はキャンディーを製造している。それもたくさんな。他の例をあげれば、パラシュートだ。ペンキ。屋外用、屋内用カーペット。録音スタジオは六つ持っている。煙草のライター。血圧計。野球チーム。テンプテーション拳銃。大砲の部品。トースター。マシンガン。ツイスト・タイ。一服、必要かい？　くしゃみをするんじゃないぞ」

カルヴィンは身を屈め、片方の鼻をつまみ、浮き彫りを施したガラスのストローから吸い込んだ。そして少し待ってから言った。「そのリストはどれくらい長いんだろう、ジミー？」

「長いよ」とドゥーニーは言った。

「そこには何かポイントはあるのかな？」

「ポイントはちゃんとある」

　ドゥーニーは目の前を横切っていくテントウ虫を親指でぴしゃっと潰した。それから四百エーカーにわたる、湖畔の自分の所有地をまじまじと眺めた。そこには何千本もの樺の木と、楓《かえで》と、針葉樹が含まれている。そして何千種の北方の動植物相、それに加えて何兆もの数の人食い蠅《ばえ》たち。今現在、二重網戸のガゼボの中に座って、ドゥーニーとカルヴィンは、アウトドアの危険に実際に触れることなく、アウトドアを楽しんでいた。

「さて、水平軸がやっているのは」とドゥーニーは言った。「本業を――我々の場合は造船と海運業になるが――囲い、多様化し、保護することだ。それが業績悪化から我々を護り、リスクを分散させてくれる。たとえばアマゾンを見てみろ。垂直的にして、水平的だよな？　本を売るところから出発した。それが本業だ。それから垂直方向に向かう。出版と製造業に向かう。彼らが売っているものを、自分で作るんだ。つまり本だ。それから彼らはオーディブルを手に入れる。彼らが違う種類の出版社だ。しかし同時に彼らは水平方向に進んでいる。わかるか？　自分たちがストリーミングする作品を制作する映画スタジオを手に入れる。気がついたときには、彼らは売れるものならなんだって売っている。本なんて忘れろ。彼らはアップル・ソースを売っている。バースデー・キャンドルを売っている。鋏《はさみ》を売っている。ウォータークーラーを売っている――この水平化は無限に広がっていくんだよ、カルヴィン。そしてここには素敵なことがある。その間もずっと、彼らはまた垂直的にも進んでいる。トラックやらハイブリッド車やらが、その水平的に作られたものをどんどん配送しているんだ。配送センターはデラウェア州くらいの広さがあるし、彼らは彼ら独自の郵便番号を持っている。そしてもし君がこう思うなら——」

「ひとつ質問がある」とカルヴィンは手を挙げて言った。

「なんだい？」

「このコーク〔コカインのこと〕はどこから来ると思う？」

ドゥーニーは眉をひそめた。「アマゾンかな？　からかっているのか？」

「いや、正確に言えばアマゾンじゃない。その配達員の手からだ」

「わお」とドゥーニーは言った。

「じゃあ、どうしてそんなにアマゾンのことを悪く言うんだ？」

「悪くなんて言っておらんぞ。私はちゃんと自分の足で立っている、まったくのところさ。私はアンコールを叫んでいるんだ。水平化とはまさにこのことだ」

「オーケー」とカルヴィンは言った。「しかしまだよくわからないんだが——」

「それを説明しようとしているんだ！」

「頼むから怒鳴らんでくれよ、ジミー」

「怒鳴ってなんかないさ。私はただ興奮していただけだ。私はただ——わかったよ。悪かった」

「それでいい」

「最後の一服をやるかい？」

「一服だけな」とカルヴィンは言った。「でも一フィートくらいの長さにしてくれ」

その瞬間に風が吹き始め、二人の森林的な愉しみに脅威をもたらした。彼らはピクニック・テーブルの上に小さなテントを張った。カルヴィンが剃刀《かみそり》の新しいパックを開けているときにドゥーニーが言った。「もしよかったら、この説明はあと回しにしてもいいけどね。君はずっとハルヴァーソンのことを質問していただろう。だから私は——」

「説明してくれ」とカルヴィンは言った。「しかしおそらく——これはただの提案だが——コークはこれでもうおしまいにしておいた方がいいかもしれない。実はこのシェーヴィング・キットの中に素敵な、最新のオキシー〔麻薬の一種オキシコドンの略〕を忍ばせているんだ」彼は手を伸ばして、ドゥーニーの鼻を拭いてやった。「あんたの誕生日だ。七十五歳になったんだ——派手にやれ！」

ドゥーニーは頭を振り、コークを吸引して言った。「どこまで話したっけな？　アダム・スミスは完全に間違っていた。もし競争を望むのならラクロスをすればいい。あるいは……アメリカでいちばん人気のあるボードゲームはなんだ？」

「モノポリー」とカルヴィンは言った。

「そのとおり。モノポリーだ。アメリカの選んだゲームだ。モノポリーがアメリカ人の家庭を一晩中ひとつに結びつける。ホテルを建て、みんながみんなを絞り上げようとする。ママは妹を絞り上げようとし、パパはジョージ叔父さんを絞り上げようとする。モノポリーのボードで、〈反トラスト〉の枡《ます》を見かけたことはあるか？　誰かが余りに多く家を持ちすぎているとか、ホテルを持ちすぎているとか、鉄道会社を持ちすぎているとか、そういう文句を言い立てる政治家を見かけたことはあるか？『独占のしすぎ。刑務所に行く』なんていうチャンス・カードを引いたことがあるか？『ファック・ユー。あなたは企業間競争抑止的だ』なんていう共同基金カードを引いたことがあるか？　我々はここでアメリカ人の娯楽について語っているんだ。なにも——」

「愛しているよ」とカルヴィンは言った。「情熱的になったときのあんたをね」

「私もそうなったときの自分が好きだ」とドゥーニーは言って、しばし思い出に耽った。「ジョークはなしだ、カル。私は優秀なCEOだった。最良中の最良、そのまた最良だった。真実を言えば、私は引退するべきではなかったのだ。金銭のトーチを娘婿に——あのコスト・カットしか頭にない、想像力の欠如した、野心も持ち合わせない男に——手渡すべきではなかったのだ。私の見る限り、あいつは今でもキャンディーを作り続けているべきだったんだ」

「ジュニアスのことか？　だってあんたが彼を選んだんじゃないか」

「ああ、そうさ。私が彼を自分で選んだ。エヴリンのためにもな」

「ジミー？」

「なんだい？」

「私には顔があるか？」

「もちろんさ、マイ・ラブ。かわいい顔がな。もっと続けるべきかな？」

「もちろん続けるべきだ」とカルヴィンは言った。「しかし言う必要のあることがひとつある。我々の年齢においては——変な風にとらないでほしいんだが——我々の年齢にあっては、この誕生日パーティーが医学的に適切なものかどうか、確信が持てないんだ」

「そうかもしれない」とドゥーニーは言った。「君はいくつになるんだっけ？」

「六十九だ」とカルヴィンは言った。

「ほんとはいくつだ？」

「七十一」

「カル」

「七十二」とカルヴィンは言った。「納得がいったらストップをかけてくれ」

ドゥーニーは笑った。一筋を吸い込み、短く息を止め、それから息を吐いて言った。「六十九で納得したよ。それ以上は一日たりとも歳取っては見えない」

二人はキスをした。

「オーケー」とドゥーニーは言った。「さて、よく聞いてくれ。最大の悪は競争だ。二番目の悪は政府だ。それで、君は敬意を払われるに足る、全米的なむしりとり悪徳実業家であるとしよう。きみは水源保護運動やら環境保護局タイプとか、国税庁タイプとか、証券取引委員会タイプとか、民主党全国大会タイプとか——そのほかにも悪党どもがわんさかいるわけだが——そういうものどもにうんざりしている。もし誰かからむしり取ることができないとしたら、どうやって君はむしりとり悪徳実業家になれるんだ？」

「お手上げだね」とカルは言った。「引退するか？」

「いやいや」とドゥーニーは言った。「垂直的にものを考えるんだ。もし君が政府にうんざりしたなら、ズボンをぐいと引き上げ、帽子をリングに投げ入れるんだ。そして君が政府になるんだ。垂直に進むんだよ。ピラミッドのいちばんてっぺんに自らの身を置くんだ。会社こそが人民なんだよ、カル。地を司る法だ。だからこそ君は君の会社を、アメリカ資本家合衆国の大統領にノミネートするんだ。それが君のやることだ。君は買い取りをおこなう。大統領職と呼ばれる子会社を買い取る。自らを最高司令官に任命する。アマゾンを任命し、ＰＳ＆Ｓを任命し、このわたくしめを任命する。なぜならＰＳ＆Ｓは生きて息をしている、正真正銘の人間だからだ。私や君やジェフ・ベゾスと同じようにな――人権もあれば、法的権利も有している。そしてそう、国税庁は君の使い走りだ。証券取引委員会は君のパーソナルのマッサージ師だ。経済企画庁はフロリダにある君のゴルフコースの芝生管理人だ。そして、うん、もし君が何か攻撃を受けたとしたら、きつい一発を食らったとしたら、くだらんことを言い立てるやつをクビにして、君が望むことを、PS&Sが望むことを、アマゾンが望むことを、アメリカ合衆国が望むことをきっちりやってくれる節度ある人間を雇えばいいだけだ。君はこの国をもう一度偉大にすることができる。なぜなら君こそがこの国だからだ。なぜなら君は偉大だからだ。そしてもし誰かが君は偉大じゃないと思うなら、いいとも、別の子会社を買い取ればいいんだ。下院を買えばいい。そうすればそれは君の下院になる。PS&Sの下院だ。そして君は、そうじゃないと考える連中を誰であれ縮み上がらせる。それが垂直的ってことだ。それがモノポリー盤の王様ってことだ。それがシバの女王ってことだ。それがピルグリムの出現した理由だ」

「ジミー」とカルヴィンが言った。

「なんだい?」

「ハルヴァーソンはどうしてあんたを殺そうとしているんだ?」

ドゥーニーの心臓が高鳴った。

「肝心なところを知りたい?」と彼は言った。「私は新聞社を買い取った。水平的に進んだわけだ。LAトリビューン。ハルヴァーソンの勤めていた新聞社だ」

「新聞社は金を失っているって聞いたけどね」

ドゥーニーは肯いた。「まるでザルみたいにな。そのとおりだ。しかしもし君の娘婿がトリビユーン紙の、やり手のフェイクニュースでっち上げ屋だとしたらどうだね？　そしてその『やり手のフェイクニュースでっち上げ屋』が、耳にするべきではないくだらん話を聞きつけたとしたら？　たとえば二隻の船が沈没して、そこに使われていた鋼鉄が粗悪品で、検査もごまかしていたとかな。そしてやつはその半ば非合法なあれこれを、一面トップに書き立てようと目論んでいたんだぞ。バーニー・マドフ〔米国史上最大の金融詐欺師〕みたいに、コンクリートの壁を眺めながらまずい飯を食べるような目に私が遭いたいと思うかね？」

「おやおや」とカルヴィンは言った。「あんたはルールを拡大したわけだね？」

「違うね。私はルールを作ったんだ。つまり下院が『ビジネス・フレンドリー』というのがどういうことかを理解できないのであれば、君は君自身の法律をいくつか通す必要がある。オリー・ノース〔イラン＝コントラ事件に関与した軍人〕的な種類の法律をね。マシンガンを何挺か売る、神経ガスをいくらか売る、大砲を何発か売る。それにどんな害がある？」

「さあね」とカルヴィンは言った。「監獄行きとか？」

「そうだ。問題はそいつだけだ。ちょっと失礼」

ドゥーニーの血はたぎっていた。彼はコカインのラインの残り半分を吸った。

「オーケー」と彼は続けた。「だから私はハルヴァーソンと取り引きをしなくてはならなかった――やつはフェイクニュースのでっち上げ屋だ。そうだな？　最初に打つ手はかなり明白だ。水平的に進んで、彼のその三流新聞社を買い取る、数人の編集者をお払い箱にする、自前の編集者を雇い入れる、ルパート・マードック〔世界的なメディア王〕がやったみたいにな。少なくとも一時的にはそれで問題は解決する。ヘッドラインはなし。しかしそれでも私はまだハルヴァーソンを抱え込んでいる。やつはピュリッツァー賞を狙っている。やつはあちこちで騒ぎ立てている。検閲だとかなんだとか喚き立ててな。だからもちろん私は次の手を打たなくてはならない。PS&Sの弁護士を数ダース、この件にあたらせる。彼らはあたり一帯を嗅ぎ回り、経歴を掘り起こし、ハルヴァーソンに関する二インチの厚さのファイルを私のところに持ってくる。あらあら不思議、今度はこっちが、新聞の第一面を飾れるだけのスキャンダルを手にしていた。ただし今回のは『ミスタ・フェイクニュースでっち上げ屋』がどっぷり首まで浸かっているやつだ」

「クソをもってクソに立ち向かう？」とカルヴィンは尋ねた。

「その通り。言い得て妙だ。唯一の違いは、このハルヴァーソンのインチキは、フェイクじゃないクソだったってことだ。それは本物のクソだった。この私を聖母マリアに見せてしまうくらいの代物だ」

「彼はゲイだったとか？」

ドゥーニーは顔をしかめて言った。「くだらん冗談だぜ、カル」

「からかっただけさ。それで彼は何をしたんだ？」

「彼は何をしなかったか、と訊くべきだな」とドゥーニーは言った。「粉飾されたレジメ。そこから始めよう。ひとことで『粉飾』といっても、すべてがでっち上げなんだ。体重も、身長も、誕生日も。エクセター校、嘘っぱち。プリンストン大学、嘘っぱち。ポロ・チーム、嘘っぱち。最優等位《スマ・クム・ラウデ》、嘘っぱち。合衆国陸軍、嘘っぱち。クウェート、イラク、アフガニスタン、みんなきれいに嘘っぱち。片端から嘘っぱちだ。名誉負傷章《パープルハート》、嘘っぱち。銀星章《シルヴァースター》、嘘っぱち。推薦状？四通あったよ。ローズマリー・クルーニー、ロバート・スタック、パット・ヒッチコック、セシル・B・デミル。すべて偽造だ、もちろん。私がからかっていると思うか？　違うね。このインチキ野郎は、ピノッキオを獅子鼻のガキみたいに見せてしまうこともできるんだ」

「パット・ヒッチコックって誰だ？」とカルヴィンは言った。

「当ててごらんよ」

しばしの間カルヴィンは黙って、大きな青い湖を、前にある埃をかぶったピクニック・テーブルを、それから最後に鼻から血をしたたらせているジム・ドゥーニーを、見つめた。「それでつまり」と彼はようやく口を開いた。「あんたはその調査結果を彼に突きつけたわけだな？　彼が信用面での問題を抱えていることを教えた？」

「いや、私はそれをエヴリンに突きつけたのさ」とドゥーニーは言った。「その嘘つきと結婚したのは彼女であって、私ではない」

「そしてピュリッツアー賞は？」

「私のトリビューン紙の編集者たちに、私は何かひとこと告げたかもしれない。ハルヴァーソンは結局は職を失うことになった」

「誕生日おめでとう」とカルヴィンは言った。

「ありがとう」とドゥーニーは言った。「しかしこれは君の誕生日だと思うよ」

22

エヴリンはジャカルタのことを考えると、ほとんど常にロサンジェルス空港を思い出す。混み合って蒸し蒸しと暑いゲート・エリア、フライトの遅延、ある時点で彼女は一人の痩せた、もじゃもじゃ頭の、若々しい感じの男に注意を向けた。男はラップトップをぱたぱたと叩いていたが、自分の世界に完全に入り込んでいた。まるで一人で月にでもいるみたいに。クローゼットの中に閉じ込められたみたいに。タイプをしながら唇を動かしている。時折腕時計に目をやり、眉をしかめ、それからまた自分の世界にのめり込んでいく。

ジャカルタのことを考えると、彼女は胸が激しく躍った瞬間のことを思い出した。3Aのシートに腰下ろすと、隣の3Bのシートにそのモップ頭の男が座っていたのだ。

彼女はそのとき二十六歳だった。

彼女は奇跡を期待していた。

東京までの長いフライトのあいだ、二人はたびたびお喋りをしていた。そしてジャカルタまでの便でも、彼女は他の乗客と席を交換してもらい、会話の続きをした。

今、そのスリリングな最初の数週間が胸によみがえるとき、エヴリンはかつては愛であったものの漠とした残留感覚のようなものを、ふと感じてしまうのだった。舌の上に残ったその香り、肌に感じるタッチ、ちりちりとする、ほとんど苦痛に感じるほどの強烈な電圧。その電圧は彼女の脊椎《せきつい》ばかりではなく、周りにあるすべての無生命の事物を貫いて流れた。彼女にとってはまだ見慣れぬ都市の街路を貫いて、バナナの葉を満載した手押し車を貫いて、魚を売る屋台を貫いて、絹のカバーヤや黒いフェルトのペシ〔どちらもインドネシアの民族衣装〕を貫いて、ディーゼルの煙や耳をつんざく警笛を貫いて、そしてもちろん彼女とボイドがパサール・バルで蛸《たこ》を試食したり、港近くにある彼のアパートメントまで共に歩いた、青みがかった宵を貫いて。

それはエヴリンにとって最初の恋ではなかった。三度目か四度目のものだった。ディアフィールドではアンデルスという内気なドイツ人の少年、スタンフォード大学ではボビー、それからフィリップがいた。どちらもテニスの名人で、どちらもいささか独善的にハンサム過ぎた。そしてもっとあとになると、物理学者のもう一人のフィリップがいた。これは「恋かも」という程度だった。そこには永遠の愛の、ひりひりと焼けつくような強烈な感覚はなかった。ボイドがジャカルタで与えてくれたような昂揚《こうよう》と恍惚《こうこつ》はなかった。それまでの彼女の人生は……いったいなんと言えばいいんだろう——安心して楽しめるものだった。心地よく退屈なものだった。といっても、それで彼女がいささかなりとも胸を痛めたわけでもない。エヴリンには家柄もあり、特権もあり、美貌もあり、金銭など無意味に思えるくらいいっぱいお金があった——ドゥーニーがちゃんと手を打ってくれていた。その当時、まだ知り合って間もない頃、ボイドは彼女のことを「ぼくのオードリー・ヘップバーン」とか「ぼくのキム・ノヴァク」とか呼んでいたものだ。ときどきそれはエヴリンを不安な気持ちにした。しかし概ねのところ彼女は、ボイドが二人の愛を自分と同じように、マジカルなものとして、また彼が崇拝する古くさい映画の中の愛に似たものとして捉えていることを確信し、心地よくなったものだ。

そして今では、白日夢に耽るとき、エヴリンは二つの夢を同時に見るようになった。ものごとがどのように見えたかというのと、ものごとが実際にどうであったか、という二つの夢だ。ひとつはおとぎ話であり、もうひとつはそうではなかった。「もしそれが真実らしく響いたなら」とボイドはよく言っていた。「それは実際に真実なんだ」いずれにせよジャカルタは、わくわく痺れるようなところに見えたし、そう響いたし、そう感じられたものだ。

彼は素早く求婚した。エヴリンは二ヶ月後、それを認める以外に選択肢はないのだとドゥーニーを納得させたあとで、それを受けた。

結婚式そのもの——重役的魅力と青いビジネス・スーツの渦巻き——はスティルマン・セントラルにあるPS&Sの東アジア本社の、十七階ロビーで行われた。エヴリンにとってこの不毛な、たっぷりお金のかかった結婚式はひとつの譲歩であり、おとぎ話につけられた必要な傷だった。ドゥーニーにとってのそれは、おいしい取り引きをするための絶好の機会だった。ボイドにとってのそれは、ワイド・スクリーンの輝かしい勝利であり、チャールストン・ヘストン的瞬間であり、サンタモニカで新聞配達をしていた時代からずっとリハーサルを続けていたスペクタクルだった。

二人は新婚旅行でボルネオに行った。

そのあと二人は、ドゥーニーから結婚祝いとしてもらった、十七部屋あるフランス＝インドネシア風の豪邸に移った。かつてスハルトの三番目の石油相が住んでいた屋敷だ。

その客間の床で礼状を走り書きしながら、二人はもうひとつのドゥーニーからの結婚プレゼントの包みを開けた。それは38口径の拳銃だった。マサチューセッツ州ローウェルにある、ドゥーニー所有のテンプテーション銃器会社が制作したものだ。そこには銘が彫ってあった。我が婿殿に。我が娘を裏切るなかれ。

ボイドは笑い飛ばしたが、エヴリンはそれから一ヶ月、父親と口をきかなかった。

しかし貞節さはまったく問題にならなかった。

というか、より正確に言うなら、ロマンチックな貞節さは問題にならなかった。

問題は野心――飽くことを知らない、強迫感にとらわれた野心だった。最初の一年かそこら、それは彼女にとってほとんど愛すべきものに思えた。彼女の勤勉な、ラップトップを叩きまくる、かつての新聞配達少年をうっとりと眺める、もうひとつの理由になった。そう、楽しい時代は本当に素晴らしかった。しかしボイドが大手のジャーナリズムと婚姻関係を結んだことは、ゆっくりと、そしてやがては素早く、文字どおり彼を彼女から引きはがしていくことになった。ハノイへの六日間出張のために、バンコックへの四日間出張のために、二週間の台北出張のために、常に荷造りに追われる生活だ。すべての新聞社がそうしたように、トリビューン紙も海外ニュースの独自取材から撤退した。香港とマニラとシンガポールの編集局を閉め、報道をAPか、パートタイムの特約記者のネットワークに頼るようになった。そのようにしてボイドは三十二歳にして、その新聞の環太平洋地域における唯一の特派員となったわけだ。記事を作り出すプレッシャーがあり、押しつぶされそうなほどの量の仕事があった。バリ島の台風、ミンダナオの暴動、珊瑚《さんご》礁《しょう》が駄目になっていく、性奴隷、経済奴隷、イスラム原理主義の台頭、クアラルンプールでの権力略奪、香港の統治権の委譲、メコン・デルタでの不作、富裕と隣接する貧困、何世紀にもわたる搾取、寡頭制支配者たち、クーデター、独裁者、テロリストたち、警備強固な宮殿で偉そうに胸を張っている金モールだらけの軍部高官たち。

たとえ千人の特派員がいても、いや、一万人の特派員がいたとしても、これだけのスケールとバラエティを有する各種話題を、完全にカバーすることはできなかっただろう。しかしボイドはそれをうまくこなした。いや、こなしたなんてものではない。彼は名前を上げていった。熱意あふれる、ときには実際の報道に取って代わる長々しい解説記事のために、夜遅くまで熱心に仕事をした。彼の匿名の情報源はやがて数として、実名の情報源を上回るようになった。あまりに多くの場合、二人の親密な夜はメルデカ・パレスでの義務的な夜となり、アメリカ大使館でのレセプションとなり、外交官たちの集まるボールルームでの外交官的カクテル・パーティーとなった。そういうところでボイドが大使の補佐の、そのまた補佐と秘密を交換し合っている傍ら、彼女はじっと歯を噛みしめていた。理解することができない状況であっても、ボイドは物知り顔の、秘密めかした賢人のような微笑みを浮かべる術《すべ》を覚えた。そしてもちろんボイドは嘘をついた。大きなことでも嘘をつき、小さなことでも嘘をついた。彼はへりくだった態度で、自嘲気味に嘘をついた。嘘をつく必要がないときでも嘘をついた。不思議なことに、自分がもっと大胆な嘘をつかれているかもしれないという考えは、彼女の頭に浮かばなかった。

彼は彼女を愛していたか？　イエス、彼は彼女を愛していた。

そして彼女は彼を愛していた。

今、それらの年月をじっくり振り返ってみるとき、エヴリンはボイドの一連のごまかしや、自分のナイーブさにショックを受けるようなことはもうなくなっていた。どちらも彼女にとっては筋の通ったことだった。彼は愛のために嘘をつき、彼女は愛のためにそれを信じたのだ。ダメージは大きい、イエス。傷跡が残った、そのとおりだ。しかしもうショッキングなことではなくなっている。というか、実際にはその逆だ。彼女のもしゃもしゃ頭の少年は、実際に少年だったのだ。シネマスコープによって発育を阻害された八歳の子供なのだ。その少年の反射神経は瞬間的に、自動的に幻想に飛びついてしまうのだ。そうあるべきなのに実際はそうではないものに。切望しているのに、実際には手に入らないものに。幸福と願望の深夜映画版に。のこのこ生きて現れる死んだ父親に。シーザー・ロメロとデートしている母親に。死に物狂いで獲得した軍功章の山に――実際のそれは質屋で買い求めた勇猛さであり、想像力の中にある勇猛さであり、バート・ランカスターの英雄的な夢を見続ける少年の勇猛さであるのだが。その結婚当初の歳月を思い出すたびに、エヴリンはシャワーの中で泣いてしまうことがあった。ボイドにとって億万長者の娘との結婚は、ひょっとして彼の黄金の幻想ベルトのもうひとつのベルト穴になったというだけのことではなかったかと思って。

もちろん、ある意味では彼女は明白なものごとに対して目を塞いでいたのだ。自分はロマンスというワクチンを打たれているのだから、欺瞞《ぎまん》に対して免疫ができているというふりをして。自分は真のボイド・ハルヴァーソンに、実相のボイド・ハルヴァーソンに――不安定な少年ではなく、ひとりのまっとうな大人に――接しているのだと想像して。彼女が目を塞いでいたことはおそらく部分的に、二人の生活が表面的には円滑に営まれたことに起因していた。正面きっての口論もなく、力まかせに閉められるドアもなかった。たしかにボイドはしょっちゅう旅行していた。たしかに彼はときとして不機嫌になり、ときとして大事な署名入り記事を書くことに夢中になっていた。しかし二人はもう大人であり、彼らには責務があり、彼がただただ仕事に打ち込んで、業績を上げていることに対して苦情を呈するのは、正しくないことに思えた。そしてそれに加えて、彼女にも気晴らしがあった。カソリック校に通う裕福な女の子たちに代数を教えていたのだ。彼女が物理学者であるフィリップと別れたあと、ドゥーニーが見つけてきた仕事だった。彼女はとくに代数が好きだったわけでもないし、教師という仕事にもほとんど情熱は感じなかった。しかしそれは物理学をきれいに払拭してくれたし、そしてまたジャカルタの街のありようは、立派な教育を受け、甘やかされて育ち、時間を持て余している若い女性にとっては、エキサイティングなものに見えた。

そしてそれは実際にエキサイティングなものだった。

おかげで今となっては、悲しみはひどく悲しいものになっている。

彼女は愛する人と結婚した――それは酔わされることだった。それはロケット工学だった。それは代数との一日から、裕福で退屈したカソリックの少女たちとの一日から家に帰ってくることであり、ラップトップからボイドが顔を上げ、ほとんど恥ずかしそうに――彼自身のロケット工学にほとんど照れながら――彼女に微笑みかけるのを目にすることだった。それは、何かの堅苦しい外交官のパーティーのあと、ジーンズとTシャツに着替え、八ブロックほど歩いて、小さな家族経営の食堂《ワルン》に行くことだった。そこで米飯とスパイシーな野菜料理を食べ、ディーゼルの排煙を吸い込み、人々が繰り広げる、世界中どこでも人々が多かれ少なかれ同じように繰り広げている、夜のありきたりの喧噪《けんそう》を眺めることだった。それは妊娠することだった。それは出産することだった。それはボイドが、寝室の寄せ木作りの床の上でおむつ交換のとき、テディーと呼ばれる生後二ヶ月の男の子と格闘することだった。その名前は馬鹿げたことだが、その子が眠るときに摑んでいるふわふわふわした青いテディーベアからきたものだった。

それもまた、ドゥーニーがある朝、分厚い書類一式を彼女のキッチン・テーブルにどさっと落としたときに、悲しみを耐えがたいものにしたことだった。「さて、おまえのご亭主を紹介させてもらおうか」と彼は言った。

23

ヘンリー・スペックは電話でジュニアスと話していた。あと一歩だったこと、そしてほんの一分か二分の差で彼らを見失ってしまったこと。しかし心配はありません、ちゃんと現地捜査してあります。ハルヴァーソンとビングは旧型のネオン・オレンジ色のエルドラドを運転しています。ハルヴァーソンの亡くなった母親の持ち物だったものです。そしてポート・アランサスの郵便局長の話によれば、彼らが向かったのは北のミネソタに向けてであることは、かなり確実です。

「ミネソタがどこであれ」とヘンリーは言った。「私は追跡を中止しますか、それとも継続しますか？」

背後にばりばりという音が聞こえた。ヘンリーには聴き分けられない音だった。たぶん拡声器だろう。それから国歌が聞こえた。

「続けろ」とジュニアスが言った。「それからもう電話をかけてくるな。良いニュースがない限りな。私は今から野球の試合がある」

「サー？」

「私対フィリーズだ」

「あなたが？」とヘンリーは言った。

「なあ、もう行かなくちゃならん。しかし電話で送ってきた経費のことだが――ホットソースっていったい何のことだ？」

「ああ、そのことですか」とヘンリーは言った。

「八本も？」

「すごいバーゲンだったんです、サー」

ジュニアスは不満そうに唸った。「オーケー。ホットソースだな。しかし自分の金で支払え。今のところ私はひどいチームを所有している……自らを打ち負かすこともできないようなチームをな。毎晩シャワーの中で泣いている女房もだ。ミネソタだろうが、モンタナだろうが、なんだってかまわん。ハルヴァーソンを見つけ出して、あとあとまで尾を引くような不具の身にするんだ」

「了解しました」とヘンリーは言った。「フィリーズをこてんぱんにのしちまってくださいな」

「ああ」とジュニアスは言った。「長いゲームになるかもしれんが」


コーパス・クリスティでボイドはエルドラドを交換に出し、二万六千ドルを足して、代わりに中古の二〇〇一年型〈プレジャー・ウェイ〉キャンピングカーを手に入れた。その取引によって、コミュニティー・ナショナルから盗んだ金の残りのおおよそ半分が消えた。

その夜の十時頃、二人は高速道路37号線沿いにあるＲＶパークに車を駐めた。アンジーは彼が天蓋を引き出すのを手伝い、電気を接続し、ウォーター・タンクに水を入れ、ベイクト・ビーンズとソーセージの簡単な夕食を作った。そのあと天蓋の下に座っているとき、アンジーが言った。

「ねえ、なんだか私たちって、年老いた夫婦みたいじゃない？　大冒険に乗り出し、国中を見て歩き、私とあなたのただ二人きりなの。旅行計画もない。行きたいところに行って、休みたいところで休むの。ＲＶってそのためのものでしょう？　それが私たちのような老夫婦にとってのアメリカン・ドリームなのよ。ほんとの年寄りはあなた一人だけだとしてもね。私がアンジー・ビングであったことは、あなたにとってずいぶんラッキーだったのよ。年齢差別主義者《エイジスト》じゃないってことよ――エイジストっていうのも私が自己学習プログラムで学んだ言葉ね――エイジストはね、あなたのような白髪の弱々しい高齢者をいじめる人のことよ。でもあなたがそんな風にあくびを始めるとき以外、私はそのことにほとんど気づきもしないのよ。そしてそれにしても、男女が一緒に寝ないで、女性が妊娠するというのはとても難しいことなのよ。そうね、あなたは赤ん坊を作ることに関しては、たぶん旧弊な考え方をする人なのでしょうね。問題はね、そうする以外に赤ん坊を作る方法を私は知らないってことなの。だから私たちがやるべきは、あなたのためにビタミンＤと、マッシュルームの抽出液がたっぷり入った瓶を買ってくることだわね。それでびっくりするほど精子の数も増加するし、顔色もよくなる。私のお父さんはマッシュルームを栽培していたの――そのことは言ったっけ？　マッシュルームとほうれん草。そのおかげで私はこんなに顔色がいいわけ。私がまだ小さな子供だった頃、私たちのトレイラーの裏手には薄暗い、じめっとした場所があったんだけど、それってマッシュルームとほうれん草には最適な環境なの。だからそれは農園というのではなかったんだと思う。誰か別の人の所有する森だったんでしょうね。でも父さんはそれを自分の農場と呼んでいた。少なくとも、彼が特別に栽培していたある種のマッシュルームのことで逮捕されるまではね――私の言ってることわかるでしょ？――神様の御許《みもと》に近づけるような種類のやつよ。父さんは当時シェーカー教徒だったの。ペンテコステ派でもあったけど。シェーカー＝ペンテコステ派ね。アイダホにはそういう人たちがいるの。彼らは所得税を払う必要はないし、世の終わりのために缶詰食品をたっぷり蓄えているし、誰かがうっかり冒瀆の言葉を口にしたときのために、洗剤を常に持ち歩いている。しかし重要なのは救済なの。そしてそれこそがまさに今、ここでおこなわれていることよ。私はあなたを救済している。今ここにこうして腰を下ろし、あなたは誰も撃っていないし、銀行も襲っていないし、あなたは車輪付きの小さな我が家を所有しているし、そして超キュートなフィアンセを手にしているし、信じるかどうかはともかく、あなたが私を誘拐したときに比べて、状況のひどさは半分以下にまで縮小しているはずよ。あなたは救済論《ソテリオロジー》っていう言葉の意味を知っているかしら？」

ボイドはイエスと言おうとした。多少なりとも、と。しかしアンジーは既に肺に空気をしっかりと補充していた。

「それは救済についての総合的な教理なの」と彼女は言った。その声は次第に囁くようにか細くなっていった。「あるいは異なったすべての教理なの。たとえば、あなたはときとして救済を受ける前に、どん底まで落ちなくてはならない、とか。そこに私が参入してきたわけ。つまりね、あの朝もし私以外の誰かが出納窓口に座っていたとしたら、どうなっていたと思う？　もしあなたがルター派とかメソジスト派の誰かを抱え込んでいたら、どうなったと思う？　今頃にっちもさっちもいかなくなっていたと思うわ。あなたはどん底にいた。間違いなくね。でもあなたは今、こうして星空の下に座っている——神様の星々の下にね——そしてお酒さえ飲んでいない。あなたには私を縛り上げる必要もない。だって私はどこにも行かないから。私は今では誘拐されているとは言いがたい身になっている。私はあなたにとっての奇跡なのよ。私はダマスカスに向かう途中でどん底に陥ったサウロが目にしたのと同じ、明るい銀色の光明なのよ。そう、あなたは実にラッキーだった。そしてこういうこともある。救済が真に意味するのは、あなたはただ身を捨てればいいんだってこと。それはややこしいことじゃない。あなたは大きく深く息をついて、こう言えばいいの。『わかったよ、アンジー。何人か赤ん坊を作ろう。RVに乗ってグランド・キャニオン見物に行き、あの愚かしい拳銃の指紋をきれいに拭き取ってから、それを一マイル下の川に投げ捨てよう』って言えばいいのよ。それからヴェガスに行って、誰でも――たとえあなたのような無神論者であっても――歓迎されるロマンチックなチャペルで結婚式をあげるの。ひとつ秘密を打ち明けるわね、ボイド。たとえ無神論者たちだって、道路を横切るおばあさんを助けてあげるものなの。信用できないのはボーイスカウトたちよ。そしてメソジスト派とルター派とカソリック教徒たち。たとえばね、私のお父さんはシェーカー教徒について何ひとつ知らなかった。ただいっぱい身体をシェイクさせていただけ。でも思うんだけど、お父さんはそれだけ知っていれば十分だったのよ。なぜなら身体を震わせていると、あなたは自分をある種クリーンにすることができる――ほら、犬みたいにね――悪いものをふるい落とすことができるの。あなたの罪やら、間違いやらをふるい落とすのよ。マッシュルームやら、もしそうしたければ自分の子供たちにホッチキスを投げつけるといった基本的な人権やらを取り上げようとするFBIの連中をふるい落とすの。だから私が言いたいのはね、ボイド、降参しなさいってこと。すべてをふるい落として、クリーンになるのよ。ねえ、どこに行くの？」

翌日の昼までに、彼らはサン・アントニオの郊外で高速道路35号線に入った。〈プレジャー・ウェイ〉は時速五十三マイルを超えると急に尻込みをした。ウェイコに向かってよたよたと北上していくとき、ボイドはアンジーの主張に従ってエルドラドを下取りに出したことを後悔していた。

二人はデントンの郊外の牧草地で一夜を過ごした。

朝になってオクラホマに向けて車を走らせているとき、アンジーはボイドの幸運を詳しく述べ立てた。あなたは世界の歴史の中で、警察に追跡されていない唯一の銀行強盗かもしれないのよ、と。更に言えば、あなたは銀行を強盗しなかった唯一の銀行強盗かもしれない――すくなくとも公式的にはね。それから二百マイルばかり進み、スティルウォーターの少し南で、彼女は救済の問題に立ち戻った。そしてそれはとりもなおさず、彼女のミドルスクール時代のバブルガム中毒の話に移っていった。そして自分の身を救済するためには、暮らしていたトレイラーの裏手にある森で、四十回の昼と四十回の夜を過ごさなくてはならなかったということだ。実際には四十分だったのだが、べつにどちらでもいい。数字が問題ではないのだから。問題は自らの救済にどれだけコミットできるかということなのだから。

「パーティナシティー（執着力）」とその夜ウェンディーズで夕食をとっているときに彼女は言った。「それも自己学習で身につけた素晴らしい言葉のひとつよ」

「ああ」とボイドは言った。「そいつは知っているよ」

「でもね、知っているのと、実行するというのはぜんぜん別のものよ。バブルガムを嚙むのをやめなくちゃいけないとわかってはいるんだけど、実際にそれをやめなくちゃならないとなるとね」彼女は彼の顔を晴れやかな期待を込めて見た。「そんなに不景気な顔をしないでよ。救済はまさに、あなたの向かいの席に座っているんだから」

オクラホマからカンザスにかけての真っ平らな土地を抜ける間、彼女はとにかくしゃべり続けた。その声は言葉による音楽性の音階をすらすらと上下した。彼女は児童福祉サービスとの厄介な衝突について、家族が二つの異なったトレイラー・パークから立ち退きをくらったことについて、自分をひとかどの人物にしようと心を決めたことについて、命あるものすべて——そこには水と火とボイド・ハルヴァーソンも含まれていた——の神性を信じる不屈の心について、まだ明確ならざるも栄光に包まれた未来への確信について、ランディー・ザフとの切れ切れな関係について、延々と詳細を並べ立てた。ランディーは盗品のステレオ装置で彼女に取り入り、玉撞《たまつ》き場で面倒な連中、手の早い連中から彼女の名誉を護ってくれたのだ。そしてもし彼女が妊娠し、年寄りの男と幸せに結婚をしたと知ったら、それを喜ばないかもしれない。おそらくは全然喜ばないだろう。

「ぼくは五十三歳だ」とボイドは言った。「年寄りじゃない」

「わお」とアンジーは言った。「やっとまともなことを言った」

「それに結婚もしていない」

「そう？」と彼女は言った。「まだしてないってこと」

ウィチタと、アイオワとミズーリの州境の間で、アンジーの声はやっと切れ切れになり、やがて止んだ。彼女は〈プレジャー・ウェイ〉の後ろの方に這って行って、そのまま静かに七時間眠り、ミネソタの州境に近づくまで目覚めなかった。アルバート・リーから数マイル南のところだ。

五時間後、ミネソタ州ブレイナードというリゾート・タウンの郊外で、一夜を過ごすべく駐車したとき、アンジーはボイドの心理学的プロファイルをまとめあげかけているところだった。「結局のところ」と、二人でRVを電源に接続しながらアンジーは言った。「あなたはあなた自身に関するほとんど何もかもを変更する必要があるのよ。まず真実を話すところからね。何か個人的な関心を私に向けて示すところからね。たとえば数日後に迫っている私の誕生日——そのことはもう千回も言ったわよね——に、私が何を欲しがっているか尋ねるとか。真面目な話、三十歳になるというのは大きな出来事なのよ、ボイド。そしてあなたは私に、婚約指輪とかについて少しでも匂わせるべきなのよ。指のサイズはいくつかとか、銘は刻んでほしいかとか、そういうことをね。そしてあなたは私のことを〈ハニー〉とか〈スウィートハート〉とか〈ベイビー〉とか呼び始めるべきなの。ただ単に『マスタードをとってくれ』と言うんじゃなくてね。あなたはお願い《プリーズ》とさえ言わないし、この惑星に住む他のどんなフィアンセでも見せてくれるような、半ば丁寧な態度も見せない。そして、それはそれとして、あなたはその復讐を忘れるべきなのよ。それがいったい何であれ——そのドゥーニーとの一件を私はまだちゃんと理解することができないんだけど——何故ならそれは全面的に不健康だし、全面的に利己的だわ。もし私がそれをやったら？　もし私が昔のボーイフレンドの誰かを、あらゆる創造物の隙間まで追跡し始めたとしたら？　あなたはそういうのを好むかしら？　きっと好まないわよね。きっとあなたはまた私を縛り上げて、跪かせて赦しを乞わせるとか、そういうことをするだろうと思う。何故ならあなたはとても嫉妬深くなるだろうし、そういうのに耐えられないだろうから。それからあなたがもし本当に知りたいなら言うけど、新婚旅行はどこか特別な場所に行こうと考えているの。おそらくはナイアガラか、それともパリか。パリなら私の知っているいくつかのフランス語の単語を試すこともできるしね。たとえば、そうね、アムールとか、アンサントとか、フランボワーズとか、アントレとか、サルーとか、フロマージュとか、コルテザンとか、ボン・ヴィヴァンとか、シェールとか、他にもいっぱいあるわ。『恋の手ほどき』って映画を観たことあるかしら？　これはものすごくものすごく古い映画なの。だからあなたは百年くらい前に観たことあるかもね。とにかくジジっていう女の子がいて、私によく似ているんだけど、バレリーナみたいにすらりとして素敵なの。先っぽがつんと上がった小さなキュートな鼻をしていて、彼女はすごく可愛くて、すごくスウィートなの。なのにみんなは彼女をゴミのように扱う。まるで彼女は誰かの囲い者にでもなるしかない、みたいな感じで。でもとうとう彼女は年老いた遊び人紳士、ガストンの心を捉えることになる。ジジはなにしろ素敵に美しい女性だから、彼は抗うことができない。あなたはきっとそこに相似性を見いだすことでしょうね。最後にこのフランス男は『小さな女の子たちは素晴らしい』という唄を歌うの。それこそあなたがまさにこの今、歌うべき唄なのよ。もしよかったら歌詞を教えてあげるわ。しかしポイントはね……ボイド、聞いているの？」

「ノー」と彼は言った。

「私の言うことを聞いていなかったとしたら、どうしてノーって言えるのよ？」

「参った」とボイドは言った。「ノーと言えば全部カバーできる」

アンジーは気難し顔で彼を見た。「ほらね、そういうのもまた、あなたの人格障害の例証なのよ」

二人はＲＶキャンプ場のミニマートで食料品の買い物をし、生焼けのハンバーガーの権利を巡って蝿たちとバトルを繰り広げ、それから〈プレジャー・ウェイ〉の中に閉じこもって一夜を過ごした。

翌朝、夜明け前にボイドは服を着て、RVパークのすぐ足元にある小さな湖の波打ち際まで下りた。空気には初秋のひやりとした感触があった。しばらくの間、彼はそこに立って、夜明けの葉のそよぎや、様々な物音に耳を澄ませ。来るべき一日について考えていた。半ば恐怖を感じ、半ば約束に胸を膨らませ。ベミジはここから二時間足らずのところにある。

ボイドはテンプテーション拳銃をポケットから取り出し、数秒間それを眺め、それから鳥らしきものを――おそらくはアビだ――見かけた方向に向かって試し撃ちをした。それは岸から二十ヤードのあたりを上下していた。拳銃は問題なく機能した。弾丸はまだ四発残っていた。三発多すぎる。

トビー・ヴァン・ダー・ケレンとロイス・カッタビーとダグラス・カッタビーは、ノース・スプルース通りの、フルダ警察署の建物の外に駐められたトビーのパトカーの中に、居心地悪そうに座っていた。ロイスはしかめっ面をして、ダグラスはにこやかに笑みを浮かべ、トビーは考えに窮していた。一方で彼は、自分がどうして町に戻ってきたのかについて説明を終えていた。ハルヴァーソンを追跡する唯一の手がかりを、どのようにして失ってしまったかについて。しかし自分は既に携帯電話の位置情報の特定を要請している。二十四時間の猶予をください、と彼は言った。そうすれば、ハルヴァーソンの息の根を止めてやれますから。

その一方でロイスは彼をさんざんこきおろしていた。警官のくせにまったく、なんてだらしない仕事しかできないんでしょうと。

「要するにあなたは」と彼女はぶつぶつ文句を言った。「あのＩＱが４くらいしかない抜け作に出し抜かれたってわけね。そういうことなの？　あの男の尻尾を捕まえたっていうのに、それを見失ってしまった？」

「そんなところだね」とトビーは言った。「出し抜かれたと呼びたくはないけど」

「じゃあ、なんて呼ぶのよ？」

「ツキ」とトビーは言った。「おれにツキがなくて、ザフにツキがあった」

ダグラスは後部席で微笑み続けていた。トビーの隣、助手席に座っていたロイスは頭を振っていた。

「あなたは警官でしょう」と彼女は憎々しげに言った。「これはあなたの仕事なのよ。そうよね？人を見つけ出して、相手を怖じ気づかせる。そのために給料をもらっているんでしょうが」

「スウィートハート」とダグラスがもそもそと言った。「もっと穏やかに」

トビーは身をくねらせた。ダグラスが彼に向かって微笑んでいる様子が、どうにも気に入らなかった。

「私が理解できないのは」とロイスは続けた。「どうしてこうなっちゃったかっていうことよ。あなたは七百マイルも車を運転して、ランディーなんとかっていう間抜けを突き止め、それからまたここまで戻ってきた。どうしてなの？」

「それはさっきも言っただろう」とトビーは言った。

「何を言ったのよ？」

「だからおれは、その関係者を、カウボーイを追っていたんだ。彼がビングのところにおれを導いてくれて、その女がハルヴァーソンのところに導いてくれると思って。基本的な捜査基準だよ。もし八万一千ドルを取り戻したいのなら、忍耐心をもたなくては」

トビーはそこで口をつぐみ、コミュニティー・ナショナル銀行をもう一度襲う話は持ち出さない方が良かろうと思った。

しばしの間、誰も口をきかなかった。

「ちょっと質問をさせてもらっていいかな？」と後部席から、ダグラスが声をかけた。

「どうぞ」とトビーは言った。

「我々の抱えている難題を解決するために、ロイスは君にいくら支払うことになっているんだね？」

「およそ十分とは言えない額」とトビーは言った。

「それは正確にはいくらということなのかな？」

トビーはちらりとロイスを見やった。

「いくら払ってくれるって言ったっけ？」と彼は言った。なんでもない風を装って。「おれは忘れちまったもので」

ロイスは彼を睨みつけ、言った。「あなたに相応しい以上の額よ」

ダグラスは言った。「おやおや」そして微笑み続けた。一秒置いて彼はくすくすと笑い、言った。「我々はみんないい大人だ。適正な報酬を決めておこうじゃないか。いくらが適正だと思うね、パンプキン？」

「知らないわ」とロイスは言った。

「うむ、それならば」とダグラスは陽気な声を上げた。「一ヶ月分の警官の給与を私は提示しよう。それに加えてかかった経費だ、もちろん。プラス、うちの女房相手にたぶん七回か八回、お楽しみをやらせてやろう。それでみんなハッピーなんじゃないかな？」

「おれはいいけど」とトビーは言った。

「ダーリン、君は？」とダグラス。

ロイスは何も言わなかった。

ダグラスはいかにも楽しそうに笑った。「異議はなし。よって議事は進行。オフィサー・トビー・ヴァン・ダー・ケレン——ハブキャップと呼んでかまわないかな？——は予定通りにことを進める。携帯電話の位置情報、我々の行方不明の資金のありかを特定、ローン書類に自筆署名をいただく、それから盗っ人たちを叱責する。それで万事めでたしと」

「なにさ、まったく」とロイスが言った。

「素晴らしい」とダグラスは言った。

トビーが手を挙げた。

「ハブキャップって」と彼は言った。「それはいったいどういう意味なんだね？」

ダグラスは快活にウィンクして言った。「親しみを込めたニックネームだよ」

「おれがハブキャップをかっぱらっているってことかな？」

「まあ、そういうことかな。しかし我々は言うなれば、犯罪兄弟じゃないか。違うかね？」ダグラスはロイスにもウィンクした。「兄弟姉妹というべきところだな」

ダグラスはパトカーから降りた。彼は長身の、体重過多の男だった。最後に腹筋運動をおこなったのが前世紀という、かつての運動選手だ。

彼はトビーの側の下りたウィンドウのところに行き、屈み込んだ。

「お二人でしっぽりを楽しんでくれ」

「ありがとう」とトビーは言った。

「どういたしまして」とダグラスは言った。「それも報酬の前払いにカウントされるからな」

スーツの上着のボタンをかけながら、ダグラスはノース・スプルース通りを、田舎の郷士のような足取りで歩いていった。ハミングをし、すれ違う人に軽く挨拶をしながら。

ロイスはその姿を数秒間、考え深げに見ていた。

「もし私があなたなら」と彼女はトビーに言った。「足元にはじゅうぶん気をつけるわ。あの男は危険だから」

「ダグが？」

「そう。ダグがね」

「あんたはどうなんだ？」

「私？」とロイスは言った。「私はダグの夢の中に出てくる蛇なのよ」

24

ジュニアス・キラコシアンはその長く、あまり印象深くもない人生において、その数時間くらいスリリングな時間を思い起こすことはできなかった。彼は四三対〇というスコアでフィリーズに敗れた。試合はイニングの半分も持たずにコールドを宣告されたのだ。しかしファンは、二回バウンドした第一球めからずっと彼の味方だった。運転手付きのベントレーに乗って、ベルエアの自宅に静かに向かっている今も、試合開始後、二時間二十分にとった最初の奇跡的なアウトを思い出しながら、ジュニアスの身体は興奮に震えていた。

百万ドルの罰金を科せられたことも、まあたしかに少し痛い。そして彼が球界から閉め出されるという可能性は大きかった。そうなればたぶんいやでも球団を手放さざるを得ない。どうだっていい、トレド出身の六十三歳の元キャンディー製造業者にとって、実に見事なキャリアの終え方ではないか。そして高い給料を取っている、ろくに才能のない負け犬どもにとっては得がたい教訓になったはずだ。彼らはその間ずっとベンチに座って、耐えていなくてはならなかったのだ。彼がこの九年間ずっと耐えてきたのと同様の苦痛を。

隣にいるエヴリンでさえ気持ちが高揚しているようだった。

「なあ、君の父上が私に、このろくでもない仕事を最初にもちかけてきたとき」とジュニアスは彼女に言った。「私はほとんどその場でぴしゃっと断るつもりだったんだ。『ありがとうございます、サー。でも私はキャンディー作りに留まっています。誰が造船所とか、回転椅子とかを必要とするんですか?』って言ってね。しかし今夜……私対フィリーズだ! スタインブレナーがソックスを相手にするようなもんだ。オートリーがヤンクスをタックルする。そして、わかるか?」

「何が?」とエヴリンが尋ねた。

「楽しかった」

「きっとそうでしょうね」とエヴリンは言った。彼女自身驚いたことに、彼女は手を伸ばして彼の手を取り、そのままじっと握っていた。

「楽しかった」とジュニアスは言った。「楽しさは過小評価されている」

「ええ、そうね」とエヴリンは言った。

ジュニアスは笑った。

「たしかにゲームは、始まって数分後には少しスローペースになったと思うよ。なにしろキャッチャーがいないんだから。やれやれ、今夜私は十二マイルは歩いたと思うな。マウンドから後ろの壁まで、後ろの壁からマウンドまで。私がやるべきだったのは、ヴィジットのチームとして戦うことだった。そうすれば少なくとも数回はバットが振れたんだ」

「次はそうすれば」

しばらくの間、二人はロサンジェルスの夜景が窓の外を過ぎていくのを眺めていた。サンタモニカ、ウェストウッド、そしてベルエアへと。

ジュニアスは彼女の手を放した。彼は小柄な痩せた男だった。エヴリンより十八歳年上になる。

時折こざっぱりして見えることもあったが、今の彼は年老いて見えた。

「はっきりさせておく必要のあることが二つほどある」と彼は言って、それから少し躊躇した。「あまり立ち入ったことに踏み込みたくないが——我々は誰しもプライバシーというものを尊重されなくてはならないからね——しかし君の元ご亭主の、十年ぶりの現れ方が」彼はそこでまた躊躇した。「シャワーの中で君がそう言うのが聞こえたよ、エヴリン」

「あなたが聞いていた?」

「そうだよ。泣いているというより、すすり泣きのようなものだった」

エヴリンは大きく息を吐いた。その話が出てくるかもしれないと予想はしていた。

「そうね、それはすすり泣きだったのでしょうね」と彼女は言った。「でもそれはあなたが考えているようなものじゃない」

「私はどのように考えているんだろう?」

「間違ったようによ。数日前に私はヘンリーと話をした。彼はうちにやってきたの。あなたは私がまだボイドに——なんていえばいいのかしら——思慕を抱いている、まだ恋をしている、まだ何かを感じていると思っている。そしてあなたはボイドを消し去るための、どこかに追いやるための始末人を、つまりミスタ・スペックを送り込んだ。どんなことをしろとあなたが命じたかはわからないけれど。しかし私が泣いていたのはボイドのせいじゃない。失われた愛とか、ロマンスとか、その手のことではないのよ」

「そうか?」

「全然違う。ボイドに刺客を送り込んだところで、シャワーの中で起こっていることを止めることはできない」

「ヘンリーが君に会いに行った？　それはいつのことだ？」

「いつだっていいでしょう。数日前のことよ。でもとにかく、彼に手を引くように言ってちょうだい。私が求めているのは、ただ平穏なのよ。優雅で退屈な、裕福なご婦人の生活」

「ホットソースは抜き？」

「ホットソース？」

「単なる表現だよ」

エヴリンはもう一度彼の手を取った。そして指と指を絡めた。「ねえ、ジュニアス」と彼女は静かな声で言った。「一緒になって八年か九年、私たちの間には、炎が燃え上がるようなことはあまりなかったと思う。でも私たちは――わかるでしょ――悪くない関係を築いて、それに満足していきた。私たちは一緒に笑った。そうよね？　今夜みたいに。私たちは笑ったのよ。私たちは喧嘩もしないし、修羅場も演じない。そういうのってなかなか悪くないじゃない？　その後二人はずっと幸福に暮らしました、みたいな嘘っぽいふりは私にはできないの」

「わかってるよ」とジュニアスは言った。

「平穏であることに何も問題はないでしょう。違う？」

「違わない。ヘンリーはそのために遣《や》ったんだ。平穏を回復するために」

「彼を呼び戻してくれる？」

「そうしてほしいのか？」

「ボイドは病んでいるのよ、ジュニアス。病気なの。彼は害を及ぼさない」

「ああ」と彼は言った。「もしそれが君の望むことであるなら」

「あなたは良い人ね」

「そうかな？」

彼らは自宅の長い半円形のドライブウェイに入った。時刻は午前二時を少し回ったところだった。運転手はラッセルという年配の男で、彼はベントレーのドアを開け、二人をエスコートして白い大理石の階段を上った。

「僭越《せんえつ》ながら言わせていただければ、サー」と運転手は言った。「あなたは今夜、一人の老人を幸福な気持ちにさせてくださいました。フィリーズと対決する、これはすべての少年の夢なのです、サー」

「そうかね」とジュニアスは言った。

「何も野球の話だけじゃありません――なんでもいいんです――アマチュアが大物に挑む。このドライブの間、私はずっと自分があなたであったならという空想をめぐらせていました」

気がついたとき、ジュニアスはラッセルをハグしていた。「次回は」と彼は言った。「私と君と二人でヤンキーズに挑もう。君はキャッチャーをやってくれ」

「イエス・サー。こてんぱんにのしてやりましょう」

午前四時にヘンリー・スペックの携帯電話が振動音を立てた。

「今夜のゲームを見てくれたか？」とジュニアスが尋ねた。

「いいえ、残念ながら。勝ったことを期待しますが」

「まさか、勝つわけないさ。いったいなんだっていうんだ？　自分のボスがフィリーズ相手に戦っているんだぞ。それを観戦もしないのか」

「申し訳ありません、サー」ヘンリーはソースの染みのついたシーツを脇に押しやり、ソースの染みのついた枕を背に身を起こした。「今朝早く、ベミジ行きの飛行機に乗ります。覚えておいでてでしょうか？」

「ああ、覚えているとも。要点が四つある。第一に、ハルヴァーソンの両脚を折るのはなしだ。エヴリンに約束したんだ。指にしろ。足の指を二本ばかり。第二に、もしもう一度私の妻に近寄ったら、おまえはおまえみたいな男の訪問を受けることになるからな」

「私は何も――」

「第三に、私はいくつかの給与明細を見たい」

「ええ、それは――」

「第四に、飛行機に乗るのなら、エコノミーにしろ」

午前四時三分に、ジム・ドゥーニーの携帯電話がチャイム音を鳴らした。彼はそれを取り、十分ばかりエヴリンの話に耳を澄ませた。それからカルヴィンを起こした。四十二分後に二人はベミジ空港に向かうタクシーに乗っていた。

午前四時二十分までにボイドはテンプテーション38スペシャルの試射を終え、スポンジで体を拭き、その日最初のコーヒーをマグに注いでいた。彼はそれをバターを塗っていないベーグルと一緒に外に持ち出し、〈プレジャー・ウェイ〉の天蓋の下に座って日の出を眺めた。

少し後でアンジーもそこに加わった。二人ともうまく眠ることができなかった。そしてアンジーは今回ばかりはほとんど口をきかなかった。

二人は六時半少し前に出発した。ステート・ハイウェイ371号線をリーチ湖に向けてのろのろと進み、それからUSハイウェイ2号線に入り、ベミジに向かった。アンジーが郵便局に入っている間、ボイドはキャンピングカーに残っていた。十五分が経過した頃、アンジーは長身の北欧系らしき青年を伴って外に出てきた。年齢は二十五歳くらい、たっぷりと髭を蓄え、ポール・バニヤン祭りに相応しい身なりをしていた。その男の樵《きこり》風のいでたちは、ストリート・パンク風の粋がった髪型によって中和されていた。頭のてっぺんが髷《まげ》に結われ、一ポンドか二ポンドぶんは長く伸びすぎたプリンス・ヴァリアント〔勇敢な王子。漫画の主人公〕風の白みがかった髪の上にちょこんと乗っていた。

二人は郵便局の外に立って数分間、話をしていた。それからアンジーは彼を〈プレジャーウェイ〉まで連れてきて、ボイドの側の窓をとんとんと叩いた。

「この人はアルヴィン」と彼女は言った。「今彼を雇ったところ。私たちのガイドをしてくれるの。これは私の父よ、アルヴィン。でも私がそうしているように、ボイドと呼んでかまわない」

男はにっこり笑って開いた窓越しにボイドと握手をした。

「よろしく」と彼は言った。

「こちらこそ。素敵な髪型だね」とボイドは言った。「でもいいかい、うちの娘はなんというか――うまい言い方が思い出せないんだが――突拍子もないところがあるというか、ちょっと頭がずれているんだ。我々はガイドを必要としてはいない」

アンジーは彼を睨みつけた。

「私の頭はずれてなんかいない。私には天賦の才能が備わっている」と彼女はぴしゃりと言った。

「そして私たちはなにしろガイドを必要としている。郵便局の人たちは住所を教えてくれなかった。それが犯罪か何かであるみたいにね。アルヴィンがそこに居合わせたことについては、あなたは幸運の星に感謝してもいいと思う。ちょっとお近づきになってお話をしてみたら、彼はこの地域のことなら何もかも承知しているの。ほとんどここで育ったようなものだから」彼女はその樵にさらっと秋波を送り、それからボイドの方に向き直った。「だから拗《す》ねまくった嫉妬深い若者みたいな態度はよして、年齢相応に振る舞いなさい……それがどういうものだか思い出せるならね。どうすればドゥーニーを見つけ出せるか、彼にはしっかりわかっている。そうよね、アルヴィン?」

「何もかも知っているというのでもないですが」と若者は言った。彼の視線はアンジーの上をうろうろと彷徨《さまよ》っていた。「いくつかアイデアはあります」

「だからいいでしょう、父さん」とアンジーは言った。「アルヴィンに四百ドル渡してあげて」

「四百ドル?」

アンジーはため息をついた。「それは丸一日分よ。もし私たちが長い距離を走らなくちゃならないとか、あるいはもし今夜も明日も、また来週いっぱいガイドを必要とするときのためにね」

「彼はパジャマを持参しているのか?」

「払いなさい」

ボイドはグラブ・コンパートメントのロックを解除して、コミュニティー・ナショナル銀行のだんだん減っていく札の中から四枚を取って、それを窓越しにアンジーの樵に渡した。若者は疑り深そうに現金を点検し、それから肩をすくめ、アンジーに大きな、髭だらけの笑みを送った。

「じゃあ、出発しよう」と彼は言った。

アンジーとアルヴィンはキャンピングカーに乗り込み、ボイドの後ろの折りたたみ式のベンチに並んで腰を下ろした。それから一時間以上のあいだ、彼らはコンパスのすべての方向に向けてがたごとと走り回った。しばらく北に進んだかと思うと、今度は真西に向かい、それから未舗装道路を進み、最後にはデッドエンド、樺と松の木の壁に突き当たった。「ドゥーニーだったね、たしか？」とアルヴィンはもそもそと言った。「ドニーとかダニーじゃなくて。名前はそれで確かなんだね？」

「かなり確かだ」とボイドは言った。「ほ、い、ほとんどってどこのことなんだ？」

「なんだって？」

「アンジーは、きみがほとんどここで育ったようなものだと言った。ほとんどってどこのことなんだ？」

「シカゴだよ。でもさ、それはともかく、リトル・バス湖の向こう側のタートル・リヴァーをひとつ当たってみようじゃないの」

午後遅くに彼らはベミジに戻って、車の給油をした。そのあとグレース湖に向けて南東に進みながら、ボイドは心を決めた。あと十分だけ我慢する。最長でも二十分だ。しかしその直後、キャンピングカーの後部席で、アルヴィンが喉の奥から叫びを上げた。「ドゥーニー！」と彼は叫んだ。「すげえ、すげえ金持ち、超金持ちだよね？　おれの友だちが先週、そいつらのボートを牽引したんだ。ラーセニー湖で。さあ、Uターンしてくれ」

「確かなのか？」とボイドが尋ねた。

「ああ、間違いない。ほとんど！」

ボイドが車の向きを反転し、ベミジに帰還し、曲がりくねった道を北上してラーセニー湖にたどり着くまでに、四十分を要した。それは中程度の大きさの湖で、夕刻近くの影の中で、既に鋼鉄の灰色に染まっていた。ベミジの町からたった十四マイルしか離れていないというのに、その湖は半ば見捨てられ、忘れられたもののように見えた。水際に半ダースばかりのキャビンが並んでいるだけだ。

凍結による隆起でひびの入った、狭いタール敷きの道路が湖の周りを巡り、時折楓や樺や松の茂りすぎた枝が、キャンピングカーの両側をこすって、ひっかくような鋭い音を立てた。二十分後にボイドはヘッドライトをつけた。

アンジーとアルヴィンは今はもう黄昏となった外の風景をじっと熟視していた。

「ああいうキャビンには」とアルヴィンが言った。「だいたい正面に表札が出ているんだ。〈ハンスの隠遁所〉とか、そういうものがね。でももう暗くなってしまった。たぶん明日になれば――」

「ボイド、私の携帯電話を返してちょうだい」とアンジーが言った。

「だめだ」

「マジでお願い。ちらっとウェブ・サーチするだけだから。簡単にできるわ」

「ノー」とボイドは言った。

「ドゥーニーの居場所を知りたいんでしょ？　私たちは場所を突き止めた。目の前に湖もある。サーチできるものがそこにある。携帯を貸して」

「ノー」

ボイドはいかにも不機嫌そうに息を吐いた。そして少し間を置いてからグラブ・コンパートメントのロックを外し、アンジーに携帯電話を手渡した。黄昏は暗闇へと変わっていた。

「それでいいのよ」とアンジーはもそもそと言い、キーを叩き始めた。数分後に彼女は言った。

「オーケー、だいたいわかったと思う。違っているかもしれないけど。まっすぐ進んで。あと五百ヤードくらい。湖に向かう長いドライブウェイがある。私たちを殺したりしないでちょうだいね、父さん」

彼女は声を上げて笑い、アルヴィンに身を寄せた。

ボイドはそっとアクセルを踏み込み、轍《わだち》のできた、並木に挟まれた砂利敷きのドライブウェイにゆっくり車を乗り入れた。百ヤードほど進んだところで、野放図に広がる湖畔の植物園に出た。柱の上に取り付けられた四つの照明灯が、芝生と庭園と、湖の波打ち際までくねくねのびている、銀色の幽霊のような樺の木を照らし出していた。まっすぐ前方には二面のテニスコートがあり、キャンバスで覆われたプールがあった。右手の、湖から五十ヤードか六十ヤード引っ込んだところには、巨大なフロンティアの城とでも称するべきものが、ぼんやりと浮かび上がっていた。アイルランド人が「グランド・ハウス」と呼びそうな代物だ。何本もの煙突が並び立ち、いくつものポーチがあり、いくつもの小塔が聳《そび》える大きな館で——寸法は度外視してということだが——

丸太小屋《ログキャビン》スタイルで建てられていた。巨大なガレージの前でボイドは車を駐めた。

「まあ」とアンジーは呟いた。「こぢんまりしていること」

アルヴィンは彼女の太腿をぴしゃりと叩いた。

そのログ造りの城は真っ暗だった。ボイドはキャンピング・カーのエンジンを切り、外に出て、ガレージの側面につけられた四つの窓のひとつのところに行った。その中にダイニング・クラブの紳士たちのような格好で並んでいるのは、ブガッティであり、フェラーリ812スーパーファストであり、フォードのピックアップであり、二台のまったく同じ形のテスラであり、BMWのSUVであり、スノーモービルであり、ビニールカバーを被せてはあるがポルシェ・スパイダーとおぼしき車だった。ダブルサイズの最後のパーキング・スロットは召使いで占められていた。ジョン・ディアのトラクターと、ボートのトレイラーだ。

ドゥーニーに間違いない。

自らに向かってうっすら微笑みながら、ボイドはぐるりと回って、足早に石造りのテラスを横切り、城の玄関ドアに向かった。ポケットからテンプテーション拳銃を取り出し、脇にだらんと下げた。不思議なことに、彼はこれまでに見覚えのない静けさを心に感じていた。

ここがまさにおれの属するべき場所なのだ、と彼は実感した。

ドアベルがあったとしても、それを見つけることができなかった。彼は拳銃の台尻を使ってドアを叩いた。恐怖は感じなかった。彼の頭にあるのはただ、自らの息づかいであり、自らの履歴であり、手に持った拳銃だった。彼は両手の親指を使って銃の撃鉄を上げた。彼は笑い出したかった。そして拳銃の銃口を自分のこめかみにぴたりと押しつけた。これこそがおれにふさわしいことだ。恥辱と嫌悪。引き金にあてた指のひきつり。彼の処罰、彼の報酬、彼の幸福なる忘却。

「開けろ！」と彼は叫んだ。

「誰もいないわ」とアンジーが彼の背後の暗闇から声をかけた。

25

「要するに、ハルヴァーソンは私を十字架にかけようとしたのだ」とジム・ドゥーニーはカルヴィンに語っていた。「ともかくも――どうやってやったか私は知っていると思うが――彼はＰＳ＆Ｓがいくつかの法律をあちこちでねじ曲げていることを漏らしたんだ。しかしそんなのは今に始まったことじゃないだろう？　あいつはロックフェラーの名前を聞いたことがなかったのか？　グールドやヴァンダービルトやフォードやフリックやモルガンの名前を聞いたことがなかったのか？　目新しくもないことが、どうして今またニュースになるんだ？　そしてもしそれがニュースではないのなら、どうしてそれが新聞《ニューズペーパー》に載ったりするんだ？　それじゃ『オールズペーパー』とでも呼ぶべきだろう。フェイクニュース――そうだろうが？」

「あんたは常に正しい」とカルヴィンは言った。

「常にではない。私はその男と娘を結婚させた」

慌ただしい数日だった。二人はベミジを急いで出立し、飛行機でシカゴまで飛び、どたばたと乗り換えてようやくロサンジェルス空港に着いた。そして今ではロサンジェルスの丘の上にあるドゥーニーの本宅で寛いでいた。ゲート付きの壁に護られたその屋敷は、エルトン・ジョンの住まいにも石を投げれば届く距離であり、二十分足らずでベルエアにあるジュニアスとエヴリンの家まで行くこともできた。そこは警備が堅固な場所だった。ドゥーニーは二十四時間、屋敷の周りをパトロールしてくれる警備会社と契約を結んでいた。警棒とテイザー銃を持った屈強な男たちが見張ってくれるのだ。そして犬たちも。三匹合わせて百二十六本の鋭い歯だ。

そこまでしながらも、家のすべての窓とドアはしっかりロックされていた。

「それであんたは新聞社を買い取り」とカルヴィンは言った。「問題は無事解決された。そうだね？」

「一時的にはイエスだ。しかしそれで永遠の解決を見たわけじゃない」ドゥーニーはシャワーから出て、タオルを取り、ローブを身にまとい、カルヴィンが身を横たえている浴槽の縁に腰を下ろした。浴槽は化石化した木材でできていた。「覚えているかな？　これが起こったのは、そうだな、十年前だ。私はジャカルタにいる。我々の太平洋方面における本部のあるところだ。会社の根っこのようなところだ。で、当然のことながら、すべての安っぽいウェブサイトを買収することは、私にはできない。ぎゃあぎゃあ喚き立てるすべての三流新聞を買収することもな。それはノミを集めるみたいなものだからな。ひとつ買収すれば、すぐに無数の新しいやつらが顔を出してくる。簡単にはいかんのだよ。ハルヴァーソンは、そのニュースとも言えんようなニュースを、どこにでも売ることができたわけだ」

「そしてあんたは別の手も打った」とカルヴィンは言った。「おそらくはドラスティックな手段をね」

「まさにそのとおり。私が囚人のつなぎ服を着ているところを、きみは想像できるだろうか？」

「そうだな――」

「言わんでよろしい。私は何を着ても似合う、とかな」

「実にそうなんだ！」とカルヴィンは言った。

「オレンジ色はだめだ」とドゥーニーは不平を漏らし、それからにっこり笑った。「それから私は、コーニー・ヴァンダービルト〔実業家一七九四－一八七七〕のハンドブックのページを一枚切り取った。そこにはこう書いてあった。『私はおまえを訴えない。なぜなら法律は進み方が遅すぎるからだ。私はおまえを破滅させてやる』」

「エレガントだ」とカルヴィンは言った。

ドゥーニーは手で顎の無精髭を撫でた。「とにかく、ハルヴァーソンは私を十字架にかけるべく、いわゆる『企業の不正行為』を大がかりに白日の下に晒《さら》そうとした。船が二隻か三隻沈んだからどうだっていうんだ？　それのいったいどこが犯罪なんだ？　私がやったのは、彼に襲いかかることだった。こっちの方から暴き立ててやった」

「嘘をついていたことだね」

「何から何まで嘘づくめだ」とドゥーニーは言った。「自分の名前についてさえ真実を口にできないインチキ記者を、誰が信用するっていうんだ？　ボイド・バードソングってのが、彼の本当の名前だった」

「バードソング？」

ドゥーニーは笑った。「君がその浴槽から出てきたら、もっと面白いことを教えてやるよ。髭剃りが必要なんだ、カル」

「あんたが私を愛しているのも、髭剃りをしてもらえるからなんだな」

「いやいや」とドゥーニーはからかって言った。「君のヘアカットのためさ」

屋敷の二階にある、一九三〇年代のアールデコ風レプリカの理容室で、カルにまっすぐな剃刀で髭を剃ってもらいながら、ドゥーニーはリラックスしていた。それは二人にとっての儀式だった。時折二人は、カルヴィンの二台の油圧式の床屋の椅子に座ってお喋りをした。静かに本を読んでいるときもあった。レッドストーンのヘアトニックや、タルカム・パウダーや、ミントのきいたシェービング・クリームの香りにふわりと包まれながら。何年も前に二人はこのようにして出会った。ドゥーニーは客であり、カルヴィンはウエスト・ハリウッドのヘア・セラピストだった。最初は徐々に、それから急速に、気さくな友情は、今あるような豊かで驚くべき愛へと進化を遂げていったのだ。

目を閉じ、ぞりぞりという剃刀の音を耳元で聞きながら、ドゥーニーは思うのだった。カルをそばに置かずして、おれはいったいどうやって七十五年を生き抜いてこられたのだろう、と。

「ボイド・バードソング」とカルヴィンは言った。「そいつは……そいつは完璧にゴージャスな名前じゃないか。私もそういう名前だったらいいのにな。なんでわざわざ変えようと思ったんだろう」

「わからんね」とドゥーニーは言った。「エキゾティックに過ぎたのかな。人にからかわれるからかもな」

「八歳の子供だったら、それはきつかったかもね。しかし――」

「ハルヴァーソンは八歳児なんだよ、カル。ディズニー映画の世界に生きているんだ――おそらくは『ファンタジア』だ。どこかで生育が阻まれたのさ」

カルヴィンは小さく素早く笑い、そして言った。「我々はみんな自分の『ファンタジア』を持っているんじゃないのかな？　あんたも私も」

「それは言い過ぎだ。我々は大人なんだ。妖精じゃない」

「ジミー、ただのジョークだよ」

「ハルヴァーソンは気色悪い妖精なんだよ。リアルな人間とも言えない。彼は事実が気に入らないとき、勝手に事実を作っちまうんだ。彼が名前を変えたことは、どうやら彼の父親の心を切り裂いたらしい。エヴリンがそう言っている。それはある種の――」

「絶縁」とカルヴィンは言った。

「そう。そういうやつだ」

少しの間、カルヴィンはハミングをしながら、ドゥーニーの首の後ろに剃刀をあてていた。それからそれを途中で止めて言った。「ちょっと失礼なことを尋ねてもかまわないかな？」

「かまうようなら、そう言うさ」

カルヴィンは、床屋椅子の背後にある、大きな壁付き鏡に映ったパートナーの姿を点検した。

「そのハルヴァーソンの――というかバードソングの――暴露というのは事実だったのかい？　企業の不正行為というのは？　そういうすべては？」

「そいつはかまうね」とドゥーニーは鋭く言った。

「ジミー」

「決めたはずだぞ。法的な質問はなしだと」

「私はただ――」

「私が自発的に何か言うとしたら、それはかまわん。しかし法律に触れることはオフリミットだ。多国籍企業を運営しているものは誰でも、毒蛇を相手にしているようなものだ。でもそれらはみんな過去のものになっている。私は引退したのだから。これ以上の質問はなしだ」

「悪かった」とカルヴィンは口ごもった。

彼は床屋のエプロンを外し、ドゥーニーの首筋をブラシで払い、アフターシェーブをとんとんと叩いてつけ、それから振り向いて、静かに部屋を出て行った。

その夜の夕食は単音節の言葉の羅列に終わった。

ベッドタイムはもっとひどかった。

カルヴィンは枕とパジャマを階下のシアタールームに持っていった。夜明けになってようやくドゥーニーは彼と一緒になった。

「君は拗ねているな」と彼は囁いた。

「たしかにそのとおりだ」とカルヴィンは言った。「我々のあいだには秘密など存在しないと思っていたものだから」

部屋の向こう側にある大型テレビの画面では、無音のジンジャー・ロジャーズが無音のフレッド・アステアに向かってしかめ面をしていた。じきに二人はダンスを始めるだろう。

ドゥーニーはしばらくそれを観ていた。

「わかったよ」と彼は静かな声で言った。「ハルヴァーソンのフェイクニュースはまるっきりのフェイクではなかった。その話を君は本当に聞きたいのか？」

「イエス」とカルヴィンは言った。

ドゥーニーは息を大きく吸い込み、それから朝まで延々と続くことになる詳述の最初の音節を口にした。ときおりカルヴィンは口を挟み、細部についての説明を求めた。概ねのところそれは不当利益追求と、価格操作と、脱税と、禁輸すり抜けと、インサイダー取引と、詐欺の共謀と、武器輸出管理法違反と、その他半ダースほどの投獄されかねない違反についてのぶちまけたレッスンだった。「私はろくでなしだと言ったよな」とドゥーニーは言った。「しかし私は、三百年に及ぶ刑務所生活に直面しているろくでなしだったのだ。それはバーニー・マドフの刑期の二倍にあたる。そして私の娘婿が、私をそこに送り込もうとしていたのだ」

「ううむ」とカルヴィンは言った。

「ああ、ううむだよ」

「彼は証拠を手にしていた？」

「どっさりと」

「どうやってそれを——？」

「エヴリンがやったと私はかなり確信している。彼が私を追い詰めるのに十分なだけのものをな。その危ない書類を私は家に保管していた。彼女はそれに近づくことができた」

カルヴィンは鼻ばしらをつまんだ。

「頭痛がしてきたな」と彼はドゥーニーの視線を避けるようにして言った。「ぶちまけた話、あんたは自分の首を護るために、他の誰かを破壊した。つまり……真実を告げようとしている誰かを」

「ただ告げるんじゃなくて」とドゥーニーは言った。「印刷しようとしていたんだ。新聞の第一面に」

「たとえそうだとしても」

「カル、お願いだよ。それは戦争だったんだ。彼の真実と私の真実が戦ったんだ。だからなんだっていうんだ？　確かに私はあいつの信用を失墜させ、破滅させた。君がそれをどう思いたいかはしらんが、しかしあの惨めなピノッキオを発明したのは私じゃない」

「バードソングのことだろう。あんたはバードソングを破壊した」

「ああ、私はそうした」

「そして後悔はしていないのか？」

「これっぽっちも」とドゥーニーは言った。「朝飯を食べようじゃないか」


そこから半マイル離れたベルエアでは、エヴリン・キラコシアン（かつてのエヴリン・ハルヴァーソン、あるいはエヴリン・バードソング、あるいはひょっとして彼女が知らないまた別の姓を持つエヴリン）が、午前中半ば出発のベミジ行きフライトの予約をし終えたところだった。彼女の旅行エージェントはベミジという地名を耳にしたことがなかった。

エヴリンは荷物をまとめて、そのスーツケースを玄関広間まで運んだ。そしてジュニアスを探しに出かけた。それはかなり大きな家だったが、数分の後にキッチンでプロテイン・シェイクを作っている彼を見つけた。彼はまだフィリーズとのランデブーを思い出してにこやかに笑みを浮かべていた。

エヴリンはほとんど間を置かずに話を切り出した。彼女は言うべきことをべらべらと喋り、ジユニアスがスプーンを舐め、それを注意深くペーパータオルの上に置くのを見ていた。

ジュニアスはその理由を尋ねなかったが、彼女はとにかくそれを説明した。ボイドは病んでいる。彼は誰かを傷つけかねない。おそらくは自分自身を。

「それはあなたの問題ではない」彼女は言った。「私の問題でさえない。それはただ正しいことなの。本当のところ、私は何かをする必要があるの。平和をもたらす。ボイドと私と。話し合いは役に立つかもしれない」

「何か他の理由は？」とジュニアスは言った。

「いいえ、ただ……」エヴリンは息を吸い込んだ。「あなたはボイドを傷つけないと約束した。ヘンリーを使って彼を傷つけたりはしないと。でもあなたのあの、いわゆるＣＦＯはサイコパスよ。ネジが緩んでいる。暴力のネジがね。何によらず、恐ろしいことが起こってほしくないの」

「そうだな」とジュニアスは言った。「彼と連絡をとってみよう。気をつけて行っておいで」

「それだけ？」

「僕に何が言える？　行くなって言うのかい？　命令を下すとか？」

二人は互いを見やった。

「命令はなし」とエヴリンは言った。「でもあるいはキスとか」

PART 2

自動車、銃、犯罪、賭博場
陰謀、映画、金、ロードトリップ、改装
氷穴釣り、ファストフード、復讐、再会の集い
バード・ウォッチング、神様、結婚、
ショッピング、合成麻薬
そして公共の場における嘘つきたち

26

フロリダ州タラハシーにおいても、ワイオミング州キャスパーにおいてでも、アイオワ州ストームレイクにおいても、カリフォルニア州フルダにおいてもアメリカ真実告知会は、遙かにより経験豊富な、より厚かましい、より熱心なミソメイニアック（虚言症者）たちの口からするすると発せられる非現実性《アンリアリティー》のリアリティーについて行くことに困難を覚えていた。ミソメイニアたちは広大な北アメリカ大陸において、兎のごとく繁殖しまくっていたのだ。テキサス州ウィンバリーにおいて、ミドルスクールの英語教師は『我が闘争』の著者について嘘をつき、それは彼の二十八歳の妻の書いたものだと主張した。そしてほどなく、その闘争が彼女自身のものであり、他の誰のものでもないという「絶対的な証拠」を妻が提出すると言った。シカゴのノースワードでは市議会の候補者が、最近のベアーズ対ライオンズの試合のスコアについて嘘をついた。ロードアイランド沖の陸地に近いブロック島では、新婚旅行中のカップルがソヴィエト時代の潜水艦に乗って週末を過ごしたと嘘をついた。骸骨の乗組員に取り巻かれ、樽一杯の「極上の」キャビアを振る舞われたと。国家の首都においては合衆国大統領が、自分はアメリカ史上「最大数の」群衆を前に話をしたと主張していた。五十三回にわたるスーパーボウルと、彼の前任者が集めた人々の数を無視して。「おれたちはもっとうまく嘘をつかなくちゃならん」とチャブ・オニールは弟のディンクに語っていた。「今こそダブルダウン〔ブラックジャックの倍がけ〕するときだ。おれたちは自らのついた嘘について嘘をつくんだ。そしてまたその嘘について嘘をつく。わかったか？」

「例を示してくれないか」とディンクは言った。

「たとえばおまえの腕に彫られたスワスティカだ。そいつの写真を撮って、誰かに加工するんだ。たとえば、そうだな、ジョー・バイデンとか、そのへんの胡散《うさん》臭い民主党員にな。それからおれたちはその写真をウェブに載せる。そのキャプションは——単なる思いつきだが——『バイデン、フィーニックス市を共産中国に売り渡す』とか。もしそれでどうこう言われたら、どうってことない、ダブルダウンだ。やつの腕に赤い星をくっつけちゃえばいいんだ。それについて何か言われたら？　バイデンが『黒人の命は大事かね？（BLACK LIVES MATTER?）』というプラカードを持っている写真を加工すればいい。びっくりするじゃないか。句読点ひとつでものごとはガラッと変わっちまうんだ」

「句読点って何のことだ？」とディンクが言った。

「ああ、やれやれ」とチャブが言った。「まったくもう、ボイド・ハルヴァーソンがいてくれたらなあ」

27

ドゥーニーの家の正面玄関の階段で、アンジーはボイドの後ろについていた。彼女は囁いた。

「誰もいないわ」そして彼の手から拳銃をもぎ取った。

ボイドは膝を曲げてしゃがみ込んだ。

暗闇の中で彼は自分の笑う声を聞いた。それは彼の息を詰まらせた。何かを言おうとしたが、それからまた笑おうとした。彼に発することができるのは、意味をなさない物音だけだった。

「それでいいのよ」とアンジーが言った。「今はあなたが神様と向き合うときなんだから」

後刻、気がつくとボイドは大きな鋳鉄《ちゅうてつ》製のバスタブに浸かっていた。おそらくはドゥーニーのものなのだろう。数フィート離れたところでは、アンジーとアルヴィンが一対の床屋椅子に座って話をしていた。二人の声は押し殺され、不思議に遠くに聞こえた。ボイドには確信が持てなかったけれど、過ぎ去ったのは数分間のように思えた。あるいは数時間か？　時間を止めようとしていた人間にとって、時間は大した意味を持たない。この数ヶ月間というもの、彼はただひとつの強い考えに支配されて生きてきた。おれが食べる最後のバーガー、おれが紐を結ぶ最後の靴、おれが見る最後の悪夢、おれが言う最後の「すまない」、おれの最後の哀れなあえぎ。すべてが最後のものになっていった。最後の「おはよう」、最後の「さよなら」。最後の昨日。

アンジーは床屋椅子から降りて、バスタブの横に跪いた。「おかえりなさい、裸んぼさん。神様はなんて言ってくださった？」

ボイドは力なく微笑んで、石鹸水の中に身を滑り込ませた。

もっとあと、おそらくは丸一日かそこらが経過して、ボイドは目をしばたかせ、自分が何か美味なものを呑み込んでいることを認識した。魚のフライ料理の皿が彼の前に置かれていた。うららかで静かな午後遅く、美しく青い湖を見おろすピクニック・テーブルの向かいにはアンジーとアルヴィンが座っていた。湖は松や樺やウルシの木に囲まれていた。昼の光の下で見ると、ドゥーニーの湖畔の邸宅は湖への方向を除いて、それ以外のすべての方向に三百から四百ヤードは延び広がっているみたいだった。湖に向けては土地が急激に下降し、そのまま水中深く呑み込まれていた。広々として、いかにも金がかけられたように見える土地は、ツゲの木々が生え、繁りすぎた庭園があり、アヒルのいる池があり、人手をかけて端正さを保たせているところなど、いかにも英国の地主階級を気取っているようだった。

陽光が暑く、針葉樹の脂の匂いがあたりに漂っていた。鳥たちがいた――賑やかに囀《さえず》っている生きた鳥たちだ。驚くべきことだ、とボイドは思った。

少し後でアルヴィンは失礼するよと言って、ドゥーニーの壮大な屋敷の方にぶらぶらと歩いて行った。

「さて」とアンジーは言った。「私たち、地上に戻れたかしら？」

ボイドは何も言わなかった。

十分ばかり経過してから、アンジーはため息をついて言った。「昨夜、私ははっと思いついたのよ、ボイド。あなたには誰かを撃つつもりなんてないんだってことにね。そうよね？　自分自身以外には誰も撃つつもりはない。そしてそれをドゥーニーに見せる。そもそもの最初から——銀行強盗をしたその日から——それが変わることのないあなたの計画だった。違う？」

どのように言葉を発するか、ボイドは自らに教えなくてはならなかった。「かなり近い」

アンジーは肯いた。「すべてはそのためのものだったわけね。自殺を見せつけるための」

「それは面白そうに思えたんだ」

「面白そうですって。神様はそれについて何かあなたに忠告を与えられなかったの？」

「神様は笑い飛ばしたよ。そこには誰もいないってね。覚えているだろう？」

少しの間アンジーはボイドを点検していた。彼女は首を振り、食器を重ねて家に運んでいった。それから戻ってきて、また腰を下ろした。

「神様は私たちを笑い飛ばしてなんかいない」と彼女はこわばった声で言った。

「そう？」

「ええ、神様はね、人のことを笑い飛ばしたりなんかしないのよ、マイ・フレンド」

自分が予期していたよりも苦々しい目で、ボイドは彼女をまじまじと見つめた。「もし神様が笑いたければ、神様も笑うさ。神様に何ができないか、きみに判断できるっていうのか？」

「私はアンジー・ビング。私は教会に通っている。お祈りの仕方も知っている」

二人は沈黙した。数ダースの屋外灯が点《とも》った。紫がかった青色の影が、湖の向こうから忍び寄ってきた。「ぼくの学んだ限りにおいては」とボイドはようやく口を開いた。「神様はなんだって、自分のやりたいことをやる。ぼくの一世一代の見せ場、そのフィナーレで、神様は自分の膝をぴしゃりと叩いて、こう言ったんだ。『悪いね、あんた《アスホール》。そこには誰もいないよ』って」

「神様は汚い言葉も使わない」とアンジーはぴしゃりと言った。「それは悪魔が言っているのよ」

「たいして違いはない」とボイドは言った。


二人は翌朝、朝食のテーブルにアルヴィンがやってきて、ちょっとした探索の結果を報告するときまで口をきかなかった。彼の言うところによれば、この広大な屋敷にはきわめて最近、誰かが暮らしていたが、その誰かはきわめて迅速にここを引き払っていったということだった。彼の数えたところでは、ここには十一の寝室があり、ひとつのベッドが寝乱れていた。二台の食洗機に汚れた食器がぎっしり押しこまれ、二台のサブゼロ冷蔵庫に大量の食品が詰めこまれていた。東棟では、二列のボウリング・レーンの照明が明々と点されたままになっていた。ピンをセットするための装置はまだ唸りを上げていた。そして図書室では、七面鳥切り分け用の大皿にコカインがたっぷり盛られていた。

「ちなみに、高品質だったよ」と彼は言って、髭の間から微笑みを覗かせた。「とにかく、おれたちがどうしてここにいるのか、それもおれにはよくわからないけどさ、もしお望みならおれももう少しここに留まっていることはできるよ」

「ええ、たぶん」とアンジーは言った。

「あるいはそうしなくてもいいかも」とボイドが言った。

「あるいは永遠にずっとそうかも」とアンジーはぴしゃりと言った。「今のところ、お父さんは来世についていろいろ考えを巡らす必要があるの」彼女はボイドの方に目を向けるでもなく、後ろにもたれかかった。「言うまでもなく自殺は大罪よ――あなたは地獄で焼かれることになる――だからそのオプションは考慮の外なの。問題は『さて、これからどうしましょう?』ってこと」

彼女はアルヴィンに向かって微笑みかけ、ボイドに向かって顔をしかめた。

「お二人で楽しんでくれ」とアルヴィンは言って、戸口の方に歩いて行った。「フェラーリをちょいと借りるよ。それからボウリングを少しやるかもしれない。うん、正直に言わせてもらえれば、ここはまさにパラダイスだよ」

カリフォルニア州フルダの十二マイル郊外で、ランディー・ザフは自分がカールとサイラスを鍬を使って殺害したことについて考えを変えはじめていた。驚いたことに、二人のことが恋しくもあった。オーケー、確かに連中はこってりと綿密に鍬を受けるに値した。二人は彼のことを、職業的犯罪者としては一人前じゃないと勝手に決めつけ、常に貶めていた。しかし彼らはなかなか悪くない話し相手だった。刑務所話は面白かった――ナイフでの刺殺、シャワーでは足元に気をつける、チャールズ・マンソンがスパゲティを食べる技術。一度に一本ずつ小指に巻き付け、ソースに浸し、それを時間をかけてほどくように食べていく。そのようなクールな話だ。胸が疼《うず》いて痛むような喪失感というのではない。そういうのとは違う。ただ後部席ががらんと空いているように感じられるのだ。

残念なことだと彼は思った。ただ、今ならカールもサイラスもおそらく、彼に敬意を払うことだろうに。

フルダに向けて東にゆっくりと最後のカーブを曲がるとき、ランディーは思った。こぼれたミルクを嘆いてもしょうがない。そしてそれからの数分間、彼はビリー・レイを真似て『エイキー・ブレイキー・ハート』〔ビリー・レイ・サイラスの歌ったヒット曲〕を歌おうと努めた。しかし彼に思い出せるのは、最初の一行の半分だけだった。だから代わりに口笛を吹いた。それからほどなく彼は干上がった玉葱畑を越えて、町中へと悠々と入っていった。そしてまっすぐサウス・スプルース通りを進んだ。スプルース（トウヒ）なんてみんなとっくの昔になくなった通りだ。農機具販売店の前を過ぎ、JCペニー・ストアの前を過ぎ、コミュニティー・ナショナル銀行の前を過ぎた。温かいターキー・サンドイッチを食べ、トビー・ヴァン・ダー・ケレンと腹を割って話し合ったあとで、その銀行を下調べしよう、彼はそう考えていた。

しかしまず最初にやることは、彼の一張羅のロデオ・シャツにべっとりとついた血を始末することだ。赤と白と青、そして愛国的スパングルのついたシャツだ。何はともあれ、カールとサイラスは血の流し方を心得ていた。とくにサイラス。まさにオリンピック級の流血チャンピオンだ。

ランディーは角を曲がって、カッタビー大通りに入り、彼の借りている部屋の道路を挟んだ向かいの、空いている駐車スペースに車を入れた。そしてダッフルバッグと鍬を手に、階段を二階ぶん重い足取りで上った。部屋は狭い方だった。縦横十二フィート、十四フィート〔約四・七坪〕。しかしランディーはそこに驚異的に手を入れていた。壁は艶やかなラッカーで黒く塗られ、明滅するライトがあり、郵便局にいる友だちからもらった額入りのお尋ね者ポスターがあり、それとバランスを取るように「私は警察を支援します」ポスターが二枚ばかり貼ってあった。それからオレゴンでかっぱらったステレオ装置（加えてまだ箱に入ったままの、新品そのもののステレオ装置三組が、部屋の唯一のクローゼットに入っている)。便所の壁には蹄鉄がひとつ釘付けされている。貴重なマリのタコバ剣がTVの上にかかっている。ご本人の白黒の顔写真(逮捕時のマグショット)が壁にかかっている。その隣にはもっと大きな、アンジー・ビングのカラー写真がある。〈アービーズ〉でのファースト・デートのときの写真で、ブース席の彼女はとてもシャープに写っている。

その時点でランディーはアンジーに対してかなり腹を立てていた。いや、かなりなんてものではない。だからシャワーを浴びに行く途中で、いつものように親しみを込めてちょっと触ったりはしなかった。

彼は髭を剃り、ロデオ・シャツを洗い、もう一度『エイキー・ブレイキー・ハート』を歌おうと試み、タオルで身体を拭き、おおむねクリーンなジーンズをはき、二番目にお気に入りのシャツを着て、鍬をベッドの下に隠し、自分の姿を鏡で点検し、温かいターキー・サンドイッチとフルダ警察署を目指して家を出た。

サンドイッチは満足いくものだった。しかしランディーが警察署に着いたとき、トビーはメキシコ人たちを苛めているか、あるいはロイス・カッタビーとよろしくやっているか、とにかく街の安全を確保すべくやるべきことをやっていてそこにはいなかった。

警察署としては、とランディーはそこに足を踏み入れながら思った——ここはまったくのお笑いだ。たとえフルダが小さな町であるにせよ、四千人のとんま連中しか住んでいないにせよ、小さな監房を二つだけ備えたこの施設を前にすると、警察組織に対する町の肩入れが、実際以上にお粗末なものに見えた。いつだって実際にお粗末ではあったのだが。常勤の警官が一人、パートタイムの手伝いが一人、そしてコントロールパネルにはワンダ・ジェーン・エプスタイン。

　ランディーはいつものようにワンダ・ジェーンに背後からぎゅっと抱きついた。彼女の耳を舐め、監房のひとつにどっしりと落ち着いた。それからたっぷり四十五分のあいだ、彼は鉄格子の奥からその娘に馴れ馴れしく話しかけた。ハイスクール時代、彼女は彼に好意を持っていた。もっと以前、ミドルスクールの頃からそうだった。ランディーはここで何度か、宿泊料のとられない夜を過ごしたが、そのときもずっと付き合ってくれた。彼はワンダ・ジェーンのユーモアの感覚が好きだった。彼のことをいろんな愛称で呼ぶのも気に入っていた。たとえばクソ頭《シットヘッド》だとか、アホたれ《ステューピッド》だとか。彼女が胸につけている素敵な二連マフラーについて、気の利いた褒め言葉を口にして盛り上げようとしたときに、もううんざりという風を懸命に装うところも気に入っていた。今彼は、彼女がエルモの店で玉撞きのバンクショットをしようと前屈みになっている姿はきっと素晴らしいにちがいない、と語っているところだった。「長所は生かさなくっちゃな」と彼は言った。「おれはあの店に、そうだな、十時頃ならいられると思うんだ。一緒に遊ばないか?」

　ワンダ・ジェーンは笑った。

「あんたは」と彼女は言った。「間抜けだよね」

「タールを塗って、羽根をつけて、君の拷問台に縛りつけてくれ」とランディーは言った。

「あんたにはガールフレンドがいたでしょう」

「いいや。もういない。アンジーとおれとはもう別れたんだ。逆戻りできない《アンレヴァーシブル》違いがあってね〔アンレヴァーシブルという言葉は存在しない〕

「融和しがたい《イレコンシラブル》」とワンダ・ジェーンは言った。

「イレ……なんだって？」

「単語だよ。単語が何かは知っているよね？」

「ひとつ、ふたつはね」とランディーは快活に言った。「とにかくネズミちゃんがいなくなって、この猫ちゃんはワンダ・ジェーンとエイトボールをやってもいいかなと思ってるんだ」

「それは逆でしょうが。馬鹿ね」

「どういうこと？」

「猫とネズミのことだよ」とワンダ・ジェーンは言った。「あんたは話を逆にしているのよ。いつものように」彼女はあくびをして、身体を伸ばした。「じゃあ、アンジーにもやっとわかったのね。あんたが抜け作で、限りのない時間の消耗だってことが。私の場合は二分の一秒しかかからなかったけど。七年生のとき、覚えている？　ランチの列に並んでいるとき、あんたは私にどすんどすんとぶつかり続けていた――ぶつかれるものにならなんでも。そのことは覚えている？」

「ある程度」とランディーは言った。

「私はあんたにフォークを使った」

「ああ、フォークだ」

「そのフォークはどこに突き立てられたかな？」

「さあ、どこだっけな」とランディーは言った。「おれたちは玉撞きをするのか？　それともずっとここに座っていちゃつきあっているのかな？」

ワンダ・ジェーンは彼をじっと睨んだ。

「あんたくらいスカスカ頭だと」と彼女は言った。「かえって感心しちゃうわね」

「よしきた」とランディーは言った。「今夜何時にする？」

ドアが勢いよく開いて、トビーが入ってきた。まったく最悪のタイミングだなとランディーは思った——三塁ベースを回りかけたところなのに。

トビーはベルトに両手の親指をかけ、じっと見つめた。

「おまえ、いったいどこにいたんだ？」と彼は言った。ワンダ・ジェーンに向かって言っているのではない。

「遅くなった」とランディーは言った。「庭仕事をしていたもので」

「外に出ろ」とトビーは言った。

ランディーはワンダ・ジェーンに向かってにやりと笑ってみせ、ゆっくり時間をかけてトビーのあとからドアの外に出た。

「車に乗れ」とトビーが言った。「後部席にな」

「おれはまたてっきり——」

「車だ。後部席」

ランディーは肩をすくめた。車に乗り込み、トビーが運転席に座り、二人の間を隔てる防弾ガラスのパーティション・ウィンドウを少し開けるのを待った。

「よし、話せ」とトビーは言った。「ちゃんと話すのが身のためだぞ」

ランディーは大きく目を開いて、「え、このおれに言ってるの？」という表情を浮かべた。それは彼が警官と、ロデオの審査員と、その日がクリスマスだったことをど忘れしたとき、アンジーに向けるためにとってある表情だった。

「何をしゃべるんだい？」と彼は言った。

「どこにいたのかって尋ねただろう。ハイウェイで、おまえはおれのすぐ前を走っていた。ところが次の瞬間、おまえはフーディーニのようにぱっと消えちまった。なかなかの手際じゃないか」

「そうかね？」

「ああ、そうなんだよ。おまえのあの元囚人のお友だち連中はどこに消えた？」

ランディーは「え、このおれに言ってるの？」という表情を少し和らげ、にやりと明るく笑みを浮かべた。「オーケー、トビー、確かにおれは少し遅れたかもしれないが――」

「おれを気やすくトビーと呼ぶな」とトビーは言った。「警察官《オフィサー》と呼べ」

「わかった。忘れていた」とランディーは言った。「何があったかっていうと、カールとサイラスは途中でびびって抜けたのさ。おれにレディングまで運転させやがって、そこのバス停で二人を下ろした。いい厄介払いだったとおれは思うよ。で、おれはそこにいた。レディングにいたんだ。と、そこで突然カトラスがファンベルトをひくひく言わせ始めた。だからおれはそこで半日をつぶすことになった。その修理工がファンベルトがどういうものだったかを思い出そうとしているのを、くそまずいコーヒーを飲んで待ちながらな。それからようやく、おれはその男に修理代を払おうとしたんだが、そこで何が起こったと思う。財布がないんだ。信じられるかい？」

「一言も信じない」とトビーは言った。

「ああ、で、どうなったかというと、おれは懸命に弁舌をふるわなくてはならなかった。でも、その修理工はカトラスをおれに引き渡そうとはしなかった。だからおれはそのへんをぶらぶらして待った。それで午前二時くらいになってから、その修理工場に押し入って、自分の車を取り返したってわけさ」

ランディーはにやにや笑いを浮かべたまま、その話をトビーがどのように受け取るかを見守っていた。どうやらあまり信用はされなかったみたいだった。そしてそれはランディーの気を悪くさせた。というのは、話のうちのいくらかは真実だったからだ。とくに財布の部分は。彼が鍬で忙しく二人を刺し殺している間に、尻のポケットから財布がこぼれ落ちてしまったのだ。彼は車に乗り込み、犯罪現場まで延々後戻りしなくてはならなかった。たっぷり十分間あたりの草むらをかき分けて、ようやく財布を見つけた。サイラスの巨体から三フィートも離れていないところにそれは落ちていた。ぽかんと口を開けた彼はずいぶん間抜けて見えた。ただ、太陽の下で数時間経過したその男は、前よりももっとずっと死んでいるみたいに見えた。

彼がこしらえた作り話よりは、真実の方がもっと面白い。ランディーにもそれはわかっていたが、しかしそれは警官相手に自慢できるような種類の話ではない。

「ということなんだ」とランディーは言った。「カールも抜き、サイラスも抜き。今では二人で山分けということになる。あんたとおれとでな」彼はもう一度トビーに向けてにやりと笑った。

「おれたちで銀行を襲うんだろう?」

トビーは疑わしげな目で彼を見た。「ああ、おそらくな。おれはロイスと話をしなくてはならない」

「許可を求めるってことかい？」

「ある程度はな」とトビーは言った。


コミュニティー・ナショナル銀行の金庫室は、堅牢というところからほど遠いものだった。以前は倉庫だった場所で、薄っぺらいスチールの扉に、おもちゃのようにしか見えないコンビネーション錠がついていた。とはいえ扉を閉めてしまうと、金庫室にはどことなく不気味な、不吉な雰囲気が漂った。とりわけ午後十一時十五分、リノリウムの床にちびた蝋燭が燃えていたりすると。「なあ、ロサンジェルスのことは申し訳なかった」とトビーはロイスに言った。「しかしハルヴァーソンとビングは、もうどこかに立ち去ってしまったあとだったんだ。どこだかわからない場所にな。時間の無駄だった。これが悪いニュースだ。でも良いニュースもある」

「そう願いたいわね」とロイスは言った。彼女はトビーの親指を押し曲げ、腿の上に置かれたその手を引き剝がした。「さあ、私を明るい気持ちにさせてちょうだい」

彼がその話を終えると、ロイスはしばらくリノリウムの床を見ていたが、それから舌をこんと鳴らし、「悪い考えじゃないわね」と言った。

「おれもそう思うよ」とトビーは言った。

「あなたと、あなたのあの間抜けの弟がうちの銀行を襲う。そういうことね？」

「そうだ。ただあいつはおれの弟じゃ——」

「そしてあなたの取り分は三分の一。ダグと私が三分の二を取る」

「いや、そいつはおれの言ったこととちょっと違うね」

ロイスは彼をじろりと睨んだ。「いいこと、ハブキャップ。ここはアメリカなのよ。報酬を得るのはリスクを引き受ける者なの。ダグと私が銀行のお金を動かすことになる。あなたが盗む十万ドルを用意する」

「そのとおりだ」とトビーは言った。

「まさにそういうことなのよ」とロイスは言った。

「ただおれが言いたいのは」とトビーは、泣き言に聞こえないように留意しながら言った。「おれだってリスクを背負うってことだ。銀行に入っていって、現金を奪う。もしそこで……なんといえばいいのか。もし誰かが非常ベルを鳴らしたらどうなる？　警官が突入してきて、おれは殺される？」

「トビー」とロイスはゆっくりと言った。「あなたが警官なのよ」

「ああ、そうだ」

「だから、いいこと。銀行には私しかいない。非常ベルはない。ただ入ってきて、出て行くだけ」彼女はそこで言葉を切り、考えた。「手を元に戻していいわよ」

「ありがとう」とトビーは言った。

「どういたしまして」とロイスは言った。「細かいところを詰めましょう。私たちはこの木曜日に現金を取り寄せる。金曜のお昼までには準備が整う。あなたとあなたの弟は、そうね……閉店時刻の三十分前に姿を見せる。いいわね？」

「あいつはおれの弟じゃない」

「なんでもいい。あの間抜けよ。なんていう名前だっけ？」

「ランディー」

「そうね。そのあとで彼を消し去ることはできる？」

「消し去るって、その、消しちゃうと？」

「そうよ、それが私の意味すること。つねるのはよして」

「マッサージをしているだけだ」

「いいけど、もう少し優しくね。だからね、銀行強盗を終えた後、あの間抜けの弟をどこかの砂糖大根の畑に埋めるのよ。これは近しい身内の間だけのことにしておく」

「あいつを埋めるってか？」

「適度の深さにね。砂糖大根が甘くなるわ」

トビーはマッサージを止めた。それは何か有用なものになる——たとえば肥料となる——ための機会をランディーに与えることに躊躇を覚えたからではない。自分もまた「近しい身内」の一人ではないことにふと思い当たったからだ。

「わからないな」と彼は用心深く言った。「消し去るってことだけど。それはどちらかといえば、あんたの得意とする分野じゃないのかね」

「あなたはそう思う？」

「なんとなくね」

「そうね、いいわ。それについては考えておく」彼女は後ろに身を傾け、ぞくっと身震いし、二十列に並んだセイフティーボックスをじっと見た。金庫室は面白いところだが、定刻を過ぎるとぐっと冷え込んできた。「わかってもらいたいけど」と彼女は言った。「ダグラスにもすべて話を通さなくちゃならない」

「だろうね」

「彼は乗ってくると思う。それにはかなり確信を持っている。なにせ十万ドルの三分の二だものね。FBIが嗅ぎ回ったとしても、気にすることはない。個人的なファンドを銀行に移動したというだけのことよ——あらあら不思議、帳尻は合っている——それからあとで私たちは、またお金を元に戻す。つまりそれは私たちのもの。そもそも私たちはそれを銀行から盗んだんだもの。基本的には私たちは私たちの銀行の裏側にある銀行なのよ。話はわかる？」

「わかると思う」とトビーは言った。本当はわからなかったのだが。

彼の頭はふらふら彷徨《さまよ》い続けていた。誰かを始末するのは彼の仕事の手順には含まれていなかった。そしてその言葉には、あるいは彼女のその用法には、何かしら彼を戸惑わせるものがあった。銀行のことなんか忘れて、タイヤの空気圧でも測る仕事に戻ったほうがいいんじゃないかと思わせるものが。しかしその一方で、パンティーストッキングはするすると脱げ始めていた。

「それから、情報としていちおう伝えておくけど」とロイスは言った。「私はハルヴァーソンの一件を始末しておいた。彼は七万二千ドルをうちの銀行に預金していることがわかって、当然ながら私はそれを没収した。九千ドルまだ足りないわけだけど、それはローンの損金として処理することができる。そういうコストは、ビジネスにはつきものだから……ああ、ここはずいぶん冷えるわね。あなたは寒くないの？」

「寒くはない」とトビーは言った。「むしろ忙しい」

「何か質問はある？」

「ああ、ひとつある。一分後に質問する」

「一分？」

「いや、そんなにもかからない」とトビーは言った。

一ダースかそこらの心拍のあとでトビーは言った。「ああ、あんたの言ってることは正しい。ここはたしかに寒いよ」

「それで質問は？」とロイスが言った。

「詳しく説明してくれないか？　おれが銀行に入っていって、手を挙げろと言って。それから正確にどんなことが起こるんだ？」

「どんなことが起こると思う？」とロイスは鋭く言った。彼女はもぞもぞとパンティーストッキングを引っ張り上げた。「素速くやるのよ。マスクをかぶる。銃を私の顔につきつける、現金を摑む、そして出て行く」彼女は微笑み、それから声を上げて笑った。「この一件の素敵なところがわかるかな？　あなたは強盗であるばかりじゃなく、私がそのあとで呼ぶ警官でもあるのよ。つまりあなたを、あなたに通報するってことね。あなたは私に言うのよ。『奥さん、その強盗たちについて話してください』ってね。そして私は言う、『そうね、そのうちの一人はかなり立派なサイズのちんぽこを持っていたわ』って。そしてあなたは言う、『その形状を描写できますか？』そして私は言う、『それは描写不可能なの』あなたは言う、『はい、奥さん』そしてあなたは警察手帳に書き留める、『描写不可能なちんぽこ』って。おかしいでしょう」

「素敵な計画だ」とトビーは言った。

「それでは金曜日に。ダグラスに話をしてみる。そして実行オーケーかどうか連絡する」

「了解した」とトビーは言った。

彼はズボンを引っ張り上げ、彼女のあとから金庫室を出た。

ロイスが鍵を閉めた暗闇の中で、トビーは不安の差し込みをぐっと胸に感じた。何かしら最終的なものを。まるで金庫室の扉が、彼の残りの人生をぴたりと閉ざしてしまったみたいな。

それを隠すように彼は言った。「そのうちにまたこれをやろう」

「ええ、そうね」とロイスは口ごもって言った。

「今すぐでは？」

「ノー、でもごく近いうちにね。約束するわ」


翌朝の重役会議において、ダグラスはその計画を承認した。

「ただし二つ質問がある」と彼は言った。「三分の二よりは、百パーセントの方が良くはないか？」

「遙かに良いと思う」とロイスは言った。

「そして、君は私のショットガンの使い方を知っているかな？」

「習うことはもちろんできる」

28

それからの数日間、ドゥーニーのログ造りの邸宅の下方にあるドックで、ボイド・ハルヴァーソンは現実性の上にではなく、テンプテーション38口径の銃口を自らのこめかみにつきつけた男の、遠くの彷徨《ほうこう》の中に留まっていた。

彼は一人でキャンピングカーの中で寝た。昼の間、彼は延々自分自身と会話をし、説明不能なことを説明した。いかにして真っ赤な大嘘の配給が、呼吸のように自動的なものとなり、悪意もなく、意図もなく、先見みたいなものもなく、また——彼自身が認めるように——痛みを伴う良心の呵責《かしやく》も感じられないものとなったかについて。様々なときに、様々な機会を捉えて、彼は嘘をついた。読んだことのない本について、食べたことのない食物について、行ったことのない都市について、会ったことのない有名人について、かかったことのない病気について、受けたことのない戦争での負傷について、もらったことのない勲章について、泊まったことのないホテルについて、出たことのないハイスクールのプロムについて、完成させたことのないダブルプレーについて、描いたことのない絵について、正面切って立ち向かったことのない学校のいじめ男について、そのときとっさには思いつけなかった当意即妙の言い返しについて、彼は片端から嘘をついた。もっとずっとたくさん嘘をついた。彼は年齢を偽り、身長を偽り、消化機能を偽り、名前を偽った。彼は理由もなく嘘をついた。ふざけて嘘をついた。嘘の響きを聞きたくて嘘をついた。便宜のために嘘をついた。スリルのために嘘をついた。望む仕事を手に入れるために、望む敬意を手に入れるために、愛を手に入れるために、望む妻を手に入れるために嘘をついた。彼はオーティス・ソングバード・ジュニアという十二歳の新聞配達少年から逃れるために嘘をついた。

神に大笑いされても不思議はない。

神様が、巨大な二羽の真っ黒に艶やかな鴉《からす》たちをラーセニー湖に送り、その波頭に突っ込ませたとしても不思議はない。

十月十九日、湖を見渡すドゥーニー邸のテラスで開かれた会議にボイドは招聘《しょうへい》された。アンジーが議長を務め、アルヴィンとボイドはほとんど口を開かなかった。

「ここにいる他の誰も行動を起こさないみたいだから」と彼女は言い出した。「これから次に何をおこなうかを、私がいくらか決定しました。いちばん大事なのは、私たちがしばらくの間ここに滞在するってこと。風景は素晴らしいし、家はアルジェリアくらいの広さがあるし、ここで寛いじゃってかまわないでしょう。私たちのうちの一人は——あえて名前は挙げないけど、ボイドと韻を踏む名前をもつ誰かは——私たちのうちの一人は、自分自身の将来を見極めるための時間を必要としている。自殺の後の人生、みたいなやつを。二番目には、私たちは現金が乏しくなってきている。キャンピングカーにはずいぶんお金がかかった。ガソリンやら食料品やら、メキシコでのホテル暮らしやら、その他あれこれたくさんについては述べるまでもないわね。ポイントは、私たちは現実を無視することはできないってこと。もし私たちのうちの誰かに、老人ホームに入る必要が生じたとしたら？　もし私に赤ん坊ができたとしたら？」彼女はボイドに向かって目をぐるりと回転させた。彼に話させようと挑発するみたいに。「いずれにせよ、あるいはまだ気がついてないかもしれないけれど、アルヴィンと私はいくつかのものを売り払っているの。つまりドゥーニーの持ち物をね」

「きみとアルヴィン？」とボイドは言った。「心地よい響きだ」

「皮肉は私には通じませんからね。ずいぶん前にも言ったと思うけど、私は犯罪者タイプを惹きつけるのよ。どうしてかは訊かないでほしいけど。でもアルヴィンは素敵な人よ。彼は私から手を離しておくことがほとんどできないの。そして彼は買い手を見つけることで、私が金銭的問題を解決しようとするのを力強く手助けしてくれた。彼はそういうコツを心得ているの。そうよね、アルヴィン？」

「間違いなく」とアルヴィンは遠慮がちに笑みを浮かべながら言った。「仰せのとおり」

「幸運な我々」とボイドは言った。

「まったく幸運な私たちなのよ」とアンジーは言った。「幸運なのは主にあなたなんだけどね。つまり、もしあなたが求めているのが復讐であれば、ドゥーニーが空っぽのガレージと、空っぽの家と、空っぽのすべてを目にするのを楽しみにしていればいい。二週間ほどの間に――あるいはもっと短いうちに――私たちは天窓も、バスタブも、玉撞き台も、二列のボウリング・レーンも、みんな取り外せる。ここを丸裸にしてやるのよ。ボートも、テニスのネットも、ガゼボも、温室もね。屋根のこけら板を剝がし取ることのできる人を見つけられるとアルヴィンは言う。それからもっと小さなものに取りかかるの。リネンとか、食洗機とか、コンピュータとか、ＴＶとか、銀器とか――本物の銀製のやつよ」もう一度アンジーはボイドを見た。今回はフラットな、これでおしまいという表情を顔に浮かべて。「自殺するよりもこっちの方がいいんじゃないかしら」

「そうかもしれない」とボイドは言った。

「かもしれないじゃないわよ、ガンマンさん。あなたのあの大挫折《ざせつ》――なんとでも好きに呼べばいいけど――のあと、あなたがやるべきは優先順位の洗い直しだろうと私は思う。気を悪くしないでほしいんだけど、あなたはひどい見かけになっている。年老いて、病んで、弱々しく、茫然《ぼうぜん》自失、半分死んでるみたいに見える」

アンジーは眉毛で彼に挑みかかった。

「いいわ。それで決まりね」と彼女は言った。「さて私の考えるところによれば――」

彼女は後ろにもたれかかり、ドゥーニーのボルドーをすすった。そして長々しい、いくぶんとりとめのない状況の概要へと入っていった。移動する生活はもはや新味がない。彼女はメキシコ以来マニキュアをしていない。誰も彼女のために誕生日ケーキを焼いてくれなかった。彼女は休暇を必要としている。また全部で三人となった今、〈プレジャー・ウェイ〉は混み合い過ぎている。であるから、これからしばらく私たちはジム・ドゥーニー家の一時的な客となるだろう。一種の管理人みたいなかたちで。家がごたごたと混み合っていないようにする。サブゼロ冷蔵庫や二台のテスラ車や、ボウリング・レーンは取っ払う。「そういえば」と彼女は言った。「私はかなり腕の良いボウラーなのよ。ランディーと私は一時はボウリング・リーグに所属していた。彼はお揃いのシャツを買ってくれたわ。背中にHE-MANとSHE-GIRLって書かれているやつ。あるいはどこかで盗んで来たのかもしれないけど。でもやがて、自分がしょっちゅうガターを出していることで頭にきて、ある夜ボウリング場に忍びこんで、こねたセメントをいくつかのガターに流し込んだの。それで私たちはボウリングをやめてしまった。たとえ私がどれだけ腕を上げつつあったとしても、たとえどれだけランディーが――」

「ランディーって誰だい？」とアルヴィンが言った。

「口を挟まないで」とアンジーが言った。「ランディーは私のオプションのひとつよ」

アルヴィンはそれについて考えてから言った。「了解。もうひとつ質問。寝室の状況はどうなっているんだろう？　おれとあんたとがひとつの寝床で寝たら、あんたの父さんは気にするかな？」

「ふうん」とアンジーは言った。「どうなの、父さん？」

二人はボイドの方に向き直った。

彼は話し始めた――「きみとぼくとは」彼はそう言いかけたが、途中で面倒になってしまった。彼は切断の感覚に襲われた。彼が望むのは、テンプテーション拳銃を見つけて、もう一度自殺を試みることだけだった。

「好きなところで寝ればいい」と彼は言った。「きみが彼を信頼していることを望むが」

「誰を？　アルヴィンを？」

「他に誰がいる？」

アルヴィンはひらひらと手を振って言った。「ねえ、父さん、おれはここにいるよ。おれはアルヴィンについてのエキスパートなんだ」

「彼は傷ついた小鳥なの」とアンジーは言った。「そして私は救済事業に携わっているの。だから私に任せておいて」彼女は更に何かを言いかけたが、それからアルヴィンに向けてさっと首を振った。アルヴィンは肯いて立ち上がり、歩き去って行った。一人、口笛を吹きながら。

「ちょっと失礼じゃない」彼がいなくなってしまうとアンジーは言った。「失礼だし、みっともないわ。あなたが思い煩わなくてはならないのはね、ボイド、あなた自身の魂なのよ。つまりそれを手に入れるってこと」

ボイドは肩をすくめた。彼の頭はすっかり空っぽになっていた。

しばらくのあいだ彼はドゥーニーの広々とした緑の芝生の庭を、その先の湖を、遙か対岸に鬱《うつ》蒼《そう》と連なる森を眺めていた。そのように心ならずも生きていることに、彼は楽しみを感じないわけでもなかった。ごしごしと洗浄されたクリーンな感覚だ。自分の内側でプラグが抜かれてしまったような。

振り返ったとき、アンジーはもういなくなっていた。

あとになって、何かを食べようという気になったとき、彼の視線は彼女の携帯電話の上に落ちた。それは隣のデッキチェアの上に置かれていた。彼はそれを開いて、メッセージに目をやった。メッセージはひとつだけだった。


やあ、いかしたランディー——私は今ミネソタ州ベミジにいます。たぶん地図に載っていると思う。でも私を求めてここに来ようなんて思わないでね（私は婚約しているんだから！）もし来るつもりなら、私の誕生日はもう一週間近く前のことになっている。

P.S.ボイドはもう少しで自分の頭を吹き飛ばすところだった。

P.S.S.私は良質な冬のコートと、スノーブーツと、銀の取っ手のついたヘアブラシを必要としている。まがい物じゃなくてね！

ボイドは携帯電話をポケットに入れた。

奇妙だ。自分がこんな状況に行きつくなんて。まったくの独りぼっちで。

一時間かそこらして、言った。アルヴィンが再び彼の隣に姿を見せた。彼はボイドにドゥーニーのワインのグラスを渡して、言った。「おれがこれを渡したことを娘さんに言わないでくださいよ。おれは生きたまま焼かれちまうから」

「乾杯」とボイドは言った。

「ここに座ってかまわないませんか？」

「もちろん」とボイドは言った。彼はワインをゆっくりと一口で飲み干した。「ひとつ言いたいんだが」

「なんでしょう？」

「彼女は私の娘じゃない。私の婚約者だ」

「そうなんだ？」とアルヴィンは言った。

「そうだ」とボイドは言った。

二人はしばらく黙っていた。

「それって、あんたのこと父さんって呼べないってことかな？」

29

ヘンリー・スペックはミネソタの湖も森も好きではなかった。彼は都会的なものを好む都会っ子だった。だから彼は、ラーセニー湖畔の貸しキャビンの密閉された部屋に、ベミジでの二晩めに知り合った若いカジノのホステスと二人で、七晩と八日間じっと閉じこもっていた。彼女の名前は——たぶんそうだと思うのだが——エンニだった。あるいはひょっとしてアネキーかもしれない。あるいは別の何かかも。彼の考えるところ、彼女はフィンランド人だった。とはいえ、そうではないかもしれない。彼女の有する英語力はせいぜい「なんとか通じる」という程度のものだったから。そしてヘンリーはその若い女性がぐしゃぐしゃと述べる、彼女の半生記の細部をひとつひとつなんとか呑み込んでいった。彼女はユースホステルとＹＭＣＡの常連宿泊者であり、かつての乳母《ナニー》であり、クルーズ船の洗濯係であり、登山家であり、タップダンスのインストラクターであり、ボルネオのツアーガイドであり、ブルックリンの害虫駆除官であり、バンコックの動物園飼育係であり、新しい光景と響きを探し求める、氷のような目を持つ、鮮やかな顔色のヴァガボンドだった。現在のところ彼女は、ベミジ州立大学経営学科に登録しているパートタイムの学生で、生活費を稼ぐために〈ブルーフライ・リゾート&カジノ〉で仕事をしていた。

そのロマンスは、それが適切な呼称であるかどうかはともかく、素速く手間のかからないものだった。彼女は彼の肉体と、日焼けっぷりと、クレジットカードに魅せられた。ヘンリーは彼女が魅せられたものすべてそっくりに魅せられ、またあらゆるものに対する彼女の食欲に魅せられた。

フィンランド人であれ、フランドル人であれ、彼女はめっけものだった――こつこつ立派に働いて得られたバス運転手の休暇だ。

ヘンリーは既にこのベミジで、必要な作業は手際よく済ませてしまっていた。郡庁舎にちらりと立ち寄って、ラーセニー湖畔にあるドゥーニーの屋敷の住所を手に入れた。二十分のドライブと、一時間ほどの森からの観察の末に、彼はハルヴァーソンとアンジー・ビングの所在を特定し、そのことをジュニアスに報告し、最終的ないくつかの行動の次第を詰めていった。金物店に行って、ハンマーとプライヤーを買い求める。ちょっとしたお楽しみのためにモンキーレンチも。そんな買い物もすべて、ある勤勉な朝に済ませてしまった。その日の後刻、彼が〈ブルーフライ〉でナイトキャップを楽しんでいるときに、若いエンニが彼の視野を横切って大股で歩いてやってきたのだ。ヒップが最初に前に進み出て、それから間を置かず、賞賛に値する見事な胴体部分がついてやってくる。肉感的《ヴォラプチュアス》という言葉をヘンリーは使わなかっただろう（あるいは使えなかっただろう）――彼はそれを配管工事に関する何かだろうと推測していたから――しかしたっぷりと生気溢れる、血肉を具えた幻想という包括的概念が一瞬にして彼の心を貫いた。その輝ける北極的瞳、氷河の白を思わせる髪、彼女はＥＳＰＮで観て賞賛していた、筋骨隆々のオリンピックのスキー・ジャンプ選手を彼に思い出させた。少なくとも同じ陣営から打席に立っているように見えたそのうちの何人かを。そしてものごとは次から次へと衝動的に運んだ。翌日の午後、彼はドゥーニーの屋敷から三軒ぶん南にあるツーリスト・キャビンを借り、ホットソースをストックし、エンニと一緒にそこに落ち着いて、事態の進展を待った。

今、くたびれ果てて、床ずれに悩まされながらヘンリーは、ひょっとして自分は一介の成人男子が嚙みきれるよりも多くのものを齧りとってしまったのではないかと案じていた。

その朝の朝食の席で、若いエンニは——それが彼女の名前であるとすればだが——彼女が「フイーヴァー・オブ・キャビン」と呼ぶところのものを訴えていた〔正しくはキャビン・フィーヴァー。狭いところに長く閉じ込められることによって引き起こされる不調〕。彼女は日光を必要とし、エクササイズを必要としていた。平和を保つためにヘンリーは、渋々ながら彼女につきあって、十月半ばの眩しい朝の光の中になんとか出ていった。「私たちがやるのは」とエンニはヘンリーの手を払いのけながら彼に言った。「水のまわりでロング・ジョブすることよ」

「どんなジョブをするんだい？」とヘンリーは言った。

「肺をクリーンにするのよ。湖のまわりをジョブする〔彼女はジョグとジョブを間違えている〕」

彼女は笑って大きく息を吸い込み、波打ち際に沿って跳ねるようにスプリントを開始した。ヘンリーはそのあとを追ったが、スプリントは無理だった。

一時間も経たないうちに、彼はキイチゴの茂みをかき分けながら、交叉する慌ただしい内省に襲われていた。彼は三十三歳で、ジョギングは彼の得意とするところではなかったし、自然なんて糞食らえだった。そして彼はほとんど間違いなく恋に落ちていた。彼の足取りはゆっくりとした、覚束ない歩行に落ち着いていた。ラーセニー湖はミネソタの基準からすれば大きな湖でもないが、小さいというわけでもない。そしてヘンリーは知らず知らず、フラットで堅固なロサンジエルスの歩道をぼんやり夢見ていた。

彼はようやく波打ち際の最後の数ヤードを、消耗した足取りでよたよたと歩ききった。エンニはドゥーニーのドックに座って彼を待っていた。顔は相変わらず生き生きとしていた。高価そうなヨットの脇で両足を水に浸け、ぱしゃぱしゃかき回していた。

ヘンリーは彼女の隣に座り、言った。「ジョグだ。ジョブじゃない」

「私はジョブって言った」

「正しくはジョグなんだ。gの練習をしなさい」

「ジョブ、ジョグ」と彼女は熱意を込めて言った。「私たちはクリーンな大きな肺を手に入れた。オキ・ドキ〔オーケーの俗語〕？　今夜はダンスをして、おいしいものを食べて、それからたぶんクレジットカードを使いましょう」

「どうだろう」とヘンリーは言った。「僕のボスときたら――」

「ボス！　あなたのボスはエンニよ」娘は立ち上がり、服を脱ぎ捨てると、湖に飛び込んだ。「さあ、泳ぐのよ！」

しばらくの間ヘンリーは彼女が滑らかに力強く、矢のように水をかき分けて、彼の得意とするナイトクラブの心地よい領域から遠ざかっていくのを眺めていた。やがてその姿が小さくなり、泡の一点になってしまうと、彼は振り向いて、その視線を緑の芝生のスロープから、二面のテニスコート、ガゼボ、くたびれた古いキャンピングカー、そして見事なログ造りの邸宅へと辿らせた。ドライブウェイにはUホールの貸しトラックが止まっていた。家から二人の人間が出てきた。一人はブロンドの髭を生やした筋骨逞しい男で、その後ろにいるのはおそろしく小さなアンジー・ビングだった。二人は松のフローリング材と思えるものを運んでいた。そしてそれを苦労してなんとかトラックに積み込んだ。

二人は家に戻り、今度は丸めた絨毯を持ってまた出てきた。ペルシャ絨毯だなとヘンリーは思った。それもまたトラックに積み込まれた。それから小ぶりな絨毯が三枚。そのあとでまたフローリング。

どうすればいいのかわからず、ヘンリーは戸惑いながら、ドックから冷たいラーセニー湖の中に入った。実を言えばヘンリーは泳ぎ手ではなかった。彼が得意とするのは日焼け——それも本物の太陽ではなく、日焼け灯が専門だ。そして彼は頭を水の上に出しておくために、足の指先を使ってぴょんぴょん跳ねなくてはならなかった。

ジュニアスはこのぶんも現金で支払ってくれるだろうと、彼は自分に言い聞かせた。

それから長い時間、骨までしっかり凍りつかせながら、アンジーとブロンド髭の男が家とトラックの間を行き来するのを見ていた。ちびにしては、彼女はよくやっているとヘンリーは思った。彼女はTVや、重いカーテンや、コンピュータや、ボウリング・ボールや、何マイルにも及ぶとおぼしき羽目板を、力強く運んでいた。髭男は時折、重すぎる品物に関しては彼女に手を貸した——ソファとか二つの巨大なデスクとか。しかしおおむねアンジーは一人で働いていた。収奪を生まれつきの業と心得る女性の決意をもって。

途中で一度、ボイド・ハルヴァーソンの力ない複写物がキャンピングカーから出てきて、そこに立ち、アンジーが電子レンジをトラックに担いで持っていくのを見ていた。ハルヴァーソンの姿勢は猫背で心許なく、その表情は困惑していた。まるで中年期の半ばで、老齢が彼の喉元をしっかり摑んだみたいに見えた。ヘンリーは彼の写った写真をジュニアスに見せてもらっていたが、ここにいるのはそれと同じ人物ではなかった。ここにいるのはその残骸だ。一瞬の後にハルヴァーソンは言葉もなく振り向いて、キャンピングカーの中によろよろと戻っていった。憐れだ、とヘンリーは思った。モンキーレンチは不要かもしれない。尻を叩いてお仕置きをするくらいで十分かも。

それから彼は首を振った。彼はスペックであり、スペックたちはスペックたちがやるべきことをやるのだ。

居心地の悪いしばらくの時間、ヘンリーはだいたい同じような作業を観察していた。ゆっくりとしかし着実に、（かつては）湖畔の最高級に優雅な邸宅が解体されていった。品物がひとつまたひとつとUホールのトラックに積み込まれていった。シャンデリア、壁付き燭台、ヒューズボックス、宴会サイズのダイニング・テーブル、十二脚の革張りの椅子、銅線が数巻き、ボウリングのピンが八箱、自動式のピン・セッター、ジュークボックス、鏡、籐のラブシート、洗濯機と乾燥機、シャワーの器具、照明器具、ドアノブ、湯沸かし器が二台、御影石のカウンタートップ、ウォーターベッド、二台の対になったナイトスタンド、そして現職アメリカ合衆国大統領の実物大の彫像。

このクソッタレのラーセニー湖のやつめ、とヘンリーはほとんど声に出して呟くところだった。いくぶんの感嘆さえ込めて。そしてそんなことを考えているときに、エンニが彼の隣の水面にひょっこり顔を出した。

「これは何よ？」と彼女は大きすぎる声で言った。

静かに、とヘンリーは合図したが、ブロンド髭の男はさっと振り向いて、ドックの方まで下りてきた。アンジーはそのあとからついてきた。

「オーケー、聞いてくれ」とヘンリーは静かに言った。「僕らは、近所に越してきたものだ。よろしく」

エンニは彼に向けてからかうような、ほとんど嘲笑するような顔をした。

「オキ・ドキ」と彼女は言った。

その娘は自分が真っ裸であることが平気であるみたいだった。歩いて岸に上がり、髪をさっと後ろにやり、髭男に近づき、熱意を込めて握手をして言った。「フレンドリーなご近所!」

「疑問の余地なく」と髭男は言った。

「裸でごめんなさいね」とエンニは楽しげに高らかに言った。「そろそろ服を着た方がよさそうね」

「そうね」とアンジーは言った。「私も同じようなことを考えていたところよ」

エンニがドックのところに行って、ホルタートップとベミジ州立大学のランニング・ショーツをもそもそと着込んでいるあいだ、数分が経過した。ヘンリーはその機会を利用して詫びた。

髭男は言った。「何も問題はないよ、うん」

アンジー・ビングは言った。「彼女はいくつなの?」

「誰が?」とヘンリーは言った。

「浮き輪みたいで、フレンドリーな人」

「ああ、彼女ね、彼女は……三十歳かな?」

「十九歳よ」とアンジーは抑揚を欠いた声で言った。

ヘンリーはエンニの方にちらりと目をやった。「そう思う？　でも彼女はね、世界をもう、そうだな、千回くらいまわっているんだよ。山に登ったり、しっかり大人だよ」

「十九歳」とアンジーは繰り返した。「もっと下かもね」

「えーと、彼女はフィンランド人なんだ。あっちでは――」

ヘンリーはそこで話しやめた。その話はもう十分だと彼は思った。おれは誰でも恋に落ちたい相手と恋に落ちることができる。あるいは既に恋に落ちてしまった相手と。それにだいたい、恋とは落ちるものなのだ。数えるものではない。

「あるいは彼女はフランドル人かもしれない。確かじゃないんだ」と彼は力なく言い終えた。

「山に登っているって？」とアンジーは言った。

「彼女はそう言っている。一言ひとことフォローしているわけじゃないけど」

アンジーは髭を生やした友人を見やった。その男は、ヘンリーの方にするするとにじり寄って彼と腕を組んだエンニをじろじろ検証していた。

「いいわ、悪運というか、私たちはご近所になった」とアンジーは言った。彼女の声には棘《とげ》があった。「私はアンジー、この人はアルヴィン――私の二人目か三人目のフィアンセよ」彼女はエンニに挑戦的な目を向けた。「今のところ、私たちは忙しいの」

「そんなに急かさなくても」とアルヴィンが言った。「行儀良くしなくちゃ」

「行儀良くてこれよ」とアンジーは言ってくるりと背中を向けた。

彼らの貸しキャビンまで歩いて戻る短い距離の間、自分がアンジー・ビングを強く嫌っていることにヘンリーは気づいた。信心ぶった態度と、場の雰囲気をぶち壊す道徳心。彼女は彼の見事な筋肉にちらりと目をやることさえしなかった。ジュニアスに「一人ぶんで二人」の特別サービスを提供してもいいかな、という考えが頭にふと浮かんだ。最初にハルヴァーソンをやって、その後でビングをやる。モンキーレンチの大盤振る舞いだ。

それでも昼食と、シャワーでのロマンチックな三分間の後で、パスポートを見せてくれないかと彼はエンニに言った。「いちおう形式として」と彼は言った。

「セックスのあとでパスポート?」

「ここはフィンランドじゃないんだ。ここにはここのルールがある」

エンニは疑わしそうに肯き、パスポートを取りにいった。

それによって、アンジーの推測がそれほど間違っていなかったことが判明した。エンニはやっと二十歳になったところだった。そのことでヘンリーには何の不都合もなかった。しかし彼はエンニをそこに座らせ、物事をはっきりさせた。自分の名前はヘンリー・スペック、高名なスペック・スペック家の出身だ、というところから彼は話を始めた。

娘はぽかんとした顔で彼を見ていた。

「スペック」と彼は言った。「フィンランドではそれは……君の国にはスプリー・キラー〔大量殺人犯〕というのはいるのかな?」

「『スプリー』って何?」とエンニが尋ねた。

「それはつまり誰かが……」彼は自分を立て直した。「オーケー、よく聞いてくれ。これは別のスペックの話だ。遠縁にあたり、名字は同じだ——僕はそのときはまだ生まれてもいなかった——その男は八人の罪のない看護師を惨殺した。そのうちの一人をレイプし、彼女たちの喉を切り裂いた。そういうのを背負って生きていくのって楽じゃない。そうだよね？　想像してみてくれ。ナイトクラブに行って、君みたいなキュートな若い娘《ベイブ》を口説く。そこで僕がまず最初にやるのは、自分がどれくらい平和を愛好する人間であるかを説明することなんだ。僕は肉というものを一切口にしないし、馬鹿げたローラーコースターを見ているだけで、船酔いみたいな気分になってしまう。みっともないったらない。もし君の名前が仮に、そうだな、ヒットラーとかそういうのだったら、どんな気がすると思う？」

エンニは彼の膝の上に座り、彼に向かって顔をしかめた。「ベイブって言った？」

「なんだって？」

「私のことをベイブって言った？」

「ああ、うん、それはただの表現だ。英語ではそれは——」

「その意味くらいはわかる。あなたが愛するのは肉体だけ」

「待てよ」とヘンリーはぴしゃりと言った。「僕は今ここで殺人の話をしているんだ。なのに君は言葉の心配をしているのか？」

「ベイブという言葉には敬意がないと心配する」

彼は苛立ち混じりの息を吐いた。「君たち今時のベイブたちは——娘たちは——集まっては男たちのことをハンク〔筋肉男〕とかスタッド〔種馬〕とか、そんな風に呼んでいるよな？　ベイブとハンクとの間にどんな違いがある？」

「でもね、ミスタ・ヘンリー、私はそのベイブではない」

「わかった。ただ僕が言いたいのは――」

「女の人が『ハンク』という言葉を口にするとき、たぶん彼女はくすくす笑っていると思う。しかし彼女はロバのような得意げな鼻息は出さない。そこが違う」

「ロバ？　君はいったい何の話をしているんだ？」

「男の出す音――ふむうんがああ！　セックスの時にあなたはそういうような声を出す」

「冗談だろう」

「ふむうんがああ！　そういうやつ」

「なあ、ひとつ言いたいことがある」とヘンリーは厳しい声で言った。「それはロバの叫びじゃない。それはスペックの叫びなんだ。うちの家系図には殺人者の血が流れている。喉をすっぱり切り裂くやつだ。僕は無意識に過補償しているのかもしれないが」

「たちの悪いロバ」とエンニは言った。

ヘンリーは混乱して首を振った。彼女は彼のゲームを、関係のないくだらない話で遮ってしまったのだ。「いいかい」と彼は言った。「もし君が僕のような見かけだったら、スーパーマンかバート・レノルズか、そんな何かみたいだったら、君はその線でやっていくしかない。僕は筋肉男だ。僕は愚痴っているのかな？」

「でもどうしてロバなの？」

「ロバ！　僕は君に恋しているんだ！」

「エンニに？」

「決まってるだろうが」ヘンリーは彼女のお尻をロマンチックにぴしゃりと叩いた。「だからこそ僕は、このスペックの問題をすっかり君に打ち明けたんじゃないか。人々は誤った考えを抱く。僕がある種の——どう言えばいいのか——殺人傾向みたいなものを病として抱えているのではないかと。僕は無害だ。血液検査だって受けた。僕は失神したよ。冗談抜きで。本当だよ」彼は彼女の顔を見た。自分が進捗を見せているかどうかを確かめるように。「それに加えて、昔ながらの素敵なヘアカット、素敵な日焼け、そんな男はもう歴史だ。僕は新しい僕なんだ」

エンニは笑った。

「あなたが好きなのは、エンニを抱きしめることだけよ」

「うん、まあ、それも入っているけどね」

彼女は彼の膝の上で姿勢を変えた。両足を踏ん張るように、またぴったりと寄り添うように。そして言った。「もしそのスペックという名前が問題になるのなら、エンニがやったように名前を変えちゃえばいいじゃない。私はウィスコンシン州オークレールの生まれで、名前はペギー・ショーネシーよ」

「君はペギー？」

「ペギーだった。ずっと昔はね。あなたは新しいエンニが好き。イエス？」

「フィンランドはどうなんだ？　君はパスポートを見せてくれた」

「簡単なことよ！　アルヴィンに頼めばいい。ぜんぜん本物じゃないパスポートをね」

「アルヴィン？」

「フレンドリーなご近所の人よ、イエス。小さな町だし、〈ブルーフライ〉で顔を合わせる。あっという間」

ヘンリーは彼女を膝から持ち上げ、ソファの上に移した。

「私たちセックスする？」と彼女は言った。

「ノー」とヘンリーは言った。「事情をはっきりさせよう。アルヴィンは僕がさっき会った男だね？　髭を生やしたやつ」

「ずっと、ずっと昔のボーイフレンド。気にすることないよ。オキ・ドキ？」

「その話し方はよせ。君はオークレールの出身なんだろう」

「どんな話し方？」

「その、グレタ・ガルボみたいに言葉を一つおきに端折《はしょ》るしゃべり方だよ」

娘は両足を胸に抱き寄せ、拗ねた顔をした。

「もうよしてくれ」とヘンリーは言った。「ずっと僕は、まがい物のフィンランド娘に恋をしていたんだ。恥ずかしくないのか？」

「あなたは私がただのペギーに戻ることを求めている？」

「自分が何を求めているかもわからない」とヘンリーは言った。「わかっているのは、自分がわけのわからない女優もどきにぶち当たったたっていうことくらいだ」彼は少し間を置いた。「君は本当に山に登ったの？」

「ごめんなさい。ノーよ」

「何か真実のことは話した？　クルーズシップのこととか、害虫除去のこととか」

彼女は首を振った。

「タップダンスは？」

「タップダンス！　それなら見せてあげる！」

彼女は明るい顔になり、さっと立ち上がり、タップダンスをした。「裸足じゃなければ、もっと良くなるんだけど」と彼女は言った。

「だろうね」とヘンリーは言った。

エンニはばったりとソファに戻った。

「私たち、もう止めた方がいいと思う」と彼女は言った。「あなたはエンニを愛した。ペギーについてはそれほどでもない。私たちの秘密よね。イエス？」

「ああ、そう。ちょっと考えさせてくれ」ヘンリーは腕時計に目をやった。時間が気になったわけではなく、時間稼ぎのためだ。「取り引きをしよう。ペギー風のしゃべり方を一度だけ聞かせてくれ。それからまたエンニに戻ればいい」

「間違いなく？」

「ああ。ペギーのしゃべり方を聞かせてくれ」

「オキ・ドキ」彼女は唇を彼の耳元に寄せ、囁いた。「さあ、クレジットカードをお出しよ、兄さん。そのマザファッカーを空っけつにしちまおうよ」彼女は身を後ろにやって彼の顔を見た。

「ペギー風は良かったかしら？」

「なかなかのものだ、うん」とヘンリーは言った。「ペギーはいくつなんだ？」

「エンニのこと？」

「いや、もう一人の方。ペギーは？」

「ああ、そっちね。ペギーはもう少しで十八になる」

「つまり十七歳」

「ペギーは十七歳」と彼女は言った。「エンニは二十歳。エンニは世界中を旅行して回り、ラップダンスを教える」

「ラップ?」

「タップ」と彼女は言った。「気にしないで」

「君はラップと言った」

「ラップとタップ、何か問題あるかしら?」

嫌な味がヘンリーの喉元に上がってきた。

「ああ、問題はあるね」と彼は言った。「十七歳のラップダンサー? 人々はきっと思うだろう――」それに続く言葉が浮かんだが、彼女の頭にその考えを入れる理由はなかった。「もっと前にそのことを話してくれていれば……ここにいてくれ。すぐに戻るから」

彼は急いで寝室に行き、スーツケースを漁って、標準形式の同意書を手にソファに戻ってきた。

「これを読んでサインしてくれ」と彼は言った。「君たち二人とも」

30

エヴリンのミネソタまでのフライトは一週間以上遅れた。彼女はそれを二度キャンセルし、二度予約し直した。「そんなことをしてはいけない」と彼女は思った。それから「そうしなくては」と思い直した。そのあとで「駄目よ！」と思った。十月の遅く、彼女の乗った飛行機がツイン・シティーの空港に着陸したあとでも、彼女は空港近くのホテルで落ち着かない一夜を過ごした。何度も夜中に目を覚まし、自分自身と言い合いをし、一時は真夜中の部屋付きバルコニーに座り、心を決めかねたまま凍えていた。

夜明けの時刻に彼女は空港行きのシャトルバスに乗った。コーヒーを飲み、ロサンジェルスに帰るいちばん早いフライトを予約した。

十分後、彼女は「臆病者」と呟いていた。

フライトの変更を元に戻すだけで、午前中の大半を潰した。それでもなお、自分のフライト・ナンバーが放送されたとき、エヴリンは躊躇した。乱気流に揉まれた北行きの四十六分のフライトの間に、彼女は二杯半のウォッカ・トニックを飲んだ。でもそれは、うらぶれて、ほとんど人気のないベミジ空港に歩いて入っていく彼女の心をほとんど軽くしてはくれなかった。彼女はもう少しで引き返すところだった。もしこのすべてに筋の通った目的があったとしても、彼女はそんなことは忘れてしまった。ボイドはボイドだ。喋ったところで傷心は消えない。

彼女は短いテキストをジュニアスに送った。私はここにいる。心配しないで。それから魚の匂いのする古いタクシーに乗って、ベミジのすぐ郊外にある〈ウィンディー・ポイント・リゾート〉に向かった。少なくともそこには馴染みのある何かがあった。

エヴリンはそこにチェックインし、シャワーを浴び、軽く昼寝をし、それからウォッカの酔いのまわった時差ぼけの頭で目を覚ました。

さて、と彼女は思った、これからどうする？

外は秋の黄金色の夕暮れから、もうほとんど黒に近い灰色に移っていた。空は危険そうな雲に分厚く覆われていたが、なぜかそれは彼女の気持ちをいくぶん楽にしてくれた。少女時代のエヴリンは、ここから数マイル離れたところで夏を過ごした。ラーセニー湖の湖畔で、ドゥーニーと彼女の母親と一緒に。そして二人の離婚はもう予定に上っていたにもかかわらず――無理に作られた陽気さと、夜遅くのいがみあい――その記憶はおおむね幸福なものだった。あるいは無知が思い出を柔らかくぼかすという意味において、幸福なものだった。ドゥーニーが鍵付きのクローゼットから出てくるのは〔同性愛であることを明かすこと〕、まだ十年以上先のことだ。彼女の母親が別のビーチハウスに住み、エスコート役の男性を頻繁に取り替え、肺癌を患い、サウザンド・オークスの聖ウルスラ火葬場で焼かれたのは、その十三年後のことだ。

そんなどたばたした歳月を、寄宿学校や、後にはスタンフォード大学で回避できたエヴリンにとって、少女時代に体験した湖や森は、驚くほど魔術的で、どこまでも架空のものとなり、愉しげな夏の嘘となった。それはボイド・ハルヴァーソン・オーティス・バードソング・何とかかんとかと過ごした歳月に似ていなくもないと、彼女は今では思うようになっていた。

彼女は部屋の厚いカーテンを閉め、もう一度眠りに就いた。今度は深く眠れたが、夜遅くに雷と、激しい雨の音と、携帯電話の着信音で目を覚ました。ジュニアスからのメッセージが入っていた。誰が心配した？　僕は明日ヤンキーズと対戦する。なにより愛している。

勝ってね、とエヴリンは返事をした。それからルームサービスを注文した。


そこから千八百マイル西にあるカリフォルニア州フルダでは、ランディー・ザフとトビー・ヴアン・ダー・ケレンが、銀行強盗のドレス・リハーサルを終え、逃走用のランディーのカトラスの中で、シックスパックのビールを飲みながら、意見を述べあっていた。トビーは警官の制服を脱いで、尻尾付きのタイツに、レディー・ガガのマスクという擬装に身を包んでいた。トビーが口を開くたびに、ランディーは「イエス・マム」と言い続けており、それはトビーの神経を激しく逆なでしていた。

「いいか」と警官は言った。「もう一度『マム』と呼んでみろ。おまえを砂糖大根の肥料にしてやるからな。それにおまえの格好だって、マッチョからはほど遠いものだぞ」

「こいつはマット・ディロンだ」とランディーは言った。「『ガンスモーク』さ、うん〔アメリカのテレビ西部劇。マット・ディロンは主人公の保安官の名前〕」

「マット・ディロンは糞みたいな鍬なんて持っちゃいないぜ」

ランディーはシュリッツの缶をぽんと音を立てて開け、こぼれたビールをすすった。そしておれがプロのように巧みに鍬を振るったら、こいつはどう見えるだろうと想像した。しかし肥料についてのコメントは余りに素早く出てきたな。まるでトビーは鏡の前で練習でもしてきたみたいだった。

ランディーは自分に言い聞かせた。ここはフレンドリーにいかなくちゃなと。

「なあ、どうだろう」と彼は言った。「もう真夜中も近い。そのタイツを脱いで、玉撞きでもしないか？　あんたとおれとワンダ・ジェーンとで」

「おれは犯罪者と親しく付き合ったりしないんだ。それにおれたちは明日は銀行を襲うんだぞ」

「ああ、たしかにな。何時だっけな？」

トビーはビールの缶を握りつぶし、車のドアを開けた。「おまえってとことん間抜けだな。そうだろ？」

「そう思うものもいるし、思わないものもいる」とランディーは言った。

「誰が思わない？」

「サイラスは思っていない。カールも思っていない。彼らは大してものを思わないんだ」

トビーは車を出て、ドアをばたんと閉めた。そしてよたよたと自分のパトカーまで歩いた。始末するってのは良い考えかもな、とトビーは心を決めた。

ランディーは彼が去って行くのを見ながら、それとほとんどまったく同じことを考えていた。


そこから半ブロック離れたコミュニティー・ナショナル銀行の、ひやりとした金庫室では、ロイス・カッタビーがダグラスのショットガンを、さっき届けられたばかりのぱりっとした十万ドルの札束と一緒に、二つのピローケースの下に滑り込ませていた。

それを見ていたダグラスが言った。「明日は楽しいことになりそうだね。そう思わないか？」

「そこそこにね」とロイスが言った。「まあ、いつも通りの職場よ」

ダグラスはくすくす笑った。「常々不思議に思っていることなんだがね、どうしてこの惑星に住む人類全員が銀行業に参入してこないんだろう？　貪欲さが十分ではないのだろうか？」

ロイスは肯き、彼の顔を見て、情愛に満ちた微笑みを浮かべた。

ぼんくら、と彼女は考えていた。


そこから南に七百マイル離れたところで、カルヴィンは言った。「オーケー、ジミー、ビッグ・ビジネスに関する話はわかったよ。垂直的、水平的、そのへんのことは。でもあんた、子供の話をしてなかったか。死んだ子供のことを？」

「そのことは話さない」とドゥーニーは言った。

「それはあんたの過失だったのか？」

「違う」とドゥーニーは言った。「しかしそのことは話さない」


そしてラーセニー湖では、アンジー・ビングがこう言っていた。「言うまでもなく、自殺は罪よ。だから私たちは自動的にその可能性を無視することにする。神が生命を与え、神が生命を奪う。それは超シンプルなことなの。あなたは自分の態勢をしっかり整えなくちゃ、ボイド。夢の世界からぱっちりと醒めるのよ。そして残りの人生をどのように過ごしたいか、考えをまとめるの。あなたの年齢になれば、無駄に費やせる時間はそんなに多くはないんだから。そして私はいまだに誕生日のプレゼントを待っているのよ」

31

アンジーとアルヴィンは仲良くやっていた。ほとんどの日々、ドゥーニーの屋敷の略奪作業を済ませた後、彼らは泳ぐかボート遊びをするか、ドゥーニーのドックで日光浴をするかして過ごした。日が暮れて冷え込んでくると、ボイドは時折、邸宅の大きすぎる部屋の暖炉の前に、二人と一緒に座っていた。部屋の天井は高くアーチ形になっており、壁一面に死んだ鹿や魚や狼《おおかみ》や水鳥たちがずらりと飾られていた。

カード遊びをすることもあった。ただじっと火を見ていることもあった。残されたアメリカの知性の最後の切れ端を破り捨てる、ラジオのトーク番組に耳を澄ませることもあった。政治の季節が始まっていた。雄弁の砲火が炸裂《さくれつ》していた。ボイドはそのスケールと、威勢の良さと、大胆さに感心しないわけにはいかなかった。まるで誇らしい父親のように、まるで新しい嘘に隅々まで眩しく光り輝く都市を眺望するエジソンのように。たまにくすくす笑うこともあったが、大抵はただ身をすくませていた。もとろん彼は責められるべきだった。彼は恥じ入った。おれはやはり自分の頭を吹き飛ばすべきだったのだ。

温かい昼間と冷え込む夜は、一方的なゲーム運びになったスポーツ試合のハーフタイムを思わせた。その休憩時間、誰もが一刻も早く立ち去りたがっているのだが、そのままそこに留まって成り行きを見守る以外、ほとんど打つ手はない。アンジーもアルヴィンも、その屋敷を占拠していることに何の懸念も持っていないみたいだった。アンジーはジム・ドゥーニーの押し型付きの便せんを使って、芝生刈りの会社や、ハウス・クリーニングの会社や、雑役係や、ドゥーニーの自動車の面倒を見るカー・ディーラーに、契約を解除するという手紙を書き送った。同じ名前入りの便せんを使って、アンジーはベミジ警察署に、新しく三人の留守番を住み込ませたという手紙を書いた。「これらの勤勉なキリスト教徒たちに、私は絶対的な信を置いております」とドゥーニーを装ったアンジーは書いた。「そして彼らは大幅な改装の差配をしており、あなたがた制服警官が援助してくださるなら、私は喜んで報いるつもりでおります。貴下の忠実なる（そして最も裕福な）納税者、ジェームズ・ドゥーニー」

訪れる者はほとんどいなかったし、困らされるような質問もなかった。

その十月後半のきりっとした冷気の感じられる日々、ボイドは実際的なものごとにはほとんど注意を払わなかった。ふらふらとする空っぽの頭で彼は、もはや有用さを失ってしまった男の感覚を抱え、ただ漂うように時間を過ごしていた。自分の中身が空洞になり、重みを失ったように感じられた。ほとんどの場合、彼は過去の歴史を繰り返しながら、自分の頭の中に生きていた。夢から浮かび上がって来る人のように、彼は折に触れて周囲のあれこれを目にとめた。アルヴィンがシカゴ・サウスサイドの、ギャング団〈ブラックストーン・レンジャーズ〉が幅を利かす地域の出だということを彼は知った。彼は失業中の配管工であり、イラクとアフガンで三期をつとめた復員兵であり、ベミジ州立大学のドロップアウトであり、バッハの音楽を愛好し、快活な泥棒であり、手に入るすべての非合法的物資の売買に従事していた。そしてその物資の中には、今ではガレージいっぱいの素敵な自動車も含まれていた。彼は既にドゥーニーのスノーモービルとフォードのピックアップを売り払っていた。そしてフェラーリとポルシェへのオファーを検討中——とボイドは推測していた。また彼は遅ればせながらの誕生日プレゼントとして、自己満足的に仰々しく、アンジーにブガッティを贈っていた。

こいつはいかさま師だとボイドは結論を下した。とはいえフレンドリーないかさま師だ。ほとんど好感を抱くことができるほどに。

巡り来る日々、食事の席や、ドゥーニーのドックで釣りをしたりしながら、アルヴィンは看護師のようなきびきびした手際の良さを見せて、ボイドに付き添っていた。励ましの言葉を口にし、戦争の話やら、北方の森の話やらをして聞かせた。ラーセニー湖は、とある日の午後アルヴィンは解説してくれた、かつては「ザーガイガン・ワアゴッシュ」と呼ばれていた。オジブワ語では「狐湖」という意味だ。やがてあるノルウェイ人の農夫の妻がそれを「ブルーベリー・ポンド」と改名した。そして更に後年、一八七〇年代に湖が協定によって簒奪《さんだつ》されたあと、セント・ポールの切れ者の地図作製者が、頭韻を踏んだ、古びることのないラーセニー湖という名前を思いつき、それが定着した。アルヴィンは——ボイドが発見したところによればその姓はグレイブルかグレーブル（灰色の雄牛）だったが——自分の話をあざ笑う癖があった。自分の口から出てくるほとんどすべてのものごとに限定をつけたり、笑いものにしたりする。もしゃもしゃと生えたブロンドの髭の奥から親しげににやりと笑いながら、アルヴィンはファルージャでの話やら、カンダハルでの話やら、あやうく死にかけた話やら、滑稽な話やら、怖い話やらを聞かせてくれた。しかしそこにはいつも「この話を文字通りまともに受け取らないでくれよ」という舌のねじれのようなものが聞き取れた。まるで彼とボイドとは、真実の拡張を得意とする同じ部族のメンバーなんだという信号を送るかのように。

アルヴィンは連れとしてはなかなか悪くなかった。過剰なくらい愛想がよかった。とはいえボイドはおおむね自分の内にこもっていた。彼はアンジーとアルヴィンがドゥーニーの湖畔の邸宅を解体していく様子も、そこそこの関心を持って眺めるだけだった。自動車やホットタブ、その他故買業者に売れるものなら、あるいはすぐ現金に換えられるものなら、なんでも片端から運び出されていった。週末には彼らはヤードセールを開いた。毎週火曜日にはアルヴィンは家具を一山積んでミネアポリスに出かけ、帰りは空っぽのUホール・トラックと、ポケットいっぱいの百ドル札と共に戻ってきた。考えるまでもなく、アンジーとアルヴィンは犯罪の共謀者に留まらず、より親密な何らかのパートナーともなっていた。アンジーがその行動の頭脳役を果たしていた。アルヴィンは彼女にのぼせている筋肉男だ。二人は屋敷に付属するゲストハウスで、アンティークのピンボール・マシンを二台見つけた。そして夜遅くまで、銀色のボールをひっぱたいて小さな穴に入れるゲームに興じていた。そしてお互いの腕の良さを交代で賞賛し合っていた。アンジーはいつもの限りないお喋りに、ばたばたした甘い言葉を交ぜていた。彼女はアルヴィンをタイガーと呼んだ。あるいはモンスターと。そしてアルヴィンの方は、よれよれの賞賛の目で彼女を見つめ返すだけだった。

まったく驚くべきことだ、とボイドは思った。こんなにもあっさりと自分を捨てて、最新のモデルに乗り換えられるなんてな。驚くべきことだが、おおむねほっとさせられることでもある。

今では、その超活動的な頭にひょいと浮かんだ何もかもを、脈絡なく片端から並べ立てていくアンジーの弁舌に耐えているのは、アルヴィンだった。宗教はもちろんのこと、万年筆や、床磨き洗剤や、缶詰の野菜や、二段ベッドや、安物の婚約指輪や、公衆の面前での裸体や、そしてまた——ちらりとボイドを見やって——煮え切らない男たち等々のもたらす害悪について彼女は語った。アルヴィンはそのような限りないお喋りに、超人的な忍耐をもってつきあっていた。髭をさすり、相手をてこ入れするように肯きながら。その男の忍耐力たるやまさに見物だった。

最初は徐々に、それから確信をもって、これは詐欺行為だとボイドは悟った。しかし彼は、日々がそのようにすらすらと過ぎていくのを満足して見守っていた。

ある朝、ふと気がつくと彼はドゥーニーのテニスコートで仰向けに寝転んでいた。前後の記憶はまるでないし、なぜ自分がそんなところにいるのかもわからない。

同じ日の午後、彼はじっとりとした分厚い夢から覚め、自分がラーセニー湖の膝までの深さのところに立っていることを発見した。隣にはアルヴィンがいて、数フィート離れたドックの上にはアンジーがいた。ボイドは、自分が映画スターたちの家に新聞を配達していた日々の思いを語っており、その話を終えようと苦心しているところだった。

「そういえば」彼が話し終えるとアンジーは言った。「私の七人目のボーイフレンドは新聞配達だった」

ランディー・ザフはフルダ公立図書館で地図帳の前に座り、イライラしながらミネソタ州の地図でベミジの位置を探していた。地理は彼の得意とするところではなかった。また綴りも。そしてまた癇癪《かんしやく》を押さえつけることも。

やるべきことといえば呪詛《じゅそ》の言葉を吐くくらいしかないってときに、どうやって地図なんて読めるというんだ、と彼は思った。数日前の夜に携帯電話の画面に浮かんだあのメッセージ、婚約だとかへアブラシだとか、彼の知りもしない男たちだとか。いったいどうやって意識を集中すればいいんだ。

ランディーはアルファベットの順番で、eはiの後に来るとかなり強く確信していたので、おかげで作業はいくぶん遅れることになった。そして「ベミジ」と見える字の上にたまたま視線が落ちたとき、彼の堪忍袋の緒はまさに切れそうになっていた。それはどう考えてもアメリカの言葉ではなかった。おそらくカナダ語か何かそういうものだろう。おそらくカトラスとピータービルト〔トラック製造を専門とする自動車会社〕の違いもわからない、どこかのへなへな野郎がでっちあげた名前だ。

ランディーは地図帳のそのページを破り取ってポケットに突っ込み、ぱっとしない見かけの司書になれなれしく話しかけ、ぶらぶらとモービルの給油所まで歩いて行った。ロードマップを盗みに。

三十分後、ハッシュパピー〔南部料理。挽き割り玉蜀黍のケーキ〕の皿を舐めるようにきれいに平らげたあと、彼は自分の貸間に戻り、壁に架かっていたタコバ剣を取った。長い小便をし、足早にカトラスのところまで下りて、トランクを開け、剣を漫画本の束の下に入れた。それからトビー・ヴァン・ダー・ケレンを探しに行った。彼らは数時間後に銀行を襲うことになっていた。しかしその前に済ませておくべきことがある。

トビーは予想したとおりの場所にいた。町の半マイルばかり郊外、ウェンディーズの看板の裏に車を駐め、スピードガンを構えていた。「おれが今やらなくちゃならんのは」とランディーは言った。「即刻ここを発つことだ。強盗は一週間か二週間延期してもらいたい。それともあんたが一人でやって、あとで少しおれにも分け前をくれればいい」

トビーは煙草を吸っていて、その肺癌の原因をランディーの鼻に吹き付けた。最初トビーは向かっ腹を立てたように見えた。それから考え深そうな表情が彼の顔をよぎった。

「延期ってのは」と彼はほとんど小ずるい口調で言った。「臆病風に吹かれたやつの口にする言葉だ。銀行を襲うのが怖いか？」

ランディーは首を振った。「いいや、これはアンジーがらみのトラブルなんだ。旅に出なくちゃならん。長いドライブだ。銀の取っ手のついたヘアブラシがどこで買えるか、あんた知っているか？」

「さあな。ＪＣペニーを試してみろよ」

「そこには行ったけど、置いてなかった。取っ手《ハンドル》といえば、あんた一人で銀行強盗を実行《ハンドル》するってのはどうだい？　そしておれが帰ってきたら、取り分を山分けするんだ」と言ってランディーはウィンクした。「おれの鍬を貸してやるぜ」

トビーの顔にはまだ考え深い表情が浮かんでいた。まるで何かを忙しく数えているような。おそらくは札束を。

「ああ、そうだな」と彼は言った。「鍬はどこにある？」

「うちだよ。ベッドの下にある」

「『ガンスモーク』の衣装は？　マット・ディロンのやつ。あれを借りてもいいかな？」

「いいとも」とランディーは言った。「お腹のあたりがちょっときついかもしれないけど」

「それって皮肉のつもりか？」

「まあな。友だち同士の軽口だよ」

トビーはまた肺癌の原因を吹き付けた。「そいつを取ってこいよ。それからどこかに行っちまえ。脳味噌があるなら二度と戻ってくるな」

「脳味噌はちゃんとあるさ」とランディーは言った。


十月二十五日の夜、アルヴィンはキノコとほうれん草とスズキのキャセロールをこしらえた。そしてボイドは夕食の席で、息苦しいばかりに激しい食欲を感じることになった。それはもう長いあいだ彼から去っていたものだった。ボイドは貪るようにそれを食べた。まずキャセロールを食べ、サラダを食べ、それからオレオのパッケージの一列半分をぺろりと平らげた。冷蔵庫から残り物のサンドイッチを取り出し、アンジーが大きく息を吸い込んで、人間関係——とりわけ彼女自身のもの——についての四十分にわたる独白の後半にかかっている間、それをむしゃむしゃと食べていた。彼女が小学校六学年のとき、セシルという男の子が学校で彼女の弁当箱を盗み、十分もたたないうちに彼女はその子が男子用トイレで彼女のトゥインキーを頬張っているところを見つけ出した。そしてそれは当然ながら最初のキスに結びついた——実を言えば四回か五回目だったが、舌を入れたのはそれが最初だった。セシルの後には七学年のとき、ドリアンとエヴェレットとデヴォンが続いたが、その三人はモルモン教徒であり、アンジーは宗教の違う交流を認めなかったので、彼らはまったく異なるリストに載っている。男女交際リストには載っていない。とはいえ舌を入れるキスは、実質的ファースト・キスとしてなおも数えられており、彼女はその赦しを求めて毎晩お祈りを捧げなくてはならなかったのだが、それも八学年でブランドンに巡り会うまでのことだった。ブランドンは化学のクラスで蛙を丸焼きにしたことで停学処分を受けており、彼女はそのことで彼に同情したのだ。ただ不幸なことにブランドンはロマンチックな性格ではなく、キスにもそれほど興味はなかった。だからアンジーは彼を捨てて、新聞配達少年のルーサーに乗り換えたのだが、その関係はせいぜい四、五時間しか続かなかった。嫉妬に燃えたブランドンが爪ヤスリでルーサーをかなりひどく引っ掻いて、再び停学処分を受けたからだ。でもそれはずいぶん公正さを欠いたことのように思えた。何故ならブランドンはとりわけ雄々しく、エキサイティングだったし、それは男女関係には欠かせないものだったからだ。ロマンチックな根幹だ。たとえばランディー・ザフのことをみんなは落伍者か、無価値な男のように扱うけれど、彼はほとんど常に、盗んできたすべての品物の分け前をまず彼女に与えてくれた。ロデオがらみの品物だけは、彼女にとっては嬉しくもなんともなかったのだけれど。

アルヴィンは彼女のことを、英雄的集中力を持ってじっと見つめていた。唇には凍りついた微笑が浮かんでいた。

試しにボイドはフォークを上げて言った。「もう一度それを繰り返してくれないかな?」

「何を繰り返すって?」とアンジーは尋ねた。

「すべてだよ、何もかも」

アンジーは目を細めて彼を見た。「何もかもって、どういうことよ?」

「その長いお喋り全体さ」とボイドは言った。「過去二十年にわたってきみが話したあれこれ。アルヴィンは途中で居眠りをしていたかもしれないから」

アンジーの目はしばしアルヴィンの方に向けられ、それからボイドの方へと戻ってきた。

「彼はこの微笑みのトリックに長《た》けているんだ」とボイドは解説した。「それは彼の顔を……なんとなく興味を持っていそうに見せる。まるでそれを楽しんでいるみたいに」

アルヴィンはもそもそと何かつぶやき、くすくす笑いながら、どこかに行ってしまった。

「あのね」とアンジーは言った。「それって、私が耳にした中ではたぶんいちばん失礼な発言だわ。アルヴィンはようやく自分の道を見つけようとしているところなのに」

「彼は道に迷っていた?」

「もちろん彼は道に迷っていた。あなたは目が見えないの?」

ボイドは首を振った。「あのニコニコ顔はフェイクだよ。あいつはただの一言だってきみの言うことを――」

「あなたが嫉妬しているからといって」とアンジーはソフトな声で言った。ソフトすぎる声で。「誰かの精神を貶める権利はない。アルヴィンは戦争に行ってた――本物の戦争よ。PTSDって聞いたことないの? 彼が最も耳にしてはいけないのは、あなたの口にしたことよ」

「あいつは泥棒だ」とボイドは言った。

「私たちはそれも解決しようとしている」

「どうやって? トーク・セラピーでか?」

アンジーの顔がこわばった。彼女は今にも泣きだしそうに見えたし、今にも叫び出しそうにも見えた。しかし彼女の声はわきぜりふのようなトーンに落ち着いた。「あなたにはわかってないかもしれないけど、アルヴィンは私を愛しているの。本物の愛よ。情熱。献身。そういう愛。私が必要とし、あなたが必要とし、他のみんなが必要としている種類よ」

「彼はきみを愛している？　それはつまり、ぼくはきみから解放されたということを意味するわけか？」

「いいえ、そうはならない」と彼女は言った。「それが意味するのは、どうしてあなたが私を切り捨てようとしているか、あのロサンジェルスでの夜にどうしてあなたが私たちの関係を神聖なものにしなかったか、ということについての筋の通ったセオリーを私が得たということよ。覚えてる？　私があなたのズボンのファスナーをほとんどおろしかけたときのことよ。そのときに私はこう思ったものよ。ああ、ボイドは紳士なんだとか、この人は新婚旅行のときまでそれをとっておいているんだわとか、この人は年取っていて、よぼよぼで太っていて、それを恥ずかしがっているんだわとか、あるいはずいぶん久しぶりなんでやり方を忘れているんだわとか。でも今ようやくわかった」彼女は何かを期待するように彼をじろりと点検した。「私のセオリーを聞きたい？」

「いいや」とボイドは言った。

「あなたは私を、シングルマザーにしたくなかったのよね」

「そうなのか？」

「ええ、そうなのよ。あなたは私を、一人きりでこの世界にぽつんと置き去りにしたくなかったのよ。おそらくは父親のいない乳飲み子を抱え、神様のいないあなたの棺《ひつぎ》に涙を流す独り身の私を」

「シェークスピアか？」とボイドは尋ねた。

「私のʼ言葉よ！」とアンジーは吠えるように言った。「あなたが私を押しやって、拒否したのは、あなたのつもりでは、今頃あなたはもう死んでいるはずだったから。なぜなら、私たちが一緒にいる間ずっと、毎秒毎秒あなたが考えていたのは、自分の分厚い頭に風穴を開けることだけだったからよ。なぜなら私たちの共有する未来はないことをあなたは知っていたし、私をセックスの慰みものに、使い捨ての女みたいに扱いたくなかったからよ。そうじゃないこと？　もちろんそうだわ！　そのとおりだって認めなさい！」

否定するか、あるいはそのまま立ち去ろうかとボイドは考えた。しかし実際には彼女は正しかった。あるいは部分的に正しかった。

「オーケー」と彼は言った。

「そう、それでいい！　そして今や、あなたの自殺計画は排除されている――いずれにせよそれは測りがたく大きなスケールの愚かしさだったけど――今では私たちはこの関係を前に推し進めることができる。あなたが私を一人の生身の人間として扱えるかどうか、見ることができる。今やそこには未来というものがある！　あなたは救済されたのよ。両腕を広げなさい、お願いだから。その惨めなちがちの心を開きなさい」

ボイドは心の内に何かぴくっと飛び跳ねるものを感じた。心理的しゃっくりのようなものだ。真実は、と彼は思った、自分が何をすればいいのか、まったく考えが浮かばないということだ。今もそうだし、これからもずっとそうだ。

彼は愚かしい笑みを浮かべて彼女を見た。

「きみはあきらめない。そういうことかな？」

「ええ、私はあきらめない」と彼女は言った。

「拳銃を返してくれないか？」

32

カリフォルニア州フルダでは、水が問題になっていた。というか、水の欠落が。その結果としてダグラス・カッタビーは、時として相反する重荷を背負い込むことになった。彼のコミュニティー・ナショナル銀行の健全なる安定性に対する責務と、コミュニティーに対する責務という重荷を。五年半に及ぶ殺人的な干ばつの期間、農夫たちを支えてきたのはダグラスだった。家畜たちを養ってきたのはダグラスだった。干上がった玉葱や砂糖大根の畑に、からからに焼けついた牧草地に、無用化した灌漑《かんがい》システムに、乾ききった井戸に、からっぽの預金口座に、二重、三重の担保を与えてきたのはダグラスだった。

その一方で、富み栄えるコミュニティー・ナショナル銀行のみが、カリフォルニア州フルダの町とその周辺に向け、彼をして慈善を施し続けることを可能にしていたのだ。破産した銀行はもはや銀行ではない。破産した銀行はもうローンを組めないし、家族を養えないし、ビジネスを救済することもできない。そこに矛盾点があった。折に触れて抵当権実行が必要になった。いや、実際には多くの場合だ。最新の集計でそういうケースが四十三件あった。コミュニティー・ナショナル銀行は現在のところ、カリフォルニア州に一万一千エーカーに少し欠けるほどの土地を所有し、オレゴン州南部に六千エーカーの土地を所有していた。そしてもちろん、ダグラスはコミユニティー・ナショナル銀行を所有していた。迅速な地域区分変更《リゾーニング》を経て、既に三千エーカーの土地が、食料品卸売り業者や、宅配業者や、石油コングロマリットや、ショッピングモール開発業者や——これはまだ交渉中だが——非常に人気のある自動車を生産している外国企業などに売却されており、それによってもともとの貸金の損失は、既にしっかり全額回収されていた。そしてダグラスのポートフォリオには、二州にわたる土地がまだたっぷりと残されていた。

今彼は、９ホールのゴルフコースの最初のティーで、フルダの町長であるチャブ・オニールを待ちながら、来るべき取引を検証していた。二人の間抜けの銀行強盗との取引だ。はした金、たかが十万ドルだ。しかしはした金も積もれば山となる。銀行手数料と同じ——こっちで十五ドル、あっちで三十ドル、そうこうするうちにヴェガスの高級ホテルの二泊分が浮いてしまう。悪魔は細部に宿る。そしてダグラスは細部に長けていることが自慢だった。

今日は金曜日、十月二十五日、午前十時半だ。そしてきっかり五時間後には、ファースト・ティーに立って、気怠く何度かスイングの練習をしている今このときよりも、十万ドルぶん金持ちになっていることだろう。細部だ。金庫室は大きく開かれ、現金は積み上げられてすぐに持ち出せるようになっている。カメラは作動中、オーディオも作動中、ショットガンは装填されている。ロイスはいつもどおり欲に駆られている。

確かに残念ではある。天才的な二重帳簿制作者を失うというのは。でもしようがないじゃないか。コミュニティー奉仕だ。

ダグラスはドライバーをバッグに仕舞い、パターを取り出し、練習用のグリーンに向かった。八フィートのパットを三度沈めた。朝飯前だ。ドライバーは派手に人目を惹くが、金になるのはパターなのだ。

ランディー・ザフの親指は既に痛み始めていた。これまでに三百マイルも走っていないし、この先にはまだ千五百マイルが控えており、小便を貯めた容器は縁まで一杯になっているし、カトラスはオイルを一クォートばかり強く求めているし、周囲の風景ときたら、夢の国を約束します（でなければ返金いたします）という、よくあるナショナル・ジオグラフィックのヴィデオに出てきそうな代物だ。そして彼の両手の親指は痛んでいた。正確に言えば、痛んでいるというのではない。麻痺《まひ》しているようでもあり、ヒリヒリしているようでもあり、一晩その上に乗っかって眠っていたような感じでもある。

彼は十マイルごとに親指を交代させることに決めていた。ただ今のところ彼はアンジーの問題をどのように取り扱えばいいか、空想に耽っていた。彼女にどうやって思い知らせてやればいいか――彼女に向かってこう言う、十二秒やるから荷物をさっさとまとめろ――ワン・ミシシッピ、ツー・ミシシッピ――言うまでもなく、ＪＣペニー野郎については愉快な方法がいくつもある。リノで自分のコンピュータを返してくれと言ったやつに対してやったときみたいに。ランディーはにやりと笑って「いいとも」と言った。そしてその一週間後に海軍ダッフル・バッグに入れたコンピュータを返してやった。すべてが五万ばかりの小さな破片に粉砕されていたが……それからばんと白日夢から覚める。もう少しで道路から飛び出してしまうところだった。なぜなら彼は親指を交代させるのを忘れていて、運転に使っていた親指は、まるで死んでいる誰かの持ち物のような感じだった。たとえばサイラスみたいな。あるいはがりがりのカールじいさんみたいな。

それから更に数時間進んだところで、ネヴァダの北西部あたりだが、ランディーは、ひょっとしておれはやはり銀行強盗に参加するべきじゃなかったのか、と考え始めた。強奪されることを気にかけない銀行を襲う機会なんて、どれくらいあるものだろう？　それほど多くはないはずだ、と彼は思った。お楽しみを逃してしまったのは惜しい。何よりもあの鍬をトビーに渡したことは、彼の人生においておそらく三番目か四番目に心折れる体験だった。サクラメントの少年院を追い出されたときに次ぐものだ。そこは、今思い返してみれば、学ぶべき価値のあることを彼に学ばせてくれた唯一の学校だった。窓ガラスにどのようにテープを貼れば、十秒でそれを破って開けることができるか。きれいに手際よく、自分の手を切ったりすることもなく。二番目に最も心折れる体験はおそらく……いや、そのことについて考えたくない。

ツイン・フォールズで彼は再びカトラスに給油し、エンジン・オイルを新たに一缶買い、小便を貯めていた容器を空にし、こぼれた分を拭き取り、有り金はいくらあるかと財布をチェックした。そこに入っているのは十七ドルと、二枚の盗んだクレジットカードだけだった。ビッグマック二個とヴァニラ・シェイクを買いにマクドナルドに寄った後、そして二枚のクレジットカードが突き返された後、ランディーはふと思った。今頃コミュニティー・ナショナル銀行は既に強盗に遭っており、トビーはきっとランディーの分け前ぶんの黄金の上にどっさりと腰掛けているんだろうなと。

一瞬彼は今からすぐにフルダに引き返そうかと思った。その一方で、四十フィート先にはマクドナルドがあった。明かりが灯り、客は老婦人が二人だけ、夜も更けて閉店時間も近い。ドアに札がかかっているようなものだ——どうか強盗してください。やれやれ、とランディーは思った、鍬さえあればなあ。

トランクにあるものは限られている。タイヤ・レバーと、タコバ剣と、電気工具セットだけだ。彼は電気工具セットを使うことにした。主としてそれがなんとなくかっこよさそうだったからであり、またひとつには剣を汚したくなかったからだ。


〈ウィンディー・ポイント・リゾート〉のほとんど無人に近い食堂で朝食をとった後、エヴリンは三本電話をかけた。最初の電話で彼女はタクシーを呼んだ。次の電話で彼女はジュニアスと短い会話を交わした。彼が暴力担当を呼び戻したかどうか、確かめたかったのだ。呼び戻していないことが判明した。あるいは全面的には、ということだが。「全面的にそうしてほしいの」とエヴリンは言った。「それも今すぐに全面的によ」彼女は通話終了のボタンを叩くように押し、ポット半分のコーヒーをお代わりした。数分の間を置き、ワシントン州シアトルの老人ホームの番号を押した。老人の戸惑ったような声が「もしもし」と言ったとき、エヴリンは立ち上がり、歩いて外に出てタクシーに乗り、八十三歳になるオーティス・バードソングと会話を続けた。その会話はラーセニー湖までの道のりの半分ほどを要した。

「もし私と話したいなら、私はここにいるよ」と老人は言った。「前代未聞のことだが」


その一時間前に、ヘンリー・スペックは二ポンドの重さのモンキーレンチをレインコートのポケットに入れた。そしてエンニの腕を取り、言った。「ご近所を訪問してみないか?」

エンニは言った。「どこに雨が降っている?」

「途中でね」とヘンリーは言った。「ひょっとしたら雪が降るかもしれない。なあ、ペギーにちょっと尋ねてかまわないかな？」

「ペギーに尋ねる？」

「そうだ」

エンニはそれについて考えた。「あなたはまだエンニを死ぬまで愛する？」

「ああ、愛するよ」

「オキ・ドキ、ペギーに質問して」

「つま先をぶっつけたことってあるかい？」

「ああ、クソ、あるわよ」とペギーは言った。

「痛かったかい？」

「クソちびるほど」

「じゃあ、きっと気に入ってくれるだろう」


カリフォルニア州フルダでは、腹部の多くの部分を失ったトミー・ヴァン・ダー・ケレンが、コミュニティー・ナショナル銀行の金庫室のリノリウムの床に横たわっていた。ロイス・カッタビーも似たようなひどい有様だった。彼女はそこから三ブロック離れたところにある鉄製のラブシートに、だらしない格好で前屈みになっていた。足元にはハロウィーンの大きな菓子袋のようなものが、空っぽのまま置かれていた。

ダグラス・カッタビーが彼のローズウッドのデスクの前に座ったとき、太陽はまだ完全には昇っていなかった。彼は銀行のカメラ・クリップを、これが最後と満足の目で見ていた。そこにはハロウィーンの菓子袋を手にしたロイスがいた。そこにはマット・ディロンがいて、その袋に十万ドルを詰め込んでいた。ふたたびマット・ディロンが映っていて——なんたることか鍬を持っている——ロイスの頬に愛を込めたキスをちゅっとする。そしてロイスは愛を込めた12番径の散弾を、彼の腹部にどかんとお見舞いする。ロイスが菓子袋を手にドアに向かう。そして屋外のキュートな画像がある。ロイスはサウス・スプルース通りを、鉄製のラブシートに向かって急いで歩いて行く。そこでカメラには映っていない夫との、愉快とは言いがたい数秒がある。奇妙だ、と彼は思う。二連銃身の残りのひとつに、12番径の弾丸が残っていることに気がつかないなんてな。

ダグラス・カッタビーは自らに祝いの言葉をかける。しっぺ返しというものだ、と彼は自らに告げる。不倫カップルに二発のお仕置きだ。

ボイド・ハルヴァーソンは午前二時からまったく眠ることができずにいた。彼はラーセニー湖の岸辺をそぞろ歩き、ドゥーニーのドックに寄せる波の音を聴きながら、人生のこの数ヶ月を自分が後悔していることに思い当たった。やったことはもう元には戻せないし、銀行を襲ったこともうなしにはできない。しかし今となってみれば、JCペニーのマネージャーの仕事はそれほど悪くなかったように思えるし、キワニスだってまあ悪くなかった。ウィンストン・チャーチルのもったいぶった本を読みながら眠り込むのも悪くはなかった。

しばらくの間、彼は月光の下を一匹の亀がよたよたと歩いて行くのを見ていた。どこだか知らないが、亀の未来がありそうなところに向けて。ボイドは実際のところ、何も考えてはいなかった。あれやこれや、いろんな情景が素速く頭に浮かぶだけだ。エヴリンがベビーベッドを通りに持ち出している。書類綴りが台所のテーブルの上に置かれている。ジム・ドゥーニーのニヤニヤ笑いの青い瞳。ジャラン・スラバヤの市場に陳列されていた、手彫りのオウムの飾りのついた見事な小箱。オーシャン・パーク・ブールヴァードを、必死にペダルを漕いでいく見るからにぱっとしない新聞少年。父親が白く濁った目で彼を見て言う。「おまえ、名前を変えたのか?」

空白の時間が通り過ぎていく。太陽が昇り、ボイドは顔を上げ、ジム・ドゥーニーの屋敷の長い砂利敷きのドライブウェイを、一台のタクシーがやってくるのを目にした。

33

ワンダ・ジェーン・エプスタインはいろんな断片を組み合わせるのに苦労していた。金庫室の床にはトビーが横たわっていた。腹部はほとんど残されていない。ハロウィーンのカウボーイのような身なりで、血まみれの鍬がその隣にある。通りを三ブロック行ったところで、ロイス・カッタビーが同じくらい無残な格好で倒れている。おそらくもっとひどいかもしれない。彼女の死体は鉄製のラブシートの上にだらんと広がっている。そして重苦しい沈黙の中で、ダグラス・カッタビーは自分の机の前に座り、ホールドアップが進行しているところを映したヴィデオ・クリップを見終わったところだ。

それは土曜日の朝八時を少し回ったところだった。ダグラスからの電話を受けた後、ワンダ・ジェーンは二つの死体を一瞥《いちべつ》し、すぐさま電話に飛びついて郡保安官の事務所に連絡した。そして座って、ダグラスと一緒にその到着を待っていた。彼らは既に四十五分待っていた。

「鍬」とワンダ・ジェーンは言った。「あれはいったいどういうことでしょう？」

ダグラスは肩をすくめ、ヴィデオのスイッチを切った。そしてうつむいて両手で頭を抱えた。彼は何も言わなかった。おそらく悲しみのためだろうとワンダ・ジェーンは思った。あるいは他の何かのためか。

「はっきり言いまして」と彼女は言った。「私にここで何かが——なんて言いますか——できればいいと思います。でも私は本物の警官じゃありません。本物からはほど遠いんです」彼女は口ごもった。「見たところ……見たところロイスが彼を撃ち、それから多額の現金を持って外に出たみたいですね」

「そのように見える」とダグラスはもそもそと言った。

「こう思いませんか——?」

「それ以外にどう考えればいいんだ? 私の妻が私から金を盗んだんだ」

「あなたから?」

「銀行から。同じことだ」

「しかし誰かが彼女を撃った。彼女は亡くなりました」

「そのようだ」とダグラスは言った。

ワンダ・ジェーンは助けを求めるようにあたりを見回した。公式には彼女は警官だった。しかしこれまでに彼女がやってきた警察の仕事といえば、マイクでの連絡と、いくつかの書類棚の整理くらいのものだ。二十秒か三十秒が経過し、それからダグラスはさっと立ち上がり、デスクをぐるりと回って、両手を彼女の肩に置いた。なんだかまるで……ワンダ・ジェーンはそれが何を意味するのか測りかねた。

「マイ・ディア」と彼はあまりに静かに言った。「我々はどうやらわかりきったことに直面しているようだ。ロイスとトビー・ヴァン・ダー・ケレンは……腹蔵ないところを言わせてもらえば……要するに、関係を持っていた。親密な仲だった。私たちがここで目にしているのは、恋人たちの諍《いさか》いを含んだ銀行強盗だ。そしてその中には強欲が含まれている。順番まではよくわからんが」

「みたいですね。でもロイスはどうやってあの世に送られたのですか？」

「共犯者がいたんだよ。疑いの余地なく。そいつが金を持ち逃げした」

「共犯者がいたとお考えなんですね？」

ダグラスは銀行家らしい大きなため息をついた。「三人組の犯行だった。もちろん私の妻、そして金庫室で死んでいる警官、そして別のもう一人だ」彼は彼女の肩をぎゅっと摑んだ。「真偽のほどは不明だが、その別のもう一人が誰だか、私にはだいたいはわかっている。あの鍬を証拠品袋に入れて、指紋を採ってみるといい。あのカウボーイの衣装もな。私が間違っていなければ、君たちはほどなくランディー・ザフの行方を追うことになるだろう」

「ランディー？」

「流れ者。こそ泥だ」

「彼のことは知っています」とワンダ・ジェーンは言った。「でも私には彼が――」

「ザフは君たちの監房を十回くらい、いや三十回くらい出入りしている。彼の指紋は記録されているはずだ」ダグラスは両手を彼女の背骨に沿って下に降ろしていった。南に向けて、彼女を安心させようとするみたいに。「君に個人的な質問をしていいだろうか、ワンダ・ジェーン？」

「ええ、いいですよ」

「君はいくつだね？」

「三十四です」と彼女は言った。

「相手はいるのか、いないのか？」

「サー？」

「恋人、人生の伴侶――その手の相手だよ。君はなかなか見事な体つきを持つ若い女性だから」

「それは、私のおっぱいのことですか？」

「そのとおり」

ワンダ・ジェーンは少しの間じっとそこに座っていたが、振り向いて彼と顔を合わせた。

「ミスタ・カッタビー、話をはっきりさせましょう。今現在、トビーの死体があなたの銀行の金庫室で悪臭を放っています。そしてあなたの奥さんは公園のベンチの上で、誰かがスムージーをぶちまけたような状態になっています。どうしてそこで体つきの話が出てくるんですか？」

「ああ」とダグラスは言った。「私はセンチメンタルな人間じゃないものでね」

「ええ、そのようですね。しかし今のところ、この町においてあなたが手にしている法執行官は私一人だけです。私のおっぱいのことは持ち出さない方が賢明でしょうね」

ダグラスは肩をすくめ、友好的な笑みを浮かべた。そして頭取の机の奥の頭取の椅子に戻った。

「よろしい」と彼は言った。「しかしそのうちに話し合うというのはどうだろう――つまりその――交流みたいなことについて」

「あなたは太鼓腹をへこませる必要があります」

「よろしい」

「そして三十歳若返らないと」

「ヴァイアグラ」

「そしてそのしたり顔」

「これはしたり顔なんかじゃない。これは期待の顔だ」ダグラスは顎を動かし、希望に満ちた男らしさを表現してみせた。「いずれにせよ、この状況に話を戻すなら、私としては行動の方向をひとつ推奨したい。一言で言えば――忘れたまえ」

ワンダ・ジェーンはそれを聞いて笑った。「銀行強盗は連邦犯罪ですよ」

「いや、マイ・ラブ、銀行強盗は犯罪ではあり得ないし、実際犯罪ではないのだ、連邦だろうが、他の何だろうが、もし銀行強盗なんてものが起こらなかったとしたらね。君は被害者を必要とする、そうだね？　頭に入れておいてほしいんだが、私の変形してしまった亡き妻は、銀行の資産を自分の持ちものとしてここを出て行った。そして言うまでもなく彼女は銀行の共同経営者だ。言うなれば、犠牲者もいないし強奪もなかったということだ。問題と言えば、十万ドルが不足しているということだけだし、その状況は当局が迅速に処理してくれることだろう。指紋のこと、覚えているね？　ランディー・ザフのこと？」

ワンダ・ジェーンはただうめき声を出し、言った。「はあ」

「はあというのは、理解したということかね？」

「いいえ、違います。それが意味しているのは、私は二つの死体を抱えているということです。その死体からは内臓がそっくり失われています。それを忘れろと言うんですか？」

「君は誤解している」男の声は偉そうなべったりした口調へと変わっていった。「最初の死体、ヴァン・ダー・ケレン巡査はロイスに射殺された――これは何より明らかだ。今ヴィデオ・クリップで見たとおりだ。一件落着。二番目の死体、我が愛する妻は、ランドルフ・ザフという名の共犯者の手にかかって果てることになった。これも一件落着。私が言わんとするのは、わかりきったことの先まで話を広げるのはやめようってことだ」

ワンダ・ジェーンは彼を手短に観察した。「ずいぶん綿密に考察なすったんですね？」

「すべての細部を」とダグラスは言った。

「ただしカメラに映っているのはロイスとトビーだけです。ランディーもいない。共犯者もいない」

「もちろん映ってはいないさ。彼は三ブロック先で略奪品を待っていたんだから」

「その証拠はどこにあるのですか？」

「証拠だと？」とダグラスは言った。「腹を撃ち抜かれた私の妻はどうなんだ？　鍬やカウボーイの衣装についたザフの指紋はどうなんだ？　行方不明の現金はどうなんだ？」

「ずいぶん確信がおありのようですね？」

「ああ、もちろん。確信はあるとも」

ワンダ・ジェーンは腕時計に目をやった。「わかりました。あなたの仮説には感謝します。とりあえずここの戸締まりをして、やり方を心得た人たちがやって来るのを待ちましょう。それでいいですか？」

「いいとも」とダグラスは言った。「君が法執行官だ」

表に出てワンダ・ジェーンは銀行の鍵をポケットに入れ、ダグラスにここに留まるように言い、ノース・スプルース通りを半ブロック歩いて、エルモ・ハイブの玉撞き場に行った。店はまだ開いていなかったが、店の裏手でエルモがウォーターヒーターをシヴォレー・ピックアップの荷台から下ろしているのを見つけた。

　ワンダ・ジェーンは状況をかいつまんで説明した。

「トビーのやつ、言わんこっちゃない」とエルモは言った。「ロイスもだ。驚きゃせんよ。で、どうしてほしいんだね？」

「防水シートを持っていってロイスの残骸にかけてほしいの」ワンダ・ジェーンは少し考えた。そして思いつくままに付け加えた。「保安官の一行が到着するまでその辺にいてちょうだい。二十分か、あるいは半時間くらいで来ると思うから。私は犯罪現場に巡らせるテープがあるかどうか見てくるわ」

「そいつはちょっと」とエルモは言った。「おれはこのウォーターヒーターを抱えていて、このままにしておくってのは――」

「エルモ」

「なんだね？」

「あなたはトビーのバックアップとして月に三百ドルもらっている。この前耳にしたところでは、あなたはこの八月には三時間だけ働いている」

「六時間だ」とエルモは小さい声で言った。「でも、いいよ。このヒーターを中に入れるのを手伝ってくれ。ひとつ確かなことがある――トビーが職務を離れたとなると、この町のメキシコ人たちは今夜はお祭り騒ぎをすることだろうよ」

　ワンダ・ジェーンは肯いた。「私もまあ、悲嘆に暮れるというような気分でもないけどね」

　二人は一緒にウォーターヒーターを抱えて裏のドアから店に入り、階段を上がった。エルモは清潔なシャツを着て、警官のバッジをシーホークスの帽子のつばに着け、玉撞き台に被せていたビニールのカバーを畳んで持ち、ワンダ・ジェーンのあとから通りに出た。まだ八時四十五分にもなっていない。コミュニティー・ナショナル銀行の玄関前をうろうろしているダグラス・カッタビーを除けば、動くものひとつなかった。

「で、ダグがやったのかい？」とエルモが言った。

「私はそうじゃないかと思っている。少なくともロイスの方はね」

二人は数秒間ダグラス・カッタビーを見ていたが、それからワンダ・ジェーンはため息をついて言った。「こうしよう」

「どうするって？」

「黄色いテープのことは忘れてちょうだい。私は車でダグラスの家に行って、ショットガンと十万ドルがそこにないかちょっと調べてくる」

エルモは彼女を見た。「気をつけてな。あいつはあくどいからな」

「私は更にあくどい」とワンダ・ジェーンは言った。

34

エヴリンとアンジーとアルヴィンとボイドは、折りたたみ式の椅子に座っていた。それらの椅子は、ラーセニー湖の湖畔に面したジム・ドゥーニーの広壮な部屋（大がかりな略奪に遭ったあとのもの）の中央に取り急ぎ並べられていた。会話はまばらで、ぎこちないものだった。グランドピアノと壁に飾られた狼の頭部ふたつを別にすれば、部屋の家具調度は根こそぎ取り払われており、コーヒーカップのかちんという音や、それぞれの咳払いや、脚を組み替えるときの衣擦れが、奇妙に誇張された不安げな反響を生んでいた。

ボイドは膝に両手を重ねて座っていた。彼はアルヴィンが場の空気を和らげようと懸命に努めている様子を、ほどほどの関心をもって見ていた。アルヴィンは自ら進んでコーヒーを用意し、不揃いなカップとソーサーの組み合わせを四つ見つけてきて、今はエヴリンに狼の頭部の歴史と由来を尋ねていた。「おたくのお父さんが、こいつらを殺戮（slew）したのでしょうね？」

エヴリンはコーヒーカップを注意深く、合板の床の上に置いた。硬材と松のフローリングは既に剝がされて、一週間前に売却されていたのだ。

「殺戮（slew）した？」と彼女は言った。

「殺したってことです。これはアンジーの言葉のひとつです。彼女はとてつもない言葉を知っているんですよ」

「そうなの？」とエヴリンは言った。彼女の目はアンジーの方に滑っていったが本人まで届きはしなかった。「じゃあ、彼女は窃盗《セフト》という言葉をご存じかしら？」

アルヴィンは笑った。「あなたはここで育ったということだから、どのようにして狼たちが殺戮（slewn）されたか、あるいはご存じかもしれないと思ったわけです」

「slew の過去分詞は slewn じゃなくて、slain」とアンジーは言った。

「そのとおり」とアルヴィン。

アンジーの唇は薄く、ぎゅっと閉じられていた。その十分間というもの、彼女はエヴリンに向かって射すくめるような、殺人的な思考を送り続けていた。「そして私は窃盗がどういう意味かを知っている。それが意味するのは、太った猫たちが個人所有の床屋椅子やら、ボウリング・レーンやらを所有すること。そして更に太った娘たちを持つこと」

「なるほど」とエヴリンは言った。

「なるほど、何かしら」とアンジーは言った。

「あなたはボイドといろいろお話をしたようね」

「ボイドは喋らない。ほとんどまったくね。あなたのお父さんの銃弾を自分の頭に撃ち込もうと試みて以来ね」

エヴリンは自制心を発揮して、ボイドの方に目をやらないようにした。自制心は彼女の通常行為だった。彼女は代わりにアルヴィンの方に向き直った。

「実際には私はここで育ったわけじゃありません」と彼女は明るい声で言った。「ミネソタで夏を送っただけです——二度か三度。そんなにしょっちゅうじゃない。そして父がたくさんの狼を殺戮したとは思えません。ドゥーニー自身が狼だったから」彼女は誰の顔にも目をとめないようにしながら、がらんとした部屋をぐるりと見回した。「それでも、言わせてもらえれば、この家はもう少し豊富に飾り付けされていたと記憶しているわ。家具とか、その手のもの」

「そう。そしてボウリング・レーンも」

「そう。ボウリング・レーンも」

「そしてクルーズシップにでも使えそうなボートも」

「私は謝らなくちゃならないのかしら？」

「そうね」とアンジーは言った。「それは悪くない考えかも」

「うん、じゃあ、私を赦してちょうだい」とエヴリンは実のない微笑みを浮かべて言った。彼女は手を伸ばしてカップを取って一口すすり、いかにも上品にそれを正確に床に戻した。「これでお詫びも済んだわね。さて、もしよければ、少しばかり夫と二人の時を過ごしたいんだけど。彼と私と二人きりになれる場所がどこか——」

「夫ですって？」とアンジーは言った。「あなたは彼と離婚したのよ」

「昔の癖ね。ごめんなさい。私、馬鹿な太った猫ね」

エヴリンはまた微笑みを浮かべ、部屋を艶やかに見回した。タクシーを降りてから初めて、彼女はボイドに直接目を向けた。ボイドも顔を上げて彼女を見た。半ば眩しげに、半ば不安げに。

彼は立ち上がって「こっちにキャンピングカーがある」と言った。

「いいわよ」と彼女は言った。

そこから六十フィート離れたところでは、ヘンリー・スペックとエンニが手に手を取って、波打ち際から芝生のスロープを歩いて上がってくるところだった。そのときちょうどボイドとエヴリンは〈プレジャー・ウェイ〉に乗り込もうとしていた。エヴリンは歩を止め、振り向いた。

「ここにいてちょうだい」と彼女はボイドに言った。「あの人にちょっと話があるから」


アンジーとアルヴィンは窓ガラス越しに見ていた。外では穏やかな、ほとんど目につかないくらいの雪が、秋の日差しの中をちらちらと舞っていた。

「ここで何が起こっているか見当がつくかい？」とアルヴィンが言った。

「正確にはわからない」とアンジーは言った。「でもだいたい想像はつく。お願いがあるんだけど」

「もっとコーヒーを作る？」

「違う。今までにどれくらいの現金を手に入れたかしら？」

「ボートも入れて？」

「すべてを入れてよ」

「たくさんだよ。ここをほとんど剝ぎ取っちまったからね」

「オーケー、いいわね。ブガッティにはしっかりガソリンが入っている？」

「ブガッティは売ったよ」

「売った？　あれは私の誕生日プレゼントじゃなかったの？」

「しょうがなかったんだ、おれのＰＴＳＤのせいだよ」

「あなたはタイピストだったんでしょう、まったくもう」

「損傷を負ったタイピストだ」彼は少し間を置いた。「頼みってなんだい？」

アンジーは窓から顔を背けた。

「ねえ、ずっと考えてたんだけどね」と彼女は言った。「ものごとは私が希望していたようには進んでいない。私たちの婚約は破棄される。ほんとにほんとに悪いんだけど」

「げげっ」とアルヴィンは言った。

「まったくげげっよね。で、あなたには消えちゃってもらいたいの」

「消えるって、どうやって？」

「私たちはお金を山分けする。あなたはここを出て行く。急がなくもいいわ。あと十分くらいのうちに」

「前の奥さんのことが怖い？」

「いくらになるの？」

「それぞれに三万七千ずつ」

「たったそれだけ？　それはずいぶん――」

「盗品だよ、アンジー。一ドルにつき五セント入ってくればラッキーな世界だ。そのことは説明したよね？」

「ええ、したわ。それを持ってきて。そしてあなたは出て行く用意をする」

エヴリンとボイドは〈プレジャー・ウェイ〉の狭苦しい車内で、折りたたみ式の食卓を挟んで向かい合って座っていた。二人はかつては狂おしいほど強く愛し合っていた。それが今では、二十インチの距離を置いて向かい合っている。その距離はどことなく不可思議で、間違った親密さを持っていた。二十インチと、十年の歳月だ。

世間話みたいなものは論外だった。二人は互いを見つめ合い、いろんなことを思い出した。

「私たち、実は話なんか全然するべきではないの」とエヴリンがようやく口を開いた。「私たちはここにしばらく座って、それからどこかに行ってしまうべきなのよ」

彼女は彼の手を取り、それを自分の唇にあてた。何ごとも起こらなかった。というのは何ごとも起こりようがなかったからだ。そしてしばらくして、彼女は手を彼に返した。

「あの外にいる男」とボイドは言った。「あれは誰だ？」

「私がここにいる理由のひとつよ。彼はジュニアスのために働いている」

「それで、ジュニアスって誰？」

「ジュニアスが誰だかよく知っているはずよ。礼儀正しくしてよ」

「礼儀正しさはぼくの基本だ」

エヴリンは鋭く前屈みになって、二人の間の距離を詰めた。「あそこにいる男はね、人の腕をねじ上げるために雇われているのよ。腕を折るためにね。私の夫はあなたを私の人生から放逐したがっているの。完全にね――サイコの騎士ランスロットみたいにひょこっと現れてほしくないわけ」

「なるほど」とボイドは言った。「きみがひょこっとここに姿を見せたのと同じように」

「私はあなたと張りあうためにここに来たわけじゃないのよ、ボイド」

「じゃあ、なぜだ？」

「助けるためよ。私はあなたを助けたかった」彼女は身を引いて、キャンピングカーの中を見回した。「私はヘンリーに言ったの——ヘンリーっていうのがあそこにいるならず者の名前なんだけど——あなたに手出しはするなって。でもそれは彼の仕事なの。彼はあなたと話をしたがっている」

ボイドは肯いた。「いいとも。それだけなのか？」

「ノー」とエヴリンは言った。

「他に何がある？」

「ねえ、これってぎこちないわ。どうしてあなたは——？」

「十年間だ、エヴリン。ぼくは延々と言葉を尽くして請い続けてきた。どう言えばいいのか、ぼくの頭の中には詫びるべき言葉がもうひとことも残っていないんだよ」

「私はあなたを赦した。何度でも赦すわ」

「ああ、しかしそれは助けにならない。銃弾が助けてくれるかと思った。でも今ではそれは馬鹿げたことに思える」

「それが馬鹿げたことに思えて欲しい。実際に馬鹿げたことなんだから」

ボイドは彼女の顔を見ようとしたが、できなかった。彼が望むのは、彼女の中に潜り込んで、そこで眠ってしまいたいということだけだった。

「ぎこちないときみは言ったが、そのとおりだ」とボイドは言った。「少し歩かないか？」

「ええ、歩きましょう」とエヴリンは言った。

ラーセニー湖の方に降りていくとき、二人の前をまばらな雪が舞っていた。灰色で冷たく、風の強い天気になっていた。しばらくの間二人は何も言わず岸辺を辿っていた。どちらも口をきく必要を感じなかった。それからエヴリンがぶるっと身震いをして言った。「十月に雪。たぶん気候変動のせいね」

「それで」

「たぶん」とボイドは言った。「あるいはミネソタのせいかも」

「それで？」

「それであなたは自殺を図ったのね？」

「ぼくらしい生半可なやり方でね。ぼくはその現場をドゥーニーに見てほしかったのさ」

「なるほど」

「わかるってこと？」

「よくわからない。本当のことを言えば、まったくわからない。そしてあなたは本当に銀行強盗をしたの？」

自分でも驚いたことに、ボイドは声を上げて笑った。「ああ、そのとおりだ。それもまた生半可なやり方でね。なにしろ強盗にあっても痛くも痒くもないという、ただひとつの銀行を選んで襲ったんだからね」

「そのこともよくわからない」と彼女は言った。顔を歪めるような、たじろぐような表情が一瞬よぎった。「そんな話はインターネットにも出ていない。それは本当に起こった――」

「ぼくは嘘をついてはいない。嘘をつかないということに関して、ぼくは嘘をついていない」

彼女の視線は彼から離れていった。

「どうして？」と彼女は言った。

「というのは——？」

「どうしてあなたは銀行を襲ったの？」

ボイドはそれについて考えてみた。「うまい答えはない。好奇心かな。たとえばそこにガラス窓があって、それをじっと見続けていて、それを金槌でがしゃんと割ってしまったら、どんな具合だろうと頭の中で考え続けていて、そしてある日……わからないな。これが起こることをぼくは必要としていたのかもしれない、たった今、これが起きることを」

「それが理解できるというふりをするべきなの？」

「いや、そんな必要はない」

「冷え込んできた。腕を取ってくれない？」

「いいとも」

「私はあなたを憎んではいない」

「そうなんだ」

「憎んではいない。あなたのことを真剣に案じているだけ」

何を言えばいいのか、彼には思いつけなかった。言葉は役に立たない。何ものも役に立たない。

そこからまた少し歩いたところでエヴリンが言った。「私に腹を立てないでほしいんだけど、この馬鹿馬鹿しい自殺騒ぎはもうこれで終了したっていう確証がほしいの。永遠に終わったっていう。私はそんなことには耐えられないわ、ボイド」

「きみはぼくに約束を求めているのか？　ぼくは嘘つきだってことを忘れないように」

「とにかく約束してちょうだい」

「オーケー、約束しよう」と彼は言った。

「あなたはそれをただ私のために言っているわけ？」

「きみのためだが、ただきみ一人のためじゃない。ぼくが求めているのはあり得ないもの——巻き戻しスイッチさ。最初からやり直し。今度はもっとうまくやる。これはまったくのファンタジーだ。確かにね。でも今のぼくは、ＪＣペニーとゴルフコースを回る生活だって受け入れる。おそらくは冷凍食品のディナーにも。ぼくは野心をスケール・ダウンしたんだよ」

「ただしそうするには問題がある。あなたが銀行を襲うっていうこと」

「ひとつ襲っただけだ。しかし、ああ、それが問題になる」

「ボイド、あなたにキスしていい？」

「巻き戻しのために？」

「ノー」と彼女は言った。「ただのキスよ」

二人は歩を止め、長く離婚している夫婦の行き場のないキスをした。少し後で彼らは再びキスを試してみた。より行き場を持たないキスを。

「そうね」とエヴリンはため息をついた。「言い争うよりはいい」

それから二人は、どんどん勢いを増していく雪の中を更に四十五分ほど歩いた。彼らは過去の話を避けた。彼らはテディーと、虚偽を網羅した書類一式と、楽園でのエキゾティックな夜の話を避けた。数多くではなかったけれど、彼らが話をするときそれは、今でもまだ彼らの人生を結びつけている、いくつかのものごとを認めるためのものだった。エヴリンはドゥーニーのログ造りの邸宅がきれいに剝ぎ取られたことについて尋ねた――そのポイントはどこにあるのか？　そしてボイドは肩をすくめて、自分はそのことにはほとんど関与していないのだと言った。「ぼくは見ているだけだった」と彼は言った。「シャンデリアが消えるのを目にしたときには、ぞくぞくと喜びを感じたけどね。それはアンジーのぼくに対する仕返しのようなものだったと思う」

「でもそれは重窃盗罪よ、ボイド」

「そのとおりだ。そしてぼくはその壮大さを愛する」

「刑務所に送られかねない」

「ドゥーニーは送られなかった」

エヴリンは横目でちらりと彼を見た。半ば苛立ち、半ば警告するように。「私たち、その話には踏み込まない」と彼女は言った。

「そのとおりだ。悪かった」

「謝ってもらいたいわけじゃない。私たちはその話には踏み込まない、それだけのことよ」彼女はもう一度彼の腕を取り、しばらく沈黙していたが、それから鋭く小さく息を吐いた。笑いとまではいかなかったが。「あのアンジーっていう娘さん。私に好意は持っていないみたいね。違う？」

「持ってはいない」

「そしてあなたたち二人の間では何かが進行していて、私は敵になっているということ？」

「まあそんなところだが、しかし……彼女はけんかっ早いんだ。きみはまっとうな社会に属する金持ちのレディーだし」

「それはわかるわ。私がかつて結婚した相手に似ているみたい」

「ほら、今度はきみがそこに踏み込んでいる——きみ自身が行きたくない場所に」

エヴリンは肯いた。「これってきついわよね。私たちが話し合うべきことがらが、すべて口にできないなんて」

「きつくはない。ポイントを欠いているだけだ」

「もちろん、ポイントを欠いている。でも私があなたを崇めていたことは知っているわよね。そうでしょ？」

「おおむね知っている。ときどきぼくは無理に自分にそう信じさせなくちゃならないけどね」

「ボイド」

「なんだい？」

「どうしてあなたは私にそんなに嘘ばかりついたの？」

彼は一瞬戸惑った。「なぜならぼくは無価値なげす野郎で、きみのことを愛し過ぎていたからさ」

「それは本当のこと？」

「イエス」

「いいわ。もう黙りましょう」

エヴリンはしばらくのあいだ内にこもっていた。それから後刻、二人がドゥーニーの屋敷に向かって戻っているときに、彼女は詫びて、自分は見当外れなことをしたみたいだと言った。私は何もあなたの罪悪感を積み上げるつもりはなかった。見苦しい場所に引き戻すつもりもなかった。ただあなたを助けることができればと思っただけなの。「もしあなたが望むなら」と彼女は言った。「父に話をすることはできる。事態を修復する道はあるんじゃないかしら」

「何を修復するのだろう？」とボイドは言った。

「そうね、まず第一に彼の家を身ぐるみ剝いでしまったこと。釘付けされていないものをすべて売り払い、釘付けされていたものまでどっさりと売り払ったこと。そんなもの、ドゥーニーからすれば取るに足らないことではあるけれど。彼は全部で十軒の家を持っている。十軒だったか、数え切れない。告訴したりしないように彼に頼むことはできる」

「うまくいかないよ」とボイドは言った。

「説得はできると思う。彼はそこにユーモアの要素を見るかもしれない」

「ドゥーニーにユーモアのセンスがあったかな？」

エヴリンは肩をすくめた。「ボイド、彼は怪物たちに神経ガスを売りつけた男よ。ユーモアのセンスがないわけないでしょう――すべてはゲームなのよ。あなたは彼のそういう尻尾を捕まえたんでしょう」

「そのとおりだ。しかしそこには笑いはなかったと思う。彼はぼくを徹底的に破壊した」

「そして彼はそれをとても愉快なことだと思った。いまでも思っている。もしあなたが彼の家の玄関で、脳味噌をそっくりぶちまけたとしても、きっと同じことが起こったと思うわ。その二秒後には、彼はこの出来事を、どうやってみんなに、コニャックと葉巻を手にして話そうかとリハーサルしていたでしょうね。彼を弁護しろと頼んだりしないでね。そんなことするつもりはないから」彼女は何かを付け加えようとしたが、やめて、それからまた話し出した。「私には正直に言ってちょうだい。あなたはどれくらい真剣に前の人生を取り戻したいと思っているの——冷凍食品ディナーとかその手のものを」

「真剣ではないよ」とボイドは言った。「ぼくはなにしろ銀行を襲ったわけだから」

「でも、もしそれが起こっていなかったら？」

ボイドは彼女を斜《はす》に見た。見ていないようなふりをして。彼女の頬の肌はその日の寒さのせいで赤らんでいた。彼女が身につけているのは薄いコットンのセーターと、カタリーナ島の午後のためにデザインされたスラックスだけだった。

「だって、それは起こってしまったんだ」と彼は言った。「そしてぼくは馬鹿じゃない。そこにハッピーエンドがあるはずはないんだ」

「ハッピーとはいかない。あなたは正しい。平和に、というのは？」

「そいつも無理だね」

「そうかもしれないし、そうじゃないかもしれない」とエヴリンは言った。「お金でどれほどのものが買えるか、それを知ったらきっとあなたは驚くでしょうね」

アンジー・ビングはドゥーニーの家の居間で二人を待っていた。「三つのこと」と彼女はエヴリンに向かって言った。「彼は私のもの。あなたは彼を失った。あなたのためにタクシーを呼んだわ」彼女はボイドの方を向いた。「四つにする。キャンピングカーの中でモンキーレンチを持った男があなたを待っている。ああ、そうだ、アルヴィンは呼ばれてよそへ行った。婚約はなしになった。ほどなく私たちはカリフォルニアに戻るべく、出発することになる。みなさん、わかっていただけたかな?」

エヴリンはアンジー・ビングに向かって勇気ある一歩を踏み出した。「こちらにいらっしゃい、ハニー。ハグが必要だわ」

「彼は私のものよ」とアンジーは言った。

「もちろんあなたのものよ。だからこそ私はハグを必要としているの」

35

十月にしては本格的な降りとなった雪の中を、ボイドは家から〈プレジャー・ウェイ〉へと向かって歩いていた。キャンピングカーの入り口で彼は数秒間立ち止まり、雪と寒さと静けさと、奇妙にしてきわめて唐突な考えに思い当たった。それは自分はまったく孤立しているわけでもないし、まったく嫌悪されているわけでもないし、まったく未来がないわけでもないという考えだった。たしかに夢の未来ではなかったが、柔らかく無音の雪の中に立っていると、それは彼が受けて然るべきものより、遙かに善きものであることが理解できた。

彼は両手を差し出して、雪片をいくつか集め、それが素速く溶けていくのを見ていた。なんていう人生だと彼は思った。

ボイドがキャンピングカーに足を踏み入れると、ベッドのある左手に慌ただしい動きがあった。

「まったく、なんだい」とヘンリー・スペックが言った。「ノックというのを知らないのか？」

スペックはぎこちなく、若い女のむき出しの四肢から身をほどいた。彼女の微笑みはイノセントで快活で、愛想が良かった。

スペックはズボンを引っ張り上げた。

「ちょっとだけ時間をくれ」と彼はもそもそと言った。「目を閉じていてくれないかな」

ボイドは目を閉じて後ろを向いた。背後で若い女のざらついた笑い声が聞こえた。

「いいぜ」と一分か二分あとでスペックは言った。「こっちを向いていい。ただし、冗談は抜きで、誰かがあんたに礼儀ってものを教えてやるべきだな。そこに座れよ」スペックはベッドを指さした。そのベッドにはディッシュ・タオルらしきものを身に纏った娘が腰掛けていた。「本題に入ろう。私はヘンリー。こちらはエンニ。我々には為すべき仕事がある。長くはかからない」

ボイドは神妙にベッドの端っこに座っていた。隣のディッシュ・タオルと輝かしい微笑みを目に留めながら。スペックがシャツの裾をズボンにたくし込み、キャンピングカーのドアをロックし、レインコートを手に取り、そのポケットからぴかぴか光る新品のモンキーレンチを取り出すのを彼は見ていた。

「この代物は重さが……そうだな、二ポンドほどかな？」スペックはそれでとんとんと手のひらを叩いた。「さて、今ここに上品な既婚の婦人がおられる。彼女は私のボスの奥さんだ。いいね？あんたはたぶん彼女をご存じだろう」

「彼女のことは知っている」とボイドは言った。

「よろしい。あんたは彼女のことを知っている。それで私のボスは、あんたが彼女のことをもう知らないようにしてほしいと思っている。知らないというのは、そうだな、たとえばあんたがそこに座って彼女の名前を思い出そうとする。いいね？　しかしその名前は浮かんでこない。それは苛立つことだ。考えに考えるが、どうしても出てこない。あんたは名前のリストを片端からあたってみる。百万、二百万の名前がそこにある。ところが肝心の名前が出てこない。彼女の髪の色も、靴のサイズも思い出せない。彼女が寝言を言ったかどうかも。彼女の肌が黒かったか白かつたか黄色かったか、ここにいるエンニみたいに白子並みだったか、それも思い出せない。なんにも思い出せない。それが私の言う『知らない』ということだ。そこまではいいかな？」

　エンニがくすくすと笑った。

　ボイドは頭を振った。イエス。

　この男は気取ってしゃべっているのだ、とボイドは思った。主に娘に聞かせるために。ものごとを長引かせて、賢明さの点数を稼いでいるのだ。

「さて、ここで話はぐっとトリッキーになる」とスペックは言った。「頭にきているのはなにも私のボスだけじゃない。私だってやはり頭にきている。なぜなら私はあんたの行く先を突き止めるために、あらゆる場所を引き回されたからだ。もう二度と訪れたくないような場所、たとえばこのRVだ。向きを変えるたびに耳がちぎり取られそうになる。私の社交生活は皆無だ。日焼けも褪《あ》せつつある。もしこのエンニがいなかったら、彼女に恵みあれ、私は今頃雪だるまになっていたところだ。あそこに生えている何兆本もの松の木からぶらさがるつららになっていたところだ」彼は息を吸い込み、娘の方をちらりと見た。自分がうまくやっているかどうかを確かめるために。「というわけで、ひとつ質問がある。あんたはスペックという名前を耳にしたことがあるか？」

　ボイドは口に出して言うべきか、ただ首を横に振るだけにするべきか迷った。彼は「ノー」と言った。

「さて、それが私だ。ヘンリー・リチャード・スペック、私の大叔父とほとんど同じ名前だ。ただし彼はヘンリーではなかった。グーグルで調べてみるといい。スペック。S－P－E－C－K

だ。もしスペックに出会ったなら、あんたは喉の裂け目から染み出るシリアルを飲み込めれば幸運だろうよ。そして話はまたこの代物に帰る」彼はモンキーレンチをくねくねと振った。「どっちがいいかな。足指と手の指と」

「しゃべれっていうことか?」とボイドは言った。

「そうだ。ここはポーランドじゃないからな」

「オーケー、ありがとう」

「いいとも、手の指か?」

ボイドは首を振った。違うということだ。そして言った。「つまりだね、エヴリンは――エヴリンというのは私が知らない上品な女性のことだが――彼女は、きみはぼくをお手柔らかに扱ってくれると言っていた。彼女の印象では――」

「それはかれこれ一時間前の話だ」

「ほう」

「足指か?」

エンニはベッドからするりと立ち上がり、スペックの隣に立った。ディッシュ・タオルがその艶やかな褐色の肩から垂れ下がっていた。「足指だと思うな」と彼女は明るい声で言った。「たぶんそんなに痛まないと思うから」

「彼女はフィンランドから来ていてね」とスペックは言った。「あるいはオークレールから。今、英語を身につけているところなんだ」

娘はボイドに向かってウィンクした。彼女の声が一オクターブ下がった。「さあ、いくわよ、おっさん。靴と靴下を脱ぎな」

ボイドは自分の靴に目をやった。

「真剣なのか？」と彼は言った。

「前戯は抜きだ」とスペックは言った。「さっさと足指を出せ。五分で終わり、我々はここから出て行く」

ボイドはキャンピングカーのドアを見た。チャンスを計算し、リアリスティックになることに決めた。「わかってもらいたいのだが」と彼は言った。「ぼくはきみのボスにとって何の問題でもない。それはエヴリンが保証してくれるはずだ。つまりだね、今すぐ家まで歩いて行けば、彼女がぼくの言葉を裏付けしてくれる。二十秒もかからない」

「小切手を書くのはエヴリンじゃない」とスペックは言った。「靴と靴下。ジュニアスは写真を求めている」

ボイドは靴と靴下を脱いだ。

「ちょっとつねるだけ。そんなにひどくない」とエンニは言った。軽くひらひらした声に戻っていた。

「足を床にぴたっとつけて」とスペックが言った。

〈プレジャー・ウエイ〉の床は氷のように冷たかった。ボイドはいつも医療器具というのが怖かった。聴診器でさえ。数秒の間、彼は頭の中の新しい場所に行った。それから娘が言った。「ミスタ・ヘンリー、私に小指をくれるって約束して。オキ・ドキ？」

「小指、了解」とスペックが呟いた。

「これ、本当にやるのか?」とボイドが言った。

「立派な態度だ。最後まで希望を棄てない」スペックはエンニの方を向いた。「何か服を着て、カメラを持ってきてくれ。まったく、ここはひどく寒いな」

それほどひどくはなかった。

シュールレアル、やがてそれはリアルになる。

スペックはそれを機械工のように処理した。エンニは探検家のように、喜びに目を大きく見開いて。片足の親指と、もう片方の小指。砕くだけで、切断はなし。少し後で彼らはボイドを外に出した。裸足で雪の中に。

エンニは携帯電話でクローズアップの写真を二枚撮った。ヘンリー・スペックはその写真を西方にいるジュニアスに転送した。

「もう痺れている?」とエンニが尋ねた。

「まだ痺れてない」とボイドは言った。

「足指を選んだのは正解だったわね、おっさん」

ボイドは「オキ・ドキ」と言おうかと思ったが、代わりにスペックの方を見た。彼はドゥーニーの家の方に向かって歩いていた。誰がこんなことを信じるだろう? ボイドは首を振り、奇異の念に打たれながら、こぼれる涙を拭った。

娘は笑った。「ちっとしたお楽しみだったじゃない」

「ちっとしたね」とボイドは言った。

彼女は彼がよろよろと歩いてキャンピングカーに戻るのを助けた。一日か二日足を氷で冷やすように言い、それから〈ブルーフライ〉の名刺を彼にそっと渡した。「名前はペギーっていうの」と彼女は囁いた。「ペギーは乱交はやらない。いけない子はエンニ」

36

〈プレジャー・ウェイ〉の中でうとうとまどろんでいる彼を、アンジーとエヴリンが見つけたのは、もう日が沈んでしまってからだった。ぼくは大丈夫だから、ここにこのまま放っておいてくれとボイドは言ったが、いくつかの厳しい言葉が交わされたあと、二人は彼を担いで、五インチほど積もった雪の中をドゥーニーのログ造りの邸宅まで運んでいった。大広間には暖炉以外に暖房設備は皆無だったが、暖炉のまわり数フィートには親密な暖かさが感じられた。その床の上に彼女たちはクッションとキルトを使って、ボイドのために寝床を整えた。エヴリンはヒドロコドン〔オピオイド鎮痛剤〕を二錠与えた。一錠は今すぐ飲むために、もう一錠はあとで飲むために。アンジーはトマト・スープを温めた。

ボイドの方はすべてがぼんやりとしていた。意識が覚めたり、失われたり。しかしどうやら二人の女性の間の関係は修復されたようだった。エヴリンの呼んだタクシーはキャンセルされ、コーヒーはワインにとって代わられ、二人の間には連帯のようなものが生まれていた。それは彼の足指の腫れのせいだったかもしれない。あるいはヒドロコドンのせいだったかもしれない。しかしアンジーとエヴリンは彼に対してよりも、自分たちの関係について遙かに満ち足りているようにボイドには思えた。

一度、まだ炎が燃えているとき、彼はふと目を覚まし、エヴリンが「やっていいこと・やってはいけないこと」リストを小声で囁いているのを耳にした。ボイド・ハルヴァーソンの取扱説明書みたいなものだ。業界情報とか、商品注意書きというか。「子供っぽい」とか「眉唾もの」とか「馬鹿げている」とか「失敗に対する病的なまでの恐怖」とか、そういう言葉は彼を、半ば船酔いのようなまどろみの中に誘い込んでいった。そしてもっと夜遅くなって、もうそろそろ夜明けかという頃、暖炉の中に一本の燃えさしがちかちかと赤く光っているのを、彼は目覚めてじっと見つめていた。自分が二人の女性に挟まれた形で寝ていることに気づくまでに、少し時間がかかった。左側にエヴリン、右側にアンジー。二人とも毛布に包まれている。二人とも完璧にじっとしている。彼は再び、自分は孤独ではなく、また嫌悪されてもおらず、未来がまったくないわけでもないのだということに思い当たり、心打たれた。銀行を襲ったのがまさに正解だったんだと彼は思った。もし犯罪がなければ、これらのことは起こらなかった。ちかちか光る燃えさしも、痛む足指も、隣にいる二人の女性たちも、何もかも。

ボイドは身を起こし、二錠目のヒドロコドンを見つけ、それを飲んだ。そして注意深く立ち上がった。

こわばった脚で移動しながら、体重を踵《かかと》に乗せ、すり足でそろそろ歩いて行けば、時折痛みを感じるだけで玄関ドアまでたどり着けることがわかった。彼は外に足を踏み出し、ドゥーニーの家の玄関口に立って、小便をした。

失敗に対する病的なまでの恐怖?

あるいはそうかもしれない。

馬鹿げているって？

ただのレトリックだ。

彼はしばらくそこに裸足で立っていた。夜の氷がばりばりと音を立てるのを聞いていた。ぼんやりとしか感知できない雪は、最初のうちはひりひりと肌を刺したが、やがて彼の足指を麻痺させてくれた。病的にかどうかはわからないが、彼はまさにこの戸口で、テンプテーション38口径を使って自殺することに失敗した。もちろんエヴリンのことでもしくじった。このやり損ないの半世紀以上の間に遭遇したすべての人、すべてのものごとに対して、かなりしっかりとしくじった。嘘だらけの人生、それに間違いはない。しかしそれでも、彼の舌先から虚偽がこぼれ出るとき、でまかせが彼の眼前で真実に変身していくとき、彼はすべての言葉を、生きてもいない人生の勝ちとってもいない瞬間のすべてを、心から信じるのだった。そう、彼はプリンストンの卒業生なのだ。彼はヒンドゥークッシュ山脈で勲功を挙げ、マッキンレー山を登攀《とうはん》し、脳の癌を克服し、SATで満点に近い点をとった。

しかしだからなんだというんだ？

ちょっとした嘘が簡単に手に入るというのに、どうして失敗の危険を冒さなくてはならない？

数秒の間、ボイドは満天の星を見上げていた。雪は降り止んでいた。夜は、銀色のクリスマス・カードのようにきらきらと輝いていた。彼の足は切り離され、取り除かれたみたいに感じられた。そこには痛みはなく、感覚もまったくなくなっていた。

振り返ってドアに向かい、一歩踏み出したところで、彼は横によろめいた。そして激しく倒れた。肘を石にぶっつけた。「おいおい」とアルヴィンが暗闇の中から言った。「危ないところだぜ」

彼は両脇の下に手を入れてボイドを持ち上げ、戸口にもたせかけ、ふわふわした白いミトンで汚れを払ってやった。

アルヴィンがどこからやってきたのか、あるいはなぜそこにいたのか、ボイドにはまったく見当がつかなかった。その男はしっかり冬支度をしていた。ストッキング・キャップに、重いブーツに、スノーモビラーのパンツに、ポンペイアン・レッドのパーカ。

「骨折はしてない？」

「大丈夫だ」とボイドは言った。「足の指だよ」

「来なよ。どっか暖かい場所に連れてってやるよ。あと五分遅かったらば、これからは切断された足で歩くことになっていたぜ」アルヴィンは振り向いて、ボイドの両腕を自分の肩にかけた。

「飛び乗れよ。キャンピングカーまでおぶってってやるから。あんたに話があるんだ」

「てっきりアンジーがきみを――」

「ああ、彼女はそうしたよ。おれを叩き出したんだ。かといって、どこにも行き場はない。だからおれは――おれはガレージでうろうろしていた。フェラーリにはかなり立派なヒーターがついているからな。しっかりつかまってなよ」

〈プレジャー・ウェイ〉までの六十フィートの、背中に乗せられての道のりが、多彩な出来事が起こった二十四時間の締めくくりになった。アルヴィンはキャンピングカーのエンジンを始動させ、ヒーターを強くし、ミトンを脱いでそれをボイドの足に履かせた。「朝になったら、まずいちばんに医者に診せるんだな」と彼は言って、ボイドが肯くのを待った。「それが痛むことはわかっている――痛まないわけがないんだ――しかしあんたが耳にしておかなくちゃならんことがふたつばかりある。言っていいか？」

火のフィラメントが、ボイドの足指から膝へと這い上がった。彼はぐっと息を吸い込み、言った。「手早く済ませてくれ」

「いいとも」アルヴィンは一瞬口をつぐんだ。彼は神経質になり、びくびくしているようだった。「こういうことなんだ。長い話になるけどな。かつてエンニとおれとは……なんと言えばいいのか。まあ、二人組になっていたわけさ。ケンとバービーみたいにな。このへんのミネソタの田舎じゃ住人の大半は年寄りだ――悪く取らないでくれよ。だからおれたちはすぐに互いを見初《みそ》めた。エルクス・クラブで六〇年代の昔話を交換しているよりはましだものな。いずれにせよおれたち二人は、エンニとおれとは、問題を抱えている。おれはものを盗むのが好きだし、エンニはいろんな人を相手にことを起こすのが好きなんだ」彼はまた間を置いた。半ば笑みを浮かべ、激しく首を振った。「怒りが絡むんだ。わかるかい？　まあいちおう天国で結ばれたような組み合わせなんだが、あまりに完璧すぎてまるで妹に色目を使うみたいな具合になっちまってね。それで今は――ほら、なんていうか――おれたちはただ互助し合っているんだよ。お互いの面倒をみている。そんな感じさ。昨夜は彼女はおれに電話してきて、足指の話をしてくれた。彼女は混乱していた。彼女が今一緒にいる相手は、スペックっていうやつだが、モンキーレンチを持ったジョージ・ハミルトンみたいな男なんだ。ここまで、ついてきてるかい？」

「足が焼けるようだ」とボイドは言った。「話のポイントはなんだ？」

「エンニは葛藤している――あんたもたぶん気がついていると思うけど。二人の異なった人物。彼女はクレジットカードを愛しているが、人の足を痛めつけるのはそこまで愛していない。スペックは彼女を怯えさせる。全身サイコみたいなやつだ。エンニは抜けたがっている。あんたからの助力を求めている」

「ぼくからの?」とボイドは言った。

「あんたからのだ。だからおれは今夜このへんをうろうろしていたんだ」

「彼女はぼくの小指を潰したんだぞ。彼女はそれを潰すことを楽しんでいた」

「そうだ。エンニはそのことを申し訳なく思っている。お詫びをしたいと」

「どんな助力だ?」

「あんたの拳銃だよ」

ボイドはため息をつき、頭を振った。立ち上がろうとしたが、途中であきらめた。「拳銃は駄目だ、アルヴィン。彼女はただでさえ危険なんだから」

アルヴィンはくすくす笑った。「それに反論はしないよ、パパ。でもそれはエンニのためじゃないんだ。彼女はおれにスペックの野郎を脅してもらいたいんだ――拳銃を振り回して、失せろって言ってほしいんだよ。そうすればさっさと行っちまうだろうと、彼女は思っている」

「悪いけど、拳銃は駄目だ」とボイドは言った。「少なくともぼくからは渡せない。銃はアンジーに没収されたから」

「わかるよ。ただアンジーはほとんどおれと口をきいてくれないんだ。そしておれとしてはそのことについても、あんたとの間できちんと正しておきたいんだよ。あれはね、最初から最後まで大きなお芝居だったんだよ。おれとアンジーとの間にはまったく何もなかった。嘘っこの愛だよ。彼女はそれであんたがパニックを起こすだろうと思ったのさ。あんたが頭を下げてくるだろうと思ったのさ。おれは彼女に、そんな子供だましは通じないよと言ったんだけどね」

「それで?」

「それだけさ。あんたはほとんど気がつきもしなかった。そのあと……そのあとおれは演技をするのをやめてしまった。そしてその時点で彼女はおれをあっさり放り出したってわけだ」

ボイドは笑った。

「笑いごとじゃないぜ」とアルヴィンは言った。

「いや、笑ったのはアンジーのことだ。彼女は昨夜、ぼくのことを子供っぽいと言った」

アルヴィンはボイドを見た。何かを話すか、あるいはそのまま立ち去るか、決めかねるように。

「まったく、あんたは特別だよ。薔薇の花が一輪、膝の上に落ちたというのに、ハレルヤと叫ぶこともできないんだからな。いったいどうしたっていうんだね?」

「ぼくは超間抜けなんだ」

「それについて議論の余地はないね。痛む足を抱えた超間抜けだ」

「なあ、もしぼくが家に戻るのを手伝ってくれたら……」

「じき手伝うよ。おれに銃をくれ。そうすればおれはもう二度と姿を見せないよ。そのあとはせいぜいがんばってくれ——残りの人生を悪臭で満たすための奮闘に好きなだけ戻ってくれ」アルヴィンはそこで話をやめて微笑もうとしたが、そうはしなかった。「次に来る休日はなんだか知ってるか?」

「知らない」とボイドは言った。

「ハロウィーン。たった二日あとのことだ」

「それで？」

「おれの好きな休日だ。窓を石鹸で洗ったり、ガーデン・チェアをかっぱらったりしてもかまわない唯一の日だ。おれはハロウィーンのために生まれたような人間なんだ。あるときシカゴで――おれは十一だったか十二だったか――デパートで『トリック・オア・トリート』をやった。たしかマーシャル・フィールドだったと思うんだが。そしておれは、とくに欲しくもないガラクタを、計算機とか、ダストバスター〔充電式小型掃除機〕みたいなものを手にそこを出てきた。ただスリルを味わいたかっただけさ。思うんだけど、あんたが銀行を襲ったみたいにだよ。それがおれなんだ。それが、おれがなりたいおれなんだよ」アルヴィンは目尻に皺を寄せた。そこには面白がっている様子とあきらめの感情がうかがえた。「いずれにせよ、イラク戦争に二期従軍したあとで、おれはばっちり、完全なアリバイを手にすることができた。おれは傷を負った戦士なんだ。おれは外傷を受けている。全身、罪悪感で満ちている。でもな、実を言えば、こうやって生活することがおれは元来好きなんだ。毎日がハロウィーンなのさ」

　ボイドは肩をすくめて言った。「オーケー、きみは悪党だ。手を貸して家まで連れて行ってくれないか？」

「それで拳銃は？」

「できるだけやってみよう。ただし銃弾はなしだよ」

「銃弾はいらない」とアルヴィンは言った。「ブツはガレージに置いといてくれ。なにぶんよろしくな」

「やってみるよ」

アルヴィンはよろよろと立ち上がった。「なあ、おっさん、あんたとおれとは何らかの形而上学を共有している。〈旅路の果て〉的な感覚だよ。唯一の違いは、おれは臆病じゃないってことだ。引き金を引くことにおびえを感じない。わかるかい？」

「ノー」

「さあ、あんたをアンジーのところに戻しに行こう。おれがよろしくって言ってたって、ちゃんと言っといてな」


十一月七日の朝、秋が戻ってきた。昼までに道路の雪はすっかり溶けた。気温は華氏五十度〈摂氏十度〉台前半まで上がった。そして晴天の下、エヴリンの呼んだタクシーがドライブウェイを、ごりごりと砂利を嚙みながらやってきた。

彼女の出発は、到着と同じくらいぎこちないものだった。彼女もボイドも、口にすべき言葉を見つけられなかった。アンジーは彼女を二度ハグした。一度は玄関先で、もう一度はタクシーのところで。大事なものごとは自分のいないところで決定されたのだという感覚をボイドは持った。何がどのようにして決定されたか、正確なところはさっぱりわからなかったけれど。

エヴリンは彼にヒドロコドンの薬瓶を二つ渡した。「一日に四錠飲みなさい。そしてレントゲンを撮ってもらうのよ。私のことは心配しないで。うまくやるから」

彼女はタクシーに乗り込み、ドアを閉めたが、再びドアを開けて外に出た。そして言った。

「あなたのお父さんと話をした。もしあなたたち二人が……彼はもう老人なのよ。害はない」

「あるかもしれない」とボイドは言った。

「彼はシアトルにいる」

「どこにいるかは知っているよ」

「あなたは私のことを怒っている」

「怒ってはいない。ただ希望がないだけ」

エヴリンは彼の顔を見て、それからタクシーに戻った。

「もしそれが何かの役に立つのならだけど」と彼女は言った。「私はあなたを赦す。今一度」

「こちらも同じ」とボイドは言った。

その夜、ラーセニー湖に再び雪がどっと降った。

37

ミソメイニアとは、ウィルスなのか、呪いなのか、原罪なのか、勝手な自己愛なのか、暴走したエゴイズムなのか、狭量な傲慢さなのか、発作的な粗暴さなのか、神経症的いじめなのか、洗練を欠いたただの無知なのか、病理学的な精神不安定なのか、月並みなものを幻想に置き換えたいとする単純な願望なのか？　あるいはそうではなく、それはただのお医者さんごっこをする子供レベルのものなのか、最高司令官の役を楽しむ、徴兵逃れをしたホテル経営者程度のものなのか？　ミソメイニアは原因においても結果においても、これらすべてを合わせたものであり、またそれ以上のものであるように思える。それはPTAの各地集会や、下院司法委員会を強引に押し進んでいく。二〇一九年の秋の盛りまでに七千百万人の成人アメリカ人がこれに感染していた。それにプラスして二億二千万人の学童が教室でその徴候を示していた。ごまかしが伝染病のようにはびこっていた。欠席届はサイエンス・フィクションのように読めた。教師たちは報復に走った。

不安を抱かせることに、その年の十月後半になって疾病管理センターは、人間からヨーロッパムクドリとアメリカ鴉に「遺伝子クロスオーバー」した最初の例を検証した。どうしてミソメイニアのせいでムクドリモドキが空から落ちてくるのかは謎だった。そしてどのようにしてムクドリモドキがお互いに対して嘘をつきあうのか、それもまた同じくらいわけのわからない問題だった——羽根の形状で嘘をつくのか、あるいは鳴き声でだますのか。説明がどうであれ中西部の北部一帯で、車のウィンドウや裏庭めがけてばらばらとぶつかってくる、鴉とムクドリを避ける術はなかった。ミソメイニアは致死的な病となったのだ。

生活は月並みで、罪は単に陳腐なカリフォルニア州フルダでは、真実告知会の四人のメンバーが、ありきたりの「真実ならざる真実」を使い切って、新鮮味のある「フェイクなアンフェイクニュース」を探し求めていた。「エイリアンとUFOはもう古代史になっている。証明されてしまった事実だ」とチャブ・オニール町長が共謀者たちに説明していた。「我々は購読者を失っている。合衆国大統領に対抗することができない——やつは我々を殺しつつある。我々が必要としているのは、常軌を逸したことだ。なんでもいいからアイデアを言ってくれ」彼は弟のディンクや、アール・フェンスターマッカーや、悲しみに沈んでいるダグラス・カッタビーからの提案を待った。彼らは真実告知会の戦略会議のために、アールの商工会議所のオフィスに集まっていた。ダグラスがようやく深いため息をついて、言った。「ローカルな話題でいけばどうだろう？ゾンビが小学校二学年を教えているとか。消防署に魔女がいるとか。個人的なことを言えば、私はあまり寄与できそうにない——言うまでもなく、ロイスの葬儀が近々に控えているからね。それでもなおかつ、我々は腐敗分子を粛正しなくてはならん。私は二人ばかり民主党員を知っている」

「アレック・ボールドウィンはどこに住んでいたっけ？」とディンクが言った。

「この辺じゃない」とチャブは言った。「それにやつはもう袋だたきにあっている。いずれにせよ、前にも言ったことを繰り返すことになるが、我々はボイドをゲームに復帰させなくてはならん。想像力を持ち合わせた男をな」

「そのとおり」とダグラスが言った。

二十分ばかり彼らはアイデアをあれこれ出し合ったが、これというものは出てこなかった。それからダグラスが腕時計に目をやって、花も買わなくてはならないし、追悼の言葉も書かなくてはならないと言った。「がんばってやってくれ、みんな」と彼は明るく言った。「墓地でお目にかかろう」

ダグラスが行ってしまうとチャブが言った。「あいつ、かなり参っているな」

「打ちのめされている」とアール・フェンスターマッカーが言った。

部屋の向こうの方で、五羽のムクドリが商工会議所の窓ガラスにどすんとぶつかった。

「ユダヤ人のやつらが！」とディンクが吐き出すように言った。

38

ミネソタ州パーク・ラピッズから数マイル外側で、カトラスは痙攣《けいれん》して咳き込み、最高時速は二十七マイルと決めた。車のヒーターはノース・ダコタで故障していたし、ラジオは何年も前から壊れていた。彼はハロウィーンをファーゴの東の溝の中で過ごし、その持ち金はウェンディーズでの慎ましい食事にも十分ではないところまで減っていた。といってもウェンディーズが目につくところにあったわけではないし、それどころか店なんて何ひとつなかった。時刻は一時半で、雪がまた激しく降り出していた。ワイパーは半透明の氷の塊を力なくかき分け、ランディーは目をしばたかせながら道路をじっと睨んでいた。

千八百マイルの退屈なドライブ、九クォートのオイル、そのなれの果てがアイスキャンディー状態だ。

なんて世の中なんだ。

パーク・ラピッズのメイン・ストリートをかたかたと車で進みながら、彼のまずやるべきは凍結を解くことだった。動くものは何ひとつない。車も人も皆無だ。ランディーの見たところ、街は北極からやってきた恐ろしい雪の爆弾で、きっぱり息の根を止められたみたいだった。二発の雪の爆弾。そしてこの有様だ。

二十分ばかり彼は、ガソリン計の針が「祈れ」を指すのを見ながら、行き当たりばったりに通りを行き来していた。そしてようやく閉店している〈ウォルグリーン〉の駐車場に車を入れた。この街が必要としているのはウェイクアップ・コールだな、とランディーは思った。たとえばささやかな犯罪行為とか。

警備アラームをひとつ無効化したあと、彼は〈ウォルグリーン〉の暖房サーモスタットを心地よい九十度〔摂氏三十二度〕まで上げた。

彼は時間をかけて夕食になりそうなものを物色した。そして結局、M&Mチョコレートと、チャックルズ・チョコバー二袋に落ち着いた。それから電気加熱パッドを二つ失敬して電源を入れ、家庭用医薬品の通路、ナイクウィル〔風邪薬〕の棚のすぐ下に寝支度をこしらえた。ベミジまではあと五十マイル足らずだし、カトラスの調子さえ戻れば、一時間のうちにそこに着けるだろう。

彼はぐっすりと眠った。

夜明けにランディーが目覚めると、外の気温は華氏の一桁にまで落ちていた。雪はまだしっかり降り続けていた。彼は店を出て車のところまで行って、カトラスの凍り付いたエンジンをなんとかかけようとしたが、そのうちにバッテリーが死んでしまった。やれやれ、参ったなあ、とランディーは思った。ここはカリフォルニアじゃないんだ。彼はダッフルバッグを掴んで、急いで〈ウォルグリーン〉に引き返した。ロデオのシルク・シャツを三枚重ねて着て、二つの電気加熱パッドの電源を入れ、数分間待ってから、それをシャツの下に入れた。そして粘着テープを使ってパッドを前と背中に固定した。

再び外に出ると、彼はメイン・ストリートを半ば歩き、半ばよたよたと走りながら、一軒のカフェに行った。そこには世の終わりを生き延びた六人か七人の客がいて、ブース席で凍結を解きながらコーヒーを飲み、フォート・ローダーデール〔フロリダ州の街〕を夢見ていた。ランディーはカウンターの椅子に座り、メニューを頼み、懐具合をチェックした。きっかり二ドルだ。

魅力を発揮するときだ、とランディーは思った。滑らかに、でも滑らか過ぎないように。

若いウェイトレスがやってきたとき、ランディーは彼のいちばん作り物っぽい笑みを浮かべ、言った。「このバターミルク・パンケーキ。どういうものなんだね？」

「ただのパンケーキです」と娘は言った。

「そのとおりだ。ただ、バターミルクを控えれば、アブラカダブラ、もっと安いパンケーキが出せるんじゃないのかね」

娘は彼の顔を見た。「バターミルクを抜いちゃうってことですか？」

「抜くというんじゃなくて」とランディーは言った。「昔ながらのプレーンなパンケーキだよ。ソーセージはついてくる？」

「セットで注文すればね」ウェイトレスは鉛筆でメニューをとんとんと叩いた。「それだと、ソーセージかベーコンかハムがついてきます。ハッシュ・ブラウンもね。それがセット」

「そいつは全部ひっくるめていくらになるんだ？」

「九ドル九十九セント。それで寒くないんですか、サー？」

「寒いって？」

「コートなしで、シャツだけで？」

「シャツを三枚着ている」とランディーは言った。「すべて違う色だ。それから加熱パッドを二枚。九ドル九十九セントって言った？」

「イエス・サー」と娘は言った。「加熱パッドを身につけているんですか？」

「そのとおり」とランディーは言った。「電源を入れて二十分、もうハワイにいるような気分だ」彼は顔をしかめてメニューを睨んだ。「九ドル九十九セント。でもそれはバターミルクを使っての値段だよね」

娘は笑った。彼女はせいぜい二十歳というところだろう。もしノルウェイ映画のスターが好みなら、まず悪くない見かけだ。

「バターミルクか無か」と彼女は言った。

「フェアとはいいがたいな」ランディーはため息をついて笑みをもっと作り物っぽくした。「わかったよ、バターミルクで行こう。鉛筆の用意はいいかね？」

「いつでもどうぞ」

「パンケーキのフルのセットを三つ。それにドーナッツをつけて。おれ、しばらくここにいるから」

結局、彼が食べられたのは、セットを二つ半だった。でもランディーはたっぷり時間をかけて、朝の遅くまでかけて食べ、トイレに三度入った。二度は本当に用を足すため、一度はパッドを調整するためだった。勘定書きはもう二時間前から彼の前にずっと置かれていた。三十九ドル弱、彼にはまったく払いようもない金額だ。しかしコーヒーのお代わりはサービスだったから、彼は若いウェイトレスに魔法をかけるべく努めながら、せっせとコーヒーを飲み続けた。彼女の名前はフランだった——彼は「君のチップはどれくらいはずもうかな」的な手法を用いて、その事実をなんとか引き出した。同じような口舌で、彼はセーラムで結婚の一歩手前まで漕ぎつけたのだった。

フランは二十二歳だった。

スティーヴン・キングのファンだった。

菜食主義者だがビーフジャーキーは食べる。またその娘は、とても興味をそそられることだが、ミス・パーク・ラピッズの次点になったことがあった。でも本当は私が選ばれるべきだったのよ。それについてランディーは言った。「ああ、そうだよな、その気持ちわかるよ」それに対して娘は言った。「私のシフトは正午で終わるの」

「そうかい？」とランディーは言った。「パーク・ラピッズでは、人はお楽しみにどんなことをやるんだい？　氷穴の釣りとか？」

「そういう人もいるけど、私はインドア派だから」

「いいねえ」

娘は彼をじろじろと見た。「あなたオケラなんでしょう？」

「今のところはね」と彼は言って、最大級の作り物の笑みを浮かべた。「君とおれとで給油所のホールドアップをするってのはどうだい？」

「ほんとに？」

「ほんとに」

「じゃあ正午に」とフランは言った。

ランディーは彼女にウィンクし、勘定書きをくしゃくしゃに丸めてポケットに入れ、軽やかな大股でドアを出た。背中から見たらたぶんかなり危険そうに見えるだろうなと思いながら。

カリフォルニア州フルダでは、しっかり施錠された冷え冷えした金庫室の中で、ダグラス・カッタビーは腰を下ろして、上下二連銃身のATIクルセーダー・ショットガンの掃除とオイル塗りをおこなっていた。作業はゆっくりしたもので、彼は頭の中でロイスと話をしていた。この何年もの間、二人がどれほどのお楽しみや利益を分け合ってきたかを回顧しながら。コミュニティー・ナショナル銀行はまさに大人の遊び場みたいなものだったよな、と彼は彼女に思い出させた。きらきら輝く一ドル銀貨を休むことなく吐き出すスロットマシーンがずらりと置かれた、幼児遊戯室みたいなものだ。どうしてそんなものを壊さなくちゃならない？　大事なのは、と彼は頭の中の彼女に向かって囁きかけた、我々二人とも、君がどんな計画を胸に抱いていたか承知していることだ。下の銃身はトビー用、上の銃身は私用だった。私の考えは正しいよな？　もちろん正しい。そして君はもっと自らをわきまえるべきだった。十万ドルを膝に乗せて公園のベンチに座りながら、君は私が厳しい側面をも具えていることをもっと考慮するべきだったのだ。私は銀行の頭取であり、農家の差し押さえをするときに私情は一切挟まない。ビジネスはビジネスだ。このきれいにオイルを差された美しい銃器を、すぐ手に取れるところに置いていったのは、なんといっても君自身の不注意だ。

気の毒にな、マイ・ラブ。

結婚の誓いもそこまで。

ロマンスもそこまで。

ダグラスはため息をついて立ち上がった。そして分解したクルセーダー銃を、二つの大型貸金庫ボックスに分けて収納した。

でも、よく聴いてくれ、と彼は彼女に言った。わずかばかりの散弾に、幸福な記憶を台無しにさせないでほしい。


その同じ時刻に北米大陸の反対側では、数千羽のムクドリのざわめきが、ホワイトハウスの二百フィート上空で古代のバレエを踊っていた。それがなければ、明るく輝かしいはずの秋の午後を暗く染めて。ムクドリたちはミリ単位で同期し、流麗な単体の組織となって、上に下に、北に南にと動いていた。一方のその下では、さる主要都市の元市長が、合衆国大統領と腕を組んでローズガーデンを周遊していた。「私はもちろん負けるわけがない」と大統領は言った。「なぜなら私はどこまでもこの私だからだ。しかしもし私が選挙に負けたとしても——笑わないでくれよ、私は人に笑われるのが好きではないんだ——もし私が負けたとしても、私がここを去らなくちゃならないということにはならない。そうだな？」彼はホワイトハウスの芝生をぐるりと見回した。「これは人民のものだというような戯言を抜かすやつもいるが、勘弁してくれ。これは私のものだ。違うか？」

「そのとおりです」とさる主要都市の元市長は言った。彼は歩を止めて、上空を指さした。「うわっ、あれをごらんになりましたか、サー？」

「何を見たかって？」

「あの鳥たちです。六羽か八羽、衝突したと思うんですが」

「それが？」

「たしかそのように見えたんですが。でもまあ……ああ、また三羽衝突した」

大統領は肩をすくめた。

「それは気の毒に」と彼は言った。「でもただのムクドリだろう。違うか？」


ランディーはフランをずいぶん長く待っていた。正午からもう四時間が経過しており、足が痛くなってきた。そして加熱パッドが問題になっていた。

彼は手をシャツの中に入れて、パッドを緩めようとしたが、道路にこびりついた何かを引っ張っているような感じだった。指の爪を使ったり、腹を思い切りへこませたりしてみたのだが、ついに「参った」と降参して、どこかパッドをむしり取れる個室がないものかとあたりを見回した。四軒先に靴屋があった。〈ラリーの靴とスリッパの店〉だ。

一分後、ランディーはローファーを検討していた。赤みがかった茶色、アンジーの髪と同じ色だ。そして本物の革だ。「そいつを試してみるよ」と彼は接客をしてくれている男に言った。「でもその前に洗面所に行きたいんだが」

ランディーが案内されたのは、これ以上小さな洗面所にお目にかかったことはないという代物だった。シャツを脱いで、パッドを取り外すスペースがぎりぎり何とかある。これは由々しき事態だ、と彼は悟った。粘着テープは彼の心臓が鼓動している真上に、ぴったりと密着していた。彼はジャックナイフを出してパッドの下に差し込もうとしたが、これもうまくいかない。テープはゴム・セメントのように強力に固着していた。

ドアに軽いノックがあった。「大丈夫ですか？」と店員が声をかけた。

「まあ、大丈夫だ」とランディーは言った。「ひょっとして靴べらの持ち合わせはあるかな？」ランディーは蛇口のお湯を出し、それを自分にかけた。そして親指の爪をなんとかひとつのパッドの下に差し入れることができた。これは、〈ウォルグリーン〉の誰かにひとこと言っておかなくっちゃな。もう一度ジャックナイフを試してみたが、やはり駄目だった。それから鏡を見た。二つのパッドは、彼をかっこいいV字体型に見せていた。コミックブックや、刑務所のトレーニングルームで見かけるような。とりあえずこのままでいいか、と彼は思った。彼はシャツをたくしこみ、トイレの水を流した。外ではしかめっ面をした店員が靴べらを持って待っていた。

「大丈夫ですか？」

「悪くはない」とランディーは言った。「ローファーを試してみよう」

ランディーは腰を下ろし、カウボーイ・ブーツを蹴るようにして脱ぎ、ローファーに足を入れた。そしてカーペットが敷かれたテスト用の通路をゆっくりと歩いた。通路の端に靴を映す鏡があった。

「このタッセルはちょっとおかまっぽくないか？」と彼は疑わしげに言った。

「タッセルこそが靴を作ります。タッセルはまさに王冠の宝玉です」店員はポケットから計算機を取り出し、ぱたぱたとボタンを押した。「二十パーセントの割引をいたしますよ」

「いくらからの割引なんだ？」とランディーは言った。「詰まるところ、いくらになるんだね？」

「八十八ドルと小銭になります」

ランディーは首を振って言った。「ただの牛革にしちゃけっこう高価だな。ところであんたがラリーなのか？」

「私がラリーか？」

「『あんたがラリーなのか？』と尋ねたら、そういう意味になるだろう」

「いいえ、違います」と彼は言った。「私はメルです」

「じゃあラリーはどこにいるんだ？　トボガン〔先住民族が使う小型のソリ〕で遊んでもいるのか？」

「ラリーは私の弟です。私たちは交代でここで働いています。しかしまたどうして――？」

「差しの話ができるかどうか確かめたかったからさ。おれとあんたとでな」とランディーは言った。彼は間を置いて微笑んだ。「あんたは下取りをしてくれるよな？」

「さあ、それは――」

「このおれのブーツ、何年ものあいだいささかのアクションを目にしてきた。あんた、ロデオをやったことあるかい？　雨降りだと思ってくれ、地面は四インチの深さのぬかるみだ。馬たちは明日がないみたいに小便と糞をまき散らしている。でもこのブーツを履いていれば、これはまったく正直な話だが、足は決して濡れたりしない。五百ドルはするブーツだ。おれはこれを道化師の友だちから二百ドルで買った。やつはもう死んじまったけどな。死んで六年か七年になるかな。歴史に残るようなまったく笑えない道化師だった。しかしやつは優れたブーツを見る目を持っていた。それは間違いのないところだ」

「うちは下取りをやってないんです」とメルは言った。

「ああ、そうだな。そこを考え直してくれ。レジの中にいくら入っているか、見てみようじゃないの」

レジの中には三百四十ドルと少し入っていた。小額紙幣、たいした金額じゃない。しかし空っ穴よりはましだ。

靴屋からの強奪はランディーにとって新しい分野だった。彼は編み上げ用の四十インチの黄色い靴紐を選び、メルを洗面所に押し込め、洗面台の排水パイプにしっかり縛り付けた。メルは何も言わなかった。口の中に靴磨き用の皮を押し込まれていたから。

「おれたちが今やろうとしているのは」とランディーは言った。「取り引きをまとめようってことだ。異議がなければ首を縦に振ってくれ」

メルは首を縦に振った。

「結構だ。さて、ここに五百ドルのロデオ・ブーツがある。それはあんたのものだ。あの八十八ドルプラス小銭のローファーはおれのものだ。ここまではいいな？　ということは、あんたはおれに四百十二ドルの借りがあるということだ。ばっちり現金でな。しかしあんたは既に、レジから三百四十ドルをおれに支払っている。そんなこんなで、まだ七十二ドルと小銭ぶんが不足している。問題は、おれたちはそれをどう始末すればいいかってことなんだ。何か考えがあるなら、言ってくれ」

ランディーは彼に数秒を与えた。

「それじゃ、ちょっと聞いてくれ」と彼は言った。「おれにはひとつ考えがあるんだ。おれが目にとめた婦人用のハイヒールがある。値段は割引なしで六十七ドルだ。おれが考えているのは、そのハイヒールを箱に詰めることだ。サイズはシックス&ハーフ、おれの女友達のサイズだ。それで貸し借りはなしってことにしようじゃないか。どう考えても、こんな筋の通った取り引きはまたとないだろう。それでいいかい？」

少し時間はかかったが、メルは首を縦に振った。

「賢いビジネスマンだ」とランディーは思った。

彼は洗面所のドアを閉め、婦人用のハイヒールを包装し、店のウィンドウに「閉店」の札を出した。そして外に出てフランを待ったが、ほどなく声を上げて笑い出した。

39

ワンダ・ジエーン・エプスタインは墓地のそばの空き地に立って、いちばんの親友であるヘッダ・トッドハウザーに話しかけていた。「あのろくでなしは奥さんを吹き飛ばして、自分の銀行の金を盗んでおきながら、証拠一つ残していない。武器も見つからず、証人もいない。ふけひとつ落ちていない。でもね、間違いなくダグラスこそが犯人なのよ。あいつは毒入りの食用油の缶みたいなものよ」

ヘッダはふうっと息を吐くような音を出した。「でもね、私は白髪の人に弱いの。あれでお腹を少しへこませれば――」

「ヘッダ、彼はシリアル・キラーなのよ」

「お金持ちのやもめタイプのね」とヘッダは言った。「それに彼が殺したのはロイス一人だけでしょ。シリアル・キラーとは呼べない」

「連続というのはどこかから始まるのよ」

「そんな大きな声を出さないで」

ワンダ・ジエーンはヘッダの腕を取り、何歩かわきに連れて行った。そして百人ばかりの参列者がちょうど半分ずつ、二手に分かれていることを見て取った。共和党員とメキシコ人に。埋葬はふたつだった。ふたつの開いた墓穴と、ふたつの閉じられた棺。ロイス・カッタビーの列に並んでいるのは、フルダの町のお偉方たちだった。悲しみに打ちのめされたダグラス・カッタビーはチャブ・オニール町長と、商工会議所会頭のアール・フェンスターマッカーに両脇を支えられて立っていた。二人はまるで図書館の前の一対のガーゴイルみたいにダグラスを挟み込んでいた。カッタビー家の参列者たちはお上品に生真面目であり、上品な毛皮とブラック・スーツに包まれ、お上品に退屈しきっていた。

トビーの墓穴の近くはお祭り騒ぎだった。ブラック・フライデーというよりはシンコ・デ・マヨ〈メキシコの対仏戦勝記念日〉の騒ぎに近い。

「目を見張らされる」とヘッダは囁いた。「陰と陽。アメリカという実験」

「持てるものたちと、ペドロたち」とワンダ・ジェーンがそっけなく言った。

「なんですって?」とヘッダが言った。

「なんでもない。ダギーを見てよ——彼は私に色目を使っている」

ヘッダは首を振った。「彼は瞬きしているだけよ、ハニー」

「馬鹿言わないで。誰が片目だけ瞬きするものですか」

後刻、ロイスとトビーが無事に埋葬されたあとで、ワンダ・ジェーンとヘッダは二十マイル圏内にある唯一のまともなレストランである、オレゴンとの州境近くにある〈ホリデー・イン〉で頭の整理をしていた。ワンダ・ジェーンはウィスキーを二杯とリブの盛り合わせを注文し、ヘッダはウィスキーを二杯とシュリンプ・スカンピを注文した。そして二時間ばかり二人は戦術について討議した。

状況を見るに、とワンダ・ジェーンは説明した、それはすでに半分解決された犯罪だ。銀行のカメラは明らかに、銀行のロビーに入ってくるトビーの姿を捉えている。鍬を手に、マット・デイロンにそっくりの格好をしている。『ガンスモーク』の再放送だ。最初それは通常のホールドアップに見える。ロイスは両手を頭の後ろにやり、金庫室まで彼を案内する。トビーは彼女のあとをついていく。金庫室のカメラが二人を捉えたとき、トビーのマスクはもうなくなっている。なぜ？　筋が通らないじゃない。ヴィデオの映像は粗く、ぶれて、ときとして役に立たない。しかしおおよその事の進行は明らかだ。ロイスはトリック・オア・トリートの袋と覚しきものを持っている。トビーはそこに現金を詰めている。ある時点でトビーは身を前に乗り出し、素早くロイスの頰に軽いキス（と思えるもの）をする。あるいはそうじゃないかもしれない――カメラの角度のせいかもしれない。いずれにせよ、その三秒か四秒あと、トビーが彼女から身を引くときに、フレームの隅にショットガンの銃身が現れる――ロイスはそれを腰だめに構えている――それから音のない不気味な閃光《せんこう》が走る。まるで夜間空爆を受けているバグダッドみたいな。

「その瞬間までは」とワンダ・ジェーンはヘッダに言った。「まるで『俺たちに明日はない』を観ているみたいなの。ただひとつ驚くのは、まったくの話、どうして彼らはそういうすべてをカメラに記録させたかってことなの。まさかそこに監視カメラがあったことを、知らなかったわけじゃないだろうに」

「ただし」とヘッダは言った。

「ただし何？」

「ただし、彼らはその映像が破棄されると思っていたかもしれない。あるいは消去されると」

ワンダ・ジェーンは微笑んだ。「ダグラス・カッタビーの手によって」

「だから彼を檻《おり》に入れなさい」とヘッダは言った。「私みたいな女性と一緒に」

ワンダ・ジェーンは最初のウィスキーを飲み干した。「問題は確実な証拠がないってことなの。今のところ、すべては違う方向を示している。鍬にはランディーの指紋がついている。マット・ディロンの衣装にもいたるところに」

「ランディー・ザフ？」とヘッダは言った。「それはあり得ないわ。ランディーなら金庫室のドアにタマを挟んじゃうよ」

「私もそう思う」とワンダ・ジェーンは言った。

「だとしたらあなたはどうなるわけ？　窮地に陥っているということよね」

「そんなひどくもない。カッタビーは指紋がついていることを知っていた。そう自慢していたもの。自分がどれくらい賢いか見せびらかしたいのよ」

少しの間、二人は座って考えを巡らせていた。二人は十学年のときからの親友で、フルダ・トロージャンズを応援するチアガール・チームを率いていた。幻覚キノコを詰めた袋持参でオールナイトのパーティーをやらかすために、シニアのプロムをパスした。それから十二年の間、二人は別々の道を歩んでいた。ヘッダはサクラメントに引っ越して結婚し、離婚し、結局フルダに帰ってきた。そして今では〈トッドハウザー・クロスフィット・スパ〉を一人で切り盛りしていた。オーナーとして、トレイナーとして、会計係として、インストラクターとして、雑用係として。六フィート四インチ〔百九十センチ〕、百九十ポンド〔八十五キロ〕を超える体重、ヘッダは威風堂々、畏怖すべき女性に成長していた。そして孤独だった。

さて、彼女はため息をついて言った。「オーケー、あなたを助けてあげられるかもしれない。ダグラスをバーベルの下に押さえつけて、無理に告白させるってのは？」

「法廷でそれが通用するとは思えない」

「誰が法廷まで行くと言った？　そのあと埋めちまえばいいのよ。彼の子供たちを私が産んでからね」

「当然よね。シュリンプはどう？」

「今のところウィスキーみたいな味しかしない」ヘッダは空のグラスをふらふらと揺らした。

「それで計画は？　あなたはあいつを逮捕したがっている。見たところ、強迫神経症的にね」

「そうよ」とワンダ・ジェーンはヘッダの鋭い口調に少し驚きながら言った。「あの男の奥さんは公園のベンチの上でぐしゃぐしゃの状態になっていた。なのにあいつは私に色目を使ったのよ。構造がどうとか言って。いずれにせよ、私は警官なのよ」

「あなたは連絡係でしょ？」

「連絡係警官よ。少なくとも当座は、私が法執行官よ。私とエルモがね。でもエルモには自分の便所のトイレット・ペーパーの点検だってできやしない」ワンダ・ジェーンは強く首を振った。

「ねえ、私にはわかりきったことを見過ごすわけにはいかない。ロイスは十万ドルを手に銀行を出て行った――それは確かよ、ヴィデオに映っていたから――そして最後に映った彼女は公園に向かって歩いていた。彼女がトビーと会って濡れ場を演じていたのと同じ公園。そして翌朝、彼女はハンバーガーになっていた。お金はどこかに消えてしまった」

「何か仮説はあるの？」

「ええ、あるわ。この三人はすべてグルだったのよ——ロイス、トビー、そしてダグラス。そして全員が他の二人の裏をかこうとしていた」

ヘッダはしばらくそれについて考えていたが、それからにやりと笑い、身体を後ろにやって笑い出した。

「それ、いいじゃない！」と彼女は言った。「ばっちりアメリカン・スタイルの商取引！」

「それで話が通じるでしょう？　ロイスがトビーをやっつけて、ダグがロイスをやっつける。そして千億ドルを賭けてもいいけど、トビーは鍬を使って可愛いロイスをやっつけるつもりでいた。だって彼女の頬にちゅっとキスをしたでしょ？　あれは死のキスだったのよ。その三人とも、ヴィデオ映像はすべて消去されるものと思っていた。でもそれからダグは悟った。ロイスとトビーだけに罪を着せることができると。そしてそのヴィデオ映像は彼にとってとてもとても有利な存在になった。ダギーの完全勝利。彼は現金を手にし、身代わり犯にはランディーがいるし、保険金もがっぽり、自分はめでたく独身男になり、妻の不義にもしっかり仕返しをした。めでたし、めでたし」

「素晴らしい」とヘッダが言った。

「でもこれは仮説に過ぎない」

「それで？」

「私たちは証拠を必要としている」

「私たち？」

「あなたとね」

「ちょっと待って」とヘッダは言った。椅子に背中をもたせかけ、シュリンプの皿を少し見ていた。「あなたは警官、私はフィットネスクラブをやっている」

ワンダ・ジェーンは肯いた。「実にそのとおり。私は警官。そのぶん身動きがとれない。囮捜査みたいなのは問題になることでしょう。しかしながら、法を遵守する一般市民であれば――その誰かがたとえば、身長六フィート四インチであったりすれば――男女がらみの暴露話も通用する。法廷においてということだけど」

「つまりあなたの求めているのは、私が彼を口説いて告白を絞り出せってこと?」

「私はそういう表現は使わないけど」

「どんな表現を使うの?」

「そうね」とワンダ・ジェーンは言った。「私なら打撃練習と呼ぶけど」

朝にチャブ・オニール町長が警察署に立ち寄って、これからトビー・ヴァン・ダー・ケレンの後任の面接をするとワンダ・ジェーンに告げた。ワンダ・ジェーンはそれを聞いて肯いた。新しい血が入るのは歓迎だ。彼女はメキシコ人いじめをすることに興味はなかったから。

ずいぶん長い間、チャブは捜査の進捗状況を説明した。それは要するに、FBIが必死にランディー・ザフの行方を追っているということに尽きた。彼はカトラスにコミュニティー・ナショナル銀行の金を詰めて逃走していると思われていた。

「私が期待しているのは」とチャブは帰り際に席を立って言った。「我々が期待しているのは――フルダの町が期待しているのは――また私が個人的に期待しているのは、ダグ・カッタビーを寛容の目で見てやることだ。君と君のお友達のヘッダが昨夜彼を訪問したという話を耳にしたが」

「非公式の訪問です」とワンダ・ジェーンは言った。「弔意を伝えるための」

「それは何よりだ。ただダグの感じたところでは――」チャブは首を振ってくすくす笑った。

「弔意だと彼に言っておくよ。でも彼はどうやらこう考えたようだ……彼は今のところずいぶんショックを受けた状態にある。ロイスを失ったり、そんなこんなで。なにしろ二人はチームだったからね」

「そのとおりです。アダムズ・ファミリーみたいに」

町長は驚いたように彼女をまじまじと見ていたが、言った。「弔意。ダグはそれを聞いてほっとすることだろう。私もほっとしている。フルダの町もほっとしている」

「いいですか」とワンダ・ジェーンは言った。「私たちはただ彼のところにパイを持っていっただけです」

「パイだけじゃない」

「中に入れたマッシュルームのことをおっしゃっているのですか?」

「まあ、そういうことかな。ダグはかなり取り乱して、今朝私に電話をかけてきた。君の友だちのヘッダが、一夜を共に過ごしかねなかったと」

「悲しみカウンセリング《グリーフ》」とワンダ・ジェーンは言った。

「確かにそうなんだろう。しかし君はやはりこの警察署の一員なのだし、それはちょっとばかり――」

「いいですか、チャブ、私は家の中に入りもしませんでした。ヘッダは中に入りました。彼女は成人だし、彼も成人です。何が問題になるのですか？」

町長は少し間を置き、それから肩をすくめた。

「問題はない。ただしフルダは小さな町だ。玉葱と砂糖大根で成り立っている。キャリアを積むための機会も僅かなものだ。私が雇い入れ、私が解雇する。わかるかね？」

「言うことを聞かないと……ということですか？」

「いや、そういう意味じゃないが」と彼は言った。

「じゃあ、どういう意味ですか？」

チャブの微笑みはまだそこに残っていたが、それは町長の微笑みだった。「それをリアリティー・チェックと呼ぼう。カッタビーに関わり合うな」チャブの微笑みが広がった。「もう行かなくては。君の一日が退屈なものであるように」

ワンダ・ジェーンはその男が向きを変え、「これからリボンをカットしに行かなくては」風の偉そうな態度で、堂々とドアから出て行くのを見ていた。

彼女はコントロールパネルの前にたっぷり十分ばかり座っていた。何を考えるでもなく、ただ頭の中にある熱を感じながら。それから彼女は携帯電話を出してエルモを呼び出し、保安官助手のバッジをつけて署まで来るようにと言った。

「今すぐにか？」とエルモは泣き言を言った。「ここの手が離せないんだよ。玉撞き場をやってるんだから」

「こっちの方がもっと楽しいよ」とワンダ・ジェーンは言った。

ダグラス・カッタビーはなんとか気持ちを落ち着けていた。ハム・チーズ・オムレツを食べて、それがぴりっとするキノコの後味を消してくれた。そしてダグラスは自分に言い聞かせた。被害なければ犯罪もなし。とはいえ、その朝目覚めたとき、ベッドの上にピザのかけらが散らばっているのを見て、彼がぎょっとしたことも真実である。昨夜家の戸口に現れた二人の女性が、彼の警報を鳴らした。何か間違った匂いがする。エプスタインは警官の制服を着ていた。長身の筋肉質の女は、ジム・ショーツをはいて、とりわけスポーティーなスポーツ・ブラをつけていた。幻想の中でのことを別にすれば、彼はどちらの女性のこともほとんどよく知らなかった。

今、朝食の皿を洗いながら、自分が頭の中でロイスとお喋りをしていることにダグラスは気づいた。昨夜の事の次第を彼女に教えていた。正直に言って、と彼は語っていた、最初のうち雰囲気はぎこちなかった。しかしエプスタインが行ってしまったあと、夜食のピザの最初のスライスを食べた後、その女にだんだん打ち解けてきた。なんていう名前だっけ？　アマゾン女族のような女で、悲しみを慰めるなんてお呼びじゃないという、身も蓋もない態度だった。君は私のことを誇りに思ったことだろう、ダグラスはそこにいないロイスに向かってそう言った。その娘は言う、「あなたは私の肩にもたれて泣くこともできる。それとも私のショーツを脱がすこともできる」って。そして私は言う、「ああ、そんなことを」そして彼女は言う、「ピザをもう一切れ食べて、そのあいだに考えなさい」私は言う、「君の名前はなんて言ったっけ？」そしてそのアマゾンは言う、「トッドハウザー」私は言う、「それってドイツ系の名前だね」彼女は言う、「あなたは思わせぶりな人ね（Du bist ein tease）」

あてつけるつもりはないが、と彼はロイスに言った。でも今となっては君は死んでいるし、年寄り山羊は外国語を学ぼうとしているんだ。

彼はシャワーを浴び、スーツを着てネクタイを締めた。それから今日は仕事を休もうと決心した。彼がやるべきことは、セーフティーボックスに隠してある札束から百ドル札を数百枚抜き出し、〈クロスフィット・スパ〉まで車で行き、腹をぎゅっと引き締め、タホーの〈リッツ・カールトン・ホテル〉という荒野でクリスマス・キャンプを張るつもりがあるかどうかを、ミス・トッドハウザーに尋ねることだ。

いいと思わないか、ロイス？

エルモ・ハイブはボストンの裕福な家に生まれ、その若き日を資産を増加させることに費やし、マーサズ・ヴィニヤードで夏を過ごし、スイスのツェルマットで冬を過ごし、ホワイティー・バルジャー〔マサチューセッツ州のギャング団の首領〕の従姉妹と結婚して離婚し、シュライヴァー家〔ケネディー一族〕と食事をし、そのあいだずっと名もなき場所の名もなき放浪者になりたいと切望していた。そして五十四歳にしてそれに成功した。人生を変えるドラマチックな出来事があったわけではなく、ふっと「もう沢山だ」という思いが湧いただけだった。彼はボストンのステート・ストリートの法律事務所を、カリフォルニア州フルダのうらぶれた玉撞き場と交換し、そこで名家の人エルモアは道化者エルモとなった。彼はケネディー風のアクセントを失った。エール大学ロースクールの同級生から送られてくるクリスマス・カードを無視するようになった。二〇一四年式のシヴォレー・シルバラードを運転し、温水器や生ビール・タンクを設置する方法を覚え、フルダ警察署でパートタイムの職務に就き、〈エルモの撞球場＆バー〉の二階にある四部屋のアパートメントで、快適に一人暮らしをしていた。楽しみといえば、レディングの救世軍ショップで服を買うことだった。そこではした金で、茶色のズボンと茶色のシャツと茶色のワークブーツが手に入った。それで田舎者にばっちり変身できる。そして時を経るに従って、そのカモフラージュは本物になっていった。確かに彼は二億ドルをこっそり貯め込んでいたが、だいたいにおいてエルモは田舎者のように考え、田舎者のように話し、田舎者の見る夢を見ていた。そして今、彼は田舎者のようにびっくりした顔で、だらんと顎を落としてワンダ・ジェーン・エプスタインをまじまじと見ていた。「おれにヘッダの護衛をしてほしいって？」と彼は尋ねた。「彼女は護衛なんぞ必要とはしないさ。彼女が必要としているのは女性用禁欲剤だ」

「護衛をしろとは言ってないわ、エルモ」

「ダグラスが彼女を傷つけないようにしろ、とあんたは言った」

「そうも言ってない。彼女から目を離さないようにしてほしいと言ったのよ。そばにいて、と私は言った」

「それは護衛ってことじゃないか」

ワンダ・ジェーンは話をシンプルにしようと努めた。「いいこと、エルモ、あなたは警官なの。そうよね？」

「まあな」と彼は言った。「ときどきトビーのパトカーを運転する。やつが病気だとか、やる気がないとか、そういうときにな」

「トビーは死んだよ、エルモ」

「そうだ」

「だから警官は私とあなたしかいないの。警官は人々を護らなくちゃならない。ダグは危険人物なの。ここまではわかった？」

「ああ、わかった」とエルモはゆっくり言った。

「なんだか疑わしそうね」

エルモは顔をしかめた。「問題はさ、ヘッダはなんていうか……日本の相撲取りとだってしっかりやり合えそうじゃないか。で、おれが何をすりゃいいんだい？　おれはもう五十八歳だし、グッピーだって取り押さえられそうにない」

「誰もあなたに取っ組み合いをしろなんて言ってない」とワンダ・ジェーンは言った。「ただぴったりくっついていてほしいの。ヘッダが行くところについていく。とくにカッタビーと一緒にいるときにはね。もし何か問題が起きたら、相手にその警察用拳銃をちらりと見せればいい」

「うまくいくかなあ。あんたはどこにいるんだね？」

「あちこちよ。ダグはクリスマスに彼女をタホーに連れて行くことになっている。おそらくは新年までね。あるいはもっと長くかもしれない。服喪期間ってことなんでしょう。彼らが町を出て行ったら、私は彼の住まいをもう一度家捜ししてみる。今回は隅から隅まで徹底的にね。でも私はあなたに……ねえ、何を嚙んでいるの？」

「スコール〔嗅ぎ煙草〕だよ。やるかい？」

「たぶん来世でね。とにかくあなたにタホーまで、彼らについて行ってもらいたいの。そしてヘッダを監視する。だからクリスマスの予定は立てないでおいてちょうだい」

エルモはシーホークスの帽子を脱いで、しばらくそれを点検した。そしてゆっくりと言った。

「あんた本気なのかい？　人を尾行したり、家宅捜査をしたり。令状はないんだろ？」

「今のところはね」

「とんでもなく面倒だ」と彼は言った。「不法行為でもある。修正第四条。で、ヘッダは隠しマイクをつけているんだろ？」

「隠しマイクとまでは言わない。彼女の携帯電話には録音アプリが入っているから」

「同じことさ。カリフォルニアではそいつは違法行為に当たるんだ。関係者全員が録音に同意する必要がある」

ワンダ・ジェーンは彼の顔を見た。「エルモ、いったいどうしたっていうの？　急にバリー・シェック〔弁護士。O・J・シンプソンの弁護を務めて有名になった〕になっちゃったの？」

「つたない意見を言わせていただいてるだけさ」と彼は穏やかに言った。「もしあんたが寝床の密やかな会話を録音したいのなら、その行為をネヴァダ州に持ち込むことを推奨したいね。そこでは一方だけの同意でオーケーだから。囮捜査に関する規定はそこでは緩いんだ」

「あなたはいったい誰なの？」とワンダ・ジェーンは言った。

「おれ？　ただのエルモさ」

「エルモ、姓は？」

「エスクァイア〔弁護士などに用いる呼称〕」と彼は言った。

40

〈YOU！〉の最上階、パシフィック造船&海運の防音処置を施されたウォールナット張りの役員会議室で、カナッペで栄養をとり、ペリエで水分補給しながら、一脚につき一万三千ドルを会社が支払ったお揃いの回転椅子に座り、主要人物たちがボイド・ハルヴァーソンの運命を決するべく集まっていた。

ミーティングは二時間目に入っていた。

エヴリンが議長を務め、ジュニアスはカッカし、ドゥーニーは嘲《あざけ》るように言った。「何を決めるっていうんだ？　我々はやつを警察に引き渡す。入場券を買い、ポップコーンを持って裁判見物に行く。銀行強盗、住居侵入、重窃盗罪」

「妻を拐《かどわ》かそうともした」とジュニアスが言った。

「私のブガッティ、これはもっとひどい」

「愛情を破壊した」

「そして私のボウリング・レーン、いやはやまったくもって。なんと言っても、あいつを虫けらのように踏み潰してやるぞ」

「イモムシのように」とジュニアスが言った。

エヴリンはそんなけち臭い論議にうんざりしていた。

「もうけっこう」と彼女は言った。「これが私たちの定めたこと。ジュニアス、あなたはあの変質者のならず者を呼び戻しなさい――二本の砕かれた足指、それでもう十分でしょう。そしてコミュニティー・ナショナル銀行あてに、八万一千ドルの小切手を書きなさい。二千ドルほどの利息をつけてね。わかった？　必要なら銀行を丸ごと買い取るのよ。ドゥーニー、あなたは――」

「お父さんと呼んでほしい」

「ドゥーニー、あなたはJCペニーを救済してあげなさい。それは今では私企業になっているから、オファーを出しなさい。丸ごと手に入れるの。いくらかかっても。ボイドが元の職場に戻れるようにね。そしてベミジの屋敷のことだけど、それは私のものになるの。そっくりそのまま無償でね。今すぐに」

エヴリンはジュニアスを見て、それからドゥーニーを見た。

「公正な要約でしょ？」と彼女は言った。

ヘンリー・スペックはエンニの口調も気に入らなかったし、彼女が振り回している拳銃も気に入らなかった。あるいはヘンリーがラーセニー湖に借りたキャビンのポーチにあるロッキングチエアに座って、ニヤニヤ笑っている、チップマンクのような名前のついた、巨漢のひげもじゃ男のことも。それはその季節にしては珍しく、暖かな十一月の朝だった。気温は優に華氏四十度半ば〔摂氏約七度〕、ハロウィーンの異常な雪嵐はもう過去のものだった。そしてまた別の異常な出来事が、そのあとを埋めていた。エンニはペギーになり、ペギーはうなり声を上げていた。

「僕に歩けというわけか？」とヘンリーは言った。

「空港まで十五マイル。それはあなたにとって良いことだし、私にとっても良いことよ！」とエンニだかペギーだかその両方だかが怒鳴った。「あなたは暴力的な悪党で、児童性的虐待者のスペック変態野郎よ！　歩くがいい！」

「児童性的虐待？」とヘンリーは言った。「君は同意書にサインしたじゃないか」

「ふん！」と彼女は息巻いた。間違いなくオークレール出身のペギーだ。「私は十七歳よ！　あるいは二十歳か！　ほとんどってことだけど！」

「どっちなんだ？」

「どっちが何よ？」

「今しゃべっているのはどっちだ？　ペギーかエンニか？」

「両方よ。私たちは双子なんだから！」

「ほら、そうだろ」とヘンリーは言った。「二人の歳を足すと三十七になる。もう十分な大人だ」

「行きなさい！」と彼女は怒鳴った。「おっかない不気味男！　歩くのよ！」

「僕はおっかない？」

彼女は彼の鼻をボイドのテンプテーション拳銃でとんとんと叩いた。「まず最初に料金を払ってもらう」と彼女は歌うように言った。おそらく今はエンニになったのだろう。「それからあなたは歩く、歩く、歩く！」

「料金？　何を言ってるんだ？」とヘンリーは言った。

彼は助けを求めて髭男の方を見た――アルヴィンなんたらという名前だ――しかしアルヴィン

はこの成り行きを楽しんでいた。

「君は料金を請求するのか？」

「一時間につき二百五十ドル」と娘は、あるいは娘たちは、言った。「魅力的な赤子にしちゃ安いものよ」

「おい、僕は何も……それで総額はいくらなんだ？」

「三万ドルちょっきり」と髭男が言った。「でもエンニは割引をしてくれるよ。ペギーは駄目だが」

「僕は今どっちと話しているんだ？」

エンニは、あるいはペギーは目をぎょろりとさせ、怒鳴りつけた。「前に言ったでしょう。私たちは双子なの！　ダブル・トラブルよ！　二倍払いなさい！」

「六万ドル？　何のために？」

「いいかい、おっさん」──明らかにこれはペギーだ──「私はタップダンスを踊ったよ」

どう対処すればいいのか、ヘンリーにはわからなかった。拳銃は本物に見えた。

「僕は君を愛していたんだ」と彼は言った。「本当に」

「オーケー、ディスカウントする」今回はエンニだ。ほぼ間違いなく。「六千ドルでいい。掛け値なし」

「クレジットカードって言っていたっけ？」

「オキ・ドキ」と娘たちは言った。

髭男が──アルヴィンだ──言った。「なあ、ここはミネソタだよ──うようよしているのは、もし蠅じゃないとすればフィンランド人だ」

何時間かあと、日暮れに近く、ヘンリーはベミジの郊外をとぼとぼと歩いていた。彼は湖沼地帯における幕間狂言をなんとか納得していた。詐欺は詐欺だ。勘定書を目にしたとき、当然ながらジュニアスは苦悶の声を上げるだろう。しかしながら足指はしっかりと砕かれた。仕事はそつなく果たされたのだ。現地での協力者調達に金がかかったのは自分のせいではない。

ミネアポリスまでの乗り継ぎ便に乗り込むと、ヘンリーは靴を脱いで足をマッサージした。ロサンジェルスに戻れるのが嬉しかった。

彼は通路を隔てた４Ｂ席の若い女性の方に身を乗り出し、言った。「ホットソースを味見したことある？」

若い女性は言った。「古い手ね。どこでパーティーをやっているの？」


ランディーは〈ラリーの靴とスリッパの店〉の前で正午からずっと待っていた。もうそろそろ夕食時だというのに、フランは姿を見せなかった。日にちを間違えたのかもしれないとラリーは思い始めた。あるいは明日の正午だったのかもしれない。あるいは明後日の正午とか。

彼は二つの腕時計の両方で時間を確かめた。どちらもしっかり時を刻んでいた。そしてあと三十分だけ待ってみようと決めた。最大限五十分だ。あるいは彼女はパンティーストッキングをはいていこうか、はかないでいこうか、迷っているのかもしれない。それがガソリンスタンドの強盗に必要かどうかわからなくて。何が起こるかはわからないものな、と彼は思った。

苛立って、ランディーは姿勢を変えた。映画『拳銃の町』のジョン・ウェインみたいに両腕を組みながら。まったくいらいらさせられる。しかし少なくとも新しい上等のローファーを履いた彼は、シャープに見える。タッセルについてのメルの意見は正しかった。王冠の宝玉、まさにそのとおりだ。そのことはランディーに靴屋での一件をあらためて思い起こさせ、自分のとったいくつかの行動について微笑みを浮かべさせた。その店を強盗するのにどれくらいたっぷり時間をかけたか、メルのやつが靴の下取りに対して、また排水パイプに靴紐で縛りつけられることに対してどれくらい嫌な顔をしたか。

ランディーは頭の中に、自分の犯した犯罪行為トップ20リストをこしらえていた。こいつはそのリストの上位に入ることだろう。たぶんヒットパレードの3位くらいに。鍬でサイラスを殺したのは13位くらいだ。カールは18位。葡萄農園主、判定はむずかしいが、トップ10のどこかに入るだろう。おそらくナンバー・ワンはオレゴン州ユージーンの一件だろうと彼は考える。ごく普通の電気技師としての仕事だった。いやったらしい金持ちの家の改築のための配線工事だ——新しいバスルームがひとつ、新しい寝室が二つ、いかにも威張り腐った書斎——天井と床のフラッドライト、スイッチとコンセントとケーブルとインターコムとセキュリティー。かなり悪くない仕事だった。二週間丸々かかる作業で、時給は四十ドル、最上とはいえないまでも、ランディーは当時、インターコムやケーブルやセキュリティーについて何ひとつ知識を持たなかったということを考慮すれば、決して悪くはない。工事はそろそろ終わりに近づいていた。その金持ち男は週末どこかに——おそらくはホノルルかそのあたり、どこだっていいさ——に出かけることになり、彼はランディーに家の鍵を渡し、帰ってくるまでに作業を終えてもらいたいと言い残していった。ずいぶん簡単に人を信用するやつだな、とランディーは思った。土曜日の朝にランディーは仕事の現場に現れ、鍵を使って家に入り、数時間配線の作業をおこない、四百ドルのドアベルを設置し、スワロフスキーの照明器具を半ダース設置し、その辺を歩き回り、サブゼロ冷蔵庫の中身を拝見し、ビールを飲み、もう一本ビールを飲み、書斎にある六四インチのソニー・プラズマ・テレビでドジャーズ対パイレーツの試合を観戦し、インターコム相手に格闘し、とにかくその間じゅう、そのホットな鍵は彼のポケットの中にあった。そうするうちにだんだん、そこが自分の家であるような気がしてきた。自分がその家を所有しているような。その鍵をリーバイスのスリムカットのポケットに入れて持ち歩いていると、まさにそういう気持ちになってしまうのだ。そのようにして彼はインターコムのことなんかすっかり忘れてしまう。セキュリティー・システムに取りかかる。そうこうするうちに、ここには盗みに値する大したものがいくつかあるはずだという考えが頭に浮かぶ。ソニーのテレビだけじゃなく。土曜の夜の間ずっと彼はそのことを考えている。考える、その何がいけない？　金持ち男のベッドで眠る。でもそれはあまりに柔らかすぎて、金持ち男のソファに移る。日曜日の朝がやって来る。ランディーは早起きして、何かを探して家捜しをする。おそらくは現金だ。それともホノルルで買った真珠か。スエードのローファの中に六十ドルを見つける。バットマンの指輪を見つけるが、クラッカージャックのおまけのようにも見える。それから彼は午後を費やしてその屋敷の簒奪にかかる。力を振り絞ってソニーのテレビをカトラスに運び込む。DVDプレーヤーと、ぴかぴかに新品のテクニクスのスピーカーを盗む。自分が配線し終えたばかりのものだ。『ホテル・カリフォルニア』の入ったイーグルスのCDも盗む。金持ち男のスーツも試してみるが（大半がアルマーニだ）、股の部分がきついが、ほぼサイズは合っている。脂がおいしそうに乗ったポーターハウス・ステーキを焼く。不燃物のゴミ容器にかなり上等のウェッジウッドの食器を詰める。ワインのコレクションもいただく。コーヒーメーカーも持っていく。カーペットやマホガニーの家具を運ぶためにトラックを借りようかとも思ったが、そんなものを一人で上げ下ろしはできないと悟った。他のほとんどの泥棒ならこの時点で打ち止めにすることだろう、と彼は思った。しかしおれは違う。おれにはプライドってものがある。月曜日の朝、彼はまだ現場にいて、インターコム（ニュートーン社製）に取り組んでいた。そして午後三時頃になってようやくそれを片付けることができた。そして金持ち男がホノルルから気分さっぱり戻ってきたときには、ちょうど出て行くところだった。男はあたりを見回し、私のテレビはどこだと尋ねた。テレビはカトラスに載せられています、とランディーは言った。あるべき場所に、バットマンの指輪と一緒にね。ランディーは金槌で男を殴打する。男は倒れるが、起き上がろうとする。ランディーはもう一度殴打する。今度は喉を、金槌の釘抜きの方の側で。どれだけがっちりセキュリティーを巡らせたところで、誰かに家の鍵を渡してしまったら、そんなものは何の役にもたちはしない、と彼は思う。

「殴打する《ディング》」とランディーは言った。素敵な専門用語だ。

そうとも、と彼は決定する、ミスタ・ホノルルこそが間違いなくヒットパレードのナンバー・ワンだ。最初のときがいつだっていちばん素敵なのだ。

彼はくすくす笑い、二個の腕時計でもう一度時刻を確かめた。

八時半に近い。あたりは真っ暗だ。通りにはまったく人影がない。そして加熱パッドは居心地が悪いという以上のものになっていた。サイズ四つ分小さいウェットスーツを着ているみたいな気分だ。あるいは大きなニシキヘビに巻き付かれたみたいな。

彼はあと数分待った。遅刻したフランが今にも駆けつけてくるんじゃないかと思って。それから彼は頭を振り、おれにはもっとましな用事があるんだと思った。まずだいいちにこのパッドを取り除かなくてはならない。第二にカトラスのエンジンを修復しなくてはならない。第三にメルの様子を見なくては。順番はその通りでなくてもかまわないが。

彼は最後にもう一度通りをずっと見渡し、何も見当たらないことを確認してから、真っ暗な靴屋の中にゆっくりと入っていった。洗面所で彼は携帯電話の照明をつけた。メルは洗面台の下で無事にしていたようだった。

ランディーは彼の隣に膝をついた。

「やあ、あんた」とランディーは優しい口調で言った。「タッセルについてあんたが言ったことはまさに正しかったよ。とびっきりお洒落だ。そしてこれは満足した顧客からのメッセージだ。どうだい、そっちは？」

メルは何も言わなかった。肯きもせず、首を横に振りもしなかった。

「猫に舌を取られたのか？」とランディーは言って、メルの頰を軽くつねった。それから彼は靴磨き用の革のことを思い出し、それを男の口からとってやった。そして言った、「悪かったな、パートナー。一瞬、あんたがおれに対して頭にきているのかと思ったよ。おれのこと、頭にきている？」

「ノー」とメルは言った。

「ノー」とランディーは言った。「そいつはきっぱりとした答えだ。ノーはあくまでノーだ。話はそこで終わる。靴紐をもっと硬く締めてもらいたいか？」

「ノー」とメルは呻いた。「あんたが自分の首を絞めればいい」

「一度試してみたが、そんなに面白いことじゃない」とランディーは言った。「それでだな、メル、言い忘れたことがふたつばかりあった。俺のブーツだが、あれを返してもらいたいんだ。要するにあのローファーは野生馬に乗るためのものじゃない。二番目は、これは質問なんだが、ひょっとしてあんたはトリプルA〔アメリカ自動車協会〕に入っているかな？」

「私はあやうく窒息するところだったんだぞ」とメルは言った。

「うん、うん。それでトリプルAは？」

「聞いたこともない」

ランディーはため息をついた。「なあ、メル、ちっとばかり忠告したいことがある。顧客には敬意を示すものだ。イエスかノーか？　あんたはトリプルAのメンバーか否か？」

メルは肩を丸め、むすっと黙り込んだ。だからランディーは男の財布を探り出して開き、探していたものを見つけた。携帯電話のライトでプラスチックのカードを照らし、期限が切れていないことを確かめた。

「あんたのラストネームだがな、メル、正確になんて発音するんだろう？」

「スミス」とメルは言った。

「いいね。どうして尋ねたかっていうと、中にはスマイスって発音するやつもいるからさ。Smytheって、ピッツバーグから来た大物みたいな感じで。スミスという名前の出所がどこか知っているかい？　それはロデオから来ているんだよ。こいつは間違いない事実だぜ。ブラックスミス〔蹄鉄工〕っているよな？　ずっと昔……いつか知らんが馬が発明された頃、そこから発した名前なんだ。知ってたか？」

「知っているよ」とメルは言った。「ブーツは持っていけ。靴磨き用の革はもう勘弁してもらえるだろうか？」

「そいつは難しいな、メル」

「大声を上げたりしないよ」

「確かかね？」

「絶対に」

「さあて、どうしたものかな」とランディーは言った、「泥棒のポリシーとしてそいつは適切ではないかもな」彼は哀れむようなソフトな声音を出した。「こうしよう。トリプルAに電話をする間、それについてちっと考えさせてくれ。すぐに戻るから、どこにも行くんじゃないぜ」

ランディーは靴紐を点検し、レジのカウンターに行って、彼の古いカウボーイ・ブーツを回収した。クリスマス・プレゼントにするためにあと三足ばかり靴を選んだ。それからトリプルAのサービスの番号を打ち込んだ。電話口に生きた人間の声が出てくるのを待ちながら、彼は店の正面ウィンドウに行って、通りの向かいの閉店したカフェを覗き見た。フランがようやくまっとうに振る舞う気になったかもしれないと思いながら。

雪と凍り付いた歩道の他には何もなかった。

ノルウエイ人なんてのは、犯罪の共犯者リストから外すようにしなくちゃな、と彼は自らに言い聞かせた。例外はなし。たとえミスなんとかの次点であったとしてもだ。

五分後、いくらかのやりとりの後に、トリプルAと〈ウォルグリーン〉の駐車場で待ち合わせる取り決めが成立した。バッテリーのチャージを必要としており、牽引してもらうことになるかもしれないと彼は説明をした。自分の名前はYの入った発音をするのだと、彼は交換手に言い聞かせた。

洗面所に戻って、ランディーは肝心な事柄に意識を向けた。

彼は靴磨きの革をメルの喉に押し込んだ。今回はぐっと深く。それから小便をし、手を洗い、さよならを言って、急いで〈ウォルグリーン〉の駐車場に向かった。道の途中、ブーツやら靴の箱やらをどっさり抱えながら、彼は胸にぎゅっと冷たい、痛みを伴う差し込みを感じた。それから息が切れた。興奮しすぎたせいだろう、おそらく。あるいはまだ胸にとめたままになっている加熱パッドのせいかもしれない。きっとトリプルAの係員が、何かそれを剝がすための道具を持っているだろうと彼は推測した。

41

クリスマスの二週間半前、タホーに向かう道中半ば、ヘッダは街道沿いの休憩所から電話をかけてきた。

「ものごとは私たちが考えていたより素早く進行している」と彼女は言った。息を切らせているようだった。「ダグは休日シーズンより早く出発したがったの。今朝の六時半、スクワットをしているところだったんだけど、次の瞬間には私は彼のキャディラックの中でひょいひょいと揺られていた。彼は私と結婚するつもりでいるらしい」

「タホー?」

「リッツよ。私は彼に好印象を与えたみたいね」

「リッツ、それってカリフォルニア州でしょ。彼に行き先を変えさせて」ワンダ・ジェーンは目を閉じ、頭の中で地図を広げた。「リッツだとどうしても気持ちが落ち着かないんだとか、彼に言いなさい。リッツはあまりにリッツ過ぎるんだと。ベスト・ウェスタンでなくちゃだめだって。ネヴァアダに行くのよ。ネヴァアダ――それが大事なことなんだから」

「でもね、ハニー、リッツっていえば――」

「言われた通りにして。ネヴァアダよ。今のところ何か成果はあった?」

ヘッダは笑った。「まあまあというところね。銀行の不正のことで彼をとっちめたいのなら、成果は山ほどあった。ダギーは、私やあなたのような人々から自分がいかにアコギにお金を搾り取っているか、それを自慢したくてしかたないのよ。この強欲な豚の話を一刻も早くあなたに聞かせたいけど」

「録音はうまくいってる？」

「最高とは言えないまでも、悪くはない。殺人の話はまだ出てこないけど、時間をちょうだい。ねえ、いいこと、ダグは少なく見積もっても、もう七十歳なのよ。そして今こそ存分に楽しまなくちゃと思っている」

「あなたは良い仕事をしている」

「まさにね。私たち結婚するって言ったっけ？」

「冗談ごとじゃすまないかもよ」とワンダ・ジェーンは不機嫌そうな声で言った。「彼はハイエナのようなやつよ、ヘッダ。状況が妙な具合になったら、どうするかわかっているわよね？」

「催涙スプレーをかけて逃げる」

「あるいはただ逃げる。私はエルモに発破をかけてやるから。遅くても五時間以内には彼をそちらにやれると思う。わかり次第、ホテルの名前と住所をこちらにメールで送ってちょうだい。そして気をつけてね」

「心配ないよ、ハニー。私は巨人だから」

リースで所有するエスカレードのハンドルを握りながら——リースだろうがなんだろうが、このキャディラックは間違いなく私のものだ。なぜなら私は毎月でかい額の金を支払っているのだから（あるいは少なくとも、コミュニティー・ナショナル銀行のでかい額の金を）――気がつくとダグラス・カッタビーは、ロイスとヘッダ・トッドハウザーに向けてほとんど同時に話しかけていた。

ロイスに向かって頭の中で、ダグラスはこう言っていた。「私を見てくれ、ラブ・バッグ。鳥のように自由なんだ！」

ヘッダに向かっては、彼は声に出して説明していた。銀行の預金者たちが、いかに月々の取引き明細をきちんと点検していないかを。借方が二重に記載されていても、まず気づきもしない。たとえばジョー・ブロウという顧客が五十二ドル五十セントの小切手を切るとする。彼の取引き明細にはきちんと五十二ドル五十セントが記載される。そして一ヶ月後、次のブロウの取引き明細にも、再び五十二ドル五十セントが記載されている。しかし怠惰でとんまなジョー・ブロウは、先月同じ額の小切手が引き落とされていることを忘れてしまっている。そして驚くなかれ、コミュニティー・ナショナル銀行はこの五十二ドル五十セントをがっぽりといただくことになる。そしてだね――これが面白いんだが――君の銀行が三千人の異なった顧客を相手に、年に二度これを行ったとしよう。そして十二人の顧客だけがこの二重引き落としに実際に気づいたとしよう。その場合、我々が口にするのは「申し訳ありませんでした。こちらの手落ちです。五十二ドル五十セントは返金いたします」、これだけだ。しかしその年の終わりには、手元におおよそのところ――ええと、そうだな――おおよそのところ二十万ドルの収益が転がり込んでいる。それを三十年続けてごらん。ケイマン諸島に島をひとつ買うことができる。ロイスと私のようにね――おっといけない、この私のようにね。

ロイスに向かっては、頭の中で彼はこう言っていた。オーケー、この不正を思いついたのは君だ。それはよくわかっている。しかしミス・トッドハウザーは知らなければ害もないさ。彼女の目の中で輝く星を見てごらん。昔の君を思い出すよ。ハブキャップ・トビーより昔、その状況を是正する必要が生じる以前の君だ――サプライズ、そうだったよね？　トリック・オア・トリートと私は言って、君は「ダグ」と言った。そして私は言った。「こいつを食らえ」、君は12番径を目にして何か別のことを言おうとしたが、あと少しのところで言えなかった。

ダグラスはタホーに向かう南方向の89号線に入った。速度を少し緩め、ヘッダ・トッドハウザーに話しかけた。「怠惰な顧客といえば、どれくらいの数の人が実際に毎月の利息を計算していると思うね？」

ヘッダは頭を上げて言った。「わからない」

「実にそのとおり」とダグラスは言った。「君は知らないし、私だって知らない。でもまあ、ほとんどゼロに近いだろう。たぶんオマハあたりのしみったれが知っているかもしれない。他のみんなは銀行に任せておけばうまくやってくれると考えている。ところがどっこい、事実はそうじゃない。コミュニティー・ナショナル銀行においては、パーソナル・バンキングというのをやっているが、それはつまり相手がどれくらい阿呆かを見定め、それに応じて利息支払いの額を決めるということだ。言い換えれば、我らが友ジョー・ブロウは当座預金口座で月々一ドル二十セント受け取るべきところを、六十セントしか受け取っていない。ジョーはそれに気づくだろうか？ジョーはそのことを気にするだろうか？　というか、誰が気にするだろう？　こっちで六十セント、あっちで八十セント。三十年間そうしてちょこちょこと金を削りとってくる、そうすればエスカレードを二ダースくらいリースすることができる。そしてそのお釣りとして、ルーレット・テーブルに持ち込むための金がポケットいっぱい入ってくる。君はルーレットは好きか?」
「ルーレットはそれほど」とヘッダは言った。彼女は座り直して。ダブルミントのガムの包装紙を取った。「ポーカーかな――私は堅実な性格なの。でも、まったくもう、あなたって切れ者なのね」

「ああ、間抜けじゃないね。それは確かだ。銀行家の歓び。年末に提出することになっている1099-INTフォーム〔年間利息収入報告書〕というのを君は知っているかな? どれくらいの人がそんなものを――?」

「その話はあとでね。で、私たちはどこに泊まるのかしら?」

「リッツだよ。最高級の人のための最高級のホテルだ」

「それは駄目」とヘッダは言った。

ダグラスはちらりと彼女を見た。「リッツがいけない?」

「リッツ恐怖症」

「ふうん」とダグラスは陽気に言った。「そうか、そいつはまずいねえ」

彼らは湖の南岸をぐるりと回り込み、それから北東に転じてネヴァダ州に入った。ヘッダは州境を越えたところにある、シンダーブロック造りのモーテルを選んだ。ヤマハやハーレーのオートバイがずらりと並んだ隣に彼らは車を駐めた。

彼らがとった部屋――新婚旅行用スイート――はYMCAのシャワー・ストールのような匂い

がした。部屋にはミニチュアのアイヴォリー石鹸が置かれ、Stud, Studess（種馬、雌種馬）と記されたバスローブが用意され、ジョイライド・ベッドはボタンを押すと、ケニー・ロジャーズが歌う『エンドレス・ラブ』がかかるようになっていた。

「居心地良さそう」とヘッダは言った。

二人は道路沿いのすぐ近くにある、それほど悪くないステーキハウスで食事をした。アペタイザーを食べながら、ヘッダは携帯電話を取りだし、メッセージをチェックするふりをして、録音アプリをオンにし、それを画面側を下にして、テーブルの自分の前に置いた。

「腹を割って話し合いましょう」と彼女は言った。「ロイスの話をして」

ダグラスは肩でそっけない態度を示した。「もうみんな過去の話だ。カラマリはどう？」

「素晴らしい。でもロイスを失ってあなたはきっと……彼女の葬儀は、ほら、そんなに昔の話じゃないわ」

「そしてそのおかげで、すべてはもう過去の出来事になっている」と彼は言った。「ロイスもまた私のために、こうなることを望んでくれているはずだ」——ヘッダから、レストランから、隣接するモーテルから、タホーのすべてを包み込むように、彼は腕をさっと大きく広げた——「彼女は私の財布をぎゅっと摑んで、私に向かって派手な声援を送ったことだろう」

「あなたは彼女を殺したの？」

「私が誰を殺したって？」

「ロイスよ。あなたは彼女を殺したの？」

ダグラスは笑った。

ワインをすすりながらしばし黙考した後、彼は言った。「感心したね。テーブルに手持ちのカードをそっくり並べる――それが君のスタイルなのか？」

「そういうところかしら」

「ふうむ」とダグラスは口ごもった。「私が今ここで何を考えているか、知りたいかね？」

「ええ、どんなことかしら？」

「私は考えていたんだ。どうしてこんな素晴らしい見かけの、三十代のフィットネスクラブ・ギャルが、私みたいな老いぼれと一緒にこうしてカラマリを食べているんだろうと。それがつまり私の考えていたことだ。実を言えば、君がピザを持って現れ、お尻のタトゥーを見せてくれたときからずっと、そのことを考えていた。私は考えていた。いやはやまったく、これって普通じゃないんじゃないかって。あり得ないにぐっと近い、普通じゃないだよ。起こりえないことだ」

「それが普通じゃないってことの意味？」

「私の経験からするとそうなる。ちなみに私の経験は相当に豊かだ」

ヘッダは彼の人を弄ぶような、見下したような微笑みに、似たような微笑みを返した。

「あなたの奥さんは」と彼女は楽しそうに言った。「冷酷で計算高く、人を操るのがうまい貪欲なビッチだった。私もそうなの。あなたは独身で、そしてお金持ち。私は貧乏。列の先頭に並んで何が悪いの？」彼女は思いきって、彼の膝の上に手を置いた。「カードはテーブルの上よ。あなたは彼女を殺したの？」

「ワオ」と彼は言った。

「ワオはイエスを意味するのかしら？」

「ワオが意味するのは、君はロイスを思い出させるってことさ」

「私は彼女より一フィート背が高く、二十歳若いけどね。そして私の手はあなたの膝の上にある」

「それだけの違いがある」

「ダグラス」

「なんだい？」

「あなたはロイスを殺したの？」

「もしそうだったとしたら？」

「そうしたら私たちはこれから、ジョイライド・ベッドで夜を存分に楽しむことになる」

「もしそうじゃなかったら？」

「そうしたら、私はあなたを過大評価していたことになる」

42

ラーセニー湖の岸辺では、ボイド・ハルヴァーソンが踵を使って歩く練習をしていた。彼は『イーリアス』のページを繰りながら、アキレスの抱えた足の問題に慰めを見いだしていた。彼は自殺反対の考えを頭に巡らせていた。彼は熱烈な「反虚偽運動」に乗り出していた。アンジーがある夜彼の方を向いて、「それでいったいどうして、子供をあなたが落っことすことになったわけ？」と尋ねたとき、その葛藤は見事に粉砕された。

ロサンジェルスではジム・ドゥーニーが、カルヴィンの夕食の皿の下に旅行案内を差し込み、言った。「近いうちに君にジャカルタを見せたい」

街の反対側、ロデオ・ドライブの半ブロック外れでは、エヴリンが彼女のヨーガ指導者に尋ねていた。心の平穏を真に獲得した人っているのかしらと。エヴリンは注意深く耳を澄ませ、そして言った。「それのどこがいけないの？」

ミネソタ州パーク・ラピッズでは、ランディー・ザフが立ってトリプルAを待っていた。これまでその夜の半分、彼はただ待っていた。フランは相変わらず姿を見せなかったし、カトラスのエンジンは相変わらず死んだままだった。加熱パッドは彼の痛む腹筋の上にぴったりと張り付いたまま、急速に凍り付きつつあった。ほどなくランディー・ザフは宇宙に向かって文句を言い始めた。あんた、もう少しくらいおれに敬意を示してくれてもいいんじゃないの。

ちょうど同じ頃、ネヴァダ州レイク・タホーの、小刻みに揺れるジョイライド・ベッドの上では、ダグラスがケニー・ロジャーズと練れたデュエットで『エンドレス・ラブ』を歌っていた。

広大な北米のどこか、その暗闇の中、クリスマスの近づく最中、スピーチライターたちが頭をひねり、聖職者たちが説教を垂れている一方で、ミソメイニアはその三千万人目の犠牲者を出していた。あるいは鴉を、あるいはカンザス州の看護師を、あるいは博士論文制作中のオハイオ州の大学院生を。この時点では既に、ラテン系を嫌悪する一人のテキサス人が、「非白人が世界を乗っ取る」という嘘を致死的に呑み込み、エルパソのウォルマート・スーパーセンターで二十二人の人が射殺されて、床に転がっていた。またこの時点では既に、米国大統領はスキンヘッドや、ナチや、外国人嫌いや、正統派の白人至上主義者たちを「とてもまともな人々」というこぢんまりとした全米同友会に誘い込んでいた。ミソメイニアはアメリカお気に入りのポルノグラフィーになっていた。チェサピーク湾の東岸からサンディエゴの海軍航空基地まで、インターネットのチャットルームは自警団員たちの怒りで満ち満ちていた。祖国は褐色化され、黒色化され、黄色化され、ユダヤ化され、ムスリム化されていると。ルイジアナ州の自動車修理工はスレッジハンマーを持ち出して、十五台の韓国製の自動車に被害を与えた。ミス・アメリカのファイナリストになった一人の女性は、スパンコールを施したKKKの衣装を、イブニング・ガウン・コンクールで着用した。テキサス東部のバーベキュー・レストランは、鮨《すし》を出したという理由で火炎瓶を投げ込まれた。テレビの伝道者はアメリカの諸問題はスーザン・B・アンソニー〔一八二〇－一九〇六。アメリカの公民権運動の指導者・女性〕の暗殺に失敗したときに「始まり、終わった」と述べた。サンノゼで捕らえられたオウムは嘘をつき始めた。ワシントンDCでは上院の〈クリーンアップ・アメリカ〉という議員集団が自由の女神像を解体し、それを梱包してフランス人たちに送り返すという決議を採択した。「疲弊した、貧しく惨めな人間のくずどもを送り込んで、我々の力を弱めようとする陰謀のひとつだ」と上院与党院内総務のスポークスマンは述べている。エリス島はアメリカのチェルノブイリであるという宣言がなされた。

一方で、カリフォルニア州フルダという小さな町においては、十二月二十五日を「真実告知会の日」にすると宣言していた。特定の宗派に限定されない「真実告知」のページェントを催すという計画が進行していた。アール・フェンスターマッカーが著した台本を朗唱する、羊飼いたちや賢人たちの出演する音楽劇だ。

「台本はおぞましい代物だ」とチャブは弟のディンクに言った。「でも『ヤンキー・ドードゥル・ダンディー』を大声で力いっぱい歌う、赤ん坊のジーザスは気に入ったな」

「でも彼はちょっとユダヤ人的過ぎないかね？」とディンクは言った。

「あるいはちょっとな」とチャブは言った。

43

四時間待たされた。しかし真夜中近く、ランディーがトリプルAに電話をかけ、メンバーシップを解約すると脅したあとで、黒い小型の牽引トラックが〈ウォルグリーン〉の駐車場に駐めたカトラスの後ろにやってきた。パーカとパジャマのズボンという格好の男が降りてきた。男はだいたいランディーと同じくらいの年齢、三十代初めか、半ばだった。彼はカトラスの運転席に座り、エンジンを始動させようと試みたが、うまくいかなかった。そしてポータブルのバッテリー充電器を取りに行った。

「ちょっと聞きたいんだが」とカトラスのエンジンがかかったあとで、ランディーは言った。「今夜この車でベミジまで行くことができるだろうか？　こいつは大した車だけど、スピードにいささか問題があってね。三十マイルまで行かないんだ」

男は肩をすくめるような動作をした。あるいはしなかった。「まあ半々ってとこだな。あと一時間でまた雪が降り始める。あんた、ギャンブラーかい？」

「生まれつきな」とランディーは言った。「それで、いつになったらそいつを走らせられるようになるかな？」

「むずかしい質問だな」男の目はカトラスを注意深くぐるりと見回した。「十日か、十二日か」

か？」

「クリスマスまでには間違いなく」

ランディーは苛立ちの息を吐いた。「よし、わかった、クリスマスまでには。でも約束はきちんと守ってもらうからな。もうひとつ質問がある。あんた、加熱パッドについて何か知ってるか？」

「そうかい？」

そこから一時間ばかり北のラーセニー湖では、「反嘘つき」キャンペーンを再興させるべくアンジーがボイドを元気づけていたところだった。そして今、彼女は彼に自分の身を浄める機会を与えようとしていた。「嘘をつくのはおならをするようなものなの」と彼女は熱意を込めて言った。「誰もがおこなっているけど、誰も告白したりしない。告白こそが、呪われた者と救われた者とをわけ隔てるものなの。そしてあなたは自分をクリーンにし始める必要がある。さもなければ、地獄に堕ちてピッチフォークでつつかれることになる。自分をクリーンにするためには、賢明で慈悲に満ちた、告解者を見つけなくてはならない。そして心を込め、たっぷり時間をかけること。私がやってあげてもいいんだけど、あいにく私はそこまで慈悲深くはないけどね」

「ああ、いいとも。試してみよう」とボイドは言った。「きみは誰か告解者を知っているのか？」

「即座には言えない。神様を試してみたら」

外では軽い雪が休みなしに降っていた。二人はドゥーニーの家の大広間に座っていた。暖炉の火が燃え、ボイドの両脚は半ばパックされたスーツケースの上に載せられていた。天候と怠惰と痛む足指が彼らのカリフォルニアに向けての出発を遅延させていた。

「何かの役に立つかもしれないから、ひとつの個人的な例として挙げると」とアンジーは五分後に言った。「あるとき教会の中で――私のお父さんの教会、信徒たちも私たちは七人だけだった――お説教のあいだ私はうとうとしていたみたい。お母さんがそれを目にとめて、あっという間もなく私は祭壇の横に跪かされていた。祭壇というのはお父さんの古い銃ケースを横に向けて置いただけのものなんだけどね――そして私の妹のルースは、私がせっせと告解をしているあいだ、ずっとおかしな顔をして、目をくりくり回していた。それで私はすっかり頭に来て、その場で即刻、告白を取り消したの。私はみんなにそのときはトランス状態にあったのだと言った。宗教的トランス。大天使のクラウディアが私の精神の中に入って、お父さんのお説教の校訂をし、メスカリンを取り除いていたんだと。だから当然のことながら、私は次の一年か二年の間、自らの招いた難局に直面しなくてはならなかった。私は告解の撤回を、また撤回しなくてはならなかった。そして自分がしたこともないことを告白しなくてはならなかった。たとえばマスターベーションをしたとか、誰かのポテト・パイを食べてしまったとか。私はただあっさり告白して、それで済ませてしまえばよかったのよ」アンジーは横目で彼を見た。「話のポイントはわかるかしら?」

「わかるよ」とボイドは言った。「きみは嘘つきだ」

ヘッダは〈ハラーズ〉の洗面所からワンダ・ジェーンに電話をかけた。ダグラスはルーレット・テーブルの前にいた。六千ドルへこんでいて、それはちょっとした問題だった。

「急いで話さなくちゃ」とヘッダは言った。「私が送った録音のファイルは届いたかしら?」

「届いたわ。車の中だとあなたの声はまるで――」

「ダブルミント・ガムに治せないことはない。これまでのところ、ダグは巧妙にやっている。うまくヴェールを被っている。自分は殺人の天才だと思っている。でも私には考えがある」

「エルモはそこにいる？」

「バーにいる。退屈そうにしている」

「いいこと、聞いて」とワンダ・ジェーンは言った。「何かまずいことになったら、壁をどんどん叩いて。エルモはあなたの隣の部屋に陣取っているから」

「エルモに何ができるの？」

「叫ぶこと。そして六連発を振り回すことができる。で、どんな考え？」

「なんですって？」

「考えがあると言った」

「ああ、そうね。ダグはルーレットをやっている。いいカモにされるゲームよ。一文無しになる。私はあとでポーカーのテーブルを偵察してくる。そして彼の負けたぶんの金を取り戻す。取り引きをまとめるかもしれない。セックスとお金」

「ダグラスの場合は順番がその逆かも」とワンダ・ジェーンは言った。

ヘッダはため息をついた。「おそらくは。でも教えてあげるけど、私はあの男を高く評価し始めている。どうしてかは訊かないで」

「どうして？」とワンダ・ジェーンは言った。

「彼は煮ても焼いても食えない男よ。モラルがあるというふりすらしない」

「ヘッダ？」

「なあに?」
「あなたにはもっとまともなことができるわ、ハニー」
「フルダで?」

ワンダ・ジェーン・エプスタインはそのあとの二十四時間を、カッタビーの住居の家捜しに費やした、しかし何の収穫も得られなかった——ショットガンもなく、札束もない。午前五時に半分目が見えなくなるほど疲れ果てて、彼女は自分の小さな一間のアパートメントに帰ってきた。シャワーでカッタビーの汚れを洗い落とし、タホーにいるヘッダに電話をかけてみた。

ヘッダの電話はすぐに留守番モードに切り替わった。ワンダ・ジェーンは二十分待って、もう一度かけ直してみたが、やはり誰も出なかった。「電話をちょうだい」と彼女は伝言を残した。

「ダグは私たちが考えていたより利口みたいね。策を練り直さなくちゃ」

彼女は卵ふたつを焼き、座ってそれを食べようとしたが、食欲は失せてしまっていた。考え直した結果が、彼女の心をじりじりと蝕んでいた。彼女にはただ骨の髄にまで達する確信があるだけだ——ロイスを銀行の天国にまで吹き飛ばしたのはダグだという確信が。とはいえそんなものは、嫌悪感が大いに混じった直感程度のものに過ぎない。そのことはワンダ・ジェーンにもわかっていた。女同士のお喋りと妻殺しとは別のものだ——彼女は自分にそう言い聞かせ続けてきた。ただ二つの客観的事実がダグラスを指し示しているのだが、そんなものは簡単に言い抜けできることが、ワンダ・ジェーンにはわかっていた。鍬と、トビーの着ていた馬鹿げたカウボーイの衣装にランディー・ザフの指紋がベタベタついていることを、彼は前もって知っていた。確かにそのとおり、指紋だらけだった。でも、だからなんだというんだ？　頭を働かせた推測、ダグラスはそう言うことだろう。あるいはそれに類することを。そしてランディーが銀行のまわりをうろうろしているのを見かけた、というようなことを言い出すだろう。頭に浮かんだ適当な作り話を。またダグラスは、彼の妻とトビーが日常的に体液を分かち合っていたことを知っていたと認めていた。それは動機になる。しかし動機があっても、彼がその手に12番径銃を抱えていたことにはならない。オープン・マリッジでしたから、という彼のいかにも得意げな声が耳元で聞こえるようだ。

実のところ、と卵料理を捨てながらワンダ・ジェーンは思った、彼女自身の履歴《ヒストリー》が思考を曇らせることを許してしまったのだ。ミドルスクールに入って間もなく胸が膨らみ、さらに大きく膨らみ始めたとき、彼女は四つの部分に分かれた人生にずっと耐えてきた。プライドと怒りと力と自己嫌悪だ。あるときはそれを見せびらかし、翌日はそれを包帯でぐるぐる巻いてへこませた。「双子ちゃん」とヘッダはそれを呼んだものだ。ユーモアというよりは羨ましさを込めて。しかしほどなくヘッダもまた急激な成長を迎えることになった。彼女の場合は上方への成長だったが。ハイスクールの三学年のときには、彼女の身長は六フィート四インチに達していた。彼女たち二人にとって、サイズがアイデンティティーになった。ヘッダは「竹馬」になり、ワンダ・ジェーンは「双子ちゃん」になった。どちらも幸福な気持ちにはなれなかった。はっきり言って惨めだった。惨め以上のものだった。たしかにヘッダとワンダ・ジェーンはずいぶん異なる方向で巨大だったが、しかし巨大であること自体が問題だった。巨大であることが彼女たちをダンス・パーティーや、駐車した車の中での男の子たちとのいちゃつきから遠ざけ、二十年に及ぶ友情を結ばせたのだ。彼女たちは一緒に授業をさぼり、一緒に鼻にピアスをつけ、一緒に尻にタトゥーを入れた。処女を失ったのはさすがに一緒にではなかったが、相手は同じバスケットボールのコーチだった。彼は快く二人の願いに応じてくれた。彼女たちは、少なくとも精神的には一緒に、ヘッダの短い結婚生活にも耐えた。相手の男は彼女より三インチ背が低く、IQは70ポイント低かった。そして二人はしばしば、詳細にわたって共に語り合ったものだ。自分たちの抱えている、ほとんど片意地なまでの自己破壊に向かう衝動について。

ヘッダの携帯電話にもう一度かけてみたあと、ワンダ・ジェーンは自分の内側でふつふつと湧き上がっている何かに打たれた。うまく生成されず、言葉にならない何かだ。車のキーに手を伸ばしたところで、その言葉が姿を見せた。裏切り、それがその言葉だった。友人を危機に陥れ、友人を利用し、友人を食い物にしている。フルダ警察までの短い六ブロックを運転している間に、彼女はエルモと連絡を取ろうと試みた。しかし今回は留守番電話にもならなかった。呼び出し音が鳴って、すぐにかちんという音がして、発信音にかわった。

自分に対して腹を立てながら、ワンダ・ジェーンは素早く警察署のドアの錠を開け、ファイル・キャビネットにトビーの遺した制式拳銃を見つけ、弾丸を入れたボックスを摑み、チャブ・オニールの携帯電話にメッセージを残した。もしあなたが警察署を存続させたいのであれば、面接作業を早めた方がいい、と。「今現在、それは存在していないから」と彼女は言った。そして自分のカムリに乗ってタホーに向かった。

三時間半後、給油所に立ち寄ったとき、やっとエルモが電話に出た。

「落ち着きなよ、スウィートハート」と彼は言った。彼の声は遠くの方から聞こえてくるみたいで、間が抜けて聞こえた。「こっちの携帯状況は切れたり繫がったり、安定しないんだ。どうやら空気がクリーンすぎて障害が――」

「私は誰のスウィートハートでもないのよ、スウィートハート。ヘッダはどうなった？」

「ヘッダはヘッダさ。ずいぶんハッピーそうだったぜ」エルモの声は神妙な、空気が抜けたような単調な響きを帯びていった。「最後に見た時、彼女はポーカー・テーブルで荒稼ぎをしていた。徹夜の勝負だよ。ヴァイザーやサングラスの男たちが寄ってきて、みんな文無しになって去って行った。カッタビーは、まるで自分が女性の形をとったATMに繫がっているような顔をしていたね。彼の膝の上にチップをほいほい吐き出し続けるみたいな」

「最後に見たって、それいつのことよ？」とワンダ・ジェーンは言った。

エルモは口ごもった。「ああ、うん、それがちっと問題なんだ。彼女はポーカーを――よくわからんけど――朝の四時頃までやっていた。おおよそ八千ドルくらい勝っていた。二十分か三十分くらいあとで、彼らをベッドに送り込んで、おれも少し眠った。目が覚めたのが一時間前だ。二人はチェックアウトしていた」

ワンダ・ジェーンは、カムリのタンクにあと五ドルぶんのガソリンを入れながら、ひとしきり黙ってそこに立っていた。

「いるのかい？」とエルモが尋ねた。

「彼のキャディラックはなくなっていた？」

「消えていた。彼らの部屋をちらっと覗いてみたが、引き払っていたよ。エアコンはまだ運転していて、死人が目を覚ますくらいでかい音を立てていた。だからおれは思った。二人は宿を変えることにしたんだなって。ゴキブリに耐えられなくなったんだろうよ」

「あんたは弁護士なんだから、そういう田舎っぺっぽいしゃべり方はよしたら」

「習慣でね」とエルモは言った。

「良くない習慣よ。これはジョークじゃないんだから」

「ああ、それはもちろんわかっているよ」とエルモは——今はエルモアに戻っているが——言った。「でも私が思うに、君は本物の警官のふりをしている。だから我々はものごとを大局的に見るようにしようじゃないか」

「オーケー、悪かった」

エルモアは一呼吸置いて、言った。「準備ができ次第、私はそのへんの駐車場をぐるりと回ってみよう。キャディラックが見当たらないかと。言ったとおり、カッタビーはホットドッグの中のピックルスみたいに見えたよ。ヘッダは大丈夫だよ」

「そう願いたい」とワンダ・ジェーンは言った。

「君もここに早く来てくれ」

「あと一時間くらいね。一時間半か。どこであなたに会えばいいかな?」

「〈ハラーズ〉」と彼は言った。「見つけやすい」

395号線南行きに戻り、ワンダ・ジェーンは悪い考えを頭から追いはらおうと努めた。ヘッダは三十四歳で、体重は百九十ポンド以上はある。そしてフォルクスワーゲンのフロントくらいは軽く持ち上げられる。頭もいい。そしてまた、ダグラス・カッタビーのような蛇野郎に対抗できるくらいの鋭い神経は持ち合わせている。

十マイル車を進める間、ワンダ・ジェーンは自分に言い聞かせていた。現実的になるのよと。頭の良さも鋭い神経も、役には立たない。

フォルクスワーゲン云々も役には立たない。ショットガンに筋肉で対抗することはできないのだ。〈ハラーズ〉の駐車場で、エルモのピックアップの隣に車を駐める頃には、彼女はかなりうろたえた状態にあった。

「ひとつお願いがある」と彼女は近づいてくる彼に向かって言った。「私は今のところ田舎者のエルモには用はない。必要としているのは弁護士のエルモなの」

「エルモアの方ってことだね」と彼は優しく言った。

「ええ、そっちの方よ。私は一番の親友を売り渡してしまった。自分なら行かないところに彼女を行かせてしまった」

彼は肯いた。「そのことは私も考えていた。中に入って、どのように状況を修復できるか考えてみよう」

カジノのメイン・ロビーの隣にあるバーで、二人は座ってコーヒーを飲んだ。静かに、言葉少なに、エルモは説明した。これまでに州境近辺のロッジやホテルを一通り回ってみたが、カッタビーのキャディラックは見つけられなかった。二手に分かれて、湖の両側を探してみたらどうだろうと彼は提案した。インクライン・ヴィレッジあたりのどこかで待ち合わせればいい。「〈スターライト・エンプレス〉がいいかもしれない。何も見つけられなかったら、そこで合流しよう。気持ちを落ち着けるんだ。オーケー？　時間はかかるだろう。おそらく今日いっぱいかかるだろう。でも必ず彼らの足取りは摑む」

ワンダ・ジェーンは首を振った。

「頭に藁《わら》が詰まっているみたい」と彼女は言った。「いったいどうしたのかしら?」

「大したことじゃない。正義感だ」

「私は彼女を利用した」

「そうかもしれない。そうじゃないかもしれない」とエルモは言った。「君はカッタビーを相手に泥プロレスをしたくはなかった。それが事実だ。でもヘッダはそんなもの、苦ともしない」彼は微笑んだ。そして手を伸ばし、彼女の手を恥ずかしそうにぎゅっと握った。「基本的には君の考えは正しいものだった。ダグはお喋りな男だ。そのうちに布団の中で秘密をべらべらしゃべり出すかもしれない」

「あなたも彼がやったと思っているわけ?」

「ロイスを殺したかってこと? 間違いなくそう思っている」エルモは彼女の手を見おろし、それを短く観察し、それからまた顔を上げた。「最悪の結論に飛びつくのはやめよう。昨夜のダグは使命を帯びた男だった。ポーカー・チップとドイツ女とのセックスという使命に。我々にはまだ時間の余裕があるはずだ」

ワンダ・ジェーンは立ち上がって言った。「藁だわ。行きましょう」

エルモは湖のカリフォルニア側をとり、ワンダ・ジェーンはネヴァダ側をとった。半時間ごとに二人はお互いの進捗状況を伝え合った。二人ともそれぞれの湖の側で作業に手間取っていた。ワンダ・ジェーンはここには十二歳のときに一度来たことがあるきりだった。そしてその土地が、ファスト・フードのチェーン店や、カジノや、モーテル(豪華なものから、辛うじて人が住めるという程度のもので）によってぎっしり埋め尽くされているのを目にして驚いた。十二月も後半の金曜日の今も、クリスマスのスキー客の車で50号線は渋滞し、グレンブルックの上方で北東にカーブするところまでじりじりとしか進めなかった。道中で彼女は半ダースばかりの駐車場に立ち寄り、小さな駐車場も二つばかり覗いてみたが、カッタビーのガス食い車に類するものは見つからなかった。

辺りがすっかり暗くなり、ちらちらと雪が舞い始めた頃、インクライン・ヴィレッジの〈スターライト・エンプレス〉の、エルモの車の隣に彼女は車を駐めた。二人とも良いニュースは持ち合わせなかった。二人は数分間エルモのピックアップ・トラックの脇に立って混み合った駐車場を眺め回した。そこにはあらゆる種類の車が揃っていたが、リムジン・サイズのキャディラックだけはなかった。

「あなたは弁護士でしょ」とワンダ・ジェーンはようやく口を開いた。「何かアドバイスは？」

「我々は寒さから退散するべきだと私は忠告する」とエルモは言った。「これはまさにドナー隊が遭難した気候だ」

「そしてそのあとは？」

エルモは少し考えた。「良い質問だ。元弁護士としては、この自警団的なあれこれはお開きにしてもらいたい。もっと助けが必要だ。玉撞き場経営者エルモとしては、温かいチキン・スープを注文したいところだ。温かいものならなんでもいい。そして朝また探してみる。彼女はたぶんその前には電話してくるだろう。まず間違いなく」

「そう思う？」

「ああ、そう思うよ」

「私は思わない」とワンダ・ジェーンは言った。「あなたは中に入っていて。私はもう少しうろうろしてみるから」

そこから四百フィート離れたところで、ダグラス・カッタビーはロイスと会話を交わしていた。いくぶん焼きすぎたルームサービスのTボーン・ステーキを食べながら。ヘッダの携帯電話は彼の前のテーブルの上に置かれていた。その録音アプリは開かれ、機能していた。ヘッダ自身はホテルの遺失物係のところに行っていた。

この素朴な娘さんが知らないことは、とダグラスはロイスに語りかけていた、彼女を傷つけることになるかもしれない。君はそう思わないか?

ロイスはどちらとも意見を持たなかった。そのことでダグラスは微笑み、口いっぱいに食べ物を頬張ったまま、声に出さずに話した。新たに身につけた君のその両価感情《アンビヴァレンス》は私の耳には音楽として聞こえるんだ、スウィティー・パイ。だからといって君のことをとても懐かしく思っていない、というわけではない。後悔なんぞかけらもない、というのでもない。そのとき君の顔に浮かんだ表情を覚えているかな? いや、もちろん覚えちゃいないよな——覚えてられるわけがないもの。それは「やめなさい!」と言いそうだったよ。そしてズドン! 一瞬にして出現する両価感情! もはや意見なし! 君は君自身の報いとして散弾を浴びたのだと私は告白するよ。しかしそれでもなお、君がここにいてくれたらよかったのにと私は思っている——屈辱を受けた君、変形された君、しかし大幅に改良された君——君がここにいて、ダギーがよりソフトな性

〔女性のこと〕に対してどれくらいアピールするかを、つぶさに見ていてくれたらなあと思うよ。まあ、アクロバットの得意なトッドハウザー嬢には、ソフトという言葉はちょっと似合わないがね。まあ彼女の好みはソフトかな。それ以外は――わざわざ絵を描く必要もないが――それ以外は、親愛なるヘッダは六・三フィートの動くコンクリートと言い表わせる。認めろよ、ハニー、君の身体はあちこちでぶよぶよしてきていたぜ。マティーニのせいでウェストラインが小刻みに揺れていた。ショットガンが君の贅肉を少しは削いでくれた。まあとにかく。ぶよぶよは別にして、怒りっぽさもべつにして、そしてもちろん不倫したことは別にして、君はどんな地震にも耐えうる頑丈そのものの私の新しい伴侶と、きわめて多くのものを分かち合っている。ヘッダはなにしろ天才的に数字に強いんだ。彼女の得意分野はポーカーだがね。少し訓練を積めば、彼女はコミュニティー・ナショナル銀行の有能敏腕の副頭取になるだろう。あるいは私はそのように考えていた。こいつを見つけるまではね。ちょっと聴いてくれ。

　ダグラスは電話の音量を上げ、自分の陽気なバリトンの声が、一ダースばかりの銀行での不正行為について詳細に語る短いセグメントを聴いた。

　さて、この録音は……表現を許して欲しいのだが、我々が「打ち上げ花火」と呼ぶであろう行為の最中になされたものだ。真面目な話、私は傷ついている。私は彼女が好きだった。そして不幸なことに、そこにはそれ以上のものがある。聴いてくれ。

　彼はもっと長いクリップを再生した。ステーキよりはベイクド・ポテトを楽しみながら。

　君にひとつ詫びなくちゃならないことがある、と彼はロイスに言った。でも、彼女がそういうことをすべて録音していたなんて、どうして私にわかるだろうか？　私は読心術師か？　いずれにせよ私はお詫びする。つまりそれは、私と君との間の、夫と妻との間の、親密な事柄だったのだ。君が「やめなさい」と言いかけたときに、そして私が「これを食らえよ、ダーリン」と言ったときに、君の顔に浮かんでいた表情はね。なぜならそれはまさに、君が私に対してやろうと計画していたのとまったく同じことだったのであり、我々は二人ともそれを知っていたからだ。否定はしないでくれ！　我々はぎりぎりの勝負をしていたのさ、ベイビー。そして内情を明かしてしまったことを申し訳なく思っている。まあ、そういう言い方はちょっと違うと思うが、とにかく我々の関係を解消し、その経緯を他人に話したわけだ。私の言わんとすることはわかるだろう？　さて、目下の問題はトッドハウザー嬢をどう扱うかってことだ。何か考えは？

ロイスはいつも何か考えを持っていた。少なくともかつては持っていた。だからダグにとって、沈黙を受け入れるというのは難しいことだった。彼は録音アプリのスイッチを切り、携帯電話をポケットに戻した。そしてベイクド・ポテトを食べ終え、解決に向けて頭を絞った。慌てる必要はない。危ういところではあったが、まだ実害はない。

十分後にヘッダが戻ってきたとき、ダグラスは言った。「電話は見つかった？」

「いいえ」とヘッダは言った。「キーを貸して。車を調べてくるから」

「いい考えだ」とダグラスは言った。そして車のキーを放った。「戻ってきたらまたちょっとポーカーをやろうか。まだ夜は長いからね」

ワンダ・ジェーンはキャディラックをもう一度探しながら、〈スターライト〉の駐車場を歩いて抜けていった。それからホテル全体をぐるりと一周した。時刻はもう十時に近かった。あたりは凍りつくように冷えて、彼女は車のトランクに突っ込んでいたみすぼらしい古い毛布に身体をくるんでいた。二十分後に彼女は出発した地点に戻ってきた。カジノの表玄関の近くには、クリスマスの照明が眩しく輝いていた。

何が彼女の足を止め、正面の道路を見渡させたのか、本人にもよくわからない。たぶんとくに理由はなく、ただ見渡すべきスペースがあったということなのだろう。しかし道路を隔てた向かいにはかなりの規模のレストランがあり、かなりの規模の駐車場も備えていた。そして遠くからでも、カッタビーの黒い巨大なキャディラックは、ちびの従兄弟たちに交じってくっきりと目立った。ワンダ・ジェーンは道路を横切り、助手席の窓に両手を包むようにあてて、車内を覗き込んだ。そして向きを変えようとしたところに、ヘッダが速歩でやって来た。そして言った。「覗き魔かしら？」

二人はハグしあった。ワンダ・ジェーンはつま先立ちで。

「十五分しか余裕がない」とヘッダは言った。彼女は車を解錠し、数秒間中を覗き込み、ドアをばたんと閉めた。「急いでコーヒーでも飲もう」

レストランは混み合っており、席は空いていなかった。だから二人はテイクアウトのコーヒーを注文し、レジの近くにあったちょっとしたへこみに立ってそれを飲んだ。十五分はあっという間に過ぎた。ホテルの駐車場は満員だったから、ホテルの駐車係に通りの向かいに駐めてもらったのだとヘッダは説明した。そして携帯電話が行方不明になっている。ダグラスにほとんど何もかもを認めさせたのだけど——まあ、認めさせたというのでもないかもしれない。そして何もかもというのでもないかもしれない——正しい言葉は「一人悦に入っていた」というところかな。

だからワンダ・ジェーン、あんたは何も心配することない。すべては順調に運んでいる。私はしっかり楽しんでいる。ダグラスは二人のためにシエラの山中に山小屋《シャレー》を買うことについて語っている。そして殺人者にしては、更にはまた銀行家にしては、この男は自信満々の「生の喜び」みたいなものを、紳士としての華やかさを、マティーニとカー・セックスとお金に対する燃え立つような欲望を存分に持ち合わせている。

「電話が行方不明だって？」とワンダ・ジェーンは言った。

「ええ、それだけがうまくいかないところ。車の中に置いてきたのかと思ったんだけどな」

「つまり、告白は――」

「おじゃんってことね。でも心配しないで。ちょっとあそこを撫でてやれば、彼は老いぼれの赤ん坊のようにくうくう喋り出すから。私に必要なのは新しい携帯電話だけよ」

「私のを持っていて」とワンダ・ジェーンは言って、自分の携帯電話を取りだし、それをヘッダに渡した。「エルモの番号はわかっているわね？」

「知ってる。私はもう戻らなくちゃならない。彼は不審に思いだすだろうから」

ワンダ・ジェーンは二口でコーヒーを飲み干した。屋内にいても凍りついてしまいそうだった。

「オーケー」と彼女は言った。「でも今回は連絡を切らさないでね。心配で身体がおかしくなりそうだった」

「あんたは神経質すぎるよ。ダグはなんにも気づいていないから」

〈スターライト・エンプレス〉に戻るまでの間、ヘッダはずっとワンダ・ジェーンの腕を取っていた。そして玄関ドアのところで二人はもう一度ハグしあった。

「ところでね」とヘッダは言った。

「なあに？」

「笑わないでね。ここに山小屋を持つってのも悪くないなという気がする」

ダグラスとヘッダがカジノのポーカールームに入ろうとしたところで、彼の携帯電話が『センチメンタル・ジャーニー』のメロディーを鳴らし始めた。

「ロイスのテーマ音楽だ」とダグラスが言った。「出た方がいいな」

彼はそこを離れ、背中を向けて、数分電話に向かっていた。ほとんど聴いているだけだったが。ある時点で彼は言った。「私の銀行は売り物じゃない」

そのかなりすぐあとで彼は言った。「金額は？」

それからほとんど間を置かずに彼は言った。「あなたのことをジュニアスと呼んでかまわないかな？」

44

ジュニアス・キラコシアンは〈YOU！〉ビルディングの最上階で、カタリーナ島の方を見つめつつ、座った回転椅子を回転させていた。少しばかり悲しく、少しばかり腹立たしく、すっかり落ち込みながら。男たるもの、と彼は自らを叱責した、妻を妻であり続けさせるためだけに、銀行をひとつ買い込んだりするべきではないのだ。あるいは妻の元夫をサン・クエンティン刑務所に入れないでおくために。あるいは夜の安眠を得るために。

キャンディー作りの男が、安物の銀行をひとつ買い込んで何をすればいいのだ？　それも問題だらけの銀行を。それもど田舎にある問題だらけの銀行を。彼は銀行になんて、造船業よりも海運業よりも関心が持てなかった。それはつまり関心がゼロ同然だということだ。

彼が気をかけているのはエヴリンだった。

彼女はそれを最後通牒として突きつけたわけではなかった――これをしてちょうだい、ではあるが、その続きに「さもなければ」はない。ミネソタから帰って以来、妻はずいぶん優しくなっていた。愛情さえ感じさせた――実際のところ、これまでになくと言うべきだろう――しかし今、父親からの大いなる助力があった。それは娘の内側でしっかりとかき回されていたものだった。銀行がひとつ、と彼女は抑揚を欠いた声で言った、それが私の望むもの。それから微笑み。それに続いてドゥーニーがじろりと睨む。

ジュニアスは回転椅子を回し、インターコムのスイッチを叩いた。そしてタホーまでの飛行機のチケットを持ってくるように秘書に言いつけた。

「他に三つ用事がある」とジュニアスはインターコムに向かって言った。「八万一千ドルの小切手を切ってくれ。受取人はダグラス・カッタビーという男だ。C-U-T-T-E-R-B-Y。それから私の義理の父を電話で呼び出してくれ。そしてヘンリーにここに来るように言ってくれ」

「ヘンリーは帰りが遅れています」と秘書は言った。

「遅れている？」

「飛行機で一緒になった相手から病気をうつされたということです。もしお求めであれば、ミネアポリスのラディソン・ホテルを呼び出すことはできますが」

「ラディソンで何をしているんだ？　ラ・キンタじゃ駄目なのか？」

「健康回復に努めているみたいです」

「そうなのか？」

「マッサージ・セラピー。効果があると聞いていますが」

ジュニアスは回転椅子を元に戻し、カタリーナ島に向けた。「ヘンリーのことは忘れていい。義理の父を呼び出してくれ。フライトは何時だったかな？」

「正午です。まだ三時間の余裕がありますが……なにしろクリスマス・イヴです。空港はひどく混んでいるでしょう」

「わかった。妻に電話をかけて、私は一週間かそこらで戻ると伝えてくれ。今回は少し時間がかかるんだ。おそらくは二週間、でも確かなことは言えない。帰り道で銀行をあとふたつばかり買って帰らなくていいか、訊いておいてくれ。あるいは血液を一ガロンか」

「サー？」

「何でもない。そいつも忘れてくれ」


「それについて話してくれ」とドゥーニーは言った。スピーカーフォンで聞く彼の声はかりかりとして虚ろだった。「銀行が面倒だと思うなら、JCペニーにオファーを出してみろ。どこから進めればいいのか、私には皆目わからん」

「進展は？」とジュニアスは言った。

「あちこちで。まずまず。今カルヴィンが別のラインでプレイノと話している。ちょっと待ってくれ」一分か二分あとでドゥーニーが言った。「オーケー、戻ってきた。プレイノってどこにある？」

「ルイジアナですか？」とジュニアスが言った。

「知るものか。私が知っているのは、私は今夜そこにいるってことだ」

「ジム、私は考えていたんですが」とジュニアスは言った。そして少し言い淀んだ。「このフルダの銀行、財務状況を調べてみたのですが、マーケットに出せてもたぶん十セントも値はつかないでしょうね。これは基本的に金のない銀行なんです。からっけつです」

「ああ、それはわかっていた」とドゥーニーは言った。

「それでは銀行を手に入れるのはやめたらどうです？　八万一千ドルだけを支払って、それで話を終える。それでハルヴァーソンは自由の身になれます——ローンを返却するのと同じことですから。それで全員がハッピーになれます」

「エヴリン以外はな。銀行を買うんだよ、ジュニアス」

「しかしジム、これは完全なインチキなんですよ。彼らは自分に金を貸しています——もちろんでっち上げの仮名で——それから彼らは銀行に八パーセントを要求するんです。自分たちに金を貸したという喜びのお礼としてね。これは氷山の一角です。他にもあれこれ一ダースくらい不正行為を働いているはずです。あるいはもっとたくさん。トースターのプレゼント。それは知っていますか？　老後の備えを金利ゼロで預金するとトースターがもらえるんです」

ドゥーニーは笑った。「それはなかなか賢いやり方だ。私好みのビジネスだな」

「神経ガスを売り歩くみたいな？」

静かな間があり、それからドゥーニーが言った。「それは私への批判かね、ジュニアス？」

「いいえ、私はただ——」

「なぜならひとつ君に言っておきたいことがあるからだ。もしトーゴかどこかの憐れな男が恨みを晴らしたい、あるいは女房の名誉を守りたいというのであれば、それを邪魔することは私にはできないだろう？　私はそれを発送する。何も私が……何も私が中身を指示したわけじゃない。いずれにせよ、私はもう老人だ。娘との間をこじらせたくはない。銀行を買うんだ」

「それはどうでしょう——」

「君は私に口答えするのか？」

「口答えしているわけではありませんよ、ジム。私としてはただ……」

ドゥーニーは派手な咳払いをした。「君が覚えておくべきことがいくつかある、ジュニアス。まずだいいちにPS&Sにとって、ちっぽけな冴えない地方銀行をひとつ買い取るなんて、屁でもないことだ。火を見るよりも明らかに。私の言ってることは正しいか？」

「おっしゃることは常に正しいです」

「よろしい。第二に、エヴリンはあのなんとかいう名前の男――バードソングだったか――に一からやり直させようとしている。その銀行を買い取ることによってな。君がそれを所有し、君がそれをコントロールする。一からやり直させる。そしてこのことは心に留めておいてもらいたい。私が君をCEOの座に据えたとき、我々は取り決めをしたはずだ。君は立派なその回転椅子に座り、私が指示を出す。私が銀行を買えと言ったら、君は銀行を買う。私が私の娘をハッピーにしろと言ったら、君は彼女をハッピーにするんだ。そしてこれが最後になるが――終わりまでしっかりと言わせてくれ――これが最後になるが、私はもううんざりしているんだ。怒りの発作に駆られた、サイコの嘘つき野郎に世界中追い回されることにな。その緊張が私とカルとの関係を危うくしている。銀行を買うんだ。わかったか？」

「ええ、ずいぶんよくわかりました」

「それからな、ジュニアス」

「はい、なんでしょう？」

「野球の球団のことだが、あれは手放せ。君はいい笑いものになっている」

ラーセニー湖の岸辺では、十二月だというのに異常なほど穏やかな晴れた日々が続いていた。アンジーとボイドは今では二人きりになっていた。湖は二人だけのものだった。ボートもなく、釣り人もおらず、観光客もいなくなっていた。人影は見えない。風が水面を揺らし、木々を揺らす他には動きも見えなかった。そして八月にコミュニティー・ナショナル銀行を襲うべく通りを横切ったとき以来、ボイドは初めて切望の対象を何ひとつ持たなかった。

それは無気力というのとも違っていた。それは欲望の欠如だった。彼は何ひとつ求めなかったし、十二月はそれに歩調を合わせてくれた。

この何年もの間、切望に煮え立ってきたボイドの夢も、今では小春日和の無人の地のようにしいんと静まりかえっていた。彼は愛も歓びも、復讐も救済もエヴリンも、もう何ひとつ求めなかった。生きたくもなかったし、死にたくもなかった。彼は時折湖を見渡し、それがいかに彼と同じく何も求めていないかということに魅了された。そしてその深く流動的な水が、自らの美しさや浮揚性や来るべき運命について、何ひとつ気をかけていないことに。そのような場合に、ボイドは自分がかつてそういうことを強烈なまでに気をかけていたことを思いだし、驚きの念に打たれ、またほとんど信じがたい気持ちになるのだった。なんて馬鹿馬鹿しいと彼は思う。でもつい最近まで彼が、嘘だらけの人生を頭の中から吹き飛ばしてしまいたいと、ほとんど捨て鉢なまで強く求めてきたのは、間違いないことである。そしてジム・ドゥーニーにそれを目撃させたかった。彼を共犯者として、飛び散った脳味噌だらけにしてやりたかった。

それはかつては筋の通ったことだったが、今ではただ彼を恥じ入らせるばかりだった。

自殺というのはみんな、このようなお粗末なファンタジーから生じるものなのだろうか、と彼は思った。せいぜいドゥーニーは不快そうにため息をつき、服を着替え、清掃サービスを呼んで玄関の階段をきれいにさせるだけだったろう。

本格的な冬が訪れる前のそのようなまやかしの日々、偽りの陽光の下で、ボイドは目標のない、何も求められない時をドックで送っていた。満足するでもなく、しないでもなく、アンジーの言いつけに従って、凍り付くような冷たい水に足指を浸しながら。

治療は効果があったようで、痛みは次第に薄れていったし、日ごとに十歩か十五歩は余分に、足を引きずって歩けるようになった。

彼にとくに目的地があったわけではない。目的地は未来を要求する。欲望が未来を要求するのと同じように。そして未来という観念は——それがどのような未来であれ——彼には奇妙なものに思えてならなかった。もし自殺未遂のもたらした結果があるとすれば、それは自らの内にあるこの空虚さだ、一切の切望の不在だ、彼はそう見なすようになっていた。次の食事、次の日、次のなんでも——次なるものなんてないのだ。どうしてそんなものがあり得よう？　未来なきところに次なるものはない。

そのようにして日々は他の日々へと取り留めなく繋がっていった。十二月はクリスマスへと進んでいった。それまでに二度、アンジーは二人のカリフォルニアへの帰還を延長していた。あまり説得力のない理由がでっち上げられた。彼女は大広間を松の枝で飾り付けた。そして奇妙に黙り込んでいた。それはアンジー自身というより、剝製師が考えたアンジーみたいに見えた。彼女は何かを恐れているようだった。二人は別々に寝た。ボイドはキャンピングカーで、アンジーはドゥーニーの大広間の暖炉の前で。でもあるときボイドが目を覚ますと、〈プレジャー・ウェイ〉の車内の隣に彼女がいた。数インチ離れたところから彼女は彼をじっと観察していた。何か新しく奇妙で、少々おっかないものでも見るみたいに。何も言わなかった。少し後で彼女は仰向けに寝転び、横になったままじっと暗闇を見つめていた。

朝になって、二人ともそのことについては何も言わなかった。代わりに彼女は言った、「あなたから何かを返してもらう必要があるのよ、ボイド。なんでもいい。どうやらあなたは私を失おうとしているみたい」

ボイドは肯いた。

彼はそのことについて一日中考えた。

その夜、彼は残酷になるつもりもなくこう言った。「悪いと思う。ぼくはすべてを失っていく人間なんだ。みんなそのことを知っている。ぼく自身でさえ知っている」

彼女は彼を見た。一時間が経過した。

「私を失うことは」と彼女は疲れた声で言った。「悲劇になる」

雪が降っていた。風がうなり声を上げていた。

明かりが消えた。

それからの数昼夜、紛れもない冬が訪れた。そして今回のそれはずっと居座った。十二月十六日までに五フィート半の雪が積もった。パイプが破裂し、外の樹木がばりばりと音を立てて割れた。キャンピングカーにはもう住めなくなっていた。そしてボイドは、アンジーが二脚の床屋椅子のうちの一つを苦労して階下の大広間まで運んできて、それで彼のために簡易ベッドを暖炉の前にこしらえるのを眺めていた。その屋敷は一年中住めるように作られており——ラーセニー湖近辺ではそんな家はここだけだ——三台の石油ヒーターで暖房をまかなわれていたが、どれもカランカランと不平の音を立てて、燃えることを断固拒否していた。あるいは自分の気の向いた時にしか燃えないみたいだった。電気オーヴンは台所を暖めてくれたが、階上の二つのフロアは——そこには十一の寝室とヘアサロンと撞球室があったが——外気にじかにさらされているも同然だった。大広間の巨大な暖炉も、人が居住できる暖気が届くのは、そこからほんの数フィートの範囲に過ぎなかった。

昼の間、彼らはセーターとオーバーコートを着込み、缶詰のチリを食べ、交代で床屋椅子に潜り込んだ。そして何かが（それが何であれ）やってくるのを待った。

夜遅く、とりわけ夜明け前のハゲタカのような時刻、ボイドは自ら犯した過去の過ちの歴史を再訪した。足指がいやでもそれを思い出させてくれた。驚いたことに、その苦痛の中に時折、歓びのささやかなほとばしりのようなものがあった。借金を返し終えたという歓びだ。もちろんそれで過ちが許されるというものではないが、たぶんいちおう埋め合わせにはなる。彼は母親のことを「でか尻女」と呼ぶべきではなかったのだ。フットボールの投げ合いをしようという父親の誘いを断るべきではなかったのだ。趣味がポロだなんて言うべきではなかったのだ。名誉負傷章《パープル・ハート》やら脳腫瘍やら、幻想でいっぱいの履歴書をでっち上げるべきではなかったのだ。バードソングという本来の名前を、ハルヴァーソンに置き換えるべきではなかったのだ。もし自分が勇敢な男であれば、とボイドは自らに向かって語った——ハゲタカたちは今、暗闇の中で耳障りな声を上げている――そして自分になんとか未来というものを信じさせることができたなら、彼はある日、可愛いペギーと、より可愛いエンニに会いにいって――その両方だっていいじゃないか――もう一度足指を叩き潰してくれないかと頼むところなのだが。

たぶんドゥーニーにも会いにいくだろう。大いに笑って、テンプテーション拳銃を抜き、そこで何が起こるかを見てみるのだ。

一度、ボイドが午前四時の経歴回想を行っている最中、アンジーが寝言を言っていることに気づいた。彼女は床屋椅子を奪い取り、ボイドを横の床の上に寝かせていた。そして火の消えかけたほとんどまっ暗闇の中で、彼女は身をひねり、うめき声を上げ、半ば身を起こし、獣の発する炸裂する叫びに似た感嘆じみた声を出した。それは出鱈目の言葉ではなかった。意味がないわけじゃない。どちらかといえば、それは彼女自身の持ち合わせた言語のようだった。それが二分か三分続き、それから彼女は床屋椅子に身体をもたせかけ、口に手を当てて黙り込んだ。

またあるとき、その一日か二日後のことだが、アルヴィンが食料品を詰めた袋を四つ持って玄関先に現れた。彼はあまり口をきかなかった――ほとんどまったくといっていいくらい。彼はブーツについた雪を払い落とし、ボイドに向かって肯き、アンジーに向かって肯き、それから袋をキッチンまで運び、カウンターの上に置いた。

「それじゃ」と彼はもそもそと言って、それから少しだけアンジーを見た。そして玄関の方に歩いて行った。

ボイドは彼を呼び止めた。

「尋ねたいことがある」と彼は静かな声で言った。「君は告白を扱ったことはあるかな？」

「ランディーがここに来ている」クリスマスの三日前の晴れた朝にアンジーがそう言った。「ここではないけど、ベミジに。どんどんテキストを送ってきている。そのうちにここを見つけるでしょうね」

「オーケー」とボイドは言った。

「オーケー？」

「ああ。砕くべき足指はまだ残っているからね」


それから一日か二日後、ボイドは足を引きずって湖まで降りていった。そこで彼は雪を払い、靴下を脱ぎ、用心深くドックの上に座り、傷ついた足をきらきら光る黒い氷の塊に当てた。その朝は気味悪いほど明るかった。明るいが熱気はない。そして彼の周りですべてがきらきらと光り輝いていた。ボイドは短い時間目を閉じていた。そしてサングラスを持ってくればよかったと思った。そして目を上げたとき、フード付きの赤いパーカを着た人が、凍結した湖面を横切り、重い足取りで自分の方に向かってやって来るのを目にした。男か女か、それもボイドにはわからない。冬のぎらつく光の中で、その人影は暗くすすけて見えた。四分の一マイルほど先で、その人影の動きはスローモーションのようだった。おそらくかんじきでも履いているのだろう。五分か十分の後、湖の真ん中あたりでその人影は歩を止め、パーカの中から細長い道具のようなものを取り出した。そして前屈みになり、少し間を置き、その道具を足もとの雪と氷の中に突き入れた。彼は——あるいは彼女は——その行為を何度か繰り返した。めりめりという音がひとつ聞こえた。それから更に何度かそのめりめりが聞こえた。ボイドは靴下とブーツに手を伸ばし、それらを身につけた。そしてよろよろと立ち上がった。もう一度湖に目をやったとき、赤いパーカと道具とかんじきを履いた人影は消えていた。あとにはきらきらと輝く無が残っているだけだった。

それは本当にあったことなのか？

ボイドには自信が持てなかった。

すべてが意味を失うとき、と彼は思った、こういうことが起こるのだ。


ランディー・ザフはクリスマスの日に現れた。到着が遅れたのは車のトラブルのためであり、雪嵐のためであり、金銭的な問題のためであり、そして何よりも何よりも、アンジーの居場所を突き止めるのに大変な苦労をしたせいだった。

「おれはランディーだ」ボイドがドアを開けたとき、彼はそう言った。「おれたち、これから一緒にたっぷり楽しめると思うぜ」

45

「散歩でもしていて。二時間くらいあとに帰ってきて」とアンジーは言った。「この人と二人きりで話をしたいから」

「二時間？」とボイドは言った。「外は華氏十二度〔摂氏零下十一度〕だよ」

「ホット・コーヒー」と彼女は言った。「サーモにいれてね」

ボイドは面倒を避けてキッチンを抜け、足を引きずりながら、寒さから逃れるべく〈プレジャー・ウェイ〉に向かった。ヒーターを入れ、ＪＣペニーのセーターを三枚重ね着して、腰をおろしたまましばらく何もしなかったが、それから読みかけのウィンストン・チャーチルの伝記を手に取った。彼は長い間その本を目にしていなかった……いつからだろう？　八月か？　メキシコ以来か？　三百八十二ページの黄ばんだ隅が折られていた。あと九百ページがたっぷり濃密に待ち受けている。

鳥肌を立て、ぶるぶる震えながらも身を落ち着け、ボイドはボーア戦争へと足を踏み入れていった。そしてほとんど同時にボーアってなんだっけ、という疑問が頭に浮かんだ。調べてみなくちゃと思ったが、しかしそれから「そんなことどうだっていいや」と心を決めた。そのことについても、他のどんなことについても。彼は途中のページをすっかりすっ飛ばして、最後の数ページに移ってしまいたいという誘惑に駆られた。すべての伝記が幕を閉じる、多かれ少なかれ似たような場所に。

一時間以上が経過し、四百三十三ページまで読み進んだところで、キャンピングカーのヒーターは己れの戦いに敗れ始め、ミネソタの前に屈していった。

ボイドはあと二枚のセーター（どちらも最高品質のアクリル）を追加して着込み、古いコーデュロイ・ジャケットを着て、三足のウールの靴下をはいた。それから、他にやることも思いつかなかったので、凍結したラーセニー湖を歩いて横切り、彼が幻影であると考えるに至った赤いパーカと、かんじきを履いた人影について検証をおこなうことにした。歩行はゆっくりとしたもので、困難だった。ぼろぼろと強ばった深い雪と、その下のつるつるの氷。狼のような風が彼の耳や鼻を嚙り、ときにはコーデュロイや、五枚重ねのJCペニーのアクリル地を突き抜けて身体に嚙みついた。彼の足指は麻痺と、感電処刑との間を行き来していた。これは背信と妄想虚言症に満ちた人生に対する自然の返報ではあるまいかと、彼はふと思った。

彼は歩数を数えた。彼はモンキーレンチを手にしたエンニのことを考えた。母親は映画『上流社会』を観ながらミルクシェイクをがぶがぶ飲んでいた。エヴリンは「ポロ？　冗談でしょ」と言っていた。

何十羽という数のムクドリが、雪の中で硬く凍りついて横たわっていた。

湖の中央近くで、見つからないといいのだがと思っていたものを彼は見つけた。雪が不揃いな円形にかき分けられ、その部分の氷が露出していた。近くには安物のシャベルと、氷を砕くための黒い鉄製の螺旋錐《らせんぎり》と、金属の柄のついた鑿《のみ》のようなものが、なかば雪に覆われていた。その円の真ん中には穴があいていた。あるいはかつては穴であったものが。その部分は今では氷のかさぶたのようになり、まわりの氷よりもいっそう明るく透明な輝きを放っていた。

ボイドは顔を背けた。それを見たくはなかった。見るんじゃない、と彼は思った。しかし結局見てしまった。鮮やかな赤のパーカが内側から、氷のかさぶたに押しつけられていた。

彼におんぶして運ばれたときのことをボイドは思い出した。「よう、父さん」とよくアルヴィンは言っていたものだ。


ジム・ドゥーニーのキッチンでは二脚のスツールが、扉を開けたままの電気オーブンの前に寄せられていた。アンジーはそのひとつに座っていた。もうひとつのスツールは無人だった。

「ジェームズ・ディーンはどこに行ったんだ?」とボイドが尋ねたところだった。

「誰ですって?」

「きみのお友達だよ。カウボーイ」

「ランディーはお友達じゃない。カウボーイでもない。ジェームズ・ディーンって誰よ?」

「誰でもない。もう死んだ人だし」とボイドは言った。「でもぼくの母は彼に何通もラブレターを書いていたな」

アンジーは肩をすくめた。

彼女は疲れ切っているように見えた。消耗し、苛立っていた。彼女の前の床の上には六足の靴が並んでいた。膝の上にはゴムのサンダルが載っていた。

ボイドはブーツとジャケットを脱ぎ、よろけながら無人のスツールまで歩き、そこに腰を下ろした。もう二度と立ち上がれないのではないかと思いながら。オーブンの熱気はこの世のものとも思えないほどだった。

しばらくの間、二人はただじっとそこに座っていた。お互いに目を合わせないようにしながら。ボイドは赤いパーカのことを考え、何かを言わなくてはと思うのだが、でも何をどう言えばいいのかわからなかった。でもやがてアンジーが大きく息を吐き、呟いた。「あなたは物事をめちゃくちゃにしてしまったのね」

「実にそのとおりだ」とボイドは言った。

「私はカリフォルニアに戻る。すぐにもね。あなたは一緒に来てもいいし、来なくてもいい。それはあなた次第よ。私はもう決めたから」

「カリフォルニア？　きみとジェームズ・ディーンとで？」

「彼の名前はランディー、そして彼は私を必要としている」彼女の声は低く、冷ややかで、遠くから聞こえてくるようだった。彼女は自分の膝を見下ろして言った。「キャンピングカーを使ってかまわないと彼に言ったの。一時的にね。私が物事をきちんと整理するまで」

「ヒーターを修理する必要があるが」

「大丈夫。ランディーは修理屋だから」

「オーケー、それはよかった。しかしまた別の問題がある」ボイドは言い淀んだ。「それは物事をいっそう悪くするかもしれない」

「どういうこと？」

「おそらく……わからないな。おそらく今のきみの状態では、これは言うべきじゃないかもしれない」

「ちゃんと言ってくれないと、私は大きな声で叫びますからね。いまは叫びたい気分なのよ」

「そのサンダルはなんだい？」

「それだけ？」

「ああ、そうだよ。サンダルのこと」

「これはプレゼントなの！」と彼女は語気強く言った。「ランディーからのね。彼は私のことを考えてくれていた。気を配っていてくれたのよ。そしてこれは私の色なの――黄色はほとんど私自身の色。十億ドル賭けてもいいけど。あなたはそんなこと知りもしなかったでしょう」

「サイズは合っている？」

「なんですって？」

「履き心地はいいか？」

「ボイド」と彼女はゆっくり言った。「あなたは私の気を狂わせたいわけ？」

「いや」と彼は言った。「ぼくが言わずにいたいのは、きみのもう一人のボーイフレンドは湖の、四インチの厚さの氷の下にいるってことだよ。さあ、大声を上げてかまわないよ」


アンジーはそこに立ち、氷に覆われた穴を見下ろしていた。ボイドは彼女の隣に立っていた。

「アルヴィンかどうかはわからないわ」と彼女は言った。

「このパーカはアルヴィンのものだよ」とボイドは言った。

「事故だと思う？」

「思わない」

「あら、まあ」

「きみが言うのはそれだけかい？」

「今のところはね」

雪と二羽のカラスが空から降ってきた。アンジーは厚手の手袋を取り、透明な氷のかさぶたに両の手のひらを押し当てた。冷たい風の吹く半時間が過ぎた。「ときどき」と彼女は呟いた。「私は神様に説教したくなる。神様はどうしてこれほどトンマになれるのかしら」

「彼はぼくの告解を聞いてくれた」とボイドは言った。

「神様はいつも聞いてくれる」

「アルヴィンだよ。ぼくが言っているのは彼のことだ。ぼくらは二人とも告解した。一晩かけてね」

アンジーは氷のかさぶたを見下ろし、それに背中を向け、言った。「全然役に立たなかったけど」

その夜、彼女には言うべきことがたくさんあった。彼女はまた眠りの中で喋り続けた。ボイドは手を伸ばして彼女の肩を揺すった。そして言った。「起きるんだ。それは夢だから」

「私はちゃんと起きてる」と彼女は苛立って言った。「これはプライベートなことなの。神様とアルヴィンと私との間のことなの」

翌日のラーセニー湖の気温は華氏零下十二度〈摂氏零下二十四度〉まで下がった。そしてそれから十七日の間、気温はただの一度も上がらなかった。五十トンもある大木が、幹のところで二つに裂けた。電力が切れた。携帯サービスもたびたび駄目になった。かちかちに凍りついて死んだカラスが屋敷の裏ポーチに落ちてきた。

　新たな寒波が更にノース・ダコタから押し寄せ、〈プレジャー・ウェイ〉の暖房装置が凍りついてしまったので、アンジーはランディーを手伝って、大広間の暖炉の前にキルトとクッションを使ってベッドをこしらえた。いくつかのルールがここにはある、と彼女は説明した。脅したりするのは駄目。嫌な目で睨んだりするのもだめ。品位を欠いた言葉も駄目。ランディーはボイドに話しかけない。ボイドはランディーに話しかけない。もし二人のうちのどちらかがもう片方に何かを伝えたいときには、間にアンジーが入る。彼女は言い分を翻訳し、趣旨をもう一人に伝える。

　ランディーは宙をぴしゃっと叩き、言った。「それでいい」それからフレンドリーな笑みをボイドに向け、言った。「そのおっさんに尋ねてみてくれ。これまでグレープ・ジュースの樽の中に、上下逆さまに浮かんでいたことはあるかいって」

　アンジーは言った。「ボイド、あなたはこれまで――」

「聞こえたよ」とボイドは言った。「彼はジェームズ・ディーンなのかって訊いてみてくれ」

　アンジーは言った。「ランディー、あなたはジェームズ・ディーンなの？」

　ランディーは言った。「ジェームズ・ディーンっていったい、ファック、誰なのか、訊いてみてくれ」

「ファックは品位ある言葉とは言えない」とアンジーは言った。「でも訊いてみるね。ボイド、ジェームズ・ディーンって誰なのよ？」

ボイドは床屋椅子の上に毛布を半ダースばかり重ねて、その中に横になっていた。両脚は上げられ、頭は後ろに傾けられ、髭を剃られるときのような格好になっていた。そして言った。「この無知なスカ頭に言ってやってくれ。今を遡《さかのぼ》る一九五六年には、アメリカで三番目に有名だった人物だって。今で言えばマシュー・マコノヒーが近いかもしれない。

ランディーは言った。「それはそれは。彼に言ってくれ、俺は何も――」

アンジーは言った。「私はまだ翻訳していない。ボイドはあなたがマシュー・マコノヒーに似ていると言っている。ありがとうって言いなさい」

「ああ、ありがとう」とランディーは言った。「ただ、ボンゴって何なのか彼に訊いてくれ」

「それはドラムよ、まったく」とアンジーは言った。「それがどうしたのよ？」

「とにかく訊いてみてくれ」とランディーは言った。「それがルールだろう」

「ボイド、ボンゴって何？」とアンジーが尋ねた。

ボイドは言った。「ボンゴ……それは空洞の上に革を張ったものだ。その抜け作頭のようにな」

アンジーはため息をついた。アンジーは、ランディーがカトラスのトランクから持ってきたタコバ剣の、長い波打つ刃を使ってマシュマロを焼いていた。「ボイドが言うには、ボンゴは空洞の上に革を張ったもので、それはあなたの頭に似ているって」

「それは間違いなくやつが言ったことか？　彼に訊いてくれ、それは間違いなく彼が言ったことなのかどうか」

「それがあなたの言ったことなの？」とアンジーが言った。

「一言違《たが》わず」とボイド。

「それが彼の言ったことよ」

「わかった。いいから、その色男に訊いてみてくれ。これまでに野生馬《ブロンク》に乗ったことがあるかどうか。たぶんブロンクが何を意味するかもわからんと思うが」

アンジーはため息をついて言った。「ボイド、ランディーが訊いてるんだけど――」

「ブロンクとは」とボイドは言った。「虐待された馬のことだ。その天然馬鹿に訊いてみてくれ。これまでにポロをやったことがあるかどうか」

「二人とも、これが最後通告よ。年齢相応に振る舞いなさい」とアンジーは不機嫌そうに言った。「ランディー、あなたはこれまでポロをやったことがある？」

「ああ、もちろん」

「あなたはポロをやったことがあるの？」

「おおむねな」とランディーは言った。「でかい犬みたいなのに乗って、鍬みたいなもので、何かをぶっ叩くやつだろう。一度か二度それをやったことはあるよ」

「彼はそれをやったことがあると言っている」とアンジーは言った。「もうそこまで」

「もうちょっとだけ」とボイドは言った。「どこでそのローファーを手に入れたか、訊いてくれないか？　ＹＭＣＡでバレエを教えているのかどうかも」

「訊きたくない」とアンジーは言った。

「バレエって言った？」とランディー。「訊いてくれよ」

「品位を欠くやりとりだから、もうここで打ち切り」

アンジーは立ち上がり、剣からマシュマロを二つとって食べ、二つの蝋燭を消し、それからジム・ドゥーニーの寝袋のひとつに潜り込んだ。「頭が痛い。今夜はこれでおしまい。明日にはカリフォルニア行きの荷造りをする。明後日には私たちは出発する。雪が降っていてもいなくてもね」

「最後にひとつ言わせてくれ」とランディーが言った。

「それが品位を欠いていなければね」とアンジーが言った。

ランディーは相変わらずフレンドリーな笑みをボイドに向けていた。「ひとつ知りたいことがある。この老いぼれの悪党が優先利用権〔何かを最初に使う権利を持つこと。この場合は性的関係を意味する〕というものをご存じなのかどうか、訊いてみてくれないか」

「ルールは忘れて」とアンジーは言った。「自分で訊きなさい」


ボイドは気持ちを落ち着けるのに、夜の半分を費やした。床屋椅子の中で何度も寝返りを打った。アンジーも同じようなものだった。彼女は寝袋に入って、火の近くに横になっていたのだが、眠りながらわけのわからないことを喋っていた。ある時点で彼女はボイドの方を向いて、小声で囁いた。英語で。「立ち聞きをしないで。私は教会の中にいるのよ」

ランディーは数フィート離れたところで横になり、剣を優しく抱えていた。「聞こえなかったのか？」と彼は言った。「彼女は教会の中にいるんだよ」

「ぼくは何か聞き逃しているのかな？」とボイドは言った。

「ええ、もちろん」とアンジーが囁いた。

クリスマスのあとの何日かを彼らは出発のための準備に費やした。ランディーとアンジーはシャベルを使って、長い砂利敷きのドライブウェイの雪かきをした。彼らの作業は二度、激しい降雪のために無になった。一月の半ばにランディーは新しいバッテリーをつなぎ、フェラーリを試運転してベミジまで往復した。「突っついてやる必要はあるが」とそのあとでランディーは言った。「カトラスに乗ったことがない人間にはオーケーだと思う」

ボイドはスーツケースとビニールのゴミ袋に数少ない所持品を詰め込んだ。アンジーは二人の現金を詰めた——総額がいくらか彼女は言わなかった。〈プレジャー・ウェイ〉はもうお役御免だった。

「私たちは二台の車で行く」とアンジーは言った。「ランディーのポンコツ、私のセックス・モビール。あなたは私と一緒に乗るのよ、ボイド。キャンピングカーにはさよならを言って」

「さよなら」とボイドは言った。

「あなたは興奮している。人生はアドヴェンチャー、そうよね?」

彼らは翌朝の夜明けと共に出発した。

ランディーがカトラスで先導した。アンジーはミッドナイト・ブルーのフェラーリ812スーパーファストを運転してそのあとをついていった。ボイドはアンジーの隣で脚をこわばらせ、陰気な様子でじっと座っていた。道路はつるつると滑った。死んだ鳥たちが側溝に山のように積み重なっていた。アンジーは両手を使って慎重に運転した。シートをいちばん前方まで押しやって、唇をまっすぐに結んでいた。ソファのクッションをお尻に敷いているおかげで、視線はなんとかフェラーリのステアリングの上まで確保されていた。しばらくして、パーク・ラピッズまでの道のりの半ばあたりまで来たとき、ボイドは突然煙草を吸いたいという激しい欲求に襲われた。古い習慣で彼はポケットをとんとんと叩いたが、それからグラブ・コンパートメントを開け、自殺の書き置きの紙に包まれた、テンプテーション拳銃を見つけた。「アンジーに言ってくれ」とアルヴィンは書いていた。「もし天国でものが盗めないとしたら、俺はきっと腐っちまうだろうなって」

ボイドはその書き置きをポケットに入れた。煙草があるべきであった場所に。

進み方は遅かった。

彼らがカリフォルニアに着くのは六月の初めのことだろう。

46

ダラス・フォートワース空港からプレイノに向かうリムジンの中でジム・ドゥーニーは、JCペニーはなかなか良い買い物だったかもしれないと、カルヴィンに語っていた。「人は食べなくちゃならん。人はクソをしなくちゃならん。人は服を着なくちゃならん。もし私が間違っていたら言ってくれ、カルヴィン。私は間違っちゃいない。我々の持ち船が全部沈んだとして、すべてのターバン野郎どもが神経ガスを買うのをやめたとして、我々にはまだ売るべき下着が残っている。靴もある。スーツのジャケット、ソックス、ベルト、特大のパンティーストッキング、高級化粧品、安物のバッグ、そういう雑貨を残らず詰め込める小ぎれいな、まずまずの品質の旅行鞄、おまけに一切合切を捨て値で手に入れたんだぞ」

「いくらで?」とカルヴィンは尋ねた。

「チェーン全部で? はした金さ。数十億ってところだ」

「数十って、正確には?」

「七十か、九十か、そんなことは知らん。我々は交渉をした。だからこそこうして我々はリムジンに乗っているんだ。そうじゃないか?」

カルヴィンはドゥーニーの手を取った。

「あんたは善き父親だ」と彼は言った。

「そうかね？」

「一人の男の仕事を買い戻すために九十億ドルかい？」

「ああ、そういうことになるな。もしそれでエヴリンが喜んでくれるなら、私も嬉しい」ドゥーニーはカルヴィンの手をぎゅっと握り返した。「もちろんそこには私自身の利益も組み込まれているがね」

「もちろん」とカルヴィンは言った。「あんたはビジネスマンだから」

ドゥーニーは肩をすくめ、窓の外を流れていくテキサスの風景をじっと眺めていた。その大方は簡便なショッピング・モールと、ランドローバーを運転するカウボーイもどきの男たちだったが。「ジュニアスにも言ったことだが、そしてまた君にも言うのだが、背後に気を配りながら生きて行くには、私は年を取り過ぎた。過去のことはさっぱり水に流してしまいたい」

「良い考えだ。でも髭を剃る必要はありそうだな」

「そう思うか」

「耳のまわりも刈り揃えた方がいい。浮浪者みたいに見えたくはないだろう」

「そんな風に見えるのか？」

「私には見えないよ、ジミー。私にとってあんたは常にホットだ」

二人はそれからしばらく無言のうちにいたが、やがてドゥーニーが言った。「このような買収獲得があるとな、カル、私はホットに感じるんだ。グランド・キャニオンを手に入れたり、ワシントン・モニュメントを買収したりできるような気がしてくるんだ。そういう気持ちって、君にはわかるかな？　シカゴを買う、イエローストーン公園を買う、敵対的買収のビッドをする……あらゆるものに対してだ！　独立宣言？　買っちまえ。憲法？　買っちまえ。すべての学校、すべての図書館——ろくでもないものはみんな呑み込んじまう。ダーウィンも汚い言葉も、すべてこれまで。みんな買っちまえ！　それが私の夢なんだよ、カル。それが私のファンタジーだ。それこそが、この国を再び偉大にするものだ」

「その意気」とカルヴィンは言った。「でっかく考えよう」

タホーでは、ワンダ・ジェーンとエルモが〈スターライト・エンプレス〉のコーヒーショップに座っていた。二人は空っぽになったコーヒーカップをいじり回しながら、ヘッダからの連絡を待ち続けていた。予定の時刻はずっと前に過ぎていた。「毎時正時に、私は彼女にそう言ったのよ」とワンダ・ジェーンは言った。「わかったとヘッダは言った」

「何かと邪魔は入るものさ」とエルモは言った。

「私はまさにそれを恐れているのよ」

ワンダ・ジェーンはエルモの肩越しにスロットマシーンの列と、ゲームテーブルをざっと見回した。もう夜の十時に近かった。その場所はクリスマスを終えた人々で満員になりつつあった。クリスマスの飾り付けの残り物と、金が手から手へと渡るハム音の何かが、ワンダ・ジェーンに告げていた。この人たちはもう泥沼にはまっている、と。幸運は勇敢なるものに微笑むと言うけれど、と彼女は思った。それが胴元《ハウス》に微笑んでいるときは別なのだ。

「ここにいてちょうだい」と少しして彼女は言った。「私はどうやら——」

そのときエルモの携帯電話が音を立てた。

彼は電話に出て、耳を澄ませ、ワンダ・ジェーンに向かってにやりと笑った。

「あんたにだ」

ヘッダの声は急《せ》いていた。彼女は階上のビジネス・スイートから電話をかけていた。一分しか時間の余裕はない。「ねえ、ほんとにごめんなさいね。電話をかけるのが遅くなっちゃって」と彼女は言った。「でも人が会いに来ているの。痩せた年配の男。彼は私たちの銀行を買いたがっている。即金で。ダグと私はなんとかうまく搾り取ろうとがんばっているんだけど、相手はなにしろしぶちんで、できるだけ値切ろうとする。なかなかエキサイティングよ。現金がどかんだものね。そしてこのビジネス・スイートときたら、目の前のサイドバーに並べられた充実した品揃えを、あなたにも見せてあげたいわ。スモーク・サーモンに、小さなロブスター・サンドイッチに、シャンパンにヘロイン、なんでもありよ」

「ヘロイン？」

「それは冗談」

「一時間ごとに電話をくれることになっていたでしょう、ヘッダ」

「そんなの無理だわ。だって銀行をひとつ売ろうとしているのよ。それには時間がかかる。思うに、おそらくあと二週間か三週間はね」

「私たちの銀行とあなたは言った」

「私たちのって言ったかしら？」

ワンダ・ジェーンの視線はエルモの方に滑っていった。彼に向かって小さく首を振った。「落ち着きなさいよ」と彼女は言った。

「落ち着いてなんかいられないわ。ダグは早く済ませろと言った。私たちは今、なんてったって大事な問題、重要な時を迎えているのよ」

「ヘッダ？」

「なに？」

「私たちってどういうことよ？」

「私たちというのは、ダグと私のことよ。出し抜けにこの小心野郎がロサンジェルスから乗り込んできて、コミュニティー・ナショナル銀行を買い取ろうって言い出した。で、こいつがいろいろぐじょぐじょ言った。私たちは原則的には合意した。私はかなりそう確信している。でもどうやらこの小心野郎は、私たちの財政状況があまり気に入らないらしい――つまり私たちの実際の資産が」

ワンダ・ジェーンはしばし目を閉じ、考えようと努めた。そして言った、「よくわからないんだけど、つい最近まであなたは彼の発言を録音しようとしていた。でも今では彼のビジネス・パートナーになった」

「ビジネスだけのパートナーじゃないけど」とヘッダは言った。

「それって、冗談で言ってる？」

「一種のね。私は決めかねているの。ダグは新婚旅行でケイマン諸島に行く話をしているし」

「彼は人殺しなのよ」

「知っている。そいつはちっと問題よね」

いくらか沈黙があった。

ワンダ・ジェーンは言った。「そこを出なさい。今すぐに、ヘッダ」

「さあて、わからないな。愛が得られないなら、セックスに行け。セックスが駄目なら、金持ちになれ。それが私のやり口よ」

「ロイスのように撃《ショット》たれるよ」

「とは限らない」ヘッダはそう言って笑った。「ねえ、もう行かなくちゃ、ハニー。できたら電話するからね」

ワンダ・ジェーンがエルモに電話を返すと、彼は言った。「なかなか込み入った女性だ」


エヴリンも電話をかけていた。話している相手はアンジー・ビングだったが、長距離のワイヤレスで、声はきんきんして聞こえた。アンジーはミネソタ州パーク・ラピッズの靴屋の前、二重駐車した車の中に座っていた。「ランディーとボイドが中にいる」とアンジーが言った。「私の足とはまったくサイズの合わない多くの靴を返品している。すごく長い時間がかかっている。というのはランディーはレシートをなくしてしまったから。いずれにせよ、私たちはようやくうちに帰ろうとしている。晴れた空の広がるところに」

「それはなにより」とエヴリンは言った。「でも慌てないで。靴は大事なものだから」

「それより大事なものは何かしら?」

「それより大事なものなんてない」とエヴリンは言った。

「アンクル・ブレスレット」とアンジーは言った。「おそらくは婚約指輪」

「おそらくはそうかもしれない」とエヴリンは言った。「でもまずは靴がだいいち。お天気はどう？」

アンジーはフェラーリのヒーターのスイッチを探したが、見つからなかった。「前よりよくなった。華氏零下十度〔摂氏零下二十三度〕ってところかな。フェラーリを運転したことってある？」

「二、三度」とエヴリンは言った。「若い頃にね」

「パイロットの訓練が必要みたいね。ヒーターのスイッチはどこかしら？」

「そんなものはないんじゃないかしら。タッチ・スクリーンだと思うけど」

「タッチ・スクリーン？」

「あるいは私のブガッティと取り違えているかも」とエヴリンは言った。「あなたが売り払ったやつと」

「ああ、それね。実際にはアルヴィンが売ったんだけど。アルヴィンはもう死んでしまった」

「アルヴィンが死んだ？」

「少なくとも彼のパーカは死んでいる。それは私のせいだとボイドは言う。私が彼に欲情を催させたせいだと。でもそんなの大間違いよ。アルヴィンは魂を見失っていたのよ」

エヴリンは同情的な声を出した。そして言った。「そういうときこそ靴が必要なのよ。それでボイドはどうしている？」

「またなんとか歩き回れるようになった。簡単にはくじけない人ね」

「あなたは彼をくじくことができる」

「そうかしら」

「ねえ、アンジー、女同士のぶちまけた話、私はこれからもずっと彼のことを愛している。そしてあなたはそのことを知っている。そうよね？」

「もちろん知っている」

「あなたがそれを知っていることを、私は知っている。もちろんそんなことはジュニアスには言わない。多くの場合、自分自身にさえ言わない。私はそれを呑み込んでしまう。何かが不可能だからといっても、必ずしも……ああ、あなたは既に知っているんだわね。だから私が言おうとしているのは——自分が何を言いたいのかさえ私にはよくわからないんだけど——でも私は彼のためにものごとを円滑にしてあげたと思う。いや、円滑にしたというんじゃないわね。それは撤回する。でもおそらくより円滑にしてあげたってこと」

「そろそろ切るわね」とアンジーは言った。「ボイドが戻ってきたから」

「彼にリセット・ボタンを押したって言ってくれる？」

「ボタン？」

「リセット。彼は理解すると思う。私とあなたと、いつか一緒にショッピングに行きましょうね」


プレイノでは、三週間にわたる進展のない交渉のあと、ドゥーニーは最後から三番目のオファーを出していた。ＪＣペニーの弁護士の小隊は目を丸くして彼を見ていた。

「わかった。少し色をつけよう」とドゥーニーは言った。「四十億ドルだ」

弁護士たちのうちの三人は退席した。残ったものたちは咳払いをし、空気を点検した。

ドゥーニーは椅子を後ろに引いた。

「よろしい、私の床屋に相談してみよう。たぶんあと十億は色をつけられるだろう」


タホーの〈スターライト・エンプレス〉最上階のビジネス・スイートでは、ダグラスが抜け目ない笑みを顔に浮かべ、ヘッダの手を取って自分の膝の上に載せ、ペテン師がうぶな初心者を値踏みするときのしたり顔で、首を振っていた。そしてジュニアスに向かって、お互いもう様子見はよしにして、腹を割って話しましょうやと――まさにそういう言葉で――もちかけていた。

「我々はこれを限りなく続けている」とジュニアスは言った。「クリスマスも逃した。新年も逃した。ひょっとして我々はグラウンドホッグ・デー〔二月二日〕を待っているのかね？　私たちは合意に達したと思っていたのだが」

「原則的には」とダグラスが言った。「しかしまだ細部が残っています。ケーキにつける飾りとしての、二百万ドルという余分が」

「余分の二百万ドルなんてなかった。君が三秒前に言っただけだ」

ダグラスは片方の眉を吊り上げた。

「まあまあ」と彼は眉を吊り上げたまま言った。「大げさに言い立てても役には立たないよ。原則的に合意しても、それはあくまで原則的な合意であって、合意ではない。インクがしっかり乾くまではね。それで我々は二百万ドルを追加するのか、それとももっとロブスター・サンドイッチを食べるのか？」

「ひとついただくわ」とヘッダが言った。

〈ラリーの靴とスリッパの店〉の店内では、ランディー・ザフが何度も何度も説明を繰り返すことに疲れていた。顧客はレシートを無くしかねないのだという事実を。彼はボイドに外に出て、もう少し時間がかかりそうだとアンジーに言ってくれと頼んだ。

O・Jの言い分は正しかった、とランディーは思った。靴のサイズが合わない、話はそれでおしまいだ。彼は店の正面のウィンドウから、ボイドが無事にフェラーリの車内に収まるのを見届けた。それからラリーの方を向いて言った。「もう一度だけ言うが、これらの靴はカヌー並みにでかすぎるんだ。さっさと払い戻してくれよ」

ラリーは言った。「レシートなしに払い戻しはなし。これは何より明確なことです」

「何が明確なんだ?」とランディーは言った。

「レシートです」

「ああ、そう。それがあんたの問題なのか?」

ラリーははっきり神経質そうに、あるいは少しばかり怯えているようにも見えた。彼は警察で面通しをするときのような目で、ランディーをさっと眺め回した。「何度説明すればわかっていただけるんですか? これらの靴を売ったのは私じゃない。メルが売った――とあなたはおっしゃる」彼は口ごもった。「私たちの店が強盗に入られたことを、あなたは本当に耳にしていない?」

「これっぽっちも」とランディーは言った。「そしてこれらの靴は〈ラリーの靴とスリッパの店〉と書かれた箱の中に入っている。明らかなことじゃないか。あんたの兄さんのことについては気の毒に思うよ。メルはいいやつだった。しかし彼が靴磨きの革を口に入れたいのなら、それは彼の問題だ。お大事にと伝えてくれ」

「どうやって伝えればいいのですか？」

「彼が目を覚ましたら、そう言えばいいんだよ」

「メルはもう目を覚ましません」

ランディーは派手にため息をついた。まったく、とランディーは思った、なんだってみんな揃いも揃って、たがいにだまし合おうとするんだ？

「わかった。よく聞いてくれ」と彼は言った。「たとえば俺が靴のセールスマンだったとしよう。サイズの合わないこれらの靴を持って、ここに入ってきて、そしてこう言うとする。『なあ、靴を何足か買ってくれないか』と。するとあんたはこう言うだろう。『見せてもらおうか』と。そしてあんたはただ同然の値段をつける。俺は言う。『そりゃなかろうよ、ホセ。しかし交渉には応じるぜ』そして俺たちは交渉をして、結局あんたは俺に百ドルかそこらを支払い、俺たちは握手をし、世間話をする。ひどい寒さだね、とかなんとか。そして俺は百ドルを手に店を出る。俺たちはそれを払い戻しなんて呼ばない。俺たちはそれをアメリカ式やり方と呼ぶ」

「あんたに十ドルをあげよう」とラリーは言った。「このままおとなしく消えてくれるなら」

「やっと話が見えてきたな」とランディーが言った。「二十にしてくれ」

「五にしてくれ」

「十でいい。靴はもらってくぜ」

「そうそう、忘れちゃってた」とアンジーは六時間ばかり道を進んだところで言った。「エヴリンが電話をかけてきたの。彼女がリセット・ボタンを押したってことをあなたに伝えてほしいということだった。どういう意味かは私にはわからないけど。でも、そう言えばあなたにはわかるはずだって」

「わかるよ」とボイドは言った。「でもそんなこと信じられないな」

「彼女は確信を持ってそう言っていた」

「エヴリンらしいな。彼女は夢を見ているんだ。リセットなんてあり得ないことだ」

彼らはノース・ダコタとの州境に近づいていた。ランディーが先導しており、スピードはのろかった。百ヤード前方で、カトラスがカスタマイズされた二連のテールパイプからこほこほと煙を吐いていた。

「ひとつ質問していいかしら?」とアンジーが言った。

「もしノーと言ったら?」

「ノーはネガティブな言葉よ、ボイド。実を言えば、それが私の質問なの——あなたはどうして何もかもにそうネガティブに——そう暗鬱に——ならなくちゃならないの、というのがね。どうしてこう言えないの——最高だなあ、ぼくは今スーパーファストに乗っていて、天下の公道を走っていて、足もよくなってきて、夕食にはラムチョップを食べようかな。エヴリンがリセット・ボタンを押した? それの何がどういけないのよ?」

「気をつけて。ランディーが車を停めようとしている」

車が牽引されていったあと、USルート10西行きの脇にある〈ジャックとジャッキーのラスト・チャンス自動車修理店〉の隣の〈ポパイズ〉で、ランディーは言った。「俺のカトラスはまるで俺の乗る馬みたいだ。真ん中のスピードってのがわからないのさ。全速力で突っ走るか、あるいは眠り込んでしまうか、そのどちらかだ。言ってることわかるか？　人は自分が運転している車に、それなりの活力を見いださなくちゃならん。俺の車が、それほどゆっくり走るわけはないんだ。野生馬は蹴り上げを必要としている、わかるか？」

「問題はマフラーかと思った」とアンジーは言った。「排気システム全体が落っこっちゃったのかと思った」

「ああ、でもそれは消音《マッフル》すべきものがなかったからだ。たった時速六十マイルぽっちじゃな。カトラスのマフラーはそれですっかり頭に来て、自らをぶち壊したのさ。いわば車の自殺のようなものだ」

通りの向かいには〈スリープ・サウンド〉モーテルがあり、彼らはそこに泊まった。その夜も、その次の夜も。そして更に十七日も。カトラスのパーツは見つけるのがむずかしいことが判明した。彼らはテレビを見て、〈ポパイズ〉の食事で体重を増やし、それ以外にとりたてて何もしなかった。ランディーは不機嫌にむっつりして、アンジーは彼に行儀良くするように言った。二人フィアンセがいるのは、と彼女は言った、とくに珍しいことでもないんだから。

二月に入って九日目、アンジーは千四百ドルの自動車修理代を支払い、彼らはUSルート10西行きに復帰した。カリフォルニアに前向きな目を注ぎつつ、ノース・ダコタ州に入った。

「ほらね」とアンジーはボイドに言った。「これもまたリセットよ。夢なんかじゃないでしょ？」

ワンダ・ジェーンはチャブ・オニールと話していた。彼は彼女の要求をぴしゃりとはねつけた。タホーへの出張費は出せない。もう三週間が経つ。そろそろ四週間だ。君はフルダの町を破産させようとしているのか、とチャブは尋ねた。

ワンダ・ジェーンは電話を切り、それをエルモに返した。

「駄目だった。チャブの言葉をそのまま引用するなら、『君は気が狂ったのか』ですって」

「それだけ?」とエルモ。

「それだけじゃない。彼が言うには、またそのまま引用するけど、『君は自分をいったい誰だと思っているんだ? ＦＢＩか?』それから彼は言った。これも引用だけど、『フルダのコミュニティーの柱』たる人物にこれ以上ちょっかいを出すのをやめろって。ホットドッグにつけるマスタードの経費だって認めないからな——これは彼の表現よ。私のじゃなくて」

「しみったれが」とエルモは言った。

「あなたのピックアップに車中泊できるかもね。それで数ドルは節約できるから」

「それは可能だ。あるいは結婚することもね」

「何するって?」

「君とぼくとで。ふと思っただけだが」

「それって、プロポーズなの?」

「オプションを提示しているだけだよ」

「エルモ」とワンダ・ジェーンは言った。「あなたは玉撞き場みたいな匂いがする。私はあなたのことをほとんど何も知らない」

エルモは額に皺を寄せてしばらく考えていた。そしてうなずいた。「うん、そのとおりだろうな。でもおそらく、これからだんだん互いを知り合っていける」

「おどけて言ってるわけ？　それが南部田舎風のユーモアなの？」

「そのとおり」とエルモは言った、

「それで、私たちどうすればいいの？」

エルモは腕時計に目をやって言った。「もう真夜中過ぎだ。ぼくのおごりで二部屋をとろう。交替でぼくの携帯電話の番をすればいい。結婚の話を持ち出したことは忘れてくれ」

ワンダ・ジェーンは言った。「そんなに急に引っ込めなくても」


もう二度もジュニアスは、ロサンジェルスとタホーの間を飛行機で往復していた。そして二月半ばの気温が零度を割った夜、彼は八万一千ドルの小切手を取り出し、それをテーブルの向こう側にいるダグラスの方に滑らせた。

「もう腹の探り合いにはうんざりだ」と彼は言った。「おたくの銀行は強盗にあった。でも警察には通報しなかった。通報できなかったからだ。それがどうしてか、我々はどちらも承知している」

「あー」とダグラスは言った。

「ここに小切手がある。その全額の穴埋めだ。もしそれを現金化したくないというのであれば、私はデルタ便でロサンジェルスに戻る。永遠に」

「あー」とダグラスは言った。今度は笑みを浮かべて。

ジュニアスは言った。「私はいったい何だ？　咽喉科の医者か？」

彼は小切手を取り戻そうと手を伸ばしたが、ダグラスは素早く手のひらを小切手にかぶせた。

「話を続けて」と彼は言った。

午前三時だった。シャンパンはだいぶなくなっていて、ヘッダは椅子の中でうとうとしていた。〈スターライト〉のビジネス・スイートには、冷蔵庫に入っていないロブスターの匂いがこもっていた。

ジュニアスはブリーフケースをぱちんと開け、三通の書類を取り出し、そのうちの二通をダグラスの方に押しやった。

「最初の書類は融資の合意書だ。事後日付になっている。それはおたくがこの八月に、私に八万一千ドルを融資したことを示している。署名してくれ。二通目は領収書。融資は返済された。そこにも署名してもらいたい。それでそちらの帳簿もつじつまが合う」

「私の銀行を買収する話だと思っていたんだが」

「そのつもりだった」とジュニアスは言った。「おたくがけち臭い取引を持ち出すまではね」

「そしてその最後の書類は？」

「この分厚い書類かね？」とジュニアスは言って、三インチの厚さのある財務データを持ち上げた。「これには君が署名する必要はない。その書類にさっさと署名しなければ、私はこれを連邦預金保険公社に送るつもりだ。そして君は刑務所入りすることになる」

「その書類で？」

「そのとおり」とジュニアスは言った。

「あなたはまだうちの銀行を買い取りたがっている？」

「話によっては」

「話とは？」

「私の気分、かな。私としては、どう考えても、そんなものは買い取りたくない。ぺろぺろキャンディーを作っている方がまだましだ。しかし私の妻が銀行をとても欲しがっているんだ。だから私たちは今ここにいる。さっさと署名してくれ。それとも飛行機に乗って帰ろうか？」

「利息は？」とダグラスは言った。

「何の利息？」

「八万一千ドルの。私は八月にあなたにそれを融資した。そうだね？　ほぼ半年だ。五・六パーセント。それにプラスして、さっき話していた余分の二百万」

ジュニアスは立ち上がって言った。「お会いできてよかった」

ダグラスは言った。「座りなさい。ユーモアのセンスというものを持ち合わせていないのかね？」


ノース・ダコタを半分抜けたあたりで、ランディー・ザフはバックミラーでフェラーリを見ながら、何兆ものことについて同時に考えていた。ほとんど息もできず、路上に目を注いでいることもできなかった。といっても雪と柵と電柱と、千マイルかそこら置きに現れるちっぽけな農家を見るのが好きというのでなければ、ノース・ダコタには見るべきものなどほとんどなかったのだけれど。

ポロ、と彼は思った。先行優先権はいったいどうなったんだ？

アンジーがあまり喜ばなかった（ように見える）ゴムのサンダルのことを彼は思った。自分が参加できなかった銀行強盗のことを彼は思った。サイラスとカールのことを思った。フレンドリーないいやつだったメルのことを思った。トランクに入ったタコバ剣のことを思った。それを飾りのように、カトラスのボンネットに溶接して取り付けることを彼は考えた。もちろんそれをナチュラルな神意に沿った目的に使用したあとのことだが。それで彼は神のことを考えるようになった。どうして神様はノース・ダコタなんて場所をこしらえたのだろう。カリフォルニアとかオレゴンとかをもうひとつこしらえる代わりに。あるいは荒れ地をすべて取り除いたあとのワイオミングをもうひとつ、でもいいが。

申し訳ないけど、神様、と彼は思った、いったいどこの誰がポロなんてやるんですかい？

ランディーはバックミラーにもう一度目をやり、数百ヤード背後をついてくるフェラーリの姿を認めた。アンジーがハンドルを握り、ポロをやる銀行強盗の年寄りがその隣にいかにも偉そうに鎮座している。先行優先権っていうのはな、その女に手を出すなってことなんだぞ。先行優先権というのはな、他のちびを見つけてこいってことなんだ。

彼は十二ボルトのバッテリーと少しばかりの銅線で何ができるかを、ひとしきり考えた。

ノース・ダコタをカナダ人に売却することを考えた。

それから彼は考えた。なんであのパトカーはフラッシュを光らせているんだろう？

47

ヘンリー・スペックの症状は軽いものだった。軽い発熱、頭痛、咳、脱力感（彼はそれを過度のエクササイズのためだと考えた）。それは二十三日間に及ぶ、〈ミネアポリス・ラディソン・ブル〉での元気いっぱいの日々だった、どうしてそこがブル（blu）と呼ばれているのか、彼にはさっぱりわからない。ベミジからのフライトで知り合った若い女性についても多くを知らなかった。わかっているのは、彼女がルームサービスの利用方法について詳しく、セント・ポールの大学で物理学を教えており、傾斜角度についてあまりに多くを語りすぎるということくらいだ。しかしながら、ホットソースは失敗だった。「それはメタファーだと思ったんだけど」と彼女は言い、メタファーって何だと彼が尋ねると、彼女はユーモアのかけらもない声で言った。「私たち、やりまくってあなたの脳味噌をカラッポにしちゃったわね」

それから少しして彼女は去っていった。

おそらくそれが良きことだったのだろう、たぶん。寒気も、そして咽喉炎も去っていった。ヘンリーは教授の性器について日誌に書き留めた。得点は10点満点の7プラス（10の存在はきわめて稀だ）。そしてそれ以外のことについても評価をおこなった。彼女の名前についても。名前は匿名《アノニマス》としておいた。そしてそのあと丸二日ぐっすりと眠った。目覚めたとき、体調はずっと悪化していた。彼は思った。あの若い女の名は「匿名」ではなく「致死《デッドリー》」と書き直しておくべきだ。

長いシャワーを浴びたが、助けにはならなかった。汗をかき、震えながら窓の前に立ち、零下二度〔摂氏零下十六度〕のミネアポリスの光景を信じられぬ思いでじっと見つめた。そしてため息をつき、いささか遅きには失したが、ジュニアスに電話をかけた。電話に出たのは生意気な秘書だった。

「彼はタホーにいます」と彼女は言った。「でも指示を残していかれました。鉛筆はお持ち？」

「僕は病気なんだ」とヘンリーは言った。「お手柔らかに」

「ナンバーワン、その身勝手な、プレイボーイ気取りのケツをさっさと持ち上げて、ラディソンを引き払うこと。一泊三百八十ドル、それが二十三日、全部でいくらになるかおわかり？」

「はした金だ。病気手当」

「総額およそ九千ドルになります。ナンバー・ツー、病気手当を支払うつもりはジュニアスにはありません。だから早々にロサンジェルス行きのフライトを予約して。ナンバー・スリー、エコノミーでね。ナンバー・フォア、机をきれいに整理しなさい。ナンバー・ファイブ、ボスの奥さんに近寄らないように」

「で、君はどうなんだ？」とヘンリーは言った。「君にも近寄っちゃいけないのかな？」

「私たち試したでしょ」

「そうだっけ？　僕の日誌に君の名前は載っていないけど」

「あなたは私の名前なんか知りもしないから」

「たぶん不器量という見出しの下にあるんだろう」とヘンリーは言った。「ちょっと待って、調べてみるから」

ノース・ダコタ州ハイウェイ・パトロールの警官はうんざりした様子で、ランディーに違反切符を切っていた。テールライトの破損、ワイパーの不具合、ライセンス・プレートの判読不能、シートベルト不着装、運転免許証の失効、危険運転がその内容だ。「そしてもしあんたが今一度俺のことをフラットフット〔扁平足＝お巡り〕と呼んだら」と警官は言った。「判事の前に出ることになるからな」

「どこが危険運転なんだ？」とランディーは言った。「俺は五十マイルしか出してないぞ」

「親指だけで運転していた」

「それが違法なのか？」

「それはあまりに愚かしい」

「愚かしいのは違法か？」

「お前さんの場合はな」と警官は言った。「愚かしさは死刑に値する。お前さんはノース・ダコタにいるんだぞ」

ランディーはバックミラーにちらりと目をやった。アンジーはパトカーのうしろに停車していた。そろそろ頭を冷やす時間だ、と彼は思った。

「わかったよ、チーフ。負けた」と彼は言った。「要するに俺はね――腹を立てないでくれよ――あんたはインディアンの血が混じっているんじゃないかと思ったのさ。フラットフット族のさ」

「ほう、お前さんはそう思ったのか？」

「実にそのとおり」

「ブラックフットだ」

「なんだい、そりゃ？」

「私の部族だ。ブラックフット」

「じゃあ正解だったんだ。じゃああんたは、フラットフットのブラックフットってことになるな。それともブラックフットのフラットフットか。どっちでも同じことだろうけどね」

「車を降りろ」

「いいとも。でもこの一件が終わったら、レースしないか？」


アンジーがＩＱの問題を持ち出し、色気をちらつかせ、事態を収拾した。しばらくすると警官は帽子に手をやり、彼女に違反切符を渡し、ランディーをじろりと睨み付け、走り去った。「ＩＱのことを持ち出す必要はなかっただろう」とランディーはぶつぶつ文句を言った。「俺にも感情ってものがあるんだ」

「そうなの？」

「ああ、もちろんしっかりあるさ」

「たとえばどういうことで？」

「わかるだろう、腹が減るとかさ。だいたいまともにレースをすれば、あんなやつは負かせてやれたんだ」


アンジーがフェラーリで先導した。ランディーはカトラスを運転し、ふくれっ面をしてその半マイル後ろをついてきた。彼らが国道94号線を離れ、南に向けてサウス・ダコタに入る間、ボイドはじっと座ったまま電信柱の列を眺めていた。「あれはひとつの良い例よ」とアンジーは言った。「キリスト教徒が耐え忍ばなくちゃいけないことのね。ランディーはランディーであることをやめない。そして彼は、私が彼を非ランディー化することを許さない。あなたについても同じことよ。あなたは私があなたを非ボイド化することを許さない。聞いてるの？　いまこの瞬間、まるで私が喋ってもいないみたいにあなたはずっと窓の外を見ている。そういうボイドを私は非ボイド化しようとしているわけよ。もし私が進んで助けようとしない人間だったとしたら、いったいどうなっていたと思う？　もし私が一言も会話しない人間だったとしたら、どうなっていたと思う？　絶対に何もしなかったら？　もし私が心を開かなかったとしたら、魂の奥底をそっくり剝き出しにしなかったとしたら？　そうしたらどうなっていたと思う？　ボイド、もしあなたが善良な徳性ある人であるなら——進化論以外の何かを信じている人であるなら——あなたは女性を漁《すなど》る人になるでしょう。あなたは言うでしょう、『アンジー、きみのことを話してくれ。きみのいちばんもの悲しい秘密を教えてくれ、恐れないで』そして私はたぶんこう言うでしょう。『そんなのって恥ずかしいわ』と。でもあなたは私をどんどん問い詰め、最後には私が十歳のときに参加したサマーキャンプの話をさせるでしょう。水泳とか、大きな焚き火とか、そんなやつ。そして私が〈困窮家庭児童のための奨学金（Scholarship for indigent kids）〉をもらっていたことを。略してＳＩＫ（シク）と呼ばれていた、で、私はシキーだったわけ。私たちは、うちの家族、二台連結の移動住宅に住んでいた。うちにはアンダーパンツを買うためのお金もなかったし、ましてやサマーキャンプの費用なんてとても払えなかった。だから私はシキーで、他の子供たち私がつの靴下やパンツをはいていた。そういうのって恥ずかしくないってあなたは思うかしら？　私が林檎やらポークチョップやらを盗んで、夜中にそれらを部屋に持ち込み、実のある食べ物をがつがつお腹に詰め込んでなんかいなかったと思う？　それは映画の『ダーティー・ダンシング』みたいなものじゃなかった。それは『ダーティー・アンジー』だった。私は貧乏に自分の人生を損なわせたかしら？　そうしたわ。しばらくの間、そうした。ずいぶん長い間ね。でもそれからどうなったと思う？　十学年のときに私は恐ろしい夢を見て、それが私の生き方をがらりと変えたの。ねえ、ちゃんと聴いてる？　ここがいいとこなのよ、あなたもきっと共感できるわ。その夢の中で私はまさに天国に現れたところなの。私は大きな中世風の門の前にいて、誰かがそれを開けてくれるのを待っている。聖ペテロか、彼の部下がね。そして私はそこで永遠に待っている。文字通り永遠に。ずっとずっと待っているんだけど、そのうちに日が暮れてくる。寒くって、凍りついてしまいそう。でも門番の姿は見えない。鉄格子の間から覗いてみると、そこには天国がある。でもどの通りにも人の姿は見えない。文字通り、人っ子一人いない。すべての場所が無人なの。すべてのハープはしまい込まれ、そこはゴーストタウンと化している。私はなんとか鉄格子の隙間から中に入り込み、あたりを歩き回り始める。いったい何が起こったのか、質問できる人の姿を求めて。天国のゲームルームも覗いてみる。そこではピンボールの機械がちかちかと光り輝き、派手に音を立てている。でも……そこにも誰もいない。人々も、聖者たちも、イエス様も、聖母マリア様も、その他のお偉方たちも。どちらのカジノも無人だった。王座のある謁見室は、誰かしらの引退記念パーティーがついさっき終わったというような雰囲気だった。シャンパングラスが至るところにあった。私はまだ歩き回っているんだけど、だんだん怖くなってくる……駐車場はね、ボイド、何十億台の車で埋まっているんだけど、それらはみんなすっかり錆びて壊れているの。それから私は育児所に行く。そこは死んで生まれたすべての子供たちがいくところだと思うんだけど、しんと静まりかえっているの。十億もの空っぽの揺りかごがあって、他にはなんにもないみたいに。すべての信号は消えているし、テレビの画面はざあざあと白くなっている。ドアベルは接続されていない。電話を取ると『のちほどもう一度おかけなおしください』という例のアナウンスが流れるだけ。言ってることわかるかな？　そこには誰もいないの」

前方にデッドウッドの標識が見えた。

「ここを曲がって」とボイドは言った。「デッドウッドが見てみたい」

「話のポイントはわかるかな？」とあとでアンジーは言った。ブラックヒルズの高いところで。「ドゥーニーの家の玄関先でのあの夜、あなたは真っ暗な時間の中にいた。いちばん真っ暗な時間の中にいたのだと、私は思う。私の見た夢とだいたいぴったり同じようなものね――暗い、暗い、暗い――私は天国にいるけれど、そこには明かりひとつ灯ってはいない。そして私はまったくの一人きりなの。そこがいちばん恐ろしいところ。二級天使のその手伝いの、かろうじて天国に入れてもらったみたいなものさえいない。私は永遠にひとりぼっちなの」

「わかるよ。説明の必要はない」

「でもね、あなたについては、明るい側面がある」

「どんな？」

「救済よ。言うまでもなく」

「アンジー――」

「あなたはきっと私のことを、極端なペンテコステ派だと思っているんでしょうね。でもね、あなたは明るくなる前に、しっかり暗くならなくちゃならないのよ。私が言いたいのはただそれだけ。今のあなたは下り坂にいる。あなたはもう一ヶ月お酒に手を出していないし、バスも撃っていない。自分の頭に銃弾を撃ち込んでもいない。あなたの魂は穏やか。あなたはぐっすり眠り、電柱も見ている。あなたは処罰を受け入れ、不満も口にしなかった。エヴリンにも親切だった、彼女にキスもした」

「彼女がぼくにキスしたんだ」とボイドは言った。

「同じことよ」

デッドウッドへの道は雲に向けての上り坂であり、それからより分厚い雲でいっぱいになったすり鉢の底への下降だった。

「きみの見た夢のことだが」とボイドは言った。「それって作り話だろう?」

「それが何さ」とアンジーは言った、

ブラック・ヒルズは正確には黒いわけではなかった。それは暗緑色がかった黒であり、ときには赤みを帯びた黒だった。そして映画の『ブリガドゥーン』のように雲に包まれていた。その映画はボイドの母親のお気に入りだった。彼女の体重が三百五ポンド〔百三十八キロ〕だった時代のことであり、彼の父親が外に出てフットボールの投げっこをしないかと誘っていた時代のことだ。そしてまた、ボイドが彼自身の恥を恥じていた時代のことだ。

彼らが〈ヒコックス・リゾート&ポーカー・パーラー〉にチェックインした三日目に、人々はばたばたと死に始めた。デッドウッドではまだ人は死んでいなかったが、シアトルやマンハッタンや、そこら中で人々は死んでいった。人々は何ヶ月も何ヶ月も死に続けた。マスクを手に入れるのは至難の業になった。アンジーはメキシカン・シャツを三つに切り、畳んで安全ピンで留め、言った。「息を詰めているよりはまだましだと思う」たとえ息を詰めていることが、そのあとにやってきた残酷な数ヶ月に、彼らがデッドウッドの町でまさしくやっていたことであったにせよ、あるいはやっているように見えたことであったにせよだ。アンジーがまた出発を遅らせているのではないかと、ボイドが疑うこともあった——彼女は静かに何かを恐れているように見えた。彼女は何かを語ろうとしては、そのまま黙り込んでしまったものだった。彼女は彼を、まるで影の中にいるもののように見た。ぼんやりとしか見えず、ますますぼんやりしていく、現実とは言いがたいもののように。

彼らは三つの別々の部屋を取った。彼らはアンジーが（皮肉のかけらも込めることなく呼ぶところの）「家屋改装の料金」で生活していた。つまりボウリング・レーンの撤去や、ブガッティの売却や、その他もろもろの取引などで手にした金で。たいていの晩彼らは階下の〈チャックワゴン・ルーム〉で食事を共にした。そしてそのあと場所をアンジーのスイートルームに移して、CNNの放送するその日の死者の総計を見た。その三人の力学は心地よいものではなかった。アンジーはときどき小さな女の子のように、ランディーの膝の上に寄り添うように乗って、ボイドに向かって「そろそろなんとか手を打たないと、どうなっても知らないわよ」という厳しい視線を投げた。それ以外の時には、彼女は二人ともに対してソーシャル・ディスタンスを実行していた。ランディーはというと、ボイドにはほとんど話しかけず、彼については三人称で語った。セブン・イレブン強盗の下見でもするみたいに、唇を抜け目なく軽く曲げながら。「このおちんちんは」と彼は言ったものだ。「サランラップでくるめばよく見えるかもな」

「タッセルで結んでな」とボイドは言ったものだ。どうでもいいことのように。

死者数が膨れ上がっているのを見ながら、ランディーは政治的見解を口にした。大統領ばりに、無知と威張り散らしの権威を織り交ぜながら。「このでっち上げのウィルス騒ぎを信じるようなやつなら」とある夜、彼は進んで意見を述べた。「おそらくジャッキー・ロビンソンが本物の黒人だったとか、あるいは人類が本当に月面を歩いたとか、あるいはまた——さあてな——この間抜け野郎が本当に銀行を襲ったとか、そういうこともきっと信じているんだろうな」

「彼は本当に襲ったわ」とアンジーがすかさず言った。「私が手伝ったんだから。主に逃走に関してだけどね」

「そうかい、そうかい」とランディー。

「そうかいって何よ？　問題はボイドが銀行を襲ったか襲わなかったかということで、彼は実際に襲ったのよ」

テレビの音が小さくしてあって、数秒の間ランディーはウルフ・ブリッツァー〔CNNニュース局のレポーター〕の様子を見ていた。

「俺ならこう言うね」とランディーはやがて言ったが、それ以上何も言わなかった。

「それでことは決まりだ」とボイドは言った。

「まさに」とランディーは言った。

時折――アンジーとしては渋々ながらだったが――このままカリフォルニアに向かおうという話が出た。しかし伝染病が彼らを踏みとどまらせた。ボイドの足指は赤くなり、瘤《こぶ》となって腫れ上がった。気難しい、不器用なデッドウッドの医者は、金属製の副木《そえぎ》をあて、抗生物質を処方し、ベッドで横になって休息を取るか、あるいは一生車椅子のお世話になるか、どちらかですよと言った。私としてはどちらでもかまいませんが。時間はのろのろと過ぎていった。世界はロックダウン状態にあった。町の上方にある丘では、ノスリたちが彼らの近親者の死骸の上で輪を描いていた。その一方でボイドとアンジーは、お互いのまわりに輪を描いていた。二人の間で何かが起こりつつあった。彼らのオプションは狭まっていた。荒廃と終末の予見のような感覚があった。動かないことがそのひとつの原因であり、退屈もまたひとつの原因だった。歴史的に名高くはあったものの、サウス・ダコタ州デッドウッドはきわめて小さな町だ。フルダだってここに比べれば大都会に見える。気晴らしといっても選択肢は限られている。もしカジノが好みに合わなければ、どろんこ遊び程度のヴァラエティしかない。ボイドは二週間を、両足を上に吊り上げて、ベッドで過ごした。そのあと踵を使ってよたよたと歩き回った。その月の終わり近くには、虚言症《ミソメイニア》とSARS《サーズ》が汚れ仕事をしている傍ら、彼らは勇を鼓してワイルド・ビルとカラミティー・ジェーンの墓を訪れた。古い開拓時代の家を訪れ、十四個のバッファローの像を検分し、〈ワイルド・ウェスト土産物店〉をチェックした。ランディーはそこで、彼らのホテルの外観があしらわれたカラフルなポストカードを一枚買った。そしてその夜、ロサンジェルス警察署気付で、ボークという名の警官宛てにそのカードを送った。「友人たちとは連絡を絶やさないようにしたいんだ」と彼はアンジーに言った。

時は刻々と経過し、犠牲者の数は増えていった。アメリカ中で虚言者たちは日々の戦死者数を発表した。母親たちは恥ずかしげもなく娘たちに対して嘘をついた。父親は息子たちと娘たちに嘘をついた。弁護士たちは依頼人たちに対して嘘をつき、航空会社は立ち往生した乗客たちに対して嘘をついた。そして嘘つき最高司令官はすべての人に向かって臆面もなく堂々と嘘をついた。ボイドは責任を感じた。ある意味では本当に彼の責任だった。大したものじゃないか、と彼は思った。彼自身が彼の国となったのだ。あるいは彼の国が彼自身となったのだ。自分がすべての根源であると見なすのは、それほど突飛な考えでもあるまいと彼は思った。彼が元祖「嘘つき中の嘘つき」であり、その根源であり、幻想の王であり、アメリカ全土にわたって虚偽の種を撒き歩くジョニー・アップルシード〔アメリカ西部の辺境に林檎の種子や苗木を配って歩いたとされる人物〕なのだ。

四月の初めまでには、カジノが彼らの好みの場所となった。幻想の最後の拠り所だ。アンジーが「家屋改装」で手にした財源は、そこにどんどん注ぎ込まれていった。ランディーはサービスのドリンクを愉しみ、ブラックジャックはボイドに足の怪我を忘れさせた。公的にはカジノは州全体で閉鎖されていた。しかしホテルの宿泊客たちのために——そして全米的な利益という観点から——〈ヒコック〉のマネージャーは見て見ないふりをしていた。「ワイルド・ビルは」とその女性マネージャーは意味ありげに眉毛をぴくりと動かして言った。「些細なことにいちいち声を荒げて騒ぎ立てたりはしませんでした。黙って札を配れ、というのが彼のモットーでしたし、それがまた私たちのモットーでもあります。ここは自由の国です。そうじゃありませんか？　少なくともかつてはそうでした。一人のアフリカ人〈オバマ大統領のこと〉がものごとを仕切るようになるまでは」

　四月の殺戮の日々をのんびりと過ごしつつ、彼らは〈ヒコック〉の薄暗い、ほとんど人気《ひとけ》のないゲーム・ルームにその運命を託した。一ドルか二ドルを本当に稼ごうという物憂げなギャンブラーの夢をもって、15か16でカードを要求した。そして彼らは負けた。彼らは掛け金を増やしていった。彼らは負けた。足し算に弱いランディーは、ブラックジャックに熱意を失った最初の一人だった。「このゲームは」と彼は水で薄められたバーボンのオン・ザ・ロックを飲みながら、唸るように言った。「法律で禁止されるべきだ。やつらが俺たちから盗んだ金を盗み返すってのはどうだい？」

「盗んだ（stealt）？」とボイドは言った。

「オーケー、stealedだ」

「stole」

「なあ、いいか」とランディーは言った。「もっといい考えがある。俺の剣であんたを串刺しにして、火でとろとろ炙《あぶ》ってやるんだ」

「あんたたち」とアンジーがぴしゃりと言った。「黙って勝負に集中してよね」

　そして四月十八日、太陽はようやくブラックヒルズに毎年恒例の姿を見せた。雲は晴れ、気温は華氏五十度〈摂氏十度〉台まで上昇した。アンジーは丘を散歩しないかとボイドを誘った。ボイドは高齢であることと、足指が痛むことを理由にそれを断った。そのかわりにガラスで囲まれたホテルのヴェランダで何かを飲むというのはどうだろう、と彼は言った。

「高齢。それは目新しいわね」と飲み物を注文したあとでアンジーは言った。「あなたは自分は年取っていないと言っていたのに」

「それは使命があったときの話だ」と彼は言って、彼女に微笑みかけた。「今のぼくには……使命というものがない。高齢と言ってもいい。なあ、ここはつかみ所のない世界なんだ。たとえばウィンストン・チャーチルのことを考えろと言われたら、きみは若き日の彼を思い描きはしないだろう。きみが思い浮かべるのは太った老人の姿だ。しかしもちろんのこと、ウィニーにも太っていない時代はあった。年老いていない時代も、尊大ではなかった時代も。死んでいなかった時代も。かつての彼は戦争の英雄だった。かつての彼は少年だった」

アンジーは首を振って言った。「そんなのどうだっていい。あなたはいくつなの？　本当のことを言って」

「四十七歳だ」

「前に五十三歳だと言った。四十九歳だとも言った」

「あちこち飛び回るよね」

「ボイド、真実というのはあなたにとって意味を持たないわけ？　たとえちょっぴりでも？」

「馬鹿なことを言わないでくれ。どうして真実が意味を持たなくちゃならないんだ？」

「何故なら、真実は本当のことだからよ」

「ああ、そうかもな」とボイドは言った。「でも長い目で見てくれ。太っている、痩せている、年取っている、若い、使命がある、使命がない。長い長い時間を与えてくれ。無限を与えてくれ。そうすれば、すべては真実になる。あるいは何ひとつ真実ではなくなる。自殺に対抗する善き論証だ」

アンジーは肩をすくめた。「そしてさっきあなたが注文したウィスキーは、いったい何なのよ？あなたは誓ったじゃない――」

「アレチネズミは筋のとおった動物なんだよ、アンジー。ぼくはもっと下等な生き物でね」

ボイドのウィスキーとアンジーのペプシが運ばれてきた。それからしばらく二人はそこに座って、この世界で何より美しい丘と、何より美しい山々を眺めていた。しかしそれらは何より近づきがたく、何より神秘的で、何より静謐《せいひつ》だった。

彼女が口を開いたとき、アンジーの声には恐怖の微かな震えがあった。それはこの何週間か彼が気づいていたものだった。「あなたはカリフォルニアの話をしたい？どんなことになるのかしら？私たちが戻ったとき？」

「もしきみが話したいのなら」

「エヴリンはあなたを愛している」

「そうだろうね。そしてぼくも彼女を愛している」

「でもそれは不可能なこと、彼女はそう言っていた」

「そして彼女は正しい。愛は本当だ。不可能も本当だ。それが真実だよ」

「それなら」

「それはないと思うよ、アンジー」

「それはない？」

「ないだろうね」

「私たちは一緒に暮らすことができる」

「それはないと思う」

「あなたは今『それ』って言ったじゃない。だからそれはちゃんとある」

「ぼくは『ないと思う』と言ったんだ。だからたぶんそれはない」

「ボイド、あなたの新たな使命は、私に首吊り自殺をさせることなの？」

「ぼくの使命は」と彼は優しく言った。グラスを上げながら、優しい気持ちにさえなれた。「これのお代わりをすることだ」

そのあと二人でヴェランダを横切ってホテルのロビーに向かいながら、ボイドは彼女の腰のくびれに手を置いた。過去の習慣の名残りだ。彼はすぐに手を引っ込めた。

「そう、それでいい」彼女は言った。

その一秒あと、彼女は言った。「あれ、ランディーかしら？」

それから彼女は言った。「あれって手錠かしら？」

48

タホーでも、ロサンジェルスでも、テキサス州プレイノでも、人々の人生物語は軌道から外れたり、休憩に入ったり、ストップタイムに落ち込んだり、ウィルス性の桃源郷《ブリガドウーン》に彷徨い込んだりしていた。

タホーでのある冷え込んだ夜――午前四時、したがって時刻的にはもはや夜とも呼べない頃――ワンダ・ジェーン・エプスタインは〈スターライト・エンプレス〉の二階の廊下に立ち、二四二号室、エルモア・ハイブの部屋のドアの前で躊躇していた。彼女は思った。私はなんでこんなことをしているんだろう？

彼女はノックするべく手を挙げたが、それを引っ込めた。

その一階上では、ジュニアス・キラコシアンがエヴリンに七度目の電話をかけていた。出ない。彼女はもう一日半、電話に出ていなかった。「私はここにしっかり閉じ込められている」と彼は留守番電話に吹き込んだ。「でん・せん・びょう、だ。ツインタワーの一件が起こったときと同じ状況だよ。フライトはキャンセルされる。ホテルに誰もいなくなる。動くものひとつない。このカッタビーのろくでなしも含めてな。話がまとまりそうになると、こいつはまた何か新しい要求を出してくるんだ。私がそのろくでもない銀行を買収したあとでもなお、自分が頭取の座におさまりたいとさ……君はいったいどこにいるんだ？」

そこからいくつかのドアを挟んだ三〇五号室で、ヘッダはダグラスに説いていた。譲歩しちゃだめよ。急ぐことはない、売り手市場なんだから。それに加えて、誰もどこかよそに行くことができない。このタホーでも、国全体でもね。それに加えてまた、原則的合意というのは、あなたが原則というものを持っていなければ、大して意味を持たない。「あなたは原則なんて持っちゃいない。そうでしょ？」と彼女は言った。そしてダグラスはシャワーの中に足を踏み入れ、言った。「ショットガンは原則を持っているかな？」

「目につくようなのはないわね」とヘッダは言った。「で、あなたはロイスを殺したの？」

「背中を流してくれないか」とダグラスは言った。

その南七百マイルのベルエアでは、ヘンリー・スペックがエヴリンに尋ねていた。「僕は君の最初のＣＦＯなのかな？」

テキサス州プレイノではジム・ドゥーニーがカルヴィンに言った。「私はろくでもないデパートなんか、そんな値段では買わないぞ。あの小賢しい弁護士は私のことを……なんて呼んだっけな？」

「不快な人間」とカルヴィンは言った。

「そうだ」

「そして化石だと。そしてまた悪党だと」

「そのとおり。だから買収はもうあきらめよう。別の手段を考える。彼らの好みの慈善団体に寄付するとか――〈全米アホ揃え弁護士会〉にでもな。言っておくが、金はしっかりものを言うんだ。ハルヴァーソンは、彼のしょうもない職を無事に取り戻すことだろう」

「わかった、わかった」とカルヴィンは言った。「もみあげの仕上げをさせてくれないか」

アンジーとボイドがロビーを横切って自分の方にやって来ると、ランディーはにやっと明るく笑った。ランディーを取り囲んでいるのは、安物のグレイのスーツに身を包み、白いマスクをつけた四人の男たちだった。五人目の男はやはり白いマスクをつけてはいたが、FBIというステンシル文字のついた青いウィンドブレーカーを着て、ランディーに手錠をかけた。そして身を前に乗り出し、素速い手つきで武器の有無をチェックした。「脚を開け」と男は言って、ランディーのローファーを蹴って開かせた。

「手荒くするなよ」とランディーは言った。「抵抗はしないからさ」

近くの、ホテルのフロントでは、スロットマシーンで遊んでいた老人たちのグループ（全員サウス・ダコタ州スペアフィッシュからやって来た）が、好奇の目でその光景を眺めていた。

「俺は捕まっちまった」とランディーはアンジーに向かって叫んだ。彼の声は楽しげで、喜んでいるようでさえあった。彼はウィンドブレーカーの男を軽く突いた。「信号無視の道路横断の罪だよな？　そりゃ重罪だものな！」

老人たちの一人が機械のレバーをぐいと引いた。

「故意徘徊！」とランディーは歓声を上げた。「俺は自白するよ！」

「そうだ、故意徘徊だ」とグレイのスーツを着た男たちの中でいちばん長身で、いちばんいかめしい顔をした警察官が言った。彼はランディーのベルトを抜き取った。「それに加えて武装強盗、訴因は七つ。殺人、訴因は三つ。それもまだ数え始めたばかりだ」その男はボイドとアンジーの方を向いた。「あんたたちはこのゴミ野郎と知り合いかね？」

「私は違う」とボイドは言った。「私は無関係なものだ」

「私は少しだけ知っているけど」とアンジーは言った。「彼は私の婚約者なの。婚約者の一人というか」

ランディーは笑って、音楽を奏でるように手錠を小刻みに揺すった。「なあ、いいか」と彼は言った。「こいつはまったくの人違いってものだ。俺はマシュー・マコノヒーなんだから」

「誰だって？」とグレイのスーツ組の中でいちばん年かさの男が言った。

「マシュー・マコノヒーが誰かって、あんたは訊いているのか？」

「そうだ」

「そんなこと、俺に訊かないでくれ。そこにいる銀行強盗に訊けばいい。あいつはマシュー・マコノヒーの専門家みたいなものだから」

人々の目がボイドに向けられ、ボイドの目はアンジーに向けられた。

アンジーは言った。「失礼しますね。私たち、ブラックジャックに遅れているものだから」

グレイのスーツ組の三人目、いかにもFBIらしい眼球を持った逞しい男が、上着の前を開いて、ベルトにつけたバッジと、ホルスターに収めたグロックを見せた。「銀行強盗が誰かを我々は知っている。銀行強盗はそれに相応しい手錠をかけられている。おまえさんの指紋は鍬じゅうにべたべたついていたよ」

「俺の鍬を持ってるのか？　いつ返してもらえるかな？」

「あんたには権利がある――」

「わかった、わかった。こいつは手っ取り早く切り上げよう」ランディーは見物していたスロットマシーンの人々に軽くお辞儀をし、アンジーに向けてウィンクし、ボイドには敵意に満ちた視線を送った。「すぐに戻ってくるからな」

彼がドアから出て行くと、ボイドは言った。「殺人？」

アンジーは言った。「ランディーは手に負えなくなることがあるの」


ワンダはドアをノックし、エルモは彼女を中に入れた。彼女は言った、「この先はあなたのことをエルモアと呼ぶ。もし私が忘れたら――もし私が間違いを犯したら――ストップをかけて。馴れるのに少し時間がかかると思うけど」

「オーケー」とエルモは言った。

「何が私に考え直させたか、理由はわかるかな？」

「わかるよ」

「何なの？」

「そうだな、まず第一に」とエルモは言った。「私が君の胸を決して見なかったこと」

「良い推測」

「推測じゃない。戦略だ」

「戦略は成功した」と彼女は言った。

銀髪の、飾り気のない顔をしたダグラス・カッタビーはジュニアスに向かって微笑みかけ、言った。「私は頭取として残れるのかな。それとも残れない？」

「残れない」とジュニアスは言った。「君は私に銀行を売って、そして立ち去る」

「それは最終決定なのかな？」

「かなり最終だ」

「最終という言葉にかなりはそぐわないんじゃないかな」とダグラスは言った。「買収金額に五十万ドルを上乗せするというのはどうだろう？　私の退職手当として」

「私がここから立ち去るというのはどうだろう？」

ダグラスのそばで考え深げに座っていたヘッダは言った。「別の考え方もあるわ。あいだを取って、私が頭取になるの。私は地元の人間だし、みんな私のことを知っている——すんなりと継承はおこなわれる。言うまでもなく私はただの表看板よ」彼女はダグラスを見た。それからジュニアスを。「ただの思いつきだけど、これ以上のつつき合いは避けられるでしょ。みんなはハッピー。私たちは家に帰れる」

「面白い」とダグラスは言った。

「経験は？」とジュニアスが言った。

「私はジムを経営している。収益も上がっている」

ジュニアスは立ち上がった。「そのままでいてくれ。電話をかける必要がある」

ヘンリー・スペックは半分だけ席の埋まったフライトでミネアポリスを出て、これまでになく悪い体調のもと、ロサンジェルス空港に降り立った。そして今、この黄金のチャンスをうまく利用するだけのスタミナをどうやって見出していたのか、自分でもわからなかった。

「マスクは取らないでちょうだい」とエヴリンは言った。「もっと上まであげて。あなたの顔が見えないように」

半時間後、ヘンリーは尋ねた。「イエスか、ノーか。僕は君の最初のCFOなのかな？」

「あなたは私の最初のならず者よ」とエヴリンは言った。

「ならず者は強すぎる」とヘンリーは言った。熱っぽさを感じながら、それでも得意そうに。

「ゴリラ？」

「修理工《メカニック》ということでどうだろう？　僕は修理工が好きなんだ」

「あなたが修理をするっていうこと？」

「僕は君を修理した。違うかい？」

これがやってくるであろうことを、エヴリンは知っていた。自分がそれを望んでいたことも知っていた。そして今それはやって来て、去って行った——心の入っていない何かだ。心は彼女を消耗させた。

「修理工はなかなか役を果たす」とヘンリーは言った。膝ががくがくするのが感じられた。このまま失神するんじゃないかという気がした。「アスピリンを持っていないかな？　調子が良くない」

エヴリンは彼を見て言った。「こんなときに、何よ」

ヘンリーは言った。「鳴っているのは君の電話じゃないのか？」

デッドウッドは逮捕される場所としてはなかなかクールなところだ。1から10までの評価でいえば、たぶん9くらいだろう。8はまず間違いないところだ。シカゴやダッジ・シティーやトゥームストンと肩を並べる。ウィチタまではいかずとも、デトロイトよりはましだ。それに加えて、ラピッド・シティーまでの四十五分間のヴァンでの移送は、まさにファースト・クラスの心地良さだった。眺めもいいし、天井は高いし、ＦＢＩの係員たちは全員でしっかりと彼に目を見張らせている。まるでサム・バス〔開拓時代のアウトロー〕かドク・ホリデイでも扱うみたいに。

ペニントン郡刑務所はさらに良かった。誰がそんなことを予測できるだろう？　ミートローフはぜんぜん悪くなかった。一日三食。温水シャワー、石鹸がたっぷり。ジャッキー・ロビンソンが黒人じゃなかったと言っても、ＪＦＫがたぶん黒人だったと言っても、誰も反論してこない。ランディーはそこではトップの重罪犯だった。第一級殺人、訴因が三つ。かなう相手はいない。もしそれで感心しないやつがいたとしても、だからなんだっていうんだ、とランディーは自らに言い聞かせた。袖の下に隠している立派な訴因がもっとたくさんあるんだからな。

総じて見れば、それほど悪くはない。カールやサイラスは――彼らの惨めな死せる魂に幸いあれ――これを見たらさぞ面白がることだろう。メルだって。それからオレゴン州ユージーンのぶっ叩いて殺した金持ち野郎も。どこかの葡萄農園の持ち主も。そしてあと一人か二人、その気になれば、あるいはそうせざるを得なくなれば、思い出せるやつらも。

彼を真剣にいらつかせるのは刑務所ではなかった。それはアンジーだった。

週に一度の二十分間の電話での会話を、彼女はくだらない話で埋め尽くした。その大方は銀行強盗をしたゴミ野郎についての話で、いかにして奴が神を発見しつつあるか、あるいは少なくとも彼女のために ドアを開けてくれるようになったか、というような話だった。

「訊きたいことがある」とうとう彼は言った。「おまえ、そいつと寝ているのか?」

「あなたは神様が人々と寝ると思う?」

「俺が話しているのは――」

「ボイドもやはりやらない。私は試してみたんだから。信じてちょうだい」

「試してみた?」

「ランディー、目を覚ましなさい! 試すというのは、してもいいということを意味しない。それが意味するのは、彼がしたいなら私と結婚しなくてはならないということ。あなたと同じように」

「クソ、もしそれが――」

「汚い言葉を使いたいのなら」とアンジーは言った。「悪魔に電話することね」

彼女は電話を切った。まだ十一分時間は残っていたのだが。

「まったくのところ、この最近」とダグラスはヘッダに言った。夜明け前の暗い時刻、〈スターライト・エンプレス〉の彼らの部屋のベッドの中で。「何かを開けるというのは簡単なことじゃなくなっている。君はピーナッツの缶を買う、ケチャップの瓶を買う。そうすると必ずプラスチックの封がしてあって、君はそれをはがさなくちゃならない。でもその切り取り口が見つからない。となるとあとはそこにナイフを突き刺すか、歯でむしり取るしかない。ピックルスの瓶。コーヒーの真空袋。乾電池のパック――そういうものを開けようとして、君は結局病院に行くことになる。ポテトサラダのパイント瓶。玩具。芝生用の肥料。ショットガンの弾丸箱」

「安全性の問題かもしれない」とヘッダは言った。「消費者の保護とか」

「もちろん安全性の問題さ。でもそれは私の言いたいことじゃない。私が言わんとするのはビジネスだよ、マイ・スウィート。金を作ることさ。もし君がコミュニティー・ナショナル銀行を運営することに真剣に関心があるのなら、まず第一に君が覚えなくてはならないのは、ものごとを開けにくくする必要があるということだ。わかるかい?」

「わからない」

ダグラスはくすくす笑った。「自分にこのように尋ねてみてくれ。ビジネスの目的ってなんだ? 金を儲けることだ。そうだね? 銀行家にとってみればそれはつまり、君の銀行の内に金を留めるということになる。外に漏れ出さないようにするんだ。たとえば誰かが一万ドルを引き出し、ベッツィー叔母さんに送金しようとしたとする。良き銀行家はそれを難しいことにする。運転免許証を要求したり、パスワードを求めたりする。たとえパスワードが正しかったとしても、間違っていると言う。ケチャップの瓶と同じことさ。そのプラスチックのシールと同じような仕掛けを、人々の老後の蓄えに被せちまうんだ。定期預金を解約したい? すみません。それには七営業日が必要になります。十二営業日が必要になります。なんでもいいからとにかくそれを回避するんだ。申し訳ありませんが、奥さん。それは早期引き出しになりますから、九十日分の利息を差し引かせていただくことになります。すみませんが、あなたの署名カードがファイルに見当たらないのです。ああ、そしてあなたの預金を引き出す前に、本人身元確認のための二つか三つの質問に答えていただく必要があります。あなたの配偶者の祖父の、その母親のミドルネームは何でしょう？　あなたの大叔父の、その叔父さんの趣味は何だったでしょう？　とかなんとか。預金は容易く、引き出しは困難に」

「それはつまり、私が銀行の頭取になるってことなの？」

「まだそこまで決めてはいない」ダグラスは胸をぎゅっと摑み、考えをまとめた。「二番目に覚えなくてはならないこと。君は気づいたことがあるだろうか？　航空会社に電話をかけるたびに――いつだって、どの航空会社だって、例外なく――こんな風な録音メッセージを君は受け取ることになる。『ただいま電話がいつになくたいへん混み合っております。しばらくお待ちください』とかね。しかし『ただいま電話は例によって馬鹿げたほど混み合っております。しばらくお待ちください』とは言わない。『いつものように、こちらは満杯状態です。これからもずっとそうでしょう。だからつべこべいわずに待ってて』とは言わない。『私たちはケチだから、十分な数の電話応対係を雇わないの。だからファック・ユー、おとなしく待ってな』とも言わない。そうだね？」

「頭に来るわよね」とヘッダは言った。

「宇宙全体が頭に来ているさ。ところが、こいつが大いなるビジネスの手立てになるんだよ。いちいち電話の応対をするのは金がかかる。つまり、人を雇わなくちゃならないし、彼らに給料も払わなくてはならない。そういう余分な電話に配置する余分な従業員に、コンピュータやらデスクやらヘッドセットなんかを買い与える必要がある。年金をつける、病気手当を出す、税金、管理者。などなど、キリがない。どかん！　利益なんてあっさりどこかに吹き飛んじまう。だからコミュニティー・ナショナル銀行においては航空会社と同じく、みんなを待たせておくんだ。一人の窓口係だけを置く、午前十一時から午後一時半まで窓口係は不在だ。そして我々は一切電話には出ない――これは鉄壁のポリシーだ。我々が提供するのは、特別な電話応対サービスだ。費用は格安で、年に九十九ドル九十九セントしかかからない。君が耳にすることになるのは、現在いつになく電話が混み合っています、申し訳ありませんがのちほどおかけ直しください、という録音メッセージだ。コンピュータのプリンターと同じことだよ。その小さないくつかの付属物――たとえばインクだ。君は素敵な高価なプリンターを買う。ただそれもインクがなければ無用の長物だ。そしてそのちっぽけなインク・カートリッジ、そいつが金になるのさ。毎月毎月、毎年毎年、誰もが半オンスの高価なインクに金を払い続ける。プリンターにきちんとプリントをしてもらうためにな。コミュニティー・ナショナル銀行に関しても同じだ。我々にもそういう付属物がある。君は小切手を切りたいと思う。すると四十九ドルする我々の小切手帳を買わなくちゃならない。それは六週間もつだろう。それからまた新しいものを買わなくちゃならない。使用明細が欲しい？　それには十五ドルかかる。為替送金をしたい？　二・五パーセントの手数料をいただきます。支払い停止措置を求める？　二十五ドルいただきます。貸金庫が欲しい？　料金はそのときの相場次第……いずれにせよ、そんなものは氷山の一角に過ぎない。そして私はまだこのビジネスのローンの側面について語ってはいない。なにしろこいつがいちばん美味いところなんだ」

ヘッダは身を護るためにシーツを引っ張り上げた。時刻はとっくに真夜中を過ぎていた。パンデミックは猛威をふるっており、ホテルは不気味に静まりかえっていた。

のね？」

「だいたいのことはわかった」とヘッダは言った。「要するに顧客からがっぽり搾り取ればいいのね？」

「ああ、そういうことは大っぴらには口にできない。しかしまあ要するにそういうことになる」ダグラスはシーツを引き下ろし、もう一度胸を摑んだ。「いずれにせよ、覚えておくべき三つ目のこと——そしてそれが基本的原則になる。預金金利は低く、貸出金利は高く。これはどこの銀行においても中心命題になっている」

「胸が痛む」とヘッダは言った。

「もちろん胸は痛む。しかしそれがビジネスってものなんだ」

「そんなに強く摑まれたら胸が痛いってことよ」

「ああ、そうか。申し訳ない。つい夢中になってしまって。でも我々はここでお金の話をしているんだ。金利が高い低いの原則だ。もし顧客が金を借りたなら、彼なり彼女なりからがっぽり搾り取るんだ。この基本理念は昔からのものだ。しかしコミュニティー・ナショナル銀行においてはそれは、カッタビーの原則と呼ばれている——最後に入って、最初に出て行く」

「セクシーな響きがある」とヘッダは言った。「あなたはロイスを殺したの？」

ダグラスは躊躇し、それから軽い叱責を込めた目で彼女を見た。「君は銀行の頭取になりたいのか、それともなりたくないのか？」

「なりたいわ、あなたは彼女を殺した？」

「ロイスを？」

「もちろんロイスのことよ」

「ううむ」とダグラスは言った。「それはいささか話が逸れているんじゃないかね？　私は君に知識を与えていたんだ。道を整えているわけだ」

「それはありがたく思うわよ、ダグ。でもあなたは彼女を殺したの？」

再び彼は躊躇した。それから肩をすくめ、銀行家らしい満面の笑みを彼女に向けた。「おそらくは仮説的に――あくまでも『もしかしたら』ってことだが――私は幸福ならざるパートナーシップに終止符を打ったのだと、人は推測するかもしれない。詳細はやがて明らかになるだろう。ケイマン諸島でな。配偶者であることを裏付ける特権として。それで文句はなかろう？」

「ダグラス、私は――」

「そのことはさておいて、個人指導を締めくくろうじゃないか。最後に入って、最初に出て行く。歴史的に見てだね――これで二十六年間連続になるが――コミュニティー・ナショナル銀行はこの国において、貸出金利を上げることと、預金金利を下げることに関しては、最も素速い銀行だった。そして貸出金利を下げることと、預金金利を上げることに関しては、最も後れを取る銀行だった。その美点がわかるかね？　誰も、他の誰も、我々のように貪欲に搾り取ってはいないということだ」

「つまりあなたは彼女を殺した。そうでしょ？」

ダグラスは笑い、斜めに首を振った。そして楽しげな沈黙の中でヘッダを値踏みした。「君は頑固な性格だな。百万人に一人、骨の髄まで銀行家だ」

ノー、とヘッダはあやうく言いかけた。私はトッドハウザー。覚えときなよ。

その代わりに彼女は、もぞもぞと彼に身を寄せた。

「ねえ、キスしてよ」と彼女は言った。「たっぷり舌を入れて」

49

夜明けの少し前、ワンダ・ジェーンとエルモは朝食を求めて部屋を出た。ほとんど無人の〈スターライト・エンプレス〉のカジノを歩き抜け、営業中のように見えるコーヒーショップに行った。高いカウンターのスツールに座り、電子レンジで温めたエッグ・サンドイッチを食べ、頬髯をはやしたヘルズ・エンジェルズの三人組がルーレット台の前で長い夜を終えようとしているのを眺めた。一人の清掃員が、ロープで仕切られたカジノの部分に掃除機をかけていた。アップビートの音楽が天井から流れていた。それはわびしいコロナ禍の朝だった。

「見るんじゃないぞ」とエルモが言った。「でも彼らがそこにいる」

「誰が？」

「君の後ろに」

ワンダ・ジェーンは振り向いて見た。

腕と腕を絡め、マスクはなしで、見るからにご機嫌な様子で、ダグラスとヘッダはポーカールームから出てきた。ヘッダは両手にいっぱい紫色のチップを持ち、ダグラスはつやつやした顔に、「幸運の女性」を伴っていることを得意がるような、にやにや笑いを浮かべていた。

「まったくね」とエルモは考え深そうに言った。「ダグはでかい男だと常々思っていたんだが、ヘッダは彼より五インチは背が高いな」

「それもフラットでね」とワンダ・ジェーンは言った。

「フラットって、何が？」

「靴のことよ。平底の靴を履いて、ということ」

「それはそれは」

「そのことは知らなかった？」

「知らなかったと思う。それで、もし君が先の尖った靴を履いていたら、それはポインティーって呼ばれるのかな？」

「エルモア、田舎者の真似はよしなさい。私たちはもうそういう仲じゃないんだから」

「習慣でね」と彼は言った。

ヘッダがチップを現金化するのを二人は見ていた。彼女は札をダグラスに渡し、それから笑って、また彼の腕をとった。

「キュートなカップルだ」とエルモは言った。

「あれって本気なのかな」

「ぼくも同感だ」

ロビーの入り口のところでダグラスは立ち止まり、背の低い、年嵩の、ほとんど貧弱と言っていいような男と話をした。男はダグラスの着ているのと似たようなビジネス・スーツを着ていたが、こちらの方がダグラスのものより高価そうで仕立ても良かった。少し後で、三人はエレベーターに乗り込んでいった。

エルモはワンダ・ジェーンの手を取った。「大丈夫かい？」

「そうでもない」

「君の友だちはなんていうか、少しばかりその……」

「満足しすぎている？」

「満足という以上のものかも」

「私もそう思った。彼女は彼女なりの矛盾を抱えている」

「たしかにそうだ。エッグ・サンドイッチはどうだった？」

「ひどかった。あなたのは？」

「ひどかった」エルモは彼女の手を離し、背をもたせかけ、彼女を見た。「君に言うべきことがある。ヘッダが昨晩送ってきたオーディオ・クリップのことだが、あれだけでも、彼を銀行詐欺の件で投獄するに十分な代物だ。今回はそれで済ませよう。十年か十五年は叩き込める」

「彼は奥さんを殺害したのよ」

「しかし証拠がない。『パートナーシップを終了させた』の部分、これはどのような意味にもとれる」

「ずいぶん弁護士っぽい言い方よね」

「そのとおり」

「あなたの提案は？」

「君がボスだ。ぼくの提案を、君はきっと気に入らない」

「いいから言ってみて」

数秒間、彼は自らの考えに耳を澄ませているようだった。コーヒーをかき回し、一口すすり、注意深くカップを戻した。そして言った。「ぼくは前にもこの話を持ち出したが、そのときはまだ事情がよくわかっていなかった。ぼくのお薦めは、ヘッダを捕まえて手足を縛り上げ、君の車に押し込んでうちに帰ることだ。こんなことをしていたら、ろくなことにはならないぜ」

「もう一日待っては？」

「いや、そいつはお薦めできないね。答えはノーだ」

「ありがとう。そのとおりよ。もう一日待つ」

エルモの部屋に戻りながらワンダ・ジェーンは言った。「あの結婚云々の話だけど、あれってなんだかずいぶん唐突だったわね。そうじゃないこと？」

　エルモは肩をすくめた。「君にしてみればそうだったんだろう。でもぼくにとってそれはずっと何年も夢見てきたことだったんだ」

「いいわよ」

「そうこなくっちゃ」と彼は言った。


四月が過ぎて、五月がやってきた。

アンジーはランディーのカトラスを山の上まで運転していって、ギアをニュートラルに入れ、手で押していって、それが高さ三百フィートの崖下に落下していくのを眺めた。そして〈ヒコック・リゾート&ポーカー・パーラー〉までの四マイルを歩いて戻り、ひとしきり泣いてから、ボイドに言った。もうここでうろうろしている意味はない。冒険は終わったのよ。今日の午後にここを発ちましょう、と。「もうカジノはたくさん」と彼女は言った。「リノに立ち寄ったりする必要がない限りね。あるいはヴェガスに。地図でルートをチェックしましょう。えーと、どっちに行けばいいのかな——北か南か」

「ぼくは隣に座っているだけだ」とボイドは言った。「きみの好きにすればいい」

「もちろん好きにするわよ。リノの方が近い。ヴェガスにはもっと多くの結婚式場がある」

二人は五月十七日にデッドウッドを出て、南向きのルートを選んでワイオミングを抜けた。それから国道80号線でソルトレイク・シティーに入った。それだけの行程を一日で済ませた。長い一日だった。翌朝、二人は国道15号線で南のヴェガスを目指した。アンジーは丸一日半、喋り続けた。眠っているときでさえ。プロヴォを通り過ぎているところで、彼女は一息つくために話を止め、ボイドをちらりと見やり、言った。「それであなたの意見は？」

「何について？」

「私が言ったことすべてに関する意見よ。もう一度繰り返してもらいたい？」

「要約してくれ」

アンジーは不快そうに歯をカチンと鳴らした。彼女はソファのクッションを尻の下に敷いて座り、フェラーリのハンドルを握り、ランディーが彼女に手ほどきしたやり方で運転していた。

「まず最初に、エヴリンが昨夜寄越したメールについて。質問なんかは一切なし。あなたが襲った銀行では以前の職があなたが戻るのを待っているのよ。まるで奇跡みたいじゃない？　フルダについてもお咎《とが》めなし。今では彼女が、あるいは彼女の夫の会社だかなんだかが、実質的にその銀行を所有している。あなたは天上の神様に大声で感謝の念を叫ぶべきじゃないかしら？」

「ぼくの天上の神様は今のところ補聴器を切っていてね」とボイドは優しい声で言った。「それもまあやむを得ないだろうと、ぼくは思っている」

それから四時間、彼女はほとんど口をきかなかった。カー・ラジオは侮蔑と誇張で息を詰まらせていた。パロ・アルトでは韓国人の高齢女性が、韓国人であるという理由で射殺されていた。アラスカの学校では『マクベス』が、フェミニズムの傾向が強すぎるという理由で禁書になっていた。アメリカのパスポートの申請においては、今や精神異常であることの証明が要求されていた。

そしてヴェガスの七十マイル郊外で、アンジーは親指を使った運転をしながら、腹立たしげな声を出してボイドに言った。「私たちって、どうなるの、ボイド？　私は私の生涯のすべてをあなたに語る。すべてのおいしいところを。ところがあなたはそこに石みたいにじっと座っているだけ。これでもう九ヶ月が経ったけれど、なんにもなし。半分でも個人的なことひとつない。明日か明後日に結婚の誓いをするはずの相手について、ほとんど何も知らないのよ。そういうのって、どんな気持ちがすると思う？」彼女は鋭く、暴力的に首を振った。「エヴリンは私に警告を与えた。私はあなたに語らせなくてはならない――真実のものごとを、リアルなものごとを……さもなければ希望はないって。さもなければ私はここで車を停めて、あなたを砂漠の真ん中に放り出すしかない」

「車を停めてくれ」とボイドは言った。

「歩くつもりなの？」

「車を停めてくれ」

ジュニアスがベッドの隣に戻ってきてくれて、エヴリンはほっとしたし、幸福な気持ちにさえなった。ソックスをはいた足、テントの木杭のように尖った骨、彼女の身体を抱く肉の落ちた両腕。そして彼はタホーでの苦難を語った。ホテルはほとんど空っぽで、従業員の半分は病欠で、残りの半分はソーシャル・ディスタンスをとっており、マティーニを注文することもできなかったし、注文したとしても届けられなかった。スモーク・サーモンと、一週間前のロブスター・サンドイッチで飢えをしのぎつつ、このうえなく小ずるく、へらへらと掴みどころがなく、強欲で、笑みを絶やさない銀髪の男——詐欺師を丸め込んでしまうようなやつ——から銀行を買い取る交渉をしていたのだ。「帳簿を元の状態に戻すのだけで百万かかるし」と彼は言った。「悪質なローンをカバーするのにあと百万——そのほとんどはやつの死んだ奥さんに貸し出されたものだ——訴訟に備えるためにあと百万、それから私が回復するのを助けるために精神科医に支払う金額が百万だ」彼はぴったりと身を寄せた。「しかし君はとにかく銀行を手に入れた。そうだね？」

「イエス。どうもありがとう」

「君の方では何かあった？」

「何もない」と彼女は言った。「ヘンリーは人工呼吸器から解放された？」

「ああ、彼はもう離れたよ、しっかりと」

「どういう意味かしら」

「それが意味するのは」とジュニアスは言った。「彼はもう私に殺されることを案じる必要はないということさ」

アンジーは車を停め、ハザード・ライトをつけ、ボイドと一緒に砂漠の中に足を踏み入れた。二分か三分後、彼は立ち止まってフェラーリを振り返り、言った。「ふたつのサンタモニカがある。ひとつはお伽話の世界としての……」

カリフォルニア州フルダの警察署の、狭く窮屈な本部で、ワンダ・ジェーン・エプスタインと、エルモ・ハイブと、チャブ・オニールは——ワンダ・ジェーンとしてはしぶしぶではあったが——合意に達した。少ない人手は町の治安維持に集中させ、銀行強盗とか殺人にはいっさい手を出さない、と。

「事実は事実」とチャブはとてももの柔らかく言った。「そして事実とは、我々には二台しかパトカーがないし、一台は修理工場に入っている、ということだ。そして警官は二人しかいないし、一人は連絡係であり、もう一人は補助のパートタイムだ。殺人捜査？　話の他だ。それにだいたい事件は落着している。ＦＢＩが容疑者を逮捕した」

ワンダはなんとか最後の抵抗を試みた。「でも、ヘッダの録音があります……」

「郡の検察官はそんなものには見向きもせんよ」とチャブは言った。「銀行詐欺は連邦の扱う犯罪。殺人は州、及び連邦の扱う犯罪だ。地方自治体は関係ない。そして録音は……よく言って曖昧。悪くすれば、ヘッダの証言がない限り証拠として認められない。そしてそれが起こりっこないことを我々はもう承知している」

「彼女があの悪党と結婚したからといって」とワンダ・ジェーンは言った。「私たちがカッタビーを野放しにしておいていいとは――」

「そうなるんだよ」とエルモは優しく言った。「起訴はないんだ、ダーリン」

これで決まりと、チャブは手を叩いて立ち上がった。

「話は決まった」と彼は言った。「それでだな、病院の前の交通混雑のことだ。このパンデミック騒ぎは本物だとつい思ってしまいそうだよ。いいか、すぐになんとかするんだ。二重駐車、こいつは本物だからな」

彼が行ってしまうと、エルモは言った。「残念だが」

「私も残念よ」とワンダ・ジェーンは言った。「でもとんでもない間違いだわ」

「ヘッダを信用するんだ。彼は報いを受けることになると彼女は言っている。きっと報いを受けることになる」


ラス・ヴェガス郊外の砂漠（広大な、とことん冷え込んだ砂漠だ）では、ひゅうっという音を立てて、車たちが富に向けて勢いよく道路を突進していくのを横に見ながら、アンジーは言った。

「それであなたはきまり悪く思っているわけ？」

「恥じている」とボイドは言った。

お伽話だ、とボイドはなんとか言葉にした。スパンコール付きのガウン、タブロイド新聞の顔……スケートボードに乗った富豪の跡取り娘たち、ヨーガの先生、街角の奇術師、救済の興行主、整形された鼻と、多額の金。カーラーを巻いた、バスローブ姿のローズマリー・クルーニー、彼女はクリスマス・イヴに五ドルのチップを彼にくれる。

母親は、とボイドはなんとか言葉にする、彼が四学年のとき、彼女の体重は二百七十ポンド〔百二十二キロ〕あった。八学年になったときには、三百二十ポンド〔百四十五キロ〕に増えていた。高校の二年生のときには三百九十ポンド〔百七十七キロ〕だった。「父さんはいろいろと試みた」とボイドは言った。「宥《なだ》めたりすかしたりした。でも無駄だった。ぼくはといえば、ほぼ逃げまくっていた。話をでっち上げて、そこに浸っていた。友だちを家に呼んだりはしなかった。とても呼べたものじゃない。小さなスタッコ塗りのバンガローだ。きみもそこにいたよな？　そして母親は家全体をほとんど埋め尽くしている。なんていうか、そこには肥満の匂いが漂っていた。油っぽく、甘っぽく、ぼってりとした匂いが、壁やら、彼女の髪やらハウスコートやらに染みこむんだ。浴槽に出入りできなくなり、シャワーで身体の向きを変えることができなくなった。それで父は週に一度スポンジを使って。ソファの上で母の身体を洗った。母はそのソファの上で生きていた。居間のそのソファの上でバターを食べ、チョコバーを食べ、どんどん太りながら、テレビで古い映画特集を観まくっていた。ウィリアム・パウエル、ヘディー・ラマー、ピーター・ローレ、昼も夜もひっきりなしに。そしてどんどん太っていった。耳まで太った。やがてトイレにも収まりきらなくなった。しゃがめないし、立ち上がれないし、尻を拭くこともできないんだ。だからバスルームの中にオレンジ色の簡易トイレを置くことにした。犬が使うようなやつさ。立ったまま用が足せる。あとで父がそれをきれいにする……ぼくは学校が終わったあと、家に帰るのが嫌でたまらなかった。戸口で立ち止まり、大きく息を吸い込み、息を詰めて自分の部屋まで走った。どう言えばいいのか？　ただ恥ずかしいというだけじゃない。軽蔑だろうか。ぼくが高校を卒業したとき、母の体重は四百二十ポンド〔百九十キロ〕に達していた。もちろん卒業式には来られない。うちのおんぼろのエルドラドにはとても入りきらなかったからね。ミルク・シェークとマーナ・ロイの映画に夢中だった。『我等の生涯の最良の年』『風車の秘密』——タイロン・パワーに夢中、ロマンスに夢中、太っていくことにも夢中だったんだろうな。彼女は嘘を呑み込んでいった。ファンタジーを呑み込んでいった。ぼくもやはりそいつを呑み込んだのさ」

アンジーは彼を見た。

少し後で彼女は言った。「それについては常々不思議に思っていた。あなたはいつもなんだか……なんだかレトロっぽく見えた。まるで一九四〇年代に育ったみたいな雰囲気があった」

ボイドは笑った。「ぼくだけじゃない。みんなそうさ。ぼくらはみんなそれに恋い焦がれている——ハリウッドのろくでもないファンタジーにね」ボイドは困惑した顔で砂漠の遠方を見つめた。「いずれにせよ、誰がバードソングなんて名前をほしがる？　ぼくは嫌だね！　ごめんだ！」

もし飛行機が衝突したら、とランディーは思った、俺はかなりまともな二つのクッションに挟まれることになるな、と。肉付きの良いＦＢＩの職員が二人、彼の両脇をしっかり固めていたからだ。ウィンドブレーカーにつけられたＦＢＩのステンシル文字が、ビリー・レイ・サイラスのコンサートへの招待券であるかのような、いかにも自慢ったらしい顔をして。これまでのところ、デンヴァーでの乗り継ぎを別にすれば二時間のフライトだった。サクラメント空港に着陸するのは一時間後、あるいはもう少しかかるかもしれない。そしてランディーはいらいらしていた。手錠が不快だったし、足枷もそうだ。あるいはまたアンダーパンツがずり上がり続けていたことも。ファースト・クラスとまではいかずとも、それでもエコノミー・クラスの最後部の席はなかなか悪くない場所だ。たぶん機内ではいちばんまっとうな席だろう。トイレのドアと、雲のように見える何かがまずまずよく見える。

会話はないも同然だった。でもまあいいさ。もしＦＢＩの弱虫たちが、野生馬を乗りこなすことについてのいくつかの知識を持ちたいと思わないのなら、それはそれでいい。せっかくの教育の機会が無駄になるだけのことだ。

ランディーは故郷に帰れることが、そこに送還されることが嬉しかった。ラピッド・シティーなんかより全然いい。ほどなく彼はサイラスとカールの件を思い出すことになった。カリフォルニアでは死刑が執行されなくなったことも。そこではもう誰も処刑されない。もし処刑されたいと思ったら、はるばるサン・クエンティン刑務所まで行かなくてはならない。ペリカン・ベイ州立刑務所の連中は腰抜けだから。そしてもしサン・クエンティンまで行ったとしても、電気椅子には座らせてもらえない。ガス室に備えて息を止める練習をする必要もない。医師に当たり前に予約するだけのことだ。ぴりぴりも悪臭もなし〔カリフォルニア州では死刑制度は存続している。処刑方法は薬物投与によるものだが、実際には処刑は実行されていない〕。サイラスには気の毒なことをした。カールのことはどうでもいいが。

そんなことを考えているうちに、彼はあのメルのことも思い出した。そしてそのとき、飛行機の車輪がサクラメント空港に着地した。

待ちくたびれたぜ、と彼はデルタ航空を叱りつけた。

彼はおぼつかない足取りで通路を抜け、ペリカン・ベイまでの無料旅行を心待ちにした。故郷に近づき、気候も良くなる。しかし彼は思う、玄人筋が目指すのはなんといってもサン・クエンティンだ。

ヘンリー・スペックの最後の数時間は、その中程度の長さの人生の中でもことさら心地よいものだった。スペックという劫罰《ごうばつ》を抱えた三十三年間にわたる人生。イーハーモニー〔マッチングサイト〕における最もイケメンな男という重荷は言うに及ばず。意識を失い、人工呼吸器に繋がれ横たわって、記憶のほとばしりが肺炎の夢の中を通過していくに任せるばかりだった。人工呼吸器の唸りはラウンジ・ミュージックであり、ピアノ・バーであり、もしたとえ彼が人工呼吸器はただの人工呼吸器であると知らなかったとしても、もしたとえ自分が今どこにいるのか、なぜそこにいるのかを知らなかったとしても、感染が導くがままにどこであれ、彼は嬉々として病の潮流の上を漂い、彼の業務日誌のテクニカラーに彩られた項目を再訪した。それぞれが彼の人生という物語の、焦点のぼけたおまけだった。ロサンジェルスの午後の蝶々《ちょうちょう》。エンニがタップダンスを踊り、ペギーが怒鳴りつけた。エヴリンが彼の上腕に噛みついた。彼は楽園を飛び跳ねて抜けた。彼はセクレタリアート〔有名なサラブレッド〕だった。

「そうしてぼくは南カリフォルニア大学をドロップアウトし、名前を変え、そして放浪の旅に出た。名前を変えるってのは効果があるよ。実に驚くばかりにね。自分からプラグを抜いて、別の誰かにプラグを差し込むんだ。コンピュータをアップデートするみたいにね。名前を変えられるのなら、他に変えられない何があるだろう？」

アンジーは黙って続きを待った。

百ヤード離れたハイウェイを、リムジンや、ＲＶや、セミ・トレイラーがびゅんびゅんと通り過ぎて、それぞれにミニチュアのドップラー効果を起こしていた。砂漠の空気をすくい上げ、後方に吹きやるのだ。アンジーはエンジンをかけたままのフェラーリを路肩に駐車していた。

ボイドはほとんどそこで話をやめようとした――彼は自分を信用していなかったし、二つばかりの嘘がそのへんにふらふらと浮かんでいた――しかし彼は真実を述べた。「そしてもしきみがもうバードソングでなければ、過去においてそんな名前であったこともなければ、きみには父親の心臓を止めてしまうことだってできる。たとえその男が実はある日、家を出て永遠にどこかに消えてしまっていたとしてもだ。きみは母親の体重を百ポンド〔四十五キロ〕まで落とすこともできる。ソファから立ち上がらせ、シーザー・ロメロそっくりの恋人を与えることもできる――ひょっとしたらそれはシーザー・ロメロ本人だったかもしれない――そしてきみは海兵隊に志願し、数ヶ月暴れ回り、名誉負傷章《パープルハート》を手に帰郷する（それはどこかの質屋で買ったものだ）。そのあとはもう好き放題だ。きみをそうあるべき、いっぱしの人間に見せる履歴書を書き上げるのはお安いご用だ。エクセター校、プリンストン大学。きみはもうバードソングなんかじゃない。きみはひとつの物語だ」

「続けて。もしそうしたいのなら泣いてもいいよ」とアンジーは言った。「私は気にしないから」

ボイドは笑って言った。「まだ悲しい部分には入っていないよ」

ミズ・トッドハウザーを見てごらんよ、とダグラス・カッタビーは言った。ほとんど声に出して。彼女は君にそっくりじゃないか。今のロイスじゃない、最近のロイスでもない。昔のロイスだ。ハブキャップ・トビーが現れる前の、今まさに君がいる場所にこの私を埋めようと決心する以前のロイスだ。その墓から這い出るのはずいぶん難しいだろう。疑いの余地なくな。ヘッダはロイスの一部を内に秘めている。君もそれには同意するはずだ。数字に強いんだ。ベッドの中でも素晴らしい。頭は切れるが、本人が思っている半分も頭が切れるわけではない。君がショットガンを目にしたあの日。あの「しまった」という顔つき。悪く取らないでほしいんだがね、エンジェル、私はあれをユダの表情と考えているんだ。君が何を考えているか、私にはわかる。君はこう考えていた。あなたに責める資格はあるのか？　銀貨を欲しがらぬものがいるだろうか？　君はその意見には確かに一理ある。それは認めよう。しかしそれは詰まるところ、物事は私かそれとも君かというところに行きついたんだ。そして結局、君になった。あの「しまった」という顔つき。こう言っちゃ悪いんだが、思い出すと今でも顔がほころぶよ。今私は微笑んでいる。しまった！　いずれにせよ、ヘッダのことだが、しげしげと眺めてみるに、彼女は五箇所までロイスで、あとの五箇所は別の何かなんだ。彼女は頭が混乱したロイスなんだ。ロイスが何を求めているか、それがわからないロイスなんだ。〈クロスフィット〉ジムに夢中になっているロイスだ。ケーキを食べても、まだ手にケーキが残っていると思うロイスだ。遙かに注意が足りないロイスだ、新婚旅行のビキニ姿が――君には悪いけど――衝撃的だったロイスだ。彫刻家の大理石から彫り出されたロイスであり、結婚したばかりのロイスであり、小細工なしに銀行を経営できると思っているロイスであり、プロの策略家に策略で対抗できると考えているロイスだ。彼女を見てごらん！　そのチュートン的な眼球に「しまった」という表情が宿るところを想像してみてくれ。そのしっとりとした唇が「しまった」とすぼまるところを想像してみてくれ。彼女はきっとびっくり仰天することになるよ。違うか？

君のことを懐かしく思うよ。とりわけ我々が二人とも若かった頃の君をね。覚えているだろうか？　君と私とで、自分たちの小さな銀行を経営していた頃のことを。なんて愉しかったことか！　年に一度、春にやっていた大掃除のこと――覚えているかな？　貸金庫をきれいに漁るんだ。ここに腕時計、あそこにクルーガーランド金貨、誰にもわからない――おばあさんのネックレスに、お母さんの指輪だ！

私が何を望んでいるか、ロイス、君にわかるだろうか？　私が望んでいるのは君がここにいて、ヘッダの目に「しまった」という色を浮かばせるところを、君に見てもらうことだ。しまった、おばあさんのネックレスはどこ！　しまった、私が今味わっているのは殺鼠剤だろうか？

「放浪の旅に出た」とボイドは砂漠とアンジーに向かって言った。「ヘレナではタクシーを運転した。ネブラスカでは家畜輸送車の積み込みをやった。履歴書の偽造に精を出した」

「ずいぶん立派だったでしょうね」とアンジーは言った。「その履歴書」

「ああ、そうだ。新しいぼくだ。その頃、ぼくは最初の結婚をした――ぼくは二十歳か二十一歳か、そのくらいだった。ぼくの妻はぼくのことをそれほど好きではなかった。ぼくの方も彼女のことをそれほど好きではなかった。だからぼくらはけっこううまくやっていた。ぼくが実は『天国への階段』を作曲していないことが判明するまではね。それがその結婚生活の終わりだった」

ある意味、とボイドは彼女に言った、その放浪生活は治癒の休息のようなものだった。心機一転のための二年間の居眠りだ。そしてサンタモニカに戻って目を覚ましたとき、彼は新しい履歴を持った、新しい名前の新しい男になっていた。いくぶん疲れてはいたが、かつて少年時代、懸命に自転車で配達していた新聞の、都市部の編集デスクに就いて、我ながらびっくりしてしまった。まだまだ駆け出しではあったけれど、それでも彼はジャーナリズムの世界が自分に向いていることを発見した。結局のところ、彼は他人の生活をじろじろと覗き込む訓練を積んできたのだ。そして時を追って、次々につながっていった。パサデナ、サクラメント、メキシコ・シティー、マニラ、香港に一年、それから飛行機で太平洋を横切ってジャカルタに。その隣の席にエヴリンが座っていた。プリンストンの話、ポロの話、カンダハルの話。彼女の目に好奇の光が輝き、それは結婚式の鐘へと導かれる――まあ本物の鐘ではないが、PS&Sの環太平洋本部の最上階で、豪華な結婚式が執り行われた。立派な人々が顔を見せた。外交官やら、投資銀行家やら、スハルトの三人目の石油相やら。

そしてジャカルタにおける二年近くの輝ける時期――それは今となってはあり得ないほら話だが――があり、やがて真相を暴く書類一式が食卓にどすんと置かれることになる。

「その時点で我々には小さな男の子がいた」とボイドは言った。「ぼくらは彼をテディーと呼んでいた」

50

「寒くなってきた」とアンジーは言った。「あと四十分でヴェガスに着く。運転しながらお話はできないかしら？」

「もちろん」とボイドは言った。

「それに泣くのは車の中の方が楽かもしれない。神様と私の他に聞くものもいないし」

「どちらも気を遣う必要はない。ぼくは泣いたりしないから」

「誰がそんなことに気を遣った？　神様は気を遣うと思う？」

「ノー」とボイドは言った。「神様が気を遣ったりしないことに、ぼくはしっかり確信を持っている」


二重にマスクをかけて（ひとつはN95、もうひとつはターメリック&クランベリー・シード活性放射マスク）、エヴリンは〈ジ・インナー・ユー〉の暗くされたセラピー・ルームに心地よく横になっていた。エスティシャンが脇でハミングし、天井に埋め込まれたスピーカーからは海の波の音が流れていた。エヴリンの思いは波に合わせて揺れた。ヘンリーは気の毒だったというのがひとつの思いであり、でも、うん、あいつは悪党だったというのがもうひとつの考えだった。

それからこうも思った。私には悪党が必要だったんだ――それは悪質なものでなくてはならなかった――悪質さはセラピーだったのだ、その浄化作用、すべてを打ち消す無思慮性が――それは思慮の過剰性の対極にあったものであり、それゆえに解毒剤でもあったのではないか？――そう、そのとおりだ――相手の上腕を噛むことが彼女を恥じ入らせたとしても、彼女を安っぽくさせたとしても、それは彼女が必要としたことなのだ――ただ相手の上腕に噛みつくことが。彼女の受けた罰だった。

ボイドを許すことができたなら、彼女は自分自身だって許せるはずだ。

ジュニアスはまた別の問題だ。

そこには罪があった。たくさんの罪だ。でも裏切りの要素はない。ジュニアスは宣伝通りの人間だった。ちゃんとトーストが焼けるトースターを手に入れるようなものだ。ロマンスもなく、沸き立つ血潮もなかったが、自然な思いやりはたっぷりあった。ジュニアスは二十歳年上、細かく言えば十八歳年上だった。ロマンスなんて最初から問題にはならなかったし、考慮の対象にさえならないみたいだった。目的は懲罰だった。彼女は忘却という幻想をもって彼女自身を罰していた。彼女には自分を罰しなくてはならない十分な理由があった。なぜなら彼女は罰せられるに値したからであり、それは彼女が自ら招いたことだったからであり、ボイドが恐怖を拾い上げて、それを持ち去るのを許したからであり、嘘を信じることを自らに許した、あるいは信じるふりをしたからだった。そしてまた、ボイドが彼女を彼女自身から保護することを――重荷を担うのは彼一人、悪夢を見るのは彼一人、歩道にいる一人の小さな少年だけだ、というフィクションをもって彼女を保護することを許したからだった。彼女は罰を要求していた。彼女は罰を信じていた。

罰を受けることを信じていたし、罰を与えることを信じていた。間違いなく、彼女はボイドを罰していた。彼女がボイドを罰したのは、彼が雄々しい嘘によって彼女を救済したからだった。それは過酷で、容赦を知らず、強情で、愛を殺す罰し方だった。なぜならもちろん彼は彼女を愛していたし、もちろん彼女は彼を愛していたし、なぜならもちろん愛を殺すことは、彼女が自らを罰するさなかにも、罰の中でも最大級の罰であったからだ。雄々しい嘘を生きるというのであれば、それ相応の報いをお受けなさい。

顔のマスクがとれたとき、エヴリンは〈ＹＯＵ！〉のエレベーターで六階上のジュニアスのオフィスまで行った。そこで彼女は自らをもう少し罰するつもりだった。

「あなたに言わなくてはならないことがあるの」と彼女は言った。

「その必要はない。私は盲目じゃないんだ。だから私に咳を吐きかけないでほしい」

広々している、というのはフェラーリ８１２スーパーファストに相応しい表現ではなかった。高価、というのが相応しい言葉だ。そしてボイドはあのぼそぼそと音を立てるおんぼろ〈プレジャー・ウェイ〉のことをつい懐かしく思い出すのだった。スローではあるが、居心地の良い車だった。どこに行くあてもないリクリエーショナル・ヴィークル。フェラーリは白日夢の匂いがした。スーパーファスト、その名前通りとんでもなく速い。しかしやはり行くあてはない。ただ速くそこに着けるというだけだ。

ボイドはシートをいちばん後ろまでやり、靴を脱いだ。足指は不品行を思い出させるしるしだった。ネヴァダの高地砂漠が素早く過ぎ去っていった。地平線のすぐ先にはラス・ヴェガスがあるという厳粛《げんしゅく》な警告を発しながら。

ジャカルタは、と彼はアンジーに告げていた、勝手にどんどん拡大していく、やかましくて、ディーゼルの匂いに満ちた白日夢のようなところだった。なんだか誰か別の人間の記憶みたいだった。子供の頃に遊んでいた砂場が大人になって、四十年後に思い出されるみたいな。たしかにジャカルタは現実だった。でもどうしてそんなことがあり得ただろう？「どうしてぼくはそんなにも若くあり得たのだろう？」と彼は言った。「あまりに愚かで、あまりに恋にはまり込んで、バードソングという名の新聞配達少年を消し去ることにあまりに夢中になっていたのだろうか？そんなことがうまくやりおおせると思っていたのだろうか？　なんとも言えない、でも――」

「ボイド、もうやめて！」とアンジーが言った。「そんなこと私はみんな知っている。あなたは何かを言わずに隠している――大事な何かを」

「そこに行こうとしているんだ」

「あなたはそこに行くまいとしている」

「前にも言ったように、ぼくには小さな息子がいた。ぼくらは彼をテディーと呼んでいた」

「そう」とアンジーは言った。「そこでいつも話がとまっていたのよ」


午前八時を少し回ったところだった。乱れたサテンの寝具の上に広げられた、一ダースほどの写真に気を取られながら、ジム・ドゥーニーが電話でジュニアス・キラコシアンと話している間、カルヴィンはベッドに朝食を運んでいた。ジムは怒りと歓喜との間にあるどこかにひっかかっていた。「よろしい。わかった。君はいくつかの譲歩をしなくてはならなかった」とドゥーニーは言った。「こっちで百万、あっちで百万。それがどうしたというんだ？　ＰＳ＆Ｓは最後には銀行に行き着くんだ。そうだな？　だからそんな細かいことにいちいちこだわるな。君のあの球団を手放せばそれでとんとんというか、お釣りが来るくらいだ。球場はいくらになる――一億ドル？　不動産だけでか？」

ドゥーニーは一枚の写真に目をやりながら、数秒のあいだ相手の話を適当に聞いていた。

「ジュニアス」と彼は苛ついた声で言った。「私のワッフルが冷めていく。いったいどんな苦情があるというんだ？　我々はトッドハウザーを六ヶ月その地位に留めておく。試験期間としてな。契約によればそれだけのことだ。そこでプラグを抜いてしまえばいいのさ。『申し訳ないが、そこまでです。クロスフィット経営にお戻りください……』ああ、そうだ、君もさっき言っていただろう。彼女は銀行経営について何も知らない。私も知らないし、君も同じことだ。だから我々は金融の専門家を送り込む……ああ、あるいは専門とする女性をな――いずれにせよポイントは、それは取引をぶち壊しかねないものだったから、結果は甘んじて受け入れるしかないということだ。私はもっと大きな問題をいくつも抱え込んでいるし、君ももっと大きな問題をいくつか抱え込んでいる」

ベッドルームのドアがさっと開いて、カルヴィンが中に入ってきて、ドゥーニーに向かって眉をひそめた。そしてベッドの端に腰を下ろし、朝食を食べなさいという顔をした。

「私の問題？」とドゥーニーは怒鳴った。「私の問題が何か教えてやるよ。私は今、その問題を目の前にしているんだ。君の奥さんが私に送ってきた残骸の写真をな……彼女が私の娘だということくらいわかっている……私のミネソタの家、それが気の狂ったシロアリの大群に食い荒らされたみたいになっている。絨毯から家具から自動車までそっくり食い荒らしたんだ。床から、私のボウリング・レーンから、カルの床屋椅子から、ベッドから、テニスコートから、ボートから、ドックから、新品のスノーモービルから、ビリヤード・ルーム全体まで」ドゥーニーは鼻を鳴らし、息を整え、それからこわばった、ユーモアを欠いたクスクス笑いを漏らした。「ジュニアス、少し黙ってくれ。今は私が話しているんだ」

カルヴィンはフォークを手に取り、警告するようにそれを振った。

「なあ、それに対する答えはしっかり断固たるノーだ。君はあのチームを持ち続けることはできない……いいとも、辞任すればいい」

ドゥーニーは電話を切った。

「彼は辞任した？」とカルヴィンは尋ねた。

「なあに、こけおどしさ。いいから、マスクをつけてディズニーランドに繰り出そうじゃないか。いろんな乗り物に乗って、年寄りであることを楽しもう」

「ディズニーランドは閉鎖されているよ、ジム」

「そうかい？　買っちまえばいいさ」

ワンダ・ジェーンは、新しい夫の四部屋あるアパートメントに引っ越した。それは〈エルモの撞球場&バー〉の階上にあり、長年にわたる独身生活者の住まいとしては小ぎれいに保たれ、家具の趣味も良いことが判明した。こんなものだろうと彼女が予測していたよりは、遥かに居心地の良いところだった。そして彼女はまた、こんなものだろうと予想していたより遥かに幸福になっていた。

二人はリノで結婚し、そのアパートメントで新婚旅行期間を送った。二人は既に子供を作る話をしていた。

夜、コントロールパネルの仕事がないときには、ワンダ・ジェーンは好んでバーの仕事を手伝った。あるいは彼が一人で、エイトボールで遊ぶのをただ見物していた。まずソリッドで、それからストライプで〔どちらもエイトボールのプレイの方法。二種類を選択できる〕。彼は三分以内に台をきれいに片付けることができたし、それをろくに意識を集中させるでもなく、何度も何度も続けられた。そしてその間中、二つの違った声で会話を続けた。エルモからエルモア、そしてその逆と、すらすら入れ替わって。弁護士を廃業したあと、プロになろうかと長く真剣に考えていたんだと彼は言った――「玉撞きのことだよ。僕は腕は立つが、ただ規範というものを持たない。そして言うまでもないことだが、その両方をそなえた名人が必ずどこかにいる。法律に関しても同じことが言える。僕にとっては正義が大事なんだ。時間あたりの手数料なんて意味ない。正義を重んずるなんてのは、弁護士にとっては大きな間違いだ。これは警官についても言えることだがね。君を見ていて、そう思った」

人生は素早く鋭い方向転換を見せ、二人は目覚めては驚き、また驚きをもってベッドに入った。私生活におけるエルモアは物静かで、生真面目な性格であり、慎み深さと品位をそなえていた。それらは二〇一六年に消え去ってしまったものとワンダ・ジェーンが見なしていたものだった〔二〇一六年はドナルド・トランプが大統領選挙で勝利した年〕。彼は絶対的なものを回避した。国家がひどい方向に進んでいく様子をケーブル・テレビで見ながら、彼は彼女の手を取っていたものだ。

五月後半のある日の午後、カッタビー大通りにある町役場の彼のオフィスで、二人はチャブ・

オニールに会った。チャブは弟のディンクを、フルダの町の新しいフルタイムのパトロール警官に選んでいた。「ディンクは資格を満たしている」とチャブは説明した。「チョークホールドの技を心得ているし、武器も扱えるし、高卒資格も一歩手前まで行ったし、私の弟でもある。そうだな、ディンク？」

「たぶんそうだな」とディンクが安楽椅子の中から言った。

「冗談を言ってる場合じゃないぞ」

「冗談は言ってない。母さんが言うには、彼女は――」

「そう、それで、とにかくディンクが仲間になった。いろいろとこつを教えてやってくれ。トビーのことが好きだったなら、きっとディンクも好きになる」

「そのタトゥーだけど」とワンダ・ジェーンは言った。「それは……？」

「ノー、ノー。それは鉤十字《スワスティカ》に見えるが、実は……それはなんだったっけな、ディンク？」

「悪魔の十字路だよ」とディンクが言った。

「そういうことだ」とチャブが言った。

外に出て、エルモはワンダ・ジェーンの腕を取り、カッタビー大通りを歩きながら言った。

「君は町長選に出るって、考えたことあるか？」

51

ミソメイニア（虚言症）は新たな狂犬病だった。それは脳細胞を溶かし、ムクドリがそれに感染し、スカンクが感染し、オハイオ州の下院議員が感染した。メイン州ロックポートを拠点に働いている、ジブ・ウォーカーというロブスター漁師が、ツイッターでニュースを流した。ある「リベラルの陰謀組織」がミニッツマン・ミサイルの標的をテキサス州オースティンと、フロリダ州タラハシーと、ルイジアナ州バトン・ルージュに再設定し、捕まったというニュースを。ジブはまた、州間の戦争はほどなく核戦争になるだろうと宣言した。南部連合の制服が既に配布された。テキサス州知事は女性たちに向けて、「新たなるフレッシュな部隊」を供給するために、妊娠期間をスピードアップするように指示を出した。そしてまた、テネシーとアラバマとアイダホとフロリダとサウス・カロライナの周りには壁や、塹壕《ざんごう》に類するものが築かれた。ケンタッキーは壕を掘っている最中だった。ワシントンDCでは、修正されたミズーリ州憲法の「必須子供出産」条項に違反したとして告訴された若い女性の件に関して決定を保留されていた、身柄提出令状の請願に、連邦最高裁判所は5対4で許可を与えた。ミネソタ州の、アイオワとの州境のすぐ北にあるバスキンでは町議会が、市民権の請求時に新たに厳しい証拠の提出を課したが、そこには妊娠のビデオの複製が含まれていた。

感染はユーコン川を遡り、ミズーリ川を下って、エヴァグレイズ湿地帯を抜けた。そしてフーヴァー・ダムを突破し、ミード湖を汚した。

カリフォルニア州フルダでは、ディンク・オニールが自ら率いる暴走族〈ホリー・ローラーズ〉の一団を補助警官に任命していた。そして兄が発令したフルダ域内における「マスク禁止令」を遺漏なく執行するよう命じた。チャブはマスクをつけることが非アメリカ的であり、不必要であり、非フレンドリーであり、非食欲増進的であり、そして今では非合法であると宣言したのだ。ディンクはチャブに向かって個人的に、もっと先に進むように迫っていた。「最終的解決〈ナチスがヨーロッパのユダヤ民族絶滅について使った言葉〉といこうじゃないの」とディンクは言った。「いざというときにマスクが役に立つかどうか、見てみようぜ。トレブリンカでやったみたいにさ」

52

ボイドとアンジーはヴェガスで数日しか過ごさなかった。結婚式のチャペルを見つくろったり、アンジーの衣装を買い込んだりするだけで。日曜日の朝早く、ティファニーのティアラの高額な値段について言い争ったあと、二人はフェラーリに給油して95号線を北西に進み、フルダに向かった。「どうしてそんなにケチくさいのかわからないな」とアンジーは不平を言った。「結婚に夢中になっているのなら、嫁入り道具に、多少の光り物に、どうしてそんな目くじら立てるのよ？それにあの三番目に却下した教会はなによ？　プラスチックの造花でいっぱいだった教会。私たちはあそこですぐさま式を挙げるべきだったのよ。牧師さんは既に予行演習していたのに」

「あいつは酔っ払っていた」

「彼は私たちを見てエキサイトしていたのよ。私たちのことをキュートな一人半カップルだと言っていた」

「口の減らないやつだった」

「彼は神様の右腕だったのよ」

「あいつはきみのお尻をつねったんだぜ、アンジー」

「彼は私を試していいたのよ。私がそうされても……ねえ、私とあなたとの違いがなんだかわかる？　私は実際に何かを信じているの」彼女の両目は眼窩の中でぐるっと回った。「そしてあなたはまだぐずぐず引き延ばしている」

八十八マイル北に進み、フュネラル山地に近づいたところで、デッドウッドを出て以来初めてボイドがフェラーリのハンドルを握った。彼はもうほとんど自分を取り戻していた。左手にはデス・ヴァレーがあり、右手にはアマルゴサ砂漠が真っ平らに、紫色に広がっていた。ボイドの心臓はJCペニーの店長に相応しい堅実な脈を打ち、14というハンディキャップを少しでも減じるべく、一路自宅へと向かっていた。ラジオ放送が半分のヴォリュームで流れていた。誰かがサンディー・フック〔コネチカットにある小学校〕で二十人の学童が死んだというニュースに対して苦情を申し立てていた。本当は死んでなんかいないというのだ。

ボイドがラジオのスイッチを切ったとき、アンジーは呟いた。「どうしたの？　声であなたの弟子だとわかったの？」

ボイドは肩をすくめ、黙っていた。はらわたから時がしたたり落ちているような感覚があった。あるいはそれは絶望だったかもしれない。あるいはそれは慈悲を欠いた宇宙だったかもしれない。

少し後で彼は言った。「ぼくらはみんな幻想を必要としているんだよ、アンジー。きみでさえ。ハープと光輪。生命の永続。UFOやら、アルコール入りのクールエイドやら、素敵な王子様やら、ぼくらを楽園に送り込んでくれるものをね。この地上のすべての人が——ぼくらを前に進ませてくれる何らかのために、現実性をトレードに出しているんだ」

「あなたは欺瞞《ぎまん》を弁護しているわけ？」

「いや、ぼくは欺瞞を説明しているだけだ」

アンジーは呻いて、そこに座ったまま考え込んだ。一、二マイル過ぎたところで彼女は言った。「いつも不思議に思っていたものだったわ。どうして十戒の中に嘘をつくことが出てこないんだろうって」彼女はフュネラル山地を見やった。それはサファイアと溶けた銀できらきらと光っているように見えた。「オーケー、それでマジな話、あなたは何が言いたいわけ？　嘘をつくことは精神に良いと？」

「ぼくが言いたいのは、それをやめることができるかどうか、自分でもわからないということだ。やめたいかどうかさえわからない。ぼくは地虫じゃない。妄想のない人生なんて、いったい何だろう？」

「それが真実と呼ばれるものなのよ、ボイド。それはあなたを壊したりはしない」

「そうかな？」

「間違いなく。あなたはまたぐずぐず足踏みしている。あなたの小さな男の子に何があったの？」

ボイドはそこから更に三百マイル運転した。アンジーが運転を代わり、日が暮れてから二人は州境を超えてカリフォルニアに入った。ボイドが言った。「硬膜下血腫。ぼくはその子を愛していた」

更に一マイル進んだ。

「事故――それは誰の身にも起こりかねない。当時ぼくは仕事をクビになり、結婚は破綻し、ぼくらは散歩に出て、エヴリンは何かを言った。ぼくも何かを言った。子供が身をよじり、ぼくは彼を落としてしまった。大丈夫だろうとぼくらは思った。彼はしばらく泣いていたが、それから眠ってしまった」

「そして目覚めなかった？」

「うん、目覚めなかった」

「ボイド？」

「なんだい？」

「あなた嘘をついている、そうでしょ？」

53

ボイドはフェラーリの助手席でうとうとまどろんでいた。四十万ドルの滑らかな機械音と、深夜のトーク・ラジオと、北西部アメリカを貫く一対のヘッドライトを子守歌として。彼はアルヴィンの夢を見て、はっと目覚めた。氷の下でかちかちになっていた赤いパーカ。

ボイドは身を起こし、ポケットをぱたぱたと叩き、アンジーを見た。

「なあ」と彼は呟いた。「煙草を吸ってもいいだろうか?」

彼女は聞こえなかったみたいだった。ダッシュボードの緑色の明かりの中で、彼女の顔は栄養失調のように見えた。

「いけないに決まってる」と彼女はしばらくして言った。「あなたは煙草を吸わない。あなたは煙草を持っていない」

「今はどのあたりかな?」

「オレゴンよ。フルダは一時間ばかり前に通り過ぎた。停まらなかった」

質問をしても無駄なことはボイドにはわかっていた。彼は肯いて言った。「煙草が吸いたいな」

「そんなことはない」

「いや、吸いたいんだ」

十マイルか十五マイル行ったところで、彼は言った。「ぼくはアルヴィンの夢を見ていた」

「そうなの？」

「あいつはいいやつだったよな。アルヴィンのことだよ。ぼくらがかわりばんこに告白をした話はしたっけね？　長い長い告白会だった。ぼくもやっと肩の荷を下ろし、彼も肩の荷を下ろした。それは——ええと——彼が凍死自殺をする二日前のことだった」

アンジーはただ肯いた。彼女は疲弊しているように見えた。

「ぼくは彼のことが好きだった。なんとはなしに。ぼくのことを父さんと呼んだ。ぼくの面倒を見てくれた。きみの面倒も見てくれた。ぼくを背負ってくれた。泥棒なんだろうけど、彼は——彼は告白の受け止め方を知っていた」

「眠りに戻りなさい、ボイド。私は今集中しているの」一分か二分後に彼女は言った。「なぜフルダで停まらなかったのか、私に尋ねてくれる？」

「なぜ？」

「怖かったからよ」

「ぼくも怖い」

「あなたの話をしているわけじゃない——どうして怖いのかって、私に尋ねて」

「煙草を吸わせてくれれば、尋ねよう」

「あなたは煙草を吸えない。だいたい何を吸うつもり？　足指でも燃やすっていうの？」

「どうして怖いんだ？」

「なぜなら、もしフルダでストップしたら、この一連の出来事すべてが終わってしまうだろうからよ。私の誘拐物語がそっくりね——メキシコ、あなたのお母さんの家、それからテキサスとミネソタとデッドウッドとヴェガス。その間に立ち寄った様々な場所。あなたがカーヴィルで私を捨てようとしたときのこと。毎朝一緒にコーヒーを飲んだこと。そして今みたいに夜中にただ車を走らせていること。私はストップしたくないの。もし車を停めたら、他のすべてもストップしてしまうから。そしてすべての夢がどこかに行ってしまう。どこかでただハッピーでいましょうみたいな感じで。でもね、私が本当にハッピーなのはまさにここであり、まさに今なのよ。そんなのってフェアじゃない。停まるというのは不道徳なこと」
「二人で一緒に煙草を吸うべきだと思う」とボイドは言った。

ランディーはサクラメントでの収監が気に入らなかった。彼が提案した改善のただのひとつも、ほんの簡単なことさえ実現しなかったからだ。たとえばポップコーンに少量の塩をまぶすとか。気分は落ち込んでいた。アンジーは沈黙していたし、週に一度許された電話連絡にも受話器を取らなかった。そして他に電話をかけるべき相手が、誰かいるだろうか？　彼のＰＤ（公選弁護人）、たぶん、しかし彼はＰではあっても、Ｄではない。公選《パブリック》ではあっても、弁護人《ディフェンダー》なんかじゃ全然ないのだ。なぜなら彼はこう言ったのだ。あなたが望みうる最良の判決は懲役七十五年（仮釈放なし）から終身刑だと。ランディーのローファーはメルの指紋だらけだった。鍬はランディーの指紋だらけだった。どこかの切れ者が、ぐしょ濡れの葡萄園主と、ハイウェイ沿いに見つかったぐしゃぐしゃにされた二人の前科者と、殴打されたオレゴン州ユージーンの資産家男性の死体と彼とをしっかり結びつけてくれていた。「もしあなたがそう望むなら」と公選弁護人は言った。「心神喪失を申し立てることはできますけど、心神喪失と愚かしさとはまた別のものですから」

公選弁護人は水準以下だった。スパゲティも遙かに水準を下回っていた。七十五年から終身刑というのも、もし場所がサクラメントでなければ、それほど悪くないかもしれない。ペリカン・ベイなら話はまったく違っているはずだ。

アンジーはカトラスの面倒をちゃんとみていてくれるだろうか、と彼は思った。ペリカン・ベイはガールフレンドのセックス訪問を認めてくれるだろうか、と彼は思った。あるいは結婚していないと駄目なのだろうか？　あるいは少なくとも電話でちょこちょこやっても許されるだろうか？

彼は思った。自分はフルダでの銀行強盗を計画し、やる気満々、実行するつもりでいたが、ぎりぎりになって町の外に呼び出され、実際の犯行には加われなかったという事実を白状したらどうなるだろうと。こいつは難しい選択だ。自分が無実であると白状するのは、自分を一段階貶めることになるし、履歴に汚点を残すことになる。

ここが考えどころだ。ビッグ・リーグにようこそ。


「ストップするというのが、私にとって何を意味するかわかるかな？」とアンジーは言った。

「あなたと私は、そのへんの結婚しているカップルよりも長い時間を共に過ごしている。もうかれこれ一年になるわね。もしここでストップしちゃったらいったい何が起こるのか、それが怖いのよ」

ボイドが再びハンドルを握っていた。それは朝の七時で、彼はオレゴン州コーヴァアリスを過ぎて、ポートランドに向けて北上しているところだった。

「今起こっているのは」とアンジーは続けた。「お腹にしくしくしくした虚ろな感覚があるということ。ミドルスクールで、歴史のテストでCを取ることになるだろうと確信したときに持ったのと同じ感覚。明くる日、私はクラスに出たくなかった。難局に直面したくなかったから。だから出なかった。ほとんど三週間出なかった。毎日、英語と数学と美術のクラスには出たけど、歴史のクラスには出ずに、トイレの個室に隠れていた。足を上にあげて畳んでいたから、誰にもみつからない——でもとうとう告げ口屋の校長補佐がうちの母親に連絡をした。それで大騒ぎになり、彼女は私に向かってフライパンを振り上げ……あとはだいたい想像がつくでしょう?」

「きみの成績はBだったんだろう、きっと」とボイドは言った。

「成績はDだった」

「げげげ」

「げげげっていうのがまさに、フルダの町に帰ろうとする私の気分よ。難局に直面すること」

「きみは大丈夫だよ、アンジー。銀行強盗はぼくなんだから」

「その難局のことじゃないわよ。いいえ、私たちの難局よ」

「ぼくたちに難局が待っているのかな?」

アンジーは彼の腕をぴしゃりと叩いた。「耳をかっぽじって聴きなさい! 私たちはフェラーリ・スーパーファストに乗っているのよ。違う? 私たちは道路を走っている。どんなことだって可能なの。でもいったんストップしたら……だからね、もし私たちがストップしたら、すべてはストップしちゃうのよ。それがあなたにはわかんないの？」

「なんでDなんて成績を取ることになったんだ？」

「それは教師のせいなの。その話はもう勘弁してよ」

コーヴァリスを過ぎて十マイルばかり行ったところで、二人は朝食を食べ、フェラーリを洗車機に通し、ガソリンを入れ、更に北に向かった。ハンドルを握るのはアンジーだった。一時間以上、ボイドは口を閉じていた。でもそれから彼は言った。「どうしてそんな運転をするんだ？」

「そんなって、どんな？」

「ほら、両手の親指を使うことさ」

「ランディーが教えてくれたのよ。ケチをつけたいわけ？」

「うん、神経に障るんだ。できればもっとまともな――」

「ランディーは運転の名人よ。私がエヴリンにケチをつけるのを、あなたは聞くことがある？どんな苦難が伴おうと、エヴリンはあなたのそばにくっついているべきだったと私が言うのを聞くことがある？」

「忘れてくれ」とボイドは言った。

「もう忘れちゃったわ」

「もうひとつ質問していいかな？」

「もしそれがやきもち混じりの質問でなければね。ただ単にランディーが運転のしかたを心得ていて、一方のあなたは何も……質問って何？」

ボイドは首を振って言った。「なんだったか、忘れちまったよ」

セイラムを過ぎ、ポートランドを過ぎ、オリンピアを過ぎたところでボイドは言った。「ああ、そうだ。ぼくらはどこに向かっているんだ？」

「どこだかわかっているでしょう。馬鹿なふりはしないで」

「それはエヴリンのアイデアなのか？」

「エヴリンはあなたのことを気に懸けている。彼女はものごとを修復しようと試みている。ところで、あなたは知りたくないの？　どうしてDが私の教師のせいだったか？」


シアトルの〈グランド・マジェスティック・ホテル〉の十四階で、アンジーとボイドは二つのクイーンサイズ・ベッドと、エリオット・ベイの見事な景色に大枚をはたき、二十時間も眠った。二人ともジェット・ラグならぬ、フェラーリ・ラグを感じていたのだ。目覚めたあとも、ふたりは二時間ばかりふらふらしていた。アンジーは持ち金を勘定した。ボイドはオプションについて考えた。二、三千ドルを摑んで、エレベーターでロビーまで下り、煙草を一箱買って歩き始める。一マイルか二マイル歩くことができるくらいには、足の指は回復しているだろう。

「あなたが何を考えているか、わかっている」とアンジーは言った。「でもあなたはここから逃げ出せない。これはあなたのためなんだから」彼女は現金の札束をヴェガスで買ったイタリア製の旅行鞄に入れた。「私はエヴリンに言われたの。あなたに命令を下しなさいって。一時間か二時間しかかからないわ。それですべてはすっきり解決することになる」

「そういうのはぼくのスタイルじゃないな」とボイドは言った。「回避するのがぼくという人間だ」

「あのね、そのことはみんなが知っているわよ。だからこそエヴリンは私に命令を下すようにと言ったの」

アンジーは旅行鞄の鍵をかけた。

「今ここで私はランディーに電話をかけなくちゃならない」彼女は旅行鞄を自分のベッドの下に入れ、それから立ち上がって、不機嫌そうに彼を見た。「プライベートな電話だから、遠慮してちょうだいね。冷たいシャワーをしっかり浴びて、嫉妬の熱に駆られてはいないというフリをしなさい」

「駆られてはいない」

「けっこうね。濡れていらっしゃい。勃起不全に効くから」

シャワーは彼をリラックスさせるはずだった。しかしその代わりに彼はイライラ落ち着かなくなった。十分後に彼はタオルで身体を拭き、そこに立って自分の両足を見ていた。問題は、と彼は思った、リアリティーだ。

ぼくにはそんなことはできない、と彼は思った。

彼は〈グランド・マジェスティック〉のローブを羽織り、考えた。ぼくの父親は死んだのだ。ぼくの名前はオーティス・バードソングではない。

「あなたは自分がトラブルを抱えていると思っている」彼がドアを開けたとき、アンジーは言った。「ランディーはもっと大変なトラブルの中にいる。殺人がらみのトラブルよ。彼はおそらく——」

「ぼくの父親は死んだ」とボイドは言った。

「私が今言ったことを聞いていなかったの？」

「ぼくの名前はオーティス・バードソングではない」

「ランディーは何人もの人を殺していたのよ！」

「ぼくの母親はワーナー・ブラザーズで働いていた。ぼくはプリンストンに行った。ぼくは戦争の英雄だ」

「人々を殺していた！　それは法律に反しているのよ！」

「ぼくはこんなことしないよ、アンジー。ぼくにはできない」

アンジーは携帯電話を壁に投げつけた。「ボイド、あなたどうかしちゃったの？　殺人がなんだかわかっているの？　葡萄農園主！　それも女の人よ！」

「誰もぼくにそんなことはさせられない。きみにも、エヴリンにも」

「あなた、頭がどうかしたの？」

「ノー」と彼は言った。「ぼくは非リアリスティックなだけだ。そんなことはしない。彼はモンスターだ。リアリティーはモンスターだ」

54

ヘッダ・トッドハウザーは結婚前の姓を維持した。ダグラスの話の録音を手元に留め、コミュニティー・ナショナル銀行の貸金庫室で見つけたショットガンと十万ドルも手元に留めた。ショットガンは分解されて、二つの大型貸金庫に分けて収められていた。貸金庫は一個につき年間三百ドルの賃料がかかった。十万ドルの現金はショットガンの部品と共に隠されていた。賢いわね、と彼女は思った。銀行を襲い、盗んだ金をその同じ銀行に預けておく。

賢くもあり、また大胆でもある。しかしその証拠をフルダ警察署まで運んで、ワンダ・ジェーンのコントロールパネルの上にどさっと放り出すのはもっと賢く、もっと大胆だ。「心配しないで。手袋ははめていたから」とヘッダはワンダ・ジェーンに言った。「銀行の暫定的頭取であることの利点のひとつは、貸金庫の鍵を手にできることよ。私のことを誇りに思ってね」

「しっかり思っているわ」とワンダ・ジェーンは言った。「でもそのために、わざわざ彼と結婚までしなくてもよかったのに」

「やるべきことはやらなくちゃ。私は中途半端なことが嫌いな女なの」

ワンダ・ジェーンはショットガンを見下ろした。

「これで一件落着ね」

「そうでもない」とヘッダは言った。「これで刑務所行きは確定だけど、お次はやつを地獄に送り込みたい。私はなにしろトッドハウザーだから」

「間違いなく」

「今夜マッシュルームをやらない？　銀行頭取と？」

「そしておそらくは未来の町長と」とワンダ・ジェーンは言った。


マスクをぎゅっと引き締め、ジュニアス・キラコシアンは澱んだ空気を吸い込み、エヴリンに言った。「君は君の欲しいものを手に入れた。今度は僕が欲しいものを手に入れる。僕は野球チームを持ち続ける。お父さんにそう言ってくれ。さもなければ僕はＣＥＯを辞任する」

「自分で言ったら？」

「言ったさ。笑われたよ」

「一歩前進よ――それはつまり彼があなたをリスペクトしてるってことだから。ドゥーニーはね、誰かが立ち上がって自分に反抗すると、まず笑い飛ばすの」

「僕はドゥーニーの召使いじゃない。僕は堅実な企業を運営している。僕の船は沈んだりしない。子供たちをガスで殺したりしない」

「ジュニアス？」

「なんだい？」

「なんでもないわ」

ジュニアスはリムジンの窓の外を過ぎていくパサデナの夜景を眺めていた。彼はマスクが大嫌いだった。自分の夕食の匂いを嗅ぐのが大嫌いだった。窓から顔を背けることもなく彼は言った。

「僕が何を学んだか、君にわかるかな？　自分の口にする出鱈目を信じるなということを、僕は学んだ。それはひとつの進歩だと思わないか？」

「そのとおりね」

「僕のチームみたいなものだ。このチーム、ひとり残らず負け犬だ。しかしだな、いったい誰が勝者に同情する？　君は勝者を褒め称える。勝者をアイドルとする。しかし勝者に心を動かされることはない。勝利というのは幻想でしかない。勝者自身でさえ、自分たちが負け犬であることを知っている。ミッキー・マントル——負け犬だ。ニール・アームストロング——負け犬だ。英雄的ではあるけれど」

「あなたもそう？」

「ああ、そうだよ。僕は負け犬のヒーローだ」

「ジュニアス？」

ジュニアスは窓の外に目をやった。彼はこれから自分が聞くであろうことを聞きたくなかった。

「すまなかったと言いたくはないの。すまないとは思うけど、意味はないから。あなたのことを愛していると言いたいの。あなたは良い人よ」

「ああ」と彼は言った。「少しは気分が楽になった？」

「少しだけ」

「ああ、マスクは着けておいた方がいい。距離も置くんだ。あと一週間か二週間ほどで過ぎ去るだろうという話だから」

ホテルから二十分歩いたところに、ずんぐりとして特徴のない一九五〇年代の建物があった。波止場から三ブロック離れている。ボイドがこの四十年間に吸った三本目か四本目の煙草を吸う間、二人は建物の外にいた。

「煙草を吹かせて、精子を殺せばいい」とアンジーは言った。「でもあなたは中に入るのよ」

「もう一本」とボイドは言った。

半時間あと、ロビーで彼はアンジーの腕をぎゅっと摑み、言った。「ぼくにはできない」

受付デスクの奥に座った快活な女性が、二人を待合エリアに連れて行った。そこには一ダースかそこらの、みすぼらしい布張りの椅子が置かれていた。照明は暗く、陰鬱だった。全体にいかにも電気代を節約しているみたいに見える。

「ここでじっと静かにしていなさい」とアンジーは言った。「私にみっともない思いをさせないで」

「こういうのは得意じゃないんだ」とボイドは言った。「行こうぜ」

「彼は五分で下りてくるわ」

アンジーはマスクを着け、デスクに戻り、静かな声で受付係と言葉を交わしていた。それからボイドの隣に座り、その手を取った。ボイドは既に次の煙草を強く希求していた。

「もぞもぞするのはよしなさい」とアンジーは呟くように言った。「マスクをつけて。きっと楽しいわよ。嬉しい気持ちになれる」

「だから言ったじゃないか。ぼくの父親はもう死んでいるんだって」

エレベーターが開いて、オーティス・バードソングがロビーに出てきた。

「マスクをつけて」とアンジーが小声で言った。「さあ、ハグして、キスするのよ」

「どうやってキスすればいいんだ？」

「それはあなたの問題。キスするふりをすればいいのよ」


ハグもなく、キスもなかった。彼らはエリオット・ベイ沿いにある公園まで歩いて行った。アンジーが会話のほとんどを引き受けた。ずいぶん前のことになるが、彼女自身も自分の父親との再会を果たしていた。そして幼児虐待とか、ホッチキスとか、神様が一夫多妻制についてなんとおっしゃるかとか、ルビー・リッジ銃撃事件の現場で実際に何が起こったかとか、ジム・ジョーンズ（カルト指導者、多くの信者を集団自殺に導いた）は真の予言者かどうかとか、なぜ神様は肺結核を創られたかとか、そういうことについての若干の意見の相違を調整した。アメリカ合衆国で肺結核で死ぬ人は今ではそれほど多くない、と明るい声で彼女は言った。しかし彼女の父親はそれで死んだ。そのとき父親はまだ五十歳になったかならないかだった。だから彼女は父親との間の壊れた塀を修復する機会を持てたことを嬉しく思っていた。あるいは少なくとも、すべての壊れた塀についてあれこれ話し合えたことを。

彼女は二人の間を歩き回り、彼らの腕を取り、ボイドの父親に向かって言った。「もちろん私の父は子供の頃、予防接種なんてしなかった。彼の家族はそういうものを信用しなかったの。だから彼らは水疱やらはしかやらポリオやらおたふく風邪やら、そんな何やかやにかかった」彼女は公園のベンチのひとつを指さし、マスクを外した。「バードソング、その響きが好きだわ。それって、そうね、ウェールズ出自の名前かしら？」

「ヴェニス」と老人は言った。「カリフォルニアのな」

「そうなの？」

「六〇年代だよ。自分ででっち上げた。新しい良い名前に思えたんだ」

「良い名前なんかじゃない」とアンジーは言った。「それは美しい名前よ」

「ああ、おれはそう思ったよ。でもそう思わんものもいた」オーティス・バードソングはボイドの方を見なかったが、見ていたも同然だった。「地には平和を、ラヴィン・スプーンフル、ヘッドバンド、ラヴ・ビーズ、そんながらくたが溢れていた。だったら名前にちょっとした工夫を凝らしたってかまうまい。バードソングはプッシーを引きつけるマグネットだった。追い払うのに苦労したくらいだ。オーティス・ジョーンズなんてお呼びじゃない」彼はマスクを引き下ろして咳をした。そしてうんざりしたように首を振った。「コック・サッキンなマスクめ。おかげで新鮮な空気の味を忘れちまったよ」

「プッシーという言葉は好きじゃない」とアンジーは言った。「そのもうひとつの別の言葉も」

「そりゃ、お気の毒」と老人は言った。

「なんていうかな、ちょっと意外な感じだわ」とアンジーは言った。「私はあなたは……とっても感じの良い方だろうと想像していたのよ。ボイドの話し方から察するに」

「誰だと？」

「ボイド」

「ボイドっていったい、ファック、誰なんだ？」

ボイドはマスクの奥でなんとか微笑んだ。公園のベンチには彼が座る余裕はなかった。だからベンチの脇に立っていた。そしていっさい口をきくまいと自分に言い聞かせていた。

「そこにいるしゃべれない、聞こえないという人のこと。彼がボイドよ」とアンジーが言った。

「聞いたことないね」

「あなたの息子よ」

「ふん、なにがファック、息子なもんか。おれの息子はブラッキーだ」

「ブラッキー・バードソング？」

「何がいけない。詩的じゃないか」

アンジーはボイドを見上げた。「ブラッキー、そうなの？」

老人は笑った。ボイドの方を見ることなく彼は言った。「おれに煙草を一本くれないかな」

ボイドはそれに応じた。

老人はシャツのポケットからマッチを出して、煙草に火をつけ、クスクス笑ってから言った。

「ブラッキーってのはもちろんニックネームだ。出生届には書かれていない。そいつはちょっと酷だからな。でもな、ブラッキーっていう名前は彼には実にぴったりだった。いつだってぴったりだった。彼はそんな具合にぴょんと飛び出してきたのさ——つまりはロンダの腹からな——黒人よりも黒々とした姿でぴょんと飛び出してきた。おれのいう真っ黒ってのは、こいつの気質、こいつのクソみたいな世界観全体のことだよ」

「あなたはいつもそういう汚い言葉遣いをするの？」とアンジーは言った。

「気に入らんか？　じゃあ、どっかに行っちまいな、ロンダ」

「私はロンダじゃないわ。アンジーよ」とアンジーは言った。

「しかしそっくりだな。千ポンドの体重差はあるにせよ」オーティス・バードソングはほとんど小狡いともいえそうな目つきで、ボイドをちらりと見上げた。「おでぶのロンダのことを覚えているか？」

「ぼくは母さんと呼んでいたけどね」とボイドは思わず口をきいてしまった。

アンジーはすくっと立ち上がった。

「これじゃうまくいかないわ」

「なんの、うまくいってるさ」と老人は言った。「みんなでフェリーに乗るというのはどうだね？おれとオーティス・ジュニア、手に手を取って仲直りするんだ」

「オーティス・ジュニア？」とアンジーは言った。

「ただのジュニアだ」とジュニアが言った。

「あなたの名前はボイドじゃないんだ？」

「よう、煙草をもう一本くれないか」とオーティス・シニアが言った。「こりゃ楽しいや。こいつにローズマリー・クルーニーのことを訊いてみな」


ボイドはフェリーに乗ることを拒絶した。彼らはエリオット通りの外れにあるカフェで、昼食にピザを食べた。食事の間ボイドはひとこともしゃべらず、老人の話すこともほとんど聞いていなかった。老人は自分の息子がいかにひどい嘘つきであり、感謝の念が足りない、反社会的なろくでなしであったかについて回想した。「バードソングという名はこいつには不満だった」とオ

ーティス・シニアはアンジーに言った。ボイドの方にはちらりとも目をやらず。「おれのことも
こいつには不満だった。おでぶのロンダも言うまでもなく、こいつには不満だった。住んでいる
家も不満だった。中古車商売？　とんでもない。ジーザス・H・クライスト、まったくもう、お
れはこいつの父親だった。おれは家にベーコンを持って帰る。だったら中古車商売のどこがいけ
ない？　おれは商売がとてもうまかった。本当に腕が良かったんだ。中古車のおかげでミルクシ
エイクが供給され続け、ブラッキーの南カリフォルニア大学での最初の無駄な一年の学費も払え
た。どんな気持ちがするものかあんたにわかるかね、自分の息子が父親の名前を捨て去るってこ
とが？　この地上からすっかり消えちまう。葉書の一枚も寄越さない。一枚も。そしておれが死
んで葬られたと世界中に告げ回った。そしてこいつの妹についても同じだ——彼女を始末した。
カタリーナ沖で溺死したことにしたんだ。ナタリー・ウッドと同じようにな。そしてロンダ……
ああ、それからありのままに言わせてもらえるなら、こいつは彼女をサーカスのフリークみたい
に扱ったんだ。見世物のでぶ女みたいにな。母親のことを見やりもしないし、話しかけもしない
し、彼女が小便するのを手伝いもしなかった。そんな子供っているか？」
「それ、私に訊いているのかしら？」とアンジーは言った。
「ファック、ノー。あんたに訊いているんじゃない。おれはただあんたに話しているんだ」
「Hは何の略語なのかしら？」
「どのH？」
「ジーサスとクライストの間に入っていたやつ」
オーティス・シニアは疲れた笑みを彼女に投げかけた。彼は八十代半ばだった。もっと年上だ

ったかもしれない。しかし口の衰えは見受けられなかった。

「おれの口の利き方、汚すぎるか？」

「それほどでもないわ」とアンジーは言った。「でも誰かがあなたを食器洗い機に突っ込む必要がありそうね」そして自分の言ったことに微笑んだ。「ジュニア、あなたはどう思う？」

ボイドは思った、だから言ったじゃないか、と。

彼は口を閉ざしたまま肩をすくめた。

老人ホームに歩いて帰る道で、アンジーはその体重百三ポンド〔四十七キロ〕の身を、父子の間に置くように心がけた。見晴らしを良くして、いくつかの視点を共有することが、彼女の父親との間柄を癒やすのに有益だったことについて、お喋りをしながら。

ロビーでは煮詰まった沈黙があった。老人はエレベーターのボタンを押した。

「さて」とアンジーは言った。「もう過ぎたことは過ぎたことでしょう」

「あんたからかっているのか？」とオーティス・シニアは言った。彼はほとんどボイドの方を見ているようだったが、実際には見ていなかった。「おれが今こうしてここにいるただひとつの理由は、なんて情けないインチキ野郎をおれは息子としてもったんだろうと言いたかったからだ」

「それが出発点よ。そうじゃない？」とアンジーは言った。

「だから言っただろう」とボイドは言った。

その夜、激しい雨が降った。一時的にやんだが、また一層激しく降り始めた。ある時点でアンジーとボイドは、二人の十四階の部屋のバルコニーに出て、それぞれに傘を差してそこに立ち、ピュージェット湾があると思われる方を見ていた。気分は、雲と同じくらい重いものだった。

「私たち、どうやら終わりに向かっているみたいね」とアンジーは言って、ボイドの腕を取った。

「思うに、すべてを修復することは誰にもできない」

「かなり確かに言えることだが、かつて父さんがぼくを愛していると言ったことがあった。ぼくも彼を愛していた」

「わかるわ」

「少し寝た方がいいな」

「彼はいつもあんなに残酷だったの？」

「ノー、彼はかつてはバードソングだった。世界とぼくが彼を失望させたんだ」


朝になって、彼らはシアトルを出て南に向かった。日暮れにはカリフォルニア州フルダから三十マイルのところにいた。

「雄鶏のことを覚えているかい？」とボイドが尋ねた。「メキシコでのことだけど」

「ノー」

「一羽の雄鶏がいた。間違いなく。ビーズのような小さな目をしていた」

「ごめんね。私が覚えているのは、あなたがどこかの男のテーブルを撃ったこと」

「ぼくも覚えている」

「あなたとは結婚できそうにないわ、ボイド」

「そうかな？」

「駄目な気がする」

「まあ、驚きはしない。誰がぼくなんかと結婚したがる？」

「誰かはしたがる。あなたは興味深い無神論者だから。私、今にも泣き出しそう」

少しして、フルダの明かりが見えてきた。アンジーは言った。「私たち、このまま走り過ぎることはできる。ぜんぜん停まらずに」

「できるだろう」とボイドは言った。

「でもたぶんそうはしないわね」とアンジーは言った。

55

ランディーは自白し、罪状を認めた。弁護費用を節約し、懲役百年の判決を受け、自らを勝者と見なした。ペリカン・ベイ目指してオールを水につけ、実際に懸命に漕いだ。しかしどうやら人は自分の毒物や自分の刑務所を好きに選ぶことはできないようだ。行き先はコーコランだった。まあいいさ。コーコランだって問題ない。

彼は既に腕立て伏せを始めていた。大物に対抗するためだ。なにしろコーコランはチャールズ・マンソンが収監されていた刑務所だ。

正式な手続きが終了するまでにずいぶん待たされたし、それは彼にとっては面白くないことだった。とりわけサクラメントでは、昼夜通してマスクをしていなくてはならなかったからだ。当然ながら、看守に嫌な目で睨まれたとき以外は、誰もそんなことをいちいち実行はしなかったけれど、しかしもしそうだとしても、鼻をかんだり、こっそり持ち込んだ接着剤の匂いをちょっと吸い込むといった人間の権利はいったいどこにいったのだ？　どう考えても、残酷かつ尋常ならざる措置だ。ミニ・ガス室を顔に装着させているようなものではないか。

プラスの面もあった。小さな池の中ではランディーはなにしろ大物だった。サクラメント刑務所全体において、彼は段違いに最もリスペクトされる居住者だった。そして小物たちから崇拝を受けることで、彼は有頂天になった。暴行犯とかその手の連中だ。隣の房のコミュニストは、彼のことをいつも同志《コムラッド》と呼び続けた。遅かれ早かれ、そのロシア人にはきちんと教えてやらねばなるまい。万引き犯みたいなのは、同志と呼ぶには相応しくない輩なのだということを。格が違うのだ。しかしまあ今のところは、と彼は思う、その気の毒なやつに勝手に夢を見させておこう。

マスクのことを別にすれば――それは簡単なことではないが――唯一の障害は、フルダの銀行強盗について彼が罪状を認めたことだった。その部分が面倒を呼んでいた。たいていの人間はアリバイ作りでぼろを出す。しかしランディーは自白でぼろを出していた。その主な理由は彼が無実だったことにある。彼がいくつかの事実を取り違えていることが明らかになった。彼はそのときそこにいなかったという事実を。そのとき彼は六百マイル離れたところで、マクドナルドを襲っており、それはしっかりテープに撮影されていたという事実を。そして実際に犯行に及んだのはトビーとロイスだったという事実を。ロイスがトビーを始末したという事実を。そしてそれらがすべてヴィデオに撮影されていたという事実を。そしてダグ・カッタビーが、12番径でロイスを殺害したかどで逮捕されたばかりだという事実を。強奪された金を強奪した件は言うに及ばず。そしてカッタビーのDNAがショットガンに、そしてまた(実際の汚れ仕事をやったのはトビーとロイスだったのだから)彼のものですらないぴかぴかの新札の十万ドルにも、べたべたとついていたという事実を。

事実なんて面倒なだけだとランディーは思う。そして自分をその一件にうまく滑り込ませるために、自分の手柄を認めさせるために、彼は弁舌を振るわなくてはならなかった。幸いなことに鍬には彼の指紋がついていたので、それで従犯を問われることになり、共同謀議もほぼ固まった。

とはいえ、とランディーは思った。アマチュア連中と一緒くたにされるのは恥ずかしいことだった。コーコランに行ったら、口を閉ざしているようにしよう。葡萄園主と前科者たちに話を絞っておこう。靴屋の店員をそこに含めてもいいが、その辺にしておこう。

今のところ彼は腕立て伏せに励み、隣の房のロシア人は無視し、刑務所の隠語を覚えていた。コーコランで「何の罪でぶちこまれたのか」と訊かれたときに、正確にどんな言葉を使えばいいかを。夜中に、自由な時間に、彼は計画を巡らせた。百年の刑期を終えたときに、どんな新しい仕事をしようかと。彼がやりたいのは旅客機を乗っ取ることだった。そういう目新しいこと。しかしそれには共犯者が必要だ。たぶんあのロシア人。

土曜日にはランディーはアンジーに、週に一度の二十分間の電話をかけた。彼女はずいぶんフレンドリーになったみたいだった。おそらくそれはリスペクトのためだろう。その響きを彼女の声に聞き取ることができる。最後に話をしたとき、彼女はフルダに戻って、コミュニティー・ナショナル銀行で小銭の勘定をしていると言った。でも彼がコーコランの重罪刑務所に送られる前に一度面会に行くと約束した。「百年まるまる？」と彼女は言った。それを聞いて彼は鳥肌が立った。数字がこんなにも人を印象づけるなんておかしなものだ。とにかく目下の問題は夫婦間の訪問であることだ。鼻にマスクをしたまま、それをどう済ませればいいのだ？　たぶんロシア人が知っているだろう。

七月二十六日までの合衆国におけるコロナによる死者数は十万人を超え、それはフルダの町長選挙の投票率にもへこみをもたらした。二千七十人の有権者のうち、投票したのは五百十人に過ぎなかった。そしてそのうちの半分は詐欺だとチャブは主張した。ワンダ・ジェーン・エプスタインは二百五十六票を得て、二百五十三票のチャブ・オニールを上回った。ダグラス・カッタビーは郵送の不在者投票で一票を得た。その時点でダグラスは七十八件の銀行詐欺、七件の司法妨害、一件の第一級殺人の容疑で起訴されていた。彼への一票は、未決囚を収監するアットウォーターの拘置所で投函されていた。その六日後、ダグラスは肺炎のために息を引き取った。

「私にできるのは」とヘッダはワンダ・ジェーンに言った。「彼にたくさんキスをすることだけだった」

「あなたはトッドハウザーだから」

「そして私は彼に警告を与えた。用心しなさいよって」

「あなたは大丈夫なの?」

「発熱、ひどい咳」とヘッダは言った。「でも回復する。エルモはどうなの?」

「ずっと良くなったわ。彼も回復するでしょう」とワンダ・ジェーンは言って、一息置いた。

「彼に死ぬくらいキスしたのね? ダグラスに?」

「それって犯罪かしら?」

「わかんない」とワンダ・ジェーンは言った。「でも正義ではある」

面会はしない方がいいと病院は彼女に言った。でも二度、エヴリンは言葉巧みにスタッフを説き伏せてジュニアスのベッドサイドに行った。彼の手をじっと握っているくらいしか、ほとんどやることはなかったのだが。二人は別々のベッドで眠り、距離を保ち、邸宅の中ではマスクを着用していた。彼女は自主的に隔離状態に入っていた。廊下ですれ違うときには息を詰めるようにした。それでもジュニアスはいち早く病に罹《かか》った。その病は日一日と重くなっていった。エヴリンは彼が目の前で縮んでいき、ほとんど病院のベッドに吸い込まれていきそうになるのを見ながら、ヘンリー・スペックのもたらした病原菌が彼女の夫の肺と心臓と頭を食い荒らしているところを思い浮かべた。

三週間後に彼は身を起こせるようになった。更に三週間後に彼は自宅に戻ることができた。見る影もなくやつれてはいたが、その目には光が宿っていた。

「心配はいらない」と彼は言った。「ヘンリーは弱虫だが、私はそうじゃない」

退院後、八月はじめの暑さの中で、二人は自宅の大きなプールで水遊びをした。しばしば一言も口をきかず。またあるときには安全な話題につかまって、息もつかずにぺちゃくちゃ喋った。どちらかがもうそれ以上できなくなるまで。二人のうちのどちらも、自分たちが語らなくてはならないことを語るための方法を見いだすことができなかった。一度だけエヴリンが切り出したことがあった。「私は毒なの。私は自分の赤ん坊を落とした。そして今度はあなた。私には何かしらがあって——」しかしジュニアスは怒鳴りつけるように言った。「誰にだって何かしらはあるんだよ、まったくもう。自慢がましく言うんじゃない」彼は思いやりを込めずに彼女を見た。少し後で彼は言った。「ボイドが子供を落としたと思っていたんだが？」

「ノー」と彼女は言った。

「どうしてそう考えたんだろう？」

「それが私がみんなに話したことだからよ。それがボイドがみんなに話したことだからよ。彼は私のために嘘をつき、それから自分にもそれを信じ込ませた。他の嘘と同じようにね。でも彼は私のためにその嘘をついたの。わかる？　一秒——そのようにそれは起こった——歩道の上で——私たちはひどい状態に陥っていた。私たちの結婚生活がね。それで私は頭にきて、傷ついていて……そして私は彼に向かって怒鳴り、両手にテディーを抱えていて、そして……一秒じゃない。ただの一秒のことだった……私の中にはその温かい重みがあったのに、でもそれからその重みがなくなってしまって……それが今でも続いているの。昨夜も、この今も、明日も。重みがあったのに、今はもうそれがない。落とし戸に落ちてしまった感覚。でもボイドは私のために嘘をついてくれて、私もそれに合わせて一緒に嘘をついた。なぜなら嘘をつくことは少しだけ私を助けてくれたから。多くではないけれど。でももちろん私は嘘を必要としていたのよ。それは私がベッドから出ることを助けてくれた。それは私が揺りかごや乳母車や、くそったれのテディーベアを処分することを助けてくれた。それが何かを変えてくれたわけじゃない。それがあの音を消してくれたわけじゃない——大きな音じゃなかった。クシャッという小さな音よ。それでもとにかく私は嘘を信じた。少なくとも信じたふりをした。私は頭の中でディテイルをでっち上げた。要するに嘘をね。ボイドは私のために未だにそれを担ぎ続けている。それが真実ではないことを彼はちゃんと知っている。でも彼はそれを信じ続けており、そのことは私たち二人を助けてくれていると思う」

「そうか」とジュニアスは唸った。「それで説明はつく」

二日後の午後、カルヴィンとジム・ドゥーニーが立ち寄った。ひとつにはジュニアスの無事を祝うためであり、ひとつには二人がこれから六ヶ月ほどジャカルタに行くことを告げるためだった。商用ではなく、まったくの休暇として。「ただ犯行の現場を訪れるためだ」とドゥーニーは言って笑った。「カルはこれまで海外に出たことがないんだ——彼に見せて回りたいんだ。すべてが始まった場所をな」

「マスクをしてください」とジュニアスは言った。「そして私は野球チームは売りませんから」

「お見事！」とカルヴィンが言った。

56

八月はじめまでに、ミソメイニアはフロリダ州知事と、テキサス州知事と、アイダホ州のすべてのムクドリ（十二羽だけを残して）を奪い取った。パスポートの申請は大幅に増えた。赤ん坊の調合乳は高価で取引された。自由の女神像はもとあった場所に返され、木枠に包まれたままルーヴルのじめじめした地下に仕舞い込まれている。そしてもう間近に迫った十一月の選挙では、いたるところで真実告知会の歓喜が約束されている。

夏が一月のメルトダウンに向けてスピードを上げていくのを尻目に、ボイド・ハルヴァーソンは苦労の末にゴルフのハンディキャップを2ストローク減らした。夜はぐっすりと眠れた。彼はJCペニーを遺漏なく運営した。適度に酒を飲んだ——朝食時にウィスキーを一杯、昼食時にウィスキーを一杯、一日の終わりにダブルで。火曜日には、改名したコミュニティー・ナショナル銀行に週給を預金しに行った。そこで彼はアンジー・ビングと軽くいちゃつき、ヘッダ・トッドハウザーに向かってにこやかに肯いた。大抵の夜、彼はウィンストン・チャーチルを脇にやり、代わりに『イーリアス』に手を伸ばした。にたにた笑いをしたり、がみがみ怒鳴りつけたり、はなはだしく嘘つきだったりする神々や女神たちが勢揃いした、その愉快な世界に。

ぼくは無神論者ではない。ボイドはある日の午後、昼食にタコスを食べながらアンジーにそう告げた。彼はギリシャ人であり、汎神論者なのだと。彼は無限のビッグバンを信じており、それゆえに無限の宇宙を、それゆえに無限の予定を持つ無限の神を信じる。「十億年かそこらごとに」と彼は言った。「神々の任期が切れて、彼らはみんなでカウ・パレス〔カリフォルニア州デイリー市にある室内集会場〕に集まって、フレッシュな新しい神々をノミネートするんだ。ポセイドンの任期は何世紀も前に切れた。彼はステート・ファーム保険会社で保険査定の仕事をしている。アテナはディラード百貨店で香水を売っている。ポイントは、運に任せるってことだ——どの神様に君は行き着くか。道化師かモンスターか。クジ引きみたいなものだ」

「気が利いている」とアンジーは不満げに唸った。「でも異教徒の気の利き方よ」

「でも良い話だ。たくさんの花火も上がる」

「まだ嘘をつくのをやめないわけ？」

ボイドは気の利いた嘘を呑み込んだ。「答えはイエスであり、ノーだ。これは長期間にわたるプロジェクトだと言うことができると思う。ぼくはときどき小さな嘘を自分がついていることに思い当たる。息を大きく吸い込み、やり直す」

「いいわね。やり直すというのはひとつのスタートだから」とアンジーは言った。

八月の後半、彼らはコミュニティー・ナショナル銀行の金を持ってフルダを出て行ってから、一年が経ったことを祝った。出かけて盛大に祝うつもりだったが、アンジーの気分が優れず、KFCでバケットを買って、彼女の新しいアパートメントに落ち着き、静かに回想に耽ることになった。彼女はまだ家具を揃えておらず、一脚の椅子もなかった。だから彼らは毛布を重ねてソファと食卓の代わりにした。「私は主婦向きじゃないのよ」とアンジーはいくぶん神経質な声で言った。「その点ではあなたはラッキーだったと思うな」ある意味ではそれは気まずい状況だった。口にされる言葉は切れ切れだった。しかし多くの点で、彼らは一緒にいて心地よかった。二人の間の何が変化したのか、それを指摘するのはむずかしかった。

真夜中の頃、アンジーはボイドの膝に頭を乗せて横になった。両脚は毛布の上にまっすぐ伸ばされていた。

「いったいあなたをどう呼べばいいのかしら？」と彼女は言った。「ボイド、オーティス、ジュニア、それともブラッキー？」

「とりあえずブラッキーにしよう。思い出として」

「でもひどい思い出でしょう」

「かなりひどい」とジュニアは言った。「でもぼくは罰を必要としている」

「あなたはエヴリンと話をした」

「話はした。しょっちゅうではないけれど。来月、彼女のミネソタの家を貸してくれると言った」

「そうなの？」

「いくつかのものを取り替えなくちゃならない」

「膝に頭を載っけてていいかな？」

「素敵だ」

「一度くらいキスしてくれない？」

「いいとも」とオーティスは言った。

二人はかなり長いと思える時間キスしていた。そのあとでアンジーは言った。「私が終始あなたをリードしていたとか、思っていないでくれればいいんだけど。私はそんなことしていなかったから」

「きみがそうしていなかったことはわかっている」

「たった一人の私しかいない。私は伝道師《ミッショナリー》なの」

「そのことも知っている」

「もう一度キスしてくれる？　それ以上は何も求めないから」

少し後で彼女は身を起こした。

「彼は私を必要としていた。あなたが私を必要とするよりも。彼の魂が私を必要としていたの」

「ああ、そうか。彼は魂を持っていたんだ？」

「そこはまだ取り組み中なの。私は思うの、もしあなたにこういう——」

またセンテンスが途中で断ち切られた。二人はそういうことに馴れていたし、二人は時間を置いた。

「つまりね、もしあなたがこういうキスを、ずっと前にしてくれていたならなあと思うの」

「ぼくもそう思うよ。でも——わかるだろう」ボイドは彼女に微笑みかけた。「伝道師にキスをするのは難しいことなんだ。いずれにせよ、ランディーはいつだってきみのことをより必要としていた」

彼女はそれについて考えていた。それから言った。「たぶんね」

彼女はまた口をつぐんだ。

「あなたはずいぶん良くなったわ、ボイド。地球上でいちばんラッキーな人よ。あなたはもうほとんど独り立ちできる」

「それはラッキーという以上のものだったよ、アンジー」

「そうかな?」

「きみのおかげだ」と彼は言った。「それはきみにもわかっているだろう」

「そうであればいいんだけど、でも幸運もあった。もしあの夜、ドゥーニーが在宅していたとしたら? もし彼がドアを開けていたとしたら?」

「そのことはぼくも考えた。実はずっとそのことを考え続けていた。でもやはり、ほとんどはきみのおかげだ」

「あなたは教会に通うつもり、ボイド?」

「ブラッキーだ」

「あなたは教会に通うつもり?」

「そのつもりだ。教会は大嫌いだけどね。それは見事な罰なんだ」

「ゴルフは?」

「毎日やる」

「キワニス・クラブも?」

「もちろん続ける――奉仕、プライド、慈善。目下我々は、ロイスが殺害されたぼさぼさの古い迷路を取り壊している。そのあとにブランコとジャングル・ジムを造るつもりだ。新町長のアイデアだよ」

「ボイド？」

「ジュニアのことかな？」

「あなたは私のことを怒っている？」

「ぜんぜん」

「怒りたければ怒ってもいいのよ」

「きみのことを思って悲しんでいるよ、アンジー」

「悲しいのは、私がランディーと結婚したから？」

「イエス」

「まあ、それも当然よね。刑務所の結婚式ってひどいものなの――刑務所のこだまって気が狂いそうになる。誓います、誓います、誓います、誓います、誓います。それはいつまでもこっちに跳ね返ってくる」

「オーケー、ぼくは腹を立てている。でもそれはきみに対してではない」

「神様に対して？」

「きみのこれからの百年に対してだ」

「ああ、そうね」アンジーはしばらく沈黙を守っていた。「おいしいチキンね。指を嘗《な》めたくなる」

ボイドとブラッキーとジュニアとオーティスが、JCペニー店舗の上の階にある、彼ら自身の小さなアパートメントまで三ブロックを歩いたのは、午前二時のことだった。ボイドはひとしきりばたばたしていたが、『イーリアス』のページを開き、落ち着いた。あるパラグラフを半分読んだ後、彼は笑って本を放り出し、財布を引っ張り出して、くしゃくしゃになった〈ブルー・フライ〉の名刺を手に取り、電話に向かった。

相手が出たとき、彼はもう受話器を置こうとしているところだった。

「エンニ?」

「エンニはもう寝ている。私はペギー」

「エンニを出してくれないかな。大事なことなんだ」

「あなたはどなた?」

「足指の男だと言ってくれ」とボイドは言った。「彼はきみたち二人を来月、夕食にエスコートしたいと思っている。ダブル・デートだ」

「それって、ほんとに?」

「イエス。ほんとに」

「ちょっと待ってね」と彼女は言った。「何ができるか、考えるから」

訳者あとがき

「嘘が猛威を振るう国で」

ティム・オブライエン（一九四六―）はこれまで主として、ヴェトナム戦争を題材にした小説で高い評価を受けてきた。鮮やかなデビュー作『僕が戦場で死んだら』（一九七三）、全米図書賞を受賞した『カチアートを追跡して』（一九七八）、そして見事な短編集『本当の戦争の話をしよう』（一九九〇）。またそれ以外の彼の小説においても、多かれ少なかれヴェトナム戦争がそこかしこに影を落としている。心ならずも徴兵されて陸軍歩兵としてヴェトナムに送られ、熾烈な実戦を戦った体験＝心の傷跡を、物語というかたちで相対化し、自分なりに総括しようという強い意思がそこにはうかがえるだろう。

彼が従軍したのは、戦闘が最も激化した一九六九年から七〇年にかけてで、所属していた第23歩兵師団は、その少し前に悪名高いソンミの虐殺事件を引き起こした部隊でもあった。彼らの迷彩戦闘服には、紛れもないジャングルと血のにおいが染みこんでいた。そしてそれは、目的も大義も不確かな成り立ちの戦争だった。だからこそオブライエンは、ヴェトナム戦争というものの意味について真摯に（ある場合には執拗に）語り続けなくてはならなかったのだ。

しかしながらこの彼の最新長編小説（これが僕の最後の作品になる、とオブライエンはインタビューの中で語っている）『虚言の国　アメリカ・ファンタスティカ』においては、ヴェトナム戦争についての言及はほとんど見当たらない。彼の視線はどうやらヴェトナム戦争を踏み越えて、現在のアメリカを襲っている新種の――しかしある意味では同根の――危機に注がれているようだ。ヴェトナムでほとんど無為に流された多くの若者の血から、アメリカは、アメリカ人は、いったい何を学びとってきたのか？　それが作家としての、また一介の市民としての、オブライエンの切実な問いかけである。

彼は雑誌エスクァイアのインタビューで次のように語っている。

「僕はロナルド・レーガンやジョージ・W・ブッシュが好きじゃなかった。こいつらは最悪だと思っていた。ところが今ではもっとひどいことになっている。僕は少しばかり恐れているんだ。この国は僕が好きになれない新たなる段階に向けて、大きく飛躍しようとしているんじゃないかってね。この国の半分は虚言を受け入れているみたいだ。それらが嘘だとわかっているにせよ、あるいはまた――こっちの方が更に悪質なんだが――そのままそっくり飲み込んで本当のことだと信じ込んでいるにせよね。嘘っていうのは、古代バビロンよりも古いものだ。それはわかっている。しかし嘘だと知りつつ、その嘘を受け入れるというのは新しい現象であるように僕には思える。

ヴェトナムは僕に言わせれば、〈封じ込め政策〉という嘘と、〈独立国家〉という嘘と、

〈反共主義〉という嘘、これらの嘘を土台として戦われた戦争だった。『オオカミはすぐ戸口まで来ている』というでまかせだ。ヴェトナムで阻止しなければ、そいつは明日にもシアトルの通りにまで押し寄せてきて、スターバックスでコーヒーでも飲んでいるだろう、みたいなね。でもヴェトナム人たちはシアトルまで攻め寄せるつもりなんてなかったし、スターバックスでコーヒーを飲みたいとも思わなかった。僕は当時、そういうことについて今と同じように腹をたてていた。とはいえ、あとになってわかったことだが、この国の大部分はあの戦争に反対していたし、戦争が激化するにつれて、その反対の気運はますます強いものになっていったのだ。ところが今はそうなってはいないみたいだね。思うに、次の選挙でおそらくトランプは勝利を得ることだろう」

本書はお読みになっていただければわかるように、シリアスな喜劇仕立てになっている。ストーリーラインも複合的で、どこまでが笑劇（ファルス）で、どこからが本気（シリアス）なのか、読んでいる方もだんだん境目がわからなくなってくる。笑えばいいのか、考え込めばいいのか……。小説として——作家の側からすればということだが——なかなか難しい設定だ。しかしオブライエンはひるむことなく、この難作業に正面から取り組み、輝かしい成果を得ている。また技術的にも申し分ないレヴェルに達している（と僕は思う）。

このようにオブライエンはそのキャリアを通して、一貫して勇気ある作家であり続けてきた。実験することを恐れない。中には意欲が空回りして小説としての精度がいささか粗くなっているかな、と思われる作品もないではない。長編小説『ニュークリア・エイジ』（一九八五）は強い意図をもって書かれた作品だが、評判はあまり良くなかった。僕はとても好きだけど。しかし何はともあれ彼は守勢に入ることなく、また知的迷宮に踏み込むこともなく、小説の可能性を率直に追求しつづけており、僕はこの作家のそのようなまっすぐな姿勢を高く評価している。

エスクァイア誌は本書の内容を、次のように簡潔に的確に要約している。

「虚言症の時代にあって、オブライエンはこの国で猛威を振るっている虚偽に、しっかり狙いを定めている。それはなぜ、またどのようにして、我々を下支えしているのだろう？　主人公ボイドは作中で印象的なひとことを口にする。『妄想なくして、なんの人生か』と。誰にも増して粘り強く真実を語り続ける作家の手になる、この独創的な小説は、アメリカ人の精神性（サイキ）の暗い核心をまっすぐ見通し、その喜劇性と悲劇性が睨み返してくることを恐れていない」

同誌のインタビューによれば、オブライエンは毛根管に障害があり、それがもたらす手の激しい痛みのために、執筆に困難を覚えているということだ。だからこれがおそらく自分にとっての最後の小説になるだろう、と。僕としては彼の手の機能が回復し、更なる文学的冒険に乗り出すことを期待したいのだが。

最後になったが、柴田元幸さんには翻訳チェックの段階で、いつにも増して大変お世話になった。またローランド・ケルツさんからはいくつかの不明な箇所について有益な助言を得た。お二人には深く感謝する。

二〇二五年一月

村上春樹

[著者紹介]

ティム・オブライエン

Tim O'Brien

『僕が戦場で死んだら』(原題 *If I Die in a Combat Zone*／中野圭二訳)で1973年にデビュー。78年の『カチアートを追跡して』(原題 *Going After Cacciato*／生井英考訳)が全米図書賞を受賞。90年『本当の戦争の話をしよう』(原題 *The Things They Carried*／村上春樹訳)はピュリッツァー賞と全米批評家協会賞の最終候補となり、シカゴ・トリビューン・ハートランド賞とフランスのPrix du Meilleur Livre Étranger(外国語文学賞)を受賞。94年の『失踪』(原題 *In the Lake of the Woods*／坂口緑訳)はニューヨーク・タイムズ紙の年間ベスト10、タイム誌の年間ベスト作品に選ばれた。2010年には米国芸術文学アカデミーが贈るキャサリン・アン・ポーター賞を受賞。また、マーク・トウェイン文学賞、プリツカー文学賞、デイトン平和賞財団による生涯功労賞など数々の受賞歴に輝くほか、米国芸術文学アカデミー、米国芸術科学アカデミーの両方に選出されている。

[訳者紹介]

村上春樹

Haruki Murakami

1949年京都生まれ。デビュー作『風の歌を聴け』で1979年に「群像」新人文学賞受賞。85年の『世界の終りとハードボイルド・ワンダーランド』で谷崎潤一郎賞を受賞。主な著書に『ノルウェイの森』『ねじまき鳥クロニクル』『海辺のカフカ』『1Q84』『騎士団長殺し』『街とその不確かな壁』などがある。『レイモンド・カーヴァー全集』、サリンジャー『キャッチャー・イン・ザ・ライ』、カポーティ『ティファニーで朝食を』、フィッツジェラルド『グレート・ギャツビー』、グリシャム『「グレート・ギャツビー」を追え』、マッカラーズ『哀しいカフェのバラード』ほか訳書多数。これまでに『本当の戦争の話をしよう』『ニュークリア・エイジ』『世界のすべての七月』をはじめ、短編「ノガレス」「私の中のヴェトナム」「ルーン・ポイント」など多くのオブライエン作品を訳している。

虚言《きよげん》の国《くに》　アメリカ・ファンタスティカ

2025年2月28日発行 第1刷

著　者　ティム・オブライエン
訳　者　村上春樹
発行人　鈴木幸辰
発行所　株式会社ハーパーコリンズ・ジャパン
東京都千代田区大手町1-5-1
04-2951-2000（注文）0570-008091（読者サービス係）

ブックデザイン　albireo
カバーイラスト　飯田研人
印刷・製本　中央精版印刷株式会社

定価はカバーに表示してあります。
造本には十分注意しておりますが、乱丁（ページ順序の間違い）・
落丁（本文の一部抜け落ち）がありました場合は、お取り替えいたします。
ご面倒ですが、購入された書店名を明記の上、小社読者サービス係宛ご送付ください。
送料小社負担にてお取り替えいたします。
ただし、古書店で購入されたものはお取り替えできません。
文章ばかりでなくデザインなども含めた本書のすべてにおいて、
一部あるいは全部を無断で複写、複製することを禁じます。

© 2025 Harukimurakami Archival Labyrinth
Printed in Japan　ISBN978-4-596-72564-6